BASTEI LÜBBE

Von P. T. Deutermann erschien bei Bastei Lübbe:

13597 Jagd auf die SCORPION
13836 Der Krieg der Offiziere
13936 Die Geheimnisse des Admirals Sherman
14182 Sechzig Meilen Südost
14314 Atlanta-Kommando

P. T. DEUTERMANN

AM ABGRUND

Thriller

Aus dem Amerikanischen von
Joachim Honnef

BASTEI LÜBBE

BASTEI LÜBBE TASCHENBUCH
Band 14475

1. Auflage: Januar 2001

Vollständige Taschenbuchausgabe

Bastei Lübbe Taschenbücher und Ehrenwirth Verlag sind Imprints
der Verlagsgruppe Lübbe

Deutsche Erstveröffentlichung
Titel der amerikanischen Originalausgabe: TRAINMAN

Titelfoto: Image Bank
Umschlaggestaltung: QuadroGraphik, Bensberg
Satz: KCS GmbH, Buchholz/Hamburg
Druck und Verarbeitung: Brodard & Taupin, La Flèche
Printed in France
ISBN: 3-404-14475-9

In Erinnerung an die mutigen Männer,
die im vergangenen Jahrhundert
die imposanten Stahl- und Eisenbahnbrücken
über den Mississippi erbauten.
Es waren erstaunliche technische Leistungen,
wie sie es auch heute noch wären,
wenn sie nachgebaut werden müßten.

DANKSAGUNGEN

Ich schulde Simmons-Boardman Books, Inc., und John Armstrong Dank für die Genehmigung, Material aus *The Railroad, What It Is, What It Does* zu benutzen, das ich als beste und vielseitigste Informationsquelle für den Laien über Vorgänge bei der Eisenbahn betrachte. Ebenfalls danke ich Harold A. Ladd, Autor des maßgeblichen *U. S. Railroad Traffic Atlas*, für die Erlaubnis, Begriffe des Eisenbahnwesens zu entnehmen. Auch Roland Kesslers hervorragendes Buch *The FBI* habe ich zu Rate gezogen, um Kenntnisse über die Organisation des Federal Bureau of Investigation und den Jargon zu gewinnen, was eine sehr nützliche Vorbereitung für Gespräche mit Leuten vom FBI selbst war. Besonderen Dank schulde ich Don Schwartz, Scott Curley, Bob Lauby, Neal Schiff und dem FBI Public Information Office für technischen Rat über die Durchsetzung von Bundesgesetzen und andere Dinge. In einigen Fällen habe ich mir mit ihren Informationen beträchtliche literarische Freiheiten herausgenommen, und ich habe die technischen Einzelheiten bezüglich einiger der Brücken und Sprengstoffe und Abbruchtechniken absichtlich verschwommen dargestellt. Andere Auslassungen und/oder Fehler sind natürlich allein meine Schuld. Die Figuren in diesem Roman sind frei erfunden; jede Ähnlichkeit mit lebenden oder toten Personen ist rein zufällig. Und schließlich gilt mein Dank George Witte und Carol Edwards, außergewöhnlichen Redakteuren, sowie Nick Ellison für eine wirklich hervorragende PR-Arbeit.

KAPITEL 1

Der Strom war scheinbar grenzenlos und in der Dunkelheit fast unsichtbar. Der Mann spürte die Kraft der Regenfälle des Spätfrühlings in der Strömung, als Gischt den stechenden Geruch von angeschwemmtem Schlamm an die Wasseroberfläche wirbelte. Er fuhr mit dem Boot auf der Missouri-Seite entlang, um sicherzustellen, daß niemand auf der Illinois-Seite es hören konnte. Er hielt Ausschau nach Lichtern von Lastkähnen, sah jedoch nur das gelegentliche Blinken einer Boje der Fahrrinne über den breiten Fluß schimmern. Voraus zeichnete sich die Brücke bedrohlich in der Dunkelheit ab; ihre schwarzen Stahlträger waren kaum zu erkennen.

Er verlagerte sein Gewicht in dem kleinen Boot und zog das zusammengerollte feuchte Tau näher an sich heran, während der Außenbordmotor hinter ihm im Leerlauf tuckerte. Er fuhr über die stählernen Spitzen des Enterhakens und tastete nach seinem Rucksack. Fern zu seiner Linken, wo Signallichter ihre warnende Botschaft ostwärts gen Illionis schickten, hoben sich die Klippen ab. Er suchte ihre oberen Ränder nach Anzeichen auf Personen ab. Neben dem Bahngleis dort oben, in dem Ort Thebes, gab es ein öffentliches Wohnungsbauprojekt, und er wollte sich vergewissern, daß sich niemand auf dem Schienenstrang oder in dessen Nähe aufhielt. Als sich die Brücke aus der Dunkelheit schälte, griff er hinter sich, schob die Ruderpinne nach Steuerbord und gab ein wenig Gas, um in die Mitte des Stromes zu fahren. Er wollte auf gleiche Höhe mit dem westlichen Brückenpfeiler gelangen, der jetzt Gestalt annahm. Der Pfeiler war eine der beiden Konstruktionen aus Stahl und Beton, die den mittleren Brückenbogen über die Hauptfahrrinne stützten. Er ragte mehr als 30 Meter über den Fluß.

Das Gurgeln und Rauschen des angeschwollenen Stromes hallte von den Stahlträgern, als er sich der Brücke näherte. Er umfaßte die Ruderpinne fester, schaltete den Motor in den Rückwärtsgang und gab wieder mehr Gas. Das Aluminiumboot reagierte sofort, und der Bug drehte sich leicht nach Steuerbord, bis das Boot fast auf der Stelle stand, ein paar Meter stromaufwärts des Brückenpfeilers. Er konnte jetzt die Eisenleiter sehen, die herabhing und um deren Seitenstangen sich zwei hellgraue Strudel bildeten. Er nahm Gas weg und ließ das Boot treiben, bis es gegen die Leiter stieß. Diese Position behielt er für einen Augenblick, dann ließ der Mann die Ruderpinne los, neigte sich vor und hakte den Enterhaken ein, als sich das Heck des Bootes in die Strömung drehte. Er band schnell das Tau an den vorderen Sitz. Das Boot prallte mit einem dumpfen metallischen Laut gegen den Fuß des Brückenpfeilers, jetzt den Bug flußaufwärts gerichtet. Mit dem Motor im Leerlauf, setzte sich der Mann zurück und verrenkte sich fast den Hals, um an dem Pfeiler emporzublicken.

Er befand sich genau unter dem westlichen Ende des mittleren Brückenbogens. Hier war das Rauschen des Stromes lauter. Das Gurgeln der Strudel und kleinen Wellen hallte von der Unterseite der Brücke wider. Für einen schwindelerregenden Augenblick wirkte der Brückenpfeiler wie der Bug eines gewaltigen Schiffes, das durch die Strömung auf ihn zukam. Er blickte hinüber zum Westufer, das dunkel und formlos wirkte, verborgen hinter drei weiteren Brückenpfeilern zwischen seinem Liegeplatz und dem Ufer. Abermals überprüfte er das Tau und drückte dann den Knopf für die Zifferblattbeleuchtung seiner Armbanduhr. Früh. Gut. Aber an der Zeit weiterzumachen.

Der Mann bückte sich im Boot, balancierte dessen plötzliche Neigung aus und hob den Rucksack auf seine Knie. Er überprüfte das Haltetau noch einmal, schwang dann den schweren Rucksack langsam auf seinen Rücken und hatte Mühe, das Gleichgewicht zu bewahren, während er ihn festschnallte. Er streifte Lederhandschuhe über, faßte die Leiter an, spürte, wie alte Farbe unter ihnen abblätterte, zog sich auf die rostigen Sprossen und begann zu klettern. Die Leiter schwankte ein wenig unter seinem Gewicht; einige der Bolzen, mit denen sie in der Stahlkonstruktion des Brückenpfeilers gesichert war, waren weggerostet. Es war eine alte Brücke.

Wenig später gelangte er zur ersten Stahlplattform und schob den Kopf durch die offene Klapptür. Er war ein wenig außer Atem, aber sein Herz raste immer noch, mehr vor Aufregung als vor Anstrengung. Der Rucksack verfing sich am Rand der Klapptür, aber er drehte sich zur Seite und zwängte sich hindurch. Er setzte sich auf das Gitter der Plattform, die Knie angezogen, den Kopf vorgeneigt. Sogar hier oben konnte er den Strom hören, ein ständiges Rauschen, das von all den Beton- und Stahlflächen rings um ihn widerhallte. Er blickte wieder auf seine Armbanduhr und ruhte sich noch eine Minute aus, bis sich seine Atmung normalisiert hatte. Zeit weiterzumachen, sagte er sich dann.

Er erhob sich und ging auf die andere Seite der Plattform zur zweiten Leiter, die an der Seite des Bogenträgers hochführte. Jetzt kletterte er zielstrebig in der Dunkelheit die letzten zehn Meter zu den Hauptträgern, die die Trasse mit dem Schienenstrang stützten. Hier schnallte er den Rucksack ab, legte ihn vorsichtig auf das Gitter und vergewisserte sich, daß dieser nicht über den Rand rollen konnte, ehe er über die Plattform zum Verbindungspunkt des gewölbten Trägers mit den Hauptlängsträgern des mittleren Brückenbogens zurückging. Dort entdeckte er die kurze Leiter und kletterte hinab bis zu der Leiste unter dem Schienenstrang, wo sich die Trägerbolzen befanden. Er kniete sich nieder, fuhr über den Stahl, rieb mit den behandschuhten Händen über silberdollargroße Nietenköpfe, bis er die Bolzen ertastete.

Dann griff er in seine Westentasche, nahm eine Stablampe heraus, richtete sie auf die Stelle zwischen Nietenköpfen und Längsträger und schaltete sie an. Er sah den Hohlraum, den er suchte. Er schaltete die Lampe aus und kletterte wieder die Leiter hinauf. Von seiner Position auf dem Laufsteg aus war der glänzende Stahl der nach Westen führenden Schienen auf gleicher Höhe mit seinem Gesicht. Er zog sich hinauf auf das Gleis. Als er breitbeinig auf den Schienen stand, blickte er nach Westen und empfand das Angstgefühl, das jeder hat, wenn er auf einem Eisenbahngleis steht und an die Möglichkeit denkt, ein Zug könnte aus der Dunkelheit auftauchen oder sich bereits ungesehen von hinten nähern. Er trat über die Schienen hinweg und sprang auf den hölzernen Laufsteg zwischen dem Schienenstrang. Die Planken rochen nach Kreosot und Motorenöl, und es überraschte ihn, wie dünn sie waren. Der Strom in der Tiefe blieb unsichtbar. Als die kalte feuchte Luft zwischen seinen Beinen aufstieg, stellte er sich die über 30 Meter Höhenunterschied zwischen dem Laufsteg und der Wasseroberfläche vor. Er kletterte wieder über die Schienen und schwang sich hinab zum äußeren Laufsteg, um sich die Konstruktion genau anzuschauen.

Der mittlere Brückenbogen, der den Schienenstrang trug, war an jedem Ende an einem Stützpfeiler befestigt und über 60 Meter lang. Der Bogenträger war aus einem schweren vertikalen Gitterwerk an den stromaufwärts und -abwärts gelegenen Seiten konstruiert, verbunden mit Querstreben. Am Fußende der Träger, weit unterhalb der Gleise, befanden sich zwei massive Stahlkästen, einer auf jeder Seite der Schienen. In jeden Stahlkasten war in der Mitte waagerecht ein Loch mit einem Durchmesser von zwölf Zoll gebohrt. Durch das Loch führte der Bolzen des Hauptträgers, ungefähr 30 Zentimeter im Durchmesser und anderthalb Meter lang. Die Enden der Bolzen führten an beiden Seiten durch den Kasten und wurden in einer Aufhängung gesichert, die ihrerseits mit Bolzen an der Betonleiste des Stützpfeilers befestigt war. Die herabführenden Seitenstreben des Bogens wurden völlig von diesen Bolzen gestützt.

Jede Aufhängung ruhte in einer Betonaushöhlung in der Außenseite des Stützpfeilers. Die ganze Struktur wirkte so stabil wie Gibraltar, aber der Mann wußte, daß der Träger sich tatsächlich auf seinen Bolzen in glühender Sommerhitze ausdehnen und bei eisiger Winterluft zusammenziehen konnte. Diese massiven Flußbrücken »lebten«. Sie sahen zwar solide aus, doch sie bewegten sich ständig in unendlich kleinem Maße, reagierten auf die Belastungen durch Temperatur, Windstärke und Last. Sogar die Bolzen selbst konnten sich in Bruchteilen von Graden drehen.

Der Mann kehrte zum Rucksack zurück und schleppte ihn zur Bolzenstruktur an der Stromaufwärts-Seite der Brücke. Er öffnete den Rucksack und entnahm ihm vorsichtig zwei Thermosflaschen, die oben auf dem Inhalt verstaut waren, und stellte sie behutsam auf den Haupt-Längsträger. Er kramte wieder im Rucksack, zog zuerst zwei Holzdübel heraus, jeder ungefähr 30 Zentimeter lang und mit einem Zoll Durchmesser, und dann nahm er sechs schlaffe Plastikbeutel mit Schwarzpulver heraus und stapelte sie aufeinander. Er hielt die Taschenlampe zwischen den Zähnen, neigte sich in die Aushöhlungen, verstaute die ersten beiden Schwarzpulver-Beutel zwischen dem Hohlraum im Beton und den Bolzen und steckte einen der Holzdübel aufrecht dazwischen. Er arbeitete jetzt schneller, schob und stopfte, bis die vier übrigen Beutel den Bolzen so dicht umschlossen, daß es keinen Zwischenraum zwischen ihm und dem Beton gab und der Dübel ein paar Zentimeter herausragte.

Der Mann griff nach dem Rucksack und kletterte über die Gleise zur anderen Seite der Brücke. Dort wiederholte er die Prozedur mit den Schwarzpulver-Beuteln. Anschließend schaute er auf seine Armbanduhr. Wenn er den Zeitplan einhielt, blieben ihm noch knapp dreißig Minuten. Genügend Zeit, dachte er. Gerade noch genügend.

Er kletterte wieder auf die Stromaufwärts-Seite der Gleise, kehrte mit einer der Thermoskannen zur Stromabwärts-Seite der Brücke zurück, schraubte ihren Plastikdeckel ab und warf ihn in die Dunkelheit. Dann zog er eine in Stoffetzen gewickelte Dynamitstange sowie eine Zündkapsel aus der Kanne. Er entfernte das Wachspapier von einem Ende der Dynamitstange und schob die Zündkapsel so weit in das Loch in der Mitte, daß nur die silberfarbene Spitze und zwei Stränge von Klingeldraht herausragten. Er neigte sich zu den Pulverbeuteln und zog den Holzdübel vorsichtig heraus, um sie nicht zu verschieben. Er warf den Dübel in den Strom und schob die Dynamitstange in die Lücke dazwischen, bis nur noch die Drähte sichtbar waren.

Dann griff er in seine andere Westentasche und zog Isolierband sowie zwei Rollen Klingeldraht heraus. Er verband das Ende der ersten mit einem der Drähte der Zündkapsel und legte sie auf den Beton. Dann wiederholte er die Prozedur mit der zweiten Rolle Klingeldraht und warf die Thermosflasche von der Brücke. Einige der Stoffetzen wurden vom Aufwind für einen Augenblick zwischen seine Beine gewirbelt.

Er richtete sich auf, band die beiden Enden des Klingeldrahtes in einem losen Knoten zusammen und wickelte die verbundenen Drähte um ein Stück des Trägers. Er klebte die blanken Verbindungen zusammen, nahm den Rucksack und begann, die beiden Stränge Klingeldraht erst unter dem nach Osten führenden Gleis, dann über den Laufsteg und schließlich unter der nach Westen führenden Schiene entlangzuziehen, während er zur stromaufwärts gewandten Seite zurückkehrte.

Er ignorierte die schwarze Leere unter seinen Füßen, legte die beiden Drahtrollen ab und achtete sorgfältig drauf, daß sie sich nicht berührten. Dann öffnete er die zweite Thermoskanne, entfernte abermals den Dübel und warf, nachdem er die zweite Sprengladung an der Nordseite der Brücke angebracht hatte, beides in den Strom. Danach verband er eine der Klingeldrahtrollen von der Südseite mit einem der Drähte aus der Zündkapsel des Sprengsatzes von der Nordseite. Er zog etwas aus seiner Westentasche, das einer normal großen Taschenlampe aus Plastik ähnelte, deren Lichtlinse und hintere Klappe entfernt worden waren und aus deren Enden ein einzelner Draht ragte. Er legte die Taschenlampe auf den Sprengsatz und holte eine Plastikdose von der Größe einer Zigarettenschachtel aus seiner Westentasche.

Der Mann kniete sich nieder und klebte die Taschenlampe mit Isolierband auf den Sprengsatz. Er runzelte die Stirn, als er feststellte, daß die Schwarzpulver-Beutel bereits mit einem Film von Tau bedeckt waren und das Isolierband nur schwer haftete. Dann verband er den zweiten Draht aus der Zündkapsel mit einem der Drähte aus der Taschenlampe. Er nahm die kleine Plastikdose in die linke Hand und zog einen dünnen Draht heraus, bis er etwa fünfzehn Zentimeter weit aus seiner Hand heraushing. Er drückte auf einen Knopf oben auf der Dose. Ein kleines erleuchtetes Fenster erschien, ähnlich dem des beleuchteten Zifferblattes einer elektronischen Uhr. Eine digitale Anzeige forderte auf, einmal zur Probe auf den Knopf zu drücken. Er tat es. Es ertönte ein leises Piepen.

Die Anzeige forderte auf, den Knopf jetzt zweimal zur letzten Einstellung zu drücken. Immer noch die Stableuchte zwischen den Zähnen, verband er den zweiten Draht aus der Taschenlampe mit dem Ende des Drahtes aus der Plastikdose und brachte diese dann an dem Stahl neben den Pulverbeuteln an. Ein Magnet an ihr hielt sie sicher fest und diente auch als Erdung. Dann verband er das Ende des zweiten Drahtes der Sprengladung auf der Südseite mit dem zweiten Ausgangsdraht der Dose und klebte die blanken Drähte mit Isolierband zusammen.

Er lehnte sich zurück und zog die kleine Stableuchte zwischen den Zähnen hervor, wobei er tief ausatmete und bemerkte, daß er die Luft angehalten hatte. Abermals blickte er auf seine Armbanduhr. 20 Minuten, bis der Zug kam. Jetzt der nächste Schritt. Er holte den Rucksack und entnahm ihm eine Rolle, die wie TV-Koaxialkabel aussah, jedoch dicker war. Es war Detacord. Er klebte ein Ende davon an den Träger und eilte dann nach Westen, zur Mitte des nächsten Brückenbogens, wobei er das Kabel auf die Holzplanken preßte, bis 20 Meter auf dem Laufsteg ausgerollt waren. Dann ging er wieder zum Ausgangspunkt und zog das Kabel zu sich zurück. Als er dessen Ende in der Hand hielt, ließ er sich auf Hände und Knie nieder und stopfte es in die Spalte zwischen dem Ober- und Unterteil des Doppel-T-Trägers sowie die dort installierten Versorgungskabel. Nachdem alles an Ort und Stelle war, klebte er das ferne Ende fest und kehrte zur Sprengladung zurück. Das andere schob er zwischen die Schwarzpulver-Beutel, bis er spürte, daß es den Dynamitstab berührte. Dann richtete er sich auf.

Er blickte über die Schulter nach Westen, aber dort herrschte immer noch Dunkelheit, durchbrochen vom schwachen Lichtschimmer eines entfernten Signalturmes. Er spielte mit dem Gedanke, auf den Schienenstrang hinaufzuklettern und das Ohr auf das Gleis zu legen, um festzustellen, ob sich tatsächlich ein Zug näherte, doch er entschied sich dagegen. Die Brise kühlte den Schweiß auf seinem Gesicht. Er atmete tief durch; hier oben roch die Brücke nach altem Stahl, Rost, Schmierfett von Dieselmotoren und von der Sonne ausgedörrtem Kreosot. Er glaubte fast, das Ächzen der Brücke in der Dunkelheit hören zu können, während der Strom schonungslos an ihren Betonfüßen zerrte.

Er kletterte zu den Bolzen des Trägers hinab, schloß die Augen und überprüfte im Geiste die Verbindungen, die er geschaffen hatte. Der Kreislauf war geschlossen. Er hatte alles richtig angebracht. Vor seinem inneren Auge sah er einen fast bis zur Unkenntlichkeit zerfetzten und ausgebrannten Waggon, umgeben von mehreren gelben Leichendecken … Er schluckte hart, riß die Augen auf und atmete abermals tief durch.

Deshalb bist du hier, sagte er sich. Darum geht dies alles. Also tu es. Jetzt.

Er neigte sich zur Sprengladung, tastete nach der Dose und drückte auf den Knopf. Einmal. *Piep.* Zweimal. *Piep.* Die kleine Box piepte dreimal in schneller Folge, und die Information ›Empfänger eingestellt‹ erschien im Anzeigefenster. Der Mann nickte, steckte das Isolierband und die Stableuchte in den leeren Rucksack und schwang ihn auf seine Schultern. Er kletterte schnell auf der Seite des Brückenpfeilers zum Boot hinab. Der Motor lief immer noch leise im Leerlauf, und öliger Rauch des Zweitakters wirbelte am Heck auf. Der Mann blickte in die Richtung, in der das Fischercamp sein sollte, doch dort lag alles in tiefer Dunkelheit.

Er ließ sich auf den Sitz fallen und gab ein wenig Gas. Dann hakte er den Enterhaken von der Eisensprosse der Leiter los. Der Bug des Bootes drehte sich sofort in die Strömung, und er wurde diagonal über die mittlere Fahrrinne und unter der Brücke hervor stromabwärts getrieben. Er lenkte das Boot wieder stromaufwärts, gab mehr Gas und drehte leicht nach links ab, um wieder am Westufer entlangzufahren, wobei er sich von den dunklen Wohnwagen fernhielt, die ungefähr 300 Meter jenseits des Flusses standen. Eine Minute später fuhr er wieder unter der Brücke hindurch und dann weiter stromaufwärts. Der kleine Motor kämpfte gegen die mächtige Strömung an, und die Distanz zur Brücke vergrößerte sich nur langsam. Die Ufer auf beiden Seiten waren völlig dunkel. Nur die Straßenlampen oben im Ort Thebes schimmerten rechts der Klippen.

Als der Mann das Boot auf Kurs hatte, nahm er die Senderbox aus der Innenseite seiner Weste. Sie fühlte sich warm an. Er zog eine Antenne aus der Box und hielt sie dann in einer Hand, während er das kleine Boot stromaufwärts steuerte. Er tastete nach dem Schiebeknopf oben auf der Box und schob ihn bis zu einer Sperre. Ein winziges rotes Lämpchen leuchtete auf. Er blickte auf seine Armbanduhr und lenkte das Boot wieder in die Mitte des Stromes, wobei er die Brücke hinter sich im Auge behielt.

Der Zug kam aus der Dunkelheit des Westens, als sich der Mann ungefähr 500 Meter stromaufwärts der Brücke befand. Er konnte nur das Schimmern eines tanzenden Lichtpunktes im Nebel über den hohen Ufern ausmachen, bevor die Hauptscheinwerfer der großen Dieselloks, eine aneinandergekoppelte Dreiereinheit, in Sicht kamen. Die erste Lok schien seinen langen gelben Lichtfingern zu folgen, während ein mächtiges Dröhnen anschwoll und schließlich alle Geräusche des Flusses übertönte.

Der Mann nahm Gas weg, bis der Motor im Leerlauf drehte, und ließ das Boot seinen eigenen Kurs nehmen, während er sich auf dem Sitz umwandte und die Senderbox nun mit beiden Händen hielt. Sein Mund war trocken, und sein

Herz raste jetzt. Zwölf Jahre lang hatte er für diese Nacht geplant. Zwölf einsame, schmerzliche Jahre, die nur durch seinen Racheplan zu ertragen gewesen waren. Er beobachtete, wie der Zug auf die Brücke zuhielt, den ersten Pfeiler passierte, den zweiten, den dritten, wobei sich ihr stählernes Gitterwerk scharf vor der Lok abhob. Der Zug schien langsamer zu werden, je weiter er auf die Brücke fuhr, aber der Mann wußte, daß dies nur eine optische Täuschung war. Die drei großen Loks näherten sich dem vierten Brückenpfeiler über der Hauptfahrrinne auf der Missouri-Seite.

Immer noch wartete der Mann. Als die Loks über den mittleren Brückenbogen donnerten, übertönte das Rattern der einzelnen Waggons das Dröhnen der Dieselmotoren. Das Lokgespann passierte den ersten Brückenpfeiler auf der Illinois-Seite, und dann den nächsten. Der Mann zählte noch eine weitere Sekunde und schob dann den Knopf der Senderbox bis zum Anschlag.

Ein hellrotes Glühen erschien unter den Gleisen in Höhe des Stützpfeilers über der westlichen Fahrrinne, gefolgt von zwei fast gleichzeitigen Donnerschlägen. Ein gelbroter Blitz schoß unter der Brückenoberfläche zurück zur Missouri-Seite und tauchte die Unterseite des Zuges in grelles Licht. Für einen Sekundenbruchteil konnte der Mann sogar einige der Buchstaben der Aufschriften auf den Seiten der Güterwaggons erkennen. Dann, fast in Zeitlupe, sackte das westliche Ende des mittleren Brückenbogens zusammen und krachte mit gewaltigem Getöse in den Strom. Das östliche Ende blieb noch für ein paar Sekunden mit der Brückenkonstruktion verbunden, bevor es durch das Gewicht des Zuges von seinem Pfeiler gerissen wurde. Die geschlossenen und offenen Güterwagen, die noch westlich der Mitte fuhren, stürzten von den schrägen Überresten des mittleren Brückenbogens, ohne ihr Tempo zu verringern.

Der Mann beobachtete gebannt, wie jeder nachfolgende Waggon vom vorherigen in die Tiefe gerissen wurde. Einige der Tankwaggons kamen für einen Moment wieder an die Wasseroberfläche, bevor sie sich überschlugen, von neuem verschwanden und von der schnellen Strömung in der Finsternis davongetragen wurden.

Nach 30 Sekunden begannen Trümmer aus dem Fluß aufzutauchen. Es dauerte fast eine weitere Minute, bis die letzten Waggons in die Wrackteile und zu beiden Seiten daneben klatschten. Einige blieben ganz, während andere zerbrachen und sich ihr Inhalt in den schwarzen Strom ergoß. Drei oder vier Waggons vom östlichen Brückenbogen waren ebenfalls in die Tiefe gestürzt, doch jetzt war die Front des Zuges um eine Kurve auf der Seite des Ostufers verschwunden. Eine große Rauchwolke und Nebel umgaben das, was von der Brücke noch übrig war, während Echos der Abstürze von den hohen Ufern widerhallten.

Der Mann riß den Bug des Bootes herum und beschleunigte wieder stromaufwärts. Im Unterbewußtsein registrierte er, daß bei den Camping- und Wohnwagen im Fischercamp Lichter angingen. Der ohrenbetäubende Lärm schien sich an den hohen Klippen auf der Illinois-Seite zu brechen, und so galt die Sorge des Mannes jetzt nicht seinem Bootsmotor, sondern seinem Verschwinden. Ein anhaltendes Zischen hinter ihm ertönte, als das Druckventil eines anderen Tankwaggons platzte.

Nachdem der Mann die erste Biegung stromaufwärts umrundet hatte, konnte er bis zur alten Cape-Girardeau-Autobahnbrücke, 9 Kilometer voraus, sehen. Er hielt das Boot in der Mitte der Fahrrinne. Jetzt spürte er nur den Nachtwind in seinen Ohren. Er warf einen Blick über die Schulter und sah, daß es durch die Bäume längs der Biegung unheilvoll zu glühen begann.

Das ist Nummer eins, dachte er und kniff die Augen gegen den Fahrtwind zu Schlitzen zusammen. Er hatte nicht erwartet, ein Hochgefühl zu empfinden, irgendein Gefühl des Triumphes, aber er empfand überhaupt nichts. Er fühlte sich innerlich wie tot. All seine Gefühle waren vor langer Zeit gestorben. Er hatte sein erstes Ziel erreicht, nicht mehr und nicht weniger. Nach zwölf Jahren hatte das Planen ein Ende. Er war jetzt einfach eine Naturgewalt. Eine Brücke erledigt, dachte er. Fünf sind noch fällig.

KAPITEL 2

Major Tom Matthews spähte in den Kühlschrank und suchte nach etwas anderem als kaltem Bier. Er war der Command Duty Officer (CDO), der befehlshabende Offizier vom Dienst des Waffendepots der Army in Anniston, was bedeutete, daß er auf seine übliche abendliche Zecherei verzichten mußte. Er entdeckte eine Dose Cola und griff danach, als das Telefon klingelte. Seine Frau ging an den Apparat im Nebenzimmer und rief nach ihm. Jemand von der Einsatzabteilung des Depots wollte ihn sprechen. Er warf einen Blick auf seine Armbanduhr. Tischzeit, dachte er. Natürlich. Er nahm in der Küche den Hörer ab.

»CDO« meldete er sich.

»Major, hier ist die Einsatzabteilung. Wir haben da einen Verrückten.«

»Gibt es auch andere, Sergeant?« erwiderte Matthews. »Also – reden Sie.«

»Wir haben einen Notruf von einer C-130 der Air Force erhalten. Der Pilot sagt, sie haben Rauch im Cockpit, möglicherweise einen Kabelbrand an Bord. Sie erbitten Landeerlaubnis für eine Notlandung auf unserem Flugplatz.«

»Die große Start- und Landebahn ist seit Jahren geschlossen, Sergeant«, sagte Matthews und blickte aus dem Fenster. Es war fast Sonnenuntergang. »Der einzige betriebsbereite Teil ist der Hubschrauberlandeplatz. Es gibt kein Landebahnfeuer außerhalb des Heliports. Ich glaube, man kann nicht mal mehr die Landebahnmarkierungen erkennen.«

»Äh, Sir? Dieser Typ ist ziemlich aufgeregt. Er bittet eigentlich gar nicht um Landeerlaubnis. Sagt, sie fliegen Anniston an, voraussichtliche Ankunftszeit in acht Minuten.«

»Verdammt!« Matthews richtete sich auf. »Also gut, alarmieren Sie die Feuerwehrabteilung; sie soll rausfahren. Schnellstens! Ich werde direkt zum Flugplatz aufbrechen. Und alarmieren Sie das Sanitätsteam.«

»Jawohl, Sir!«

Matthews legte den Hörer auf und rannte los, um die Autoschlüssel, sein Funkgerät und seine Brieftasche zu holen. Eine Minute später fuhr er im Pickup-Truck der Army, der dem Offizier vom Dienst des Depots zugeteilt war, vom Wohnbereich der Garnison. Er schaltete den Funk ein und meldete sich bei der Einsatzabteilung, die bestätigte, daß die C-130 einen Notanflug erklärt hatte und sich vom Osten in direktem Kurs dem Flugplatz Anniston näherte. Die Feuerwehrwagen des Stützpunktes waren auf dem Weg zur Landebahn. Der Leiter erbat Anweisungen, wo er in Position gehen sollte.

»Keine Ahnung«, sagte Matthews, ignorierte ein Stoppschild und bog nach links auf die Straße, die ins Innere des Depots führte. »Aus welcher Richtung kommt das Flugzeug?«

»Sie sagen, sie sind östlich von hier, Major. Sie sagen, Sie haben unser TACAN (Tactical Air Control and Navigation; Signalfeuer) erfaßt und werden geradewegs hereinkommen.« Der Sergeant war offenbar aufgeregt.

Matthews bog auf die Peripheriestraße, die an den Lagerbereichen des Waffendepots entlangführte, und gab Gas. Er versuchte, sich zu erinnern, wie lang die aufgegebene Start- und Landebahn war. Er war sich ziemlich sicher, daß sie in Ost-West-Richtung verlief, und der Hubschrauberlandeplatz am östlichen Ende lag.

»Die Löschwagen sollen am westlichen Ende des Flugplatzes in Position gehen. Wenn die Kiste abstürzt, wird das Wrack dort landen. Haben Sie den CO informiert?«

»Wir haben versucht, Funkkontakt mit dem Kommandanten aufzunehmen, doch er hat noch nicht zurückgerufen.«

Matthews bestätigte und bog wieder ab, diesmal auf eine Schotterstraße, die an der nördlichen äußeren Sicherheitszone entlang der Waffenlager verlief. Er beschleunigte, und der Pickup-Truck geriet ein wenig ins Schlingern. Hohe Doppelzäune aus Maschendraht, gekrönt mit Stacheldrahtrollen, erstreckten sich bis in den Wald zu seiner Linken und schimmerten im Licht der Scheinwerfer. Mit Ausnahme des Hubschrauberlandeplatzes war der Landestreifen von Anniston unbeleuchtet, hatte keinen Tower, rein nichts. Matthews erinnerte sich, daß Unkraut aus Rissen im Beton gewuchert war, als er zum letzten Mal dort draußen gewesen war. Er rief wieder über Funk die Einsatzabteilung. »Sergeant, versuchen Sie nochmals, Kontakt mit dem CO aufzunehmen. Und machen Sie den Typen der C-130 über Funk klar, daß dies ein *stillgelegter* Flugplatz ist.«

»Verstanden, Sir.«

Matthews legte das Mikrofon auf den Beifahrersitz und fuhr noch schneller. Eine C-130 ist eine Turbo-Prop-Maschine; sie braucht also Kilometer und Kilometer Betonpiste zum Landen und Halten, selbst wenn die Besatzung von der Air Force ist. Aber jede erfolgreiche Landung hängt davon ab, daß die Kontrollsysteme des Flugzeugs funktionieren. Selbst ein kleiner Kabelbrand kann alles gefährden. Staub über der Straße, aufgewirbelt von den Feuerwehrwagen, wie Matthews hoffte, behinderte seine Sicht. Gut. Dann meldete sich der Sergeant wieder.

»Major, der Pilot sagt, er kann nirgendwohin sonst ausweichen; es muß ein militärischer Flugplatz sein. Und dort oben spitzt sich die Lage zu. Er schätzt vier Minuten bis zur Landung, und er erbittet eine volle Sicherheitsabschirmung und eine Entgiftungsmannschaft.«

Matthews nahm den Fuß vom Gaspedal. »Eine *Entgiftungs*mannschaft? Was, zum Teufel, soll denn das heißen?«

»Sir, ich weiß es nicht. Der Mann meldet sich im Augenblick nicht. Ich nehme an, sie haben die Hände voll zu tun, wenn Sie verstehen, was ich meine.«

Matthews bestätigte. Vor ihm tauchte die letzte Biegung auf. Der Flugplatz befand sich rechts davon, hinter einem Kiefernwald. Die Staubwolke von den Feuerwehrwagen war jetzt dichter. Er verlangsamte noch mehr und überlegte, was er tun sollte. Das Waffendepot in Anniston war ein Lager für chemische Waffen. Die Bitte um ein Dekontaminations-Team ließ sehr genaue Folgerungen zu, und keine davon war gut.

»Okay«, erwiderte er mit schwindender Zuversicht. »Alarmieren Sie das CERT (Chemical Emergency Response Team; Einsatzteam bei chemischen Stör- und Notfällen). Und dann informieren Sie Fort McClellan und bestellen die Militärpolizei hierher. Notfalleinsatz, beide Einheiten. Und versuchen Sie weiterhin, Funkkontakt mit Colonel Anderson aufzunehmen.«

Der Sergeant bestätigte, als Matthews durch die letzte Kurve fuhr. Die von Kiefern gesäumte Straße öffnete sich zu einem betonierten Bereich um einen Kontrollturm, dessen Türen und Fenster vor langer Zeit mit Brettern vernagelt worden waren. Ein einzelner Suburban der Feuerwehrabteilung des Stützpunktes wurde von Matthews Scheinwerferlicht erfaßt. Matthews konnte die rotierenden blauen und roten Lichter der Feuerwehrwagen am westlichen Ende des Flugplatzes sehen, als er sich näherte. Er stoppte, schnappte sich das Funkgerät und stieg aus, um mit dem Einsatzleiter der

Feuerwehr zu sprechen, der einen Schutzanzug trug und ein Funkgerät in der behandschuhten Hand hielt.

»Ich bin Major Matthews, der CDO«, stellte sich Matthews vor. »Hat man Ihnen gesagt, was hier los sein wird?«

»Nur, daß wir es möglicherweise mit einem Flugzeugabsturz zu tun bekommen«, sagte der Einsatzleiter. Er war Zivilist, ein stämmiger Mittfünfziger, der besorgt aussah. Auf seinem Helm stand CHIEF. »Ich habe eine Schaumlösch-Einheit und zwei Löschwagen am anderen Ende der Start- und Landebahn postiert. Zwei weitere Löschwagen habe ich von der County angefordert. Jemand sollte beim Haupttor anrufen, damit man sie einläßt. Und sie vielleicht hierhin eskortieren, meinen Sie nicht auch?«

»Richtig«, sagte Matthews. »Ich werde mich darum kümmern. Es geht um eine C-130. Mittelgroßes Transportflugzeug. Können Ihre Leute mit einem Absturz einer so großen Maschine zurechtkommen?«

»Nein, Sir«, gab der Chief der Feuerwehr unverblümt zu. »Aber wir werden damit zurechtkommen müssen.«

Matthews nickte und suchte den dunkel gewordenen Himmel im Osten ab. Kein Anzeichen auf das nahende Flugzeug. Er rief die Einsatzabteilung an und informierte sie über die Ankunft der zusätzlichen Feuerwehrwagen. Der Abteilungsleiter berichtete, daß das CERT auf dem Weg zum Flugplatz sei und daß Fort McClellan ein Dutzend MPs in Schutzanzügen auf den Weg geschickt habe.

»In Schutzanzügen?«

»Jawohl, Sir. Ich habe ihnen den Einsatz unseres CERT gemeldet. Ich dachte, die Wachabteilung der MPs sollte Schutzanzüge anhaben, wenn das CERT gebraucht wird.«

Matthews fluchte in sich hinein. Er hätte daran denken sollen. Das CERT war eine Spezialabteilung, die eingesetzt wurde, um bei einem Unfall mit chemischen Waffen die Freisetzung von Giften zu messen und diese zu dekontaminieren. Natürlich brauchten die Militärpolizisten der Wache ihre chemischen Schutzanzüge und Hauben. Der Sergeant hatte gut mitgedacht, und Matthews sagte es ihm. Er fragte sich, was, zum Teufel, sich in dieser C-130 befinden mochte.

»Dort, Major«, sagte der Chief der Feuerwehr und wies zum östlichen Himmel. Matthews blickte auf und dann, über die Wipfel der dunklen Kiefern hinweg, zum Horizont am östlichen Ende der Start- und Landebahn. Die blinkenden roten Lichter eines Flugzeugs waren in der Ferne gerade auszumachen. Fast als hätte die Maschine ihren Blick bemerkt, gingen die weißen Landelichter an. Sie konnten die C-130 jedoch noch nicht sehen. Matthews überlegte, was er sonst noch tun sollte. Der Chief der Feuerwehr schloß seinen Schutzanzug und überprüfte den Sitz seiner Sauerstoffflaschen.

»Sagen Sie Ihren Leuten, daß dies ein Frachtflugzeug ist«, sagte Matthews. »Die einzigen Leute an Bord werden im Cockpit sein, also konzentrieren Sie Ihre Rettungsversuche darauf.«

Der Chief der Feuerwehr nickte und sprach in sein Mikrofon. Matthews trat an den Rand der Landebahn. Das Scheinwerferlicht seines Pickup-Trucks zeigte, daß die Betonstreifen tatsächlich mit Unkraut überwuchert waren. Er wünschte, er hätte Zeit, Trümmer oder andere Hindernisse von dort zu entfernen, aber diese weißen Lichter kamen immer näher, und er konnte jetzt das Dröhnen der vier Strahltriebwerke hören. Er rief die Einsatzabteilung an, informierte den Leiter, daß das Flugzeug in Sicht sei, und mahnte zur Eile mit dem CERT. Der Sergeant meldete, daß er den Funkkontakt mit der Maschine verloren habe.

Warum ich? dachte Matthews und starrte zu dem nahenden Flugzeug. Er wünschte, Colonel Anderson wäre anwesend. Dies entwickelte sich zu einer viel größeren Sache, als ihm lieb war.

Der Chief der Feuerwehr war in seinen Suburban gestiegen und fuhr langsam, mit rotierendem Rotlicht, am linken Rand der Landebahn entlang, als das große Flugzeug niederging. Matthews hielt den Atem an, als es den Anschein hatte, als rasiere die Maschine fast die Wipfel der Kiefern, ehe sie sich in einem Röhren hinabsenkte. Das Flugzeug wirkte viel zu groß für den schmalen Streifen alten Betons, der plötzlich von grellen weißen Landelichtern erhellt wurde. In deren Widerschein sah Matthews, daß das Fahrwerk nicht ausgefahren war. Im Reflex schrie er eine Warnung, doch sein Schrei ging im Lärm der Triebwerke unter.

Der Pilot flog die Maschine auf den Betonstreifen. Ein schreckliches Kreischen von Metall ertönte, als sie, eingehüllt in einen Funkenregen und Rauch so hart aufsetzte, daß sich eine Tragfläche gefährlich neigte und fast den Beton berührte. Einer der Propeller wurde abgerissen, krachte über die Landebahn und flog dicht an Matthews vorbei, dem nicht einmal Zeit blieb zusammenzuzucken. Dann rutschte das Flugzeug über den Landestreifen, und die röhrenden Triebwerke übertönten alles, als die verbliebenen Propeller entgegengesetzt drehten. Instinktiv riß er die Hände hoch, als die Maschine an ihm vorbeikreischte und das Bersten und Reißen von Metall in seinen Ohren schmerzte. Sie drehte sich langsam nach rechts, während sie schräg über die Landebahn rutschte und der Lärm abnahm.

Aber zu Matthews Entsetzen nahm die Geschwindigkeit nicht ab, und Sekunden bevor es geschah, erkannte er, daß das Flugzeug mit einem, wenn nicht gar mit zwei der Feuerwehrwagen kollidieren würde. Sie hatten sich am Ende der Landebahn in der Mitte postiert. Die Nase der Maschine rammte eines der Fahrzeuge in der Mitte, und das donnernde

Krachen übertönte für einen Sekundenbruchteil das Kreischen von Metall. Eine riesige Wasserfontäne schoß in die Luft, als es wie ein Spielzeug in den Kiefernwald jenseits der Landebahn rollte. Die rechte Tragfläche der Maschine streifte das Oberteil des anderen Feuerwehrwagens und zerfetzte die Leitern auf dem Dach zu Zahnstochern. Nur der große Truck mit dem Löschschaum blieb verschont, als das Flugzeug etwa fünfzig Meter jenseits der Landebahn krachend zwischen umgeknickten Kiefern zum Stehen kam.

Matthews rannte zu seinem Pickup-Truck, während die Maschine in einer Wolke von Staub und Rauch verschwand. Er schrie über Funk, daß das Flugzeug unten sei und eine Bauchlandung gemacht habe und so viele Sanitätswagen brauche, wie sofort verfügbar seien. Als er in den Pickup-Truck stieg, sah er Scheinwerferlicht vom Hauptstützpunkt nahen. Er raste über die Mittellinie der Landebahn, wich Metalltrümmern und einigen rauchenden Reifen aus, folgte der schwarzen Rutschspur des Flugzeugs. Er trat hart auf die Bremse, als ihm klar wurde, daß er fast in das Wrack gefahren wäre. Voraus spuckte der große Truck einen Schaumteppich unter den rauchenden Bauch der Maschine. Matthews konnte den beschädigten Feuerwehrwagen nicht sehen, aber die Besatzung des anderen rannte hinter der Maschine her. Er roch Flugbenzin durch die offenen Fenster seines Pickup-Trucks, als er mit quietschenden Reifen stoppte und dann zur Seite fuhr, aber bis jetzt gab es Gott sei Dank noch kein Feuer. Beim Aussteigen nahm er den Gestank von versengtem Metall wahr.

Sein Funkgerät piepte. Der CERT-Leiter erbat Instruktionen. Matthews blickte zur Landebahn und sah das Scheinwerferlicht von vier Fahrzeugen, die in seine Richtung rasten. Er wies den CERT-Leiter an, auf der Nordseite des Landestreifens zu halten und das Sanitätspersonal im

Schnellschritt zu schicken. Er wollte sie gegen den Wind dessen halten, was sich in diesem Flugzeug befand. Das erinnerte ihn daran, daß er keinen chemischen Schutzanzug in seinem Pickup-Truck hatte, nicht mal eine Schutzmaske.

Der Truck mit dem Löschschaum erhellte den vorderen Teil der Maschine mit Punktscheinwerfern, und Matthews sah, daß sich Feuerwehrleute um die zertrümmerte Nase drängten. Er stieg wieder in seinen Wagen und folgte den letzten der CERT-Fahrzeuge zur Nordseite des Landestreifens, wo er ausstieg, um mit dem Leiter des Teams zu sprechen. Hinter ihnen traf der beschädigte Feuerwehrwagen ein und spritzte Wasser auf die Nase des Flugzeugs. Matthews wollte hinlaufen und helfen, doch zuerst mußte er sich um das CERT kümmern. Der Leiter, ein Captain des Chemischen Korps in vollem Schutzanzug, die Haube allerdings noch in der Hand, näherte sich, grüßte schneidig und fragte nach der Lage. Der Sanitäter des Teams sprintete mit zwei Sanitätstaschen zum Flugzeug.

Matthews sagte dem Captain, was er über den Stand der Dinge wußte, was nicht sehr viel war. »Aus irgendeinem Grund haben sie um ein Dekontaminierungs-Team gebeten, aber wir haben den Funkkontakt verloren«, sagte er. »Das Flugzeug hat einen der Feuerwehrwagen gerammt. Ich muß dorthin und feststellen, wie viele Verluste wir haben. Ihr Jungs beginnt mit der Arbeit, aber bleibt gegen den Wind.«

Der Captain bestätigte, und Matthews ging um den mit Treibstoff getränkten Schaumteppich nach vorne zum Flugzeug. Er bekam ein flaues Gefühl im Magen beim Anblick der Nase der Maschine, die bis fast zu den Tragflächen zerschmettert war. Im Licht eines der Punktscheinwerfers des Feuerwehrwagens sah er ein einzelnes menschliches Bein aus dem Gewirr von Leitungen, Kabeln und Isoliermaterial an der linken Seite des Flugzeugs ragen. Der Feuerwehrwagen, der seine Leitern verloren hatte, war noch im Einsatz; ein Feuerwehrmann spritzte den oberen Teil des Rumpfes ab. Das Wrack des anderen lag umgekippt und ohne Räder zwischen zerschmetterten Kiefern. Es überraschte Matthews, daß sich keiner der Feuerwehrleute um dessen Besatzung kümmerte, bis er sah, wie viele Feuerwehrleute am Flugzeug arbeiteten. Mit einer Woge der Erleichterung erkannte er, daß die Besatzung den Anflug der Maschine gesehen und sich rechtzeitig in Sicherheit gebracht hatte. Der Feuerwehrwagen wurde jetzt dicht an die Nase der Maschine herangefahren. Der Sanitäter des CERT war auf dessen Dach geklettert und wartete darauf, in die zerschmetterte Nase zu steigen. Der Chief der Feuerwehrabteilung stand bereits neben dem Flugzeug und leitete den Einsatz über sein Funkgerät.

Es hing immer noch viel Rauch in der Luft, und die Dämpfe vom Schaum und dem JP-5-Flugbenzin erschwerten das Atmen. Abgesehen von der Kollision mit dem Feuerwehrwagen war die Bruchlandung anscheinend glimpflich verlaufen. Flugbenzin, das unter den Schaumteppich sickerte, tränkte bereits die rote Tonerde und bildete einen kleinen See hinter und unter der Maschine. Der Captain des CERT meldete, er werde seine Fahrzeuge weiter weg von dem Benzin befehlen, und dann versprühte der Truck mit dem Löschschaum mehr von seinen chemischen Stoffen.

Matthews stieg wieder in seinen Wagen und fuhr langsam um die linke Seite des Flugzeugs. Er sah zwei Feuerwehrwagen der County mit Wassertanks und ein Fahrzeug, das dem Ambulanzwagen des Stützpunktes glich, hinter sich mit rotierenden Lichtern und heulenden Sirenen über die Start- und Landebahn rasen. Er fuhr so nahe an den Bereich mit dem Schaumteppich heran, wie er es wagte, hielt und stieg aus. Er befahl den nahenden Rettungseinheiten, sich etwa 70 Meter von dem ausgelaufenen Flugzeugbenzin fernzuhalten, aber Sanitäter vorauszuschicken. Dann ging er zu dem beschädigten Feuerwehrwagen hinüber, von dessen Seite einige Feuerwehrleute die verbliebene Leiter zerrten und sie gegen die weniger ramponierte Seite der Flugzeugnase lehnten. Drei von ihnen kletterten hinauf, um dem CERT-Sanitäter bei der Suche nach Überlebenden zu helfen.

Matthews rief über Funk die Einsatzabteilung und befahl dem Leiter, keine weiteren Sanitätswagen zu schicken, bis mehr über die Verluste bekannt sei. Der Chief der Feuerwehr trat mit einem seiner Männer, der anscheinend unter Schock stand, auf ihn zu. Sein Gesicht war weiß, und er stammelte, daß sie es gerade noch geschafft hätten, daß die Tragfläche über ihre Köpfe hinweggefegt sei und ihn der »Lärm, Mann, der verdammte Krach!« fast wahnsinnig gemacht habe. Der Chief der Feuerwehr übergab den Mann einem der Sanitäter des Stützpunktes, die aus der Anniston-Ambulanz herbeigeeilt waren.

»Was haben wir hier, Chief?« fragte Matthews und blickte zu dem rauchenden Flugzeug.

»Meine Leute sind wohlauf«, sagte der Chief der Feuerwehr. »Obwohl ich nicht weiß, wie sie rechtzeitig aus dem Wagen herauskommen konnten.« Er nickte zu dem weißen Bein, das aus dem Flugzeugwrack ragte. »Sieht nach mindestens einem Todesopfer aus.«

Das Funkgerät des Chiefs der Feuerwehr piepte, und er hielt es ans Ohr, hörte kurz zu und nickte. »Sie haben eine Person lebend im rechten Sitz gefunden, oder in dem, was davon übrig ist. Die Person auf dem linken Sitz ist tot, und die Männer vermuten einen dritten Mann hinten im Cockpit; noch keine Bestätigung. Sie müssen sich den Weg zu ihm frei schneiden.«

»Die Jungs von der County haben vielleicht das Gerät dafür«, sagte Matthews, und der Chief der Feuerwehr ging hin, um zu fragen. Matthews rief die Einsatzabteilung an und meldete die vorläufige Zahl der Verluste. Dann wartete er auf die Gruppe der Männer, die sich auf dem Rumpf der Maschine abmühten, in deren Inneres zu gelangen. Mittlerweile waren so viele Leute dort oben, daß sie sich bald gegenseitig im Weg sein würden. Er überlegte, was er sonst tun sollte, aber zuerst mußten die Leute aus der Maschine geholt werden, besonders wenn es einige Überlebende gab. Die Brandgefahr war offenbar vorüber, und er dankte Gott dafür.

Eine halbe Stunde später war die Rettungsmannschaft durch die Hauptluke eingedrungen und hatte die Bergung eines Mannes der Besatzung – »Nein, es ist eine *Frau* der Besatzung« – gemeldet. Die Frau war bewußtlos, arg mitgenommen, aber anscheinend nicht ernsthaft verletzt. Der Pilot auf dem rechten Sitz war schlimmer dran; er hatte schwere Unterleibsverletzungen erlitten, und beide Beine waren von den Überresten der Instrumentenkonsole zerquetscht worden. Der Pilot auf dem linken Sitz war tot, wie bereits gemeldet; offenbar war nicht mehr Personal an Bord. Die Frau der Crew bat vor ihrem Abtransport, den CDO des Stützpunktes zu sprechen. Genauer gesagt, sie bestand darauf.

Matthews gab seinen Informationsstand an die Einsatzabteilung weiter und ging zum nächsten Sanitätswagen, wo die junge Frau auf eine Trage geschnallt wurde. Weitere Männer der Rettungsmannschaft kletterten im Bereich der Nase auf das Flugzeug; der Feuerwehrwagen hatte einen seiner großen Punktscheinwerfer auf seine rechte Seite gerichtet. Als sich Matthews dem Sanitätswagen näherte, bemerkte er, daß der Schaumteppich in diese Richtung kroch. Er befahl dem Fahrer, darauf zu achten, und bahnte sich dann einen Weg zum Heck. Eine leichenblasse Frau, die viel zu jung wirkte, um im Militärdienst zu sein, versuchte zu reden. Eine häßliche Schnittwunde zog sich über die rechte Seite ihres Kopfes, gerade unterhalb der Stelle, an der ihr Helm gewesen wäre. Ihre grüne Fliegerkombination war blutbefleckt. Die Frau sah ihn mit leerem Blick an, als er sich zu ihr neigte, und dann konzentrierte sie sich auf sein Gesicht. Hinter ihnen schloß einer der Feuerwehrleute eine Sauerstoffflasche an ein Ventil an, um sie zu füllen; bei dem plötzlichen Zischen zuckten alle zusammen. Matthews stellte sich als der CDO vor.

»Okay«, sagte die Frau. Sie forderte die Sanitäter auf zurückzutreten, damit sie mit Matthews unter vier Augen sprechen konnte. Die Männer schauten sie einen Moment sprachlos an und blickten dann zu Matthews. Er zuckte mit den Schultern und nickte zustimmend. Sie entfernten sich außer Hörweite. Die Frau schaute sich um, als wolle sie sich vergewissern, daß niemand etwas mitbekommen konnte. Matthews neigte sich zu ihr. Sie hatte ein ebenmäßiges Gesicht, kurzes schwarzes Haar und Augen, die Angst widerspiegelten. »Sobald die Lage im Griff ist, Major, befehlen Sie den Leuten, sich zurückzuziehen«, sagte sie. »Halten Sie jeden vom Frachtraum fern. Dann brauchen wir dreihundert Meter im Umkreis des Vogels eine Sicherheitsabschirmung.«

»Wir?« fragte Matthews. »Was transportiert ihr in dieser Kiste?«

»Dies ist ein Flugzeug des Special Operations Command, Major«, sagte sie sofort, als hätte sie die Frage erwartet. »Ist der CO des Stützpunktes erreichbar?«

Matthews blickte sich um. Er konnte nicht viel im Licht all der Scheinwerfer erkennen, aber von Colonel Anderson war noch immer nichts zu sehen. Er informierte die Frau, daß man versucht habe, Kontakt mit ihm aufzunehmen. Sie nickte.

»Okay, Sir«, meinte sie. »Ihm können wir es sagen. Dies ist Anniston, richtig? Das Depot für chemische Waffen? Haben Sie hier ein Dekontaminierungs-Team?«

»Die Männer des CERT sind dort drüben. Aber sie müssen wissen, womit, zum Teufel, sie es zu tun haben.«

Sie atmete tief ein und bereute es anscheinend sofort. Er wollte die Sanitäter rufen, doch sie ergriff seinen Arm. »Alles okay mit mir, Major. Hatte eine Heidenangst, als wir ohne Räder landeten, aber wir sind unten, und es gab kein Feuer. Was ist mit den Piloten?«

»Man kümmert sich im Augenblick um sie. Ich will Sie ja nicht drangsalieren, Sergeant, aber wir müssen *etwas* über das wissen, was wir entsorgen müssen. Um welche Art Wirkstoff oder Gift es sich handelt – meine Jungs müssen wissen, welche Materialien sie brauchen werden.«

Sie zögerte. »Wenn ich es Ihnen sage, müssen Sie, Ihre Leute und das gesamte Sanitätspersonal auf dem Stützpunkt eingesperrt werden, bis das Pentagon entscheidet, was als nächstes geschieht.«

Matthews Funkgerät begann zu quäken. »Warten Sie einen Moment«, sagte er zu der Frau und meldete sich.

»Colonel Anderson ist auf dem Weg zu Ihnen.«

Gott sei Dank, dachte Matthews, als er bestätigte. Er informierte den weiblichen Sergeant, daß der Kommandant des Stützpunktes gleich eintreffen und er unterdessen die Sicherheitsabschirmung befehlen werde. Dann winkte er die Sanitäter herbei. Der Sergeant dankte ihm, als er sich entfernte.

Matthews gab dem Leiter des CERT Anweisungen für den Einsatz und eilte dann zur Landebahn, auf der die Trucks der MP-Abteilung nahten. Der Chief der Feuerwehr hatte die Einheiten der County heimgeschickt, nachdem die Feuergefahr anscheinend vorüber war. Matthews befahl dem Sergeant, der die MP-Abteilung leitete, einen Sicherheitskordon um das Flugzeug zu postieren, und ging anschließend Colonel Anderson entgegen, der in seinem Privatwagen auf der Landebahn eintraf.

Colonel Henry Anderson, Chemisches Korps, U. S. Army, befehlshabender Offizier des Depots Anniston, war ein großer, gelehrt wirkender Offizier. Sein oftmals trockenes, korrektes Verhalten widersprach seiner mitfühlenden Persönlichkeit und seinem gesunden Maß an Skepsis gegenüber der Bürokratie, mit der sich das riesige Depot Anniston herumschlagen mußte. Er kümmerte sich gut um seine Leute, und sie neigten dazu, sich ihrerseits gut um ihn zu kümmern. Der Colonel, in Uniform, stieg aus dem Wagen, betrachtete die riesige Transportmaschine, die jenseits der Landebahn in einer Lache von Schaum und Flugbenzin stand, und schüttelte den Kopf. Matthews war erfreut über Colonel Andersons Auftauchen. Er grüßte und informierte den CO über die Lage.

»Okay, Tom«, sagte Anderson schließlich. »Sie und Ihre Leute haben Ihre Sache gut gemacht. Das mit den Piloten tut mir leid. Lassen Sie uns jetzt herausfinden, warum der Sergeant ein Dekontaminierungs-Team und all diese Bewachung haben will.«

»Sie wollte mir nichts erzählen, Colonel«, sagte Matthews. »Sie verlangte, Sie zu sprechen.«

Die Sanitäter hatten den Zustand des Sergeants in der Ambulanz stabilisiert. Als sie den Colonel kommen sahen, sagten sie etwas zu ihr und zogen sich wieder zurück. Matthews wartete außer Hörweite mit den Sanitätern, während der Colonel mit dem Einsatzleiter der Rettungsmannschaft sprach. Er meldete, daß der zweite Pilot soeben gestorben sei. Matthews fluchte leise. Eine taugliche Flugplatzfeuerwehr hätte ihre Wagen nicht auf der Landebahn geparkt. Er fühlte sich schlecht, weil er nicht rechtzeitig daran gedacht hatte. Er vergewisserte sich über Funk, daß der Sicherheitsring um das Flugzeug gebildet worden war. Als er Colonel Anderson von der Landebahn zurückkehren sah, eilte er ihm entgegen.

»Okay, Tom«, begann Anderson. »Sagen Sie dem CERT-

Leiter, daß das Team vorübergehend entlassen ist, aber an Ort und Stelle bleiben soll. Es kann die Schutzkleidung ablegen bis auf drei Mann, die stets volle Schutzkleidung tragen müssen.«

»Jawohl, Sir«, sagte Matthews. »Aber um welches Gift handelt es sich?«

Anderson zögerte. »Was sich in dem Flugzeug befindet, ist streng geheim und darf nur demjenigen bekannt gemacht werden, der das Recht auf Information hat, Tom. Ich will, daß sie den CERT-Leiter hier zum befehlshabenden Offizier vor Ort ernennen; dann lassen Sie die Feuerwehrleute so schnell wie möglich abrücken.«

Matthews meldete, daß der zweite Pilot gestorben sei. Der Colonel nickte traurig. »Normalerweise müssen wir bei zwei Toten eine JAGMAN-Ermittlung einleiten«, sagte er. »Aber im Augenblick möchte ich ihre Leichen so schnell wie möglich entfernen lassen, und dann will ich, daß all diese Zivilisten von hier verschwinden.«

»Jawohl, Sir, aber ...«

»Ich kann Ihnen im Augenblick nur sagen, daß wir hier mehr Sicherheitspersonal brauchen, sobald die Zivilisten von der Feuerwehrabteilung fort sind. Ich will auch, daß jedermann jederzeit weiß, woher der Wind weht, und sich auf Befehl sofort in die entgegengesetzte Richtung begibt.«

Colonel Anderson gab Matthews einen Moment, um sich bewußt zu machen, wie wichtig es war, aus welcher Richtung der Wind wehte. »Das Special Operations Command schickt einige Techniker«, fuhr der Colonel fort. »Sie werden in ein paar Stunden per Hubschrauber eintreffen.«

Matthews war verblüfft. Was, zum Teufel, befand sich in diesem Flugzeug, das erforderte, daß sich jeder in der näheren Umgebung in voller Schutzkleidung bereithielt *und* wußte, woher der Wind wehte? Es konnte keine Chemikalie sein, und es gab keine biologischen Waffen mehr. Was blieb dann – Kernwaffen? In einer C-130? Unwahrscheinlich. Der beschädigte Feuerwehrwagen startete und setzte vom Flugzeug zurück.

»Lassen Sie ein Landeteam für den SOC-Hubschrauber aufstellen«, sagte der Colonel. »Es wird vermutlich einer dieser großen dreiundfünfziger Helis sein.«

»Jawohl, Sir«, sagte Matthews und eilte davon, um die Befehle des Colonels auszuführen.

»Oh, und Tom?« rief Anderson ihm nach. »Veranlassen Sie, daß alle Berichte an das Army Operations Center zurückgehalten werden, bis ich sie persönlich genehmige. Ganz gleich, wieviel Theater Washington macht.«

Wie du willst, Boß, dachte Matthews. Er war sehr erleichtert, weil der Colonel an Ort und Stelle war und das Kommando hatte.

Matthews war um Mitternacht in der Einsatzzentrale des Stützpunktes, vertieft in einen zusammenfassenden Bericht über den Zwischenfall, als ein Anruf aus dem Büro von Colonel Anderson zu ihm durchgestellt wurde. In 20 Minuten würde in Andersons Büro eine Besprechung stattfinden. Matthews, dessen Vollzeit-Job Einsatzoffizier des Depots war, sollte daran teilnehmen. Er ließ den Bericht vom stellvertretenden CDO schreiben, schnappte sich sein Funkgerät und ging hinaus, um etwas frische Luft zu schöpfen. Das Büro des Kommandanten konnte in 20 flotten Gehminuten erreicht werden. Nach der Bruchlandung des Flugzeugs war er einige Stunden in der Einsatzzentrale gewesen. Das Army Operations Center im Pentagon hatte sie mit Fragen und Anforderungen von Lageberichten regelrecht bombardiert, doch dann war der Lärm abrupt verstummt. Colonel Anderson hatte anscheinend durch einen Anruf dafür gesorgt.

Der Hubschrauber mit dem Team des Special Operations Command war um 22 Uhr eingetroffen und mitten auf dem Flugplatz gelandet. Matthews war dort gewesen, zusammen mit Colonel Anderson, einem Feuerwehrwagen und dem Helikopter-Landeteam des Stützpunktes. Der große CH-53-Hubschrauber hatte sie mit seinem gewaltigen Rotorwind fast alle vom Flugplatz geblasen. Colonel Anderson hatte das vierköpfige Team begrüßt und dann zur C-130 begleitet. Eines der Fahrzeuge des CERT war angefordert worden, um einige Ausrüstung von ihr zum Hubschrauber zu transportieren. Matthews hatte außerhalb des Schutzringes bleiben müssen, als das Team durchgelassen worden war. In der Dunkelheit hatte er weder die Team-Mitglieder noch die Ausrüstung erkennen können. Vielleicht bekam er jetzt eine Chance herauszufinden, was los war.

Die Besprechung fand im gesicherten Konferenzraum des Colonels im zweiten Stock des Gebäudes, in dem sich das Hauptquartier des Depots befand, statt. Matthews war überrascht, als er Militärpolizisten in der Halle postiert sah, und noch überraschter, als er aufgefordert wurde, seinen Ausweis vorzuzeigen, um in den Büro-Komplex des Colonels zu gelangen, wohin er sonst routinemäßig in seinem Dienst als Einsatzoffizier ging. Er nahm sich eine Tasse Kaffee, bevor er den Konferenzraum betrat.

Er staunte auch, Major Carl Hill, den Transportoffizier des Depots, am Tisch sitzen zu sehen. Hill war Experte für Eisenbahn-Logistik und Anniston zugeteilt, um Eisenbahn-Operationen zu leiten. Er und Matthews dienten seit drei Jahren zusammen in dem Depot. Hill hob seine Kaffeetasse bei Matthews Eintreten in einem frühmorgendlichen *salud* und fragte ihn, was los sei.

Matthews zuckte die Achseln. »Hast du von der Bruchlandung des Flugzeugs gehört?«

»Ja, jeder hat davon gehört. Ich habe mitbekommen, daß das CERT dort draußen war. Aber wer ist das da drinnen mit dem Boß?«

»Keine Ahnung.« Matthews setzte sich ans Ende des Konferenztisches, das für rangniedrigere Dienstgrade vorgesehen war. »Auf dem Flugplatz ist ein Team vom Special Operations Command; vermutlich ist es also sein Boß. Wie kommt 2713 ins Spiel?«

Hill verdrehte die Augen. Zug 2713 SP, die Kulmination eines Spezialprojektes, war seit über zwei Jahren Hills persönliches ›Baby‹. Mit der Unterzeichnung des internationalen Abkommens zum Verbot chemischer Waffen, hatte jedes der chemischen Waffendepots der Army begonnen, das amerikanische Arsenal chemischer Waffen zu vernichten. Ein Nebenprodukt dieser äußerst komplizierten Prozedur war eine riesige Anzahl von Bomben- und Raketengehäusen, aus denen alle giftigen Materialien entfernt worden waren. Obwohl sie leer waren, wurden sie behandelt wie hochgiftiges Material, und jedes der Depots sammelte sie und transportierte sie in Spezialzügen zu der großen Entsorgungsanlage für chemische Waffen in Tooele, Utah.

»Die gleiche Leier, die gleiche Leier«, sagte Hill. »Ich lösche immer noch Präriefeuer entlang der Route. Obwohl ich meine, daß wir damit Gott sei Dank so gut wie fertig sind. Der Zug ist hier bis auf die Loks. Wir werden die endgültige Zusammensetzung in zwei Tagen festlegen.« Er warf einen Blick auf seine Armbanduhr. »Ich kann mir nicht vorstellen, weshalb man mich herbefohlen hat.«

Diesbezüglich hatte Matthews eine Idee, als die Tür zum Büro des Colonels geöffnet wurde und Anderson in den Konferenzraum kam. In seiner Begleitung war ein anderer Colonel, der einen Arbeitsanzug im Desert Storm-Stil anhatte. Er war ein gewaltiger Mann, nicht groß, jedoch extrem breit, mit sehr kurzem Haar und einem finsteren froschartigen Gesicht. Auf dem Namensschild an seinem Arbeitsanzug stand in schwarzen Buchstaben MEHLE. Matthews sah überrascht, daß Colonel Mehle eine Pistole trug. Colonel Anderson stellte Mehle seine beiden Stabsoffiziere vor. Mehle nickte ihnen nur zu. Hochnäsiger Typ, dachte Matthews. Alle nahmen Platz.

»Gentlemen«, sagte Anderson zu Matthews und Hill, »Colonel Mehle ist vom Special Operations Command. Es war ein SOC-Flugzeug, das heute nacht auf unserem Flugplatz notlandete. Was er Ihnen sagen wird, ist als Top Secret eingestuft. Sie werden außer mir die einzigen Stabsoffiziere in Anniston sein, die eingeweiht sind, und ich muß Sie leider informieren, daß wir alle auf diesen Stützpunkt beschränkt sind, bis diese Sache … äh … geklärt ist.«

Mehle neigte sich vor. Er fühlte sich auf seinem Stuhl anscheinend unwohl. »*Beschränkt* bedeutet, daß Sie den Stützpunkt nicht verlassen und bis auf weiteres keinerlei Kontakt mit jemandem außerhalb haben dürfen«, sagte er. Seine Stimme klang rauh und krächzend, und Matthews glaubte, einen schwachen deutschen Akzent zu entdecken. Hill meldete sich zu Wort.

»Colonel, ich bin im Begriff, einen Zug für Spezialwaffen zusammenzustellen. Ich muß fast täglich mit den Umweltschutzbehörden jedes Staates entlang der geplanten Route und auch mit den Leuten der Eisenbahngesellschaften reden.«

Mehle schaute ihn finster an. »Wir sind hier, um über Ihren Zug zu sprechen, Major.« Er blickte zu Anderson. »Colonel?«

»Richtig. Carl, Tom, die C-130, die hier heute nacht diese Bruchlandung hatte, transportierte – transportiert – vier Kernwaffen.«

Matthews nickte vor sich hin. Kernwaffen. Er hatte mit seiner Vermutung recht gehabt. Obwohl Kernwaffen in einer C-130 ziemlich ungewöhnlich waren.

»Keine amerikanischen Waffen«, warf Mehle ein. »Russische Gefechtsköpfe. Genauer gesagt, vier russische U-Boot-Torpedos mit Atomsprengköpfen.«

»O Gott!« stieß Hill hervor. »Wie kommen wir an ...«

»Das brauchen Sie nicht zu wissen, Major«, unterbrach Mehle. »Und ich möchte sehr von Spekulationen abraten.«

»Das Problem«, sagte Anderson schnell, »besteht darin, daß durch die Bruchlandung die Waffen beschädigt worden sind. Der Frachtraum dieser C-130 ist jetzt Gefahrenzone. Deshalb haben wir das CERT und die Wachmannschaft dort.«

»Tritium tritt aus?« fragte Matthews, was ihm einen überraschten Blick von Mehle einbrachte. Matthews war bei einer Dienstzeit vor einigen Jahren Sicherheitsoffizier für den Transport von Kernwaffen gewesen, und als Vorbereitung darauf hatte ihn die Army zu einem vierwöchigen Sicherheitskursus für Nuklearwaffen geschickt.

»Ja, das nehmen wir an«, gab Mehle widerwillig zu. »Obwohl diese Waffen von Anfang an undicht waren. Aber in verschwindend geringem Maße. Jetzt haben wir unannehmbare Strahlenwerte.«

»Wohin wollten Sie diese Waffen transportieren?«

»Zum INEL«, sagte Mehle. »Das ist das Idaho National Engineering Laboratory in der Nähe von Idaho Falls. Dort sollen sie analysiert und dann verbunkert werden.«

Hill hatte es sich zusammengereimt. Er schüttelte jetzt den Kopf. »Moment mal, Colonel Mehle«, begann er, doch Anderson schnitt ihm das Wort ab.

»Nein, Carl, schalten Sie auf Empfänger der Nachrichten um. Diese Entscheidung wurde auf höchster Ebene im Stab der Army in Washington getroffen. Es ist jetzt viel zu gefährlich, diese Dinger mit einem Flugzeug zu transportieren. Ihr Zug sollte nach Utah fahren. Jetzt wird er nach Idaho fahren.«

»Aber Sir, wir haben zwei Jahre lang daran gearbeitet, die Genehmigungen für 2713 zu erhalten. Wir haben mit jeder betroffenen Behörde gekämpft – mit den Leuten des Staates, des Bundes, der Bahngesellschaften. Sie wissen, daß sie uns nie die Genehmigung erteilen würden, wenn sie von dieser Sache Wind bekommen.«

»Sie werden *nicht* davon Wind bekommen, Major«, sagte Mehle eindringlich. Colonel Anderson fühlte sich sichtlich unbehaglich.

»Carl, und auch Sie, Tom, Colonel Mehles Leute nehmen an, daß die Gehäuse der Torpedosprengköpfe bei der Bruchlandung beschädigt wurden. Das Strahlenproblem könnte noch viel schlimmer werden, als es jetzt ist. Wir müssen diese Dinger von hier fortschaffen. Von diesem Stützpunkt, wenn Sie verstehen, was ich meine.«

»Sie haben hier in Anniston bereits besonders gesicherte Güterwagen«, sagte Mehle und starrte immer noch Hill an. »Wir werden vier davon brauchen, einen pro Waffe. Wir werden mit Blei ummantelte Container und Umweltschutzverpackungen einfliegen.«

»Unsere Anweisungen lauten, diese Waffen in 2713 einzulagern«, sagte Anderson. »Wenn sie erst in ihren richtigen Behältern sind, werden sie keine größere Gefahr darstellen als der Rest dessen, was mit diesem Zug transportiert wird.«

»Colonel, ich möchte respektvoll widersprechen«, sagte Hill. »Das Material, das wir transportieren, ist nicht mit chemischen Stoffen kontaminiert – nur mit den binären Bestandteilen. Zugegeben, sie sind giftig, aber wir reden von Rückständen chemischer Substanzen, nicht von Nervengas. Und er redet von tatsächlichen Atomwaffen. Von russischen Waffen, um Himmels willen – wer weiß, welchen Sicherheitsstandard diese Dinger haben?«

Colonel Anderson seufzte. Eine derartige Vorgehensweise war er nicht gewohnt. Matthews war überzeugt, daß der Colonel Verständnis für Carls Einwände hatte, aber er hatte fast 20 Jahre in der Army gedient und wußte ebenfalls, daß hier eine Dampfwalze der Army im Rollen war. Anderson blickte auf die Wanduhr. Es war fast ein Uhr. »Gentlemen, wir haben unsere Befehle«, sagte Anderson. »Colonel Mehles Leute werden die Waffen vorbereiten. Tom, klären Sie ab, wie sie von der C-130 zu der doppelt gesicherten Anlage in Gebäude 9 transportiert werden. Carl, stellen Sie fest, was Sie tun müssen, um vier unserer schweren Behälter zur Aufnahme der Waffen frei machen zu können; dann arbeiten Sie einen Plan für die Eingliederung der Waffen in den Zug aus.«

»Einschließlich der Sicherheit unterwegs«, fügte Mehle hinzu. »Wir werden eine Vierundzwanzig-Stunden-Wachmannschaft an Bord und ständige Sicherheits-Kommunikation brauchen.

Hill blickte von Mehle zu Anderson. »Jawohl, Sir«, sagte er schließlich. »Ich werde einen Kommandowaggon für den Zug anfordern. Und einen Waggon für die Wachen. Colonel Mehle, ist Ihnen klar, daß die Fahrt ungefähr drei Tage dauern wird, vielleicht länger?«

»Meine Leute werden sich bemühen, uns Priorität zu verschaffen«, sagte Mehle.

»Wie wollen Sie das schaffen, ohne den Eisenbahngesellschaften den Grund zu nennen?« fragte Matthews.

»Das ist mein Problem, Major. Sie kümmern sich um Ihres. Colonel Anderson, ich denke, diese Besprechung ist beendet. Wir beide müssen miteinander reden.«

Anderson nickte und stand auf. Es schien ihm zu widerstreben, einfach so zu gehen. Aber Mehle marschierte bereits auf das Büro zu. Matthews signalisierte Anderson mit einer versteckten Geste »Wir werden daran arbeiten«, und dann war er mit Carl Hill allein.

»Ich kann nicht glauben, daß sie das tun wollen«, sagte Hill leise. »Es hat uns zwei – nein drei Jahre gekostet, bei all diesen Zivilisten dort draußen Überzeugungsarbeit zu leisten und Vertrauen in unser Handeln aufzubauen. Das Material, das wir transportieren, ist zwar giftig, aber im wesentlichen sicher. Es sind keine eigentlichen Waffen, nur giftige Bestandteile. Und jetzt ...«

»Ja, ich weiß, Carl«, sagte Matthews, erhob sich und bedeutete Hill, mit ihm den Konferenzraum zu verlassen. »Aber wir beide haben Familien, die hier auf dem Stützpunkt wohnen. Der Colonel hat recht. Wir müssen diese verdammten Dinger von hier fortschaffen, bevor eine üble Situation noch schlimmer wird.«

Sie gingen über den Flur, in die Halle und an den Militärpolizisten vorbei in die Nacht hinaus.

»Okay«, sagte Hill, »aber angenommen, unterwegs passiert etwas? Ganz zu schweigen davon, wie wir das erklären würden – was, zum Teufel, würden wir dagegen *tun*?«

»Es ist ja nicht so, als würden die Dinger explodieren«, sagte Matthews. »Nicht mal die Russen halten die Zünder bei den Waffen.«

Hill blieb auf der vorderen Treppe stehen. Der Komplex des Hauptquartiers war vom Bereich für chemische Operationen abgetrennt, dessen fensterloses Betongebäude 700 Meter entfernt war. »Das ist etwas, das du nicht *weißt*, Tom. Tatsache ist, daß wir über diese Waffen nur das *wissen*, was uns dieser Mehle gesagt hat, und ich traue diesem Typen nicht. Aber ich sage dir eines.«

»Was?«

»Es juckt mich nicht, daß ich nur Major bin. Ich will diese Befehle schriftlich haben.«

Matthews nickte nachdenklich. »In gewisser Weise würde eine solche Bitte einer Beleidigung Colonel Andersons gleichkommen, aber Carl hatte recht. Matthews war plötzlich froh, nicht der Leiter des Projektes Zug 2713 zu sein, mit dem Kernwaffen transportiert werden würden.

KAPITEL 3

Im Hauptquartier des Federal Bureau of Investigation an der Ninth und Pennsylvania Avenue in Washington, D. C., bemerkte Acting Assistant Director (AD) William Morrow Hanson, daß der Schußlärm abflaute, als er seine Vorbereitungen in der Schießhalle traf. Er untersuchte seine Sig-Sauer-Pistole Modell P-228, setzte Hör- und Augenschutz auf und lud zwei Magazine.

Er hatte als Zeit für das Qualifikations-Schießen auf dem abgeänderten Practical Pistol Course absichtlich den Morgen gewählt, doch es spielte anscheinend keine Rolle. Es hatte sich herumgesprochen, daß Hush Hanson auf dem Schießplatz war, und die Leute wollten zusehen. Es war ihm für gewöhnlich peinlich, doch jetzt ignorierte er die Ablenkung und konzentrierte sich. Er schob das Magazin ein, steckte die Pistole ins Holster, drückte auf den Knopf für die Zielanforderung und wartete, die Hände an der Seite, die langen Finger lockernd.

Sieben Meter entfernt schwang im halbabgedunkelten Zielbereich das Ziel in Form eines Torsos herum und ihm entgegen. Er zog und feuerte in einer glatten Bewegung. Dann schob er die Waffe ins Holster zurück und wiederholte die Prozedur des Ziehens und Schießens fünfmal. Als ein gelbes Lämpchen an seinem Stand aufleuchtete, ging er zurück zu der 15-Meter-Linie und wiederholte die Schußfolge bei einem neuen Ziel. Dort lud er im richtigen Moment nach, vollendete die Serie mit sechs Schüssen an der 25-Meter-

Linie und sechs weiteren mit links. Dann begann alles von neuem mit frischen Zielen.

Er würde niemals zugeben, wieviel Befriedigung ihm das Schießen auf dem PPC bereitete. Hier brauchte er sich keine Sorgen um Bürokratie, politisch korrekte Spitzfindigkeiten oder Feinheiten der Formulierungen zu machen. Hier kam es nur auf schnelle Reflexe, auf glattes Ziehen und Feuern an. Die wunderbar ausbalancierte Waffe schwang aus dem Holster und richtete sich auf das Ziel, als wäre sie mit Leben erfüllt. Weil er große Hände hatte, feuerte er einhändig, stand leicht geduckt und hielt mit der linken Hand sein Jackett zurück, während die rechte die Aufgabe erledigte. Es gab kein Zögern, um zu zielen oder ein Auge zusammenzukneifen oder den Atem anzuhalten. Einfach ziehen und schießen, wenn sich das Ziel zeigte. Alles und jedes ringsum wurde zum unwichtigen Hintergrund. Und jedesmal, wenn er mit der 9-mm-Pistole feuerte, stellte er sich zwischen Kimme und Ziel einen Laserstrahl vor, die Namen Domingo, Herrera, Santos und Belim flüsterten unterbewußt zu den Schußgeräuschen, zu dem Triumphgefühl, wenn er sich entschied, durch welches Auge des Zieles er schießen wollte und dann das schwarze Loch in der Scheibe sah. Er war bei Gott ein guter Schütze.

Danach sicherte und überprüfte er seine Waffe und legte sie auf den Tisch an der Sicherheitslinie. Er schüttelte die Arme aus und atmete ein paarmal tief durch, während er eine kleine elektronische Zähluhr beobachtete, die darüber angebracht war. Drei zitternde orangefarbene Achten der Digitalanzeige starrten ihn gleichgültig an. Er entfernte den Augen- und Ohrenschutz. Jetzt nahm er wieder vage die Leute wahr. Die Anzeige flackerte und registrierte dann 300. Perfekte Trefferzahl. Er ignorierte das Murmeln hinter sich, als ein Assistent der Schießplatzleitung die Zielscheiben zur Linie einholte. Es gab einige andere Agenten im Hauptquartier, die auf 300 Punkte kamen. Was für Gesprächsstoff sorgte, war die Tatsache, daß der Gesichtsteil von jedem Ziel, auf das Hush Hanson geschossen hatte, in Augenhöhe schwarz durchlöchert war.

Hush nahm die Magazine und trug die Sig, mit dem Lauf nach oben, den offenen Schlitten sichtbar, zur Reinigungsstelle, wo Morrison, der Schießplatzleiter, ein Ex-Marineinfanterist, ihn erwartete.

»Mitten in den Kopf, Mr. Hanson?« murmelte Morrison und betrachtete die Zielscheiben, als Hush auf ihn zutrat. Die nächste Runde der Schützen, die sich hinter ihm auf dem PPC aufstellten, betrachtete ebenfalls die Zielscheiben mit den durchlöcherten Gesichtern.

Hush lächelte, sagte jedoch nichts. Er überreichte seine Pistole, damit die Waffenexperten sie reinigen und inspizieren konnten.

»Sie bekommen Sie in einer Stunde wieder, Sir«, sagte Morrison. Als Hush davonging, schob der Leiter des Schießstandes seine zehn Finger durch die Löcher in den Gesichtern der Zielscheiben und hielt sie hoch wie aufgespießte Zettel.

Hush wurde von Special Agent Jimmy Watkins abgefangen, der mit einem gelben Fernschreiben in der Hand schnell durch den Eingang zur Schießhalle kam. Watkins übergab Hush das Fernschreiben mit fast militärischer Schneidigkeit. Er war neu bei der Independent Investigations Task Force (IITF).

»Der Direktor möchte Sie sprechen, Sir«, sagte er ein wenig lauter als nötig.

»Na prima«, erwiderte Hush und überflog das Fernschreiben. Ins Büro des Direktors gerufen zu werden verursachte gewöhnlich Nervosität und Beklommenheit. Andererseits ging es in dem Fernschreiben um die Sprengung einer

Brücke. Wenn man das in Zusammenhang mit dem Ruf ins Büro des Direktors brachte, wurde das Leben vielleicht interessant.

Hush und der jüngere Agent gingen durch die Halle zu den Aufzügen. Letzterer beeilte sich, um mit Hushs langen Schritten mitzuhalten. Hush Hanson war fast zwei Meter groß. Er ging ein wenig vornübergeneigt, als wäre ihm unbewußt klar, daß er nur so durch die meisten Türen paßte. Er hatte klare, blaugraue Augen, buschige, graumelierte Brauen und ein längliches, etwas mürrisch wirkendes Gesicht. Seine englischen Ahnen hätten normannische Züge darin entdeckt. Sein Haar war oben lang, jedoch im Nacken kurz – ebenso an den Seiten, eine Rücksichtnahme darauf, daß es dort zu ergrauen begann. Sein maßgeschneiderter dunkler Anzug war angemessen konservativ für das FBI-Hauptquartier. Er trug eine dezente Seidenkrawatte zum weißen Hemd und auf Hochglanz polierte Schuhe aus Korduanleder. Hoover hätte sein Äußeres gebilligt.

Im Aufzug setzte Hush seine Lesebrille auf und las das Fernschreiben. Es kam von Joseph Herlihy, dem SAC des FBI-Büros St. Louis, Missouri. Er informierte ihn über ein größeres Zugunglück auf einer Brücke über den Mississippi in der Nähe von Cape Girardeau, Missouri. Hush erinnerte sich vage, daß er an diesem Morgen in einer Sendung von CNN etwas darüber gehört, der Nachricht jedoch nicht viel Aufmerksamkeit geschenkt hatte. Das Interessante an Herlihys Bericht war folgendes: Laut erster polizeilicher Ermittlung war die Brücke nicht, wie anfangs gemeldet, eingestürzt, sondern gesprengt worden. Hush runzelte die Stirn und nahm die Lesebrille ab.

»Haben wir sonst noch etwas darüber?« fragte er und wedelte mit dem Fernschreiben.

»Nein, Sir«, sagte Watkins und verrenkte sich fast den

Hals, um Hush ins Gesicht zu sehen. »Die Einsatzzentrale schickte uns diese Kopie nach einem Anruf vom Büro des Direktors. Ich nehme an, das wird ein Fall für die IITF?« Watkins, ein siebenundzwanzigjähriger Agent mit sandfarbenem Haar und blauen Augen, zückte sein Notizbuch und hielt den Kugelschreiber bereit, um Anweisungen entgegenzunehmen. Hush fragte sich, ob er jemals auch so jung und unerfahren gewirkt hatte. Vermutlich, sagte er sich.

»Ja, ich rechne damit«, antwortete er nur. Er blickte auf den mit Teppich ausgelegten Boden des Aufzugs, der zum siebten Stock hochfuhr. Er hatte das Gefühl, Schmetterlinge im Bauch zu haben, wie meistens, wenn er ins Büro des Direktors bestellt wurde. Hush Hanson war nach einer äußerst erfolgreich abgeschlossenen Ermittlung von dessen Vorgänger zum Leiter der IITF und gleichzeitig zum AD ernannt worden. Der jetzige FBI-Direktor war jedoch darauf bedacht, das Amt des AD in allen Hauptquartieren mit seinen eigenen Leuten zu besetzen; einige waren bereits in den vorzeitigen Ruhestand geschickt, die Ernennungen anderer noch nicht bestätigt worden. Hushs Ernennung war eine davon. Er übte den Posten des IITF-Direktors als *amtierender* AD im Staatsdienst aus, gleichbedeutend mit der Besoldungsstufe GS-16, wie drei andere Abteilungsleiter im Hauptquartier.

Die Aufzugtür öffnete sich, und sie traten ins Foyer der Chefetage. Das Büro des Direktors befand sich am Nordende der Haupthalle. Davor gab es zwei Glastüren und einen Empfangsbereich. Dort erblickte Hush einige andere der ranghöheren ADs und eine auffallend attraktive Frau, die er schon des öfteren gesehen hatte, deren Name ihm jedoch entfallen war. Watkins warf einen Blick auf die Gruppe der ranghohen Beamten in der Halle und trat bescheiden zurück in den Aufzug, als sich die Tür hinter Hush schloß.

Hush erkannte, daß dies eine Einsatzbesprechung werden

würde; anwesend waren die ADs der Kripo, des Finanzressorts, der Informationsabteilung, der Abteilung Nationale Sicherheit, der Inspektion, der Abteilung für Öffentliche- und Kongreßangelegenheiten und des Labors mit ihren Stellvertretern. Der Deputy Director des FBI, George Wellesley, stand rechts neben den Glastüren. Er begrüßte Hush, der mit ausdrucksloser Miene zu ihm ging.

»Mr. Hanson«, sagte Wellesley und schaute in Hushs Gesicht, als er ihm die Hand reichte.

»Guten Morgen, Deputy Director«, sagte Hush und schüttelte ihm förmlich die Hand. Es war, als hätten sich die beiden noch nie getroffen. George Wellesley, ein schlanker Mann mit dunklem Teint, war zwei Jahre jünger als Hush. Er war Brigadier General der Air Force in der hochpolitischen Abteilung für Militärdoktrin im Stab des Hauptquartiers der Air Force gewesen, bevor er zum FBI gekommen war. Die Tatsache, daß er sich nicht im FBI hochgearbeitet hatte, machte ihn unempfindlich gegenüber dem normalen Netzwerk von Karrierebündnissen und Kungelei, was der Direktor zweifellos beabsichtigt hatte, als er ihn vom Pentagon mitgebracht hatte. Hinter vorgehaltener Hand nannte man ihn beim FBI »Heinrich« wie Himmler, was zum Teil auf die Ähnlichkeit seiner Gesichtszüge mit denen von Hitlers Gefolgsmann und zum Teil auf Wellesleys bürokratische Rolle in der Chefetage zurückzuführen war. Der Direktor nannte ihn George; Wellesley hatte alle anderen herzlich aufgefordert, ihn mit »Sir« oder »Deputy Director« anzusprechen.

Wellesley blickte erst auf seine Armbanduhr und dann auf die Gruppe. »Gentlemen«, sagte er. »Und, äh, Lady. Assistant Director Hanson und ich werden ein paar Minuten mit dem Direktor sprechen und Sie anschließend im Konferenzraum über das Thema informieren. Es wird nicht lange dauern.«

Wellesley drängte Hush durch die große Mahagonitür in

das Büro des Direktors. Dieser stand an einem großen Bibliothekstisch, der mit Stapeln von farbig kodierten Aktenordnern bedeckt war. Es war seine Angewohnheit, im Laufe des Tages den Tisch zu umrunden und sich jeden Stapel einzeln vorzunehmen. Das Büro war L-förmig und groß, mehr als Wohnzimmer ausgestattet, nicht als Büro. In der Längsseite des L gab es einen zweiten Bibliothekstisch mit weniger Akten, einem großen ledernen Lehnsessel neben einer Kommunikations-Konsole, eine Ledercouch, Beistelltische, Bücherregale sowie eine Sitzecke vor einem Kamin. An der kurzen Seite des L standen ein herkömmlicher Schreibtisch und ein Schreibtischsessel. An der Wand dahinter hingen gerahmte Bilder, die den Präsidenten, den gegenwärtigen Justizminister und J. Edgar Hoover zeigten.

Der Direktor forderte seine beiden Besucher mit einer Geste auf, sich auf die Couch gegenüber dem Lehnsessel zu setzen. Die Panoramafenster hinter ihm, deren Vorhänge zum Teil aufgezogen waren, blickten zur Pennsylvania Avenue hinaus, die im morgendlichen Smog zu einem V verschwand, das zum Weißen Haus verlief. Gedämpfte Verkehrsgeräusche drangen zum sonst stillen Büro herauf, und das Kratzen des Füllfederhalters des Direktors war zu hören, als er etwas schrieb. An allen Fenstern waren kleine Drähte der Anti-Abhörvorrichtung angebracht.

»Nur einen Augenblick«, sagte der FBI-Direktor, während er den Füllfederhalter ablegte und etwas mit einem großen roten Filzschreiber unterzeichnete. Keinem sonst im Hauptquartier des FBI war es erlaubt, rote Tinte zu benutzen.

»So, das war's.« Er schloß den Aktendeckel, ging zum Lehnsessel und nahm darin Platz. Er bewegte sich langsam, jedoch mit einer Geschmeidigkeit, die seine 70 Jahre Lügen strafte. »Ich hörte, jemand hat eine Eisenbahnbrücke in die Luft geblasen?«

»Jawohl, Sir«, erwiderte der Deputy Director. »Eine ziemlich große Eisenbahnbrücke über den Mississippi, komplett mit einem Güterzug.«

»Wissen wir ganz sicher, daß die Brücke absichtlich gesprengt wurde?« fragte der Direktor.

Hush wand sich ein wenig auf der Couch; wegen seiner Größe mußte er mit angewinkelten Knien sitzen, fast wie ein Erwachsener, der an einer Lehrerkonferenz in der Grundschule teilnimmt. Die Couch war niedriger als der Sessel des Direktors. Hush faltete die langen Hände und hörte aufmerksam zu.

»Jawohl, Sir«, antwortete Wellesley. »Die Staatspolizei von Missouri und Illinois war als erste am Tatort, gefolgt von der Polizei der Eisenbahngesellschaft. Dann trafen die Unfall-Ermittler der Union Pacific ein – sie ist Besitzer dieser Brücke. Heute morgen fand sich ein Team des Sicherheitsbüros der Bahngesellschaft aus Washington ein. Die Staatspolizei meldet, daß es zweifelsfrei Anzeichen für Sprengstoff auf der Missouri-Seite des mittleren Brückenbogens gibt. Da es eindeutig kein Unfall war, hat die Union Pacific ihre Leute abgezogen. Und weil die Explosion auf der Missouri-Seite stattfand, hat die Highway Patrol des Staates Missouri die Leitung der Ermittlung übernommen.«

Der Direktor seufzte. »Und ich vermute, Sie haben empfohlen, daß die IITF diesen Fall übernimmt?«

Sein Vorgänger hatte die IITF gebildet, um jene großangelegten Ermittlungen durchzuführen, bei denen wahrscheinlich verschiedene Regierungsbehörden beteiligt sein würden. Er selbst hatte bis jetzt noch nichts unternommen, um dieses System zu ändern, obwohl Hush wußte, daß einige der ranghöheren ADs, besonders Carswell von der Abteilung Nationale Sicherheit, die IITF aufteilen wollten, um ihre eigenen Kompetenzen zu vergrößern. Hush kam für den Vorruhestand in Frage, und es hatte im vergangenen Jahr einige subtile Sondierungen in dieser Richtung gegeben. Wenn der Direktor der IITF ihm einen bedeutenden Fall zuteilte, würde man das als Vertrauensbeweis betrachten.

»Jawohl, Sir«, sagte Wellesley. »Dies war offenbar ein großes Zugunglück. Fast hundert Waggons stürzten in den Fluß, Tankwaggons mit Chemikalien und dergleichen. Ich bin entschieden dafür, daß wir diesen Fall übernehmen, und die IITF erlaubt uns, dies ohne Überschneidung der Behördenkompetenzen zu tun. Ich schlage ebenfalls vor, AD Hanson die Leitung zu übertragen. Ihm persönlich.«

Der FBI-Direktor nickte, und seine geduldige Miene gab Hush plötzlich das Gefühl, daß die beiden vielleicht den Text eines vorbesprochenen Drehbuches durchgingen. »In Ordnung«, sagte der Direktor, »das ist ganz Ihr Vorrecht, George. Warum wollten Sie mich also sprechen? Sie wollten doch nicht nur eine Bestätigung, daß wir mit Ihren Vorschlägen einverstanden sind?«

Gute Frage, dachte Hush, während er Wellesleys Gesicht musterte. Es war ziemlich ungewöhnlich, wenn auch nicht beispiellos, daß das FBI einem AD des Hauptquartiers die persönliche Leitung eines Falles vor Ort übertrug.

Wellesley legte seinen Aktenhefter mit den Unterlagen für das Briefing ab. »Nun, Sir, ich möchte auch ein internes politisches Problem lösen.«

»So?« Der Direktor konnte ihm noch nicht folgen. Ebensowenig Hush.

»Ich möchte Carolyn Lang – sie ist derzeit die stellvertretende Leiterin der Abteilung Öffentliche- und Kongreßangelegenheiten – zur Nummer zwei in diesem Fall ernennen, zur Stellvertreterin von Mr. Hanson.«

Hush sah einen Schimmer von Verstehen in den Augen des Direktors und erkannte, daß sie zum Kern der Sache gekommen waren. Der Direktor bedachte ihn jetzt mit diesem durchdringenden Adlerblick, für den er im FBI berüchtigt war und für den die Leute im Hauptquartier einige farbige Bezeichnungen hatten.

»Wie interessant, George«, murmelte der Direktor. »Haben Sie sich hier über Mr. Hanson geärgert?«

Wellesley lächelte breit und schüttelte langsam den Kopf. Er ließ die Bedeutung dessen, was der Direktor soeben gesagt hatte, auf Hush einwirken, der sich mittlerweile an den Namen Lang erinnert und die Verbindung zu der Frau im Vorzimmer hergestellt hatte.

»Aber nein, Sir, überhaupt nicht«, sagte Wellesley.

Der Direktor wandte sich wieder an Wellesley. »Nun, George, das ist vielleicht eine ausgezeichnete Idee. Sie zur Nummer zwei bei einer wichtigen Ermittlung zu machen und zugleich wissen zu lassen, daß sie eine Bewährungsprobe ablegt. Wenn sie diese vermasselt, kann sie einpacken. Wenn sie ihre Sache gut macht, belohnen wir sie mit einer Beförderung. Das gefällt mir.«

Er schaute erneut zu Hush. »Und ich meine, Mr. Hanson, es wird Ihnen ebenfalls gefallen. Besonders da es mir gefällt, wie Sie sicher verstehen werden.« Die Geräusche eines Verkehrsunfalls drangen von der Straße herauf, und der FBI-Direktor erhob sich und ging zum Fenster, um auf die Pennsylvania Avenue hinunterzublicken. »Ich nehme an, Sie haben sich an den Namen Carolyn Lang erinnert?« sagte er über die Schulter.

»Ja, Sir. Ich habe von Miss Lang gehört«, sagte Hush. Er fühlte sich auf der Couch allmählich eingeengt. Er war jetzt mehr denn je davon überzeugt, daß der Direktor und sein Stellvertreter diese kleine Szene geplant hatten.

»Für uns Sterbliche ist das Miss Lang«, sagte der Direktor und blickte immer noch aus dem Fenster. »Sie müssen die schöne Fassade außer acht lassen und in Adjektiven wie *kompetent, tödlich, ehrgeizig, intelligent, listig und rücksichtslos* denken. Sie ist eine schöne, professionelle Frau, die Karriere machen will und dabei angeblich wenig Skrupel hat, über Leichen zu gehen.« Er kehrte zu seinem Sessel zurück und ließ Hush einen Moment Zeit, das Gehörte zu verarbeiten. Wellesley betrachtete seine Fingernägel, während der Direktor fortfuhr.

»Miss Lang sollte nicht mit jemandem so Trivialen wie einer Büstenhalter verbrennenden Feministin verwechselt werden«, erklärte der Direktor. »Obwohl sie bekannt dafür ist, von Zeit zu Zeit gegen sexuelle Diskriminierung und Belästigung zu kämpfen. Aber ich finde, sie ist in erster Linie ehrgeizig. Sie hat nur den Preis im Auge, Konzentriert wie ein Profi.« Er bedachte Hush mit einem weiteren Adlerblick. »Mit anderen Worten, sie ist uns sehr ähnlich, Mr. Hanson.«

Wellesley schien Hushs nächste Frage zu ahnen und ließ ihm nicht die Zeit, sie zu stellen. »Warum tun wir das also?« fragte er rhetorisch. »Hauptsächlich weil es bei ihrem letzten Einsatz im Außendienst einige Probleme gab. Sie wurde als ASAC nach St. Louis geschickt, was nicht klappte.«

»Warum haben wir dann diese Diskussion?« Hush achtete sorgfältig darauf, seine Frage Wellesley zu stellen, nicht dem Direktor, denn er wollte nicht herausfordernd wirken. Trotzdem antwortete der Direktor.

»Weil wir nicht ganz sicher wissen, was dort draußen geschehen ist, und Seine Herrlichkeit Herlihy hat sich entschieden ... zurückhaltend zu sein. Das Ergebnis war, daß ein anderer ranghoher Agent, der dort angeblich für den Posten als Nummer zwei vorgesehen war, abrupt in den Ruhestand ging und es äußerst unangenehme Gerüchte über sexuelle Belästigung gab.«

Hush begann zu begreifen. Was auch immer in St. Louis

passiert war, das FBI hatte anscheinend genug Dreck am Stecken, um Carolyn Lang eine weitere Chance geben zu müssen. Was bedeutete, daß sie irgendwo einen ranghohen Befürworter haben mußte. Es war ebenfalls offensichtlich, daß weder der Direktor noch sein Stellvertreter weitere Informationen geben würden.

»In Ordnung, ich glaube, ich kann mir ein Bild machen«, sagte Hush schließlich.

Wellesleys Gesicht hellte sich auf. »Gut«, sagte er. »Das wäre dann erledigt.«

»Nicht ganz«, sagte der Direktor. Er setzte sich aufrecht, legte die Hände auf die Knie und wirkte genau wie der Washingtoner Potentat, der er war. Selbst bei dem Höhenunterschied zwischen Sessel und Couch mußte der Direktor aufblicken, um Hush in die Augen zu sehen. »Mr. Hanson, Sie bekleiden vorübergehend als AD eine GS-16-Stelle. In ›amtierender‹ Eigenschaft ist *Miss* Lang eine GS-15. Sie hat ihre Arbeit auf ihrem Spezialgebiet Finanzbetrug begonnen. Sie zeigt die Bereitschaft, so lange und hart zu arbeiten, wie es nötig ist, um die bösen Buben alle vor Gericht zu bringen, und das tut sie auf eine Art und Weise, daß nicht einmal diese kriecherischen Liberalen in der Justiz sie daran hindern können.«

Hush schwieg.

Der Direktor neigte sich in seinem Sessel vor. »Ich werde völlig hinter Ihnen stehen, Mr. Hanson«, sagte er. »Wenn dieser Fall vorüber ist, wird einer von Ihnen zur ständigen SES-Besoldungsstufe befördert, der andere vermutlich in den Ruhestand versetzt werden.«

»Und Sie werden den Vorteil haben zu wissen, was bei Ihrer Arbeitsbeziehung auf dem Spiel steht, nicht wahr?« fügte Wellesley hinzu. Der Direktor und er schauten Hush erwartungsvoll an. Mit anderen Worten, die Frau ist ein Problem, dachte Hush. Du hast die Wahl. Erledige sie für uns, und du wirst befördert. Wenn du es nicht tust, wird *sie* befördert. Beide schauten ihn immer noch an. Er entschied, nichts zu sagen und statt dessen nur zu nicken.

»Jetzt weiß ich, warum man Sie ›Hush‹ nennt, Mister ›Pst‹«, sagte der Direktor mit einem anerkennenden Lächeln. »Es gibt viele Leute in diesem Gebäude, die etwas von Ihnen lernen könnten, nehme ich an. Ich glaube, wir sind hier fertig, George, es sei denn, Mr. Hanson hat irgendwelche Fragen?«

»Nur eine«, sagte Hush. »Wir werden es bei diesem Fall mit anderen Regierungsbehörden zu tun bekommen. Als meine Stellvertreterin wird Miss Lang eine Schlüsselrolle in der Koordinierung der übergeordneten Einsatztruppe einnehmen, sowohl praktisch als auch politisch. Wenn sie dabei Schnitzer macht, darf ich sie dann abziehen?«

»Sie dürfen *empfehlen*, daß sie abgezogen wird«, sagte der Direktor. »Wenden Sie sich an George, der mich natürlich zu Rate ziehen wird. *Wir* werden jederzeit eine solche Entscheidung treffen, sollte es dazu kommen oder sie offiziell versagen.«

Der Direktor hob die Augenbrauen, nickte ihnen beiden zu und stand auf, womit er anzeigte, daß die Konferenz beendet war. Hush und Wellesley erhoben sich. Der Direktor blickte sie wieder an. »Ehrlich gesagt, Mr. Hanson, ich bezweifle, daß Agent Langs *In*kompetenz Ihr Problem sein wird. Guten Tag, Sir.«

Der Deputy Director berührte Hush am Ellenbogen und nickte zur Tür. »Ich habe eine Chefkonferenz im Konferenzraum einberufen«, sagte er zum Direktor. »Wir werden einen Überblick über den Fall erhalten und danach die Ernennungen bekanntgeben.«

»Prima, George«, erwiderte der Direktor, der bereits den

nächsten Stapel Akten in Angriff nahm. Hush folgte dem stellvertretenden Direktor aus dem Büro und fragte sich, in was, zum Teufel, er soeben hineingeraten war.

Sie gingen hinüber zum Konferenzraum, wo die anderen ranghohen Abteilungsleiter bereits Platz genommen hatten. Ein Mann von der FBI-Einsatzzentrale, der über den Fall referieren sollte, wartete geduldig am Podium. Wellesley ließ sich auf dem leeren Stuhl des Direktors nieder, eine kleine, aber wirkungsvolle Zurschaustellung seiner Nähe zum Thron der Macht. Hush ging an der Wand entlang zu seinem Platz. Im Konferenzraum des Direktors durften nur amtierende ADs am Tisch sitzen, stellvertretende und geringere Sterbliche saßen an der Wand als sogenannte »Hinterbänkler«, bereit, ihren Chefs schnell Fakten und Zahlen zu liefern, wenn danach gefragt wurde.

Als Hush sich langsam auf seinem Platz niederließ, sah er Senior Special Agent Lang auf dem vorletzten Stuhl in der gegenüberliegenden Reihe der Hinterbänkler sitzen. Ihr Gesicht war dem vorderen Teil des Konferenzraumes zugewandt, und so konnte er sie verstohlen mustern. Sie wirkte groß. Einsachtundsiebzig, vielleicht sogar einsachtzig, mit einer athletischen Figur und dichtem aschblondem Haar. Sie hatte einen reinen Teint und trug kein sichtbares Make-up. Ihre Kleidung war dezent und sehr geschäftsmäßig: dunkle Freizeithose, elfenbeinfarbene Bluse, konservativer blauer Blazer, flache Schuhe und kein Schmuck. Sie ist sehr hübsch, dachte er, aber nicht schön. Ihr Gesichtsausdruck ist viel zu ernst, wenigstens im Profil. Im Konferenzraum wurde es still, und Hush konzentrierte sich ebenfalls auf den Sprecher.

»Beginnen Sie mit dem Briefing«, forderte ihn der Deputy Director auf.

Die Beleuchtung wurde herabgedimmt, und ein Video erschien auf der Projektionsleinwand. Es gab einige Laute der Bestürzung beim Anblick des Zugwracks. Das Video war im Licht des frühen Morgens von der Missouri-Seite des Mississippi aus, ein paar hundert Meter stromaufwärts, aufgenommen und dann in einer Telekonferenz zum FBI in Washington gesendet worden. Der mittlere Brückenbogen war noch zum Teil mit dem östlichen Pfeiler auf der Illinois-Seite verbunden, obwohl er sich während der Explosion verformt hatte und die westliche Hälfte unter dem kleinen Berg von Waggonwracks, der aus dem Fluß ragte, fast begraben war. Auf dem westlichen Brückenpfeiler standen einige Leute zwischen gelbem Trassierband, mit dem der Tatort gekennzeichnet war und das durch das Stahlgitterwerk flatterte. Zwei Feuerlöschboote des Pionierkorps der Army waren auf der Stromabwärts-Seite stationiert, wo mit kleineren Schleppbooten versucht wurde, eine Barriere zum Auffangen von ausgelaufenem Öl über den Fluß zu spannen.

»Also gut, dies *ist* eine große Sache«, sagte der Deputy Director, als das Video endete. »Welche Fakten haben wir zu dieser Stunde?«

Der Mann von der FBI-Einsatzzentrale schaltete das Licht ein und zog seine Notizen zu Rate.

»Sir, der Vorfall ereignete sich gegen 1 Uhr 30 Central Time heute morgen, basierend auf der Tatsache, daß die Einsatzzentrale der Union Pacific den Funkkontakt über diese Brücke um ungefähr 1 Uhr 25 verlor. Die Telefongesellschaft AT&T bestätigt den Ausfall von mehreren Schaltkreisen der Fernleitungen zu dieser Zeit. Der Zug war ein gemischter Güterzug aus Tankwagen, insgesamt achtundachtzig geschlossenen Waggons. Die Brücke wurde offenbar gesprengt, nachdem die drei Loks den mittleren Brückenbogen passiert hatten. Die ersten elf Waggons schafften es über die Brücke, siebenundsiebzig stürzten in den Fluß, wie Sie auf dem Video gesehen haben.«

»Opfer unter dem Personal?« fragte der Leiter der CID-Abteilung.

»Nein, Sir. Laut Union Pacific ist die einzige Besatzung auf den großen Loks gewesen, obwohl sie erklärte, daß immer ein blinder Passagier in einem der Waggons sein kann.«

»Gibt es keinen Dienst- oder Bremswagen mehr?« fragte der Leiter der Abteilung Information. Er war verantwortlich für die weltberühmten Datenbanken des FBI zur Identifizierung bei Verbrechen. Es gab ein wenig leises Gelächter im Konferenzraum.

»Nein, Sir«, erwiderte der Vortragende mit unbewegtem Gesicht. »Wir haben die gleiche Frage gestellt. Bremswagen sind heutzutage nicht mehr üblich.«

»Heutzutage fordert die Gewerkschaft eine Überbesetzung mit Arbeitskräften«, bemerkte der Leiter des Labors und erntete ebenfalls Gelächter.

»Was ist mit giftigen oder gefährlichen Materialien in diesen Tankwagen?« fragte der Leiter der Abteilung Nationale Sicherheit.

»Negativ, was toxische Stoffe anbetrifft, aber neunzehn Tankwaggons transportierten leicht entzündliche Flüssigkeiten, und davon fielen 16 in den Fluß. Das Pionierkorps versucht, einen Auffanggürtel auszulegen, aber wir reden vom Mississippi. Die Frühjahrsströmung ist sehr stark. Dieser Vorfall wird vermutlich größere Umweltverschmutzung zur Folge haben.«

»Also wird sich auch die Umweltschutzbehörde damit befassen«, sagte Wellesley. »Wunderbar. Nun, welche Fakten haben wir über die Ursache?«

»Sir, die bekannten *Fakten* sind folgende: Es gibt sowohl Beweise für explosive Rückstände am westlichen Pfeiler des mittleren Brückenbogens als auch dafür, daß der Kontakt der Zugsicherungs-Zentrale mit dem Zug um 1 Uhr 25 abriß.«

»Meinungen?«

»Nach Meinung des leitenden forensischen Ermittlers der Missouri State Patrol wurde die Brücke gesprengt, während sich der Zug darauf befand. Durch die Explosion stürzten der mittlere Brückenbogen und die meisten Waggons in den Fluß. Der oder die Täter lösten die Detonation entweder per Zeituhr oder Fernbedienung aus und ließ beziehungsweise ließen die Loks zuvor passieren.«

»Beweismaterial?«

»Der Umriß von Drähten und Kabeln hat sich in der Umgebung der Explosionsstelle in den Beton gebrannt.«

»Irgendwelche Beweise für Sender/Empfänger oder andere Elektronik?«

»Bis jetzt nicht, Sir, aber dort draußen sieht es wie nach einem Bombeneinschlag aus, und die Sucharbeiten haben gerade erst richtig begonnen.«

»Okay, was wissen wir über den Sprengstoff?«

»Die ersten Untersuchungen weisen auf Pyrodex hin.«

»Pyrodex? Was ist das?«

Der Laborleiter neigte sich vor, um das Wort zu ergreifen. Er war ein großer, stämmiger Mann mit rötlichem irischem Gesicht und einem Schopf von grau werdendem rotem Haar. Er sprach mit dröhnender Stimme.

»Das ist Schießpulver. Eigentlich ist Pyrodex ein Ersatz für Schwarzpulver. Wird benutzt von Hobbyschützen, die mit Zündplättchen schießen, und von Jägern, die Schwarzpulver benutzen. Es reagiert wie Schwarzpulver, ist jedoch reiner, stabiler und beständiger in der Wirkung.«

»Aber um eine Brücke zu sprengen …?«

»Nun, Schwarzpulver nennt man auch ›Sprengpulver‹. Wenn man etwas wie eine Felsleiste oder einen Kohlenflöz sprengen will, benutzt man einen *detonierenden* Sprengstoff wie Dynamit. Alles geht auf einmal und mit einem einzigen Knall hoch. Aber wenn man etwas Großes von der Stelle bewegen oder entfernen will, zum Beispiel einen riesigen alten Baumstumpf, dann benutzt man einen *sehr schnell verbrennenden*, verpuffenden Sprengstoff wie Nitrozellulose oder das gute alte Schwarzpulver. Diese Stoffe verbrennen sehr schnell, aber sie entwickeln nicht die Hitze wie Dynamit. Man erreicht mehr eine ausgedehnte und massive Hubkraft als einen sofortigen Hammerschlag. Wohlgemerkt, wir sprechen hier von Hundertstel von Sekunden, aber es gibt diese Differenz.«

»Das ist natürlich alles Spekulation«, bemerkte der CID-Mann. »Wir brauchen die Rückstände im Labor, bevor wir irgend etwas wissen.«

»Ja, Bill, das verstehe ich«, entgegnete der Laborleiter. »Aber wir reden hier von Meinungen. Für mich weist dies darauf hin, daß sich jemand in dieser Tätergruppe mit Sprengstoffen auskennt. Oder vielleicht wurde dieser benutzt, weil er verfügbar war. Um eine Brückenkonstruktion von dieser Größe zum Einsturz zu bringen, braucht man eine Menge Dynamit, und das ist nicht mehr so leicht zu bekommen. Pyrodex hingegen kann man im örtlichen Waffenladen kaufen. Hölle, ich glaube, man kann es sogar per Postversand bestellen.«

»Brauchte man nicht soviel Schwarzpulver wie in eine Mülltonne paßt, um diese Brücke zu sprengen?« fragte der CID-Mann.

»Das kommt darauf an, wo Sie es anbringen. Aber man könnte auf ganz legale Weise einen ziemlich großen Vorrat anlegen, solange man genügend Zeit dafür hat.«

»Okay, zurück zum Thema«, sagte Wellesley. »Welche Folgen hat der Ausfall dieser Brücke?«

»Sir, diese Brücke ist im Besitz der Union Pacific. Sie hat diese Information noch nicht geliefert.«

»Die Zentrale der Union Pacific hat angekündigt, im Laufe des Vormittags eine Presseverlautbarung herauszugeben«, meldete sich der Leiter der Abteilung Öffentlichkeitsarbeit. »Aber ich habe den Eindruck, daß man die Sache bereits vertuschen will.«

»Warum?«

»Denken Sie an die Umweltschutzbehörde, an den Austritt von Schadstoffen, die Klagen von Schiffern, die Beschwerden wegen mangelnder Sicherheit beim Gütertransport. Die Union Pacific hat mich an ihre Rechtsabteilung verwiesen.«

»Also gut, ich nehme an, das reicht für einen ersten Überblick«, sagte Wellesley und schaute auf seine Armbanduhr. »CID, irgendwelche Vorstellungen, wer oder was für die Tat in Frage kommen könnte?«

Der AD des CID, ein kleiner, fast kahlköpfiger Mann mit großer Brille in vergoldeter Fassung, raschelte mit einigen Papieren auf dem Tisch vor sich und schüttelte zu jedermanns Überraschung langsam den Kopf.

»Die kurze Antwort lautet, wir haben nicht den geringsten Anhaltspunkt. Eine flüchtige erste Suche in unserer Datenbank des Nachrichtendienstes hat ergeben, daß diese Art Sabotage nicht zu den bekannten Vorgehensweisen subversiver Gruppen, extremer Terroristen oder sogar fanatischer Einzeltäter gehört.«

»Andere Quellen?«

»Wir haben die Nationale Sicherheit natürlich gebeten, in Verbindung mit unseren Brüdern auf der anderen Seite des Flusses zu bleiben, um festzustellen, ob ausländische Agenten oder Saboteure vielleicht darin verwickelt sind.« Er blickte zu den Leuten um den Konferenztisch auf. »Aber im Moment muß ich Ihnen leider berichten, daß der Nachrichtendienst nichts hat. Wirklich null. Dieser Vorfall fällt völlig aus dem Profil.«

Der Deputy Director runzelte die Stirn. Hush wußte, warum. Das Eingeständnis des CID war völlig untypisch. Die Nachrichtenorganisation des FBI hatte fast immer wenigstens einige Informationen oder erweckte zumindest den Eindruck, etwas zu wissen. Die Stille am Konferenztisch wurde lastend.

»Also gut«, sagte Wellesley schließlich. »Ich habe mit dem stellvertretenden Justizminister gesprochen. Das Bureau hat die mündliche Genehmigung, diese Ermittlung zu leiten. Und nun habe ich vor, die Leitung der IITF zu übertragen.«

Der Leiter der Abteilung Nationale Sicherheit erhob sofort Einspruch. »Dies ist eindeutig die Tat von Terroristen«, sagte er. »Sie fällt in unsere Zuständigkeit.«

Wellesley schüttelte den Kopf. »Der Direktor ist der Meinung, dieser Fall wird eine ziemlich große übergeordnete Einsatzgruppe erfordern. Deshalb haben wir die IITF gebildet.«

Der Leiter der Abteilung Nationale Sicherheit, ein großer Mann mit frischer Gesichtsfarbe, der J. Kenneth Carswell hieß, legte ziemlich heftig seinen Kugelschreiber hin, sagte jedoch nichts mehr. Carswell war unter dem vorherigen Direktor gegen die Bildung der IITF gewesen und nutzte jede Gelegenheit, um die Leute wissen zu lassen, daß er die IITF immer noch für eine blöde Idee hielt. Andererseits hatten er und jeder andere im Konferenzraum gehört, daß sich Wellesley auf den Direktor berufen hatte. Wellesley zog es vor, Carswell zu ignorieren.

»Acting AD Hanson wird die Ermittlungen in diesem Fall persönlich leiten«, sagte er. Am Tisch setzte Gemurmel ein. »Ich habe gehört, daß dies schon öfter so gehandhabt worden ist«, fuhr Wellesley fort. »Oh, und Senior Special Agent Carolyn Lang wird seine Stellvertreterin sein.«

Hush bewunderte die glatte, fast lässige Art, mit der Wellesley diese kleine Bombe platzen ließ. Er sah, wie Carolyn Langs Kopf bei der Ankündigung hochruckte und bemerkte einige schnelle, verstohlene Blicke in ihre Richtung, besonders von Hinterbänklern. Der stellvertretende Direktor gestand keine Zeit für weitere Reaktionen zu.

»Mr. Hanson«, fuhr Wellesley fort, »es ist Ihre Entscheidung, wo Sie sich mit Ihrer Abteilung niederlassen, entweder dort draußen oder hier im Gebäude. Ich nehme an, Sie wollen heute am Tatort sein?«

»Ja, das möchte ich«, erwiderte Hush. Er spürte, daß Carolyn Lang jetzt zu ihm herüberschaute, aber er hielt den Blick auf Wellesley gerichtet.

»Gut. Dann werden wir Sie und Miss Lang entschuldigen. Ich möchte die anderen Abteilungsleiter bitten, noch ein paar Minuten zu bleiben. Ich muß einige langfristige Etatthemen besprechen.«

Es gab eine Pause, in der die ranghöheren Assistenten den Konferenzraum verließen. Hush und Carolyn Lang waren die letzten. Hush glaubte, den stellvertretenden Direktor leicht lächeln zu sehen, als er für Carolyn Lang die Tür aufhielt. Sie gingen auf den Flur hinaus und blieben dann stehen, um auf einen Aufzug zu warten. Carolyn Langs Kopfende reichte bis zu seinem Kinn.

»William Hanson«, sagte er und reichte ihr die Hand.

»Mary«, erwiderte sie und ergriff diese. »Typhus-Mary.« Eine Spur von belustigter Herausforderung war in ihren Augen, als sie zu ihm aufblickte.

»Mit zwei f oder einem?« fragte er mit unbewegtem Gesicht.

Sie lächelte, und er ließ ihre Hand los. »Carolyn Lang, Mr. Hanson. Wußten Sie dies vor der Ankündigung des Deputy Directors?«

Er konnte ihr Alter nicht schätzen, aber ihre Haut war makellos. Sie hatte entweder grüne oder haselnußbraune Augen, und er mußte sich zwingen, sie nicht anzustarren. »Mit ›dies‹ meinen Sie Ihre Ernennung zu meiner Stellvertreterin?« sagte er. »Ja, das wußte ich.«

»Ich verstehe. War sie der einzige Grund für Ihr Gespräch mit dem Direktor?«

Hush zögerte. Eigentlich hatte sie eine unverschämte Frage gestellt. Sein Treffen mit dem Direktor ging sie zwar nichts an, aber dann sagte er sich, daß es wichtig für sie war. Dennoch entschied er sich, ausweichend zu antworten.

»Nicht genau. ADs des Hauptquartiers leiten selten Außenoperationen. Er informierte mich, daß Sie die stellvertretende Leiterin der Einsatzgruppe sein werden, aber hauptsächlich ging es bei unserem Gespräch um die Brücke.«

Der Aufzug für die leitenden Angestellten kam, und Hush Hanson wandte sich ab, um die Kabine zu betreten. Carolyn Lang folgte ihm. Er nahm einen Hauch von Parfum wahr, als er seine Karte in den Schlitz des Bedienungsfeldes schob und den Knopf für seine Etage drückte. Es bereitete ihm Unbehagen, ihre Arbeitsbeziehung mit einer Lüge zu beginnen.

»Ich verstehe«, sagte sie wieder. »Während Wellesleys Ankündigung kam mir in den Sinn, daß dies meine Chance zur Wiedergutmachung sein soll.«

»Braucht Ihre Karriere eine Wiedergutmachung?« fragte er. Der Aufzug fuhr hoch.

Sie lächelte ihn von neuem an und strich über ihr Haar. »Sie kommen wohl nicht viel herum, Mr. Hanson«, sagte sie. »Ich hätte gedacht, ich bin ziemlich berüchtigt.«

»Eine Legende, meinen Sie?«

Sie lachte laut. Sie war völlig entwaffnend, und ihr Verhalten paßte nicht zu dem, was ihm im Büro des Direktors über sie erzählt worden war. Er hatte zahlreiche scharfe Kanten und frostige, politisch korrekte Professionalität erwartet. Die Aufzugtüren öffneten sich, und Hush beschloß, nicht mehr zu sagen, als er bereits preisgegeben hatte. Er verspürte immer noch leichte Gewissensbisse wegen seiner Antwort auf ihre erste Frage. Aber bis er genau wissen würde, womit er es zu tun hatte, würde er nach der »Pst«-Methode vorgehen. Er verließ vor Carolyn Lang den Aufzug. Sie holte ihn ein, und sie gingen zusammen über den Flur.

»Ich hoffe, Sie sind reisefertig«, sagte er. »Ich möchte gleich zum Tatort fliegen, und ich finde, Sie sollten ebenfalls dort sein.«

»Wann?« fragte sie und warf einen Blick auf ihre Armbanduhr. Er blieb vor seinem Büro stehen und sah auf seine Uhr.

»Mein IITF-Deputy, Tyler Redford, wird feststellen, ob die Air Force irgendeine Maschine auf Andrews verfügbar hat. Er wird Ihnen die Abflugzeit mitteilen. Ich rechne damit, vielleicht zwei Tage dort draußen zu sein, und dann werden wir hierhin zurückfliegen. Im Augenblick werde ich meine Leute in einem der Lagebesprechungsräume in der Einsatzzentrale unterbringen, bis ich weiß, wie die Dinge laufen. Haben Sie schon jemals in einer übergeordneten Einsatztruppe gearbeitet?«

»Nein, Sir, das habe ich nicht.« Schluß mit dem Spaß. Sie war jetzt ganz geschäftsmäßig. Sie hatte ein kleines Notizbuch hervorgeholt und machte Notizen. Wenn seine Version über das Treffen im Büro des Direktors beunruhigend für sie war, ließ sie sich das jetzt nicht anmerken. Es erfreute ihn, daß sie ihn mit »Sir« ansprach. Er entschied sich, diese Distanz zu wahren.

»Macht es Ihnen etwas aus, wenn ich Sie Carolyn nenne?« fragte er.

»Überhaupt nicht, Mr. Hanson.«

Gut, dachte er. »Okay, für gewöhnlich läuft es so, daß ich als IITF-Leiter einen leitenden Agenten und einen Stellvertreter bestimme, die entscheiden, was sie sonst noch brauchen, wenn sich der Fall entwickelt. Das ist effizienter, als gleich zu Beginn eine ganze Horde zu ernennen und die Leute dann herumstehen zu lassen. Die Einsatzzentrale stellt einen Lagebesprechungsraum zur Verfügung, bis wir über die Zusammensetzung der Einsatzgruppe entschieden haben.«

»Und meine Aufgabe als Deputy?«

»In einem solchen Fall wird das FBI mit anderen Regierungsbehörden Kontakt halten müssen – mit vielen, nehme ich an. Es wird viel Organisations- und Verbindungsarbeit auf Sie zukommen. Sie sind bisher für Kongreßangelegenheiten zuständig gewesen, nicht wahr?«

»Ja.«

»Gut«, sagte er, »dann werden Sie etwas über Selbstverwaltung wissen. Wie ich bereits erwähnte, werden wir die Möglichkeiten des FBI nutzen, wenn wir uns in den Fall eingearbeitet haben.« Er betrachtete ihre Kleidung, die aus der Nähe teuer aussah. »Wir werden auf einer gesprengten Brücke herumklettern. Ich empfehle Ihnen, etwas Freizeitkleidung mitzunehmen. Sonst noch irgendwelche Fragen?«

Sie schaute ihn abschätzend an, sehr direkt, fand er. Sie ist immer noch nicht schön, aber kein Mann kann an ihr vorübergehen, ohne ihr einen zweiten Blick zuzuwerfen. Und sie ist eine, die diesen vielleicht erwidern würde. Er rief sich in Erinnerung, wer sie war, und verbannte schnell diese Gedanken.

»Nein, keine weiteren Fragen, Mr. Hanson«, sagte sie. »Ich werde reisefertig sein, wenn Sie es sind.«

Hush nickte und ging in sein Büro. Er versuchte, nicht an die Warnung des Direktors zu denken.

Hush traf in seinem Büroanzug an Bord des C-21-Jets der Air Force ein und zog sich auf der Toilette um. Er vertauschte den Anzug gegen eine Khakihose, ein langärmeliges Khakihemd mit großen Taschen und Stiefel im Army-Stil. Wegen der Klimaanlage des Flugzeugs streifte er eine dunkelblaue Windjacke über, auf deren Rücken und Ärmel die Großbuchstaben FBI aufgestickt waren. In einer ihrer Taschen steckte eine Taschenlampe, in der anderen ein Paar Lederhandschuhe. Ein kleines Tonbandgerät wölbte eine der Hemdtaschen. Als AD war er nicht verpflichtet, eine Waffe zu tragen, und so hatte er sie in seinem Büro zurückgelassen. Er nahm Platz, und da er die ranghöchste Person an Bord war, schnallte er sich auf dem einzigen großen Chefsitz am Ende der Kabine an.

Carolyn Lang überraschte ihn bei ihrem Eintreffen. Sie trug einen schlichten Rock, flache Schuhe und eine halb durchsichtige Bluse unter einem zugeknöpften Blazer. Sie hatte eine kleine Reisetasche und eine Umhängetasche dabei, die sie im Gepäckfach am Mittelgang verstaute. Ihr blondes Haar war zurückgekämmt und zu einem strengen Knoten gebunden. Als der linke Motor gestartet wurde, nickte sie ihm höflich zu und setzte sich dann auf den Sitz ihm gegenüber und schlug die Beine übereinander. Ein Besatzungsmitglied vergewisserte sich, daß sie die Sicherheitsgurte angelegt hatten, und kehrte ins Cockpit zurück, während der zweite Motor ansprang. Hush fragte sich, ob Carolyn vorhatte, in dieser Kleidung auf der Brücke herumzuklettern.

Während des Starts von der Andrews Air Force Base und des Steigflugs saßen sie schweigend auf ihren Sitzen. Als der Jet die Reisehöhe erreicht hatte, zeigte ihnen das Besatzungsmitglied, daß Erfrischungen in einer Kühlbox neben dem Zeitungs- und Zeitschriftenstapel standen. Hush schnallte sich los und bediente sich mit einer Limo, nachdem er Carolyn Lang eine angeboten hatte. Er nahm wieder in dem Chefsessel Platz und betrachtete sie einen Moment lang.

»Warum wollten Sie wissen, ob Ihre Ernennung der Grund war, weshalb ich zum Direktor mußte?« fragte er. Er mußte fast schreien, um sich in dem Fluglärm verständlich zu machen.

Sie blickte auf den Teppichboden, bevor sie antwortete. »Seit meiner Rückkehr aus St. Louis hängt meine Laufbahn in der Luft«, sagte sie. »Ich habe etwas erwartet, wußte jedoch nicht, was. Wenn Heinrich und der Direktor im Spiel sind, kann man nie wissen, was passiert.«

Hush vermied es, ihr in die Augen zu schauen. »Ich glaube, Sie nehmen sich viel zu wichtig, Carolyn«, sagte er. »Der Deputy Director fragte mich, ob ich irgendwelche Probleme sehe, wenn ich eine Frau als Stellvertreterin bekäme, und ich sagte nein, solange sie fähig sei. Er bezeichnete Sie als sehr fähig, und das war's schon. Na und?«

Carolyn Lang sah ihn forschend an. »Heinrich hat das gesagt? Ich habe viel Krach wegen Gleichberechtigung gemacht, seit ich im Bureau bin, und ich habe das deutliche Gefühl, daß das nicht sehr geschätzt worden ist.«

»Sind Sie persönlich als Frau diskriminiert worden, Carolyn?«

»Nicht auf eine Art, die ich beweisen kann, Mr. Hanson«, sagte sie. Sie war sehr direkt, zeigte fast nichts von jener Unterwürfigkeit, die er als AD gewohnt war, auch wenn er nur amtierender war.

»Dann kann ich verstehen, daß die Vorgesetzten den Krach nicht schätzen.«

Sie hob die Augenbrauen. »Wollen Sie damit sagen, daß es keine Diskriminierung von Frauen im FBI gibt?«

»Ich will damit sagen, daß keiner *Sie* gewählt hat, um die Interessen der Gleichberechtigung der Frauen im FBI zu vertreten. Sie können natürlich jederzeit für sich selbst sprechen. Wenn Sie diskriminiert oder belästigt worden sind, sexuell oder anderweitig, oder das Opfer irgendwelcher anderer Übergriffe sind, haben Sie das Recht, Krach zu schlagen, angehört zu werden und Genugtuung zu erhalten.«

Carolyns Gesicht rötete sich leicht, aber dann wurde es wieder eine Maske der Reserviertheit und sie nickte.

»Was auch immer für eine Geschichte es ist«, sagte er, »sie muß zurückgelassen werden. Dies ist jetzt ein Einsatz im Außendienst, und wir beide müssen uns darauf konzentrieren. Gleich zu Beginn werden wir vermutlich einige zerzauste Federn im FBI-Büro St. Louis glätten müssen.«

»Mr. Herlihy«, sagte sie, als sei ihr soeben klargeworden, in wessen Zuständigkeitsbereich die gesprengte Brücke lag.

»Richtig. Und die Staatspolizei wird vermutlich widerborstig sein, wenn wir von einer Einsatzgruppe des Bundes aufkreuzen. Ganz zu schweigen von Carswell und seiner fröhlichen Bande, die die IITF zum Teufel wünscht. Wir werden viele eifrige Gegner haben, und das nicht nur bei dem Fall.«

»Ich verstehe«, sagte sie und blickte fort.

Er fühlte sich leicht enttäuscht, weil ihre Unterhaltung zu einer Predigt ausgeartet war. Er war in seinem ganzen Leben als Erwachsener so etwas wie ein riesiges häßliches Entchen gewesen, und bei gutaussehenden Frauen neigte er dazu, einen unsichtbaren Schutzschirm um sich aufzubauen. Er griff nach seiner Aktentasche, zog einige Unterlagen heraus und gab vor, Papierkram zu erledigen. Als sie aufstand, um sich eine Zeitschrift zu holen, schwang er den hochlehnigen Chefsitz nach hinten herum, und zog Carolyn Langs Personalakte aus seinem Hefter heraus, die Wellesleys Büro ihm vor der Abreise geschickt hatte. Carolyn hatte offen über Wellesley als »Heinrich« gesprochen, was angesichts der

Tatsache, daß die beiden keine lange bekannten Kollegen waren, nicht sehr höflich gewesen war.

Carolyn Brownell Lang, vor der FBI-Zeit Spitzname »Colley«. Er dachte darüber nach: Colley. Dieser Name hatte vielleicht gepaßt, als sie viel jünger gewesen war, aber jetzt nicht mehr. Jetzt trug sie ein wenig zuviel Panzerung für eine Colley. Er widmete sich wieder der Akte. Carolyn Lang war mit zwei Brüdern in einer Familie der Küstenwache in San Diego aufgewachsen; hatte auf der Uni San Diego studiert, Hauptfächer Finanzwirtschaft und Wirtschaft. Erster Job in einer Großbank in Los Angeles, dort drei Jahre, dann weiteres Studium an der Anderson School der Uni Los Angeles. Anschließend eine Stelle in der Abteilung Finanzbetrug im Büro des Justizministers von Kalifornien in Los Angeles. Mit 28 Jahren Bewerbung beim FBI. Hush hielt inne und fragte sich, warum. Er schaute noch einmal auf ihr Geburtsdatum und rechnete. Sie mußte jetzt fast 41 sein. Sechs Jahre jünger als er. Das sah man ihr nicht an, verdammt.

Er las weiter. Fast 13 Jahre im FBI. Zu Anfang die übliche Reihe von Außenaufträgen für rangniedrige Agenten, mit Beurteilungen weit über dem Durchschnitt. Sie hatte früh die obligatorische Dienstzeit in der Inspektionsabteilung genommen, ein Schritt, der ihren Wunsch, Karriere zu machen, belegte. Hush entdeckte einige sorgfältig verschlüsselte Formulierungen bei den Beurteilungen, die auf ein gewisses Maß an Schroffheit hinwiesen, eine Bereitschaft, Themen anzuschneiden, die der Chef lieber unerwähnt ließ. Dennoch gab es drei Belobigungen in ihren ersten sieben Dienstjahren. Nach der letzten war sie nach Washington versetzt worden. Eine Folge von achtzehnmonatigen Dienstzeiten, die vor anderthalb Jahren zur Ernennung zum ASAC in St. Louis geführt hatten. Es sah aus, als hätte jemand an hoher Stelle ihr die Wege zur Beförderung geebnet. Oder ihr Chef hatte erst nach anderthalb Jahren eine Möglichkeit gefunden, sie zu versetzen. Das würde zu dem passen, was Heinrich gesagt hatte.

Hush schloß die Augen. Ein ASAC-Job in einem mittelgroßen Außenbüro nach ungefähr zehn Jahren. Das machte sie wirklich zu einer Karrierefrau. Irgend etwas stimmte da nicht.

Der SAC in St. Louis war Joseph Michael Edward Herlihy, Spitzname »Seine Herrlichkeit«. Er war ein großer Ire, der keinen Hehl aus seiner Meinung machte, daß weibliche Agenten zu nichts anderem taugten als zu dem, was die CIA in Langley als »Honigfalle« bezeichnete. Jeder, der Herlihy kannte, hätte voraussagen können, daß eine Frau wie Carolyn Lang zwangsläufig in einen persönlichen Konflikt mit ihrem Chef geraten mußte, und wie dieser enden würde. Das FBI ähnelte diesbezüglich dem Militär: Die ranghöhere Person ging aus einem persönlichen Konflikt als Sieger hervor, und die rangniedrigere galt als dessen Verursacher. Hush überlegte, ob Herlihy ihr etwas angehängt haben könnte, doch dann erinnerte er sich, daß sie Herlihys sorgsam ausgewählte Kandidatin für den Posten des ASAC gewesen und dieser in den Vorruhestand gezwungen worden war. Dennoch fragte er sich, warum man ausgerechnet Carolyn Lang dazu bestimmt hatte.

Hush überflog Carolyns Beurteilung durch Herlihy, aber sie gab nur wenig Hinweise darauf, was tatsächlich geschehen war. Das bedeutete, das Thema war unter den Teppich gekehrt worden, um ein förmliches Verfahren zu vermeiden. Er erinnerte sich an Gerüchte im Hauptquartier über eine Fülle von Anklagen wegen sexueller Belästigung, zuerst von Carolyn Lang und dann – überraschenderweise – eine Gegenklage von Herlihy. Die Belästigung hatte sich nicht auf offene lüsterne Annäherungsversuche und aufs Betatschen bezogen, sondern auf Carolyn Langs Äußerung, daß ihre männlichen Vorgesetzten ihre Autorität untergruben. Herlihy hatte behauptet, daß Carolyn Lang diese Reaktion heraufbeschwöre, indem sie eine extreme Empfindlichkeit gegenüber angeblicher Diskriminierung an den Tag lege, alles zum Schaden der Mission des Büros. Aber die anderen drei weiblichen Agenten des FBI-Büros St. Louis hatten es vorgezogen, sich bedeckt zu halten, anstatt Carolyn Lang zu unterstützen, was zu ihrer Isolierung geführt hatte. Schließlich war sie wieder in den Stab des Washingtoner Hauptquartiers versetzt und der Abteilung Öffentliche- und Kongreßangelegenheiten zugeteilt worden. Wellesley hatte jemanden aus dem Washingtoner Hauptquartier zum ASAC des Büros in St. Louis ernannt.

Hush heftete die Personalakte zurück in den Hefter und verstaute ihn in der Aktentasche. Die Tatsache, daß die Vorkommnisse von St. Louis in Carolyn Langs Personalakte nicht schriftlich festgehalten waren, fand Hush vielsagend. Angesichts all der Geschichten, die im Umlauf waren, mußte sich jemand für sie eingesetzt haben, und zwar jemand mit viel Macht. Mit genug Macht, so daß sich Heinrich und der Direktor gezwungen gesehen hatten, auf Palastintrigen zurückzugreifen, um sie abzuschieben. Wer, zum Teufel, konnte das gewesen sein? Einer der Drachen im Justizministerium?

Er drehte den Chefsitz ein wenig, um zu sehen, ob Carolyn Lang wach war, aber sie döste anscheinend. Er betrachtete ihr entspanntes Gesicht und versuchte, sich vorzustellen, wie sie lachte und Spaß hatte, vielleicht im sonnigen Kalifornien an einem Strand tollte – Colley Lang, anstatt Senior Special Agent Blöde Ziege Lang.

Hush Hanson war 46 und seit 22 Jahren beim FBI. Er war nie verheiratet gewesen, und er führte ein relativ ruhiges und zurückgezogenes Leben in Washington. Von Montag bis Freitag blieb er in seiner Eigentumswohnung im nördlichen Virginia. An den Freitagabenden fuhr er für gewöhnlich über die Wochenenden hinaus zu seinem kleinen Landhaus im Shenandoah Valley, wo er die körperliche Arbeit genoß, die erforderlich war, um ein 60 000 Quadratmeter großes Grundstück in Ordnung zu halten.

Er war im Grunde seines Herzens ein einsamer, scheuer Mann, der mit seiner Körpergröße unbeholfen wirkte, besonders in Anwesenheit von Frauen. Er hatte bereits vor Jahren erkannt, daß ihm seine FBI-Laufbahn stets mehr wert sein würde als die Anforderungen einer Ehe und Familie, und er hatte genug Erfahrungen über Frauen gesammelt, um zu wissen, daß sie genau das Gegenteil erwarten würden. Es paßte zu seinem Naturell, zu dem Schluß zu gelangen, daß eine Ehe eine der großen Entscheidungen war, die das Leben ihm abverlangte. An den Wochenenden zog er sich zurück und hielt sich fern vom hektischen Gesellschaftsleben der County und den kupplerischen Frauen seiner Nachbarn. Er kannte einige leitende Beamte beim FBI, die Beziehungen mit attraktiven Mitarbeiterinnen unterhielten, aber bei all der Hysterie über sexuelle Belästigung am Arbeitsplatz würde es ihm nicht im Traum einfallen, etwas mit einer Kollegin anzufangen. So attraktiv Carolyn Lang auch war, sie würde keine Ausnahme bei dem sein, was er als Regel für das Überleben im heutigen FBI betrachtete.

Er blickte zu Carolyn hinüber, und ihm stockte der Atem. Sie schlief jetzt anscheinend tief. Die Zeitschrift war ihr entglitten und zu Boden gefallen, ihr Rock hochgerutscht. Ein paar Sekunden lang starrte er wie ein Teenager auf ihre Oberschenkel. Dann bemerkte er, daß ihm dabei warm wurde, und er zwang sich, den Sitz wieder zu drehen. Er war beschämt wegen seines Voyeurtums, und trotzdem erregte ihn der

Anblick ihres Körpers. Ungewollt drehte er den Sitz wieder, langsam, aber sie hatte ihre Haltung verändert und den Rock schamhaft hinuntergezogen, obwohl sie immer noch schlafend wirkte. Entspannt hatte ihr Gesicht entschieden weichere Züge.

Er grübelte abermals über das, was er im Büro des Direktors gehört hatte. Diese Frau sah einfach nicht wie der Schießer- oder Lockspitzeltyp aus. Was von neuem bewies, wie wenig er wußte. Er seufzte, drehte den Chefsitz wieder herum und versuchte, alle Gedanken an Frauen zu verbannen und sich statt dessen auf den Fall zu konzentrieren. Im Augenblick war der interessanteste Aspekt daran, daß er, ein dienstalter Beamter des Hauptquartiers, die Leitung bekommen hatte. Das war besonders ungewöhnlich für ihn persönlich. Nach dem Zwischenfall in Baltimore hatte er seine gesamte Karriere sorgfältig darauf ausgerichtet, sich von Verwendungen fernzuhalten, bei denen er wieder in eine Situation geraten konnte, in der er schießen mußte. Er hatte den Eindruck, daß seine Laufbahnstrategie jahrelang stillschweigend von seinen Vorgesetzten unterstützt worden war, fast als hätten sie selbst Bedenken, einen Agenten in den Außendienst zu schicken, der das konnte, was er an jenem Nachmittag in Baltimore getan hatte.

Er hatte nie ein Außenbüro geleitet. Sein Fachgebiet waren Ermittlungen bei Verabredungen zu Straftaten und komplizierte Fälle, die einer engen Zusammenarbeit mit anderen Bundesbehörden bedurften.

Aber dieser Fall war vielleicht anders. Jemand hatte das Mittelstück einer bedeutenden Eisenbahnbrücke gesprengt und einen ganzen Zug in Amerikas wichtigsten Fluß stürzen lassen. J. Kenneth Carswell hatte in gewisser Weise recht; er sollte eine Operation der Abteilung Nationale Sicherheit sein. Doch seine Lösung erforderte die Zusammenarbeit so vieler Regierungsbehörden, daß das Netzwerk der IITF in der Regierung weitaus besser dafür geeignet war. Hush seufzte und fragte sich, wie er persönlich die Ermittlung durchführen würde, wenn dieser Fall jemals in das Stadium geraten sollte, in dem sie einige Täter in die Enge getrieben hatten. Das wäre ein guter Zeitpunkt für mich, nicht dort zu sein, dachte er.

Sie trafen vor Sonnenuntergang auf dem Regionalflughafen von Cape Girardeau im östlichen Missouri ein, wo sie von Special Agents des St. Louis Field Division Office erwartet wurden. Die Missouri Highway Patrol stellte einen Geländewagen zur Verfügung, der Hush und Carolyn zum Tatort brachte. Vor der Landung hatte sich Carolyn umgezogen: Sie trug eine Freizeithose aus Khaki, ein Pendleton-Hemd und die gleiche FBI-Windjacke wie Hush Hanson. Ihre Waffe, eine Sig Sauer P-228, steckte in einem Holster hoch an ihrer rechten Hüfte. Carolyn hatte langschäftige Stiefel an, ihre kleine Lederhandtasche hing quer vor ihrem Brustkorb.

Hush saß vorn neben dem Staatspolizisten. Nach einer zwanzigminütigen Fahrt durch die dunkler werdende ländliche Gegend von Missouri begegneten sie den ersten Polizeieinheiten an einem Bahnübergang über eine Staatsstraße. Ihr Fahrer bog in eine parallel zur Fernverkehrsstraße verlaufende, unbefestigte Nebenstraße. Nach ungefähr anderthalb Kilometern stießen sie auf eine weitere Ansammlung von Einsatzfahrzeugen, und der Staatspolizist hielt an. Die drei FBI-Wagen, die ihnen gefolgt waren, überholten sie und stoppten. Polizisten, Eisenbahner, Medienvertreter mit Fernsehkameras und Soldaten der Army liefen herum. Hush dankte dem Fahrer und bedeutete Carolyn auszusteigen. »Die Staatspolizei ist schrecklich nett«, meinte sie, als sie sich den Leuten anschlossen, die auf die Brücke zustrebten. Die Agenten hinter ihnen verließen ihre Fahrzeuge.

»Sie wollen sich über uns auf dem laufenden halten«, erwiderte Hush. »Wenn wir im Wagen miteinander reden, erfahren die Ortsansässigen, was wir denken.«

Hush wies die Agenten aus St. Louis an, aus den unzähligen Abdrücken und Spuren, die auf dem Zufahrtsweg zur Brücke gesammelt worden waren, Fakten herauszufiltern. Er bemerkte, daß einige von ihnen bemüht waren, Carolyn Lang nicht anzusehen. Er fragte, ob Mr. Herlihy zum Tatort kommen werde. Einer der Agenten sagte ihm, daß dieser bereits unterwegs sei.

Hush Hanson nickte. Die Anwesenheit eines AD am Tatort war ungewöhnlich genug, um das Auftauchen des SAC zu rechtfertigen, selbst wenn dieser einen Dienstgrad höher war. Die Einschaltung eines Beamten aus dem Hauptquartier in eine Sache, die normalerweise dessen Aufgabe gewesen wäre, mußte allerdings mit einigem diplomatischen Geschick erklärt werden. Hush fand seinen ersten Eindruck bestätigt, daß die Agenten aus St. Louis allesamt eifrig bemüht waren, Carolyn Lang wie Luft zu behandeln. Sie verhielten sich natürlich ehrerbietig gegenüber einem AD, aber Carolyn Lang zeigten sie eindeutig die kalte Schulter. Er forderte sie mit einer Geste auf, ihn zum Strom zu begleiten. Die Staatspolizisten traten zur Seite, als sie vorbeikamen, ihre Gesichter waren ausdruckslos. Sie sind mißtrauisch, dachte Hush, obwohl das FBI in den vergangenen Jahren hart daran gearbeitet hat, die Beziehungen mit den lokalen Gesetzesvertretern zu verbessern.

Voraus erhellten bläuliche Stroboskoplampen und große Suchscheinwerfer den dunkler werdenden Himmel. Weitere Militärlastwagen und Polizeifahrzeuge des Staates und der County waren entlang des Schienenstranges postiert. Eine Kakophonie quäkender Stimmen aus dem Funkverkehr von Polizei- und Rettungswagen störte die Stille der leeren

Baumwollfelder zu beiden Seiten der Bahnlinie. Ein Huey-Helikopter der Nationalgarde stand etwa 50 Meter von der Straße entfernt; drei gelangweilt wirkende Besatzungsmitglieder hockten auf den Kufen und rauchten heimlich Zigaretten. Hush schritt zielstrebig zwischen den Reihen der Fahrzeuge hindurch, und Carolyn Lang folgte ihm dichtauf über den holprigen Boden. Als sie sich der Brücke näherten, wurden sie von einem Deputy der County herangewunken. Er war ein großer Mann mit Bierbauch und feistem, sonnengebräuntem Gesicht. Eine glänzende Sonnenbrille hing an einem Riemchen aus seiner Hemdtasche. Hush zückte seinen Ausweis, und Carolyn folgte seinem Beispiel. Der Deputy strahlte mit einer Taschenlampe die beiden Ausweise an, nickte und winkte sie durch. Hush fragte ihn, wer die Leitung am Tatort habe.

Der Deputy grinste. »Suchen Sie sich was aus. Wir haben eure Staatscops, euer Sheriff's Office – das heißt, unseres – euer Pionierkorps der Army, einige Typen von irgendeinem nationalen Sicherheitsbüro in Washington, ein paar Dutzend Eisenbahntypen und jetzt euch Jungs.« Er blickte lange zu Carolyn Lang und fragte sich wohl, ob das Wort *Jungs* angebracht war. Er entschied sich offenbar, über die Sache hinwegzugehen. »Ich habe Captain Powers vor kurzem auf der Brücke gesehen. Nehme an, er ist der ranghöchste Mann von den Staatscops.«

»Danke, Deputy. »Gibt es hier irgendwo Kaffee?«

»An der Einsatzzentrale der Staatscops sind Sie vorbei, aber die Jungs von der Army dürften welchen haben. Dort drüben.«

Sie gingen zu einem der Zweieinhalbtonner-Trucks des Pionierkorps der Army und bekamen etwas Kaffee. Ein paar Unteroffiziere und Mannschaften der Army standen herum und warteten offenbar auf Befehle. Hush wußte, daß sich das Pionierkorps der Army und die Küstenwache die Verantwortung über Operationen bei Flußbrücken und Bergungsoperationen auf dem Mississippi-Flußsystem teilten. Diese besondere Brücke und die Wegerechte dorthin waren im Besitz der Union Pacific Railroad. Die Eisenbahngesellschaften waren verantwortlich für die Instandhaltung ihrer Brücken unter Aufsicht des Pionierkorps. Die Küstenwache betrachtete eine Eisenbahnbrücke nicht nur als Hilfe, sondern auch als Bedrohung für die Navigation, weil Signallichter auf ihr angebracht werden und Schlepper und Lastkähne sie rammen konnten.

Als sie zum Endbogen der Brücke auf dem Westufer gelangten, trafen sie auf Dutzende von Polizisten, Soldaten und Eisenbahnern. Ein gewaltiger Bergungskran der Union Pacific auf einem Plattformwagen wurde von einer Lok rückwärts auf den nach Osten verlaufenden Schienenstrang zur Brücke geschoben, begleitet von viel Geschrei der Eisenbahner, die versuchten, all die Cops von den Gleisen zu verscheuchen. Der Lärm der großen Diesellok machte eine Unterhaltung unmöglich. Hush bedeutete Carolyn, ihm zum Flußufer unter den letzten Brückenbogen zu folgen. Der Boden war glitschig nach der Schneeschmelze des Frühjahrs und durch all die am Ufer versammelten Leute zu Schlamm aufgewühlt.

Die Brückenkonstruktion ragte über ihnen auf. Am Ufer waren Suchscheinwerfer aufgestellt, die von tragbaren Generatoren der Army gespeist wurden und den gewaltigen Haufen von Wracktrümmern in der Hauptfahrrinne beleuchteten. Auf der Brücke, die auf dieser Seite vier Stützpfeiler hatte, hielten sich anscheinend viele Leute auf. Sie konnten deutlich den verbogenen mittleren Brückenbogen sehen, der noch halb mit der anderen Seite verbunden war und in die Strömung herabhing. Die Ansammlung von Ausrüstung und Leuten am anderen Ufer schien ähnlich groß zu sein, obwohl es schwer zu beurteilen war, weil die Punktscheinwerfer dort in ihre Richtung strahlten und blendeten.

Der Mississippi war in Höhe der Brücke über 650 Meter breit. Hush staunte, denn damit hatte er nicht gerechnet. Zwei Schleppboote des Pionierkorps der Army lagen unweit der Wrackhaufen auf der stromabwärts gelegenen Stelle der Brücke, und ihre Suchscheinwerfer tasteten über die zum Teil aus dem Wasser ragenden Waggons. Einige waren bereits stromabwärts geschleppt und auf die seichten Stellen gezogen worden; nur ihre Dächer waren über der Strömung auszumachen. Hush sah neben sich einen stämmigen Eisenbahner, erkennbar an einer Schirmmütze mit der Aufschrift UP.

»Wie, zum Teufel, will man diesen Schlamassel aufräumen?« rief Hush gegen den Lärm an.

Der Eisenbahner schielte zu ihm hoch und schüttelte den Kopf, wobei er auf seine Ohren wies, weil er nichts verstehen konnte. Sie werden es nicht von der Brücke aus schaffen, dachte Hush. Er schätzte, daß sie sich mehr als 30 Meter über dem Fluß befand. Vermutlich mußten schwimmende Kräne und Bergungskähne eingesetzt werden. Und schließlich würde man Taucher brauchen. Das würde bei der starken Strömung des Mississippi eine harte Operation werden. Hush blickte über das Ufer und sah, daß das Wasser dort bis zu den Baumwurzeln stand. Er wandte sich an Carolyn und signalisierte ihr, daß sie auf die Brücke hinauf mußten.

Sie kletterten zurück, das Flußufer hinauf und gingen landeinwärts bis zu einer Stelle, an der die Bahntrasse über eine Steigung führte, die sie überwinden konnten. Er stemmte die Stiefel in den Boden und erklomm den mit Kies bestreuten Bahnkörper, wobei er feuchte Grasbüschel als Halt nutzte. Als sie zur Hauptlinie gelangten, ging er vorsichtig durch den Schotter und an den Gleisen entlang, folgte den

Schwellen in Richtung Brücke. Der Bergungskran und seine Lok standen vor dem zweiten Stützpfeiler.

Hier oben hielten sich viel mehr Leute auf als unten, und die meisten waren anscheinend Eisenbahner. Der Bergungskran war gewaltig und die Luft von Dieselabgasen erfüllt, die in bläulichen Wölkchen durch das Licht der Scheinwerfer davontrieben. Selbst im Leerlauf dröhnten die Dieselmotoren ohrenbetäubend. Am Westende der Brücke wurden sie von drei Deputys des Sheriffs gestoppt. Der kleinste des Trios hielt ein Funkgerät in der Hand. Er verrenkte sich fast den Hals, um in Hushs Gesicht schauen zu können.

»Halt, Buddy«, schrie er gegen den Motorenlärm an. »Wir müssen jeden aus dem Mittelstück entfernen.«

Hush wies auf die FBI-Lettern seiner Windjacke und zückte seinen Ausweis. Der Deputy warf einen flüchtigen Blick darauf, betrachtete Carolyn eingehender, sprach in sein Funkgerät, hielt es ans Ohr und winkte sie durch. Hush nickte ihm zu, und sie gingen auf dem Laufsteg zwischen den nach Osten und Westen führenden Gleisen auf die eigentliche Brückenkonstruktion. Der Laufsteg war schmal und mit unebenen Brettern begrenzt, die nicht gleichmäßig festgenagelt waren. Sie mußten stehenbleiben und sich zur Seite drehen, wenn ihnen jemand entgegenkam. Einige Wartungsleute der Bahngesellschaft stiegen lässig über die Schwellen oberhalb des Laufstegs, aber Hush hatte Höhenangst und fühlte sich auf dem Laufsteg mit dem Geländer wohler. Er und Carolyn hielten sich die Ohren zu, während sie an der Lok und dem Bergungskran vorbeigingen. Als sie den letzten Abschnitt der Brücke vor dem gesprengten mittleren Bogen erreichten, stießen sie auf eine Barriere mit gelbem Trassierband der Polizei und einem Schild, das jeden Fußgängerverkehr zur flußabwärts gewandten Seite der Brücke untersagte. Sie mußten zum ostwärts führenden Schienenstrang hinaufklettern, ihn überqueren und dann auf den äußeren Laufsteg hinunterspringen. Hush konnte sich nicht vorstellen, warum die stromaufwärts liegende Seite der Brücke abgesperrt war.

Er sah einen großen Mann mit dem flachen Hut der Staatspolizei und nahm an, daß es Captain Powers war. Als sie sich schließlich einen Weg durch die Menge bahnten und den westlichen Stützpfeiler des mittleren Brückenbogens erreichten, unterhielt sich Powers mit einem Offizier der Army in grünem Arbeitsanzug und zwei Eisenbahnern ohne Jackett und mit weißen Schutzhelmen. Ein Zivilist versuchte, in ein Funkgerät zu sprechen. Alle vier standen gerade innerhalb des Kordons von gelbem Trassierband, mit dem der Tatort gekennzeichnet war. Zwischen ihnen und der Lok ragte der Brückenpfeiler auf, und der Motorenlärm war etwas gedämpfter. Der große Mann beendete das Gespräch, als er ihre Windjacken sah und winkte sie zu sich. Hush glaubte, den Polizei-Captain etwas über das FBI sagen zu hören, als er über das gelbe Trassierband hinwegstieg. Er stellte sich vor, verzichtete jedoch darauf, seinen Rang zu nennen.

»Powers«, sagte der große Mann, ohne ihm die Hand zu reichen. »Ich schätze, Sie übernehmen die Leitung und sagen Ihren Trotteln vom Lande, was sie zu tun haben?«

Hush war überrascht von Powers' offener Feindseligkeit, aber er bemühte sich, seine Betroffenheit zu verbergen.

»Nicht genau, Captain«, sagte er. »Das FBI wird eine übergeordnete Einsatzgruppe bilden, um zu ermitteln, aber es ist noch zu früh für uns, um irgend jemandem irgend etwas zu sagen.«

Powers blickte ihn finster an. »Zu früh, wie? Für eine über-was-auch-immer Einsatzgruppe. Ihr Typen aus Washington geht mir auf die Eier. Und wer ist das? Ihre Privatsekretärin?«

Die anderen Männer auf der Brücke starrten auf ihre Stiefelspitzen. Hush drehte sich ein wenig, um Carolyn Lang in das Gespräch mit einzubeziehen, oder in die Konfrontation – er war sich nicht sicher, was es war.

»Dies ist Senior Special Agent Lang; sie wird die stellvertretende Leiterin der Einsatzgruppe sein, die aus Leuten von allen beteiligten Gesetzesbehörden gebildet werden wird, darüber hinaus von Sicherheitsbehörden der Schiffahrt, der Eisenbahn, der sachdienlichen Washingtoner Behörden, was auch immer und wen auch immer wir brauchen, Captain. Einschließlich der Missouri State Highway Patrol, sofern Sie interessiert sind.«

»Interessiert?« Powers nahm seinen Hut ab und wischte sich mit einem Taschentuch über die gerötete Stirn. Dann schüttelte er den Kopf, als versuche er, die Beherrschung zu behalten.

»Sehen Sie sich hier nur um; dann sagen Sie mir, ob wir *interessiert* sein sollten. Mein Gott, Hanson, sehen Sie sich nur diese Schweinerei an!«

Die Insel von zertrümmerten Güter- und Tankwaggons war groß genug, um den Fluß zu teilen; weißer Schaum, versetzt mit ausgelaufenem Öl und Chemikalien, gischtete an ihr auf. Eines der Schleppboote der Army hielt den breiten Bug gegen den stromabwärts gelegenen Stapel der Wracks. Die Maschinen zweier Boote zum Auffangen von Schadstoffen dröhnten über die Wasseroberfläche, während das Team weiterhin versuchte, ein schwimmendes Auffangnetz auszulegen, obwohl jeder im Licht der Suchscheinwerfer erkennen konnte, daß es seine Zeit vergeudete. Die Strömung war einfach zu stark, besonders weil sie sich an den Wracks teilte und Strudel bildete, die an der schwimmenden Barriere rüttelten und sie abtrieb. Noch während sie hinabstarrten, wurde einer der geschlossenen Güterwaggons von der Strömung fortgerissen. Metall kreischte und Holz barst, als er vom schwarzen Wasser verschluckt wurde. Eine Minute später tauchten Kartons wie Konfetti an der Wasseroberfläche auf und wurden flußabwärts in die Dunkelheit jenseits der Suchscheinwerfer davongetrieben. Alle auf der Brücke hatten schweigend zugeschaut. Hush wandte sich wieder an Powers.

»Laut ersten Berichten war es ein Bombenanschlag. Darf ich den Beweis dafür sehen?«

»Sie glauben uns nicht, wie?«

Hush schaute ihn nur an. »Das habe ich nicht gesagt. Ich habe gebeten, den Beweis zu sehen.«

Powers fixierte ihn einen Moment, als suche er nach Anzeichen auf Spott, dann entspannte er sich etwas.

»Ja, klar. In Ordnung. Es war ein langer Abend, und es ist noch nicht einmal Nacht. Übrigens, das hier ist Mr. Campbell. Er ist Brückeninspekteur des Pionierkorps, Distrikt St. Louis. Dies ist Mr. Jameson, Sicherheitschef der Union Pacific, und das ist Mr. Canning – er ist der Chefingenieur für Bahntrassen und Konstruktionen der UP. Und dort drüben steht Major Williams, Pionierkorps der Army, Distrikt St. Louis.«

Hush schüttelte allen vier Männern die Hand, die Höfliches murmelten. Für alle hier Anwesenden war Powers' Feindseligkeit offensichtlich, und Hush spürte, daß diese Männer die Reaktion der Bundesbeamten abwarteten, bevor sie ihr Blatt zeigten. Carolyn nickte jedem höflich zu und lächelte dann süß, während sie Powers mit Blicken durchbohrte.

Der Captain führte Hush zum Rand dessen, was der mittlere Brückenbogen gewesen war. Die Laufsteg-Geländer waren heruntergebogen, wie schlaffe Spaghetti, und einige der großen Nietenlöcher in den Hauptträgern in gezackte Risse im Metall deformiert. Der Betonsims, der den mittleren Brückenbogen gestützt hatte, ragte in die schwarze Leere hinaus. Hush hatte Mühe, daran vorbeizusehen.

»Riechen Sie was?« fragte Powers.

Hush *hatte* etwas gerochen, es jedoch auf die Waggonwracks in der Tiefe zurückgeführt. Jetzt erkannte er, was es war.

»Schwefel.«

»Ja, Schwefel. Nun schauen Sie hier.«

Powers duckte sich gegen den äußeren Träger des Brückenpfeilers und leuchtete mit einer Taschenlampe in eine Aushöhlung. Hush zog seine eigene Stableuchte aus der Tasche und folgte seinem Beispiel. Ein noch stärkerer Schwefelgestank stieg ihm in die Nase. Im Inneren war die stählerne, schachtähnliche Aushöhlung weiß von Rückständen, an den Seiten gewölbt und nicht rechtwinklig.

Hush trat von dem gesprengten Bolzenschacht fort. Er blickte zurück und sah zur angrenzenden Gitterkonstruktion hoch, die nur undeutlich in der Dunkelheit zu erkennen war. Powers' Augen folgten seinem Blick.

»Ja«, sagte er. »Deshalb all das Isolierband. Ich zeige es Ihnen.«

Sie kletterten wieder auf die Höhe des Schienendammes und gingen dann durch die Öffnung des Brückenpfeilers zum ersten nach dem mittleren Brückenbogen. Powers ließ sich auf die Knie nieder und richtete den Strahl seiner Taschenlampe auf die Fläche unterhalb der Schienen. Er beleuchtete den Hauptlängsträger auf der Seite der Brücke, die stromaufwärts lag. Hush folgte erneut seinem Beispiel und sah, daß der obere Rand des T-Trägers in voller Länge gespalten war, bis fast 15 Meter zurück zum Westufer. Das Stahlgerüst, das die Bahntrasse stützte, war etwa gleich lang zerfetzt und deformiert.

»Detacord?« fragte Hush.

»Detacord, Primacord, irgend etwas in dieser Art. Wenn sie es richtig gemacht hätten, wäre dieser Brückenbogen ebenfalls eingestürzt, doch das meiste der Sprengkraft ging ins Leere. Aber unter den gegebenen Umständen kann der Bergungskran nicht hochfahren. Die UP-Jungs sagen, sie werden vermutlich diesen Abschnitt der Brücke ersetzen müssen, bevor sie mit der Reparatur des mittleren Brückenbogens beginnen können.«

Hush, der sich neben dem Captain auf ein Knie niedergelassen hatte, nickte langsam. Der Gestank von Chemikalien, der vom Fluß aufstieg, kam ihm jetzt viel stärker vor. »Die Brücke ist beschädigt genug, um Reparaturen zu verzögern. Jemand wußte, was er tat.«

»Richtig«, sagte Powers, stand auf und klopfte Staub von seinen Hosenbeinen. Sie kehrten zu den Zivilisten zurück. Carolyn Lang hatte ihr Notizbuch in der Hand und sprach mit dem Chefingenieur der Union Pacific. Er bestätigte, was Powers gesagt hatte.

»Dieser beschädigte Träger bedeutet, daß der nächste Bogen weder betreten noch befahren werden darf. Der Zusammenbruch des mittleren Bogens ist vermutlich auf eine Überlastung aller Bolzenlagerungen bis zum Westufer zurückzuführen. Wir warten auf meinen Konstruktionsleiter. Er trifft wahrscheinlich am Morgen ein. An der gesamten verbliebenen Konstruktion müssen Reparaturen durchgeführt werden, und zwar auf beiden Seiten.«

Der als Campbell vorgestellte Zivilist schnaubte. »Ich brauche keine Konstruktionstypen, um das bestätigt zu bekommen, Belon. Diese ganze Brücke ist versaut. Man kann die Pfeiler retten, und damit hat sich's.«

In diesem Moment verstummte die große Rangierlok, als hätte sie mitgehört. Plötzlich herrschte relative Stille, die schnell von den Geräuschen der Lichtgeneratoren und dem Quäken des Polizeifunks erfüllt war.

»Was ist zeitlich festgelegt oder funkkontrolliert – wie ist der Konsens?« erkundigte sich Hush.

Powers verdrehte die Augen. »Konsens? Scheiße. Wir haben eine Million Meinungen, aber mit all den Bundes-Schaufeln, die in dieser Scheiße graben, kommt ein Konsens nicht in Frage.«

Hush schaute ihn lange an und bemühte sich, ruhig zu bleiben. Carolyn hörte auf, in ihr Notizbuch zu schreiben.

»Captain Powers«, sagte Hush schließlich. »Ich glaube, Sie sind müder, als Ihnen klar ist.«

Powers zuckte zusammen, und seine Halsschlagader schwoll an. »Hören Sie mal, Mister ...«

»Nein, Captain«, fiel Hush ihm ins Wort. »Agent Lang und ich sind *Bundesbeamte*. Wir führen eine Ermittlung des *Bundes* durch. Ich weiß nicht, was Ihr Problem ist, aber es wird uns keine Minute länger bei unserer Arbeit des *Bundes* stören. Das FBI würde Ihre Kooperation schätzen und es vorziehen, *mit* Ihnen und anderen örtlichen zuständigen Behörden zusammenzuarbeiten. Aber wenn Sie Ihre Abneigung gegen Bundesbehörden nicht überwinden und bei diesem Treffen nicht sofort auf eine sachliche und professionelle Ebene zurückkehren können, dann lasse ich von der Army des *Bundes* jeden von dieser Brücke entfernen und soviel von ihr und dem Gelände ringsum absperren, wie ich für nötig halte. Ich kann das mit einem Telefonat über mein Handy erledigen. Und ich werde es tun, und wenn ich es tue, dann wird Ihr Name sehr deutlich bei meiner Begründung fallen. Ist das alles klar, Captain Powers? Soll ich es noch genauer erklären? Oder sind Sie bereit, Polizeiarbeit zu leisten?«

Die anderen Männer wirkten, als wollten sie sich klein machen. Carolyn Lang beobachtete den rotgesichtigen Captain der Staatspolizei sorgfältig. Powers starrte jeden wütend an, und Hush dachte für einen Moment, der große Cop würde sich auf ihn stürzen und ihn verprügeln. Hush war erheblich größer als Powers, jedoch nicht so breit. Aus dem Augenwinkel heraus glaubte er, Carolyn Langs Hand nach der Pistole an ihrer Hüfte tasten zu sehen. Powers mußte die Bewegung ebenfalls gesehen haben, denn er stutzte und blickte wieder Hush an.

»Okay, okay«, lenkte er ein. »Wenn Sie die Leitung haben wollen, haben Sie sie. Die Highway Patrol des Staates Missouri erwartet begierig Ihre Befehle, Mister hohes Tier aus Washington.«

»Also gut, Captain. Senior Special Agent Lang wird Ihnen sagen, was zu tun ist. Zuerst muß dieser Tatort gesichert werden.«

Carolyn verlor keine Sekunden. »Captain Powers, ich möchte, daß die Staatspolizei jeden von dieser Brücke entfernt, auf beiden Seiten, mit Ausnahme Ihres forensischen Teams und den Kollegen des Bundes. Ich will eine Einsatzzentrale, die die Bergungsarbeiten auf dem Fluß leitet, vorzugsweise auf dieser Seite. Beim ersten Tageslicht werden unsere Leute vom Labor hier sein, und sie werden von Ihren und den Leuten des Sicherheitsbüros der Eisenbahn über den Stand der Dinge informiert werden, und danach werden sie *zusammenarbeiten*, bis ein Vorbericht erstellt ist.«

Powers starrte sie nur an. Hush beschloß, ein wenig dick aufzutragen.

»Und *ich* will, daß an all die Leute, die am Ufer herumstehen – Army, Polizei, was auch immer – Plastikmüllsäcke verteilt werden, in denen sie jedes künstliche Objekt sammeln, das sie fünfhundert Meter flußabwärts finden, auf beiden Ufern. Dann will ich, daß diese Müllsäcke in einen Hangar auf dem hiesigen Flughafen gebracht und als Beweismaterial eingeschlossen werden. Und wenn all dies angeleiert ist, will ich ein Treffen mit Ihnen, dem Leiter ihres forensischen Teams, dem ranghöchsten hier anwesenden Offizier des Pionierkorps und dem ranghöchsten Offiziellen der Eisenbahngesellschaft. Sagen wir in einer Stunde im Befehlsstand der Army.« Hush wandte sich an den Mann von der Union Pacific. »Mr. Jameson, können Ihre Leute helfen, einen richtigen Sicherheitskordon aufzuziehen?«

»Ja, Sir, das können wir«, antwortete Jameson und warf einen Seitenblick zu Powers. »Aber wir müssen auch die Bergungsarbeiten dort unten fortsetzen, wenn das okay ist.«

»Ja, prima. Aber ich will, daß diese Schleppboote wenn möglich von der Brücke selbst wegbleiben – vertäuen Sie sie nicht an den Pfeilern, damit keine etwaigen Spuren verwischt werden. Vielleicht benutzen Sie eines der Boote als schwimmende Einsatzzentrale für Ihre Aufräumarbeiten, aber halten Sie sich von der unmittelbaren Umgebung der Brücke im Augenblick fern.«

»Ja, Sir, das ist machbar. Wir werden Sie in einer Stunde in der Einsatzzentrale sehen.« Er stieß Campbell leicht an, und die beiden gingen zu einer Seite der Plattform und sprachen in ein Funkgerät.

Hush blickte hinüber zu Powers. Sein Kiefer mahlte, sein Gesicht wirkte verkniffen.

»Nun?« fragte Hush.

Powers erwiderte lange nichts, dann schlüpfte er unter dem Trassierband hindurch und rief einen seiner Polizisten, er solle ihm »sein gottverdammtes Funkgerät auf der Stelle bringen«. Major Williams nahm seinen Helm ab, wischte sich über die Stirn und grinste Hush an. »An Ihrer Stelle würde ich mir im Augenblick keine Temposünde hier in Missouri erlauben.«

»Ich wollte diese Sache nicht so anfangen«, sagte Hush zu Carolyn. »Aber wir haben keine Zeit für Spielchen. Dieser Fall ist kompliziert genug.«

»Warum lassen Sie all diesen Müll dort unten sammeln?« wollte der Major wissen.

»Es besteht immer die Möglichkeit, wenn auch nur eine geringe, daß wir nützliches Beweismaterial finden. Zugegeben, das ist nicht sehr wahrscheinlich, aber wir müssen es probieren. Carolyn, suchen Sie bitte einige unserer Leute aus St. Louis. Werfen Sie einen Blick in ihr Protokollbuch, und gehen Sie anschließend zum Befehlsstand der Army, und sagen Sie dem Befehlshabenden, was wir tun. Dann warten Sie dort auf mich.«

Sie nickte und schritt über den Laufsteg zum Westufer zurück. Drei Deputys starrten sie an, als sie an ihnen vorbeikam. Hush bat den Offizier der Army, kurz zu beschreiben, wie die Brücke konstruiert war. Der Major führte ihn zum Brückenpfeiler und erklärte ihm die wichtigen Merkmale des Gitterfachwerkes. Er schilderte auch, wie die Bolzen gelagert waren. Sie gingen zurück zum nächsten Bogen am Ende des mittleren Brückenbogens, um den beschädigten Teil mit dem intakten zu vergleichen. Nachdem der Major seine Erläuterung beendet hatte, stellte Hush eine Frage.

»Sagen Sie mir: Wie groß sind die Auswirkungen dieses Anschlags? Was wird das für die Bahngesellschaft bedeuten?«

Williams setzte seinen Helm wieder auf und blickte über den Fluß hinweg. »Der Einsatzleiter der Union Pacific kann Ihnen darauf eine Antwort geben. Das Army Corps hat grundsätzlich nichts mit den Operationen der Eisenbahn zu tun. Aber ich fürchte, es wird eine ernste Störung sein. Alle großen Eisenbahngesellschaften arbeiten heutzutage voll ausgelastet.«

»Aber sie können stets ihre Transporte auf eine andere Brücke umleiten, richtig?«

»Nun, ja und nein. Da ist Ihnen vermutlich eines nicht klar: Auf den über tausendeinhundert Kilometern zwischen St. Louis und dem Golf gibt es nur sechs Eisenbahnbrücken über den Mississippi. Nach dieser Sache nur noch fünf. Meiner Meinung nach wird diese Brücke nicht so bald repariert sein, obwohl wir Morgan Keeler eingeschaltet haben – er ist der große Experte des Korps für diese Mississippi-Brücken.«

Einer der Deputys kam zu dem abgesperrten Bereich. Er hielt ein Funkgerät in der rechten Hand.

»Direktor Hanson?« fragte er.

»Ja?«

»Die Lady will Sie sprechen.« Er machte eine Schau daraus, Hush das Funkgerät über das Trassierband hinwegzureichen.

»Hanson.«

»Sir, hier Carolyn Lang. Ich bin im Befehlsstand des Pionierkorps. Die Army organisiert jetzt die Suche am Ufer. Die Staatspolizei wird nicht – ich wiederhole, *nicht* – daran teilnehmen, offenbar hat Captain Powers das befohlen. Die Staatspolizei hat zugestimmt, die Zugangswege zur Brücke zu sichern und jeden außer den Spurensicherern von ihr fernzuhalten. Ich bin darüber informiert worden, daß der ranghöchste Brückentechniker des Pionierkorps der Army, ein gewisser Morgan Keeler, in ungefähr dreißig Minuten per Helikopter eintreffen wird; er ist über das Treffen unterrichtet worden. Die Special Agents Russo und Markham sind jetzt auf dem Weg zu Ihnen. Over.«

»Hier Hanson, alles verstanden. Ich brauche eine Bestätigung, daß der Teamleiter der Spurensicherung der Staatspolizei an dem Treffen teilnehmen wird.«

»Lang, verstanden.«

Er gab das Funkgerät dem Deputy zurück. »Zwei FB-Agenten werden auf die Brücke kommen; lassen Sie sie bitte durch.«

Der Deputy nickte knapp, spuckte durch die Schwellen des Bahngleises in den Fluß und ging über den Laufsteg zurück zu seinem Posten am Ende des nächsten Brückenbogens. Die Rivalität zwischen FBI und Staatscops muß durch die Sturheit der örtlichen Polizeibehörden genährt werden, dachte Hush. Nun gut.

Er ging zur Betonleiste und leuchtete mit seiner Taschenlampe darüber hinweg. Er achtete sorgfältig darauf, nicht auf die rußige Fläche direkt vor der Bolzenaushöhlung zu treten. Das Lager in ihrem Inneren war völlig deformiert, aber der Fuß hing noch dran. An der Außenseite des Lagers, wo der Längsträger des Bogens die Seite herübergezogen hatte, bevor er in den Fluß gestürzt war, entdeckte Hush tiefe Furchen. Er neigte sich über die Seite und leuchtete auf den Strom. Er sah die verformten Reste einer Leiter ungefähr sieben Meter tiefer über das Wasser hängen. Sie schwang im Rhythmus der Strömung, die an ihrem Fuß zerrte, vor und zurück. Auf halber Höhe flatterte etwas um den Stützpfeiler. Anscheinend hatte sich ein Stoffetzen zwischen ihm und der Leiter verfangen. Plötzlich erfaßte Hush ein Schwindelgefühl. Er wich schnell zurück.

»Mr. Hanson?« sagte jemand hinter ihm. Hush richtete sich auf und wandte sich um. Zwei Agenten des FBI-Büros St. Louis standen außerhalb des markierten Bereiches.

»Gentlemen. Hat Agent Lang Sie über die Suche am Ufer informiert, die ich veranlaßt habe?«

»Jawohl, Sir«, sagte Russo. »Sir?« Wir haben ein Problem mit den Staatscops. Auf einmal herrscht hier draußen eine eisige Atmosphäre, und ich höre was von FBI-Furzern und Bundesarschlöchern und so.«

Hush lächelte dünn. »Ihr Vorgesetzter hat was gegen Bundesbeamte«, erwiderte er. »Ich fühlte mich verpflichtet, ihn zurechtzuweisen. Ich möchte, daß Sie beide die Spurensuche am Ufer beaufsichtigen. Ich will die Müllsäcke mit dem jeweiligen Fundort des Materials in Bezug auf die Brücke markiert haben – zum Beispiel ›Westufer, hundert Meter flußabwärts‹ und so weiter. Ich will eine Zuordnung der Müllsäcke zu den jeweiligen Untersuchungspunkten des Tatortes – wir brauchen keine Müllhalde. Wenn es nicht genug Platz zum Lagern gibt, legen Sie die Säcke in der gleichen relativen Position zueinander aus, in der das Material gesammelt wurde. Und ich will jeden Müllsack so plaziert haben, daß er entleert und sein Inhalt von unseren Laborleuten untersucht werden kann.«

»Jawohl, Sir«, sagte Markham. »Agent Lang sagte etwas über einen Hangar auf dem Flugplatz?«

»Das ist der einzige Ort, der mir in den Sinn kam«, erwiderte Hush. »Ich glaube, ich habe ein paar Hangars dort draußen gesehen, als wir eintrafen. Wie nach einem Flugzeugabsturz – ein großer Bereich, aber immer noch unter Abschirmung.«

»Jawohl, Sir. Wir werden das koordinieren. Die Army wird Trucks zur Verfügung stellen, und die Staatscops haben zugesichert, das Gebäude zu sichern, wenn das Material eingetroffen ist.«

»Okay. Machen diese Leute Agent Lang dort draußen Probleme?«

Russo blickte zu Markham und lächelte. »Einer der lokalen Fuzzys ließ irgendeine klugscheißerische Bemerkung fallen«, sagte er. »Agent Lang ging zu ihm, schrieb seinen Namen und die Nummer seiner Dienstmarke in ihr Notizbuch und fragte ihn, ob er einen guten Anwalt habe. Dann schlenderte sie davon. Der Typ sah aus, als hätte er schlimme Bauchschmerzen. Rasiermesser-Schlüpfer hat sich kaum verändert.«

Rasiermesser-Schlüpfer? Man hatte Carolyn hier tatsächlich in Erinnerung behalten. »Ist Seine Herrlichkeit schon hier?«

»Ich glaube, ja, Sir.«

»Gut. Das ist alles.«

Die Agenten nickten und gingen. Wenn sich ein AD in ihrem Revier aufhielt, würden dem Protokoll zufolge einige SACs herauskommen. Andere, wie Seine Herrlichkeit, würden vielleicht wie ein Hund herauskommen, um ihr Revier zu verteidigen. Hush war ziemlich sicher, daß Carolyn Lang sich äußerst unbehaglich fühlen würde, sobald Herlihy auftauchte. Er machte sich auf die Suche nach dem Befehlsstand der Army.

Colonel Anderson massierte seine Schläfen. Es war fast 21 Uhr, und die Leiter des Stabes saßen auf beiden Seiten des Konferenztisches und warteten geduldig. Der junge Captain der Einsatzabteilung, der über die Lage berichtete, stand beim Podium. Sein zuletzt gezeigtes Dia war nur schwach auf der Leinwand zu erkennen, nachdem das Licht wieder eingeschaltet worden war. Anderson blickte in die Runde der Versammelten.

»Nach rund drei Jahren Plackerei zur Überwindung der bürokratischen Hürden, nach dem Kampf gegen all diese Protestler und die feindlichen Medien, ganz zu schweigen vom eigenen Papierkram der Army, nach all den Mühen, sagen Sie mir jetzt, daß wir die Route ändern müssen?«

Die Stabsoffiziere schwiegen. Einige von ihnen waren neu, andere jedoch – wie Matthews – lange genug in Anniston, um die Bedeutung dessen zu beurteilen, was der Colonel gesagt hatte. Er schaute zu Carl Hill, der mit grimmigem Gesicht am Ende des Konferenztisches saß.

»Vielleicht können Sie das arrangieren, Colonel«, sagte Matthews. »Diese Eisenbahner sind anscheinend imstande, nach einer Entgleisung fast über Nacht einen Zug neu zusammenzustellen.«

Hill schüttelte den Kopf. »Hast du jemals eine Eisenbahnbrücke über den Mississippi gesehen, Tom?«

»Nein, habe ich nicht.«

Hill nickte. »Sie sind riesig, fast so groß wie die Brücken über den Rhein. Und sie sind alt. Große Gitterfachwerkbrücken, Unmengen von Stahl und Nieten und massiven Trägern. Einige davon sind wegen des Schiffsverkehrs mehr als 40 Meter über dem Fluß.

»Aber sie wird repariert oder ersetzt werden müssen, richtig?« fragte Anderson.

»Ich weiß es nicht, Sir. Das wird vermutlich eher ein finanzielles Thema für die Union Pacific sein als eine technische Frage. Das Problem ist, daß unser Routen-Plan für Zug 2713 im Eimer ist. Vom Timing her ist das eine Katastrophe. Die Genehmigung der Route galt für einen besonderen Zeitraum. In zehn Tagen *muß* Zug 2713 rollen. Wenn wir diesen Termin versäumen, ist die Genehmigung zum Teufel, und wir fangen ganz von vorn an.«

Es herrschte unbehagliches Schweigen im Konferenzraum. Matthews war klar, daß weder Anderson noch Hill über den anderen und gewiß dringenderen Grund für die Eile sprechen konnten. Alle anderen Abteilungsleiter wußten von der Bruchlandung des Flugzeugs, aber keiner von ihnen hatte Kenntnis von den Kernwaffen.

»Die Transportbehälter sind für 14 Tage genehmigt, wenn sie aus ihren Depots und an Bord sind«, sagte Hill in die lastende Stille. »Wir können die Zugelemente nicht länger als bis Donnerstag nächster Woche in den Montagegebäuden lassen.«

Anderson klopfte mit einem Kugelschreiber auf den Tisch. »Und wie lange dauert die Fahrt bis Utah?«

»Das sind rund 2560 Kilometer, Sir. Bei einer Durchschnittsgeschwindigkeit von etwa 56 Kilometern pro Stunde sollten wir mit ungefähr fünfundvierzig Stunden rechnen, sofern die Route über Cape Girardeau benutzt wird.«

»Und jetzt?«

»Nach dem Ausfall dieser Brücke müssen wir neu berechnen. Und eine Abänderung der Route genehmigen lassen. Aber wie auch immer, dieser Zug *muß* bis nächsten Donnerstag losfahren.«

»Vielleicht können wir dieses Problem betriebsintern halten«, schlug Matthews vor. »Die Route erst ändern, wenn der Zug unterwegs ist. Falls jemand protestiert, können wir behaupten, daß wir sie aus Sicherheitsgründen oder so geändert haben.«

»Genau mein Gedanke, Tom«, sagte Colonel Anderson. »Aber ich muß das mit Washington abklären. Es ist unmöglich, eine neue Route in neun Tagen genehmigt zu bekommen. Daher werden wir viel Rückendeckung für diese Sache brauchen. Okay, das war's, Gentlemen. Tom, Carl, bleiben Sie bitte noch hier.«

Der Konferenzraum leerte sich schnell. Anderson bat Matthews, die Tür zu schließen.

»Tom, wie ist der Stand der Dinge bezüglich des C-130-Problems? Weiß dieser Colonel Mehle von der Brücke?«

Matthews setzte sich und fuhr mit den Händen durch sein schütteres Haar. Er war seit fast drei Jahren Einsatzoffizier des Stützpunktes Anniston. Dies würde der letzte Posten seiner Laufbahn in der Army sein.

»Sir, Colonel Mehle ist den ganzen Tag an der Unglücksstelle der C-130 gewesen. Er hat vielleicht etwas über die Sprengung der Eisenbahnbrücke gehört, aber er wird vermutlich nicht einschätzen können, was sie für uns bedeutet.«

»Beruhigen Sie mich«, sagte Anderson und schaute beide Offiziere an. »Die Tatsache, daß wir scharfe Kernwaffen draußen auf der Landebahn haben, bleibt streng geheim?«

Beide Männer nickten. »Jawohl, Sir. Die CERT-Jungs und die MPs wissen, daß etwas los ist, aber sie sind durch Ihre Befehle am Unfallort gehalten worden.«

»Carl, haben Sie die Wagen gefunden, die Mehle braucht?«

»Ich kann ihm zwei geben, Colonel, keine vier. Wir können die verstärkt gepanzerten Tankwagen benutzen, Colonel, und die Fracht für die Öffentlichkeit als mit Senfgas kontaminierte Raketengehäuse deklarieren. Wir werden uns überlegen müssen, was wir mit den tatsächlichen Gehäusen tun.«

»Mehle will vier Waggons. Ich frage mich, ob es problematisch ist, zwei der Kernwaffen in einem Waggon zu transportieren. Ob das nicht eine zu große Anhäufung von Plutonium ist.«

»Das bezweifle ich, Colonel«, sagte Matthews. »In der C-130 lagen sie auf engerem Raum zusammen.«

»Das war vor der Bruchlandung«, sagte Anderson. »Okay. Ich muß dies von Mehle klären lassen. Ich werde ihm sagen, daß wir nur die zwei großen, besonders gepanzerten Tankwaggons haben und daß sie reichen müssen. Er sagte mir, er will die Waffen so bald wie möglich ins Gebäude 9 transportieren lassen.«

»Dann werden mehr Leute von der Sache erfahren, Colonel«, sagte Matthews. »Sobald die Arbeitsmannschaften und die Fahrer der Munitionstransporter dort die Geigerzähler und Dosimeter sehen, werden sie wissen, daß es nicht um chemische Stoffe geht.«

Anderson runzelte die Stirn. »Vielleicht können wir für die Arbeit mit den Waffen in Gebäude 9 Mehles eigenes Team und nur einen hochrangigen Zivilisten als Aufsicht einsetzen.«

»Und anschließend alle Beteiligten unter Quarantäne stellen«, sagte Matthews. »Denn wenn etwas durchsickert, dürfte …«

»Das muß verhindert werden«, unterbrach Anderson. »Okay, ich rufe Washington an und rede dann mit Mehle. Carl, im Augenblick sagen wir nichts über irgendwelche Veränderungen.«

»Jawohl, Sir«, sagte Hill. Er stand auf und ging hinüber zur Wand, wo er eine große Karte der Vereinigten Staaten ausrollte, auf der alle bedeutenden Eisenbahnrouten eingezeichnet waren. »Über den Mississippi zu kommen ist unser Problem. Es gibt fünf andere Brücken, die die Kriterien für Zeit und Entfernung der Route erfüllen. Cape Girardeau war unsere erste Wahl, weil Zug 2713 nicht durch ein Gebiet mit größeren Städten fahren mußte.«

Anderson nickte und schaute auf die Karte. »Unvorstellbar, daß 2713 durch St. Louis oder New Orleans rollt«, sagte er.

»So sprechen wir also von drei verbliebenen Kandidaten«, sagte Hill und zeigte sie auf der Karte. »Memphis, Baton Rouge und Vicksburg. Tom, hat das Pionierkorps irgendwelche Vorstellungen, was mit dieser Brücke geschehen ist?«

»Nein, man weiß nur, daß sie mitsamt einem Zug einstürzte. Die ersten Berichte erreichten uns über unser Kontaktbüro des Pionierkorps in St. Louis. Im Augenblick herrscht Verkehrschaos auf dem Fluß.«

»Was jeden Transport zwischen hier und Tooele veranlassen wird, sich vor unseren 2713 zu drängeln«, sagte Anderson kopfschüttelnd. »*Besonders*, wenn wir um eine Genehmigung zur Änderung der Route ersuchen müssen.«

»Nun, Colonel, Sie werden zugeben müssen ...«

»Ich muß überhaupt nichts zugeben, Tom«, sagte Anderson mit so scharfer Stimme, wie Matthews sie noch nicht von ihm gehört hatte. »Ein Vier-Sterne-General hat heute morgen um 0 Uhr 30 seine Gedanken mit mir geteilt. Die Hauptmission von 2713 besteht jetzt darin, Colonel Mehles Atombabys zu diesem National Engineering Laboratory in Idaho zu bringen. Der Zug mit den chemischen Waffen ist offiziell als zweitrangig in der Hackordnung eingestuft worden. Und Ihre Hauptmission, Carl, besteht jetzt darin, als Tarnung für diese Dinge zu dienen.«

Matthews sah, daß Carl Hill drauf und dran war, zu fragen, ob der Colonel ihm all dies schriftlich geben würde. Er fing Carls Blick auf und schüttelte leicht den Kopf, versuchte, ihm zu vermitteln, daß dies nicht der richtige Zeitpunkt war, um das Thema zur Sprache zu bringen. Er erhob sich, bevor Hill etwas erwidern konnte. »Jawohl, Sir«, sagte er schnell. »Verstanden, Sir.«

»Gut«, meinte Anderson. »Washington wird uns anweisen, wo wir den Fluß überqueren. Tom, Sie und Carl arbeiten eine neue Route aus. Im Moment behalten wir das Thema Änderung der Route für uns.«

Anderson entließ sie, ging in sein Büro und schloß die Tür hinter sich. Hill warf Matthews einen beschwörenden Blick zu, doch Matthews winkte ihn aus dem Konferenzraum. Er sprach erst, als sie außer Hörweite von Andersons Büro waren.

»Er steht zur Zeit unter genug Druck, und es hat keinen Sinn, ihn in die Enge zu treiben. Warten wir ab, was passiert. Ich bin nicht überzeugt, daß dies so laufen wird, wie Mehle es will.«

»Laut Vier-Sterne-General, wer zum Teufel das auch war, wird es genau so laufen.«

»Ja, im Moment. Aber je mehr Leute in diese Scheiße verwickelt werden, desto unwahrscheinlicher ist es, daß dieses Geheimnis unter dem Teppich gehalten werden kann.«

Der Befehlsstand des Pionierkorps der Army, zwei Trucks mit Anhängern, war durch einen großen Sattelschlepper voller Kommunikationsausrüstung ersetzt worden. An einer Seite des Fahrzeugs war eine olivfarbene Tarnplane gespannt worden, unter der die Versammlung stattfand. Es gab keine Stühle oder Tische. Das einzige Licht fiel aus der offenen Tür des Befehlsstandes. Die Teilnehmer der Konferenz waren Captain Powers, Hush, Carolyn Lang, der Leiter des forensischen Teams der Staatspolizei, der Chefingenieur der Union Pacific Railroad, ein Lieutenant Commander von der Küstenwache und Major Williams. Als sich die Gruppe um eine provisorische Kaffeeausgabe versammelte, landete etwa hundert Meter entfernt ein Hubschrauber der Army, eingehüllt von einer Staubwolke und dem Schein der Landelichter. Ein einzelner Passagier, anscheinend ein Zivilist, entstieg dem Helikopter und ging vorsichtig und geduckt unter dem wirbelnden Rotor zum Befehlsstand. Es war ein großer, hagerer Mann, mit kurzem grauen Haar, der eine lederne Aktentasche unter den Arm geklemmt hatte. Hush konnte das Gesicht des Mannes, der sich jetzt bückte, um unter die Plane zu gelangen, nicht genau sehen, aber es war blaß und ernst. Der Mann richtete sich unter der Plane auf und übernahm die Leitung der Versammlung. Er nickte den Leuten von der Eisenbahngesellschaft und Major Williams zu wie alten Bekannten. Powers ignorierte er.

»Wer von Ihnen ist AD Hanson?« fragte er.

Hush trat vor. »Ich.«

Der Mann wandte sich ihm zu und gab ihm die Hand. »Mr. Hanson, ich bin Morgan Keeler, Chef-Brückeninspekteur für die Mississippi Valley Division des Pionierkorps der Army. Sie leiten die Einsatzgruppe des Bundes, die in diesem Vorfall ermittelt?«

»Das ist richtig. Ich habe einiges in die Wege geleitet.«

»Davon habe ich gehört.«

Nachdem sich Hushs Augen an die Mischung aus Licht

und Schatten unter der Segeltuchplane gewöhnt hatten, konnte er Keelers Gesicht besser sehen. Er fand seinen ersten Eindruck bestätigt: es war asketisch, hatte harte, fast ausgemergelt wirkende Züge, intelligent blickende, tiefliegende graue Augen und schmale graue Brauen. Um Keelers Augenwinkel entdeckte er tiefe Krähenfüße, seine Stirn war hoch, und er hatte eine lange, vorspringende Nase. Als Keeler schwieg, fühlte Hush sich gezwungen weiterzusprechen, was überhaupt nicht seine Art war.

»Das Beweismaterial oben auf der Brücke ist nur zum Teil gesichert worden«, sagte er, ohne Powers anzusehen. »Das Sammeln von Beweismaterial auf den Ufern ist sehr zeitraubend, aber vielleicht finden wir etwas. Was zur Tat benutzt wurde, ist ziemlich offenkundig.«

»Man hat mir gesagt, daß es sich um eine Schwarzpulvermischung handelt.« Keeler zog eine Zigarettenpackung aus der Innentasche seines Jacketts, schüttelte eine Zigarette heraus und zündete sie an. Hush war beeindruckt von den intensiv blickenden Augen des Mannes, die im Schein eines Gasfeuerzeuges glitzerten. Sein Alter war schwer zu schätzen. 50, vielleicht sogar Ende 50. Interessanter Typ, dachte Hush.

»Das ist richtig, jedenfalls riecht es danach.«

»Oh, es handelt sich eindeutig um Schwarzpulver«, schaltete sich Powers ein und trat vor. »Ich bin Captain Mike Powers, Chef des CIB, Missouri State Highway Patrol«, sagte er. Er schüttelte Keeler die Hand, bevor er weitersprach. »Meine Spurensicherer sind seit ein paar Stunden am Tatort und haben von einer Schwarzpulversorte berichtet, vermutlich Pyrodex, mit einer Art Hochleistungszünder. Natürlich wird das FBI hier seine Laborleute ermitteln lassen, also ändert sich vielleicht alles. Das FBI hat das beste Labor der ganzen weiten Welt, wissen Sie.«

Hush ignorierte den Spott. »Unsere Laborleute werden in Kürze hier eintreffen«, sagte er. »Ich bin überzeugt, sie werden bestätigen, was die Spurensicherung der Staatspolizei herausgefunden hat.«

Wenn Keeler die Spannung zwischen der Staatspolizei und dem FBI bemerkt hatte, ließ er sich das nicht anmerken. »In Ordnung«, sagte er. »Die Forensik ist Ihr Gebiet. Die Konstruktionsanalyse dessen, was übriggeblieben ist, meines. Major Williams, was ist Ihr Status?«

»Wir versuchen, den Schlamassel im Fluß in den Griff zu bekommen, Colonel. Wir bemühen uns, jede größere Verunreinigung mit Schadstoffen einzudämmen, und dann werden wir die Fahrrinne räumen. Die Sicherheitsabteilung der Küstenwache in St. Louis meldet bereits Rückstau von Lastkähnen in beiden Richtungen.«

Hush registrierte, daß der Major Keeler mit ›Colonel‹ angesprochen hatte.

»Kann der Schiffsverkehr durch seitliche Fahrrinnen passieren?« erkundigte sich Keeler.

»Nein, Sir«, antwortete der Lieutenant Commander der Küstenwache, »die Fahrrinne verläuft genau in der Mitte. Der Fluß ist hier zwar sehr breit, jedoch nur etwa zwei bis drei Meter tief, und das bei Hochwasser. Wir müssen alle Wracks dort fortschaffen, vor allem den eingestürzten Brückenbogen.«

»Nun, das ist Sache des Pionierkorps«, sagte Hush. »Sobald die Ufer abgesucht worden sind, wobei uns die Army freundlicherweise hilft, weil die Staatspolizei offenbar anderweitig beschäftigt ist, werden sich unsere Bemühungen auf die Brücke selbst konzentrieren.«

Powers verteidigte sich sofort. »Die Staatspolizei operiert nur in ihrem Zuständigkeitsbereich, besonders seit Ihre Leute den Fall übernommen haben, Mr. Hanson«, sagte er.

»Wie auch immer.« Hush seufzte. »Mr. Keeler, müssen wir sonst noch etwas abstimmen?«

Keeler blickte sowohl Hush als auch Powers ungeduldig an. »Nicht heute abend. Geben Sie nur mir und den Eisenbahningenieuren Zugang zu dieser Brücke, bevor die Wrackteile noch weiter stromabwärts getrieben werden. Je näher sie an der Brücke sind, desto leichter wird es für uns sein, sie aus dem Fluß zu holen, okay?«

»Sie werden den mittleren Brückenbogen zuerst sehen wollen, Morgan«, sagte der Eisenbahningenieur der Union Pacific. »Wir nehmen an, die Täter haben den Hauptträger mit Detacord gesprengt. Wir hoffen, Rückstände im Fluß zu finden.«

»Detacord?« sagte Keeler. Dann seufzte auch er. »Also gut. Sie schicken ein Team raus?«

»Beim ersten Tageslicht. Es wird natürlich erst einige Instandsetzungen von einem Fixpunkt an Land aus durchführen und Bolzen und Nieten überprüfen müssen. Aber wir gehen davon aus, daß wir keinen Kran einsetzen können.«

»Verdammt. Nun gut, ich muß rauf und mir ein Bild machen«, sagte Keeler. »Ich nehme an, wir haben geklärt, wer was und mit wem tut. Belon, Sie, ich und die Küstenwache arbeiten einen Plan für die Freiräumung der Fahrrinne aus. Es klingt, als hätten die Cops alle Hände voll zu tun.«

»Mein Spurensicherungsteam wird im Umkreis der Brücke beginnen und sich dann auf den Explosionsherd konzentrieren«, sagte Hush. »So kann ein schnellstmögliches Aufräumen erreicht werden.«

»Das weiß ich zu schätzen, Mr. Hanson. Lassen Sie den Major von Ihrem Teamleiter informieren, wann er mit seinen Männern bis zum Ende der Brücke durchkommt.«

Hush stimmte zu, und die Versammlung löste sich auf. Er wandte sich an Carolyn Lang und die beiden Agenten.

»Agent Russo, Sie übernehmen die Leitung bei der Suche auf den Ufern. Erledigen Sie das, solange noch all diese Leute hier sind. Agent Markham, ich möchte, daß Sie mit dem Leiter des forensischen Teams der Staatspolizei zusammenarbeiten – ich glaube, das ist der kleine Typ, der dort drüben neben Captain Powers steht. Achten Sie dabei auf ein Höchstmaß an Kooperation. Es gibt keinen Grund, zuzulassen, daß Powers mit seinem Verhalten hier alle Brunnen vergiftet. Schicken Sie mir um 8 Uhr 30 einen Wagen zum Hotel. Fragen?«

Die beiden Agenten hatten keine und gingen. Hush wandte sich Carolyn Lang zu.

»Machen Sie Feierabend. Sie fliegen morgen früh nach Washington zurück, damit Sie die übergeordnete Einsatzgruppe bilden und koordinieren können. Ich werde hier noch einen Tag oder so bleiben, aber es gibt hier nichts mehr für uns zu tun.«

»Ich hoffe nur, daß dieser Staatscop und der Wagen noch warten.«

»Meinen Sie, Powers hätte ihn abgezogen?«

»Er ist im Augenblick kein netter Campingfreund.«

Hush schaute über die grasbewachsene Fläche vor dem Befehlsstand. Im grellen Licht der Scheinwerfer unterhielt sich Powers mit einigen der Staatspolizisten. Seine heftigen Gesten und seine wütende Miene sprachen Bände.

»Nun, das ist mein Problem, nehme ich an«, sagte Hush. »Übrigens haben Sie auf der Brücke gut reagiert.«

Carolyn lächelte ihn an. »Eigentlich halte ich ihn für harmlos«, sagte sie. »Es geht ihm nur ein bißchen an die Nieren, daß das FBI hier ist.«

Hanson nickte. »Ich hoffe, der Wagen ist noch da.«

Als sie über den Bahndamm zurück zur Straße gingen, schälte sich eine große Gestalt aus der Dunkelheit und kam auf sie zu. Hush erkannte Joseph Michael Edward Herlihy, SAC des FBI-Büros St. Louis. Herlihy begrüßte Hush herzlich. Als er Carolyn Lang sah, veränderte sich seine Miene schlagartig.

»Oh, um Himmel willen!« sagte er. »Was, zum Teufel, macht sie hier? Lang bei einer Einsatzgruppe? Ausgerechnet …«

»Ernannt vom Direktor«, unterbrach Hush ruhig.

Herlihy rang sichtlich um Fassung. Schließlich ergriff er Hush am Arm, führte ihn ein paar Schritte zur Seite und wandte Carolyn Lang den Rücken zu. »Ich kann verstehen, daß man einen AD als Leiter bei diesem Fall schickt«, sagte er. »Damit habe ich keine Probleme. Meine Leute sagen mir, daß auf dem Fluß ein verdammtes Chaos herrscht. Aber Sie müssen bei dieser Frau auf Ihren Rücken aufpassen, Hush. Sie mag prächtige Titten haben, aber sie ist Gift.«

»Nun, ich weiß, daß es hier vor kurzem einige Probleme gab …«, begann Hush, doch Herlihy schnitt ihm das Wort ab.

»Probleme? Das paßt nicht als Beschreibung«, sagte er, ohne seine Stimme zu senken. »Dieses verdammte Weib kam übersensibel hier an – als hätte es einen Maiskolben im Arsch. Bereits in der ersten Woche hatten wir eine Beschwerde am Hals. Die Jungs haßten sie. Ich verlor ihretwegen Hank McDougal, den besten Senior Agent, den ich hatte. Er wurde in den vorzeitigen Ruhestand geschickt.«

»Seither ist viel Wasser den Mississippi runtergeflossen«, sagte Hush und bemühte sich, leise zu sprechen. »Sie wird die Gruppe in Washington koordinieren. Ich schicke sie morgen zurück.«

»Prima«, sagte Herlihy und sorgte dafür, daß Carolyn Lang ihn hören konnte. »Dieser Staat ist nicht groß genug für uns beide, Direktor hin oder her. Haben Sie hier alles, was Sie brauchen? Meine Jungs sagten, sie hätten Ihnen Zimmer im Best Western drüben in Cape Girardeau reserviert.«

Hush nickte. »Im Augenblick habe ich alles, was ich brauche. Die Army hilft uns, die Ufer abzusuchen – vermutlich ist das Zeitverschwendung, aber wer weiß. Oh, ich hatte eine Begegnung mit einem Staatscop namens Powers. Scheint eine tiefe Abneigung gegen Bundesbeamte zu haben.«

Herlihy lachte. »Ja, nun, er ist erpicht darauf, der Top-Cop der Staatspolizei zu werden. Vermutlich hat er große Hoffnungen gehabt, die Hauptrolle in der Ermittlung bei diesem Fall zu bekommen. Eigentlich ist er kein übler Kerl. Einfach ein Heißsporn. Soll ich mit ihm reden?«

»Nein, er ist mein Problem. Ich hätte jedoch gern meine eigene Einsatzzentrale. Haben Sie ein Fahrzeug hier draußen?«

»Nein, leider nicht. Ich habe einige Suburbans, die für Kommunikation ausgerichtet sind, aber das ist alles.«

»Okay, dann werde ich den Befehlsstand der Army nutzen«, sagte Hush und schaute sich in der Dunkelheit um. »Sind Sie selbst hergefahren? Powers hat uns einen Wagen des Staates zur Verfügung gestellt, aber den Fahrer vielleicht abkommandiert.«

»Meine Jungs können Sie zum Motel bringen, wenn Sie wollen«, bot Herlihy an. Er hatte sich anscheinend beruhigt; er sprach jetzt in normalem Tonfall. »Ich werde mich am Tatort informieren, was meine Leute treiben. Was sind Ihre Pläne?«

»Ich bin ziemlich kaputt. Werde etwas schlafen.« Er schilderte, welche Vereinbarungen mit der Army getroffen worden waren, und Herlihy kündigte an, sie am Morgen beim Hangar zu treffen. Mit einem letzten wütenden Blick zu Carolyn Lang stampfte er über den Schienenstrang auf die Lichter zu.

KAPITEL 4

Im Hangar stank es bereits, als Hush am Mittwoch morgen dort eintraf. Hundertsechzig Müllsäcke mit Funden vom Flußufer waren dort in ordentlichen Reihen aufgereiht. Jeder Müllsack lag auf dem Betonboden wie der Kot eines abscheulichen Tieres, feucht und stinkend in einzelnen Lachen giftig aussehender Flüssigkeiten. Bei dem Gestank hielt Hush sich unwillkürlich die Nase zu. Einige Wartungsmonteure standen in offensichtlicher Bestürzung herum. Ein großer Müllwagen parkte vor dem Hangar. Die beiden Bediener saßen auf der vorderen Stoßstange, rauchten Zigaretten und schauten gleichgültig vor sich hin. Herlihys ASAC aus dem FBI-Büro St. Louis empfing Hush am Eingang, begleitet von drei anderen Agenten. Alle trugen Papier-Overalls, Gazebinden vor dem Mund und Gummihandschuhe und hielten Eisenrechen.

Hush begrüßte sie. »Ich nehme an, diese ekelhafte Sammlung ist ausschließlich für mich bestimmt.«

»Jawohl, Sir«, erwiderte der ASAC. »Ausschließlich. Der Flugplatzleiter hat eindringlich darum gebeten, daß wir möglichst noch heute erledigen, was wir mit diesem ... Zeug vorhaben. Er hat drei Flugzeuge, die gewartet werden, aus dem Hangar ziehen lassen, und er möchte sie so schnell wie möglich wieder darin unterbringen lassen. Und es wird heute warm, Sir, wirklich warm.«

»Kapiert. Sind dies die Leute der Spurensicherung?«

»Jawohl, Sir«, antwortete der ASAC. Er stellte zwei Männer vom Washingtoner Labor und einen dritten Mann von der forensischen Abteilung der Staatspolizei vor.

Hush begrüßte sie mit Handschlag. Der Mann vom Labor zog ein Riechfläschchen hervor, tupfte einen Tropfen Flüssigkeit in jedes seiner Nasenlöcher und reichte es dann herum. Es wurde dankbar angenommen. Hush zog einen Kittel an, der ihm bis zu den Knien reichte. Er führte die Gruppe zur ersten Reihe der Müllsäcke. Der ASAC informierte ihn weiterhin über den Stand der Dinge.

»Unsere Sprengstoffexperten sind um 2 Uhr 30 bei der Brücke eingetroffen. Sie haben mit ziemlicher Sicherheit bestätigt, was die Staatspolizei herausgefunden hat. Zwei Spezialisten unseres Teams sind jetzt dort; der ranghöchste ist Dr. Franklin. Die anderen Techniker schlafen etwas. Ein paar Staatscops sind im Büro der Wartungsabteilung. Sie wollten sich um irgendwelche Störenfriede oder Presseleute kümmern, solange wir hier arbeiten. Oh, haben Sie irgendeine Idee, was wir hier suchen, Sir?«

»Nicht die geringste«, sagte Hush fröhlich. »Es wäre zu schön, wenn wir Material zum Basteln von Bomben finden würden – Draht, Uhren, Batterien, leere Dynamitschachteln, Schwarzpulverbüchsen, unterzeichnete Kreditkarten-Quittungen für den Kauf von Schießpulver, ein Gruppenfoto der bösen Buben und so weiter, Sie wissen schon.«

Die anderen grinsten hinter ihrem Mundschutz.

»Aber was ich wirklich will, ist, daß wir uns jeden einzelnen Haufen vornehmen und dabei auf Dinge achten, die man gewöhnlich nicht an Flußufern zu finden erwartet, aber mit ein bißchen Phantasie in Zusammenhang mit der Sprengung der Brücke bringen kann. Ich habe keine Ahnung, was es sein könnte – wir alle versuchen einfach unser Glück bei dieser … äh Stinkesammlung, und dann trollen wir uns. Ich möchte dies als Gruppe durchziehen.«

Sie arbeiteten sich durch die erste Reihe von Müllhaufen, von vorne nach hinten, und suchten nach etwas, das fehl am Platz wirkte. Das Flußufer hatte eine vielfältige Sammlung von Abfall preisgegeben, den die forensischen Ermittler mit den Rechen auseinanderzogen. Flaschen, Plastiktüten, Holztrümmer, Kleidungsstücke, hin und wieder ein Schuh, aufgeweichte Kartons, Aluminiumdosen, eine tote Katze, Treibholz, Autoreifen – die Standardausstattung zu vieler amerikanischer Flüsse. Am Ende der ersten Reihe legten sie zwei Stücke von Planken beiseite, die mit Kreosot behandelt waren und frisch abgesplitterte Ränder hatten, was darauf schließen ließ, daß sie von der Bahntrasse auf der Brücke stammten. Die zweite Reihe der Abfallhaufen ergab nichts von Interesse, ebensowenig die dritte.

Die Müllwerker der County fuhren ihren lauten Truck in die Mitte des Hangars und folgten den Agenten mit ihren Schaufeln und Besen. In der Mitte der vierten Reihe entdeckte Hush einen Stoffetzen. Er sah aus, als sei er aus einem T-Shirt gerissen worden. Hush hob ihn auf. Etwas daran löste eine Erinnerung in ihm aus, aber er konnte nicht sagen, welche.

»Sir?«

»Registrieren Sie das, bitte.«

Der Agent steckte den Stoffetzen in einen Plastikbeutel und notierte das Fundstück.

Sie durchsuchten den Rest der vierten Reihe Abfallhaufen und wandten sich dann der fünften zu. Sie fanden weitere Holzstücke von der Brücke; viele davon waren stark mit etwas getränkt, das wie die Flüssigkeit einer chemischen Reinigung roch. Am Ende der fünften Reihe neigte sich einer der Agenten zu einem Abfallhaufen und zog einen weiteren Stoffetzen heraus, der fast identisch mit dem ersten war.

»Gutes Auge«, lobte Hush. »Sehen Sie, daß der Stoff zu

einem Streifen gerissen worden ist? Wie ein behelfsmäßiger Verband. Und er ist ziemlich sauber, relativ gesehen. Er erinnert mich an etwas von gestern nacht, aber ich komme nicht darauf. Sicherstellen. Machen wir weiter.«

Sie verbrachten anderthalb Stunden mit der Durchsuchung des restlichen Abfalls, fanden jedoch nichts sonst von Interesse außer weiteren Teilen von den Laufstegen der Brücke. Die Mechaniker des Hangars hatten einen Feuerwehrschlauch angeschlossen und begannen, den Betonboden abzuspritzen, als die Agenten mit ihrer Suche fertig waren. Sie gingen für eine schnelle Besprechung hinaus in den Sonnenschein.

»Ich weiß nicht, ob das produktiv war oder nicht«, sagte Hush. »Ich hatte einfach das Gefühl, daß die Suche sein mußte – man weiß nie, wo Beweismaterial auftauchen wird. Ich möchte, daß diese beiden Stoffetzen auf chemische Rückstände analysiert werden; was sie enthalten, und ob es die gleichen Substanzen sind. Die Teile von den Laufstegen werden vielleicht bestätigen, daß sie Flammen und Hitze ausgesetzt waren. Stimmen Sie mit der Staatspolizei überein, daß es eine Sprengung mit Schwarzpulver war?«

»Jawohl, Sir«, sagte der ältere der beiden FBI-Labortechniker. »Das konnte man riechen, aber wir werden Ihnen sagen können, welches Pulver, vielleicht von welchem Hersteller und vermutlich, welcher Zünder benutzt wurde. Ich nehme an, entweder eine Zündkapsel oder eine Kombination aus Kapsel und Dynamit.«

»Eine große Bombe? Für deren Transport man eine Mannschaft braucht?«

»Nicht unbedingt«, sagte der Experte der Staatspolizei. »Diese Betonaushöhlung kann eine Schwarzpulver-Detonation ziemlich schnell eindämmen und auf den beweglichen Teil der Konstruktion konzentrieren, nämlich den Trägerbolzen. Dieser Keeler sagte, daß die Täter nur diesen Bolzen wegblasen mußten. Die Brücke stürzte ein, weil der Hauptbolzen, der die ganze Konstruktion hielt, mit zweitausend Tonnen Zug darauf losgerissen wurde. Dazu braucht man keine 500-Pfund-Bombe.«

»Die Bombenleger wußten also genau, wo sie den Sprengstoff anbringen mußten, um mit einem Minimum an Stoff den maximalen Schaden anzurichten.«

»Genau, Sir. Diese Typen kennen die Brücken, würde ich sagen. Ohne den Zug wäre sie vielleicht nicht sofort eingestürzt.«

»Okay, Gentlemen, danke für Ihre Bemühungen hier. Ich möchte gern zur Brücke zurückfahren, und ich möchte, daß mich forensische Experten begleiten.«

Hush verbrachte den Rest des Tages am Tatort. Die Lok mit dem Bergungskran war wieder auf das Ufer zurückgefahren; offenbar hatte Morgan Keeler den westlichen Brückenbogen für unsicher erklärt. Das Pionierkorps und die Küstenwache führten eine großangelegte Bergungsoperation auf dem Fluß durch, wobei jeder große, zur Verfügung stehende Schwimmkran eingesetzt wurde. Drei untergegangene geschlossene Güterwaggons waren aus dem Fluß gehoben und auf einen Lastkahn gesetzt worden, der stromabwärts von der Brücke ankerte. Zwei andere Lastkähne, die leer waren, warteten stromaufwärts am Flußufer darauf, in Position manövriert zu werden. Drei große und zwei kleine Schleppboote fuhren zwischen den Brückenpfeilern hin und her und versuchten, den dicken Kabeln fernzubleiben, die den Schwimmkran in der Strömung in Position hielten. Der Maschinenlärm war nahezu ohrenbetäubend; selbst oben auf dem Brückenpfeiler verständigten sich alle in Zeichensprache und mit Block und Stift.

Hush Hanson entdeckte einen dritten Stoffetzen, der sich

an einer Leiter des Brückenpfeilers verfangen hatte und fast so aussah wie jene, die im Hangar gefunden worden waren, und ließ ihn als Beweismaterial sichern. Gegen 14 Uhr zogen sie sich zum Fuß der Brücke zur Besprechung zurück. Sie versorgten sich mit ein paar belegten Brötchen und Kaffee aus dem Befehlsstand der Army und befaßten sich mit ihren Fundstücken, als ein Streifenwagen der Staatspolizei über den Zufahrtsweg heranholperte. Er stoppte am Fuß der Brücke, und Captain Powers kletterte vom Beifahrersitz. Er ging zu der Gruppe. Hush bot ihm einen Plastikbecher mit Kaffee an.

»Leisten Sie uns Gesellschaft?« fragte er.

Powers schaute finster drein, nahm das Angebot jedoch an.

»Wir haben dort oben eben unsere Arbeit beendet«, sagte Hush und nickte zur Brücke hinauf. »Ich glaube, mehr können wir den Tatort nicht nach Beweisen abgrasen.«

Powers nickte. »Ja. Sieht für mich aus wie eine Sprengung der Brücke.« Hush musterte ihn, aber Powers' Gesicht blieb unbewegt. Der forensische Experte der Staatspolizei grinste.

»Wie ich hörte, haben Sie auf dem Flugplatz nur zwei Stoffetzen gefunden«, sagte Powers.

»Ja, und einen weiteren auf der Brücke.«

»Und?«

»Wir wissen noch nichts Genaueres, Captain«, sagte einer der Männer vom FBI-Labor. »Wir müssen noch weiter daran arbeiten, ermitteln, wissen Sie. Das ist unser Job, erinnern Sie sich? Federal Bureau of *Investigation*?« Diesmal war Hush an der Reihe, ein Lächeln zu unterdrücken. Der Laborjunge war ziemlich aufgeweckt. Zu seiner Überraschung sah Hush, daß Powers zu grinsen begann. Dann lachten sie alle. Powers stampfte etwas Schlamm von seinen Schuhen und nickte Hush dann bedeutungsvoll zu. Dieser folgte ihm zum Brückenpfeiler.

»Ich bin hergekommen, um Sie zum Abendessen einzuladen«, sagte Powers. »Es gibt ein ziemlich gutes Steakhaus an der Grenze der County. Ich finde, Sie und ich brauchen einen Neuanfang.«

Hushs Miene erhellte sich. »Prima Idee, Captain. Ich hatte überlegt, das gleiche vorzuschlagen.«

»Freut mich zu hören. Ich heiße übrigens Mike. Ich werde einen Streifenwagen zu Ihrem Motel schicken – sagen wir gegen 19 Uhr, wenn Ihnen das paßt?«

»Paßt prima. Nennen Sie mich Hush.«

Powers kehrte zum wartenden Streifenwagen zurück. Hush, der sich sehr erleichtert fühlte, ging zum forensischen Team und gab Anweisungen für den Abschluß der Arbeiten. Er bat die Agenten, ihn zum Motel zurückzubringen. Dort duschte er schnell und bat den Mann an der Rezeption, ihn um 18 Uhr 30 telefonisch zu wecken. Dann sank er im kühlen Halbdunkel des Motelzimmers aufs Bett. Carolyn Lang hatte keine Nachricht für ihn hinterlassen, also machte sie entweder Fortschritte oder wollte andernfalls nicht um Hilfe bitten. Er hatte Tyler Redford gebeten, ihr alle mögliche Unterstützung zu gewähren. Tyler würde wissen, was damit gemeint war.

Punkt 19 Uhr stoppte ein auf Hochglanz polierter Streifenwagen der Staatspolizei, der von Funkantennen strotzte, vor dem Säulengang am Empfang des Motels. Hush setzte sich neben den Fahrer, einen Polizisten der Highway Patrol. Er war fast so groß wie Hush und diesem dankbar, weil der Vordersitz ganz zurückgestellt bleiben konnte. Der Staatspolizist tippte mit zwei Fingern an seinen Hut und lenkte den Streifenwagen aus der Stadt. Hush begnügte sich mit dem Betrachten all der technischen Spielereien auf den Konsolen vor ihm, während der teilnahmslose Polizist mit 150 Stundenkilometern über den dunkler werdenden Highway raste und das

Tempolimit ignorierte. Dabei handelte es sich um Funkgeräte, Radar, einen Computerterminal, Formularblöcke, Erste-Hilfe-Ausrüstung, ein Schrotgewehr – all die Werkzeuge des Polizeigewerbes. Und eine Videokamera. Er fragte sich, ob sie dazu diente, die bösen Jungs zu filmen oder den Cop vor den Anwälten der bösen Jungs zu schützen. Er war so lange bei der Polizei mit Schreibtischarbeit beschäftigt gewesen, daß er fast vergessen hatte, womit ein richtiger Streifenwagen ausgestattet war. Das Stahlgitter hinter den Vordersitzen fehlte, und es sah aus, als wäre der Rücksitz in eine mobile Einsatzzentrale mit zwei Telefonen und einem zweiten Computerterminal umgewandelt worden. Dies muß Powers' persönlicher Streifenwagen sein, dachte Hush.

Kurz darauf trafen sie beim Restaurant ein. Es war ein Backsteingebäude an einer Landstraße, dessen voller Parkplatz darauf hinwies, daß Gäste die Küche zu schätzen wußten. Der Polizist fuhr Hush bis zur Eingangstür. Hush bemerkte, daß er von einem lässig gekleideten Quartett junger Leute angestarrt wurde. Er trug einen anthrazitfarbenen Anzug, weißes Hemd, Ripskrawatte und glänzende schwarze Schuhe. Seine Körpergröße allein hätte für Aufsehen gesorgt; die Tatsache, daß er aus einem Streifenwagen der Staatspolizei stieg, erst recht.

Powers saß bereits am Tisch. Der Captain hatte Sportsakko und Krawatte, eine hellbraune Twillhose und Mokassins an. Hush stellte fest, daß das Sportsakko weit genug geschnitten war, um eine Waffe im Schulterholster zu verbergen. Er fragte sich flüchtig, ob er eine Waffe tragen sollte, wenn er wie jetzt im Außendienst war. Das Personal des Restaurants kannte Powers anscheinend, und man hatte ihm einen abgeschiedenen Ecktisch im hinteren Teil des Speiseraumes gegeben. Dieser war mit dunklem Holz getäfelt und hatte eine niedrige weiße Decke mit ein paar dunklen Balken sowie

Ziegelwänden. Die Gäste wirkten teils wie solide Rancher-Typen, teils wie ländliche Cowboys. Hush fühlte sich wie stets unübersehbar, als er sich in einen Lehnstuhl zwängte. Eine attraktive junge Kellnerin kam an den Tisch.

»Doppelter Scotch Rocks, kein Wasser«, orderte Powers mit polternder Stimme. Er hob die Augenbrauen und blickte Hush fragend an.

»Das gleiche, bitte«, sagte Hush. Er verzichtete normalerweise auf harte Drinks, wenn er im Außendienst war, aber er spürte, daß Powers ihn immer noch abschätzte.

»Danke, Sir, und hier sind Ihre Speisekarten. Das heutige Spezialmenü ...«

»Schon okay, Cindy«, sagte Powers. »Wir warten ein wenig mit der Bestellung.«

Das Mädchen eilte davon und kehrte zwei Minuten später mit den Getränken zurück. Powers prostete Hush zu und nahm einen großen Schluck, dem ein zufriedenes Seufzen folgte.

»Es geht nichts über den ersten guten Schluck nach einem beschissenen Tag«, sagte er. »Nun, vorab entschuldige ich mich, weil ich mich gestern abend wie ein blöder Staatsbulle aufgeführt habe. Meine Sturheit war unprofessionell. Es gibt keine Entschuldigung dafür, und deshalb biete ich keine an.«

»Angenommen. Und ich entschuldige mich, weil ich mich wie ein blöder FBI-Bulle verhalten habe. Dies ist Ihr Revier, und ich habe es nicht korrekt betreten.«

»Ja, nun gut. Nun, ich – ich meine *wir* – wollen helfen. Die Sprengung einer Eisenbahnbrücke ist hier in Missouri eine verdammt große Sache. Ganz zu schweigen davon, was sie für den Verkehr der Union Pacific bedeutet.«

»Die Eisenbahngesellschaften sagen nicht viel darüber, nicht wahr?«

»Das werden sie noch, aber es herrscht ein großer Konkurrenzkampf in diesem Geschäft. Die Eisenbahner lassen sich nicht gern in die Karten schauen. Mir ist klar, daß Ihr Jungs diese Ermittlung leiten werdet, aber wir wären wirklich gern dabei, denn ich denke, wir können einen Beitrag leisten.«

Hush nickte und stellte sein Glas ab. »Zählen Sie darauf«, sagte er. »Ganz gleich, was Sie gehört haben, das FBI weiß, daß die Staatspolizei stets ein viel besseres Bild vor Ort hat. Aber sagen Sie mir, wie ist das Gesetz in diesem Staat organisiert?«

»Wir sind die Missouri Highway Patrol. Wir haben ebenfalls County Sheriffs und einige Town Marshals für jene Städte, die groß genug sind, um sie zu bezahlen: St. Louis, Kansas City, Jefferson City. Wir haben kein separates staatliches Bureau of Investigation wie Georgia. Diese Funktion erfüllen meine Leute.«

»Sie sind also CID?«

»CI*B*«, sagte Powers. »Criminal Investigation *Bureau*, nicht Department. Missouri hat fünf Büros – Außeneinsätze, Nachforschung in Strafsachen, Technik, Verwaltung und Unterstützung. Ich leite das Criminal Investigation Bureau. Wir sind für Ermittlungen, für die Vollstreckung von Haftbefehlen und für Festnahmen im gesamten Staat zuständig, selbst, wenn es Gesetze der County oder der Stadt berührt.«

Hush nickte. Dann erinnerte er sich an Herlihys Worte. »Lassen Sie mich eine Frage stellen. Gibt es hier einen politischen Aspekt? Ich meine, würde es beispielsweise etwas ändern, wenn wir die Täter finden und ihr sie festnehmt? Ich will damit sagen, ich habe die Befugnis, das zu genehmigen.«

Powers lehnte sich mit anerkennender Miene auf seinem Stuhl zurück. »Verdammt, Hush Hanson«, sagte er grinsend. »Ein politisch gerissener FBI-Bulle. Ich glaube, Sie können gefährlich werden, Partner.«

Jetzt grinste Hush. »Von Zeit zu Zeit frönen wir im FBI der Politik, das gebe ich zu.«

Powers lachte.

»Das einzige, was das FBI tun *muß*«, fuhr Hush fort, »ist, die Lorbeeren in Washington einzuheimsen. Nur das zählt für uns.«

»Verstanden. Und Sie sind ziemlich ranghoch, richtig? Ein Assistant Director, ein AD?«

»Richtig. Meine Abteilung wurde ins Leben gerufen, um Einsatzgruppen des Bundes zu koordinieren, wenn sich die Fälle als kompliziert erweisen. Wenn wir die bösen Buben schnappen, gebe ich meine übliche ›Wir fassen immer unseren Mann‹-Presseverlautbarung in D. C. heraus. Aber wenn für euch hier die Sonne scheint, wenn ihr Jungs die bösen Buben festnehmt – sagen wir mal, vielleicht vor laufender Kamera –, dann habe ich kein Problem damit.« Er legte eine Pause ein und nippte an seinem Scotch. »Aber das setzt voraus, daß es eine lokale Sache ist. Wenn es, zum Beispiel, eine irakische Verschwörung ist, dann wird es zur alleinigen Angelegenheit des Bundes.«

»Ja, okay«, sagte Powers. »Das leuchtet mir ein. Und ihr Jungs meint, daß es sich bei den Tätern um eine Gruppe handelt, richtig?«

»Wir haben mit der Ermittlung gerade erst angefangen. Wir vermuten immer, daß ein Terrorakt wie eine Sprengung das Werk einer Gruppe ist, wenn auch nur, weil die Logistik eines Bombenattentates kompliziert werden kann. Ehrlich gesagt, bis jetzt haben wir noch gar nichts in diesem Fall außer einem kleinen Ansatzpunkt, um welchen Sprengstoff es sich handelt.«

»Welche Rolle spielt die Frau, Lang, in dieser Einsatzgruppe?« fragte Powers und trank sein Scotchglas leer.

»Senior Agent Carolyn Lang. Sie ist aus der Washingtoner

Zentrale zur stellvertretenden Leiterin der Einsatzgruppe ernannt worden. Sie wird hauptsächlich die Arbeit der Einsatzgruppe in D. C. koordinieren.«

»Die Frau sieht verdammt gut aus«, sagte Powers. »Aber ein paar von Herlihys Jungs meinten, man müsse aufpassen, daß sie einem nicht die Eier zerquetscht.«

Hush seufzte. »Ich habe kaum mit ihr zusammengearbeitet«, sagte er. »Insofern kann ich mich nicht dazu äußern. Seine Herrlichkeit Herlihy mag sie gewiß nicht.«

Powers ließ das Eis in seinem Glas klirren und nickte vor sich hin. »Ja, das haben wir uns zusammengereimt. Aber ich will Ihnen eines sagen. Erinnern Sie sich an den Abend, als wir unseren kleinen Krach hatten? Ich war sauer genug, um irgend jemanden zu verprügeln. Ich weiß nicht, ob *Sie* es bemerkt haben, aber ihre Hand bewegte sich zur Waffe, als ich im Begriff war zu explodieren. Sie hat jedenfalls den richtigen Riecher für Probleme.«

Hush erinnerte sich. »Das ist gut zu wissen.«

Dann überraschte ihn Powers. »Ihr Spitzname«, sagte er. »Hush. Was hat der zu bedeuten?«

»Ich habe immer darauf Wert gelegt, nicht zuviel zu reden. Jemand machte vor langer Zeit ein Wortspiel daraus: Pst! Das ist einfach hängengeblieben.«

»Es hat nichts mit einer Schießerei in Baltimore zu tun?«

Hush bemühte sich um eine ausdruckslose Miene. Er fragte sich, wer ihm davon erzählt hatte. Die Sache in Baltimore war eine alte Geschichte, und genau das sollte sie bleiben. »Nein«, sagte er. »Damit hat es nichts zu tun. Ich bin hauptsächlich ein Washingtoner Bürokrat gewesen.«

Powers lächelte und schwieg eine Weile, während er sich die Speisekarte ansah. Hush erkannte, daß Powers einige Telefonate geführt hatte. Nun, sagte er sich, das war nur intelligent. Hush befragte ihn über den Polizisten, der ihn zum Restaurant gefahren hatte.

»Das ist Little Hill«, erklärte Powers. »Die Leute hier halten ihn für einen Indianer, aber seine Eltern sind Samoaner. Ich nutze ihn als meinen persönlichen Fahrer. Er kann den Mund halten, und er ist ziemlich tüchtig.«

»Little Hill?« fragte Hush verwundert und dachte an die Körpergröße des Fahrers.

Powers grinste. »Sie hätten seinen Vater sehen sollen, *Big* Hill. Der war ebenfalls Polizist.« Dann tippte er auf die Speisekarte. »Mögen Sie unsere Steaks?«

»In der Regel liebe ich sie englisch.«

»Hier bedeutet *englisch*, daß man dem Rindvieh die Hörner abschneidet, den Arsch abwischt und es serviert.«

»Oh, nun, dann nehme ich es vielleicht besser halb durchgebraten.«

Sie plauderten während des Essens über Belangloses und spülten die bürokratische Reserviertheit mit einer weiteren Runde Whisky hinunter. Beim Kaffee erzählte Powers über seinen Werdegang bei der Staatspolizei und legte eine Pause ein, als die Kellnerin an den Tisch kam, um das Geschirr abzuräumen.

»Sie erwähnten, Sie hätten vorwiegend im Hauptquartier gearbeitet«, sagte Powers dann. »Ich dachte, Sie seien lange im Außendienst gewesen, um zu ihrem Rang aufzusteigen.«

»So war es bisher, doch unser Job wird so kompliziert und spezialisiert, daß einige von uns aus dem Hauptquartier aufsteigen.« Powers nickte langsam, während er seinen Kaffee umrührte. Er wirkte eine Zeitlang nachdenklich. Dann sah er Hush wieder an.

»Also Baltimore. Ich habe gehört, was man so erzählt. Es würde mich freuen, die wahre Geschichte zu erfahren.«

Hush dachte nach. Er sprach fast nie über Baltimore, aber

Powers war anscheinend ein ranghoher Cop, der sich nichts vormachen ließ. Und sie würden zusammenarbeiten. Hush hatte plötzlich den Wunsch, von Baltimore zu erzählen. Vielleicht hatte auch der Scotch seine Zunge gelockert.

»Ich war Undercover-Agent, der jüngste bei einem Zugriff in einem Drogen-Deal«, begann er. »Meine beiden Partner gingen in das Haus. Ich blieb als Rückendeckung draußen. Es dauerte lange. Als sie nicht zurückkehrten, folgte ich ihnen, ohne mehr Unterstützung anzufordern, wie ich es hätte tun sollen. Es gab eine Schießerei. Mein Fehlverhalten kam heraus. Man machte mich zur Sau, weil ich mich nicht an die richtige Vorgehensweise gehalten hatte, und das mit Recht.«

Powers musterte ihn forschend. »Wie ich es hörte«, sagte er schließlich, »hatten die Verbrecher Ihre Partner in der Küche auf die Knie gezwungen und wollten sie hinrichten. Sie kamen durch die Hintertür und erledigten alle vier. Mit Kopfschuß.«

Hush starrte durch den Speiseraum. Eigentlich habe ich sie in die Augen getroffen, dachte er und verbannte dann schnell die Gedanken an diese Einzelheit. Aber er konnte nicht die ganze Erinnerung auslöschen. Vier Schüsse in vielleicht drei Sekunden. Der erste Gangster, Herrera, fiel wie ein einäugiger Stein um, während Hush bereits dem vierten das Gehirn aus dem Schädel geblasen hatte. Alles war so schnell gegangen, daß Hush sich damals gefragt hatte, ob er einen der Kerle verfehlt hatte. Einer der knieenden Agenten hatte sich beim ersten Schuß in die Hosen gemacht. Der andere hatte ein paar Sekunden gebraucht, um zu begreifen, daß er noch lebte. Seinen Gesichtsausdruck würde Hush nie vergessen: Er hatte wie erwachend aufgeblickt, sich umgesehen und dann ihn angeschaut. In der Küche, die zu einer Leichenhalle geworden war, hatte Totenstille geherrscht. Sein Spitzname Hush hatte nach diesem Ereignis eine völlig neue Bedeutung bekommen.

»Nun, etwas in dieser Art«, brach Hush das Schweigen. Er zuckte die Achseln. »Es war vor langer Zeit. Ich war neu genug im Dienst, daß man mir verzieh. Danach änderte man die Vorgehensweise bei Einsätzen. Jetzt läßt man einen erfahrenen Mann als Rückendeckung zurück. Im Ernstfall kann man keinen Amateur gebrauchen.«

»Und nach Ihren ersten vier Jahren haben Sie um eine Laufbahn im Innendienst ersucht«, sagte Powers. »Um von der Straße wegzukommen.«

»Das stimmt«, bestätigte Hush.

»Wegen des Vorfalls mit dem Schußwaffengebrauch?« Powers fixierte ihn mit einem Blick, der sagte »Wir beide sind Polizisten, und es ist wichtig, daß ich die Antwort auf diese Frage höre«.

Hush zögerte. Was in Baltimore geschehen war, hatte sein Leben verändert. Er war immer ein wenig introvertiert gewesen, aber nach diesem Blutbad hatte er sich total abgekapselt, entschlossen, den anderen Hush Hanson, jenen, der fähig war, vier Menschenleben mit solch tödlicher Präzision auszulöschen, im Zaum zu halten. Es waren völlig saubere Schüsse gewesen, und doch …

»Ja. Als ich diese vier Gangster erledigte, erfuhr ich etwas über mich selbst«, sagte Hush. »Etwas zutiefst Beunruhigendes.«

Powers schwieg einen Moment und sagte dann: »Sie fanden heraus, daß Sie es gern getan haben.«

»Gern? Nein, das ist das völlig falsche Wort.«

Powers ließ sich nicht aus dem Konzept bringen. »Okay, vielleicht also nicht *gern*. Aber es war ein Hochgefühl. Es war die aufregendste Sache, die Sie je getan hatten, auch wenn Sie sich später deswegen schlecht fühlten.«

Hush nickte langsam. »Ich fühlte mich schlecht, weil ich vier … Leute erschossen hatte. Natürlich fühlte ich mich gut, weil ich meine Kollegen gerettet hatte.« Er schwieg kurz. »Ich nehme an, ich konnte kaum glauben, daß ich das geschafft hatte, in Sekundenschnelle.« Er redete zuviel. Verdammter Scotch!

Powers nickte nachdenklich. »Deshalb beschlossen Sie, von der Straße zu verschwinden und ein Schreibtischhengst im Hauptquartier zu werden.«

»Ich hatte einige Hilfe dabei, schätze ich«, sagte Hush. Er signalisierte der vorübergehenden Kellnerin, daß er noch einen Kaffee haben wollte. »Ich glaube, einige Chefs waren ebenfalls ein bißchen schockiert. Ich entschied mich früh für den Innendienst, und niemand erhob einen Einwand. Das ist jedenfalls das Wesentliche.«

Powers erkannte, daß Hush dieses Thema nicht weiter behandeln wollte. Er drehte das Glas in seiner Hand, und das Eis darin klingelte. »Sie sollten die Einsicht zu würdigen wissen«, sagte er. »Und was, zum Teufel, machen wir nun hinsichtlich dieser Eisenbahnbrücke?«

Am Mittwoch abend beaufsichtigte Major Matthews die Zusammenstellung des Waffentransportes Zug 2713. Er stand in der Beobachtungsgalerie, einem geschlossenen Raum in der dritten Etage eines der zehn Verladegebäude mit einem großen Fenster mit Blick auf die offene Rangieranlage. Die Männer, die unten am Zug arbeiteten, trugen volle Schutzausrüstung. Sie benutzten einen Portalkran, um die kontaminierten Waffenbehälter aus einer Reihe von Munitionstransportern in einen der speziell gepanzerten Eisenbahnwaggons zu heben. Weil sich Matthews oben in der abgeschlossenen Galerie befand, brauchte er keinen Schutzanzug zu tragen.

Das Verladegebäude war ein großer, viergeschosssiger Betonbau ohne Fenster und mit zuggroßen Stahltoren an jedem Ende. Auf sechs parallelen Gleisen konnten hier zehn Waggons gleichzeitig beladen werden, wobei die beiden mit schmalerer Spurweite von kleineren Munitions-Schienentransportern benutzt wurden. Ein Portalkran mit 30 Tonnen Tragkapazität führte an einer Aufhängung an der Decke entlang im rechten Winkel zu den Gleisen. Die Waggons waren als »offene Achttonner-Güterwaggons mit Plane« klassifiziert, gebaut nach den Vorschriften des Chemischen Korps der Army, um 500-Pfund-Bomben, Acht-Zoll-Munition für Haubitzen, Fernlenkwaffen oder Panzer zu transportieren. Während die Waggons in dem Gebäude beladen wurden, montierte man ihre Oberteile und Seiten ab und entfernte sie, bis die Ladung auf feststellbare Gestelle geladen war. Dann wurden die Seiten und das Oberteil wieder anmontiert und die Druckluftzufuhr-Systeme an Bord aktiviert. Jedes der Verladegebäude wurde unter negativem Luftdruck gehalten, und der einzige sicherheitskontrollierte Eingang für Menschen war mit einer Luftschleuse versehen. Der eigentliche Arbeitsbereich war eine zweitrangige Druckzone, die sicherstellte, daß giftige Stoffe, die durch einen Betriebsunfall freigesetzt wurden, im Beladebereich blieben, während der hauptsächliche Druckbereich die anderen Leute in dem Gebäude schützte. Jeder, der im Beladebereich arbeitete, mußte volle chemische Schutzausrüstung tragen: Gummianzug, Handschuhe, Haube, Atemfilter und Sauerstoffapparate für den Notfall. Matthews wußte, daß durch die Schutzausrüstung die Arbeit erschwert und verlangsamt wurde, aber das war vom Sicherheitsaspekt her nicht unbedingt schlecht.

Aus dem Kontrollraum des Gebäudes wurde angerufen. Der Colonel wollte Matthews in Gebäude 9 sehen. Er ging zu dem Flur außerhalb der Galerie und nahm einen Aufzug zum Erdgeschoß. Gebäude 9 war ein dreifach abgesicherter Bau, zurückversetzt hinter den beiden Reihen von Betongebäuden. Es war errichtet worden, um mit dem Problem von »Lecks« oder Waffen fertig zu werden, die im Depot Anniston lagerten und deren Haltbarkeit der Ummantelungen des Alters oder sichtbarer Verformungen wegen fraglich war. Die Waffen hatten eigentlich keine Lecks, doch die Gehäuse, von denen viele über 50 Jahre alt waren, verrosteten und waren nicht mehr für sicheren Gebrauch zu benutzen. In Gebäude 9 würden die beiden Spezialwaggons mit den beschädigten russischen Torpedos beladen werden.

Matthews trug sich an der Sicherheitskontrolle aus, ging durch die Luftschleuse des Gebäudes und hinaus in die Abendluft. Zu seiner Linken erhob sich die Betonwand von Gebäude 3, zu seiner Rechten verlief das Nebengleis der Haupteisenbahnlinie. Gebäude 9 befand sich drei Gebäude dahinter. Das Hauptverbindungsgleis verlief zwischen den Gebäuden. Wenn alle Waggons beladen waren, würde eine Rangierlok auf den Stützpunkt fahren und den Zug auf das Hauptgleis ziehen. Dann würde er an die speziell konstruierten Dieselloks der Army für die Fahrt nach Utah gekoppelt werden.

Matthews schritt über den verlassenen, betonierten Durchgang zwischen den zehn Beladegebäuden des Depots. Die Tage begannen, heiß zu werden. Alabamas Sommerhitze strahlte bereits von den immer noch warmen Betonplatten ihrer Verkleidung ab. Jenseits des hohen Stacheldrahtzaunes, der die Reihe der Beladegebäude umgab, erstreckte sich ein Kiefernwald kilometerweit in die 3642 Quadratkilometer große Reservation. Hinter diesem befanden sich die »Grüfte«, Reihen schwer bewachter, zum Teil unterirdischer Betonbunker, in denen die Überreste von Amerikas Arsenal chemischer Waffen lagerten. Die tatsächliche Vernichtungsprozedur würde ein Jahrzehnt oder länger dauern, und jedes Depot für chemische Waffen betrieb eine eigene Vernichtungsanlage. Jede einzelne Waffe im Land mußte inspiziert, für transportsicher erklärt, aus dem Bunker geschafft, auf einen Munitionstransportzug geladen und zur Vernichtungsanlage gebracht werden, wo der Inhalt der Gehäuse entfernt und verbrannt wurde. Gereinigt von ihrem tödlichen Inhalt, wurden diese gesammelt und mit Spezialzügen zur großen Metall-Entsorgungsanlage in die Wüste von Utah transportiert.

Colonel Anderson muß eine Entscheidung von Washington bezüglich einer neuen Route erhalten haben, dachte Matthews. Ursprünglich hatte die Army geplant gehabt, die eigentlichen Waffen nach Utah zu transportieren, was einen langwierigen bürokratischen Kampf zur Genehmigung der Fahrtroute ausgelöst hatte. Sämtliche Gruppen von Umweltschützern stellten sich vehement im Land gegen die Army, um die Transporte zu stoppen, während sie gleichzeitig lautstark monierten, daß diese das chemische Waffenarsenal nicht schnell genug vernichtete. Die Army war so oder so der Sündenbock. Der Vorschlag, den Transport mit Zug 2731 von Anniston nach Tooele durchzuführen, hatte selbst angesichts der Tatsache, daß die Fracht nur aus leeren Waffenbehältern bestehen würde, keine Ausnahme gebildet.

Die Army führte drei Argumente an: Erstens hatten die Vereinigten Staaten einen Vertrag zum Verzicht auf chemische Waffen unterzeichnet und waren folglich nach dem Völkerrecht, das Priorität vor nationalem Recht hat, zu deren Vernichtung verpflichtet. Zweitens waren die Waffen binär sicher. Das bedeutete, daß jeder Gefechtskopf einer amerikanischen chemischen Waffe keinen eigentlichen chemischen Wirkstoff enthielt, sondern zwei Bestandteile der endgültigen giftigen Substanz. Deshalb konnte selbst beim Unglück eines Zuges, sollte dieser tatsächliche Waffen transportieren, kein Nervengas, sondern schlimmstenfalls chemisches Gift freigesetzt werden. Was dem dritten Argument noch mehr Gewicht verlieh, denn die Fracht von Zug 2713 bestand nicht einmal aus tatsächlichen Waffen, sondern aus ihren leeren Gehäusen. Der einzige Grund für all die speziellen Sicherheitsvorkehrungen war die entfernte Möglichkeit, daß einige ihrer Innenwände kontaminiert sein konnten. Es war ein ziemlich gutes Argument, doch Matthews wußte jetzt, daß zwei der Waggons etwas unendlich Gefährlicheres als chemische Waffen transportieren würden: beschädigte russische Kernwaffen. Atomwaffen, von denen weder Colonel Anderson noch sonst jemand im Depot Anniston auch nur die geringste Ahnung hatte, wie Matthews klar wurde.

Tom Matthews mußte noch ein Jahr dienen, bevor er sich in den Ruhestand versetzen lassen konnte. Deshalb war er sehr vorsichtig in diesem letzten Stadium seiner sonst ereignislosen Laufbahn als Offizier des Chemischen Korps. Er hatte seit langer Zeit erkannt, daß er es nie zum Lieutenant Colonel bringen würde; das Chemische Korps der Army bedeutete die Endstufe seiner beruflichen Existenz. Er hatte jedoch seinem Land gedient und war finanziell darauf angewiesen, die 20jährige Dienstzeit sicher zu vollenden und seine Pension zu kassieren. Er wollte bestimmt nicht am Transport von Kernwaffen durch die Vereinigten Staaten beteiligt sein, schon gar nicht, wenn dieser ungenehmigt stattfand.

Vor Gebäude 9 sah er Colonel Andersons Wagen und Fahrer warten. Er meldete sich bei den Wachen gerade innerhalb der ersten Luftschleuse an und ließ sich eskortieren. Von außen sah Gebäude 9 wie die anderen Belade- und Entmilitarisierungs-Gebäude aus, doch nach dem Sicherheitsbereich gab es eine zweite Luftschleuse, die durch ein Codeschloß gesichert war. Seine Eskorte gewährte ihm Zugang zum internen Kontrollbereich. Von dort aus fuhren sie mit dem

Lift zum Kontrollraum der Luftschleuse in der zweiten Etage. Dieser war unter Druck gesetzt und hatte Fenster mit Blick auf den Arbeitsbereich, ähnlich wie die Beobachtungsgalerie, von der er soeben gekommen war. Die Konsolen, von denen aus man die Portalkräne, die Haupt- und Nottore und all die Sicherheitssysteme in dem Gebäude bediente, waren abgeschaltet, weil sich jetzt keine Zugeinheiten und folglich auch kein Schichtpersonal darin befanden. Die Eskorte blieb außerhalb des Kontrollraumes.

Colonel Anderson stand mit Colonel Mehle inmitten des Raumes. Die beiden Lieutenant Colonels neben ihnen kannte Matthews nicht. Er nahm an, daß sie zu Mehles Team gehörten. Colonel Anderson fühlte sich sichtlich unbehaglich.

»Sie haben mich herbefohlen, Sir?« Matthews sah Colonel Anderson fragend an.

»Ja. Es gibt Entwicklungen. Erstens hat Washingtons militärischer Nachrichtendienst gemeldet, daß die Brücke bei Thebes nicht einfach aus Altersschwäche eingestürzt ist. Es handelt sich um Sabotage.«

»Verdammt! Ist sie gesprengt worden?«

»So ist es. Zweitens hatte ich zwei Telekonferenzen mit General Whitfield bezüglich des Brückeneinsturzes und der Erfordernis, die Route von 2713 zu ändern. Er versteht, daß wir unter Zeitdruck stehen und nächste Woche transportieren müssen.«

Matthews warf einen Blick zu Mehle. »Weiß der General von dem neuen Problem, Colonel?«

Anderson sah zu Mehle, der die Frage beantwortete. »Nein. General Whitfield ist *nicht* informiert worden. Und er wird auch nicht eingeweiht werden. Dieses Problem wird über seiner Befehlsebene behandelt.«

Matthews brauchte einen Moment, um zu verarbeiten, was Mehle gesagt hatte. Major General Whitfield war der befehlshabende General des gesamten Chemischen Korps. Wenn er bei dem Problem mit den russischen Kernwaffen ausgeschlossen wurde, mußte Mehle gewichtige Rückendeckung von ganz oben im Pentagon haben.

»Wer gibt uns dann die Genehmigung, beschädigte Kernwaffen mit diesem Zug zu transportieren, Sir?« fragte Matthews. Mehle starrte ihn nur an. Matthews wußte, daß seine Frage an Impertinenz grenzte, aber er erinnerte sich an Carl Hills Empfehlung, sich dies schriftlich geben zu lassen.

»Ich habe mündliche Befehle vom Büro des Stabschefs der Army«, sagte Colonel Anderson und starrte auf den Boden.

»*Mündliche* Befehle, Colonel?« fragte Matthews und bemühte sich, nicht zu ungläubig zu klingen.

»Bestätigt vom Oberbefehlshaber des Special Operations Command«, sagte Mehle. »Was ist los, Major? Reichen Ihnen die Befehle von zwei Vier-Sterne-Generälen nicht?« Mehles Offiziere blickten Matthews konsterniert an, fast als zweifelten sie an seinem Verstand.

Carl Hill hat recht, dachte Matthews. »Sir, wir sprechen von einem heimlichen Transport beschädigter Kernwaffen auf dem Eisenbahnnetz der Nation. Ich möchte schriftliche Befehle von jemandem, der befugt ist, diesen Transport zu genehmigen. Bis jetzt – und dies ist keine Gehorsamsverweigerung – habe ich nur Berichte über Telefongespräche.«

Mehles Gesicht lief rot an, doch Colonel Anderson griff vermittelnd ein. »Ich verstehe Ihr Problem, Tom. Ich persönlich werde den Transportbefehl für 2713 geben – schriftlich. Ich werde ihn so formulieren, daß er die Spezialwaggons mit einbezieht, aber wir haben ausdrückliche Befehle, nichts Schriftliches über die Kernwaffen festzuhalten. Befehle von ganz oben.«

Anderson sah Matthews an, als wolle er sagen ›Vertrauen Sie mir‹, und Matthews war geneigt, genau dies zu tun. Er wußte, daß Colonel Anderson nicht der Typ war, der seine Untergebenen hängenließ. Auf Mehle schien das jedoch nicht zuzutreffen.

»Jawohl, Sir«, sagte Matthews und beschloß zu warten, bis er mit seinem Vorgesetzten unter vier Augen sprechen konnte.

Anderson stieß ein leichtes Seufzen der Erleichterung aus. »Gut«, sagte er. »Okay. Das Problem ist natürlich, wie bekommen wir den Zug über den Mississippi. Der befehlshabende General ist einverstanden, daß Zug 2713, wie anfangs geplant, bis zum Knotenpunkt Birmingham fährt, doch dann überqueren wir den Fluß bei Memphis. Nach den Berechnungen seiner Leute bleibt dadurch der ursprüngliche Transitrahmen fast erhalten. Sie und Major Hill werden dies genau nachprüfen.«

»Jawohl, Sir«, sagte Matthews. Mehle hörte mit sichtlicher Ungeduld zu:

»Des weiteren hat der General befohlen, daß wir die Änderung der Route nicht – ich wiederhole *nicht* – vor der Abfahrt bekanntgeben. Er meint, angesichts der Sabotage der Brücke bei Thebes, den Vereinbarungen mit der Umweltschutzbehörde und den Behörden des Staates, seien wir jetzt zu ›geänderten Sicherheitsmaßnahmen‹ berechtigt. General Whitfield sagt, er könne notfalls eine Genehmigung des Führungsstabes bekommen, um diesen Zug fahren zu lassen.«

Ich wette, daß er das kann, dache Matthews, aber der General wird nicht wissen, warum es so leicht war, die Genehmigung zu bekommen.

»Die Existenz der russischen Waffen darf niemandem bekanntgegeben werden, Major«, sagte Mehle. »Alle zusätzlichen Sicherheitsvorkehrungen basieren auf der Einbeziehung zweier Spezialwaggons mit möglicherweise kontaminierten Gehäusen chemischer Waffen. Ist das klar?«

Matthews holte tief Luft. »Ich verstehe, wie wir das Bundes-Umweltschutzamt umgehen können, Colonel«, sagte er. »Aber Sie sprechen von einer Änderung der Route auf der Strecke. Wenn ich das Prozedere begriffen habe, werden Sie zumindest die staatlichen Behörden informieren müssen. Major Hill zufolge geben die Leute der Verkehrskontrolle der Eisenbahn keine Strecke für einen Gifttransport frei, ohne daß ihnen eine Genehmigung der staatlichen Behörden vorliegt.«

»Ja, das ist richtig. Nicht im voraus. Washington schlägt vor, den Zug auf die ursprünglich geplante Route zu schicken und dann eine Abänderung auf Grund eines Notfalles zu erklären und via Memphis zu fahren. Was natürlich nicht für die Öffentlichkeit bestimmt ist. Dies geschieht stillschweigend.«

»Jawohl, Sir, absolut«, sagte Matthews, während er überlegte, was passieren konnte, wenn die Änderung der Route durchsickerte. In diesem Fall würde die Hölle los sein, sogar ohne das neue Problem.

»Meine Leute haben neue Behälter für die Waffen eingeflogen«, sagte Mehle. »Ihre Sicherheitsleute bringen jetzt meinen Leuten das Fahren mit einem dieser Munitions-Transportzüge bei, und wir fliegen andere Leute vom Special Operations Command ein, die das Verladen hier in Gebäude 9 durchführen, wenn es soweit ist.«

»Ich nehme an, man hat jedem eine Tarngeschichte erzählt, Colonel?« Matthews sah Mehle fragend an. »Wenn Sie all unsere Leute mit Ihrem Personal ersetzen, wird der ganze Stützpunkt darüber sprechen.«

»Wir haben darüber diskutiert, Major. Laut Tarngeschichte transportierte die C-130 irakisches Material, das von den UN-Inspektionsteams sichergestellt wurde. Wir lassen einige Andeutungen fallen, daß es sich um chemische Stoffe handelt, wir jedoch mit ihnen umgehen, als seien es biologische, nur um äußerste Sicherheit zu garantieren.«

»Ihre Leute trugen Dosimeter an der Unglücksstelle, Colonel«, sagte Matthews zu Mehle.

»Nicht mehr«, entgegnete dieser. »Jedenfalls nicht dort, wo jemand sie sehen kann. Wir sagen nicht, was diese neuen Behälter enthalten, aber wenn es Spekulationen gibt, wollen wir es als chemisches Material bezeichnen.«

Matthews nickte, während er darüber nachdachte, was Mehle da vorschlug. Die ursprüngliche Route führte von Anniston nach Birmingham, Alabama, zum Knotenpunkt, dann nordwestlich zur abgelegenen Brücke bei Cape Girardeau, Missouri, und von dort aus weiterhin nordwestlich gen Utah. Die Fahrt durch eine große Stadt wie Memphis erhöhte das Sicherheitsrisiko beträchtlich.

»Nun gut, Sir«, sagte Matthews zu Anderson. »Carl und ich werden die neue Route genau berechnen. Wir werden die beste Zeit für die Durchfahrt durch Memphis auswählen müssen, weil dies das einzige Stadtgebiet ist, das wir passieren werden. Ich werde die Daten der Route für die Stabskonferenz morgen früh vorliegen haben.«

»Gut, dann ist das geregelt«, sagte Anderson, offensichtlich erleichtert, weil Matthews sich nicht sträubte.

Mehle bedachte Matthews mit einem weiteren harten Blick und ging dann seinen Assistenten voran nach unten. Matthews wollte ebenfalls gehen, doch Anderson hatte anscheinend noch etwas zu sagen. Der Colonel trat ans Fenster und schaute auf die leere Ladehalle mit den Rangiergleisen hinab. Im gedämpften Licht des Kontrollraumes wirkte sein Gesicht müde und abgespannt.

»Dies ist eine verdammte Schweinerei, Tom«, sagte er. »Es tut sich allerhand außerhalb des Dienstweges, von dem Sie nichts wissen.«

Matthews war vorsichtig mit seiner Antwort. Sein Vorgesetzter stand unter ziemlich großem Druck von den hohen Tieren und vermutlich ebenfalls von Mehle. Matthews fühlte sich jedoch verpflichtet, seine Bedenken zu äußern. Er erklärte die Strahlengefahr eines Tritiumlecks und erzählte dem Colonel, was er auf der Atomwaffenschule über dürftig zusammengesetzte russische Waffen gehört hatte. Anderson nickte langsam.

»Ich weiß. Eigentlich ist sich Mehle mit mir über die Gefahren ziemlich einig. Aber die Army steckt jetzt in einer Klemme. Für Washington kommt eine weitere Beförderung der Waffen auf dem Luftweg nach diesem Unfall offenbar nicht in Frage. Diese Kernwaffen landeten – aus Washingtons Sicht betrachtet – zufällig in einem Depot für Spezialwaffen, in dem ein Hochsicherheitszug zusammengestellt wird, der verdammt nahe an den eigentlichen Bestimmungsort der Waffen fährt.«

»Jawohl, Sir, aber wir haben hart um die Genehmigung für diesen Transport kämpfen müssen. Was passiert, wenn man uns dabei erwischt, daß wir diese Dinger ungenehmigt über das öffentliche Eisenbahnnetz transportieren?«

Anderson blickte ihn betrübt an. »Nun, wir sollten uns nicht erwischen lassen. Diese Sache mit den schriftlichen Befehlen, war das Carl Hills Idee?«

Der Colonel kennt seine Leute, dachte Matthews. »Ja, Sir. Aber ich teile seine Besorgnis. Und, mit Verlaub, Sie sollten das ebenfalls.«

Anderson lächelte leicht. »Ich weiß Ihre Besorgnis zu schätzen, Tom. Ich werde sicherstellen, daß Sie Rückendeckung haben. Ich riskiere meinen Kopf für diesen kleinen Streich. Ich hoffe nur, unsere Vorgesetzten wissen, was *sie* tun.«

Matthews blickte in die dunkle Halle hinab. Das hoffe ich auch, dachte er.

KAPITEL 5

Kalter Regen nieselte auf den Rangierbahnhof der Illionis Central Railroad, East St. Louis, Illinois, als der Mann aus dem Schatten eines Lokomotivschuppens trat. Er hatte einen Seesack aus Überschußmaterial der Army bei sich, Regenkleidung und Schutzhelm eines Arbeiters der Illinois Central und wirkte wie jeder andere Bremser auf dem Rangierbahnhof. Bei diesem Wetter und um diese Zeit hatte er eine große Chance, hier keiner einzigen Menschenseele zu begegnen, aber er hatte sich getarnt, um auf Nummer sicher zu gehen. Er schleppte den schweren Seesack über die Gleise, schlüpfte zwischen all den Waggonblocks hindurch und bemühte sich, trockene Füße zu behalten. Die erste Hälfte der zwölf Gleise, auch Versandbereich genannt, war der Bereitstellungsraum für Waggonblocks, die man von der Missouri-Seite herübergeschoben hatte, die zweite war für jene in die andere Richtung bestimmt. Auf Gleis sieben würde der nächste Block Waggons rangiert werden. Als er diesen erreichte, schaute er sich ein letztes Mal um, schwang dann den Seesack auf die hintere Plattform eines Tankwaggons der Norfolk Southern Railroad und kletterte hinterher. Er schob den Seesack in die Dunkelheit unter der Rundung des Tanks, gab sich jedoch keine besondere Mühe, sich selbst zu verstecken. Rangiermannschaften fuhren dauernd mit den Waggonblocks über die Brücke. Er konnte nur die Spitze der MacArthur Bridge sehen; der Rest war verdeckt durch Hunderte von geschlossenen Güterwaggons, Kohlen-Selbstentladwagen, ein- und doppelstöckigen offenen Güterwagen, Tankwaggons und der gelegentlich rangierenden Loks, die durch die Finsternis ratterten.

Der Güterbahnhof East St. Louis war riesig, über 16 Quadratkilometer mit Rangiergleisen, Nebengleisen, einem Stellwerk und dem Lokomotivschuppen; hier vereinigten sich acht nationale und regionale Eisenbahnen. Seine Hauptfunktion bestand in der Zusammensetzung und der Abfertigung von Güterzügen, die auf der Fahrt zum westlichen Eisenbahnnetz der Vereinigten Staaten die MacArthur Bridge bei St. Louis überqueren würden. Der Kopfbahnhof betrieb eine kleinere Version des Illinois-Güterbahnhofs drüben auf der Missouri-Seite. Die Rangiergleise verliefen unterhalb der Stelzen des I-55 Expressways. Die MacArthur Bridge ragte mehr als 30 Meter über dem Mississippi auf und war fast ständig befahren, weil Waggons von Güterzügen aus dem Osten auf der Illinois-Seite abgekoppelt wurden, mit Waggonblocks anderer Eisenbahngesellschaften neu zusammengestellt und über die hohe Brücke in den Verschiebebahnhof von Missouri gezogen wurden, wo sie mit den Loks der Hauptlinie der Union Pacific und der Burlington Northern Santa Fe aneinandergekoppelt wurden. Die nach Osten fahrenden Züge wurden abgekoppelt, zu Blocks zusammengestellt, über die Brücke geschoben und auf der Illinois-Seite wieder zusammengesetzt. Es gab auch Straßenverkehr über die Brücke, doch die Fahrspuren waren so alt und schmal, daß sie, mit Ausnahme der betriebsamsten Tageszeiten, kaum benutzt wurden.

Puffer prallten aufeinander, und der Mann wußte, daß die Abfahrt bevorstand. Er hielt sich an einem Haltegriff fest, und einen Augenblick später ruckte der Tankwaggon an, und die Stahlräder zischten und kreischten auf den nassen Schienen. Der Mann warf einen Blick auf seine Armbanduhr, und dann entspannte er sich. Die Fahrtgeschwindigkeit über die Brücke betrug nie mehr als sechs bis acht Stundenkilometer; wie die meisten der anderen war die MacArthur Bridge alt, und die Waggonblocks reichten während dieses Rangiervorgangs oftmals über beide Enden des über anderthalb Kilometer langen Brückenbogens. Der Mann setzte sich auf die oberste Sprosse der Leiter und zog die Füße ein. Als die schwerbeladenen Waggons einige Signale an Weichen passierten, schwankten sie beunruhigend und wirkten wie eine kriechende Reihe von Betrunkenen, bevor sie die Steigung zur Brücke bewältigt hatten und sich aufzurichten schienen. Nachdem die ersten auf der Brücke waren, kam ein Waggonblock von der Missouri-Seite entgegen und nahm dem Mann die Sicht auf den Nachthimmel. Die Metallseiten der nach Osten fahrenden Waggons ratterten an ihm vorbei.

Er wartete, bis sein Tankwaggon die Steigung befuhr. Dann schob er den Seesack auf die rechte Seite der kleinen Plattform und stellte sich daneben. Er war ein wenig überrascht gewesen, als er festgestellt hatte, daß es nach dem, was stromabwärts geschehen war, keine zusätzlichen Sicherheitsmaßnahmen auf dem Rangierbahnhof gab. Das wird sich nach der heutigen Nacht ändern, dachte er. Aber das war in Ordnung: Er hatte von Anfang an damit gerechnet, daß er zwei Brücken schaffen konnte, bevor die Sicherheitsmaßnahmen richtig verschärft wurden. Die Eisenbahngesellschaften waren unbeirrbar in ihrer Arroganz. Sie starrten nach wie vor auf das Chaos bei Thebes wie ein großes, langsames Tier, das aus der Ferne angeschossen worden war und sich immer noch wunderte, warum es am Boden lag. Außerdem war dies die letzte Brücke, auf die er direkten Zugang haben mußte …

Er schmiegte sich unter die Rundung des Tanks und blickte über den Fluß. Auf der anderen Seite konnte er die

Lichter von St. Louis sehen, der glänzende Brückenbogen war nur teilweise erkennbar, als er in den tiefliegenden nächtlichen Nebel tauchte. Die Lichter der Kasino-Schiffe jenseits der zwischenstaatlichen Autobahnbrücke warfen roten und weißen Schimmer über die schwarze Oberfläche des Flusses. Die Auffahrt zur Brücke war anderthalb Kilometer lang und beschrieb eine langgezogene Kurve, die langsam anstieg bis zum ersten gewölbten Brückenträger. Der Mann sah das Blinken der Warnlampen für den Flugverkehr, das die höchsten Punkte der Brücke anzeigte, im Nebel über sich.

Vor zwölf Jahren, fast auf den Monat genau, dachte er und schloß die Augen. Er konnte sich noch deutlich erinnern, wie der Streifenwagen der Highway Patrol über seinen Zufahrtsweg gekommen war und zwei Staatspolizisten ausgestiegen waren. Er hatte auf der Türschwelle gestanden, den Mantel auf dem Arm, Wagenschlüssel und Aktentasche in der Hand, auf dem Weg zum Büro. Als er ihre versteinerten Mienen gesehen hatte, war ihm die Aktentasche aus der Hand gefallen, und noch bevor der ältere der Polizisten gesprochen hatte, war ihm klargewesen, daß seine Welt zusammenbrach. »Alle«, hatte der Staatspolizist gesagt. Er hatte immer wieder gefragt »alle?«, und der Cop hatte erwidert. »Ja, Sir, es tut uns schrecklich leid. Können wir etwas für Sie tun, Sir? Meinen Sie nicht, es wäre besser, wenn Sie sich hinsetzten, Sir?«

Er öffnete die Augen. Die Sichtverhältnisse waren fast perfekt. Er zog seinen leuchtend gelben Regenmantel aus, rollte ihn zusammen und stopfte ihn in seinen Seesack. Den Schutzhelm behielt er auf. Er hatte den dunkelgrünen Overall eines Arbeiters, schwarze Lederhandschuhe und Schnürstiefel aus Überschußbeständen der Army an. Ein großes Jagdmesser steckte in einer Scheide, die er an die Außenseite seines rechten Beines geschnallt hatte, und unter dem

Schutzhelm trug er eine schwarze Strickkappe. Eine Viertelstunde nach dem Beginn des Aufstiegs zur Brückenauffahrt näherte sich sein Tankwaggon dem mittleren Brückenbogen, der im Gegensatz zu dem bei Thebes ein Hängebrücken-Segment war. Das Schienenbett wurde von einer über 65 Meter langen Plattform gestützt, die ihrerseits unter dem mittleren Bogen mit vier Zoll dicken Stahlseilen aufgehängt war. Der Abstand zwischen den Stahlseilen betrug einen Meter. Es gab also 65 Stahlseile auf jeder Seite. Ein Laufsteg mit soliden Schutzwänden verlief innen und außen an den Seilaufhängungen.

Der Mann schob den Seesack über den Rand der Plattform des Tankwaggons. Als der Waggon ungefähr die Mitte des Brückenbogens erreicht hatte, ließ er den Seesack so behutsam wie möglich auf den Laufsteg fallen. Dann sprang er hinterher, stützte sich mit den behandschuhten Händen an der Schutzwand und preßte sich flach gegen die Wand. Der Zug rollte nur einen knappen Meter von ihm entfernt vorbei, und er mußte beim Aufstehen achtgeben, daß er keinen der offenen Güterwaggons mit etwas überstehender Fracht übersah, der ihm in der Dunkelheit den Kopf abreißen konnte. Er trat den Seesack näher an die Schutzwand, und dann, als es der seitliche Abstand zu den beiden nächsten Waggons erlaubte, kletterte er über die Schutzwand zwischen den inneren und äußeren Laufstegen und schob sich zwischen zwei Stahlseile. Die Laufstege auf dieser Brücke bestanden aus Eisengitterwerk. Sie waren sehr glitschig. Der Mann schätzte die Breite des nächsten Güterwaggons ab, hievte den Seesack über die Schutzwand und legte ihn auf den äußeren Laufsteg.

Dann spähte er in beide Richtungen, um sich zu vergewissern, daß kein Sicherheitspersonal der Eisenbahn eine nächtliche Patrouille über die Brücke machte, und öffnete den Seesack. Er entnahm ihm das Detacord, diesmal eine Rolle von

100 Metern. Als er die Hälfte davon herausgezogen hatte, schnitt er mit seinem Messer den Seesack auf, um an die andere Hälfte und den restlichen Inhalt heranzukommen. Er legte ein Päckchen von der Größe einer Zigarrenkiste und eine lange schwarze Maglite-Taschenlampe beiseite und warf den leeren Sack von der Brücke in die Dunkelheit. Danach entrollte er das Detacord. Jedes der Hängestahlseile der Brücke mündete in etwas, das wie eine umgekehrte Stimmgabel aussah. An deren Fuß befand sich ein Querbolzen von drei Zoll Durchmesser. Die vertikale Stahlstange, die daran angebracht war, hielt wiederum ihren Abschnitt des Gleisbettes. Er schob das Detacord durch die schmale Öffnung oberhalb des Bolzens und fädelte es durch eine Folge von Löchern auf der gesamten Länge dieses Abschnittes. Er arbeitete lautlos und kam dabei ein wenig ins Schwitzen. Theoretisch würde die Detacord-Explosion die beiden Arme der wie eine Stimmgabel aussehenden Hängevorrichtungen spreizen und alle Bolzen lösen.

Der nach Westen fahrende Zug donnerte an ihm vorbei. Der Mann blieb wachsam, als er den Sprengstoff auslegte. Er vergewisserte sich, daß keine Bremser auf dem letzten Waggon hockten. Der nach Osten fahrende Zug setzte immer noch seinen Weg zur Illinois-Seite fort; seine Waggons waren hinter der scheinbar endlosen Schlange, die vor ihm westwärts ratterte, kaum zu sehen.

Er brauchte zehn Minuten, um die 100 Meter Detacord auszulegen. Es erstreckte sich jetzt von der Mitte des Brückenbogens in beide Richtungen bis zu seinen Enden. Der nach Osten rollende Güterzug hatte den Mann inzwischen passiert; jetzt mußte er warten, bis der nach Westen fahrende ganz vorbei war, denn es gab keine Möglichkeit, auf die andere Seite des Brückenbogens zu gelangen, ohne beide Gleise zu überqueren.

Er mußte noch etwas anderes erledigen. Er ging zur Missouri-Seite des Brückenbogens und trat durch die Öffnung im Brückenpfeiler. Die geschlossenen Güterwagen rollten dicht an ihm vorbei. Er kniete sich hin und klebte die kleine Box unter den Stützträger des nach Westen führenden Schienenbettes. Aus einer anderen Tasche seines Overalls zog er eine Rolle schwarzen Klingeldraht und spannte ihn an der Unterseite des Laufstegs. Er zog ihn zurück zum Stützträger, wo er das Ende an eine Schienenschwelle band und die 60-Tonnen-Waggons zu ignorieren versuchte, die nur einen Meter über seinem Kopf rollten. Er kehrte zum Bündel zurück, zog vorsichtig ein ungefähr 30 Zentimeter langes Stück Draht mit einem Ring am Ende heran und verband es mit dem langen Draht. Er ließ den kurzen Draht los, und er spannte sich zurück hinauf in das Bündel. Der Mann achtete sorgfältig darauf, wohin er seine Füße setzte, als er zum mittleren Brückenbogen zurückging. Er duckte sich am Ende des Bogens zur Missouri-Seite gegen den Fuß des Stahlträgers, der den Brückenbogen über ihm stützte und an dem er das Detacord festgebunden hatte. Er hatte gerade noch genug Schnur übrig, um sie unter die beiden Schienenstränge zur anderen Seite des Brückenbogens ziehen zu können.

Der Regen hatte jetzt zugenommen, und der Mann war ein wenig besorgt wegen der elektrischen Verbindungen, die er noch herstellen mußte. Er lehnte sich zurück gegen den kalten, nassen Beton und atmete tief durch. Sein Puls raste nach der Anstrengung beim Auslegen des Detacord. Die Luft oben auf der Brücke roch schwach nach Ozon von den Diesel/Elektro-Loks, überlagert vom starken Geruch nach Schmierfett und altem Eisen. Die Lichter der Stadt stromaufwärts waren für einen Moment heller, als die Nebelschwaden aufrissen, und der große Brückenbogen reflektierte ein bronzefarbenes Glühen. Für Sekunden fühlte sich der Mann völlig ungeschützt, wie von Scheinwerferlicht angestrahlt, doch dann rief er sich in Erinnerung, wie klein er im Vergleich zu der Stahlkonstruktion war, die rings um ihn aufragte. Das wird nicht mehr lange der Fall sein, dachte er. Die Seiten der schweren geschlossenen Güterwaggons, die an ihm vorbei gen Missouri ratterten, wirkten wie vorbeiziehende Bilderrahmen eines Stummfilms im reflektierten Licht. Der Mann versuchte, etwas Aufregung und Begeisterung für das zu entwickeln, was er gleich tun würde. Die Sprengung der Brücke bei Thebes war für ihn kinderleicht gewesen, und bei dieser hier dürfte es nicht anders sein. Auf die Brücke gelangen, den Sprengstoff legen und dann einfach verschwinden. Genau wie geplant. Aber er empfand weder Stolz noch irgendein Hochgefühl darüber, wie leicht es gewesen war. Bis jetzt jedenfalls. Er wartete neben dem Gleis auf das Ende des Zuges, zählte im Geist die letzten Waggons – drei, zwei, eins, null – und begann, sich aufzurichten. In diesem Augenblick bemerkte er den Sicherheitsmann.

Der Mann kam über den mittleren Laufsteg, die Hände in den Taschen, sein Gesicht ein undeutlicher weißer Fleck unter seinem Schutzhelm. In der Sekunde, bevor der Wächter ihn sah, ließ er das Stück Detacord fallen, riß die Taschenlampe hoch, schaltete sie an und richtete den starken Lichtstrahl auf dessen Gesicht. Der Wächter blieb abrupt stehen und riß die Arme gegen die plötzliche Helligkeit hoch.

»Was, zum Teufel, treiben Sie hier oben?« schrie der Mann ihn an und trat über die Schienen auf ihn zu. »Halten Sie die Hände sichtbar hoch! Beide Hände!«

Der Mann gelangte bis auf einen Meter an den Wächter heran, bevor sich dieser von seiner Überraschung erholt hatte und etwas sagen wollte, doch ehe er einen Laut hervorbrachte, knallte ihm die schwere Maglite gegen die Schläfe.

Der Wächter fiel wie ein Sack Kartoffeln auf den Laufsteg, und sein Schutzhelm rollte auf das Gleisbett.

Der Mann bemerkte, daß seine Hände zitterten und sein Puls raste. Er hatte im Reflex angegriffen, ohne zu denken. Der Wächter lag reglos auf dem Laufsteg. Der Mann fragte sich, ob er ihn getötet hatte. Und wenn schon, sagte ihm eine innere Stimme. Mach weiter. Der langgezogene Pfeifton einer Lok tief unten riß ihn aus seinen Gedanken. Das Scheinwerferlicht eines nach Osten fahrenden Güterzuges erhellte bereits den unteren Teil der Auffahrt.

Der Mann handelte schnell. Er rollte den Wächter auf die Seite und sah, daß er ein Funkgerät trug. Er riß das Mikrofon ab und warf es in die Dunkelheit unter der Brücke. Er überprüfte schnell, ob der Sicherheitsmann noch atmete und ob er bewaffnet war. Keine Waffe; kurze flache Atemzüge. Er ließ den Kopf des Wächters zurück auf den Laufsteg sinken. Dann nahm er das Stück Detacord. Er zog es unter dem ersten Gleis hindurch, über die dazwischenliegende Plattform und dann unter dem nach Osten führenden Gleis hindurch. Das einzige sichtbare Stück der Zündschnur war der Teil, der über die Schutzwände entlang der Laufstege führte, aber es war schwarz und mit Ruß bedeckt. Als der Mann auf der stromabwärts gelegenen Seite der Brücke war, band er die Zündschnur an das erste Hängestahlseil und eilte dann den Laufsteg hinauf, um jenen Beutel zu finden, den er eine Stunde zuvor dort abgelegt hatte, während er auf einem Güterzug ostwärts gefahren war. Er behielt den Zug im Auge, der die Auffahrt zur Brücke heraufkroch, wiederholte die ganze Prozedur, fädelte die schlangengleiche Schnur durch die Löcher an den Verbindungspunkten der Aufhängung der Stahlseile, drückte die ölige Oberfläche fest gegen jede Verbindungsstange, bis er die gesamte Länge Detacord ausgelegt hatte. Sein Mund war sehr trocken, und sein Puls raste immer noch.

Aber er empfand keine Furcht, nur Angst davor, mit den Kräften am Ende zu sein, bevor er bezüglich des Wächters etwas unternehmen mußte. Ein Teil seines Verstandes hatte sich mit diesem Problem beschäftigt. Sollte er ihn einfach von der Brücke werfen?

Er blickte hinüber nach Illinois und sah den nächsten Block Güterwaggons auf die lange Brückenauffahrt zufahren und sein gelbliches Scheinwerferlicht über die nassen Schienen voraustasten. Er nahm die Zündvorrichtung aus dem Matchbeutel, trat den zweiten Beutel über die Seite der Brücke in den Fluß und stellte die Verbindungen her. Nichts Kompliziertes: Zündkapsel-Empfängerbox, Sprengkapsel und viel Isolierband. Er hielt jetzt besorgt beide Züge im Auge und schätzte, wieviel Zeit ihm blieb, bis er den bewußtlosen Sicherheitsmann unbedingt entfernen mußte.

Er klemmte den letzten Draht an, überprüfte die Verbindungen und kroch dann hinüber zum Wächter, der auf der nach Westen führenden Trasse lag. Er schob die Taschenlampe in seine Achselhöhle und tippte mit der Stiefelspitze gegen die Hoden des Mannes, um sich zu vergewissern, daß er noch bewußtlos war; dann schleifte er ihn auf den Laufsteg und zog ihn zum Betonrand des Brückenpfeilers. Als die ersten Loks auf der nach Westen führenden Trasse an ihm vorbeischnauften, hatte er den Wächter zu einem dunklen Ball zusammengerollt und sein Gesicht vom Scheinwerferlicht abgewandt. An dieser Stelle sollte er überleben, was mit dem mittleren Brückenbogen passieren würde. Der Mann hatte beschlossen, den Wächter nicht zu töten. Sein Ziel war die Eisenbahngesellschaft, nicht deren Leute. Sofern sie ihm nicht in die Quere kamen.

Er ließ sich an den Fuß der Trasse vor dem Pfeiler hinab und hielt sich die Ohren zu, bis die Lok weit hinter dem mittleren Brückenbogen war. Dann schwang er sich über die

Schutzwand und sprang auf den ersten Tankwaggon, der an ihm vorbeirollte. In diesem Augenblick wurde der Güterzug jedoch langsamer und hielt an. Was jetzt? dachte der Mann, obwohl er wußte, daß die Züge hier oftmals stoppten und auf Weichenumstellungen im Zielverschiebebahnhof warteten. Dann hatte er eine Idee. Er sprang von der Plattform des Tankwaggons und hastete zurück zum Sicherheitsmann. Er packte ihn unter den Achseln und zerrte ihn über die Schienen und hinauf auf die Plattform des Tankwaggons. Dann eilte er zurück zum nächsten Tankwaggon in der Reihe, gerade noch rechtzeitig, bevor der nächste nach Osten fahrende Zug heranrollte. Er war gerade erst 20 Sekunden auf dem Tankwaggon, als der Scheinwerfer der Lok einen Schimmer von gelblichem Licht über die Laufstege des mittleren Brückenbogens warf. An den stählernen Verbindungen und Stahlseilen wäre jedoch die dünne Spur von Detacord selbst einem interessierten Beobachter nicht aufgefallen. Dann stutzte der Mann. Er hatte den Schutzhelm des Wächters zurückgelassen! Verdammt! Der Helm lag auf der Bahntrasse. Würde man ihn sehen? Schlimmer noch, würde man deswegen anhalten?

Er hörte eine Folge von Klicken und dumpfen Schlägen. Offenbar wurden die Kohlenwaggons des haltenden Zuges entladen. Und dann ruckte sein Tankwaggon an, als der Güterzug seine Fahrt auf der Missouri-Seite der Brücke fortsetzte. Er war jetzt erpicht darauf, von der Brücke herunter und in Zündposition zu kommen. Er streifte seine Regenkleidung über den jetzt leeren Beutel, den er an seinen Gürtel geschnallt hatte. Zu seiner Erleichterung schien der nach Osten rollende Zug weitergefahren zu sein. Vielleicht hatte man den Helm gesehen, vielleicht auch nicht. Es war nur ein Schutzhelm. Hoffentlich meldete man das nicht …

Entspann dich, ermahnte er sich. Tief durchatmen. Konzentrieren. Du bist noch nicht fertig. Er blickte zu der reglosen Gestalt des Sicherheitsmannes auf dem nächsten Waggon. Immer noch bewußtlos. Gut. Entweder fand man ihn unten im Rangierbahnhof oder er machte eine lange Zugreise. Jedenfalls würde er nicht auf der Brücke sein.

Der Waggonblock stoppte. Nachdem die Loks abgekoppelt waren, sprang der Mann vom Tankwaggon und schlich vorsichtig durch das Gewirr der geparkten Waggons. Lastwagen fuhren über die Stelzenautobahn, die über den Güterbahnhof verlief. Der Bombenleger schlüpfte zwischen den Waggonblocks hindurch und vergewisserte sich ständig, daß sie sich nicht plötzlich in Bewegung setzten. Ebensowenig konnte er sich erlauben, auf einen weiteren Sicherheitsmann zu stoßen. Eine entfernte Gleisarbeiter-Mannschaft wirkte im Regen wie verschwommene gelbe Flecken, und der Schein ihrer Taschenlampen geisterte hin und her, als sie im Verschiebebahnhof Kupplungen und Weichenstellungen kontrollierte. Er senkte den Kopf und hastete weiter, nur eine der Gestalten im gelben Regenmantel, die ihrer Tätigkeit auf dem Rangierbahnhof nachgingen. Er versuchte, nicht an den Zwischenfall auf der Brücke zu denken. Wenn er den Sicherheitsmann nicht zuerst gesehen hätte …

Er brauchte zwanzig Minuten, um zu seinem Truck zu gelangen, wo er seinen Matchbeutel vom Gürtel abband, bevor er einstieg. Nachdem er weitere zehn Minuten durch die regennassen Scheiben beobachtet und niemanden auf dem Parkplatz für das Bahnpersonal gesehen hatte, startete er den Truck. Der Regen war stärker geworden, und so fühlte sich der Bombenleger ziemlich sicher, als er aus der Reihe der parkenden Wagen ausscherte und sich der Hauptzufahrtsstraße näherte, obwohl es keine Zeit zum Schichtwechsel war. Am auffälligsten wäre es, am Stellwerk vorbeizufahren, aber alle Fenster des Gebäudes blickten zum Verschiebebahnhof hinaus, wie bei einem Flughafen-Tower. Der Bombenleger wußte ebenfalls, daß relativ wenig Personal auf diesem Güterbahnhof war. Vier Leute im Hauptkontrollraum, vielleicht sechs Zwei-Mann-Rangierteams, ungefähr ein Dutzend Bremser draußen auf den Gleisen und vermutlich zwei Wächter, die sich in einer solchen Nacht höchstwahrscheinlich in der Wachbaracke aufhielten. Am vielleicht erstaunlichsten war, daß es weder ein Tor noch einen Sicherheitskontrollpunkt am Haupteingang zum Verschiebebahnhof gab. Vermutlich wurde der Rangierbahnhof von so vielen Sattelschleppern angefahren, daß eine Überprüfung jedes einzelnen in der Praxis kaum durchführbar war. Aber das wird sich alles ändern, dachte der Bombenleger. Die Bastarde werden bald wachgerüttelt.

Er zog mit seinem Truck langsam am Stellwerk vorbei, wartete, bis eine Wagenkolonne auf einer Nebenstraße vorbeikroch, die sich mit der Ausfahrt kreuzte, und verließ dann den Rangierbahnhof auf der Südseite von St. Louis. Er fuhr die South Twelfth Street hinunter, durch das Industriegebiet und auf die Hochstraße, die zur Vereinigung der I-44 und I-55 führte. Als er zur Kreuzung Chouteau Avenue gelangte, hielt er hinter einem geparkten Sattelschlepper. Vor seinem geistigen Auge ging er die Vorbereitung der Sprengung durch und nickte in der Dunkelheit zufrieden vor sich hin. Das Detacord würde langsam alle bis auf ein paar der Stahlseile abtrennen, und das Gewicht des mittleren Brückenbogens würde ausreichen, um ihn in den Fluß stürzen zu lassen … Wenn ein Zug ihn befuhr, war die Chance, daß der Brückenbogen die Sprengung überstand, verschwindend gering. Bei zwei Zügen war sie gleich Null. Aber zuerst mußte er den Sender bedienen und dann auf den Fahrzeugverkehr achten. Er wollte nicht, daß irgendein Zivilist einen Schreck um Mitternacht auf der kaum frequentierten MacArthur Bridge bekam, wenn der mittlere Bogen einstürzte.

Er griff nach der Senderbox und stellte sie ein. Er legte sie auf den Beifahrersitz, startete wieder, setzte zurück und nahm die erste Straße rechts. Nach einem Block bog er auf die Zufahrtsrampe für die Fahrspuren der MacArthur Bridge. Da in beide Richtungen kein Verkehr herrschte, stoppte er am Fuß der Auffahrt, stieg aus dem Truck und nahm vier orangefarbene Leitkegel von der Ladefläche. Er stellte sie auf, um den nach Osten führenden Verkehr auf der Zufahrtsstraße zu blockieren und stieg wieder in den Truck. Er beeilte sich jetzt, fuhr schneller, als er es normalerweise auf der schmalen Spur getan hätte. Bis zum ersten Bogen folgten die parallelen Fahrbahnen der Bahntrasse, die dann anstieg und in der Mitte der Brücke ungefähr zehn Meter über ihnen verlief. Als er auf die Illinois-Seite zufuhr, wo sich die beiden Fahrspuren wieder vereinigten, sah er, daß ein nach Westen fahrender Kohlenzug die lange Steigung hinaufkroch. Gut, dachte er. Ein schöner, schwerer Güterzug.

Am Fuß der Zufahrt auf der Illinois-Seite stoppte er, diesmal mitten auf der Straße. Er hielt nach nahendem Verkehr Ausschau, sah kein Fahrzeug und stieg aus dem Truck. Er nahm vier weitere Leitkegel, sprang über die niedrige Betonwand, die beide Fahrspuren trennte, und blockierte die nach Westen führende Zufahrtsstraße. Er schwitzte jetzt trotz der kühlen Luft. Die Zeit wurde knapp. Die Absperrungen sollten den Verkehr gerade so lange stoppen, bis irgendein Lastwagenfahrer über sein Handy die Polizei anrief und ein Cop kam, um nach dem Problem zu sehen. Zu dieser Stunde sollten keine Cops auf Streife hier draußen sein, außer die Bahnpolizei hatte entdeckt, daß sich ihr Mann auf der Brücke nicht meldete. Und selbst dann würden die Bahncops auf der Brücke nach ihm suchen, nicht auf den Straßen.

Der Mann sprang wieder in den Truck und fuhr den restlichen Weg hinab zur South Tenth Street in East St. Louis. Von dort aus konnte er die Anschlußstellen zur Autobahnbrücke der I-55 erreichen, die etwa 500 Meter stromaufwärts der MacArthur Bridge verlief. Es herrschte fast ständig starker Lastwagenverkehr auf der Autobahnbrücke, in beide Richtungen, aber das machte jetzt nichts. Er fuhr unter der Autobahnbrücke hindurch und dann auf die nach Westen führenden Zufahrtsspuren der I-55, um wieder in die Stadt zu gelangen. Die Autobahnbrücke von St. Louis war jetzt direkt vor ihm zu sehen, schimmernd im reflektierten Licht der Kasinoboote an den Ufern. Der Regen hatte im Moment nachgelassen. Tiefhängende Wolken zogen über den Fluß und schienen die Spitzen der Brücke zu polieren.

Während er sich zwischen den vielen Sattelschleppern einfädelte, die auf dem Weg nach Westen waren, blickte er hinüber zur MacArthur Bridge. Er wechselte auf die äußerste Spur, damit er eine bessere Sicht auf die Hängebrücke hatte. Er runzelte die Stirn, als er auf der St.-Louis-Seite der MacArthur Bridge Blaulichter zucken sah; jemand mußte die Absperrung gemeldet haben. Dann konzentrierte er sich auf die Brücke. Er hatte Glück. Offenbar überquerten sie *zwei* Güterzüge gleichzeitig. Er hielt ein Auge auf seine Fahrbahn, während er angestrengt nach Loks Ausschau hielt, aber er sah keine Scheinwerfer dort oben. Nur Waggons. Perfekt. Jetzt nur noch ein paar Sekunden.

Er blickte nach rechts, um sich zu vergewissern, daß kein neugieriger Trucker in seinen Pickup-Truck hinabstarrte. Als er die Mitte der Autobahnbrücke erreichte, nahm er den Sender auf, kurbelte die Scheibe des Fensters an der Fahrerseite herunter, hielt den Sender wie eine TV-Fernbedienung zur Brücke hin und betätigte den Sperrhebel oben auf der Box. Zwei rotgelbe Lichtblitze zuckten am Fuß des mittleren

Brückenbogens auf, bevor sie in einer Wolke von Rauch und Staub verschwand. Er lenkte den Truck nach rechts, als der linke Vorderreifen die Leitplanke berührte, was wütendes Gehupe eines Truckers auf der Nebenfahrbahn zur Folge hatte. Als er erneut zur Brücke spähen konnte, stürzte der mittlere Brückenbogen in den Fluß und wirbelte weißes Wasser 200 Meter zu beiden Seiten auf. Ihm folgte eine Kaskade von Kohlenwaggons. Aus dieser Entfernung sahen sie wie Spielzeuge aus, die eines nach dem anderen in einer lautlosen Kette der Vernichtung herabfielen.

Voraus leuchteten Bremslichter auf, und er mußte hart auf sein eigenes Bremspedal treten. Sein Innenspiegel war plötzlich von Schweinwerferlicht erfüllt, und hinter ihm kreischten Reifen und dröhnten Hupen, doch jeder auf der Autobahnbrücke verlangsamte, um zu sehen, was flußabwärts passierte. Er wollte die Fahrspur wechseln und schnell verschwinden, doch er wußte, daß sein Truck auffallen würde, wenn er davonbrauste, anstatt wie alle zu gaffen. Er verlangsamte zum Kriechtempo und schaute zu, wie die Züge in den Fluß stürzten.

»Das war Nummer zwei«, sagte er laut.

Hush kehrte nach 4 Uhr 30 Eastern Time zu seiner Eigentumswohnung in den Belle Haven Apartments in Alexandria, Virginia, zurück. Nach dem Flug von Missouri, bei dem es Probleme wegen einer Schlechtwetterfront gegeben hatte, war er hundemüde. Er duschte lange und heiß und machte sich Kaffee. Kurz spielte er mit dem Gedanken, Carolyn Lang anzurufen, doch dann sagte er sich, daß er sie um diese Stunde nicht behelligen sollte. Er hatte eine lange Telefonkonferenz mit ihr über den Fortschritt bei der Bildung der übergeordneten Einsatzgruppe gehabt. Der Fall, der noch keinen Namen hatte, war für vorrangig erklärt und die erste

Konferenz der Einsatzgruppe für 16 Uhr am Donnerstag anberaumt worden. Das ist heute, sagte sich Hush. Als er den Zucker in seinem Kaffee umrührte und an das Erlebte in Missouri dachte, klingelte das Telefon. Er warf einen Blick auf seine Armbanduhr: 5 Uhr 15. Wer rief um diese Zeit an?

»Mr. Hanson, hier ist Carolyn Lang.«

Überraschung, Überraschung! dachte er. Was macht sie so früh?

»Ja?«

»Ich erfuhr von der Einsatzzentrale, daß Sie soeben angekommen sind, und es tut mir leid, Sie so früh …«

»Ich bin noch auf. Eigentlich habe ich soeben der Versuchung widerstanden, Sie anzurufen. Was ist passiert?«

»Es hat noch eine Sprengung gegeben. Eine weitere Brücke. Diesmal in St. Louis. Eine Eisenbahnbrücke, die MacArthur.«

»Verdammt!«

»Ja. Nach den ersten Berichten wurde der mittlere Bogen in die Luft geblasen oder nach unten, nehme ich an. Zwei Kohlenzüge sind in den Fluß gestürzt.«

»*Zwei*? Von welcher Gesellschaft?«

»Gesellschaften, Mehrzahl. St. Louis ist ein wichtiger Knotenpunkt. Es gibt offenbar acht Bahngesellschaften, die den großen Verschiebebahnhof auf der Illinois-Seite benutzen, und drei weitere auf der Missouri-Seite. Ich habe diesen Canning von der Union Pacific angerufen, als ich davon erfuhr – er ist der Chefingenieur, erinnern Sie sich? Er sagte, dies wird eine schlimme Störung des nationalen Eisenbahnverkehrs bedeuten.«

Hush dachte an seine Ausflüge nach St. Louis. Er hatte ein scheinbar endloses Gelände mit Schienensträngen unten beim Fluß gesehen. »Ist das die einzige Eisenbahnbrücke in St. Louis?«

»Nein, es gibt noch eine, aber die zweite, die Merchants, wird gerade saniert, also steht – stand – tatsächlich nur eine zur Verfügung. Canning sagte, es gibt innerhalb von dreihundert Kilometern nördlich der Stadt drei andere Brücken: bei Quincy, Louisiana, und Hannibal, Missouri. Die bei Quincy zählt zur Tonnage-Gruppe sieben, wie die MacArthur, aber die dortigen Rangierbahnhöfe sind viel kleiner als die von St. Louis.«

»Helfen Sie mir auf die Sprünge: Was ist Gruppe 7?«

»Canning hat das erklärt. Eisenbahnlinien sind in sieben Kategorien eingeteilt, als Kennzeichnung für die Millionen Bruttotonnen, die sie tragen können. Gruppe sieben bedeutet über 40 Millionen Bruttotonnen pro Meile Schiene jährlich.«

Hush hatte Schwierigkeiten, sich Bruttotonnen pro Meile vorzustellen, aber er erinnerte sich daran, daß die Brücke von Cape Girardeau ebenfalls zur Gruppe sieben gezählt hatte.

»Diese Kerle wissen anscheinend, worauf sie es abgesehen haben.«

»Ja, sie kennen sich aus. Laut Canning gibt es sieben Rangierbahnhöfe auf der Illinois-Seite und vier weitere auf der Missouri-Seite. Er sagte im wesentlichen, die Chicago-Linie nördlich von St. Louis sei noch im Geschäft, aber der südliche Teil des Landes würde leiden, und zwar schlimm. Und bald.«

Man hätte eine Sicherheitswache auf jeder verdammten Mississippi-Brücke postieren sollen, dachte Hush. Er war einfach davon ausgegangen, die Eisenbahngesellschaften hätten dies getan.

»Mr. Hanson?«

»Ja. Ich bin noch dran. Versuche nur zu denken. Okay, wir sollten die Konferenz der Einsatzgruppe auf heute verlegen, und zwar so bald wie möglich. Sie werden herumtelefonieren und feststellen müssen, wer früher teilnehmen kann. Wo sind Sie?«

»Zu Hause. In Old Town.«

Er hatte nicht gewußt, wo sie wohnte. »Dann sind wir ja Nachbarn. Ich wohne in den Belle Haven Apartments.«

»Ja, ich weiß«, sagte sie geduldig. Es überraschte ihn, daß es ihr bekannt war, doch dann sagte er sich, daß dies kein Grund zur Überraschung war.

»Okay«, sagte er, »Ich bestelle einen Wagen. Nennen Sie mir Ihre Adresse, und ich lasse Sie abholen. Reichen Ihnen 45 Minuten?«

Nach der Konferenz der Einsatzgruppe am Donnerstag vormittag berief Hush eine nachträgliche Einsatzbesprechung in seinem Büro ein. Die Teilnehmer waren Carolyn Lang, Ben Fenton, der ranghöchste Repräsentant der FBI-Einsatzzentrale, Carter VanKampf von der Nachrichtenabteilung, und sein eigener Verwaltungsassistent, Tyler Redford. Das erste förmliche Treffen der Einsatzgruppe hatte notgedrungen übereilt stattgefunden, und es hatte wenig harte Informationen und viel Kompetenzengerangel auf hoher Ebene gegeben. An interessierten Teilnehmern hatte es nicht gemangelt: Repräsentanten der Transportbehörde, der Eisenbahnverwaltung, des Ausschusses für Transporte zu Wasser, der Küstenschutz, der Sicherheitsabteilung der nationalen Transportsicherheits-Behörde. Repräsentanten vom Verteidigungsministerium, vom Pionierkorps, dem Nachrichtendienst des Verteidigungsministeriums und Sprengstoffexperten. Vom FBI selbst waren Repräsentanten der Abteilungen Information, Labor, CID, Öffentliche- und Kongreßangelegenheiten, Nationale Sicherheit und ein aufgeweckter junger Assistent aus dem Büro des Direktors anwesend gewesen. Senior Agent Carolyn Lang hatte als Chef-Protokollarin fungiert, und Hush hatte das Briefing durchgeführt. Die Einsatzabteilung hatte die Kommunikationsnummern für die Kommandozentrale bekanntgegeben, und die nächste Konferenz war für Freitag, 15 Uhr angesetzt worden.

Hush hatte sich absichtlich so kurz wie möglich gefaßt, hauptsächlich, weil er sehr wenig harte Fakten nennen konnte. Es war Übereinstimmung darüber erzielt worden, daß das FBI die Medien über die Entwicklung des Falles auf dem laufenden halten würde, während die Transportbehörde sie über die Auswirkungen der Sprengungen informieren würde. Man war sich auch darin einig gewesen, daß so bald wie möglich Repräsentanten der großen Transkontinental-Eisenbahngesellschaften in die Einsatzgruppe aufgenommen werden mußten. Die Vertreter der Transportbehörde hatten die Abwicklung dieser Aufgabe übernommen.

Hushs Büro befand sich im zehnten Stock des Gebäudes der Zentrale und hatte einen Ausblick auf einen Teil des Innenhofes. Die dienstälteren ADs saßen alle im siebten Stock, doch als amtierender AD hatte Hush keinen Anspruch auf ein Büro in der Chefetage. Sein Schreibtisch stand an einem Ende des Büros, ein kleiner Konferenztisch mit sechs Stühlen am anderen. An der Seitenwand hing ein Bücherregal und diesem gegenüber eine große Karte der Vereinigten Staaten. Hush saß an seinem Schreibtisch und las Carolyn Langs Protokoll der Konferenz.

»Ben, haben wir etwas Neues über den Anschlag in St. Louis?«

Ben Fenton, der leitende Special Agent der Einsatzabteilung, zog ein Fernschreiben zu Rate, das am Ende der Konferenz eingetroffen war. »Die Polizei von Missouri meint, daß diesmal Detacord verwendet wurde. Die Explosion zerstörte alle Stahlseile, die den mittleren Teil der Hängebrücke hielten, gleichzeitig. Jede Menge Augenzeugen haben sie von der Autobahnbrücke stromaufwärts aus gesehen. Alle sagten das gleiche aus: horizontaler roter Blitz, und dann stürzte das Brückenstück in die Tiefe und schlug wie ein Schwimmer, der eine Bauchlandung macht, im Wasser auf.

»Jemand verletzt?«

»Ein Bahnpolizist wird vermißt. Die Union Pacific hat anscheinend nach dem Bombenanschlag auf die Brücke bei Thebes jemanden auf der Brücke patrouillieren lassen. Er meldete sich zum letzten Mal auf einem Kontrollgang 40 Minuten vor der Explosion und gab keine besonderen Vorkommnisse an. Der Führer einer Rangierlok will auf der Fahrt über die Brücke einen Schutzhelm gesehen haben, aber keiner konnte sagen, wem er gehörte, und er fiel mit dem Brückenteil in den Fluß.«

»Nun, ich glaube, wir sollten davon ausgehen, daß der Sicherheitsmann auf der Brücke war, als sie explodierte«, sagte Hush. »Oder vielleicht überraschte er die Verbrecher. Wie viele Waggons sind in den Fluß gestürzt?«

»Die Eisenbahner schätzen 150; 66 vollbeladene Kohlenwagen, und der Rest ein Mischmasch von leeren Waggons, Frachtwagen und das, was die Eisenbahner als Plattformwagen bezeichnen. Das gleiche wie beim letzten Mal: Die Täter warteten anscheinend, bis die Loks von der Brücke runter waren, bevor sie sprengten. Ein Team der örtlichen Umweltschutzbehörde ist bereits vor Ort, um das Ausmaß des Umweltschadens zu schätzen, obwohl es ihrer Meinung nach nicht so schlimm wie bei Thebes aussieht. Es ist hauptsächlich Kohle in den Fluß gestürzt. Die Fahrrinne für die Lastschiffahrt ist jedoch blockiert.«

Im Büro herrschte Stille, während die Anwesenden diese Neuigkeit verarbeiteten. Hush kritzelte gedankenlos auf seinem Notizblock herum und stellte dann die Hauptfrage. »Okay, wer, zum Teufel, tut so etwas?«

VanKampf schüttelte den Kopf. »Wir haben die nationale Datenbank befragt und nichts herausgefunden. Auch deutet nichts auf bekannte ausländische Terroristengruppen hin. Es bieten sich noch zwei entfernte Möglichkeiten, daß es sich um einheimische militante Gruppen handeln könnte, allerdings nur im Zusammenhang mit ›Angriffen auf die Infrastruktur der Regierung‹, und beide sind eher dafür bekannt, daß sie sich Gebäude als Ziele wählen.«

»Vielleicht ist dies nur eine Frage der Zeit«, äußerte Fenton. »Eine Art Vorspiel, bevor die Irren das nationale Versorgungsnetz angreifen, das Telefonnetz oder wie in diesem Fall Brücken.«

Hush blickte zu seiner stellvertretenden Leiterin der Einsatzgruppe, die offensichtlich etwas sagen wollte. »Senior Agent Lang?«

»Cui bono«, sagte sie. »Wem nutzt es? Oder vielleicht das Gegenteil. Wem schadet es?«

Das führte zu einem Moment Schweigen.

»Ja«, sagte VanKampf dann. »Sie meinen, wir sollten uns auf eine Lösegeldforderung oder eine Art Bekennerschreiben einstellen: Zahlen Sie uns X Millionen, und wir hören auf, Brücken zu sprengen.« Aber Hush konzentrierte sich auf die zweite von Carolyn Langs Fragen: »Wem schadet es?«

»Zwei Brücken Kategorie 7, keine Bekennerschreiben, keine Forderungen«, sagte er. »Das hat für mich den Anschein, jedenfalls bis jetzt, daß niemand versucht, das zu *nutzen*. Andererseits können wir ermitteln, wem es *schadet*. Zwei große Eisenbahnbrücken sind beschädigt worden – wichtige Brücken, weil es nur so wenige gibt.«

Hush erhob sich und ging zu der Landkarte. »Es gibt – gab – nur sechs betriebsbereite Eisenbahnbrücken der Hauptlinie über den Mississippi auf den rund 1100 Kilometern von St. Louis bis New Orleans – hier in St. Louis, Thebes, Memphis, Vicksburg, Baton Rouge und New Orleans. Es gibt zwei weitere, eine in St. Louis und eine in Memphis, die seit mindestens einem Jahr wegen Reparaturarbeiten ausfallen.«

Er ging zu seinem Schreibtisch zurück, um ein Buch zu holen. »Der *U. S. Railroad Traffic Atlas* ist, wie man mir gesagt hat, das maßgebliche Nachschlagewerk über den Eisenbahnverkehr der Vereinigten Staaten. Von St. Louis an abwärts rollt, durch die Geographie bedingt, ungefähr 40 Prozent von Amerikas Ost-West-Güterverkehr über den Schienenweg. Über sechs Brücken. Jetzt sind es vier. Das ist eine dreißigprozentige Reduzierung der Transportkapazität nach Süden.«

»Es ist vielleicht noch schwerwiegender, Sir«, sagte Carolyn Lang. »Ich habe noch einmal mit dem Chefingenieur der Union Pacific gesprochen. Jede Brücke wäre ohne die Rangierbahnhöfe ein Flaschenhals. Sie erlauben den Bahngesellschaften eine zentrale Vekehrslenkung, ohne die Ost-West-Linie zu verstopfen, die zu den Brücken führt. Die Brücke bei Thebes hatte zwei Nebengleise, wo Züge auf jeder Seite warten konnten, aber dieser St. Louis-Komplex ist ein bedeutender Rangier-Knotenpunkt mit über 300 Gleisen.«

»Dann ist das wirklich ein Problem«, meinte Tyler Redford. »Dieser Knabe von der Transportbehörde sagte, daß die Bahngesellschaften bereits oder fast mit voller Kapazität arbeiten, erinnern Sie sich?«

»Okay«, sagte Hush. »Das beantwortet die Frage ›Wem schadet es?‹ Vielleicht sind nicht die Brücken das Ziel – vielleicht sind es die Bahngesellschaften.«

»Das wäre immer noch ein Angriff auf das ganze Land«, sagte VanKampf. »Klar, den Bahngesellschaften wird Schaden zugefügt, aber die Folge ist, daß die ganze Wirtschaft leidet, weil keine Güter transportiert werden können. Denken Sie darüber nach.«

Hush setzte sich an seinen Schreibtisch. »Wir bewegen uns hier im Kreis, Leute. Richten wir uns im Lagebesprechungsraum 4 ein. Carter, wie wäre es, wenn Sie mit Ihren Sicherheitskollegen der großen Bahngesellschaften Kontakt aufnehmen. Stellen Sie fest, ob Sie sie zu einem Informationsaustausch hierherlocken können. Inoffiziell, falls ihre Anwälte mißtrauisch sind. Einsatzabteilung, wir brauchen einige gute Karten der Eisenbahnlinien in Raum 4. Tyler, vergewissern Sie sich, daß dort die richtigen Kommunikationseinrichtungen vorhanden sind und wir sie rund um die Uhr nutzen können. Wir müssen die Bestien der Medien füttern, andernfalls werden die Spekulationen nur so blühen.«

Er hielt inne und überlegte. »Fällt jemandem sonst noch etwas ein?«

Alle schüttelten den Kopf.

»Okay«, sagte Hush. »Senior Agent Lang und ich fliegen wieder nach Missouri.«

Carolyn Lang erklärte, daß sie kurz mit VanKampf sprechen wolle. Tyler Redford blieb zurück. Hush verstaute einige der Berichte in seiner Aktentasche und fragte Redford, wie Carolyn Lang die Bildung der Einsatzgruppe bewältigt habe.

»Prima«, sagte Redford. »Ich gab ihr ein paar Hinweise, aber die Hauptsache hat sie allein erledigt.«

»Hat ihr irgend jemand besondere Probleme gemacht?«

»Carswells Abteilung Nationale Sicherheit ist sauer«, erwiderte Redford. »Aber Carswell ist wütend auf uns hier im IITF, nicht auf sie. Nein, wer sollte ihr bei Ihrem Aussehen Probleme machen? Die Jungs, mit denen ich sie sprechen sah, fielen fast über ihre eigenen Füße, so fickerig waren sie. Sie hat ihre Sache prima erledigt.«

Hush lehnte sich auf seiner Spezialanfertigung von Bürosessel zurück und schloß für einen Moment die Augen. Carolyn Lang, deren Verbindungen hier im Gebäude nicht so gut waren – jedenfalls ihrer Ansicht nach – hatte ihre Sache also prima erledigt? Wie interessant, dachte er. Er fragte sich flüchtig, ob der Deputy Director nicht ein Doppelspiel betreibe. Das Klingeln des Telefons riß ihn aus seinen Gedanken.

Am Donnerstag aß Matthews im Offiziersklub zu Mittag, als sein Pieper ertönte und er in die Einsatzabteilung des Depots Anniston befohlen wurde. Er erreichte den Offizier vom Dienst über sein Handy.

»Major Matthews, wir haben soeben Nachricht von der Einsatzzentrale der Army in Washington erhalten. Eine große Eisenbahnbrücke in Saint Louis ist sabotiert worden.«

»O Gott! Wieder eine?«

»Jawohl, Sir, Einzelheiten wissen wir noch nicht. Ich habe Colonel Anderson informiert. Er sagte, er will Sie sprechen, Sir.«

Es wurde ihm ein wenig beklommen. »Natürlich. Ich mache mich sofort auf den Weg.«

Er und Carl Hill hatten Colonel Andersons Büro vor einer Stunde verlassen, nachdem sie die neu berechnete Route für Zug 2713 über die Frisco Bridge von Memphis vorgelegt hatten. Sie war tatsächlich zwei Stunden kürzer als die ursprünglich geplante über Cape Girardeau-Thebes, was ihnen mehr Flexibilität für die Umleitung nach Idaho gab. Dies war die gute Nachricht. Die schlimme war, daß sie immer noch äußerst gefährliche Fracht durch ein Stadtgebiet transportieren würden. Anderson hatte sich seine Einwände mit ernster Miene angehört und dann ihm und Hill befohlen, die Durchquerung von Memphis gegen 3 Uhr festzusetzen, um den Straßenverkehr an Bahnübergängen und die Zahl von Passanten längs der Route möglichst gering zu halten. Matthews war unzufrieden an seinen Arbeitsplatz zurückgekehrt. Als er jetzt wieder zu Andersons Büro ging, beschloß er, noch einmal seine Einwände vorzubringen

An Andersons Stelle fand er jedoch Colonel Mehle dort vor. »Schließen Sie die Tür«, befahl dieser, nachdem Matthews angeklopft hatte und eingetreten war. »Ich nehme an, Sie haben das von der MacArthur Bridge in St. Louis gehört?«

»Jawohl, Sir. Sir, wo ist Colonel Anderson?«

»Colonel Anderson hat Sie nicht herbefohlen, sondern ich. Colonel Anderson hat mir gesagt, daß Sie und Major Hill einige Probleme bezüglich unserer Pläne mit 2713 haben.«

Matthews wußte, daß er jetzt vorsichtig sein mußte. Daß Anderson nicht anwesend war, gefiel ihm gar nicht. Wenn sich Mehle befugt fühlte, Andersons Büro für sich zu benutzen, hatte sich etwas Wichtiges geändert. »Jawohl, Sir. Ich nehme an, das stimmt«, sagte er.

Mehles Gesicht verfinsterte sich. Matthews entschied, seine Einwände trotzdem vorzubringen. »Ich finde, wir gehen einige wirkliche Risiken ein, indem wir die Route überhaupt ändern, Colonel. Der Transport von Kernwaffen durch eine Stadt ist unmöglich.«

»Ihrer Meinung nach.«

Matthews zögerte. »Jawohl, Sir, meiner Meinung nach. Ich habe drei Jahre lang an der heiklen Aufgabe gearbeitet, die Genehmigung für die ursprüngliche Route zu bekommen, Colonel.«

»Das habe ich gehört, *Major.*« Mehle betonte den Rang, um Matthews zu verstehen zu geben, wer der Major und wer der Colonel war. »Meinen Sie nicht, daß Ihre Vorgesetzten in Washington ebenfalls diese Besorgnis in Erwägung gezogen haben?

»Nun, ja, Sir, ich nehme an, sie haben das.«

»Sie *nehmen an*? Nun, dann will ich Ihre Annahme bestätigen. Ich bin nur auf vorübergehender Verwendung beim Special Operations Command. Ich habe einen ständigen Posten im Stab des Nationalen Sicherheitsrates. Sagt Ihnen das etwas, Major?«

»Nein, Sir.«

»Was?« blaffte Mehle. »Sind Sie wirklich so blöde? Wissen Sie nicht, was der Nationale Sicherheitsrat ist? Wissen Sie, welchen Zugang zu Informationen ich habe?«

»Den gleichen Zugang, den Ollie North hatte«, erwiderte Matthews. »Und Sie wissen ja, wohin uns das geführt hat.«

Für einen Moment sah es aus, als würde Mehle einen Wutanfall bekommen. Er sprang auf, setzte zu einer Erwiderung an, schloß jedoch den Mund wieder. Er atmete tief durch und setzte sich wieder.

»Ich muß wissen, Major Matthews, ob Sie mitarbeiten oder nicht«, sagte er. »Sie haben noch ein knappes Jahr bis zur Vollendung Ihrer zwanzigjährigen Dienstzeit, ist das richtig?«

Ah, darauf läuft es hinaus, erkannte Matthews mit einer Spur von Besorgnis. »Jawohl, Sir«, erwiderte er mit belegter Stimme.

»Dann schlage ich vor, daß es das beste für Sie ist, wenn Sie an Ihre Pension denken und die bevorstehende Mission durchführen. Ihre Vorbehalte gegenüber diesem Projekt sind angemessen zur Kenntnis genommen worden, doch die Zeit für solche Diskussionen ist vorbei. Die Entscheidung wurde vom fähigen höheren Hauptquartier getroffen. Wir werden diesen Zug auf den Weg schicken und das Problem der Army lösen. Ist das klar?«

»Jawohl, Sir. Völlig klar.«

Mehle schaute ihn einen Moment an. »Ich gebe zu, daß diese Sache nicht risikolos ist. Die Anwesenheit der besonderen Waffen ist jedoch ein militärisches Geheimnis, und ich erwarte, daß es bewahrt bleibt, bis der Zug seinen neuen Bestimmungsort erreicht hat. Wenn Sie ein Problem damit haben, sagen Sie es jetzt.«

»Nein, Sir«, sagte Matthewes. »Ich habe in 19 Dienstjahren niemals gegen die Geheimhaltung verstoßen und werde jetzt nicht damit anfangen.«

Mehle starrte ihn einen Augenblick an. »In Ordnung, Major. Wie Colonel Anderson sagte, wird der Befehl für die Mission schriftlich erteilt werden und Ihren Arsch genauso schützen wie den von Hill. Muß ich das Major Hill klarmachen oder können Sie sich darum kümmern?«

»Ich werde mit Major Hill reden, Sir.«

»In Ordnung. Beunruhigt Sie sonst noch etwas?«

Matthews zögerte. »Sir, was ist mit diesen Bombenattentaten auf die Brücken?« fragte er dann. »Vergrößert die Tatsache, daß jemand Anschläge auf Eisenbahnbrücken über den Mississippi verübt, nicht das Risiko?«

»Damit muß sich Washington befassen. Das FBI arbeitet an dem Fall, und es wird diese Bastarde schnappen , wer auch immer sie sind. Unsere Aufgabe ist es, Politik auszuführen, nicht, sie in Frage zu stellen. Liefern Sie mir einen Bericht über den Stand der Dinge bei der Mission 2713 bis heute nachmittag 17 Uhr.«

Matthews blinzelte. Er arbeitete nicht für Colonel Mehle. »Sir, Sie meinen, ich soll den Bericht Colonel Anderson geben?«

»Colonel Anderson ist zu einer vorübergehenden Verwendung abkommandiert worden. Ich habe das Kommando bei dieser Mission. Sie werden bis auf weiteres alle Berichte über 2713 für mich machen, Major. Wegtreten!«

Am Donnerstag nachmittag fuhr er mit seinem Pickup-Truck langsam über einen holprigen, drei Kilometer langen Feldweg zwischen Baumwollfeldern. Die weiten Ebenen mit schwarzer Erde, nur hier und da mit kleinen Gruppen kahler Bäume gesprenkelt, hätten deprimierend sein sollen, doch für ihn hatte die Einsamkeit, die sie symbolisierten, fast etwas Tröstendes. Seit dem Unfall lebte er in der kleinen Hütte am Flußufer. Vor ihm hatte ein einsiedlerischer Künstler dort gehaust und dann Selbstmord begangen. Deswegen und weil er, der neue Mieter, angeboten hatte, die Miete jeden Monat in bar zu bezahlen, hatte er einen sehr günstigen Preis aushandeln können.

Der Feldweg führte von der Landstraße zu einem kleinen Hügel, der von Bäumen gesäumt war und hoch genug über dem Fluß lag, um dem jährlichen Hochwasser zu entgehen. Es gab keine Dämme auf dieser Seite des Stromes, und so bot die Holzhütte einen Ausblick durch die Bäume über den Mississippi. Die Hütte war klein. Eine Kombination aus Wohn-, Eßzimmer und Küchenbereich, zwei Schlafzimmer, ein Bad. Es gab überdachte Veranden an drei Seiten. Die Hütte war auf Betonsockeln errichtet, so daß es noch 30 Zentimeter zusätzlichen Schutz vor Hochwasser gab. Den alten Stall dahinter nutzte er als Geräteschuppen und einen Platz zum Parken des Pickup-Trucks. Neben dem Stall standen einige windschiefe Schuppen, die voller vermodernder alter Gartengeräte waren. Die Hütte verfügte über Brunnenwasser, Elektrizität und Telefon. Die nächsten Nachbarn wohnten auf der Hauptfarm fast fünf Kilometer entfernt.

Auf einer Seite der Hütte befand sich ein kleiner eingezäunter Gemüsegarten, der wegen all der hohen Bäume rings um das Haus nur wenig Ertrag brachte. Gleich hinter der Treppe an der Rückseite gab es, eingelassen in die Erde, einen Einstieg in ein kühles Loch, das einst als Keller und Lagerkammer gedient hatte. Wie jeder sonst in der County hatte er während der Sommernächte, in denen Weltuntergangs-

Gewitter über die Great Plains gefegt waren und aus dem Radio in der Küche Warnungen vor einem Tornado ertönt waren, dort unten in dem geschützten Keller Zeit verbracht.

Der Strom hatte steile, anderthalb Meter hohe Uferböschungen jenseits der Bäume, ungefähr hundert Meter von seiner hinteren Veranda entfernt, ausgewaschen. Das Boot war in einer kleinen Ausbuchtung vertäut, die durch Wasser gegraben worden war, das aus den ebenen Baumwollfeldern abgelaufen war. Der Mississippi war jenseits der Hütte über einen Kilometer breit, und die Hauptfahrrinne lag näher an der Illinois-Seite. Fast ständig war das Summen von Dieselmaschinen der großen Schleppkähne zu hören, die den langen Verbund von Lastkähnen rund um die Uhr den Strom hinauf- und hinabzogen. Sie transportierten fast tausend Tonnen in ihren tiefen Bäuchen: Getreide, Sojabohnen, Kohle, Baumwolle, Treibstoff, Nutzholz, Eisenblech: Handelswaren aus dem Mittelwesten der USA, um die halbe Welt zu ernähren, ihre Wohnungen und Häuser auszustatten und sie zu kleiden. Des Nachts klangen die Maschinen lauter; die Lastkähne und ihre mächtigen Schleppboote schienen stromaufwärts zu kriechen. Ihre mehrfarbigen Lampen wurden verdunkelt von den Schiffen, die stromabwärts fuhren, unnatürlich schnell durch das schimmernde schwarze Wasser zu gleiten schienen.

Der Mann verbrachte oft Stunden auf dem Hügel, nur um zu beobachten und zu lauschen. Und um sich zu erinnern.

Er kehrte von einer Einkaufstour in dem 30 Kilometer entfernten Festus zurück. Er liebte die exotischen Namen der Städte längs des Stromes: Herculaneum, Memphis, Karnak, New Athens, Thebes.

Thebes.

Eine kalte Woge der Befriedigung überspülte ihn, als er bei der Hütte parkte. Er blieb eine Weile im Truck sitzen. In Thebes war es perfekt, in St. Louis fast perfekt gelaufen. Der Sicherheitsmann war nur als vermißt gemeldet worden. Der Zwischenfall tat ihm leid, aber er war unvermeidbar gewesen – vielleicht zwangsläufig angesichts des Ausmaßes seiner Tat. Und er würde es durchziehen. Beenden. Und wenn er dabei draufgehen würde; es gab schließlich nicht viel, für das sich sein Leben lohnte. Er schloß die Augen und ließ die Szene im Geiste zum zehntausendsten Mal vorbeiziehen: Kays Kombi, geschwärzt, fast bis zur Unkenntlichkeit zusammengedrückt, zerfetzt – er hatte das Gefühl, bei diesen Worten von Brandpfeilen durchbohrt zu werden. Leichentücher aus gelbem Plastik hier und dort, um die blutigen Stücke dessen zu bedecken, was von seiner Familie übriggeblieben war, Plastik, damit es keine Blutflecken gab. Wie viel Fleisch, das durch einen Fleischwolf gedreht worden war.

Und diese riesige Diesellok, die nur 500 Meter entfernt auf den Schienen gestanden hatte, völlig gleichgültig, gefühllos, die vordere Lok ungezeichnet, der stählerne Schienenräumer nur mit ein paar Kratzern in der Farbe. Immer noch mit laufendem Motor, als sei die Lok begierig darauf, die Fahrt fortzusetzen, als sei sie ungeduldig wegen der Verzögerung durch dieses zerschmetterte und zerfetzte *Ärgernis*, das rauchend und auslaufend ein Dutzend Meter entfernt neben der Kreuzung lag. Die Polizei und die Offiziellen der Bahngesellschaft trösteten den *Lokführer*, während das Blut seiner Frau und der beiden Kinder in den Straßengraben tropfte.

Er sah von neuem den Bahnübergang, der von der kilometerlangen Reihe der Waggons blockiert gewesen war. Der unbeschrankte Bahnübergang, dessen Ampeln nicht funktionierten – oder nur manchmal. Sie hatten geleuchtet, als er dort eingetroffen war, aber später, viel später, hatte sein Anwalt einen Zeugen gefunden, der behauptet hatte, sie seien ausgeschaltet gewesen, bis der Zug endlich gestoppt hatte.

Aber diese Person hatte nicht gesehen, daß Kay über die Gleise gefahren war.

Und die eiskalten Prozesse der Eisenbahner. Millionenschwere Anwälte, ganze Horden davon. »Wir bedauern zutiefst den Verlust dieser Familie, Euer Ehren, aber die Leute tun das ständig, versuchen noch schnell vor dem Zug die Gleise zu überqueren. Er fährt doppelt so schnell, und seine Entfernung ist halb so groß, wie es den Anschein hat. Eine optische Täuschung, die durch die Parallelgleise hervorgerufen wird. Nein, es gab keine Schranken, aber Ampeln. Andere Fahrer hielten. Sie tat es nicht, Euer Ehren. Das ist das Fazit. Sie versuchte, schneller als der Zug zu sein. Und sie verlor.

Und *er* verlor. Nicht nur einen Prozeß, sondern zwei. Vier Jahre Rechtsstreit. Jeden Cent, den er besaß. Das Haus, seine Ersparnisse, alles. Und dann verklagten sie *ihn*. Beschädigung der Lok. Verdienstausfall. Anwaltskosten für einen Stab von Rechtsverdrehern. Sie pfändeten sein Gehalt, und die Banken nahmen ihm alles andere ab. Und er bezahlte immer noch. Würde es bis zu seinem Tod tun und vermutlich noch nach dem Tod mit seiner Lebensversicherung.

Sein Zeuge hatte ausgesagt, daß die Ampeln auf der Highway-Seite nicht funktioniert hatten. »Warum haben Sie dann angehalten, Sir?«

»Ich sah, daß die Wagen auf der anderen Seite stoppten. Hielt nach einem Zug Ausschau. Und dann kam er auch schon.«

»Hat die Lady gestoppt?«

»Möglicherweise, ich bin mir nicht sicher. Dann war der Zug da, und sie war da, und ihr Wagen überschlug sich immer wieder vor dieser Lok wie ein Hund, der von einem Truck überfahren wird – und ich möchte nicht mehr darüber sprechen, Euer Ehren, ich hatte genug Alpträume.«

Und so verlor er den Prozeß.

Er öffnete die Augen.

Und nun, bei Gott, wenn es denn einen Gott gab, würden *sie* verlieren. Er würde Ihnen mit einer Kettensäge die Gesellschafts-Kehlen durchschneiden. Er würde die Züge stoppen, das ganze nationale Eisenbahnnetz lahmlegen. Das Land zum Stillstand bringen, wenn es sein mußte. Ihm machte das nichts aus. Nichts machte ihm mehr etwas aus.

Seine Finger schmerzten, weil er das Lenkrad umkrampft hielt, seine Kiefer schmerzten, weil er die Zähne zusammenbiß. Ich werde sie alle vernichten. Ich weiß genau, wie ich es machen muß, und ich werde es durchziehen. Ganz allein. Jede einzelne Tat ist bis ins letzte Detail geplant. Das Erklettern der Brücken. Das Erkunden des Bodens. Die Kenntnisse des Fahrplans. Der Diebstahl des Sprengstoffes. Das Basteln der Elektronik. Der Haß, der kalte, tödliche, giftige Haß, gehegt wie ein lebensbedrohender tödlicher Virus.

Er atmete tief durch, dann noch einmal. Er zwang seinen Körper, sich zu entspannen, einen Finger, eine Hand, einen Arm, während er das Lenkrad losließ. Eines nach dem anderen.

Bei der nächsten wird es härter, dachte er. Man war jetzt voll alarmiert, und natürlich war jetzt das FBI im Spiel. Nach seiner Erfahrung bestand das FBI heutzutage zu gleichen Teilen aus Bürokratie und Fahndungsapparat, aber allein seine Größe und Mittel machten es ziemlich wirkungsvoll. Schließlich würden sie alles herausfinden, und eines frühen Morgens würden Wagen des Bundes über den Feldweg zu ihm kommen. Er hatte einige interessante Vorkehrungen für diesen Fall getroffen, aber im Augenblick tappten sie noch im dunkeln, wie er annahm. In den Fernsehnachrichten war von einer großen Einsatzgruppe des FBI und Konferenzen auf höchster Ebene in Washington die Rede gewesen. Die

Medien machten die Öffentlichkeit mit Berichten von Terroristenanschlägen verrückt, ernst dreinblickende Regierungssprecher wanden sich hin und her, während ihre Chefs über die Täter sowie deren Motiv rätselten. Und überlegten, was, zum Teufel, sie als nächstes tun sollten. Aber er hatte einen großen Vorteil. Er hatte 12 Jahre lang Zeit gehabt, um seine Rache zu planen. Die arroganten Bastarde hatten nicht einmal ihre Brücken eingezäunt, es schien fast, als wollten sie jemanden ermuntern, etwas zu versuchen. Nun, das könnt ihr haben, dachte er.

Der Sonnenuntergang ließ die Ebene kurz erglühen, ein plötzliches Aufflammen von orangefarbenem Licht, das ins Rosarote verblaßte, während er zuschaute, und die Bäume dunkel und den Strom zu einem schimmernden Band von Farbschattierungen werden ließ. Es erinnerte ihn an das rote Signal auf dem Brückenbogen der MacArthur Bridge und die Art, wie sein Schein über den Strom gegeistert war.

Zwei Brücken geschafft, noch vier zu erledigen. Vor seinem inneren Augen sah er Kay und die Kleinen, lachend, glücklich, und lebendig, so lebendig, wie er jetzt innerlich tot war.

Er mußte es nur tun.

»Kein Problem«, sagte er laut.

KAPITEL 6

Am Freitag morgen standen Hush und Carolyn Lang auf der Missouri-Seite des eingestürzten Brückenbogens und starrten auf die mittlerweile vertrauten Trümmer im Strom. Eine Kaltfront war nach dem Regen aufgezogen, und hier oben ging ein rauher Wind. Die MacArthur Bridge war höher als die Brücke bei Thebes, aber der Haufen zerschmetterter Waggons sah genauso aus. Die Polizei hatte Sicherheitsseile über den aufklaffenden Bereich des mittleren Brückenbogens gespannt. Zwei Reihen geschwärzter Stahlseile baumelten nutzlos vom unbeschädigten Bogen über ihm und wirkten wie Henkerschlingen, wenn der Wind sie hin und her pendeln ließ. Zwei Agenten des FBI-Büros St. Louis sprachen mit einigen Bauingenieuren der Eisenbahn. Am Fuß der Brücke konnten sie eine Reihe von Rettungsfahrzeugen ausmachen, und auf der Illinois-Seite war eine ähnliche Anzahl rotierender Blaulichter zu sehen. Captain Powers hielt sich mit einer Hand am Sicherheitsseil fest und wies mit der anderen auf die Stahlseile.

»Wieder Detacord«, rief Powers gegen den Wind an. »Hat all die Trossenverbindungen zerfetzt, und der untere Teil des Brückenbogens fiel wie ein Stein hinab. Diesmal haben wir jede Menge Zeugenaussagen.«

»Wissen wir mehr über den verschwundenen Sicherheitsmann?« fragte Hush.

»Nein. Die UP hatte ihn als Aufpasser auf der Brücke postiert. Alle Gesellschaften, deren Linien in East St. Louis enden, haben abwechselnd jemanden zur Sicherheit auf der Brücke patrouillieren lassen. Ich nehme an, man wird die Bewachung jetzt noch verschärfen.«

Hush betrachtete die Trümmer in der Tiefe und schüttelte den Kopf. Er schob die Hände in seine Windjacke. Carolyn Lang lehnte an der Stahlwand des Brückenpfeilers und telefonierte per Handy mit Washington. Sie waren am späten Donnerstagnachmittag nach St. Louis geflogen und in einem Hotel in der Innenstadt abgestiegen. Dort hatte SAC Herlihy sie heute morgen abgeholt. Er war alles andere als erfreut gewesen, Carolyn mitnehmen zu müssen, aber Hush hatte entschieden darauf bestanden. Nun, er wird sich einfach damit abfinden müssen, sagte sich Hush. Er hatte nicht vor zuzulassen, daß Carolyn Lang weiteren Schikanen ausgeliefert war, nicht, wenn dieser Fall größer, statt kleiner wurde. Es gab bereits Druck vom Büro des Direktors. Herlihy und ein paar Dutzend Kripobeamte von St. Louis waren drüben auf der Illinois-Seite und befragten jeden, der in der vergangenen Nacht Dienst auf dem großen Verschiebebahnhof gehabt hatte.

Keeler, der Chef-Brückeninspekteur des Pionierkorps, fuhr in einem Gefährt, das an einen Pickup-Truck erinnerte, der auf hydraulische Eisenbahnräder montiert war, über das Zufahrtsgleis. Er wurde von einem Strecken-Wartungsmonteur der Union Pacific, vom Leiter der Streckenaufsicht und einem jung aussehenden Offizier der Armee in gestärktem Arbeitsanzug begleitet. Hush und Powers stiegen über die Reste der Bahntrasse, um Keeler am westlichen Ende des mittleren Brückenbogens zu begrüßen. Carolyn Lang telefonierte weiter.

»So trifft man sich wieder, Mr. Hanson«, sagte Keeler. »Und so bald.«

»Das beunruhigt mich, Mr. Keeler«, erwiderte Hush. Keeler stellte die UP-Techniker und den Offizier vor, der ein Konstruktionsspezialist des Pionierkorps der Army war. Sie gingen zum nächsten abgesprengten Stahlseil. Keeler streifte dicke Handschuhe über und zog daran, ohne große Wirkung zu erzielen. Es hatte einen Durchmesser von zehn Zentimetern und war über 12 Meter lang. Es mußte ein paar Tonnen wiegen. Keeler wartete, bis der Wind es wieder in seine Richtung blies, und untersuchte dann schnell die verbrannten, geschmolzenen Enden der Befestigungslasche.

»Detacord«, erklärte er.

»Heureka!« murmelte Powers.

Falls Keeler ihn gehört hatte, ließ er sich das nicht anmerken. Er richtete sich auf. Haben die Täter auch den angrenzenden Brückenbogen präpariert wie bei Thebes?« fragte er.

Hush und Powers schauten sich an und blickten dann zu den beiden Konstruktionstechnikern. Offenbar hatte niemand daran gedacht, das zu überprüfen. Keeler und die Techniker gingen zur anderen Seite des Brückenpfeilers und untersuchten den Fuß der Bahntrasse bis zum Missouri-Ende des nächsten Brückenabschnittes. Carolyn Lang kam, das Protokollbuch an sich gedrückt, zu ihnen und erkundigte sich nach dem Stand der Dinge. Als Hush es ihr erklären wollte, brüllte jemand »Neeeiiin!«. Dann blitzte es, und im nächsten Moment ließ ein Donnern die Bahntrasse erbeben. Sie wurden zurückgeschleudert.

Hush glaubte, Carolyn schreien zu hören, während eine grauschwarze Rauchwolke sie einhüllte und anschließend hinter dem Brückenpfeiler flußabwärts von der Brücke wehte. Als sich der Qualm lichtete, starrte Carolyn auf ihre Windjacke, zwischen deren Reißverschluß ein roter Fleck erblühte. Dann ließ sie ihr Handy und das Protokollbuch fallen und tastete hektisch nach den Knöpfen ihrer Bluse. Bevor Hush reagieren konnte, riß sie diese auf und fingerte in der

Bluse herum. Sie zog ein blutiges Metallstück hervor und schleuderte es fluchend von sich, als sei es heiß. Hush sah eine kleine, blutige Furche zwischen ihren Brüsten, bevor sie sich wieder bedeckte.

»Verdammt! Das hat gebrannt!« sagte sie zum erstaunten Hush. Er bückte sich und hob erst das Metallstück zwischen ihren Füßen und dann ihr Protokollbuch auf. Das Handy konnte er nirgendwo sehen. Als er sich aufrichtete, stellten sie beide fest, das etwas durch das dicke Protokollbuch hindurchgeschlagen war. Beim Anblick des gezackten Loches wurde Carolyn bleich. Hush ergriff ihren Arm und schob sie sanft zurück zum Brückenpfeiler.

»Setzen Sie sich«, wies er sie an. Er holte sein Taschentuch hervor und drückte es auf die Furche zwischen ihren Brüsten, dann legte er ihre rechte Hand darauf, damit sie es festhielt. »Neigen Sie den Kopf«, sagte er. »Noch ein Stück. So, zwischen Ihre Knie. Alles in Ordnung. Sie hatten verdammt viel Glück! Jetzt tief atmen. Langsam.«

Hush ließ sie an den Beton des Pfeilers gelehnt sitzen, eilte auf Keeler zu, der in etwa sieben Metern Entfernung auf der Trasse stand. Ihre stromaufwärts weisende Seite war an der Verbindungsstelle mit dem Stützsims des Brückenpfeilers deutlich abgesackt. Hush stoppte abrupt. Dort war ein großes Loch in der Plattform der Trasse, daneben konnte er die blutigen Überreste des jungen Offiziers der Army ausmachen. Sein Torso war buchstäblich verschwunden. Der Techniker des Distriktes, der auf der anderen Schiene gewesen und teilweise von der Schutzwand des Laufstegs geschützt worden war, lag rücklings über den Gleisen und bemühte sich, nicht durch die Schwellen in die Tiefe zu stürzen. Als er sich auf festen Boden der Brücke gezogen hatte, hielt er sich mit beiden Händen den Kopf. Blut strömte aus mehreren Schnitten in der Kopfhaut über seine Stirn.

Powers, der bei der Detonation vom Brückenpfeiler abgeschirmt gewesen war, sprach bereits in sein Funkgerät, als Keeler sich vorsichtig zu dem nach Osten führenden Gleis schob und dann zum Brückenpfeiler zurückkletterte. Sein Gesicht war aschfahl. Hush, der sah, daß niemand mehr dem Army-Offizier helfen konnte, machte kehrt, um sich um Carolyn Lang zu kümmern. Sie saß immer noch an den Brückenpfeiler gelehnt und preßte das Taschentuch auf ihre Wunde. Hush entschied, bei ihr zu bleiben, denn dies war nicht der Moment, in dem sie den Anblick der Leiche des Technikers der Army verkraften konnte. Trotz des starken Windes hing der Geruch von Sprengstoff in der Luft, vermischt mit dem Übelkeit erregenden Gestank von verbranntem Fleisch. Hush kniete sich neben Carolyn und ergriff ihre freie Hand. Ihr Gesicht war nach wie vor weiß, aber sein Ausdruck wurde klarer.

»Chi-ristus, welch ein Krach, wie der Papagei plapperte«, sagte sie und schaute auf das blutgetränkte Taschentuch. »Was, zum Teufel, war das?«

»Sieht aus, als hätten die Verbrecher eine versteckte Bombe zurückgelassen«, sagte Hush. »Powers hat den Notarzt bestellt. Danken Sie Gott für das Protokollbuch.«

»Amen«, sagte Carolyn und schaute wieder auf das Tachentuch.

Ihr Versuch, es leichtzunehmen, klappte nicht ganz. Sie wirkte wie unter Schock. Hush beschloß, ihr noch nichts von der Leiche des Offiziers zu erzählen. Einen Moment später kam Powers um den Brückenpfeiler, sah Carolyn Lang und rannte zu ihnen. Der unverletzte Techniker der Bahngesellschaft hatte einen Blick auf die blutigen Überreste des Offiziers geworfen und sich übergeben. Dann riß er sich zusammen und eilte Keeler zu Hilfe; zog sein Jackett aus und nutzte Streifen seines Hemdes, um den Kopf des Verletzten zu verbinden. Powers, der einzige von ihnen auf der Brücke mit einem Funkgerät, hatte Carolyn Langs Verletzung bereits gemeldet und sah jetzt, wie sie das blutige Taschentuch auf ihren Oberkörper drückte.

»Ist es schlimm?« fragte Powers und schaute auf Carolyns blutbefleckte Bluse.

»Ich glaube, sie hat unwahrscheinliches Glück gehabt«, sagte Hush. »Dies hier hat sie getroffen, aber es durchschlug zuerst das Protokollbuch.« Er überreichte Powers das blutige Metallstückchen, der es betrachtete, dann einen Gummihandschuh aus der Tasche zog und es darin verstaute.

»Was ist passiert?« fragte Hush.

Powers zuckte mit den Schultern. »Wir suchten nach irgend etwas Ungewöhnlichem. Nach irgendwelchen Anzeichen auf Beschädigungen auf der anderen Seite. Ich hörte Keeler irgendwas schreien und dann – Bumm! Haben Sie den Army-Jungen gesehen?«

»Ja, gottverdammt.« Das gelbe Warnlicht eines weiteren Wartungswagens näherte sich über das Zufahrtsgleis vom Rangierbahnhof. Morgan Keeler kam durch die Öffnung der Trasse. Sein Gesicht war immer noch bleich, und er rieb sich mit der linken Hand übers Kinn. Bei Carolyn Langs Anblick blieb er abrupt stehen und wandte sich dann an Powers.

»Captain Powers, wenn Sie Kontakt mit dem Wartungswagen aufnehmen können, dann stoppen Sie ihn, bevor er auf diesen Brückenbogen fährt. Das ganze Segment kann einstürzen.«

Powers sprach in sein Funkgerät, während Hush sich wieder neben Carolyn kniete.

»Alles in Ordnung?« fragte er. Sie nickte. Sie zog das blutige Taschentuch fort, und beide betrachteten die Verletzung. Hush bemühte sich, nicht auf die Wölbung ihrer Brüste zu beiden Seiten der blutigen Furche zu starren.

»Das Metall hat die Haut aufgerissen, das ist alles. Mehr ein Brennen als Schmerzen.« Carolyn schloß die Bluse. »Ist sonst jemand verletzt?« fragte sie.

Diesmal sagte Hush ihr, daß der Offizier der Army tot war. Sie schluckte hart, als sie es hörte, und zog ihre Windjacke fester um sich. Ihre Hände zitterten. Sie war gerade noch einmal davongekommen, und sie wußte es. Keeler starrte erneut durch die Öffnung der Trasse, seine Miene wirkte betroffen. Hush versuchte, den schrecklichen Anblick der Leiche des jungen Offiziers zu vergessen. Sie konnten sehen, wie der Wartungswagen am Anfang des nächsten Brückenbogens stoppte. Zwei Staatspolizisten mit Erste-Hilfe-Kästen stiegen aus und eilten über den Laufsteg auf der nach Osten führenden Seite. Powers ging ihnen entgegen.

Hush empfand Übelkeit. Ich habe zu lange Schreibtischarbeit erledigt, dachte er. »Was bedeutet dies für die Brücke?«

»Ich befürchte, im wesentlichen das gleiche wie für die bei Thebes«, sagte Keeler. »Die Bahngesellschaft kann keine große Reparaturausrüstung neben diesen mittleren Bogen anbringen, jedenfalls nicht auf dieser Seite. Zuerst muß das Mittelstück instand gesetzt werden, dann dieser Teil. Plastikbombe, nehme ich an. Diese Brücke wird für lange Zeit unbefahrbar sein.«

»Ich hörte, die Merchants Bridge ist ebenfalls außer Betrieb«, sagte Hush. »Die Täter sind keine Amateure, nicht wahr?«

Keeler nickte bestätigend, sagte jedoch nichts. Carolyn Lang stand auf. Unter der Bluse hielt sie immer noch das Taschentuch auf ihre Wunde. Einer der Staatspolizisten näherte sich. Er trug weiße Gummihandschuhe und brachte Carolyn Lang einen großen Gazeverband. Powers folgte ihm dicht auf.

»Der andere Verletzte hat Schnittverletzungen, aber wir

bezweifeln, daß sie lebensgefährlich sind«, sagte Powers. »Ich habe dem Rangierbahnhof auf der Illinois-Seite und dem Kontrollzentrum über Funk Bescheid gegeben. Meine Leute schicken unser Bombenräumkommando und untersuchen die ganze Brücke. Oh, und Mr. Herlihy ist informiert worden.«

»Danke«, sagte Hush. »Mr. Keeler meint, es sei eine Plastikbombe gewesen.«

»Ich dachte zuerst an eine Granate mit Zünder, der auf Erschütterungen reagiert. Aber dies ist eine schwere Stahlkonstruktion. Und was bei der Leiche dieses Mannes angerichtet wurde … zuviel für eine Granate.«

Carolyn Lang zog den Reißverschluß ihrer FBI-Windjacke über dem Gazeverband zu, und die Staatspolizisten entfernten sich, um eine Leichendecke über den toten Offizier zu legen. »Okay«, sagte Hush, »Wir gehen jetzt runter. Die Medien werden dies ausschlachten, ich muß Agent Lang in ein Krankenhaus bringen lassen, und dann sollten wir uns in Washington melden.«

»In erster Linie sollten Sie diese Hurensöhne finden«, sagte Keeler eindringlich. »Diese Brücken sind unersetzlich.«

Keeler nimmt die Anschläge persönlich, dachte Hush. Er entdeckte Carolyn Langs Handy und hob es auf. Dann ergriff er sie am Arm. »Das ist uns klar, Mr. Keeler. Glauben Sie mir, wir arbeiten daran.«

Hush war dankbar dafür, daß die Leiche zugedeckt war, als er Carolyn an dem klaffenden Loch in der Trasse vorbei vorsichtig zu dem nach Osten führenden Gleis des nächsten Brückenbogens führte. Die Staatspolizisten waren noch bei dem verletzten Techniker. Ein anderer Wartungswagen mit mehr Personal kam die Schienen herauf. Nachdem die Leute ausgestiegen waren, beschlagnahmte Hush den Wagen für eine Fahrt hinunter zum Rangierbahnhof, wo Herlihy mit ein paar FBI-Fahrzeugen wartete. Eine Gruppe von Eisenbahnern und weitere Staatspolizisten standen unten an der Brücke. Die Medienvertreter werden bald eintreffen, dachte Hush.

»Was ist da oben passiert?« fragte Herlihy und schielte auf Carolyns weißes Gesicht und ihre blutigen Hände.

»Eine zurückgelassene versteckte Bombe. Dieser Brückeninspekteur, Keeler, und ein Offizier der Army untersuchten gerade den nächsten Brückenabschnitt auf eventuelle Beschädigungen. Dabei trat letzterer offenbar auf einen Stolperdraht, der die Explosion auslöste. Sie zerriß ihn und blies ihn zu den Trägern des nächsten Brückenabschnittes. Keeler sagt, die Brücke fällt für lange Zeit aus. Agent Lang wurde von einem Schrapnell getroffen, aber die Verletzung scheint oberflächlich zu sein. Kann einer Ihrer Leute sie in ein Hospital bringen?«

»Selbstverständlich«, sagte Herlihy, und sein Blick verriet Unbehagen, als er zu Carolyn sah. Er rief einen Agenten, und Carolyn fuhr mit ihm. Hush rief ihr nach, daß er sie im Krankenhaus treffen würde.

»Ist mit ihr alles in Ordnung?« fragte Herlihy.

»Interessiert Sie das wirklich?« entgegnete Hush.

Herlihys Gesicht lief rot an. »Mensch, gottverdammt, hier draußen war sie zwar ein Stachel in meinem Arsch, aber sie ist immer noch eine Agentin. Ja, es interessiert mich.«

»Verzeihung«, sagte Hush. »Aber sie hacken seit der Sache bei Thebes auf ihr herum. Sie stellt keine Bedrohung für Sie dar, wissen Sie.«

Herlihy blickte ihn sardonisch an. »Meinen Sie tatsächlich, ich hätte mich von Carolyn Lang *bedroht* gefühlt?«

»Ich weiß nicht, was Sie *gefühlt* haben«, erwiderte Hush ruhig. »Ich weiß nur, wie Sie sich aufgeführt haben.«

Herlihy schüttelte den Kopf. »Hush«, sagte er, »für einen AD sind Sie ein bißchen naiv. Nicht ich bin derjenige, der von Carolyn Lang bedroht ist. Warten Sie mal ab. Sie lauert nur auf den rechten Moment, und dann – rumms! Pearl Harbor. Sie werden es erleben.«

»Ich habe keine Zeit für diesen Scheiß, Joe. *Wir* haben keine Zeit dafür.«

Herlihy atmete tief aus. »Okay. Aber sagen Sie nicht, ich hätte Sie nicht gewarnt. Hat schon jemand in Washington angerufen?«

»Ich bin im Begriff dazu«, erwiderte Hush. Er führte Herlihy von der Menschentraube fort. »Diese Sache gerät außer Kontrolle, und wir treten auf der Stelle.«

»Das sehen Sie richtig. Die Staatscops sind Dilettanten. Und raten Sie mal, was als nächstes kommt.« Herlihy wies stromaufwärts. Der Van eines TV-Nachrichtensenders parkte an einem Ende der I-55-Autobahnbrücke. Ein anderer näherte sich ihnen bereits. Herlihy befahl seinen Leuten, die Fernseh-Typen auf beiden Seiten von den Rangierbahnhöfen fernzuhalten. Dann holte er eine große Zigarre hervor und zündete sie in einer Qualmwolke an. Hush, Nichtraucher, inhalierte etwas Rauch, um den Geruch des Todes auf der Brücke aus seiner Nase zu vertreiben. Sie schlenderten auf Herlihys Wagen zu.

»Haben uns die Eisenbahner irgendeine Spur anzubieten?« fragte Hush.

»Hölle, nein. Sie sind alle so besorgt, wie sich der Ausfall der Brücke auf ihre ›Wettbewerbsfähigkeit‹ auswirken wird. Das ist anscheinend das Wort des Tages. Sie halten sich hauptsächlich bedeckt. Meine Assistenten sagen, sie hätten als erstes ihre Anwälte eingeschaltet, als sie vom Tod des Army-Offiziers erfahren haben.«

»Sie waren auch bei der ersten Konferenz der Einsatzgruppe nicht sehr mitteilsam«, sagte Hush. »Wollten keinen Repräsentanten schicken, weil es ihre Haftpflicht-Position gefährden könnte. Solcherlei Zeug.«

»Fahren wir in mein Büro«, sagte Herlihy. »Sie können dort Ihre Telefonate erledigen. Dann schauen Sie nach Rasiermesser – äh – Senior Agent Lang.« Er schwieg kurz. »Eine versteckte Bombe.« Um seinen Mund zuckte es.

Hush starrte ihn nur an.

»Okay, okay«, lenkte Herlihy ein. »Ich werde nett sein. Versprochen. Ich werde sogar fahren.«

Major Matthews aß daheim zu Mittag, als Carl Hill anrief.

»Wir haben den Durchführungsbefehl von Washington erhalten«, sagte Hill. »Beginn der Zusammensetzung des Zuges für die Route heute nachmittag. Eine Prüfung der Ladung am Montag. Der Transport ist für nächsten Dienstag geplant.«

»Kapiert«, sagte Matthews. Es folgte Stille in der Leitung.

»Tom, ich muß dich etwas fragen«, sagte Hill dann.

In Matthews stieg Besorgnis auf. Hill war äußerst beschäftigt gewesen, die Befehle zur Änderung der Route zu befolgen und die Ausarbeitung der Zusammensetzung des Zuges zu beaufsichtigen. Matthews hatte noch keine Gelegenheit gehabt, sein Versprechen Mehle gegenüber einzulösen und ihn zu informieren. Er hatte auch gezögert, weil er derjenige gewesen war, dem Mehle gedroht hatte, nicht Hill.

»Ja, Carl?«

»Was ist mit diesem Mehle los? Plötzlich mache ich Berichte für ihn, anstatt für Colonel Anderson. Von den Sicherheitstypen in Gebäude 9 erfahre ich, daß ich nicht auf der Liste der Leute stehe, die gegenwärtig Zugang haben. Sie behaupten, du stehst darauf. Ich bin verdammt noch mal der Leiter des Projektes Zug 2713! Was, um Himmels willen, geht hier vor?«

»Gebäude 9?« sagte Matthews und versuchte, Zeit zu gewinnen. Dieser Idiot Mehle, dachte er. Matthews' Frau, die sich ebenfalls im Zimmer aufhielt, tat so, als höre sie nicht mit. »Carl, ich glaube, wir müssen miteinander reden.«

»Nun, was in Gebäude 9 vorgeht, ist kein verdammtes Geheimnis für mich. Dorthin bringen sie ihre Problemkinder zum Verladen. Aber sie können mir nicht den Zutritt verwehren.«

»Wo bist du jetzt?«

»In der Einsatzabteilung.«

»Ich komme gleich rüber. Wir treffen uns davor. Und sprich mit keinem sonst.«

20 Minuten später standen sie nebeneinander bei Matthews' Wagen. Hill trat einen Kiesel mit der Stiefelspitze fort, während Matthews erzählte, was in Andersons Büro geschehen war.

»Mehle ist also tatsächlich Mitglied des Nationalen Sicherheitsrates«, schloß Matthews.

»Große Sache«, meinte Hill. »Das heißt nicht, daß er kein Irrer ist. Besonders in dieser Administration. Und wo ist Colonel Anderson? Seit gestern hat ihn keiner mehr gesehen.«

»Mehle sagte, er sei auf vorübergehender Verwendung in Washington. Sieh mal, dieser Mehle hat verdammt gute Beziehungen. Er setzt immer noch das CERT und all diese MPs draußen auf dem Flugplatz ein, und niemand von Fort McClellan hat protestiert. Wir müssen bei diesem Kerl wirklich vorsichtig sein.«

»Nun, weißt du was?« sagte Hill. »Mir gefällt das nicht. Es stinkt mir, heimlich die Fahrtroute zu ändern, es stinkt mir, beschädigte Kernwaffen durch Memphis zu transportieren, und es kotzt mich an, wenn irgendein Würstchen aus Washington hier aufkreuzt und sich wichtig macht.«

Matthews hatte dies befürchtet. »Sieh das doch nicht so dramatisch, Carl«, sagte er. »Sie liefern Spezialbehälter für diese Waffen, und deine beiden gepanzerten Waggons sorgen für noch mehr Sicherheit. Washington hat vermutlich noch mehr Angst vor einem Zwischenfall als du.«

»Das kommt darauf an, wer genau in Washington diesen Scheiß genehmigt«, sagte Hill und trat mit der Stiefelspitze gegen den Bordstein.

In Herlihys Büro im Abrams Federal Office Building verbrachten Hush und der SAC eine Dreiviertelstunde am Telefon, um Tyler Redford in Washington die ersten Erkenntnisse bei der Ermittlung im Fall des Bombenattentates auf die MacArthur Bridge und den zweiten Bombenzwischenfall zu übermitteln. Hush wies Redford an, mit den entsprechenden Leuten bei der Transportbehörde Kontakt aufzunehmen und die Genehmigung für allgemeinen Sicherheitsalarm auf den restlichen Mississippi-Eisenbahnbrücken nördlich und südlich von St. Louis einzuholen, um die Nationalgarde einschalten zu können. Redford bestätigte, daß die Eisenbahngesellschaften, angeblich aus Geschäftsinteressen, keine Auskünfte über die geschätzten Auswirkungen des Verlustes zweier Brücken geben wollten. Außerdem dürften sie von einem Einsatz von Bundesbeamten nicht sonderlich begeistert sein, denn für das Eisenbahnnetz war ausschließlich die Bahnpolizei zuständig, und sie wollten keine Präzedenzfälle schaffen. Hush stöhnte laut; eine Bande verrückter Bomber schnitt den Bahngesellschaften die Lebensader ab, und sie wollten das Problem mit Anwälten lösen.

Redford sagte ihnen, die brennende Frage in Washington sei natürlich, was das FBI tat, außer Konferenzen der Einsatzgruppe abzuhalten. Herlihy legte los, daß die Staatspolizei ihre eigenen Datenbanken nach Einzelpersonen und Terroristengruppen durchforste, die zu dem Täterprofil eines Bombers passen konnten, aber bis jetzt sei die Suche erfolglos gewesen. Die ernsthaften militanten Banden agierten allesamt erheblich weiter westlich von Missouri. Redford erinnerte daran, wie schnell das nationale Medieninteresse wachse und das Aufsichtskomitee des Kongresses dem FBI-Direktor einige gezielte Fragen stellen würde. Einige Experten von Fernsehsendern sagten bereits eine wirtschaftliche Katastrophe voraus, sollten dem Eisenbahnnetz weitere Hammerschläge wie diese beiden zugefügt werden, und so weiter.

Redford hatte auch einige statistische Zahlen von der Transportbehörde erhalten. Die MacArthur Bridge wurde rund um die Uhr von durchschnittlich elf schweren Zügen pro Stunde befahren, in beiden Richtungen. Ein Zug mit 100 Waggons transportierte beinahe 8000 Tonnen. Wenn man eine Auslastung von 50 Prozent zugrunde legte, galt es demnach fast eine Millionen *Tonnen* Transkontinental-Fracht pro Tag auf Brücken umzuleiten, deren Kapazität erschöpft war, und in einigen Fällen weniger frequentierte regionale Bahnnetze zu nutzen.

Hush nahm all dies zur Kenntnis und schloß mit der nachdrücklichen Empfehlung, als erstes die noch betriebsbereiten Brücken zu sichern. Bahnpolizei, Staatspolizei, Bundespolizei – die Einsatzgruppe könnte selbst entscheiden, aber ein völlig unbeschränkter Zugang zu den Brücken müsse ab sofort verhindert werden.

»Wollen Sie damit sagen, die Eisenbahngesellschaften haben *keine* Sicherheitsvorkehrungen?« fragte Redford.

»Sie ließen einen Mann über anderthalb Kilometer Brücke patrouillieren, in der Dunkelheit und bei Regen, und er wird im Augenblick vermißt. Es gibt keine Absperrungen, die den Zugang erschweren, weder zu den Rangierbahnhöfen noch zu den Brücken, nur einen unbewachten Maschendrahtzaun. Die Brücke bei Thebes liegt mitten im Niemandsland. Die Täter hätten mit einem Lieferwagen auf die Brücke fahren können, und niemand hätte sie gesehen. Deshalb müssen die Brücken dringend gesichert werden.«

»Verstanden, Boß«, sagte Redford. »Ich werde das sofort in die Wege leiten.«

»Gut, und wenn die großen Gesellschaften nicht kooperieren wollen, dann soll die Transportbehörde aufhören, sie zu bitten und ihnen das *vorschreiben*. Ich nehme an, die Regierung kann sie jederzeit verstaatlichen, oder zumindest die Brücken.«

Redford brauchte einen Moment, um diese Worte zu verarbeiten, und Hush erkannte, daß seine Anweisung vielleicht ein bißchen zu extrem gewesen war. Sie beendeten das Gespräch, und Herlihy orderte Kaffee. Eine der Sekretärinnen steckte den Kopf ins Büro und teilte ihnen mit, daß das Lokalfernsehen Aufnahmen der Brückenexplosionen in den Mittagsnachrichten zeige. Herlihy stöhnte auf und schaltete seinen Fernseher im Büro ein. Captain Powers wurde von einer atemlosen schönen Blondine interviewt, die sich abmühte, im Wind, der durch die Rangierbahnhöfe blies, ihre Frisur in Ordnung zu halten. Powers gab sich professionell abwiegelnd, ohne sich zuviel entlocken zu lassen: Ja, dies war der zweite Anschlag auf eine Eisenbahnbrücke in einer Woche. Ja, es hatte heute morgen eine zweite Bombenexplosion auf der Brücke gegeben; eine Person war dabei ums Leben gekommen; der Name dürfte erst nach der Benachrichtigung der nächsten Angehörigen bekanntgegeben werden. Zwei Verletzte, keine weiteren Einzelheiten. Die Auswirkungen auf das nationale Eisenbahnnetz? Stimmte es, daß sich Frachttransporte bereits verzögerten? Beides könnten nur die Eisenbahngesellschaften beurteilen. War das FBI in die Nachforschungen einbezogen? Ja. Hatte es irgendeine Vorstellung, wer für diese Anschläge verantwortlich war? Die ermittelnden Behörden verfolgten mehrere Spuren. Gab es volle Zusammenarbeit zwischen der Missouri Highway Patrol und den Bundesbehörden? Ja. Glaubte das FBI an das Werk von Terroristen? Diese Frage habe das FBI selbst zu beantworten. Powers erklärte, daß er Termine habe und das Interview beenden müsse.

Während Hush zuschaute, ertappte er sich dabei, daß er an Carolyn Lang dachte. Sie hatte an diesem Morgen auf der Brücke einen ziemlich üblen Schock erlitten. Wenn das Protokollbuch nicht gewesen wäre, hätte das Metallstück sie mitten ins Herz getroffen. Auch Herlihys Bemerkung, daß Carolyn Lang eine Art Bedrohung für ihn, Hush, darstellte, beschäftigte ihn. Wußte Seine Herrlichkeit von den Palastspielen des Direktors? Trotz all des Geredes über Carolyn Lang hatte Hush nur völlig professionelles Verhalten von ihr erlebt. Es wurde ihm klar, daß er das Büro verlassen und nach ihr sehen wollte.

»Nicht schlecht«, sagte Herlihy und schaltete den Fernseher aus. »Er hat nichts preisgegeben, was jemandem, der die Berichte über die andere Brücke verfolgt hat, unbekannt war.«

»Powers ist in Ordnung, finde ich. Wir haben uns nach unserer Auseinandersetzung auf der Brücke zusammengerauft, haben gemeinsam zu Abend gegessen und etwas getrunken. Meine Zusicherung, daß wir den Staatscops soviel Ruhm überlassen, wie sie für politische Zwecke brauchen, hat ihn anscheinend beruhigt.«

»Sie wissen, wie das läuft«, sagte Herlihy. »Obwohl im Augenblick nicht viel Ruhm zu erwarten ist. Wer, zum Teufel, steckt hinter diesen Anschlägen?«

Hush konnte nur die Achseln zucken. »Ich werde Agent Lang besuchen«, sagte er und erhob sich.

Herlihy wollte etwas sagen, besann sich jedoch anders und setzte eine betont unschuldige Miene auf.

»Was?« fragte Hush.

Herlihy bat ihn, die Bürotür zu schließen. »Würden Sie das auch tun, wenn sie ein Er wäre?« fragte er.

»Ja, das würde ich tun. Um Himmels willen, Joe. Sie arbeitet für mich. Sie wurde im Dienst verletzt. Nur weil Sie einen Horror vor weiblichen Agenten haben, heißt das nicht, daß auch ich ihnen gegenüber beruflich gleichgültig sein muß.«

Herlihy blickte ihn belustigt an. »Spricht da ein AD oder ein normales Arschloch zum anderen, Hush?«

Hush winkte ab. »Ich sage nur, wenn ein Chef Probleme mit der Vorstellung hat, daß Frauen genauso gute Agenten sein können wie Männer, dann färbt das auf seine Untergebenen ab, und sie entwickeln ebenfalls Vorurteile. Ich glaube, genau das ist hier draußen passiert.«

»Blödsinn«, sagte Herlihy sofort. »Ich hatte Frauen in diesem Büro, seit ich SAC bin, und keine davon ist auf die Barrikaden gegangen. Jedenfalls nicht, bis *sie* auftauchte. Sie sind zu lange von der Front fort, Hush. Sie waren niemals SAC und wissen nicht, wie es ist, wenn ein explosives Weib wie die Lang auftaucht und irgendwelchen Scheiß anfängt. Sie war wie ein Virus, das die gesamte verdammte Organisation infiziert hat.«

Hush gab im Geiste zu, daß Herlihys Vorwurf berechtigt war. Er hatte nie die Leitung eines Außenbüros gehabt. Außerdem mußte er vorsichtig sein: Herlihy und der gegenwärtige FBI-Direktor waren, wie so viele SACs, alte Freunde, weshalb man Carolyn Lang versetzt haben dürfte und Herlihy bei dem Problem unbefleckt geblieben war.

»Hinzu kommt, daß der Junge, der hier bis zum ASAC aufgestiegen war, Hank McDougal, der Mann, den ich eines

Tages zu meinem Nachfolger machen wollte, in den vorzeitigen Ruhestand ging. Ihretwegen. Denken Sie darüber nach.«

»Was heißt das genau?« fragte Hush.

»Das heißt, daß sie Leichen auf ihrem Weg zurückläßt.«

»Ich bezweifle, daß sie und ich Konkurrenten sind, Joe«, sagte Hush, doch gleich darauf fiel ihm ein, daß sie das in gewissem Sinne doch waren.

»Ja, aber Sie sind alleinstehend, nicht wahr?« erwiderte Herlihy. »Und sie ist verdammt sicher Single. Ich persönlich begreife zwar nicht, daß sich irgendein Mann für eine wie Carolyn Lang jemals erwärmen kann, aber Sie sollten besser auf Ihren Arsch achten. Die Leute werfen einen Blick auf sie, und dann beginnt das Gerede. So fängt der Scheiß an, Hush.«

Hush hob die Hände in einer Geste der Kapitulation. »Ich habe verstanden. Aber ich werde sie trotzdem besuchen. Wie geht es unterdessen bei uns weiter, Joe? Unsere Jungs vom Nachrichtendienst haben nichts vorzuweisen. Nicht einmal die üblichen Irren bekennen sich als Täter, und jetzt verschanzen sich die Bahngesellschaften hinter ihren Anwälten.«

Herlihy ließ sich in seinen übergroßen Schreibtischsessel sinken. Der direkte Zugang zum Konferenzraum ließ sein ohnehin großes Büro noch größer wirken. Jenseits der geschlossenen Tür befand sich der Haupt-Bürobereich, wo die Agenten der FBI-Außenstelle St. Louis an Schreibtischen arbeiteten und Telefonate entgegennahmen. Bevor Herlihy eine Antwort geben konnte, klingelte sein Telefon. Er hob ab, lauschte einen Augenblick und legte wieder auf.

»Das Problem ist gelöst. Lang ist wieder im Gebäude. Brauchen Sie ein Büro? Ich kann eines räumen lassen.«

Hush erkannte, daß Carolyn Langs Rückkehr peinlich sein würde, sowohl für Herlihy und seine Leute als auch für sie selbst. Die Tatsache, daß sie einen AD an ihrer Seite hatte, half nicht viel. Hush verneinte. »Man wird mich sehr bald in Washington zurückhaben wollen. Ich möchte raus zu den Rangierbahnhöfen, mit einigen Leuten sprechen und mir die Örtlichkeiten noch einmal anschauen. Wir bleiben Ihnen vom Leib. Wenn Sie mir einen Wagen besorgen können ...«

Herlihy bot ihm auch einen Fahrer an, aber Hush wollte eine Weile unabhängig operieren. Er ging hinaus, um Carolyn Lang im Empfangsbüro zu treffen, während Herlihy telefonierte. Carolyn hatte sich umgezogen, doch sie wirkte immer noch mitgenommen. Im V-Ausschnitt ihrer Bluse war ein Verband zu sehen. Als sie ins Freie traten, wartete ein Agent am Straßenrand. Er übergab Carolyn Lang die Schlüssel zu einem Ford Crown Vic, nickte Hush zu und kehrte ins Gebäude zurück.

Lang schlenderte zum Wagen, dem neuesten Modell, und öffnete die rechte hintere Tür. Hush lächelte sie an und setzte sich auf den Beifahrersitz. »Ich bin zu groß, um auf die Rückbank irgendeines Wagens zu passen«, sagte er.

Carolyn sagte nichts, schloß die hintere Tür, ging um den Ford herum und stieg ein.

»Sind Sie fahrtüchtig?« fragte er, während sie sich in den Verkehr einfädelte.

»Es ist eine oberflächliche Verletzung. Ich denke, ich habe mich hauptsächlich erschreckt. Besonders, als mir klar wurde ...«

»Ja, ich glaube, das ist absolut richtig. Möchten Sie zu Mittag essen?«

»Das tue ich nicht häufig. Aber wenn Sie ...«

»Nun, ich dachte, Sie können vielleicht einen guten Scotch gebrauchen. Und etwas zu essen, wenn auch nur der Form halber – es ist schließlich hellichter Tag.«

Sie schaute ihn an, und zum zweiten Mal glaubte er, eine Spur von Wärme bei ihr in ihren Augen zu sehen.

»Einen Scotch. Am hellichten Tag.«

»Ja. Vielleicht sogar einen doppelten.«

»Klingt wunderbar. Aber dann werden Sie fahren müssen, Mr. Hanson.«

»Das müßte ich schaffen«, sagte er.

Sie aßen in einem Restaurant auf dem Steilufer nördlich der Flußboot-Kasinos zu Mittag und tranken den Scotch, den Carolyn dringend benötigte. Beim Kaffee berichtete sie ihm von ihrem Gespräch mit dem Agenten, der sie zum Krankenhaus gefahren hatte. Die Ermittlung von Herlihys Team in den Rangierbahnhöfen hatte den völligen Mangel an Sicherheitsvorkehrungen für die Brücke bestätigt.

»Im Sinne von scharfen Maßnahmen oder welchen zur Verhinderung des Zugangs, sagen wir mal angesichts einer entschlossenen Terroristengruppe?«

Es gibt zwar Video-Kameras auf den Rangierbahnhöfen, aber die sind auf Züge konzentriert, nicht auf Eindringlinge. Sie werden im Kontrollgebäude des Distriktes überwacht. Diese Rangierbahnhöfe, die Brücken und vermutlich sogar einige der rollenden Warenlager sind weit offen für einen, der sich auskennt.«

Hush schaute sie mißtrauisch an. »*Einen*?«

Carolyn erwiderte seinen Blick und nickte langsam. »Was ist, wenn es sich um keine Tätergruppe, sondern um eine Einzelperson handelt?«

Er überlegte. »Weiter. Basierend worauf?«

Sie furchte die Stirn. »Sie meinen Beweise? Fakten? Ich habe keine. Aber als ich oben auf dieser Brücke stand, bevor dieser arme Mann … nun, in Stücke zerfetzt wurde, dachte ich, daß auch ich Detacord an diesen Stahlseilen anbringen und eine Bombenfalle wie diese hätte legen können. Okay, ich wüßte nicht wirklich, wie ich es machen müßte, aber für eine Person mit Kenntnissen wäre es kein Problem. Alles. Und eine Person könnte leicht durch diese Rangierbahnhöfe und auf die Brücke gelangen. Vor allem bei Nacht.«

»Wohingegen eine ganze Gruppe von Leuten oder ihre Fahrzeuge gesehen werden könnten.«

»Genau. Besonders unauffällig ist er, wenn er die Kleidung der Arbeiter dort trägt.«

»Oder er war einer von ihnen«, sagte Hush. »Vielleicht ein Eisenbahner? Irgendein Angestellter mit Groll gegen seinen Brötchengeber?«

»Das könnte sein. Weder unser Nachrichtendienst noch die örtlichen Cops haben etwas über irgendeine bekannte Gruppe in Erfahrung gebracht. Wir sollten von einem Einzeltäter ausgehen.«

Hush überlegte. Alle hatten eine Tätergruppe verantwortlich gemacht. Vielleicht militante Regierungsgegner. Doch es waren die Eisenbahngesellschaften, denen man Schaden zugefügt hatte, nicht die Regierung.«

»Wir müssen zurück nach Washington«, sagte Hush. »Heute abend. Aber zuerst sollten wir uns mit diesem Brückeninspekteur, Keeler, unterhalten. Mal hören, was er von der Durchführbarkeit Ihrer Theorie hält.«

Carolyn blickte auf ihr leeres Glas und reichte die Autoschlüssel über den Tisch. Ihre Blicke trafen sich, und er sah ihr eine Sekunde länger in die Augen als nötig.

»Besser?« fragte er.

»Viel.« Sie schwieg kurz. »Ich hatte schreckliche Angst dort oben. Nicht während es geschah, sondern danach. Wenn das Protokollbuch nicht gewesen wäre …«

»Aber es war da«, sagte er. »Das läßt einen darüber nachdenken, was wichtig ist, nicht wahr? Suchen wir diesen Keeler.«

Sie riefen über das Autotelefon beim FBI-Außenbüro an, und dort recherierte man, daß sich Keeler in der Einsatzzentrale der Union Pacific im Verschiebebahnhof auf der East-St.-Louis-Seite aufhielt. Er nahm an einer Konferenz der Betriebsleitung zur Einschätzung der Folgen des Ausfalls der beiden Brücken teil. Als sie kurz nach 15 Uhr auf den Komplex des Verschiebebahnhofs fuhren, stellten sie fest, daß praktisch jedes Gleis voller Waggons war – und niemand ihnen den Zugang verweigerte.

»Sieht für mich wie der Anfang eines Staus im Schienennetz aus«, bemerkte Hush, als er den Wagen über den von Schlaglöchern übersäten Parkplatz zur fensterlosen Operationszentrale lenkte. Diese wirkte wie ein großes Blockhaus und verfügte über keine Sicherheitsstation. Es gab nicht einmal einen Empfang. Ein Bremser stand vor einer der Türen und bat sie zu warten, während er herausfinden wollte, wer für ein Gespräch verfügbar war. Der Mann kehrte zurück und forderte sie auf, ihm über die Treppe in den Hauptkontrollraum zu folgen. Sie wurden vom Leiter der Einsatzabteilung East St. Louis empfangen.

Vielfarbige Schienen-Diagramme, durch die sich langsam einige weiße und gelbe Lichtpunkte bewegten, bedeckten die fünf Meter hohen Wände des fensterlosen Raumes. Über einen Lautsprecher war der Funkverkehr des Schienennetzes zu hören, und acht Bediener arbeiteten an der Reihe von Konsolen in dessen Mitte, sprachen drängend in Mikrofone und ignorierten die Leute, die hinter ihnen standen. Die beiden hellroten Linien auf den Schautafeln symbolisierten die MacArthur und die Merchants Bridge. Zwei Männer in einer Ecke diskutierten heftig mit einem dritten Mann, der in jeder Hand einen Telefonhörer hielt.

Der Abteilungsleiter machte sie mit den anwesenden Eisenbahnern bekannt, bei denen es sich um Repräsentanten der Union Pacific, Illinois Central, Norfolk Southern, Burlington Northern Santa Fe, CSXT, Gateway Western und Conrail handelte. Morgan Keeler, ein Army-Colonel in Uniform und ein grimmig wirkender Zivilist von der Wasserschiffahrtsbehörde in Washington vertraten das Pionierkorps.

»Entschuldigen Sie die Störung, Gentlemen«, sagte Hush und stellte sich und Carolyn vor. »Wir sind hier, um mit Mr. Keeler zu sprechen, aber wir können gewiß warten, bis Sie fertig sind.«

Ein großer Mann mit rötlichem Teint und einem Abzeichen der Union Pacific antwortete Hush. »Mr. Hanson, wir sind jetzt am Ende der Fahnenstange, wenn Sie verstehen, was ich meine. Wir versuchen, 100 Pfund Zug in eine Ein-Pfund-Tüte zu stecken.«

Hush nickte. »Ich habe schrecklich viele Züge auf den Gleisen im Rangierbahnhof gesehen. Was ist ihr Ziel?«

»Eigentlich wären einige davon nach Thebes geschickt worden«, sagte der UP-Mann. »Da die dortige Brücke ausfällt, müssen wir Prioritäten setzen und entscheiden, welche über die Brücken nördlich von St. Louis fahren sollen.«

»Mit anderen Worten, es ist ein Schlamassel.«

Der Mann mit der rötlichen Gesichtsfarbe schnaubte. »Zur Zeit treffen ungefähr 650 Waggons hier ein. Pro Stunde. Bis wir einen Umleitungsplan ausarbeiten und anwenden können, sind die Prioritäten der UP nicht die gleichen wie die der anderen Gesellschaften. Es wird einen großen Gruppenfick geben. Verzeihen Sie, Ma'am.«

Hush füllte schnell die peinliche Stille aus, die folgte. »Das FBI ermittelt auf Hochtouren. Hier, bei Thebes und in Washington. Und wir haben ausgezeichnete Unterstützung von der staatlichen und örtlichen Polizei.«

»Was habe ich da von einer zweiten Bombe heute morgen dort oben gehört?« fragte ein Mann neben Keeler, was diesen offensichtlich ungeduldig machte. Er erklärte der Gruppe, was geschehen war und daß Agent Lang von einem Metallstück getroffen worden war. Äußerungen des Mitgefühls waren zu vernehmen.

»Haben Sie schon jemanden in Verdacht?« wollte ein anderer Mann wissen.

Hush zögerte. Die korrekte FBI-Antwort würde lauten, daß mehrere wesentliche Spuren verfolgt wurden, aber er entschied, diesen Leuten nichts vorzumachen.

»Ich möchte, daß es in diesem Raum bleibt, aber die ehrliche Antwort lautet nein. Wir haben einige winzige Beweisstücke von der Brücke bei Thebes, und ich nehme an, wir werden noch mehr Erkenntnisse von dieser Brücke gewinnen, aber im Augenblick bekennen sich keine Terroristengruppen zu der Tat, und unser Nachrichtendienst hat nichts herausgefunden; jedenfalls bei der ersten Suche. Wie ich schon sagte, wir arbeiten hart daran. Das ist für gewöhnlich das einzige, was bei der Polizeiarbeit zu Resultaten führt.«

»Gentlemen, das Pionierkorps braucht eine Antwort«, sagte Keeler vom Rand der Gruppe. »Wollen Sie, daß wir eine schwimmende Behelfsbrücke legen?«

»Der CSXT-Repräsentant mischte sich sofort ein. »Es sei denn, Sie sind darauf vorbereitet, sie 50 Prozent der Zeit zu öffnen. Wir haben bereits einen Stau der Frachtschiffahrt, und der wird noch viel schlimmer, sobald die Fahrrinne bei Thebes wieder geöffnet ist.«

Der sich anschließenden, hitzigen Diskussion konnte Hush entnehmen, daß die CSXT – im Gegensatz zu den anderen Eisenbahngesellschaften eine riesige Frachtflotte auf dem Mississippi betrieb. Keeler hob wie kapitulierend die Hände. Hush gab ihm ein Zeichen, ihm und Carolyn hinaus auf den Flur zu folgen. Dort erklärte er ihm Carolyn Langs Theorie und fragte ihn, Keeler, ob eine einzelne Person körperlich in der Lage sei, zu tun, was auf den Brücken getan worden war. Keeler mußte einen Moment darüber nachdenken.

»Ja«, sagte er schließlich. »Sie müßte allerdings verdammt viel über diese besonderen Brücken wissen, Dinge wie Verkehrsdichte, Konstruktion, Sicherheitssysteme.«

»Welche Sicherheitssysteme?« hakte Agent Lang nach.

Keeler blickte sie geringschätzig an. »Nun, ich nehme an, diesbezüglich haben Sie recht. Auf den Rangierbahnhöfen und den Linien gibt es zwar Patrouillen, aber die Brükken ...«

»Die Brücken sind weit offen«, sagte Hush. »Ich hoffe, all die Leute da drinnen haben sich mit diesem Problem befaßt.«

»Falls sie darüber gesprochen haben, ist es mir entgangen«, sagte Keeler, »Sie suchen alle nach Möglichkeiten, wie sie *ihre* Züge fahren lassen können, zum Teufel mit der Konkurrenz. Der UP-Typ hatte recht: Eisenbahngesellschaften sind es einfach nicht gewohnt, miteinander zu kooperieren. Technisch, auf der Ebene der Gleise und Rangierbahnhöfe, tun sie es von Zeit zu Zeit, aber stets in Zusammenhang mit Auslastungsquoten und Tarifstrukturen. Ansonsten genießen sie es, sich gegenseitig die Kehle durchzuschneiden.«

»Sie sind der ranghöchste Brückeningenieur der Regierung hier auf dem Fluß«, sagte Hush. »Wenn wir die Eisenbahngesellschaften zu schärferen Sicherheitsvorkehrungen zwingen oder vielleicht mit dem Einsatz der Nationalgarde drohen, wären Sie dann bereit, eine eilige Sicherheitsinspektion der verbliebenen Brücken durchzuführen? Festzustellen, ob weitere Bomben gelegt worden sind oder es Anzeichen darauf gibt, daß sich jemand an ihnen zu schaffen gemacht hat?«

»Gewiß«, sagte Keeler. »Ich hatte das ohnehin geplant, sobald jemand auf mich hört. Aber verwechseln Sie nicht *eilig* mit *schnell.*«

»Wie meinen Sie das?«

»Südlich von hier gibt es noch vier betriebsbereite Brücken: Memphis, Vicksburg, Baton Rouge und New Orleans. Mit Ausnahme von Vicksburg sind sie riesig, so groß wie die MacArthur oder noch größer. Ich schlage vor, Sie weisen die Besitzer, die Eisenbahngesellschaften, an, eine Sicherheitsüberprüfung durchführen zu lassen, und dann werde ich mit einer ausführlichen Inspektion folgen.«

»Einverstanden. Ich werde das morgen über die Einsatzgruppe in Washington in die Wege leiten.«

»Morgen ist Samstag«, sagte Keeler.

»Na und?« erwiderte Hush. »Wenn das, was ich da drinnen gehört habe, ein Indikator ist, dann werden wir uns vermutlich auch sonntags treffen müssen. Ich habe das Gefühl, daß es Probleme für das nationale Schienennetz geben wird.«

Keeler nickte. »Nicht geben wird – es gibt sie bereits. Und die Tatsache, daß die Eisenbahngesellschaften eine Zusammenarbeit sehr erschweren, macht alles nur noch schlimmer. Das liegt in der Natur dieser Bestien.«

»Kann die Army tatsächlich eine schwimmende Brücke über den Mississippi legen?« fragte Carolyn.

»Wenn sie eine Pontonbrücke über den Rhein verlegen und mit Panzerkolonnen überqueren kann, dann kann sie auch den Mississippi überbrücken«, sagte Keeler. »Es wäre allerdings keine leichte Aufgabe. Und das Problem mit den Lastkähnen verkompliziert die Dinge.« Er wandte sich an Hush. »Sie glauben also, ein Einzeltäter verübt diese Anschläge?«

»Wir können das nicht ausschließen«, sagte Hush. »In gewisser Hinsicht wünsche ich jedoch, wir könnten es.«

»Warum?«

»Eine einzelne Person finden, die an fast anderthalbtausend Kilometer Fluß operiert? Wir halten uns zwar gern für gut, Mr. Keeler, aber ich bin mir nicht sicher, ob wir *so* gut sind.«

Major Matthews befand sich in einem der Kontrollräume für Eisenbahnoperationen des Depots Anniston und beobachtete, wie der Rangiermeister und sein Team von drei Fahrdienstleitern die 78 speziell abgeänderten Eisenbahnwaggons auf dem Hauptgleis in Position brachten. Von außen ähnelte der Kontrollturm sehr dem Tower eines Flughafens: Stark getönte Scheiben auf vier Seiten gewährten ungehinderte Sicht auf den gesamten Rangierbahnhof; auf dem Dach war ein kleiner Wald von Antennen installiert. Die zehn Verladegebäude standen wie gesichtslose Wachtposten gleich jenseits des Schienenkomplexes. Die Belader hielten Funkkontakt mit den Kontrollräumen, den Bremsern und dem Stellwerk-Team im Rangierbahnhof. Rangierloks zogen die Waggonblocks aus den Verladegebäuden und »stießen« sie dann in die Züge, wo Bremser sie aneinanderkuppelten. Ein Dutzend Militärpolizisten aus dem nahen Fort McClellan patrouillierten auf dem Rangierbahnhof und überwachten die einzelnen Bewegungen. Bei all dieser Aktivität hätte niemand gedacht, daß es Samstag war.

Carl Hill betrat den Kontrollraum von der äußeren Treppe her. Er sprach kurz mit dem Rangiermeister und ging dann zu Matthews, der an einem der Fenster stand.

»Die Loks kommen«, sagte Hill und wies auf die Fenster hinter ihnen. Matthews wandte sich um. Das Hauptgleis war ein Gleis Tonnage-Gruppe 7 der Norfolk Southern Linie, die Atlanta mit Birmingham verband, führte nahe am Haupttor des Depots, jedoch außerhalb der Sicherheitszone vorbei. Der Rangierbahnhof endete in einer einzigen Spur neben den

Verladegebäuden. Matthews konnte drei große, aneinandergekuppelte Dieselloks sehen, die rückwärts über das Gleis zum ersten Sicherheits-Kontrollpunkt fuhren.

Hill sagte, daß es sich um sechsachsige Rangierloks mit 4000 PS handelte. Sie waren schwarz lackiert, trugen Seriennummern der U. S. Army und waren aufwendig mit Stahl gepanzert: schräg abfallende Ummantelungen, Platten über den Seitenfenstern und besonders geformte Verkleidungen, um die Räder zu schützen. Anstelle der kleinen Plattform an ihrem Ende war ein weiterer gepanzerter Führerstand für zwei Männer des Sicherheitspersonals eingebaut. Darin befanden sich auch eine Kammer für Automatikwaffen und eine militärische Kommunikationsanlage.

»Warum drei Loks?« fragte Matthews.

»Der Zug ist offiziell als ›schwer‹ klassifiziert. Das Gewicht der Waggons wird von 90 bis 120 Tonnen reichen, je nachdem welche Behälter sie transportieren.«

»Wie schnell kann das Ding fahren?« fragte Matthews. Seine Kenntnisse über Züge waren auf das beschränkt, was innerhalb des Depots vorging. Kommerzielle Eisenbahn-Operationen waren Hills Spezialgebiet, und als Leiter des Projektes Zug 2713 würde er diesen begleiten.

»Schwer zu sagen«, antwortete Hill. Die Loks hatten jetzt den ersten Kontrollpunkt passiert. Massive Stahltore schlossen sich an der äußeren Sicherheitszone. »Wir müssen die Route mit Durchschnittsgeschwindigkeiten kalkulieren«, fuhr Hill fort. »Verzögerungen berücksichtigen, Verkehrsstaus, Stopps auf Nebengleisen – die Liste ist schier endlos. Der durchschnittliche Güterzug in diesem Land besteht aus 69 Waggons, wiegt 2600 Tonnen ohne die Loks und fährt mit einer Durchschnittsgeschwindigkeit von 34,4 Stundenkilometern.«

»Das ist alles?«

»Das Schlüsselwort ist *Durchschnitt*. Auf ebener Strecke können diese drei Loks 2713 mit 110, 120 Stundenkilometern ziehen. Der wahre Grund für ihren Einsatz sind die großen Hügel im Westen.«

Die Loks fuhren jetzt rückwärts durch die inneren Tore. Matthews erkannte, daß nur eine in Betrieb war.

»Warum dauert das Zusammensetzen des Zuges so lange?« fragte er.

»Weil wir dort draußen alle anderthalbtausend Kilometer eine Inspektion an allen Rädern durchführen. Hinzu kommt, im Fall von 2713, eine Überprüfung der Dichtungsmittel- und Sicherheitssysteme. Eigentlich sind wir mit allem fast fertig. Aber wir werden auf der Fahrt nach Utah stoppen und die Räder abermals kontrollieren müssen. Alle anderthalbtausend Kilometer, Vorschrift der Federal Railroad Administration. Ich kann nur hoffen und beten, daß keine Mängel gefunden werden.«

»Und wenn welche gefunden werden?«

»Wir können aus verständlichen Gründen keinen Waggon außerhalb des Depots ausladen. Bei einer Panne rangieren wir den betreffenden Waggon auf ein Nebengleis, stellen eine Menge Wachposten auf und warten darauf, daß die nächste militärische Einrichtung, die dazu imstande ist, eine Wartungsmannschaft schickt. Diese Räder wiegen 40 Kilo – *jedes*. Es ist nicht wie ein Reifenwechsel bei einem Auto.«

Die Loks waren jetzt ganz im inneren Sicherheitsbereich des Depots und näherten sich dem Kontrollturm, dessen Fensterscheiben leise zu klirren begannen, als die vorderste auf ihn zufuhr.

»Wie ist der neueste Stand hinsichtlich der Anschläge auf die Brücken?« fragte Hill. »Besteht Washington immer noch darauf, daß dieser Zug fährt?«

Matthews nickte und vergewisserte sich, daß keiner der vier anderen Personen im Kontrollraum mithören konnte.

»Und man gibt die Änderung der Route tatsächlich erst bekannt, wenn ihr unterwegs seid?«

Matthews nickte abermals.

Hill schüttelte den Kopf. »Mitten durch die schöne Stadt Memphis.«

Sag es nicht, Carl, dachte Matthews. Nur noch ein paar Tage, und uns wird die gemeinsame Last von den Schultern genommen.

KAPITEL 7

Ungeduldig ging Hush im Hauptwartezimmer der Washingtoner Uniklinik auf und ab, während er darauf wartete, daß Carolyn aus der Krankenhausapotheke zurückkehrte. Es überraschte ihn, wie viele Leute in dem Krankenhaus waren, doch dann rief er sich in Erinnerung, daß es Sonntag morgen in Washington, D. C., war.

Ihr Rückflug nach Washington am Freitag war ereignislos verlaufen, und er hatte Carolyn vom Fahrer seiner Dienstlimousine bei ihrem Reihenhaus in Alexandria absetzen lassen, bevor er in Belle Haven ausgestiegen war. Sie hatte sich scheinbar von dem Zwischenfall auf der Brücke erholt, doch er erinnerte sich, daß sie im Wagen manchmal den Verband auf ihrem Oberkörper betastet hatte. Er hätte gewettet, daß die Verletzung schmerzhafter war, als Carolyn zugab.

Am Samstag morgen hatten sie die Einsatzgruppe zu einer dringenden Sitzung infolge des Bombenanschlags auf die MacArthur Bridge zusammengerufen. Sie war frustrierend gewesen, denn es waren viel mehr Fragen gestellt worden, als beantwortet hatten werden können. Redford hatte die Eisenbahngesellschaften dazu bewegen können, Repräsentanten zu schicken, doch die größeren Gesellschaften, CSXT, Norfolk Southern, Union Pacific und Burlington Northern Santa Fe waren von Anwälten vertreten worden, von denen die meisten lautstark Informationen verlangt hatten. Das FBI hatte keine Fortschritte melden können, und es hatte viel geheimnisvolles Gerede vom Transportministerium gegeben, daß die Ermittlungen ausgeweitet werden müßten. Ein hoher Beamter vom Weißen Haus hatte angefragt, ob nicht das Verteidigungsministerium diesen Fall besser übernehmen sollte, ein Vorschlag, den der Repräsentant des Verteidigungsministeriums schnell verworfen hatte.

Kurz gesagt, Hush Hanson als Leiter der Einsatzgruppe hatte nichts vorzuweisen gehabt, außer den Bericht der Sprengstoffexperten, die leider zu keiner Spur führten. Das Pyrodex, das auf der Brücke bei Thebes benutzt worden war, konnte man überall beschaffen. Detacord hinterließ nur einen schwarzen Schmierfilm. Die drei Stoffetzen, die Rückstände der Zündkapsel aufwiesen, wurden noch auf ihre Herkunft analysiert. Die Bombe, die den Offizier der Army enthauptet hatte, war eine Kombination aus explodierendem und verpuffendem Sprengstoff gewesen, vermutlich aus Beständen der Army. Das ließ darauf schließen, daß die Täter sich mit Sprengstoff auskannten, aber das war auch schon alles.

Hush hatte beschlossen, die Einzeltäter-Theorie im Augenblick noch für sich zu behalten. Sollten sie sich für diesen Weg entscheiden, würden sie öffentlich bei der Theorie von der Verschwörung einer Gruppe bleiben und damit den Einzeltäter in trügerischer Sicherheit wiegen. Beim FBI war Carolyns Theorie mit kaum höflicher Skepsis aufgenommen worden, besonders von Carswells Repräsentanten der Abteilung Nationale Sicherheit, der nicht davon abzubringen gewesen war, daß eine Terroristengruppe am Werk sein müsse. Hush hatte gespürt, daß sich im FBI Cliquen zum Schutz der persönlichen Karriere zu bilden begannen, während sich der Fall Eisenbahnbrücken zu einer dieser denkwürdigen Pleiten entwickelte, von denen niemand profitierte.

Er hörte auf, im Wartezimmer ruhelos hin und her zu gehen, setzte sich auf einen der wenigen freien Stühle und versuchte, sich zu konzentrieren. Das pausenlose Ausrufen der Patienten über Lautsprecher erschwerte ihm das Denken. Am Samstag nachmittag, nach seiner Rückkehr vom Büro des FBI-Direktors in den IITF-Konferenzraum, war ihm aufgefallen, daß sich Carolyn Lang nicht wohl gefühlt hatte. Sie hatte geglaubt, die ersten Anzeichen auf eine Infektion zu spüren. Ihr Gesicht war gerötet gewesen, und sie hatte immer wieder nach dem Verband getastet. Hush hatte sie zur George-Washington-Uniklinik fahren lassen, wo sie über Nacht zur Beobachtung hatte bleiben müssen. Er hatte heute morgen angerufen, um sich nach Carolyns Befinden zu erkundigen und erfahren, daß sie nach Hause dürfe, woraufhin er die Nachricht hinterlassen hatte, daß er sie abholen würde.

Er blickte auf seine Armbanduhr. Carolyn war jetzt fast eine Stunde lang fort und hatte nur etwas aus der Krankenhausapotheke holen sollen. Er versuchte, seine Motive für seine Anwesenheit hier zu ergründen. Er dachte an Herlihys Bemerkung, ob er sich um einen männlichen Agenten in der gleichen Weise kümmern würde.

Nun, eigentlich waren das zwei Fragen. Es gab die unausgesprochene Anweisung des Direktors, Agent Lang in Mißkredit zu bringen, wenn er das konnte. Er wußte, daß er es konnte; er brauchte nur die gegenwärtigen Feindseligkeiten Carolyn gegenüber ihren giftigen Zauber entfalten zu lassen und ihr seine Unterstützung zu versagen, wenn die Leute ihr Probleme machten. Besonders jetzt, nachdem sie ihre eigene Theorie bezüglich der Bombenanschläge entwickelt hatte. Carswell und Co. täten nichts lieber, als diese abzuschmettern und Carolyn gleich mit. Die erste und unangenehme Frage war: Wollte er das? Bis jetzt hatte sie beruflich nicht den geringsten Fehler gemacht und eine Idee präsentiert, die ihre Suche klar umreißen konnte.

Die zweite war persönlich und verwirrend. Hush fand sich

zwischen seiner normalen Zurückhaltung attraktiven Frauen gegenüber und seinem wachsenden Interesse an Carolyn Lang hin und her gerissen. Er brauchte nur einen Blick in den Spiegel zu werfen, um zu wissen, daß er nicht zu den Schönsten zählte. Carolyn Lang hingegen sah umwerfend aus. Und doch wartete er, ein AD, darauf, eine Agentin, die seine Untergebene war, nach Hause zu fahren – warum? Es war ja nicht so, daß sie ihn zu persönlicher Aufmerksamkeit ermuntert hatte. Er fragte sich, ob er nicht irgendeinem latenten Wunsch nachgab, mit dem Feuer zu spielen.

»Ich bin bereit, wenn Sie es sind«, ertönte eine Stimme. Er blickte auf und sah Carolyn, in einer Hand eine weiße Apothekentasche, in der anderen ihre Handtasche. Sie hatte sich etwas geschminkt und wirkte lebhafter als am Morgen. Sie trug das gleiche Kostüm, das sie am Samstag bei der Konferenz angehabt hatte und dessen Rock ziemlich eng saß. Hush ertappte sich dabei, daß er etwas länger als nötig auf diese reizende Erscheinung schaute.

»Gut«, sagte er schnell und erhob sich. Er überragte sie, aber sie wich nicht zurück, und für einen Augenblick standen sie einander sehr dicht gegenüber.

»Großartig«, sagte er und räusperte sich. Sie wandte sich ab, zeigte die Andeutung eines Lächelns und ging in Richtung Ausgang. Ihre blonde Haarfülle schwang leicht hin und her, und ein Hauch von Parfüm begleitete sie. Er bemühte sich, nicht wie ein übergroßes Hündchen zu wirken, das seiner Herrin folgt, als sie das Wartezimmer verließen, begleitet von einigen offen bewundernden Blicken anderer Männer.

Ihr Haus in Alexandria befand sich in der Union Street in Old Town, ungefähr drei Kilometer flußaufwärts von seinem Apartmentgebäude. Es war ein großes, zweigeschossiges Reihenhaus mit Blick über den letzten Block von Läden gegenüber dem Potomac. Sie lud ihn auf eine Tasse Kaffee ein. Er dachte noch daran abzulehnen, als er sich schon akzeptieren hörte.

»Toll«, sagte er, beim Anblick der prächtigen Innenausstattung.

»Ich bin alleinstehend, und Finanzwirtschaft war mein Hauptfach im College und beim weiteren Studium«, sagte sie über die Schulter, wie um seine unausgesprochene Frage zu beantworten. »Diese lange Börsen-Hausse war sehr profitabel für mich.«

Er folgte ihr in den Küchenbereich, wo sie die Kaffeemaschine anstellte. Er konnte in einen großen, mit Ziegelwänden umgebenen Garten hinter dem Haus schauen, eingerahmt von großen Bäumen, die über der hinteren Wand aufragten. Im Innenhof standen teuer aussehende Gartenmöbel unter einem überdachten Heizrohr.

»Meine Kleidung und ich riechen nach Krankenhaus«, sagte sie. »Ich werde mich umziehen. Der Kaffee wird gleich fertig sein. Bitte bedienen Sie sich.«

Als Hobbykoch schaute er sich genau in der Küche um und achtete darauf, nicht mit dem Kopf gegen ein Gestell mit Küchenutensilien zu stoßen, das von der Decke hing. Carolyn kehrte eine Viertelstunde später zurück, gerade als er sich den zweiten Kaffee eingeschenkt hatte. Sie hatte sich anscheinend geduscht und, wie angekündigt, umgezogen. Sie trug jetzt Sandalen und eine lange, nachlässig zugeknöpfte weiße Bluse über einem einteiligen weißen Badeanzug. Er versuchte, nicht auf ihre sexy Figur zu starren, sondern auf den großen weißen Verband.

»Hat man die Wunde genäht?« fragte er.

»Nein.« Sie neigte sich vor und suchte im Kühlschrank nach Kaffeesahne. »Nur desinfiziert; außerdem hat man mir Antibiotika verabreicht. Die Ärzte sagten, wir seien rechtzeitig gekommen.«

Sie wandte sich um, nahm sich Kaffee und fügte großzügig Kaffeesahne hinzu. »Gehen wir nach draußen. Ich möchte unbedingt in die Sonne.«

Er folgte ihr durch die Hintertür hinaus und widerstand dem automatischen Drang, sich zu ducken: Die Türen in diesem Haus waren über zwei Meter hoch. Carolyn wischte einige Pollen von der Chaiselongue und ließ sich darauf nieder. Er setzte sich auf einen der Gartenstühle und achtete darauf, nichts von seinem Kaffee zu verschütten. Ein Vogel zwitscherte von der hohen Ziegelwand.

»Also willkommen in meinem Garten«, sagte Carolyn, knöpfte die weiße Bluse auf und streifte die Sandalen ab.

Er nickte und rührte in seinem bereits sorgfältig umgerührten Kaffee herum. Er fühlte sich ein bißchen nervös, und er fragte sich, ob das am Koffein lag oder daran, daß er mit Carolyn Lang allein war. Sie hielt ihre Kaffeetasse mit beiden Händen unter dem Kinn und betrachtete ihn mit kühlem, abwägendem Blick. Ihre Augen wirkten im hellen Sonnenschein tiefgrün. Er wußte überhaupt nicht, was er sagen sollte.

»Ich spüre, daß Sie sich unbehaglich fühlen, weil Sie mit mir allein sind«, fuhr Carolyn fort. »Sind Sie verheiratet?«

Er lachte etwas gekünstelt. »Wohl kaum«, antwortete er, und seine Kehle war ein wenig trocken. Sie machte es sich auf der Chaiselongue bequem. Ihre Bewegungen waren fließend und geschmeidig, und er versuchte, nicht hinzusehen.

»Warum sagen Sie ›wohl kaum‹?«

»Ich bin kein klassischer Frauenschwarm.«

Sie zuckte die Achseln und lächelte. »Sie sind sehr groß«, sagte sie. »Und ich nehme an, deshalb fühlen Sie sich linkisch und unattraktiv. Es ist lustig, wie Ihr Männer das tut.«

»Was tut?«

»Männer schätzen uns Frauen hauptsächlich wegen unseres Aussehens, zu Anfang jedenfalls, und dann schließen sie von sich auf uns. Sie sind gewiß kein unansehnlicher Mann, Hush Hanson.«

Er lächelte sie an und wußte nicht, wie er reagieren sollte.

»Sie sind bekannt als geschickter Washingtoner Taktiker, und Sie haben es geschafft, sich in weniger als hundert Jahren zum AD hochzuarbeiten. Entspannen Sie sich. Wie es in der Army heißt, legen Sie ihren Tornister ab. Oder wenigstens die Krawatte. Ich werde Sie nicht beißen.«

Er stellte seine Tasse ab. »Ja, gut. Danke für all die Komplimente. Mich verwirrt die ständige Spannung innerhalb der Regierung wegen der Geschlechterrivalität. Wenn Heinrich auf dieser Mauer säße, dann würde er mich fragen, ob ich den Verstand verloren habe.«

Sie lachte. »Wenn Heinrich auf dieser Mauer säße, dann würde er in meinen Badeanzug schielen«, sagte sie. »Nicht, daß es im Augenblick ein so schöner Anblick wäre.« Sie legte den Kopf schief. »Wissen Sie, es ist mir völlig klar, daß ich bei diesem Auftrag sozusagen auf Bewährung bin. Daher schlage ich vor, daß Sie und ich uns einig werden. Ich möchte mich einfach bedanken dafür, daß Sie … Sie selbst sind. Daß Sie Hush Hanson sind, Mister Grundanständig.«

Er setzte zu einer Erwiderung an, zögerte jedoch. Carolyn wartete nur. Er beschloß, es offen auszusprechen.

»Ich gehe davon aus, daß Ihre Mitarbeit bei diesem Fall für etwas Abwechslung sorgen wird. Mir ist klar, daß das mein Problem ist, nicht Ihres.«

»Und ich gehe davon aus, daß mein Ruf im Hauptquartier nicht gerade hilfreich ist.«

»Nein … äh, ja. Ich meine, nun, nehmen Sie nur Herlihys Verhalten dort in St. Louis. Das hat mich wirklich überrascht.«

»Das ist Herlihys Art. Aber jetzt bin ich neugierig. Habe

ich richtig gehört, daß er Sie vor mir gewarnt hat? Daß er Ihnen geraten hat, auf Ihren Rücken zu achten?«

Er versuchte schnell, sich zu erinnern, wie nahe sie bei seinem Gespräch mit Herlihy gewesen war. Nahe genug, dachte er. »Ja, das hat er getan.«

»Das dachte ich mir. Lassen Sie mich etwas anderes fragen: Habe ich einen Grund, besorgt zu sein? Zum Beispiel weil irgendein hohes Tier mich diesem Fall zugeteilt hat, in der Hoffnung, daß ich auf die Nase falle?«

Verdammt, sie weiß Bescheid, dachte er. Aber wie ist das möglich? Er wollte ihr die Wahrheit sagen, aber seine in Washington geschärften Instinkte rieten ihm, der Frage auszuweichen.

»Der Deputy fühlte sich üblicherweise nicht verpflichtet, seine Entscheidungen zu erklären«, sagte er vorsichtig. »Wie Sie vielleicht wissen, bin auch ich auf einer Art Bewährungsprobe.«

»Wieso?«

Er erklärte seinen Status als »amtierender« AD. »Aber wenn wir es schaffen, diesen Fall erfolgreich abzuschließen, wird es direkte Auswirkungen auf unserer beider Zukunft haben.«

»Nett formuliert, Mr. Hanson«, sagte sie mit einem anzüglichen Lächeln. »Jetzt verstehe ich, warum Sie so lange überlebt haben.« Für einen Moment glaubte er einen Blick auf jene Colley Lang zu bekommen, die er sich bislang nicht hatte vorstellen können. Er versuchte, ihr Lächeln zu erwidern, obwohl er sich nicht ganz sicher war, was sie mit der Bemerkung gemeint hatte. Sie neigte sich vor, um ihre Kaffeetasse auf dem Boden abzustellen, und zuckte zusammen.

»Tut es immer noch weh?«

»Ein bißchen.«

Er wollte aufstehen. »Dann sollte ich vielleicht gehen«, sagte er.

Sie legte sich auf die Chaiselongue zurück und rieb sich über die Augen. »Wenn so etwas wie auf der Brücke passiert«, sagte sie, als hätte sie ihn nicht gehört, »so etwas wie diesem armen Offizier, dann denkt man über das Leben nach.«

»Sie hatten Glück. Mit Ihrem Protokollbuch.«

»Wissen Sie, daß einem auf der Akademie in Quantico eingebleut wird, das Protokollbuch stets mitzuführen?« Sie lachte. »Aber ja, ich habe mich unheimlich erschreckt.«

»So geht es jedem, der beschossen wird. Im Grunde wurden Sie beschossen.«

Sie öffnete die Augen. »Ich habe einige Geschichten über Sie gehört. Zum Beispiel aus Baltimore.«

»Das war vor langer Zeit, Carolyn. Als ich sehr neu in diesem Geschäft war.«

»Würden Sie mir davon erzählen?«

Er atmete tief durch. Domingo, Herrera, Santos und Belim. Die Namen kamen ihm ungebeten in den Sinn, tauchten wie gespenstische Trophäen in seiner Erinnerung auf. Einäugige Köpfe vor einer Wand. Er hatte plötzlich das Gefühl, daß die Sonne heißer in den Innenhof schien.

Carolyn zeigte auf den Verband zwischen ihren Brüsten. »Er beweist eine fast tödliche Erfahrung, denke ich. Sie waren von sehr beruhigendem Einfluß dort oben auf dieser Brücke. Ich möchte wissen, woher Sie all diese Nervenkraft nehmen.«

Er hatte seit vielen, vielen Jahren mit keinem über Baltimore gesprochen. Moment mal, hatte er doch, und zwar mit Powers. »Ruhe unter Beschuß ist mehr eine Sache der Selbstbeherrschung als der Nervenkraft, glaube ich«, sagte er und versuchte, mit seinem Tonfall klarzumachen, daß er nicht in Einzelheiten gehen wollte.

Sie wartete. Sie hatte anscheinend die Fähigkeit, in ihm den Wunsch zu wecken, solches Schweigen auszufüllen. Du kennst sie nicht, warnte ihn eine innere Stimme. Aber ich will es sagen, erkannte er. So erzählte er ihr, was er Powers anvertraut hatte.

Sie nickte nachdenklich. Ihre Augen glänzten, möglicherweise nicht nur vor Interesse, als sei sie von seiner Geschichte erregt worden. »Was haben Sie dabei empfunden?« fragte sie.

»Hauptsächlich war ich wie betäubt, die Zeit schien stillzustehen, ich sah eine Folge von Bildern im Visier und hörte es knallen. Danach …«

»Ja«, sagte sie und nickte langsam. »Ich kann es mir vorstellen.«

»Nein, das können Sie nicht.«

Sie nickte wieder. Ihr Gesicht war leicht gerötet, und er spürte, wie Spannung zwischen ihnen entstand. Dann setzte sie sich auf, streifte die Bluse ab und nahm eine Tube mit Lotion, die neben der Chaiselongue gelegen hatte.

»Und was geschieht als nächstes?« fragte sie und begann, sich einzucremen. Sie tat es langsam und mit großer Sorgfalt, indem sie die Lotion auf ihren Armen und Oberschenkeln in großen Kreisen einmassierte. Hush war fasziniert; er war auch verwirrt durch ihre Frage.

»Als nächstes?« Meinte sie den Fall? »Nun, als nächstes fahre ich zurück ins Büro. Ich werde überlegen, was wir außer Kompetenzgerangel in Konferenzen mit anderen Regierungsbehörden machen können. Und ich möchte über Ihre Theorie nachdenken, daß es sich um einen Einzeltäter handeln könnte.

Sie nickte und wälzte sich dann auf den Bauch. Die Tube Lotion hielt sie mit ausgestreckten Arm hinter sich. »Würde es Ihnen etwas ausmachen, mich einzucremen? Danach werde ich etwas ausspannen und morgen wieder zur Arbeit kommen.«

Hush zögerte. Dann stand er auf und zog seinen Stuhl neben die Chaiselongue. Carolyn senkte die Kopflehne in horizontale Position, streckte sich in voller Länge aus und barg den Kopf in den verschränkten Armen. Hush hielt ihr Haar zur Seite und verrieb die Lotion auf ihrem Hals. Im hellen Sonnenschein wirkte ihre Haut ungewöhnlich weiß. Carolyn war jedoch muskulös, ein Anzeichen auf regelmäßiges Fitneßtraining.

»Ich hoffe, die Creme hat einen guten Sonnenschutzfaktor«, sagte er, plötzlich darauf bedacht, das Schweigen zu brechen, während er über ihren Körper streichelte. Sie gab einen leisen zustimmenden Laut von sich.

Er verteilte die Lotion auf ihrem Rücken und den Schultern bis zu den Trägern ihres Badeanzuges, ehe er sich den Füßen und dann den Beinen zuwandte. Dabei versuchte er, sich zu erinnern, wann er zum letzten Mal einen Frauenkörper berührt hatte, und es wurde ihm klar, daß es sehr lange her war. Sei kein Idiot, sagte er sich. Sie will nur keinen Sonnenbrand bekommen. Er fühlte sich ein wenig lächerlich, als er in seinem Anzug auf der Kante der Chaiselongue hockte. Trotzdem ... Ihre Augen waren geschlossen, und die Andeutung eines Lächelns spielte um ihre Lippen. Er erreichte ihre Kniekehlen, verharrte und machte weiter. Ihr Atem veränderte sich, und er sah, daß sich ihre Finger in den Stoff der Chaiselongue krallten.

Auch ihr Gesichtsausdruck hatte sich verändert. Sie war zweifellos sexuell erregt. Er massierte jetzt die Lotion mit rhythmischen Bewegungen ein, streichelte der Länge nach über ihre Oberschenkel, anstatt in Kreisen. Das tat er ein paar Minuten lang. Als er den Rand ihres Bandeanzugs erreichte, umklammerte sie das Metallgestell der Chaiselongue, und er bemerkte eine Anspannung ihrer Muskeln, die zuvor nicht dagewesen war. Er warf wieder einen Blick auf ihr gerötetes Gesicht, nur um ganz, ganz sicherzugehen, und dann schob er seine ganze Hand zwischen ihre Schenkel. Sie stöhnte tief und kehlig auf, umschloß sein Handgelenk mit den Beinen, und dann war sie es, die sich bewegte. Ihre Hüften kreisten langsam und dann zunehmend drängender, als er seine Finger an ihrem Unterleib spreizte und sie dann einfach dort festhielt. Sie rieb sich an seinem rechten Unterarm, bis ihr ganzer Körper starr und ihr Gesicht hochrot wurde, während sie von Kopf bis Fuß von einem Orgasmus durchgeschüttelt wurde. Sie stöhnte lustvoll und begann sich zu entspannen, wobei sie keuchend atmete, ruhiger wurde und schließlich erschlaffte. Er zog seine Hand zurück und fing an, ihren Nacken und die Schultern zu massieren, berührte sie immer sanfter, bis sie in tiefen Schlaf fiel.

Er erhob sich, sorgfältig darauf bedacht, sie nicht zu wecken, und versuchte seine eigene Erregung unter Kontrolle zu bringen. Er spähte zu den Fenstern der angrenzenden Reihenhäuser, um zu sehen, ob jemand zugeschaut hatte, aber die Mauern des Innenhofes erlaubten viel Intimsphäre. Carolyn schlief, atmete tief und regelmäßig, und das einzige Anzeichen auf das Geschehen war ein leichter Schweißfilm auf ihrem Nacken. Er nahm seine Kaffeetasse und kehrte ins Haus zurück. Er stellte die Tasse ins Spülbecken und ging durch die Vordertür hinaus und schloß sie. Dann atmete er tief aus und schlenderte durch den strahlenden Sonnenschein zu seinem Wagen, positiv erstaunt über sich.

Am Sonntag abend gesellten sich Matthews und Hill zu Colonel Mehle und seinen Leuten auf die Beobachtungsgalerie in Gebäude 9. Unterhalb von ihnen setzten die Crews in Schutzanzügen die obere Hälfte des ersten Spezialwaggons auf die untere Hälfte, in der die russischen Waffen lagen. Der Waggon war ein abgeänderter, unter Überdruck gehaltener chemischer Tankwaggon, 20 Meter lang und mit einer Traglast von 70 Tonnen. Der Tank war der Länge nach zerschnitten worden, wodurch das Oberteil zum Laden hochgehoben werden konnte. Der Waggon hatte eine doppelte Hülle: eine äußere Schicht aus Aluminium, und innen einen stählernen Druckkessel. In der unteren Hälfte lagen zwei dunkelgrüne Container, angeschraubt an hydraulisch aufgehängte Gitter eines Gestells. Das restliche Innere des Waggons war leer. Die Container selbst waren zehn Meter lang, hatten einen Durchmesser von 1,35 Meter und Raketenform mit nabelförmigen Dellen an jedem Ende und einer Instrumentenbox obenauf. Matthews konnte schwarze Vierecke auf den Containern sehen, auf denen die Aufschrift GEFÄHRLICHE STRAHLUNG übermalt worden war. Ein behelfsmäßiges Sortiment von Bleiplatten war zwischen den Waffen aufgestellt worden. Die Instrumentenbox auf jedem der Container hatte oben weiße, gelbe und rote Lämpchen. Genau gleiche Instrumententafeln waren an einem Ende der oberen Hälfte des Waggons angebracht, jeweils eine für jeden Container. Nur die weißen Lämpchen leuchteten, woraus Matthews schloß, daß die Zustände in den Containern normal waren. Keiner der Arbeiter mit voller Schutzausrüstung schien diesen Anzeigen Aufmerksamkeit zu schenken. Ein Arbeiter stand an jedem Ende des Tankwaggons und leitete die 15 Tonnen schwere Hälfte aus Stahl, die von dem Portalkran mit Stahlseilen zentimeterweise hinab in die Verbindungsnuten gesenkt wurde. Der gesamte Handlungsablauf schien in übertriebener Zeitlupe abzulaufen. Matthews warf einen Blick auf seine Armbanduhr.

»Sind diese Anniston-Leute dort unten?« fragte Hill leise. Mehle und seine Leute zogen auf einer Seite des Raums eine Rolle von Plänen zu Rate.

»Mehles Leute. Der Leiter am fernen Ende ist einer von unseren Leuten. Der Rest der Montagecrew wird vom Dienst befreit, wenn die Waggons zusammengestellt sind.«

»Und keiner wird plaudern?«

»Worüber? Mehles Leute haben einige Andeutungen gemacht, daß die C-130 einigen heißen Stoff an Bord hatte; gegenwärtig wird spekuliert, daß es sich um biologisch gefährliches Zeug aus einem der Labors der Regierung handelt. Ebola-Virus. Anthrax. Solcherlei Gerüchte. Unsere Crew war nur zu glücklich, das Zeug an Mehles Leute übergeben zu können. Wie weit sind wir mit dem Rest des Zuges?«

»Die Überprüfung des Hauptzuges ist fast abgeschlossen«, sagte Hill. Morgen ist der große Tag, nehme ich an. Die Inspektion der Räder ist fertig.«

»Und die Sicherheitsüberprüfung?« fragte Matthews. »Bezüglich dieser beiden Spezialwaggons?«

Hill nickte nur. Matthews blickte ihn von der Seite an, verfolgte das Thema jedoch nicht weiter.

Die obere Waggonhälfte kam jetzt in Position, und die Männer zogen hart, um die Löcher und Bolzen auf eine Linie zu bringen. »Ich mache mir immer noch Sorgen wegen der Bombenanschläge auf die Brücken«, sagte Hill. »In den Nachrichten heißt es, das FBI habe keine Spur.«

»Angeblich läßt die Regierung jetzt alle Mississippi-Brücken besonders sichern. Hoffen wir, daß die Täter davon abgeschreckt werden.«

»Zuerst Thebes, und nun die MacArthur in St. Louis. Wenn die Täter stromabwärts vorgehen, welche wäre dann die nächste Brücke?«

Matthews rief sich die Karte in Andersons Konferenzraum in Erinnerung. »Das wäre die Frisco Bridge in Memphis. Dann sollten wir uns beeilen.«

»Ich bezweifle, daß die Bahngesellschaften die Änderung der Route akzeptieren«, sagte Hill. »Ich nehme an, sie schicken den Zug auf ein Nebengleis, sobald wir Memphis als Ziel erklären und keine Genehmigung vorweisen können. Außerdem baut sich dort draußen ein ungeheurer Stau an Tonnage auf.«

»Vielleicht müssen wir dann Mehle informieren«, sagte Matthews.

Hill stieß einen Grunzlaut aus. »Du sagst es ihm. Einer seiner Leute erzählte mir, wenn nötig, verbreitet er das Gerücht von gefährlichen biologischen Stoffen unter den Bahngesellschaften, damit niemand von der Kontrolle den Zug irgendwo stoppen will.«

Das Oberteil des Waggons schloß mit einem dumpfen Laut, der durch das Gebäude hallte. Matthews empfand Erleichterung. Ein Waggon fertig, einer noch zusammenzufügen.

»Nun, wie auch immer«, sagte er, »ich bin froh, daß ich nicht mitfahren muß.«

Hill blickte ihn unergründlich an.

KAPITEL 8

Der Montagmorgen bestand für Hush, wie nach allen großen Fällen, aus einer Folge von Konferenzen und Diskussionen über die Bombenanschläge auf die Brücken. Nach dem Besuch in Carolyns Haus war er am Sonntag ins Büro zurückgekehrt, um allein zu sein und sich darauf vorzubereiten. Er hatte den ganzen Tag abwechselnd in seinem Büro und in Lagebesprechungsraum 4 verbracht, über den Ermittlungsberichten von beiden Tatorten gehockt und mit den Wachoffizieren, Technikern und Nachrichtenanalytikern geredet. In der kurzen Telefonkonferenz mit der Einsatzgruppe hatte er sich hauptsächlich die Berichte zweier anderer Behörden über das beginnende Chaos im nationalen Eisenbahnnetz angehört.

Carolyn Lang war irgendwann am Montag morgen eingetroffen, nachdem sie sich zuvor im Sanitätsraum des Hauptquartiers von einer Schwester den Verband hatte wechseln lassen. Sie hatte sofort eine vertrauliche Besprechung mit Tyler Redford gehabt, der sich darauf vorbereitete, sich mehr für das Programm der Öffentlichkeitsarbeit zu engagieren. Hush hatte Carolyn erst am späten Nachmittag zu Gesicht bekommen, aber es war in einer Konferenz, und sie war ganz dienstlich gewesen und hatte sich nicht anmerken lassen, was bei ihr zu Hause geschehen war. Zuerst war Hush enttäuscht gewesen, aber dann hatte er ihr in einer Konferenzpause eine Tasse Kaffee gegeben, und sie hatte mit einem intimen Lächeln gesagt: »Danke, ich brauchte das.« Dann hatte das

Büro des Direktors angerufen, und er war in die Bürokratie zurückgerissen worden.

Am Ende des Montags wurde klar, daß sich zwei konkurrierende Theorien zu dem Fall entwickelten: Im IITF wollten sich Hush und sein Team auf die Einzeltäter-Theorie konzentrieren. Carswells Abteilung Nationale Sicherheit warb bei jedem, der zuhörte, für die Theorie, daß es sich um die Taten einer Terroristengruppe handelte. Hush versuchte, die Meinung des Außendienstes in der sich abzeichnenden Spaltung durchzusetzen, doch Wellesley war ausweichend. Dann ging Hush ins Fitneßcenter, um zu trainieren und sich zu entspannen. Sein Haupterfolg an diesem Tag war Mike Powers als Koordinator der beiden mit dem Fall befaßten Staatspolizeien gewesen. Um 20 Uhr 30 an diesem Abend reichte es Hush. Er verstaute einige Papiere in seiner Aktentasche, als Carolyn Lang in seinem Büro auftauchte.

»Warum nehmen Sie sich nicht den Rest des Tages frei?« fragte sie.

Er lächelte. »Ich erkläre einfach den Sieg, bevor jemand anders die Niederlage erklärt«, sagte er und stellte fest, welchen Reiz Carolyn auf ihn ausübte. »Sie sehen besser aus.«

Jetzt lächelte sie. »Ich fühle mich auch besser«, sagte sie. Doch dann wurde sie ernst. »Diese Sache mit Carswell – wir werden sie nicht länger von der Einsatzgruppe fernhalten können. Das Büro für Öffentlichkeitsarbeit bittet um Anweisungen, und unser Schweigen wird beredet.«

»Haben wir schon einen Namen für diese Operation?« fragte Hush.

»Nicht, daß ich wüßte.«

»Wie wär's mit ›Trainman‹? Ich hörte, daß der Direktor dieses Wort vor ein paar Tagen benutzte. Sagen Sie Wellesley, daß wir sie ›Operation Trainman‹ nennen und lassen Sie die Leute wissen, woher das Wort kommt.«

»Trainman, Einzahl. Und so stellen wir unsere Theorie über ihre.«

»Genau. Hölle, es ist einen Versuch wert. Carswell hat ernsthaftes Gewicht in diesem Bau, aber vielleicht können wir ihn austricksen.«

Sie nickte. »Ich werde mich darum kümmern. Aber Sie wissen, daß wir uns hier alle im Kreis drehen.«

»Ich weiß. Wenn es ein Einzeltäter ist, müssen wir ihn aus der Reserve locken und finden. Ich fahre heim, trinke einen Scotch und versuche zu überlegen, wie wir das am besten machen.«

Sie warf einen Blick auf ihre Armbanduhr. »Ich muß noch in die Abteilung Öffentlichkeitsarbeit. Man hat für morgen eine große Pressekonferenz angesetzt, und man wird wild auf uns einschlagen, was nicht überraschend ist, denn in diesem Fall haben die PR-Leute nichts in der Hand.«

»Wir haben alle nichts in der Hand. Ich hoffe nur, daß dieser Bastard nicht mehr zuschlägt.«

»Ich wette dagegen«, sagte sie.

Er lag rücklings auf dem Hang der Kieshalde und betrachtete die Memphis Bridge durch das Fernglas. Es war Montag nacht. Er hatte vor einer Stunde ein Loch in den Maschendrahtzaun geschnitten, der das Gelände der Kiesgrube umgab, und einen guten Aussichtspunkt gefunden. Die beiden Eisenbahnbrücken von Memphis befanden sich etwa einen Kilometer stromabwärts. Die Harahan war näher, aber sie war nicht sein Ziel. Sie wurde repariert und dürfte weitere 18 Monate außer Betrieb sein. Die Frisco Bridge hingegen, nur ein Stück von ihr entfernt, war eine Fachwerkbrücke mit einem einzigen Gleis in der Mitte. Zu seiner Linken, jenseits des Flusses, befand sich Memphis. Der Widerschein rosafarbener Quarzlampen der neueren zwischenstaatlichen Autobahnbrücke, gerade unter ihr, erhellte die Frisco Bridge. Die Nacht war klar und still und die Sicht perfekt.

Viel zu perfekt, dachte er, als er das Sicherheitspersonal bei den Fahrzeugen nahe den Zufahrtsstraßen und unter den Stützpfeilern am Ufer auf der Arkansas-Seite zählte. Man hatte zusätzliche Sicherheitsbeleuchtung am Fuß beider Brücken bis zum ersten Pfeiler gespannt, und er war sich ziemlich sicher, daß Wachen auf der Brücke selbst patrouillierten, vermutlich auf den Laufstegen, wo sie nicht gesehen werden konnten. Wenn sie schlau waren, würden sie mit Infrarotgeräten die Zufahrten zum Fluß und die umliegenden Felder absuchen. Er blieb tief geduckt auf der Kieshalde, verborgen von den glatten, warmen Steinen, um nicht von den Nachtsichtgeräten als Kontrast erfaßt zu werden. Das FBI hatte zweifellos nach dem Anschlag auf die Brücke in St. Louis vollen Sicherheitsalarm ausgelöst, was all die Polizeifahrzeuge längs des Uferdammes erklärte. Die Fahrer beendeten ihre Unterhaltungen mit der Traube von Leuten, die vermutlich unter der Brücke Wache hielten. Es erfreute ihn, ein kleines Feuer zu sehen, das in einem Faß an dem Betonpfeiler brannte; das bedeutete, daß die Wachen im Laufe der Nacht dort hinstreben würden, was hoffentlich die Zahl der Opfer einschränken würde, wenn er schließlich zuschlagen würde.

Der Kontrast zwischen der Tennessee- und Arkansas-Seite war stark. Auf dem fernen Ufer schimmerten die hellen Lichter von Memphis. Auf dieser Seite herrschte hauptsächlich Dunkelheit. Weiter zu seiner Rechten waren die von West Memphis zu sehen, aber zwischen den beiden Lichtquellen erstreckte sich eine weite Fläche des Flußdeltas, ebenes Marschland und Deiche. Die Gleise der beiden Brücken vereinigten sich ungefähr 800 Meter westlich der Hauptfahrrinne. Hinter ihm, nördlich der stillen Kiesgrube, schimmerten, etwa sechs Kilometer flußabwärts, die Lichter einer Phosphatfabrik. Auf der Hauptfahrrinne fuhr die übliche Folge der großen Lastkähne hinter den großen, hell beleuchteten Schleppkähnen, deren Dieselmaschinen durch die Nacht dröhnten, während sie den Verbund der Lastkähne gegen die Strömung zogen. Dieser Hauptunterschied zwischen jetzt und all den anderen Malen, an denen er diese Brücke erkundet hatte, bestand in dem pausenlosen Zugverkehr über die Frisco Bridge, was auf eine 30prozentige Verminderung der Kapazität von Mississippi-Brücken in der vergangenen Woche zurückzuführen war.

Der Mann ließ sein Fernglas sinken und schaute auf seine Armbanduhr. Zeit anzufangen, dachte er. Er hatte auf der Fahrt mit seinem Pickup nach Arkansas den Plan für heute nacht mehrmals im Geiste Revue passieren lassen. Nach seinem Anschlag auf die Brücke bei Thebes hatte man langsam reagiert. Dadurch war es bei der MacArthur viel leichter gewesen, als es hätte sein sollen. Aber für dieses dritte Ziel hatte er scharfe Sicherheitsmaßnahmen in seine Planungen einbezogen, und das war der Grund, weshalb er diesmal aus der Ferne agierte.

Er drückte wieder auf den Knopf für die Beleuchtung des Zifferblattes seiner Armbanduhr und glitt vorsichtig von der Kieshalde fort. Er verharrte abrupt, als er einen Truck des Sicherheitspersonals über den Bahndamm in Richtung Kiesgrube rumpeln hörte und das Scheinwerferlicht über den Maschendrahtzaun und die geparkten Transportfahrzeuge für den Kies streifte. Es verweilte lange genug, um den teilweise mit Kies gefüllten Lastkahn zu erhellen, der am Ufer vor Anker lag, und dann bog das Fahrzeug mit Allradantrieb auf die Abfahrt des Bahndammes und fuhr zur Brücke zurück. Er stand auf und achtete darauf, daß Kieshalden zwischen ihm und den Brücken lagen, als er sich zurückzog.

40 Minuten später war er wieder bei seinem Pickup-Truck, den er am Fuß des Bahndammes in einem dichten Waldstück versteckt hatte. Er klopfte sich den Staub von der Kleidung und stieg in den Truck, dessen Innenbeleuchtung er abmontiert hatte. Er ließ die Scheinwerfer ausgeschaltet und fuhr langsam flußaufwärts, fort von den Brücken, zur Straße an der County-Grenze, die auf halbem Weg zwischen der Phosphatfabrik und der Kiesgrube lag. Er bog nach rechts auf die dunkle zweispurige Straße und fuhr etwa anderthalb Kilometer westwärts, bis er an den Eingang der Aufbereitungsanlage des Wasserwerks von Memphis gelangte. Er rechnete damit, daß auf dieser Straße bis zum Schichtwechsel in der Phosphatfabrik kein Verkehr herrschte, was ihm zwei Stunden Zeit verschaffte. Er bog auf die unbefestigte Straße ab, die zu den verschlossenen Toren der Anlage des Wasserwerks führte, und fuhr dann vorsichtig um den äußeren Zaun herum, bis er zur Rückseite der Anlage gelangte. Dies war keine Kläranlage für Abwässer, sondern eine Aufbereitungsanlage für Trinkwasser für die Stadt Memphis. Die Anlage entnahm Flußwasser flußaufwärts der riesigen Phosphatfabrik, ließ es in großen Lagunen klären, schickte es durch Zentrifugen, chlorierte es und leitete es in 20-Zoll-Rohren zur letzten Filterstation und Verteilungsanlage der Stadt Memphis. Die Einlaßanlage erstreckte sich auf über 80 000 Quadratmeter, der Großteil davon in Klärbecken. Im fensterlosen Betongebäude inmitten eines Kleeblattes von vier Klärteichen befanden sich die Haupteinlaßpumpen, eine Ventilsteuerung, die Chlorier- und Temperaturkontrolle und die Pumpen, um das Wasser aus der Anlage und über den Fluß nach Memphis zu schicken. An seinen Außenwänden waren weitere Ventile und ein Propangas-Tank angebracht, der 5000 Gallonen faßte. Der Mann wußte, daß die Anlage unbemannt war und von der

Zentrale des städtischen Wasserwerkes drüben in Memphis fernüberwacht wurde. Die Aufbereitung war im Grunde eine ständige Prozedur, die nur einmal pro Tag von Menschen überprüft wurde. Wenn es nach Stunden Anzeichen darauf gab, daß etwas schieflief, schaltete das Kontrollzentrum des Wasserwerkes das Einlaßsystem per Fernbedienung ab und schickte am nächsten Morgen jemanden hinaus. Die Standrohre in Memphis enthielten genügend Wasser für den Verbrauch von zwei Tagen.

Darauf setzte er.

Er parkte den Truck am hinteren Zaun jenseits des letzten Beckens, nahm den großen Bolzenschneider von der Ladefläche und ging zum Zaun. Er hatte sich vergewissert, daß es keine elektronischen Sicherheitsvorrichtungen oder Alarmanlagen gab. Er gelangte zu den verschlossenen Toren, die Zugang zu einem Damm boten, der zwischen den Klärbecken zum Kontrollgebäude führte. Die Tore waren durch ein Vorhängeschloß an einer einfachen Kette gesichert, die er mit dem Bolzenschneider knackte.

Sein Plan war einfach. Er würde die Ventile auf all den Chlorbehältern schließen, die an der äußeren Wand befestigt waren. Der Druckabfall würde drüben im Kontrollzentrum in Memphis einen Fehler im Chlorierungs-System anzeigen. Man würde reagieren, indem man die Haupt-Umwälzpumpe und Pumpen, die das Flußwasser einließen, abschaltete und die Anlage stillegte, bis die Tagschicht am nächsten Morgen die Sache überprüfen konnte. Als er hörte, daß die Maschinerie stoppte, ging er zur anderen Seite des Gebäudes und schloß das Ventil des Hauptrohres, durch das das geklärte Wasser hinüber nach Memphis geleitet wurde. Nachdem er das System abgeschaltet hatte, öffnete er das Ablaßventil auf dem Hauptrohr und ließ das ganze Wasser ins nächste Klärbecken ablaufen. Das Hauptrohr führte nicht unter dem Fluß hindurch, sondern über den Fluß; es war direkt unter der Frisco Bridge befestigt.

Nachdem er die Chlorierung abgeschaltet hatte, kehrte er zu seinem Truck zurück, fuhr erst durch die Tore, die er anschließend schloß, dann zum Gebäude und parkte neben dem Propangas-Tank. Während er wartete, daß die Abschaltung der Anlage erfolgte, überprüfte er schnell die Außenwände des Gebäudes. Weiße Sicherheitslampen waren an den vier Ecken des Gebäudes befestigt, was den perversen Effekt hatte, das Gebäude selbst und seinen Truck in vollen Schatten zu tauchen. Auf der County-Straße gab es immer noch keinen Verkehr. Er konnte die Flugzeugwarnlampen auf den Spitzen den Brücken gerade über den Bäumen sehen, von denen die Wasseraufbereitungsanlage umgeben war. Schließlich hörte er, wie die großen Pumpen im Gebäude langsamer wurden und stillstanden und dann die Belüftung draußen in den Becken nachließ und aufhörte.

Er gab sich fünf Minuten, bis der Druck in den großen Leitungen verschwand. Dann ging er zu den Ventilen der Hauptleitung, wo sie aus dem Gebäude heraus führte. Er knackte ein kleines Ablaßventil am Fuß des großen 20-Zoll-Schiebers. Ein Strom von Wasser schoß ungefähr drei Minuten lang auf den Zement, bis er zu einem Rinnsal nachließ. Dies bedeutete, daß der Druck zum Tellerventil drinnen ausgeglichen war. Er benutzte wiederum den Bolzenschneider, um die Sicherheitskette am Griff des großen Ventils durchzuschneiden. Dann schob er die Scheren des Bolzenschneiders in den Griff des Ventilrades und öffnete mit großer Anstrengung das Absperrventil der Hauptleitung. Wenn jetzt das System wieder angeschaltet wurde, würde nicht gestört werden, was er mit dem Rohr tun wollte.

Er schnitt die Kette des 12-Zoll-Leitungsventils durch und zwang es auf, wobei er vor Anstrengung stöhnte. Ein Schwall von Wasser schoß etwa drei Meter entfernt aus der Leitung, als sich das 20-Zoll-Rohr der Hauptleitung zu entleeren begann. Er ging in die Hocke und beobachtete das abfließende Wasser; dies würde einige Zeit dauern. Es waren fast drei Kilometer von hier bis zur Brücke und weitere anderthalb Meilen Rohr vom Ende der Zufahrts-Trasse der Brücke zur Memphis-Seite. Er war sich nicht sicher, ob auf der Memphis-Seite das Wasser über die Steigung und in die Rohrleitung auf der Arkansas-Seite angesaugt wurde. Aber es spielte keine Rolle, er brauchte nur eine Hälfte des Rohres zu entleeren. Eine halbe Brücke war so gut wie überhaupt keine Brücke.

Während des Wartens dachte er an seine Vorbereitungen. Die Beschaffung des Sprengstoffes hatte einige Zeit und Mühe gekostet, aber durch seine Tätigkeit hatte er gewußt, wo und wann verschiedene Arten von Sprengstoff gelagert wurden. Er war stets sehr vorsichtig gewesen und hatte nur kleine Mengen von jedem Lagerplatz gestohlen: eine einzelne Dynamitstange, zwei Zündkapseln, nie mehr als ein Pfund Ampho, das Brennstoffgemisch aus Ammoniumnitrat-Diesel, wenn er welches gefunden hatte. Die einzige großen Diebstähle waren ganze Rollen von Detacord gewesen, weil es schwer war, ohne die richtigen Beziehungen heranzukommen.

Jahrelang war es seine Taktik gewesen, nur soviel zu entwenden, daß nichts auf große Mengen fehlenden Sprengstoffes hinwies und es kein Geschrei gab. Und dann hatte er Stunden um Stunden erkundet, die Verkehrssysteme der Eisenbahn studiert, die Brücken selbst erkundet, war des Nachts in Rangierbahnhöfen herumgeschlichen, um zu sehen, ob es Sicherheitsmaßnahmen gab und welche, hatte seine Taten geübt, ausbaldowert, wo er die Sprengstoffe deponieren konnte und was die besten Routen in und aus den Zielgebieten waren. Nicht alles davon hatte er des Nachts erledigt; einiges davon hatte er am hellichten Tag getan. Die Eisenbahngesellschaften mochten höllisch scharf bei der Verfolgung von Landstreichern und blinden Passagieren sein, aber eine Sicherheit ihrer Infrastruktur gab es nicht.

Er fand grimmige Befriedigung in dem, was er bisher erreicht hatte. Er genoß seinen Zeitplan. Nach dieser Tat würde man eine richtige Sicherheitszone um Vicksburg ziehen, aber er würde die Reihenfolge brechen und sich stattdessen Baton Rouge vornehmen und später vielleicht nach Vicksburg zurückkehren. Der Plan wurde lockerer, je weiter er führte, denn schließlich würde man den Täter herausfinden und ihn jagen. Das Pfeifen eines Zuges ertönte in der Ferne vom südlichen Ende von Memphis. Es war ein langgezogener, klagender Laut, als ob der Zug wüßte, was kommen würde.

Als er das Entweichen von Luft aus dem großen Hauptrohr hörte, schloß er das Ablaßventil und ging zum Truck. Dort schnallte er die Riemen von einer Plane ab und zog sie hinunter, um ein Acetylenschweißgerät mit drei Tanks zu enthüllen. Er ließ die Tanks vorsichtig über eine Heckrampe von der Ladefläche gleiten. Als alle drei Tanks auf dem Boden waren, rollte er sie neben das Pumpengebäude. Statt eines grünen Sauerstoff- und zwei gelben Acetylentanks waren dies drei Sauerstofftanks. Er hob die Deckel der Tanks ab und lehnte sie gegen den Propangastank, dann kehrte er zum Truck zurück, um die Zünd- und Timingvorrichtung zu holen. Er fühlte sich etwas entblößt, als er im Schein der Sicherheitslampen herumging, aber er war ziemlich zuversichtlich, daß ihn niemand sehen und herkommen würde. Die Luft jenseits der Becken war immer noch klar und das Sternenlicht hell. Er verharrte, als er glaubte, ein Fahrzeug auf der County-Straße vorbeifahren zu hören, doch dann sagte er sich, daß das Geräusch über den Fluß von der Tennessee-Seite herüberdrang. Er erlaubte sich ein leichtes Lächeln; diesmal würde man höllisch verblüfft sein. Dann machte er sich an die Arbeit.

Eine Stunde später, nachdem er den Fluß über die Brücke der I-55 nach Memphis überquert hatte, lenkte er den Truck auf einen Uferdamm am Nordende der Stadt, fast genau gegenüber der Kiesgrube.

Er stoppte auf dessen Zufahrtsrampe, schaltete die Scheinwerfer aus, kurbelte die Scheiben herunter und zündete sich eine Zigarette an. Die Halden von weißem Kies jenseits der Hauptfahrrinne waren in der Dunkelheit nur als kleine graue Hügel sichtbar. Die Brücken ragten zu seiner Linken auf, ungefähr anderthalb Kilometer stromabwärts, wo ihre östlichen Enden im Schimmern der Lichter verschwanden, die das Industriegebiet von Memphis kennzeichneten.

Durch das Fernglas konnte er immer noch die erleuchteten Sicherheitsfahrzeuge entlang des westlichen Fußes der parallelen Brücken ausmachen; auch das Feuer im Faß unter dem westlichen Brückenpfeiler brannte noch. Er blickte auf seine Armbanduhr. Jetzt jederzeit, dachte er. Er erwartete nicht, die Frisco Bridge zum Einsturz zu bringen, aber sie sollte ernsthaft beschädigt werden. Und er würde einige Hilfe bekommen, bemerkte er mit Zufriedenheit, als sich das Scheinwerferlicht eines Zuges von der Arkansas-Seite her auf den Hauptbrückenbogen zutastete.

Wieder ein Blick auf seine Armbanduhr. Na los! Hatte er den Zeitschalter richtig eingestellt? Waren die Batterien frisch? Er ließ sich Dutzend Einzelheiten durch den Kopf gehen, wußte jedoch, daß ihm kein Fehler unterlaufen war. Die Luft, die sich bereits im Rohr befand, würde eine ausreichend explosive Mischung mit dem Propan bilden, und das Nachhelfen mit Sauerstoff sollte den Trick wirklich perfekt machen. Drei volle Tanks von Acetylenschweißgeräten enthielten mehr als 230 Kubikmeter unter Druck gesetztes Gas. Er hatte das Regulierventil des Schweißgerätes mit dem Ablaufventil des Propangas-Tanks und dann mit dem Hauptrohr verbunden. Da er die Ventile entsprechend eingestellt hatte, konnte die Gasmischung nur durch dieses Richtung Memphis strömen. Er hatte eine Stunde eingeplant, um die explosiven Dämpfe entweichen zu lassen, und dann würde ein Glühfaden, in ein Verbindungsstück zu einem Druckmesser des Hauptrohres gefädelt, durch die Zeitschaltung gezündet werden. Jetzt jederzeit.

Er griff runter nach seinem Fernglas und suchte die Brücke nach Anzeichen auf die Cops ab, die dort oben sein mußten, wie er wußte. Ein Verbund von Lastkähnen hinter einem Schleppkahn geriet in sein Sichtfeld; die weißen Topplichter hoben sich vom dunklen Wasser des Stromes ab. Die Explosion selbst entging ihm beinahe. Ein gewaltiger gelbroter Feuerball stieg zu beiden Seiten des Flusses vom Boden auf, irgendwo jenseits der Kieshalden. Er blitzte durch die Bäume und raste zum Fluß der Frisco Bridge und dann quer hindurch. Seine gleißenden Flammen erhellten jede Strebe der Fachwerkbrücke, erfaßten sogar die einzelnen Träger und jeden Waggon des Zuges. Es geschah so schnell, daß er nur plötzlichen Lichtschein wahrnahm, gefolgt von Donnerschlägen, die im gesamten Stadtgebiet von Memphis widerhallten.

Er schloß für einen Moment geblendet die Augen. Dann öffnete er sie wieder und schaute hin. Die Brücke war in eine Wolke von Staub und Rauch gehüllt, durch die Geräusche von sich verbiegenden Stahlträgern und das Kreischen der Bremsen von Eisenbahnwaggons drangen. Brennende Objekte stürzten aus der Wolke in den Fluß, zischten und dampften im aufgewühlten Wasser. Er ließ den Motor des Trucks an und setzte rückwärts von dem Damm. Als er wegfuhr, versuchte er von neuem, irgendein Triumphgefühl zu empfinden, aber da war nur die vertraute Leere in ihm. Thebes. St. Louis. Jetzt Memphis. Drei Brücken geschafft, drei noch zu erledigen. Es heißt, Rache muß man kalt genießen, und sie war gewiß kalt. Hinter ihm näherten sich die ersten Rettungswagen und Polizeifahrzeuge mit Blaulicht dem Fuß der Brücke.

KAPITEL 9

Das Telefon klingelte kurz nach zwei Uhr am Dienstag morgen. Hush tastete einen Moment herum, bis er den Schalter für die Nachttischlampe fand und anschaltete. Dann nahm er den Hörer ab.

»Hanson«, meldete er sich. Seine Stimme klang heiser.

»Mr. Hanson, hier spricht Agent Styles in Raum vier. Uns wurde soeben ein Anschlag auf eine weitere Brücke gemeldet.«

»O nein!« rief Hush und setzte sich auf, jetzt hellwach. »Wo?«

»Memphis, Tennessee, Sir. Die Frisco Bridge. Sie ist im Besitz der Burlington Northern Santa Fe, wird jedoch von fünf Eisenbahngesellschaften genutzt.«

Hush rieb sich die Augen. Jede Eisenbahngesellschaft war alarmiert worden, und sie hatten allesamt zusätzliche Sicherheitsmaßnahmen ergriffen. »Haben wir irgendwelche Einzelheiten?«

»Nein, Sir, noch nicht. Wir wissen nur, daß ein Anschlag auf die Brücke stattgefunden und es vermutlich Opfer unter dem Bahnpersonal gegeben hat.«

»Schicken Sie mir bitte einen Wagen«, sagte Hush und schwang die Beine aus dem Bett. Er wollte Carolyn Lang anrufen, besann sich dann jedoch anders. Sie war noch im FBI-Gebäude gewesen, als er Feierabend gemacht hatte, und sie stand immer noch unter Antibiotika. Er beschloß, sie schlafen und zur normalen Zeit zum Dienst kommen zu lassen, wenn er vermutlich schon wieder müde sein würde. Noch eine Brücke! Das war schrecklich.

Lagebesprechungsraum 4 war voller Leute, als er im FBI-Hauptquartier eintraf. Agenten nahmen Telefonate entgegen und trugen Berichte zusammen. Der ranghöchste Agent vom Dienst unterrichtete ihn schnell über den Stand der Dinge. Die meisten der Sicherheitskräfte waren unter oder auf der Brücke gewesen, als die Explosion stattgefunden hatte. Diesmal war die Brücke nicht zum Einsturz gebracht worden, aber ein schwerer Güterzug mit Getreide als Fracht hatte sich zum Zeitpunkt des Anschlages auf dem mittleren Brückenbogen befunden. Ein Bericht beschrieb simultane Explosionen auf der gesamten Länge der Brücke. Laut einem anderen Bericht hätte es kleinere unterirdische Explosionen in der Nähe beider Brückenauffahrten gegeben. Das Personal im Lagebesprechungsraum versuchte immer noch, alle Informationen zu sichten und zu sortieren.

»Wie ist der Zustand der Brücke?« fragte Hush.

»Sie steht, aber ein Zug ist fast durch die Trasse in voller Länge der Brücke gestürzt. Man kann Räder der Waggons über den Fluß hängen sehen. Von Beschädigungen der Konstruktion ist nichts bekannt, aber man hat den Lastkahn- und Schiffsverkehr gestoppt, bis man weiß, was dort genau los ist. Es gibt dort eine zweite, parallel verlaufende Brücke, aber die ist außer Betrieb.«

Der Direktor wird außer sich sein, dachte Hush. Vermutlich war es an der Zeit, diesen Fall dem Nationalen Sicherheitsrat zu übertragen, wie Carswell zweifellos in ein paar Stunden vorschlagen würde. Und er, Hush Hanson, und seine Einsatzgruppe konnten immer noch nichts vorweisen. Er hatte plötzlich den Wunsch, an keiner Konferenz der Einsatzgruppe mehr teilzunehmen. Er wollte hinaus zum Mississippi und diesen Attentäter jagen, bis er ihn fassen würde. Er ging hinüber zur großen Landkarte, die vom Kartendienst der Eisenbahngesellschaften zur Verfügung gestellt worden war.

Rote Nadeln steckten an drei Stellen längs des Stromes. Drei Brücken in einer Reihe. Thebes, St. Louis und jetzt Memphis. Als ob der Täter sich den Fluß hinabarbeitete. Der Täter? dachte er. Können wir sicher sein, daß es nur einer ist? Hushs Grübeleien am vergangenen Abend waren nicht sehr erfolgreich gewesen. Seine Gedanken waren immer wieder durch Bilder von Carolyn Lang abgelenkt worden, die er auf der Chaiselongue hatte liegen sehen. Hush fuhr mit dem Zeigefinger an der dicken blauen Linie entlang, die den Fluß darstellte. Das nächste Ziel würde logischerweise Vicksburg sein. Was, zum Teufel, brachte einen Einzeltäter dazu, Eisenbahnbrücken zu sprengen? Es war wahrscheinlicher, daß es sich um eine Tätergruppe handelte, doch es gab keine Anzeichen darauf.

»Mr. Hanson, Sir?« rief ein Agent. »Ich habe einen Morgan Keeler in der Leitung.«

Hush nahm den Anruf am Schreibtisch des Agenten entgegen und drückte einen Finger in das freie Ohr, um die Geräusche ringsum abzuschwächen.

»Hanson?« sagte Keeler. »Ich habe soeben eine Nachricht von unserer Einsatzzentrale in Baton Rouge erhalten. Ich kann nicht glauben, was ich gehört habe.«

»Wir sind auch nicht begeistert, Mr. Keeler. Wo sind Sie jetzt?«

»Ich bin in St. Louis im Sicherheitsbüro der Küstenwache. Ich hoffe, ich bekomme einen Hubschrauber, der mich nach Memphis runterbringt, irgendwann beim ersten Tageslicht. Wir müssen diese Leute stoppen, bevor sie das nationale Schienennetz ruinieren. Sie können sich nicht den Stau vorstellen, der sich im Schienennetz um die Rangierbahnhöfe in

St. Louis aufbaut, ganz zu schweigen von dem des Schiffsverkehrs. Jeder dreht durch.«

»Ich kenne das Gefühl, Mr. Keeler. Hier sind die Leute ebenfalls ziemlich verrückt. Und es wird noch schlimmer, wenn das offizielle Washington aufwacht. Ich spielte mit dem Gedanken, die Stadt zu verlassen.«

»Das sollten Sie tun«, sagte Keeler. »Ihre Einsatzgruppe setzt nicht gerade die Welt in Flammen, oder?«

Hush antwortete nicht darauf, weil er fand, daß sich das erübrigte.

»Erinnern Sie sich, daß wir eine Theorie hatten?« sagte er schließlich. »Daß wir es nicht mit irgendeiner Terroristengang zu tun haben, sondern mit einem Einzeltäter?«

»Ja, ich erinnere mich.«

»Gibt es weitere Gedanken dazu?«

Jetzt schwieg Keeler einen Moment. »Ich glaube immer noch, es ist machbar«, sagte er dann. »Obwohl ich mir diese Sache in Memphis erst ansehen muß. Was ich höre, ergibt allerdings keinen Sinn. Sagen Sie mir, haben Sie einen Verdächtigen?«

»Nein, aber die Täterfrage ist entscheidend für unsere Nachforschungen. Terroristengruppen kommt man durch einen Vergleich der Vorgehensweisen und mit guter Arbeit des Nachrichtendienstes auf die Spur. Eine Einzelperson ist schwerer zu ermitteln, es sei denn, sie verlangt Lösegeld oder stellt politische Forderungen, etwas in dieser Art. Was stört Sie an dem Anschlag von Memphis?«

»Die Berichte von unterirdischen Explosionen. Das ergibt keinen Sinn, aber ich habe den Tatort natürlich noch nicht gesehen. Ich kann Ihnen im Augenblick nur sagen, daß er da Sprengstoffladungen lange vor den verschärften Sicherheitsmaßnahmen der Bahngesellschaften angebracht haben muß. Wir haben seit dem Anschlag auf die Brücke von St. Louis all diese Konstruktionen nach Bomben absuchen lassen.«

»›Wir‹ heißt …«

»Das Pionierkorps und die Eisenbahningenieure.«

»Richtig. Wir versuchen gerade, Kontakt mit Captain Powers aufzunehmen.«

»Falscher Staat«, sagte Keeler. »Die Frisco Bridge verläuft zwischen Arkansas und Tennessee.«

Hush erzählte ihm von Powers' Ernennung zum Koordinator der verschiedenen Staatspolizeien. »Er wird die Staatspolizei von Arkansas und Tennessee zur Eile antreiben. Auf ihn werden sie schneller hören als auf uns Bundespolizisten.«

»Nun gut. Was haben *Sie* vor?«

»Ich reise nach Memphis. Ich nehme an, ich sehe Sie dort, oder?«

»Richtig«, sagte Keeler. »Und jemand sollte sich was einfallen lassen, um die Brücke von Vicksburg zu schützen. Wenn er planmäßig vorgeht, ist das die nächste südlich von Memphis.«

»Das wissen wir«, erwiderte Hush. »Ich habe mich soeben darum gekümmert. Bis heute abend haben wir vielleicht die Nationalgarde darauf postiert.«

»Wenn das nötig ist, postieren Sie sie auf *allen* Mississippi-Brücken«, sagte Keeler. »Hören Sie, Hanson, ich nehme diesen Scheiß persönlich. Für mich sind das *meine* Brücken. Ich habe den großen Eisenbahngesellschaften seit zwanzig Jahren in den Ohren gelegen, daß sie ein *Minimum* des Notwendigen tun, um diese schönen alten Dinger vor dem Einsturz zu bewahren. Beeilen Sie sich also, und schnappen Sie diesen Bastard.«

Hush versprach, sein Bestes zu tun. Dann legte er auf. Er dachte daran, daß er in ein paar Stunden dem FBI-Direktor und den ADs im Konferenzraum gegenübersitzen und ihnen erklären mußte, daß er und seine Einsatzgruppe keine Verdächtigen und nicht einmal Spuren vorweisen konnten. Das war keine angenehme Vorstellung.

»Agent Styles«, rief er. »Beschaffen Sie mir einen Flug nach Memphis. Ich möchte bei Tagesanbruch in der Luft sein.«

»Jawohl, Sir«, sagte Styles. »Werden Sie das dem Direktor und dem Deputy melden, Sir?«

»Ja, das werde ich. Aber aus dem Flugzeug, wenn Sie verstehen, was ich meine.«

Styles grinste und griff zum Telefon. Hush kehrte zurück zum Haupttisch und las noch einmal die Berichte, die aus Memphis eingetroffen waren. Im Unterbewußtsein war ihm klar, daß er nicht nur aus dem Hauptquartier herauskommen mußte, sondern auch aus Washington. Von jetzt an blieb er besser im Außendienst und hoffte, diesen Kerl zu schnappen und dadurch seinen Job zu behalten. Und was sollte er in puncto Carolyn Lang tun? Sie hierlassen, damit sie die Arbeit der Einsatzgruppe koordinierte? Das ist normalerweise die Aufgabe eines Deputys; deshalb ist sie meine Stellvertreterin, dachte er. Andererseits war es ihr gegenüber unfair. Die Einzeltäter-Theorie, die Hush zunehmend für die richtige Spur hielt, stammte schließlich von Carolyn Lang. Und sie würde sich mit Carswell auseinandersetzen und sich vom Direktor anhören müssen, daß die Einsatzgruppe völlig versagt habe, während er, Hush Hanson, seine Zelte abbrach und in der Wüstennacht verschwand.

Er legte den Stapel Fernschreiben ab und starrte auf die Landkarte. Erst Thebes, dann St. Louis und jetzt Memphis. Wenn es sich um einen Einzeltäter handelte, war er mobil und hatte vermutlich alles, was er brauchte, vor langer Zeit vorbereitet, genau wie Keeler gesagt hatte. Hush fragte sich, ob der Kerl sich *alle* Eisenbahnbrücken über den südlichen Mississippi vornehmen wollte. Du meinst, die drei Brücken, die noch stehen, tadelte er sich. Worauf, zum Teufel, war dieser Dreckskerl aus? Seine Taten deckten bis jetzt eine Strecke von 400 Kilometern ab. Hush rief Styles zu sich.

»Informieren Sie das Büro Memphis, daß ich dort eine Konferenzschaltung zum Lagebesprechungsraum vier haben möchte. Und sagen Sie ihnen, daß ich heute nachmittag gegen siebzehn Uhr eine Konferenz einberufen will. Teilnehmer: SAC Memphis, SAC St. Louis, Captain Powers und so viele Repräsentanten aller Staatspolizeien, wie er mitbringen will. Ebenfalls dieser Brückenexperte vom Pionierkorps, Morgan Keeler.«

Styles schrieb hektisch in sein Notizbuch. Hush ließ ihm einen Moment Zeit, um aufzuholen, ehe er fortfuhr.

»Bestellen Sie der Einsatzabteilung, daß ich den Vorfall dem Direktor telefonisch vom Flugzeug aus melden werde. Wenn ich das erledigt habe, sagen wir gegen 18 Uhr 30, werde ich Agent Lang anrufen und sie bitten, hier in Washington die Leitung der Einsatzgruppe zu übernehmen. Wir werden sie mit so vielen Informationen füttern, wie wir in Memphis bekommen können, und sie kann die Fäden in Washington ziehen. Unterdessen informieren Sie Tyler Redford über die Ereignisse. Ich will, daß er Agent Lang soviel wie möglich hilft.«

Als Hush in der Luft und eine Stunde von Washington entfernt war, rief er die Privatnummer des FBI-Direktors über die gesicherte Leitung an. Er hatte mit dem Gedanken gespielt, den Weg über den Deputy Director zu wählen, sich dann jedoch dagegen entschieden. Zum Teufel damit. Er war ein AD, kein stellvertretender Deputy Director. Er berichtete, was er über den Anschlag auf die Frisco Bridge wußte, hörte sich einige Wutausbrüche an und erklärte dann, er werde den

Außendienst leiten, während Agent Lang die Führung des Washingtoner Zirkus übernehme, der sich bald entwickeln würde. Zu seiner Überraschung war der Direktor damit einverstanden. Hush nutzte die Gelegenheit, ihm Carolyns Beweggründe für die Einzeltäter-Theorie zu schildern, hauptsächlich weil der Nachrichtendienst keinerlei Erkenntnisse hatte.

»Agent Lang hat die alte Frage ›Wer gewinnt dabei?‹ umgekehrt«, sagte Hush. »Sie hat sich ausgerechnet, daß dem Eisenbahnnetz der meiste Schaden zugefügt werden kann, indem man sich auf seine Achillesferse konzentriert: die großen Brücken über den Mississippi.«

»Sie meinen, der Trainman könnte selbst ein Eisenbahner sein? Jemand innerhalb der Eisenbahngesellschaften? Ein verärgerter Angestellter?«

Hush griff die Bezeichnung ›Trainman‹ auf. Der Direktor hatte sie bei diesem Telefonat zum zweitenmal benutzt. »Wir hatten den gleichen Gedanken, Sir, und wir nennen es Operation Trainman. Wer auch immer der Täter ist, er weiß anscheinend viel über die Operationen der Eisenbahngesellschaften bezüglich dieser Brücken. Und er hat offenbar ziemlich guten Zugang zu ihnen, jedenfalls zu denen von Thebes und St. Louis.«

Es folgte ein Moment Schweigen. Dann erkundigte sich der Direktor, wie Carolyn Lang ihre Sache machte.

»Sehr professionell, Sir. Ich glaube, sie hat sich soeben von ihrer Verletzung in St. Louis erholt. Sie wird mich vermutlich hassen, weil ich sie in Washington zurücklasse.«

»Das gehört zu Ihrem Job als Deputy der Einsatzgruppe«, erwiderte der Direktor und klang jetzt völlig wach. »Hören Sie, wir stehen allmählich unter heftigem Beschuß wegen dieser Vorfälle und dem Mangel an Fortschritten in der Ermittlung. Bis jetzt konnte ich den Leuten auf meiner Ebene sagen, jeder, der irgendeine schlaue Idee hat, soll vortreten, aber lange wirkt das nicht mehr. Wir brauchen Erfolge und zwar schnell. Wir haben ebenfalls vom Weißen Haus gehört. Eisenbahngesellschaften sind keine unbedeutenden politischen Faktoren.«

»Jawohl, Sir«, sagte Hush. »Deshalb fliege ich dorthin. Ich habe vor, im Außendienst zu bleiben, bis wir diese Nuß geknackt haben.«

»Lieber früher als später, Mr. Hanson. Halten Sie uns auf dem laufenden. Ich will von Lang über den neuesten Stand der Operation Trainman informiert werden, sobald ich heute morgen im Büro eintreffe.«

Hush legte den Hörer auf und atmete tief durch. Er warf einen Blick auf seine Armbanduhr. Carolyn würde ihn wegen seiner Entscheidung hassen. In einer Stunde würde er in Memphis sein. Er hatte geplant, sie kurz vor der Landung anzurufen, aber nach dem, was der Direktor soeben gesagt hatte, entschied er, es jetzt gleich zu tun. Immerhin habe ich den Direktor dazu gebracht, diesen verdammten Fall Operation Trainman zu nennen, dachte er. So kann ich das Gespräch wenigstens mit etwas Positivem beginnen.

Matthews beendete gerade seine morgendliche Rasur, als ein Anruf von der Einsatzzentrale kam. Colonel Mehle hatte soeben eine frühe Stabskonferenz bezüglich Zug 2713 angesetzt. Die Teilnehmer sollten in einer halben Stunde im Konferenzraum des Kommandeurs sein. »Was nun?« fragte Matthews den Offizier vom Dienst.

»Dieser Colonel erhielt vom Pentagon vor einer Viertelstunde eine persönliche Botschaft mit Vorrang; einer der Jungs aus der Fernmeldezentrale mußte sie ihm ins Quartier für ledige Offiziere überbringen. Mehr weiß ich nicht, Major.«

Matthews dankte ihm und beeilte sich, seine Uniform anzuziehen. Seine Frau lag noch im Bett, aber sie wachte auf, als er im Badezimmer umhertappte. Sie schaltete die Deckenbeleuchtung im Schlafzimmer ein und stellte automatisch die Morgennachrichten an. Matthews hatte gerade sein Hemd zugeknöpft, als er den Sprecher über die Brücke von Memphis reden hörte. Er trat aus dem Badezimmer und starrte mit wachsendem Entsetzen auf den Fernseher, der Bilder der Frisco Bridge im Morgengrauen zeigte.

Er fluchte. Bei einer der Loks für Zug 2713 hatte es gestern ein Problem mit der Elektrik gegeben, und sie warteten nach wie vor auf Ersatzteile. Und nun dies.

»Was ist los?« fragte Ellie, immer noch nicht ganz wach.

»Diese Brücke sollte 2713 über den Mississippi nehmen. Zuerst das Problem mit der Lok, und jetzt das. Mehle wird toben.«

»Was wird geschehen?« fragte sie.

»Ich nehme an, wir müssen die Fahrt von 2713 aufschieben. *Und* eine andere Route ausarbeiten. Diese Scheiße mit den Mississippi-Brücken wird ernst. Und uns läuft die Zeit davon.« Er schnappte sich den Rest seiner Uniform und verließ das Schlafzimmer, bevor seine Frau weitere Fragen stellen konnte.

Hush landete um 8 Uhr 30 in Memphis. Anderthalb Stunden später fuhr er mit Powers zur Besichtigung der Wasseraufbereitungsanlage.

»Von hier aus haben sie den Anschlag durchgeführt«, sagte Powers und wies auf die geschwärzte Rückwand des Kontrollgebäudes. Die Reste eines zerfetzten Propangas-Tanks reckten schwarze Metallarme hoch, als wollten sie den ebenfalls schwarzen Beton umarmen. Ein Graben von fast einem Meter Tiefe war in Richtung der Brücken aus der Erde gerissen worden. Powers wurde von den Leitern der CID-Teams der Staatspolizei von Arkansas und Tennessee und einer Gruppe von Offiziellen des Wasserwerks von Memphis begleitet. Einige FBI-Agenten des Büros Memphis standen herum und beobachteten das Spurensicherungs-Team der Staatspolizei von Arkansas bei seiner Arbeit.

»Dieser offene Graben führt direkt zur Brücke«, sagte der Mann vom Wasserwerk. »Es war ein Zwanzig-Zoll-Wasserrohr – das Einlaßrohr unserer Anlage in das Wasserversorgungsnetz in Memphis.«

»Wasserrohr?« fragte Hush und sah sich verwundert um. Was, zum Teufel, hatte ein Wasserrohr mit dem Anschlag auf eine Brücke zu tun?

Powers beantwortete seine unausgesprochene Frage. »Die Leute vom Wasserwerk *nehmen an*, die Täter haben das Wasser aus dem Hauptleitungsrohr ablaufen lassen und es irgendwie mit Propangas gefüllt.«

»Aber warum?« hakte Hush nach.

»Weil dieses große Rohr unter der Bahntrasse der Frisco Bridge über den Mississippi führt.«

»Aha.«

»Vermutlich Propan und irgendein Oxydationsmittel«, sagte der CID-Leiter der Staatspolizei von Arkansas. »Propan allein würde es nicht schaffen. Wir müssen diesen Tank inspizieren, sobald wir den Rest davon finden. Könnte draußen in diesen Lagunen liegen. Oder auf dem Mars.«

»Aber wäre das ausreichend, um eine so große Brücke zu sprengen?« fragte Hush.

»Aber ja«, sagte der Ingenieur des Wasserwerkes. »Stellen Sie sich ein Rohr mit einem Durchmesser von zwanzig Zoll vor, vielleicht tausenddreihundert Meter lang unter dieser Brücke, gefüllt mit Propangas und irgendeinem Oxydationsmittel? Oder sogar mit Luft, was das anbetrifft. Sie brauchten nur elf, zwölf Prozent Konzentration. Denken Sie an eine zwei-, dreitausend Kubikmeter Rohrbombe. Da kommt wirklich Freude auf.«

»Verdammt!« murmelte Hush und versuchte, sich die Stärke vorzustellen.

»Ja. Die Brücke steht nur noch, weil das meiste der Sprengkraft ins Leere ging. Aber laut Brückenexperten hat sie gereicht, um das Gleisbett zu ruinieren.«

»Das Rohr befand sich direkt unter der Bahntrasse«, sagte Powers. »Die Hauptkonstruktion ist anscheinend intakt, aber das Gleisbett sieht schlimm aus. Und es war ein Zug darauf. Dieser Brückenknabe von der Army, Keeler, ist jetzt dort oben.«

Hush blickte auf den Graben im Boden, als ihm eine Erkenntnis kam. »Eisenbahnen«, murmelte er. »Er hat es nicht auf die Brücken abgesehen, sondern auf die Eisenbahnen.«

Powers ergriff Hush am Ellenbogen und führte ihn von den anderen fort. »Er?« fragte Powers.

Hush erklärte schnell, was zumindest seine Seite des FBI dachte, und fragte Powers dann, ob er alle Repräsentanten der Staatspolizei am Nachmittag ins FBI-Büro Memphis bestellen könne. Er erzählte Powers, daß er dort eine lokale Einsatzzentrale errichten werde und man beim FBI annehme, auf die Brücke bei Vicksburg könne der nächste Anschlag verübt werden.

Powers versprach, das Treffen zu arrangieren, und schlug Hush anschließend vor, die Brücke selbst zu besichtigen. Hush beauftragte den Senior Agent des FBI-Büros Memphis festzustellen, wie die forensischen Teams des Staates ihre Arbeit organisierten. Während Powers mit den beiden CID-Leitern des Staates sprach, machte Hush einen Rundgang durch die Wasseraufbereitungsanlage. Es gab keine anderen sichtbaren Anzeichen auf Beschädigungen außer dem Propangas-Tank und diesem häßlichen Graben, der die Erde aufgerissen hatte wie eine schreckliche Wunde. Aufgrund der Überreste schätzte er, daß der Tank ein paar Tausend Gallonen Propan enthalten hatte. Da dieses Gas schwerer als Luft ist, hatte ihn der Attentäter mit etwas – vielleicht mit Preßluft – unter Druck setzen, ihn mit dem großen Wasserrohr verbinden und dann abwarten müssen. Dafür brauchte man allerdings keine komplizierten Rohre oder Schläuche. Nichts davon war Hochdrucktechnik. Hush wußte, daß die Brücke scharf bewacht worden war. Offenbar hatte das auch der Attentäter gewußt. Und er weiß noch etwas, dachte Hush. Er weiß, daß alle Brücken Leitungen haben, Telefonfernleitungen, Wasserrohre und manchmal sogar Pipelines für Ölprodukte. Je größer die Brücke, desto mehr Rohre und Kabel verlaufen darunter. Er blickte zu den Laborleuten, die sich mit dem Gastank beschäftigten.

Operation Trainman. Carswell würde sauer sein, aber sie hatten jetzt den Segen des Direktors. Vielleicht hatte der Direktor von Anfang an recht gehabt. Ihr Täter wußte anscheinend alles Nötige über seine Ziele. In diesem Fall hatte er nicht in unmittelbarer Nähe der Brücke agiert; er hatte ein Wasserrohr von 20 Zoll Durchmesser aus sicherer Entfernung gesprengt und das Sicherheitspersonal völlig überrascht.

Ein zweiter Gedanke. Bei den ersten beiden Anschlägen war Sprengstoff auf die Brücken transportiert worden. Dieser Anschlag jedoch mußte wirklich umfassend vorausgeplant worden sein. Der Trainman hatte gewußt, daß zum Zeitpunkt seiner Aktionen die Sicherheitsmaßnahmen verschärft sein würden. Was bedeutete, daß er nicht mehr des Nachts über eine Brücke spazieren und Detacord verlegen konnte. Dies bestärkte Hush in seinem Verdacht, daß die Taten gegen die Eisenbahngesellschaften der Nation gerichtet waren, nicht gegen die Brücken. Sie waren nur eine Möglichkeit, um die Bahngesellschaften zu schädigen. Im südlichen Abschnitt waren nur noch drei übrig: Vicksburg, Baton Rouge und New Orleans. Die Transportbehörde schätzte, daß die Eisenbahngesellschaften annähernd 40 Prozent ihrer transkontinentalen Transportkapazität verloren hatten. Jetzt muß es in Washington wirklich interessant werden, dachte Hush.

Er hielt nach Powers Ausschau, aber der Captain sprach noch mit seinen Kollegen, von denen einer mit seinem Handy telefonierte. Hush zog sein eigenes Mobiltelefon hervor und rief im Lagebesprechungsraum 4 des FBI-Hauptquartiers an, wo er Agent Lang verlangte. Der Beamte vom Dienst sagte ihm, daß Agent Lang in einer Konferenz mit dem Direktor und den Abteilungsleitern sei, daß er ihn jedoch mit Tyler Redford verbinden könne.

»Tyler, fandest du die Nachrichten heute morgen interessant?« fragte Hush.

»Oh, stellenweise waren sie nicht allzu langweilig«, ging Redford auf das Spiel ein. »Heinrich ist jede Stunde mit Schaum vorm Mund bei uns aufgetaucht, der Stab des Weißen Hauses schickt einen ständigen Repräsentanten, um ›die Koordination‹ mit uns hier in Raum 4 zu erhöhen, der Nationale Sicherheitsrat tagt heute nachmittag, die Nationalgarde wird vermutlich eingesetzt, um für Sicherheit mit militärischem Niveau für alle verbliebenen Mississippi-Brücken zu sorgen, und wir haben Besprechungsraum 5 übernommen, um all die zusätzliche, hochkarätige Hilfe unterzubringen. Aber sonst ist nicht viel los, Boß.«

Hush kannte Redford und seine Frau, die in der Personalabteilung des FBI arbeitete, seit langer Zeit. »Tut mir leid, daß ich all dies verpaßt habe«, sagte er. »Wie hält Lang die Stellung?«

»Nach der Menge Scheiß zu schließen, die sie vom Häuptling hören muß, würde ich sagen, sie liebt dich nicht mehr«, erwiderte Redford. »Sie muß viel Zeit mit Heinrich verbringen. Interessant, Leute, die Bescheid wissen sollten, beginnen zu reden, daß sie vielleicht tatsächlich darauf scharf ist, dich abzulösen.«

»Paß auf, wem du das sagst, Ty. Und wenn sie näher an ein Pulverfaß heran will, soll sie nur.«

»Dieses Pulverfaß könnte uns allen um die Ohren fliegen, Hush. Sieh mal, diese Sache wird immer beschissener, und je mehr Behörden wir ins Spiel bringen, desto mehr jammert der Häuptling über den Mangel an Erfolg. Carswell sitzt auf dem Abstellgleis und pflichtet ihm bei jeder Gelegenheit bei. Wenn du irgend etwas vorzuweisen hast, dann brauchen wir es hier, und zwar dringend.«

Hush beschrieb die Methode des jüngsten Anschlags. »Sag allen Betroffenen, daß wir am späten Nachmittag etwas mehr wissen«, schloß er. »Und sorge dafür, daß die Brücke bei Vicksburg höllisch gut bewacht wird. Dieser Typ geht nach einem Schema vor, und sie ist die nächste stromabwärts. Bestell der Lang, daß ich gegen Mittag versuchen werde, sie in Raum 4 zu erreichen.«

Hush hörte, wie eine Tür geschlossen wurde, und plötzlich verstummten die Hintergrundgeräusche am anderen Ende der Leitung. »Ich werde es ihr ausrichten, Hush«, sagte Redford. »Aber du solltest das Problem persönlich mit dem Direktor oder wenigstens mit Heinrich besprechen. Es gefällt mir gar nicht, was ich über diese Frau höre.«

»Ich sehe kein Problem, Ty. Es paßt auch nicht zusammen. Wärst du denn scharf auf meinen Posten? Möchtest du denn gerade jetzt diesen beschissenen Fall übernehmen? Sieh mal, als ich heute morgen mit ihr telefonierte, sprang sie bei der Nachricht, daß ich hierhin fliege und sie dort zurücklasse, nicht gerade vor Begeisterung in die Luft.«

»Ich weiß«, sagte Redford. »Trotzdem, paß auf deinen Rücken auf, und halte dir einen Draht nach oben offen. Ich muß mich jetzt beeilen – das neue Bunny vom Weißen Haus ist eingetroffen.«

»Ist sie hübsch?«

»Ich glaube, es ist ein Er.«

Powers Geländewagen holperte über eine behelfsmäßige Brücke aus Stahlplatten, die den gezackten Riß im Erdboden bedeckte, wo das Hauptwasserrohr gelegen hatte, und fuhr durch einen Kordon von Rettungswagen und Polizeifahrzeugen am Fuß der I-55-Autobahnbrücke. Die beiden Eisenbahnbrücken befanden sich jenseits davon. Sie meldeten sich bei der mobilen Einsatzzentrale, die von der SWAT-Abteilung der Memphis City Police geliehen war und gegenüber von einem Bahnübergang unter der Brücke parkte. Etwa 20 Meter von ihr entfernt stand ein Zug der Union Pacific mit drei Loks und einer scheinbar endlosen Reihe geschlossener Güterwagen auf den Gleisen. Als sie aus dem Wagen stiegen, nahmen sie den Geruch von Propan und verbrannter aufgewühlter Erde wahr. Der Graben füllte sich bereits mit Flußwasser.

Der Tatort war Hush nur zu vertraut: unzählige Polizei- und Rettungswagen, Cops, Eisenbahner, Gaffer und Männer von Pionierkorps und der Küstenwache. All die üblichen Verdächtigen, dachte Hush sarkastisch. Er konnte eine ähnliche Versammlung jenseits des Stromes auf der Memphis-Seite sehen, wo gelbe und blaue Stroboskoplampen um den Fuß der Brücke angebracht waren. Die Nachhut von der Ankunft eines AD des FBI, die über Funk verbreitet wurde, löste helle Aufregung unter all den Polizisten aus. Powers und Hush, begleitet vom ASAC des FBI-Büros Memphis und mehreren

Vertretern der Polizei von Arkansas und Memphis, gingen über die Bahntrasse zur Brückenauffahrt hinauf.

Auf den ersten Blick wirkte die Brücke nicht schlimm beschädigt, doch ab der Stelle, an der sich das Hauptwasserrohr mit dem Gleisbett vereinigte, schien ein Riese mit einem Dosenöffner herumhantiert zu haben. Die meisten der Schwellen waren zerfetzt oder verbrannt, die Schienen zwischen Teilen von Streben des Gitterwerkes der Brücke verbogen. Eine Kolonne von Getreidewaggons stand auf der Steigung, alle in einem verschiedenen Winkel, einige wirkten nur halb so hoch wie der nächste.

Ein erschöpft wirkender Morgan Keeler kam ihnen über den Schienenstrang entgegen und achtete offenbar nicht auf dessen Zustand. Hush wußte, daß er nicht in der Lage gewesen wäre, so über die ramponierten Schwellen zu balancieren. »Mr. Hanson«, sagte Keeler, zog seine Handschuhe aus und trat näher, um ihm die Hand zu reichen. Er trug einen grünen Overall der Army und einen Schutzhelm der Union Pacific, den er in den Nacken schob, damit er zu Hush aufschauen konnte.

»Mr. Keeler«, sagte Hush. »Es muß aufhören, daß wir uns unter solchen Umständen treffen. Was haben wir diesmal?«

»Einen sehr raffinierten Teufel, wenn Ihre Theorie von einem Einzeltäter stimmt«, sagte Keeler und blickte hinauf zum Ende des entgleisten Zuges. »Warten Sie, bis Sie sehen, was er angerichtet hat.«

»Wird die Brücke einstürzen?«

»Das weiß ich noch nicht«, sagte Keeler. »Das Gleisbett ist zerfetzt. Vielleicht kann ein Bergungskran hier rauffahren und die Wagen runterholen, aber man wird vermutlich erst neue Schienen legen müssen. Tatsache ist, daß wir noch nicht genau wissen, welche Schäden die Brückenkonstruktion genommen hat.«

»Aber Sie meinen, sie wird nicht einstürzen.«

»Nun, vielleicht nicht. Dort oben ist ein schwerer Getreidezug. Ein paar Tausend Tonnen werden direkt durch die Fachwerkelemente gestützt, die nicht dafür vorgesehen sind. Wenn wir verformte Bolzen, herausgeblasene Nieten, Materialüberlastung bei den T-Trägern finden? Dann brauchen wir eine neue Brücke.«

Hush fluchte leise. Powers zupfte an seinem Ärmel. »Wir müssen diesen Anschlag rekonstruieren, und er hat nicht von hier aus operiert«, sagte er.

Hush dachte kurz darüber nach. Powers hatte recht. Der Anschlag hatte in der Anlage des Wasserwerkes stattgefunden. Das beschädigte Gleisbett war nur das Resultat.

Der ASAC des Büros Memphis ergriff das Wort. Es war ein dünner Mann mit verkniffenem Gesicht, der L. Watkins Thomas hieß und anscheinend viel älter als Hush war. Er hatte Hush bereits erklärt, daß der SAC des FBI-Büros Memphis in Kur sei. »Wir arbeiten mit den Kollegen von Arkansas an diesem Tatort, Mr. Hanson. Wer auch immer für diesen Anschlag verantwortlich ist, er ist durch den Zaun der Wasseraufbereitungsanlage eingedrungen, hat sich an einigen ziemlich großen Ventilen zu schaffen gemacht und dann irgendwie aus einem großen Propangas-Tank eine explosive Gasmischung in das Hauptwasserrohr geleitet. Es gibt viele Möglichkeiten, dort Beweismaterial zu sammeln und aus der Kenntnis des Täters Spuren zu verfolgen.«

»Welche Spuren?« fragte Powers.

»Man braucht Spezialwissen, um so etwas zuwege zu bringen«, sagte Thomas. »Die Täter müssen Kenntnisse über den Verlauf des Wasserrohres haben, müssen wissen, daß niemand bis zum nächsten Morgen dort rauskommt, nur weil sie die Chlorierung abstellen, und es muß ihnen bekannt sein, daß Propangas aus einem Tank durch Verdunstung entweicht, nicht durch Druck, und daß dieses Gas nicht ausreicht, um eine derartige Wirkung zu erzielen.«

»Und sie müssen wissen, was mit der Brücke passiert, wenn dieses Rohr explodiert«, fügte Powers hinzu.

»Richtig.« Thomas nickte. »Wir suchen also nach einer Gruppe – oder einer Einzelperson. Wer hat schon Kenntnis von all diesen Dingen *und* die Möglichkeit, sein Wissen in die Tat umzusetzen? Und einen Grund dafür. Das könnte zu Anhaltspunkten führen.«

Hush nickte. Thomas konzentrierte sich auf den vorliegenden Fall. Und das sollte *ich* ebenfalls tun, sagte er sich. »Mr. Keeler«, fragte er, »wenn Sie diese Brücke wieder betriebsbereit machen müßten, wären Sie dazu in der Lage?«

»Das hängt davon ab, wieviel Wert Sie auf die Sicherheit legen«, antwortete Keeler. »Wenn die Eisenbahner herankommen können, sind diese Waggons ziemlich schnell zu entfernen. Aber man wird zuerst neue Gleise und Schwellen zum Ende dieses Zuges verlegen müssen. Dann wird es schwierig: einen Kranzug raufschicken, einen Waggon hochhieven, zurückbringen und auf ein Bergungsgleis setzen, einen Reparaturzug raufschicken und das Gleis auf eine Waggonlänge ersetzen. Den Reparaturzug zurück-, den Kran hochschicken – und so weiter. Aber die Brükke ...«

»Ja, ich verstehe, vielleicht ist die Konstruktion beschädigt. Aber bis man diese Brücke wieder in Betrieb nehmen könnte, wie lange würde das dauern?«

Keeler blickte zum leitenden Ingenieur der Streckenwartung, der mit den Schultern zuckte. »Eine wilde Vermutung?« fragte der Ingenieur. »Arbeit rund um die Uhr und von beiden Seiten? Etwa 72 Stunden.«

»Aber keine normale Auslastung, Bill, richtig?« wandte Keeler ein. »Ich meine, wir müßten die Belastung der Brücke beschränken. Festlegen, welche Art Züge sie überqueren können.«

Der Ingenieur nickte. »Ja, aber der Mann sprach von Inbetriebnahme. Das ist meine grobe Schätzung.«

Hush nickte. »Wir halten heute um 15 Uhr im FBI-Büro Memphis eine Konferenz ab«, sagte er. »Aber als Leiter der Einsatzgruppe des Bundes möchte ich darum bitten, daß die Eisenbahngesellschaft jetzt die Instandsetzung dieser Brücke schnellstmöglich durchführt. Wir brauchen hier einige gute Nachrichten, Leute. Die Instandsetzung dieser Brücke wäre eine positive Entwicklung, die bei Thebes oder St. Louis nicht möglich war. Werden Sie das versuchen?«

Die Eisenbahner schauten zu Keeler und sahen dann einander an. Der leitende Ingenieur erklärte, er werde bei der Zentrale der Gesellschaft anrufen und feststellen, wieviel Hilfe sie von anderen Gesellschaften bekommen und was sie in Gang setzen konnten. Hush dankte ihnen und zog dann Keeler und Powers zur Seite.

»Ich finde, Mr. Keeler, Sie sollten runter nach Vicksburg fahren. Ich möchte, daß Sie eine persönliche Inspektion dieser Brücke durchführen, und zwar unter dem Gesichtspunkt, daß daran manipuliert wurde. Schließen Sie keine Möglichkeit aus. Rohre, Drähte, Kabel, Versorgungsleitungen, Dynamit in Geländern, nukleare Brieftauben – alles nur Erdenkliche. Können Sie mir folgen?«

Keeler nickte. Er sagte, er werde vor Beginn der Reparaturarbeiten nach Memphis zurückkommen müssen, um die strukturelle Sicherheit der Frisco Bridge zu überprüfen. Hush bat Keeler für die Konferenz am Nachmittag zu bleiben und danach so schnell wie möglich nach Vicksburg zu reisen. Dann wandte er sich an Powers.

»Wir beide sollten uns mit den anderen die Wasseraufbereitungsanlage noch einmal ansehen und versuchen, daraus

Schlüsse zu ziehen. Und wir sollten nicht das Motiv vergessen.«

»Sie meinen, wir sollen etwas Polizeiarbeit erledigen?«

»Genau das meine ich«, sagte Hush. »Dies hier war ziemlich kompliziert. Thomas hat recht. Dort sollte einiges Beweismaterial zu finden sein.«

Hush erreichte Carolyn Lang schließlich telefonisch um 13 Uhr vom FBI-Büro Memphis aus. Sie klang gequält. Er fragte sie als erstes, wie sie sich fühlte.

»Die Antibiotika führten zu einigen Verdauungsproblemen«, sagte sie. »Aber die Infektion ist abgeklungen. Körperlich ist alles in Ordnung bei mir. Geistig ist das fraglich.«

»Das qualifiziert Sie für das Hauptquartier«, sagte er und lachte. »Wie benimmt sich der Boß?«

»Der Direktor ist ziemlich beunruhigt, was natürlich bedeutet, daß Wellesley jeden anschnauzt, der ihm über den Weg läuft. Carswell drängt darauf, den Fall zu übernehmen. Werden Sie tatsächlich heute nachmittag positive Neuigkeiten für uns haben?«

Er erklärte, was er in Memphis in Gang gebracht hatte, sowohl bei der Staatspolizei als auch bei den Eisenbahngesellschaften. Dann teilte er ihr seine Gedanken über das wahre Ziel des Täters mit.

»Züge, nicht Brücken«, sagte sie. »Okay, aber warum?«

»Das werden Sie herausfinden müssen. Ich möchte, daß Sie die Datenbank nach Personen durchsuchen lassen, die vielleicht einen Grund haben, Züge oder Eisenbahngesellschaften zu hassen.«

»Sie meinen, zum Beispiel jemanden, der bei einem Zugunglück verletzt wurde? Oder dessen Grundstück wegen einer Bahnlinie zu öffentlichen Zwecken enteignet wurde? In unserem System ist so was vermutlich nicht gespeichert.«

»Ich weiß, aber die Informationsabteilung wird wissen, wer über solche Daten verfügt. Möglicherweise die Bahngesellschaften. Lassen Sie Verbindung zu den Sicherheitsabteilungen der Eisenbahngesellschaften aufnehmen. Bitten Sie sie um eine Liste von Personen, die Grund haben, sie zu hassen oder die ihnen gedroht oder sie verklagt haben.«

»Mein Gott. Das könnte eine sehr lange Liste werden.«

»Ja, aber dann sortieren wir aus, indem wir uns zunächst auf Personen mit technischem Wissen über den Betriebsablauf der Bahngesellschaften und Kenntnissen über Sprengungen mit chemischen oder gasförmigen Stoffen konzentrieren. Sie wissen, die übliche Prozedur bei der Suche: Mit großem potentiellen Täterkreis anfangen und dann den Kreis immer enger ziehen. Ich hoffe, daß die Staatspolizei hier einiges Beweismaterial sammelt. Unser Täter brauchte jede Menge Zeug für seine Anschläge.«

»Verstanden«, sagte Carolyn. »Eine politische Bemerkung: Sollten nicht *Sie* das dem Direktor erzählen? Ich meine, als gute Nachricht?«

Er zögerte. »Ja«, sagte er schließlich. »Aber tun Sie es. Geben Sie ihm genug in die Hand, damit er bei der Konferenz des Nationalen Sicherheitsrats nicht schlecht aussieht. Das könnte auch Carswell den Wind aus den Segeln nehmen.«

»Okay«, sagte sie. »Obwohl ich immer noch meine ...«

»Ja, ich weiß, und Ihre Intuition ist richtig. Aber im Augenblick bin ich hier nützlicher, indem ich all diese Leute zur Zusammenarbeit bewege. Außerdem ist unser Bösewicht hier draußen, irgendwo am Mississippi.«

»Aber Sie wissen, wie die Dinge hier im Hauptquartier laufen«, sagte Carolyn. »Es ist wichtig, guten Kontakt mit den Vorgesetzten zu halten.«

»Davon kann ich mich jetzt nicht stören lassen, Carolyn. Dies alles ist eine Art Feldzug des Täters. Wir müssen seinen

Plan, sein Timing zerstören, aber wir müssen über die Wahlurne hinausdenken.« Er legte eine Pause ein und seufzte. »Über die Karriere hinaus. Hören Sie auf mich.«

Jetzt lachte sie. »Sie würden genau zu einigen unserer neueren Helferbienen von der Pennsylvania Avenue passen. Okay, ich werde zum obersten Boß gehen. Sollte ich sonst noch jemand informieren?«

»Das Team in Raum 4. Und Tyler Redford. Ich werde heute abend etwas Erfreuliches melden können, das hoffe ich fest.«

Matthews kramte in seiner Aktentasche nach Kopfschmerztabletten und spülte eine davon mit etwas kaltem Kaffee hinunter. Hill sah es und nahm ebenfalls eine. Es war Dienstag nachmittag, und sie saßen wieder im Konferenzraum des Kommandanten und warteten auf eine gesicherte Telefonverbindung mit Washington. Durch die offene Tür konnte Matthews in Colonel Andersons Büro schauen. Mehle saß an dessen Schreibtisch und telefonierte. Daneben standen die beiden Lieutenant Colonels, die Arme voller Aktenhefter. Auf dem Gang waren Militärpolizisten postiert, und Matthews hatte sogar den Kommandeur der Militärpolizei im Gebäude gesehen. Seit Mehle das Kommando des Depots übernommen hatte, war anscheinend überall in Anniston Militärpolizei. Wie Sturmtruppen.

»Wir hätten uns von Anfang an für Vicksburg entscheiden sollen«, sagte Matthews leise. »Jetzt könnten wir schon den Strom überquert haben.«

Die Ersatzteile für die Lok waren an diesem Morgen eingetroffen, und Lok zwei sollte laut Plan um 22 Uhr repariert und fahrbereit sein. Nach dem Ausfall der Brücke in Memphis hatte Colonel Mehle in einer Botschaft mit Vorrang vorgeschlagen, Zug 2713 über die Brücke in Vicksburg fahren zu lassen.

»Ja«, sagte Hill. »Hinterher ist man immer klüger. Das Problem ist, daß die Brücke Vicksburg normalerweise Gewichtsbeschränkungen hat. Das Ding ist alt.«

»Ist das der Grund?«

»Ich habe Mehle Vicksburg vorgeschlagen, als wir die neue Route ausgearbeitet haben, aber wir hätten das Gewicht reduzieren müssen. Das hätte genaue Angaben über die Fracht erforderlich gemacht, und zwar im voraus. Mehle sagte, ›Nein, planen Sie für Memphis.‹«

Matthews nickte. Das erklärte die Entscheidung für Memphis. Einer der Lieutenant Colonels bemerkte, daß Matthews und Hill sie durch die offene Tür beobachteten, und trat sie mit der Hacke zu. Matthews zeigte der geschlossenen Tür den Stinkefinger.

»Tom«, sagte Hill mit gesenkter Stimme. »Ich werde das nicht mitmachen.«

Matthews erstarrte. Das hatte er befürchtet. »Du bist hier der einzige, der als Begleiter des Zuges qualifiziert ist und …«, begann er, doch Hill ließ ihn nicht aussprechen.

»Ich habe gestern nacht versucht, die technischen Einzelheiten der Spezialwaggons herauszufinden«, sagte er. »Welche Sicherheitssysteme es gibt, welche Überwachung nötig ist. Was zu tun ist, wenn die Farbe der anderen Kontrollämpchen aufleuchtet. Einer der Typen vom Sicherheitsdienst für Sondertransporte hat mir praktisch die Tür vor der Nase zugeknallt.«

»Vielleicht tut man dir einen Gefallen, Carl«, sagte Matthews. »Vielleicht willst du gar nicht zuviel über diese Waffen wissen. Wenn ich der Zugbegleiter wäre, dann würde ich *gar nichts* darüber wissen wollen. So kannst du, falls etwas schiefläuft, Mehle und seinen Leuten die Schuld zuweisen, wo sie verdammt noch mal hingehört.«

Hill schüttelte den Kopf. »Das ist Gelaber von Winkeladvokaten, Tom«, sagte er. »Der Zugleiter ist verantwortlich für die Sicherheit der Operation von Tor zu Tor. Der chemische Teil des Transportes macht mir keine Sorgen: Ich weiß, was in diesen alten Behältern ist. Aber dieses atomare Zeug …« Er schüttelte den Kopf. »Ich glaube, die Kernwaffen sind in schlimmerem Zustand, als wir wissen, und Mehle und seine SS da drinnen vertuschen das.«

Matthews seufzte. Er kannte Carl Hill seit drei Jahren. Hill hatte eine sture Ader, besonders wenn es um Sicherheitsfragen ging, und genau das hatte ihn zu einem guten Zugleiter gemacht. Die Tatsache, daß Carl vermutlich recht hatte, half nichts.

»Okay, wenn du so darüber denkst, müssen wir Mehle informieren«, sagte er.

Hill lachte. »Du meinst, *ich* muß Mehle informieren, nicht wahr? Sieh mal, Tom, ich verstehe, in welcher Klemme du steckst. Du bist kurz vor dem Ende deiner zwanzig Jahre. Ich hingegen habe noch sieben vor mir. Ich kann Mehle überleben.«

Matthews wollte etwas erwidern, als die Tür von Andersons Büro geöffnet wurde und Mehle und die beiden Lieutenant Colonels in den Konferenzraum kamen.

»Die Telefonkonferenz ist nicht mehr nötig«, verkündete Mehle. »Ich habe den Befehl, Zug 2713 durch Baton Rouge fahren zu lassen.«

»Durch eine weitere Stadt?« fragte Hill, und sein Ärger war offensichtlich.

»Richtig, Major. Haben Sie ein Problem damit?«

Bevor Matthews etwas sagen konnte, stand Hill auf und warf seinen leeren Kaffeebecher aus Keramik quer durch den Konferenzraum, so daß er an der Wand über dem Abfalleimer in der Ecke zersprang. Plötzlich herrschte Totenstille im Raum.

»Zuerst Memphis und jetzt Baton Rouge?« schrie Hill. »Und ob ich ein Problem damit habe! Es ist gegen alle Vorschriften, gegen die der Army und sonstige. Außerdem ist es blöde. Wenn dort ein Unfall passiert ...«

»Akzeptiert«, sagte Mehle mit ruhiger Stimme. Matthews sah einen Ausdruck kalten Triumphes auf Mehles Gesicht. Als sein Blick auf das winzige rote Lämpchen der Gegensprechanlage auf dem Konferenztisch fiel, erkannte er, daß Hill in einen Hinterhalt getappt war. Die Bastarde hatten sie belauscht!

»Was?« fragte Hill verständnislos.

»Ihr Entlassungsgesuch ist akzeptiert, Major. Warten Sie bitte hier.«

Mehle nickte einem der Lieutenant Colonels zu, der sich erhob, bevor der geschockte Hill etwas sagen konnte, den Konferenzraum verließ und die Tür hinter sich schloß. Hill stand benommen da, und sein Gesicht lief rot an. Eine Minute später kehrte der Lieutenant Colonel in den Konferenzraum zurück, begleitet von Lieutenant Colonel Van-Sandt, dem Kommandeur der Militärpolizei des Depots. Hinter VanSandt traten zwei große Militärpolizisten ein. Mehle stand auf.

»Colonel VanSandt, nehmen Sie Major Hill in Untersuchungshaft wegen Verletzung der Sicherheitsvorschriften des Depots bezüglich Spezialwaffen«, befahl er. »Ich werde persönlich die Klage einreichen. Halten Sie ihn im Militärgefängnis in Fort McClellan in Einzelhaft. Er darf mit niemandem reden, ist das klar?«

»Auch nicht mit seiner Familie?« fragte VanSandt.

»Mit keinem«, bekräftigte Mehle. »Major Hill? Gehen Sie bitte mit.«

Hill preßte die Lippen aufeinander. »Das ist lachhaft. Ich arbeite nicht für Sie, Colonel. Ich arbeite für Colonel Anderson. Und ich bestehe darauf, daß meine Frau benachrichtigt wird …«

»Ich kann Sie auch in einem Bunker sechsundzwanzig einsperren lassen, wenn Sie das vorziehen, Major.«

Hill blinzelte. Matthews stockte der Atem. Bunker 26 war der Lagerraum für bekanntermaßen undichte chemische Waffen.

Mehle neigte sich vor. »Sie sollten wissen, daß ich Sie jetzt für eine ernste Bedrohung der nationalen Sicherheit halte. Colonel VanSandt, Sie sind befugt, notfalls mit Schußwaffengebrauch zu verhindern, daß dieser Offizier sich jemandem mitteilen kann, haben Sie verstanden?«

VanSandt hob die Augenbrauen. »Das brauche ich schriftlich, Colonel«, sagte er. Matthews sah, daß sich die beiden Militärpolizisten bemühten, ihre Bestürzung über das Gehörte zu verbergen. Mehle schrieb etwas auf den Notizblock, der vor ihm auf dem Konferenztisch lag. Er riß das Blatt ab und überreichte es VanSandt, der einen Blick darauf warf, blinzelte und dann nickte. »Gehen wir, Major.«

Hill wurde aus dem Konferenzraum geführt. »Schließen Sie die Tür, Major Matthews«, befahl Mehle. Matthews tat es. Dann setzte er sich wieder an den Konferenztisch. Er fühlte sich benommen und schwach.

»Nun gut«, sagte Mehle. »Ich habe Befehle gegeben, das gesamte Depot abzuriegeln, bis Zug 2713 den Mississippi sicher überquert hat. Niemand kommt rein und niemand raus, und jeglicher Telefonverkehr wird bis auf weiteres unterbrochen. Major Matthews, Sie sind jetzt der Zugleiter für 2713.«

Matthews stockte der Atem. Zugleiter? Er war sprachlos. Erstens war er nicht dafür qualifiziert. Zweitens wollte er nicht der befehlshabende Offizier bei dieser Sache sein. Aber was würde geschehen, wenn er sich weigerte? Würde er Hill mit einem Knebel im Mund ins Militärgefängnis folgen? Und nach 19 Jahren ohne Pension aus der Army geschmissen werden? Mehle beobachtete ihn, während er überlegte.

»Sehen Sie, Tom«, sagte Mehle und wechselte zu einem väterlich- freundlichen Tonfall, »es gibt im Augenblick einen echten Notfall in diesem Land. Diese Anschläge auf die Brücken haben das gesamte nationale Transportsystem gestört. Ich habe den ganzen Morgen mit Washington telefoniert, und es ist viel schlimmer, als die Nachrichten verraten.«

Matthews ließ sich nicht davon täuschen, daß Mehle plötzlich seinen Vornamen benutzte. Er fand die Sprache wieder. »Warum halten wir dann diesen Zug nicht zurück, Colonel? Oder zumindest die Spezialwaggons? Die übrigen Brücken werden schrecklich verstopft sein. Die Möglichkeit eines Unfalls unterwegs wird größer, nicht geringer.«

»Sie vergessen das Zeitproblem, Tom. Mal abgesehen von den Spezialwaggons, Sie müssen dieses chemische Zeug bis Donnerstag nach Westen fahren.«

»Wie Sie soeben gesagt haben, Colonel, gibt es einen nationalen Notfall. Wenn wir einfach die Route ändern, warum machen wir uns dann in dieser Hinsicht Sorgen wegen des Umweltministeriums?«

Einer der Lieutnant Colonels ergriff das Wort. »Der Hauptgrund dafür, daß wir den Transport nicht verzögern können, ist die Tatsache, daß unsere Instrumente eine Zunahme der Temperaturen in den Spezialwaggons anzeigen.«

Matthews war entsetzt. »Sie meinen, die könnten von allein zu kochen beginnen?«

»Nicht genau«, sagte Mehle vorsichtig. »Dennoch gibt es eine erkennbare Veränderung. Das Problem ist natürlich nicht das spaltbare Material.«

Matthews mußte darüber nachdenken, doch dann hatte er begriffen. Temperatur, nicht Strahlung. Eine chemische

Reaktion, keine nukleare. Die hochexplosiven Komponenten in den versiegelten Plutoniumköpfen waren instabil geworden.

»Wunderbar«, sagte er im Selbstgespräch, »einfach wunderbar!«

»Wir müssen diesen Zug fahren lassen, Tom«, sagte Mehle ernst. »Wir *müssen*. Jetzt. Er muß nach Westen. Und vor allem über den Mississippi. Denken Sie daran: Ihre Familie lebt hier. Sie haben ein persönliches Interesse daran, daß dieser Zug aus Anniston herauskommt, nicht wahr?«

Matthews verstand, was Mehle damit sagen wollte. Der Colonel befürchtete, daß hier im Depot etwas passieren konnte. Diese Erkenntnis erschreckte Matthews mehr als alles andere, was er an diesem Morgen gehört hatte. Er dachte an seine Frau Ellie und all die Familien, die im Depot oder in dessen Nähe wohnten. Wenn eine dieser Waffen in die Luft flog, würde es zwar keine atomare Explosion, aber eine starke radioaktive Verseuchung hier geben …

»Sie haben das technische Wissen über die Hüllen der chemischen Waffen«, sagte Mehle. »Und Sie haben auf der Atomwaffenschule einiges über Sicherheit im Umgang mit Kernwaffen gelernt. Colonel Godowski kann alle Einzelheiten bezüglich der Route mit den verschiedenen Eisenbahngesellschaften arrangieren. Die Operation wird von der Einsatzzentrale hier in Anniston, unter meinem Kommando, durchgeführt werden.«

»Aber durch Baton Rouge?« fragte Matthews.

»Das ist etwas, das wir nicht tun *wollen*, Tom«, sagte Mehle. »Wir wissen, daß die beste Route die über Vicksburg wäre, aber diese Brücke ist im Augenblick verstopft durch all den umgeleiteten Güterverkehr von den drei Brücken nördlich davon; außerdem ist dort das Gewicht beschränkt. Washington hat den Transport über Baton Rouge genehmigt;

sie ist weniger frequentiert und auch für schwere Züge zugelassen.«

Matthews schüttelte den Kopf. Er brauchte Zeit zum Nachdenken, aber Mehle gab sie ihm nicht.

»Sehen Sie, Tom, diese Waffen sind von entscheidender Bedeutung für das Terroristenbekämpfungs-Programm unseres Nachrichtendienstes. Sie haben all die Experten gehört: Russische Kernwaffen verschwinden aus dem Arsenal der ehemaligen Sowjetunion. Daß wir einige in die Hände bekamen, war ein Geschenk Gottes. Jetzt können wir unsere Ausrüstung zum Aufspüren von Kernwaffen und unsere Bekämpfungs-Teams verbessern, um diese Dinger zu finden, sollten sie hier in den Staaten auftauchen. Aber zuerst *müssen* wir sie nach Idaho bringen.«

»Zwei Offiziere sind bereits bei diesen Bemühungen gefallen, Major«, erinnerte einer der Lieutenant Colonels. »Als das Flugzeug Ihren falsch postierten Feuerwehrwagen streifte.«

Matthews stand auf und ging zur Karte an der Wand. Sein Herz raste immer noch, und er versuchte, ruhiger zu werden. Mehle hatte ihm nicht gedroht – jedenfalls noch nicht. Vielleicht hatte der cholerische Colonel recht. Und die Lage war schlimm genug, besonders wenn sich in den russischen Waffen eine Instabilität aufbaute. Falls eines dieser Dinger hochging, sollten diese großen, speziell angefertigten Tankwaggons in der Lage sein, den Inhalt zurückzuhalten, es sei denn natürlich, es gab eine Kettenreaktion mit den anderen Atomwaffen. Daran wollte er gar nicht denken.

»Okay, Colonel. Ich bin eigentlich nicht dafür qualifiziert, aber ich werde es tun«, sagte er und wandte sich zu Mehle um. »Aber ich möchte schriftliche Befehle, aus denen klar hervorgeht, daß ich Einwände dagegen erhoben habe, instabiles nukleares Material über eine zivile Eisenbahnlinie und durch eine amerikanische Stadt zu transportieren. Und Sie müssen mir versprechen, nichts gegen Carl Hill zu unternehmen, das über seinen Arrest hinausgeht, *und* diese Genehmigung zum Schußwaffengebrauch widerrufen.«

Mehle nickte langsam. »Sie wurde nie erteilt. Ich habe das nur gesagt, um Hill zu erschrecken. Auf den Zettel habe ich geschrieben, daß ich tödliche Gewaltanwendung ausdrücklich *nicht* genehmige. Das geschah alles der Wirkung wegen. Sie können es bei VanSandt überprüfen. Ansonsten bin ich einverstanden.«

»Ich will auch die Erlaubnis, Carls Frau mitzuteilen, daß alles in Ordnung ist. Mehr werde ich nicht sagen, aber Sie können sie nicht einfach rausfinden lassen, daß Carl im Militärgefängnis ist, ohne daß sie den Grund kennt.«

Mehle blickte zu seinen Stabsoffizieren und nickte von neuem. »Einverstanden. Planen Sie jetzt eine Route vom Knotenpunkt Birmingham nach Baton Rouge. Von dort aus brauche ich eine mögliche Ausweichroute nach Pine Bluff, Arkansas, zusätzlich zu der Hauptroute nach Idaho.«

»Pine Bluff, Sir?«

»Ja. Für den Fall, daß die Grenzwerte überschritten werden.«

Matthews nickte. Das Pine Bluff Arsenal, ein weiteres Depot für chemische Waffen, war viel näher als Idaho, doch er war sich nicht sicher, ob die dortige Verbrennungsanlage Hochexplosives von einem Plutoniumkern trennen konnte, wenn es jemals dazu kommen sollte.

»Sobald Sie die Route berechnet haben, werde ich Washington um die Genehmigung der Operation bitten«, fuhr Mehle fort. »Man wird einigen Druck auf nationaler Ebene ausüben müssen, um Priorität für diesen Zug und leichter Genehmigung der staatlichen Umweltschutzbehörden zu bekommen.«

»Das wird wohl nicht schwierig sein«, sagte Matthews.

»Schwieriger, als Sie denken, Tom. Dieser Zug transportiert weder Öl noch Kohle, chemische Rückstände, verderbliche Nahrungsmittel oder Medikamente. Solche Dinge erhalten zur Zeit Priorität. So schlimm ist die Transportlage dort draußen.«

»Wann soll der Zug abfahren, Colonel?«

»Mittwoch nacht. Da ist noch etwas: Unsere Sicherheitsleute empfehlen, 2713 nur bei Dunkelheit fahren zu lassen. Planen Sie die Route schnellstens. Abfahrt morgen nach Sonnenuntergang.«

»Wenn wir nur des Nachts fahren können, wird das die Fahrtzeit verdoppeln, Colonel.«

»Darauf habe ich hingewiesen. Ich nehme an, das Temperatur-Problem wird Washingtons Prioritäten ändern, wenn wir erst mal unterwegs sind. Aber zuallererst müssen wir diesen Zug über den gottverdammten Mississippi bringen.«

Am Dienstag, um 7 Uhr Washingtoner Zeit, meldete Hush eine gesicherte Telefonkonferenz an. In der lokalen Einsatzzentrale des FBI-Büros Memphis befanden sich außer ihm ASAC Thomas, Powers, Keeler und ein Stenograf. Seine Gesprächspartner im Lagebesprechungsraum des FBI-Hauptquartiers waren der Deputy Director, Tyler Redford, Carolyn Lang, AD Carswell und zwei Agenten der Wache von Raum 4.

Hush begann, indem er die Washingtoner Gruppe über die Konferenz für den Fall Trainman unterrichtete, die er soeben mit all den Repräsentanten der Polizeibehörden beendet hatte. Er berichtete, daß es dank der Führung von Captain Mike Powers vom Missouri Highway Patrol CIB eine hundertprozentige Zusammenarbeit gebe. Dann erklärte Hush, daß sich die Einzeltäter-Theorie erhärtet habe. Der Mann führe offensichtlich einen raffinierten Plan durch, für den er detaillierte und umfassende Vorbereitungen getroffen haben müßte. Wer auch immer der Täter sei, er wisse viel über den Betrieb und die Schwachstellen der Eisenbahngesellschaften, die Mississippi-Brücken und über Sprengstoff.

»Senior Agent Lang hat mich bereits über all das informiert, Mr. Hanson«, unterbrach Wellesley. »Was haben Sie uns Neues anzubieten?«

Hush sah, daß einige der Konferenzteilnehmer in Memphis die Augen verdrehten, doch er ließ sich nicht beirren. »Neu ist die Bestätigung der Eisenbahngesellschaften, daß die Frisco Bridge in 72 bis 96 Stunden wieder passierbar sein wird. Ich habe Mr. Morgan Keeler vom Pionierkorps der Army hier; er kann Ihnen die Einzelheiten erläutern.«

Keeler neigte sich näher zum Mikrofon in der Mitte des Konferenztisches, schilderte das Ausmaß der Schäden und wie die Brücke wieder betriebsbereit gemacht werden konnte und unterstützte die Einzeltäter-Theorie.

»Sind Sie ein Experte, Mr. Keeler?« Wellesleys Tonfall war kühl und abweisend. »Haben Sie irgendwelche Beweise, von denen wir keine Kenntnis haben?«

Hush wußte, daß Wellesleys Skepsis gegen ihn und nicht gegen Keeler gerichtet war, doch Keeler ließ sich nicht einschüchtern.

»Meine Einschätzung basiert auf der Tatsache, daß die Sprengstoffe, die bei diesen Brücken benutzt wurden, eine Einzelperson hätte transportieren können.«

»Schön und gut, aber ich frage noch einmal, haben Sie irgendeinen stichhaltigen Beweis für diese Annahme?«

Hush schaltete sich ein. »Vom Anschlag auf die Brücke bei Thebes haben wir die Pyrodex- und Detacord-Rückstände sowie drei Stoffetzen. Sie enthalten Spuren von Dynamit und könnten zum Einwickeln der Zündkapseln benutzt worden sein. Wir haben auch Beweise dafür, daß jemand vom Fluß aus über die Leiter geklettert ist. Eine Einzelperson. Keine Gruppe. In St. Louis fanden wir winzige Spuren von Detacord-Rückständen, die identisch mit dem bei Thebes benutzten Material sind. Wir haben die chemischen Rückstände der versteckten Bombe plus ein Fragment, das Agent Lang … äh … sichergestellt hat.«

»Sehr gut. Und von der Brücke von Memphis?«

»Nichts von der Brücke selbst. Aber von der Anlage des Wasserwerkes haben wir Werkzeugspuren an der Kette des Tors und an den Ventilen; Messingrückstände vom Ablaßventil des Propangas-Tanks, die darauf hindeuten, daß der Täter den Schlitz des Ablaßventils benutzte, um etwas anzubringen, das den Tank unter Druck setzte; ferner haben wir Reifenabdrücke eines Pickup-Trucks hinter dem Zaun gefunden, Beweise für das Eindringen in eine Kiesgrube unweit der Brücke und weitere Reifenspuren desselben Trucks; vielleicht kommt nichts dabei heraus, aber wenn wir Hinweise auf einen solchen Truck in St. Louis oder Thebes finden können, wäre das eine weitere Spur.«

»Ein einzelner Pickup-Truck im ganzen großen Mittelwesten«, höhnte Wellesley. »Toll!«

»Ich weiß, Deputy Director. Aber leider läuft das so. Eine Spur nach der anderen.« Da zeigt sich Wellesleys Werdegang bei der Air Force, dachte Hush.

»Okay, okay, aber was tun wir?« Er meint »Was tun *Sie?*«, sagte sich Hush.

»*Wir* nutzen auf optimale Weise die gute Zusammenarbeit, die uns von der Staatspolizei und den örtlichen Gesetzesbehörden gewährt wird. Spurensicherer am Tatort, detaillierte Kenntnis des örtlichen Terrains, die Möglichkeit, mit Einheimischen zu reden, ohne daß Bundesagenten mit verspiegelten Sonnenbrillen auf Ablehnung stoßen, was oftmals zu Verschwiegenheit führt. Unsere Leute sind natürlich beteiligt. Denken Sie nicht, daß wir ohne Vorgabe starten, Deputy Director.« Powers überreichte ihm ein Blatt Papier. Hush überflog den Text und fuhr dann fort. »Wir haben soeben erfahren, daß die Polizei von Dallas den vermißten Sicherheitsmann der Union Pacific gefunden hat, den Mann von der MacArthur Bridge, erinnern Sie sich? Man entdeckte ihn bewußtlos auf einem Tankwaggon. Er erhielt einen einzigen Schlag seitlich an den Kopf. Man hat ihn ins Krankenhaus gebracht.«

»Ist er ansprechbar?«

»Noch nicht bei Bewußtsein.«

Es folgte eine Pause. Dann meldete sich Carswell zu Wort. »Ein einziger Schlag an den Kopf. Vielleicht ist es nicht nur ein Täter.«

»Wie kommen Sie denn darauf?« fragte Wellesley.

»Wenn eine Gang dort oben war und der Sicherheitsmann einen der Typen überrascht, würde der versuchen, den Sicherheitsmann abzulenken und auszuschalten, während einer der anderen Kerle sich um den Coup kümmert.«

»Gab es andere Opfer beim Personal?« fragte Wellesley. »In Memphis?«

»Ja«, sagte Powers und zog einen anderen Bericht zu Rate. »Fünf Sicherheitsleute der Eisenbahn wurden verletzt, als das Rohr explodierte. Verbrennungen. In zwei Fällen schwere.«

»Also schreckt dieser Bombenleger, sofern Ihre Theorie stimmt, nicht davor zurück, Leute zu verletzen oder sogar zu töten, wenn es sein muß.«

»So sieht es aus«, sagte Hush. »Vergessen Sie nicht den Offizier der Army auf der MacArthur. Während die hiesigen Cops Beweismaterial sammeln, habe ich Agent Lang gebeten, etwas zu überprüfen. Carolyn, haben Sie etwas zu berichten?«

»Ich habe mit den Erkundigungen beim NCIC begonnen und dann bei Secret Service, BATF und DEA angefragt, und bei den Militärbehörden. Mit den Chefs der Sicherheitsabteilungen der drei größten Eisenbahngesellschaften treffe ich mich morgen früh, um den Rahmen für die Suche in den Datenbanken abzustimmen. Als ich sie fragte ›Wer liebt Sie nicht?‹, lachten sie nur.«

»Dies ist nicht zum Lachen«, wandte Wellesley ein. »Ich werde den Direktor bei ihren Vorgesetzten anrufen lassen.«

»Sie fanden das auch nicht lustig, Mr. Wellesley«, sagte Carolyn Lang. »Nur hoffnungslos.«

»Weil es die falsche Theorie ist«, sagte Carswell, was allgemeines Schweigen auslöste.

»Nun, wir werden sie von dieser irrtümlichen Annahme befreien müssen«, sagte Hush, der entschieden hatte, Carswell zu ignorieren. »Das tun wir am besten, Deputy Director – wir nutzen unsere Datenbanken, um Nadeln im Heuhaufen zu finden. Carolyn, nehmen Sie einige Leute des National Crime Information Center zu diesem Treffen mit. Lassen Sie sie erklären, wie wir Informationen aus mehreren Datenbanken sichten.«

»Vielleicht sollten wir ein Täterprofil erstellen lassen«, schlug Carswell sarkastisch vor.

»Prima Idee«, sagte Hush sofort.

Sie diskutierten noch eine halbe Stunde lang über andere mögliche Vorgehensweisen, und danach forderte Wellesley Hush auf, ihn in einer Viertelstunde über eine gesicherte Leitung unter seiner Privatnummer anzurufen. Das beendete die Telefonkonferenz. Keeler erklärte, daß Powers ihm an diesem Abend eine Polizeieskorte runter zur Brücke von Vicksburg geben würde, damit er die Inspektion am nächsten Morgen koordinieren konnte. Sie befaßten sich noch mit weiteren

Einzelheiten, und dann verließen Thomas und seine Leute den Konferenzraum. Hush griff zum Telefon.

»Jetzt geht's wirklich um die Wurst, wie?« sagte Powers.

»Ja. Nun, dies ist das FBI«, erwiderte Hush. »Auf meiner Ebene sind die inoffiziellen Gespräche viel wichtiger als das, was bei offiziellen Konferenzen gesagt wird. Ich nehme an, das ist bei der Staatspolizei anders.«

Powers verzog keine Miene. »Absolut nicht. Alles, was wir tun, ist völlig einwandfrei, offen, ehrlich und fair für alle. Amen.«

Beide Männer lachten laut, und dann ging Powers und schloß die Tür hinter sich. Hush rief Tyler Redford an. Er hoffte, entweder ihn oder Carolyn Lang zu erreichen, bevor er mit Wellesley reden mußte. Statt dessen bekam er einen der Agenten der IITF an die Strippe, der nicht wußte, was los war, jedoch erklärte, daß Redford zu einer besonderen Konferenz mit dem Assistant Director Carswell der Abteilung Nationale Sicherheit in den siebten Stock gerufen worden sei.

»So? Was hat das alles zu bedeuten?«

»Ich war die letzten zehn Tage in Urlaub, ich habe keine Ahnung, Mr. Hanson«, antwortete der Agent. »Aber vermutlich gibt es eine neue Einsatzgruppe.«

»Sagen Sie das noch mal.«

»Ich hörte, der Direktor hat entschieden, die gesamten Ermittlungen im Fall Trainman neu zu organisieren. Irgendeine Frau namens Lang soll die Dinge hier im Hauptquartier leiten.«

Hush war für einen Moment sprachlos. Er bedankte sich und legte auf. Er saß in dem leeren Konferenzraum und verarbeitete diese kleine Sensation. Das mußte die Neuigkeit sein, die Wellesley mit ihm teilen wollte. War ihm die Leitung des Falles Trainman entzogen worden? War er von seiner bisherigen Stellvertreterin abgelöst worden? Irgend etwas ergab hier keinen Sinn. Sie war angeblich fast auf Bewährung dieser Operation zugeteilt worden, eine Art Probezeit nach ihrem Einsatz als ASAC in St. Louis. Wenn der Fall Trainman der Abteilung Nationale Sicherheit übergeben worden war, wo blieb er dann? Ein AD allein im Außendienst? Was verlangte man von ihm?

Er füllte von neuem seine Tasse mit dem bitter schmeckenden Rest aus der Kaffeekanne, blickte auf seine Armbanduhr und tippte die Nummer der gesicherten Leitung für den Deputy Director ein. Wellesleys Verwaltungsassistent ließ ihn ein paar Minuten warten, während er weiterverband. Als Hush schon auflegen wollte, meldete sich Wellesley.

»Hush Hanson. Danke für Ihren Rückruf.«

Als ob ich eine Wahl gehabt hätte, dachte Hush. »Wie ich hörte, gab es einen Wechsel in der Führung der Einsatzgruppe«, sagte er.

»Ihr Informationsnetz ist anscheinend intakt und gut«, sagte Wellesley. »Ja. Es geschah heute am späten Nachmittag. Der Direktor kam vom Weißen Haus zurück und wies mich an aufzustocken, was die Organisation anbetrifft. Der Fall Trainman wird viel zu groß. Es hat nichts mit Ihnen zu tun, Hush, und Sie sollten es nicht als irgendeine Beurteilung Ihrer Leistung betrachten. Wir müssen einfach der Öffentlichkeit beweisen, daß …«

»Verzeihen Sie, Deputy Director«, unterbrach Hush. »Aber so wird es nicht aussehen, besonders nicht hier im Außendienst. Es wird aussehen, als wäre ein Assistant Director gefeuert worden.«

»Nein, das wird es nicht, denn wir wollen, daß Sie weiterhin im Fall Trainman der Boß im Außendienst sind. Carolyn Lang wird hier in Washington die Ermittlungen leiten, aber der Direktor persönlich ist jetzt der Chef der übergeordneten Einsatzgruppe.«

»Der Direktor?«

»Persönlich. Die Einsatzgruppe ist jetzt fast auf Kabinettsebene.«

»Das ist noch nie dagewesen.«

»Hush, ich bezweifle wirklich, daß Sie das Ausmaß dessen richtig einschätzen, was seit den Anschlägen auf diese Brücken geschehen ist. Das Land erlebt ernste wirtschaftliche Störungen beim Transport lebenswichtiger Güter. Wir reden von Kohle für Kraftwerke, Nahrungsmitteln, von jedem Ölprodukt, das nicht durch eine der Haupt-Versorgungslinien geht, von Chemikalien für die Herstellung von fast verdammt allem. Und das schließt noch nicht mal Trucks ein.«

Hush bemühte sich immer noch, zu erfassen, was ihm gerade gesagt worden war. »Trucks?« fragte er.

»So ist es. Ich wußte das ebenfalls nicht, aber verdammt viele transkontinentale Sattelschlepper fahren für die Bahngesellschaften auf den Überland-Strecken, und dann wird die Fracht auf den Nahverkehr umgeladen.«

Wellesley versuchte, ihn vom Thema abzulenken. »Und was genau soll ich hier tun?« fragte Hush.

»Genau das, was Sie getan haben: Sie sind der Chefermittler des Bundes vor Ort. Sie organisieren und koordinieren die Arbeit aller örtlichen Gesetzesbehörden entlang des Mississippi, um dafür zu sorgen, daß all ihre Leute sich tüchtig ins Zeug legen.«

Organisieren und koordinieren? Ins Zeug legen? »Das ist bereits der Fall.«

»Deshalb ist es äußerst wichtig, daß Sie dort vor Ort bleiben, richtig? Sie werden also dem Direktor Meldung machen. Durch Carswell.«

Moment mal! dachte Hush. *Durch Carswell?* »Ich verstehe nicht. *Ich dachte*, Sie haben doch soeben gesagt …«

»Ich weiß. Aber Lang ist kein AD. Carswell ist einer. Sie beide werden dem Direktor über sein Büro Bericht erstatten. Das hält die Telefonleitungen freier.«

»Und was genau ist ihr Job?«

»Ihr Job wird es sein, als Kontaktperson hier in Washington zu fungieren. Sie wird vor die Fernsehkameras treten, dem Weißen Haus Auskünfte geben und das Gejammer und Geschrei der Bahngesellschaften über sich ergehen lassen. Denken Sie darüber nach, Hush. Wer ist besser dran?«

Wellesley versuchte, ihn mit Ablenkungen zu besänftigen. Es war klar, daß Carswell es geschafft hatte, den Fall Trainman zu übernehmen.

»Sie werden die scharfe Speerspitze sein, Hush«, fuhr Wellesley fort. »Der Rest von uns wird hier in Washington alles in seiner Macht Stehende tun, um Sie zu unterstützen. Sie arbeiten für den Direktor, nicht für Carswell. Er ist nur da, um alles zusammenzuhalten; wir können nicht den Direktor mit groben Informationen aus dem Außendienst behelligen, nicht wahr?«

»Wohl kaum«, antwortete Hush, immer noch verwirrt.

»Gut«, sagte Wellesley. »Jetzt noch ein wichtiger Punkt: Sie geben keine öffentlichen Erklärungen ab. Alles in bezug auf den Fall Trainman wird von Washington aus koordiniert. Je länger sich diese Sache hinzieht, desto mehr wird sich das FBI verteidigen müssen. Das geschieht am besten vom Hauptquartier aus.«

Hush nickte fast gegen seinen Willen vor sich hin. Carolyn Lang. Er hatte die Entwicklung zweifellos verschlafen. Und dann fragte er sich: Bin ich das Opfer einer Intrige? Er beschloß, einen Test zu machen.

»Und was ist mit unserem kurzen inoffiziellen Gespräch im Büro des Direktors, als diese ganze Sache anfing, Deputy Director?« fragte er.

»Wer wird aus Washingtoner Sicht der Sündenbock hier sein, wenn eine weitere Brücke einstürzt? Sie oder Agent Lang?«

Hush spürte ein Loch in Wellesleys Logik, aber er wußte nicht, was er sagen sollte. »Also gut«, sagte er schließlich. »Ich nehme an, der Direktor wird all dies per Fernschreiben verkündigen?«

»Es geht heute abend an alle SACs. Gehen Sie nur wieder an die Arbeit. Er wird klarmachen, daß Sie der Boß sind. Vertrauen Sie uns in diesem Punkt, Hush.«

Als Hush den Hörer auflegte, hallten diese Worte in seinen Ohren nach. George Wellesley vertrauen. Klar, der Schlange. Hush rief schnell bei der IITF an, und als sich ein Agent meldete, wies er ihn an, dafür zu sorgen, daß Tyler Redford ihn sofort nach seiner Rückkehr zurückrief. Dann hängte er ein und versuchte, die neuen Ereignisse zu verdauen. Er war ziemlich überzeugt, daß er soeben hereingelegt worden war. Und daß Carolyn Lang irgendwie darin verwickelt war.

10. KAPITEL

Um 8 Uhr 30 am Mittwoch wartete Major Matthews im Kommandowaggon am Ende des Zuges auf Nachricht bezüglich der Spezialwaggons. Der Zug war abfahrbereit, alle Waggons mit den Gehäusen chemischer Waffen waren inspiziert und für Operationen auf der Hauptlinie freigegeben worden. Die Dieselloks waren betankt, und das Begleitpersonal war an Bord des Zuges, sowohl im Waggon, der als Befehlsstand diente, als auch vorne im Kommunikations-Waggon. Die 78 Waggons und drei Loks erstreckten sich über anderthalb Kilometer voraus auf dem Gleis, und der Kommandowaggon stand weit zurück vom Rangierbereich im Wald. Der Zug brauchte nur noch die beiden Spezialwaggons, um komplett zu sein. Die Rangierlok des Depots parkte auf einem Nebengleis hinter dem Kommandowaggon und wartete auf den Funkruf von Gebäude 9. Der Kommandowaggon war ein übergroßer Dienstwagen, übermalt im Olivgrün der Army. Er enthielt vorne einen Schlafraum, in der Mitte einen Bereich aus Toilette/Dusche und hinten einen Aufenthaltsbereich. Dieser Teil war in eine Einsatzzentrale umgewandelt worden. Auf einer Seite standen ein Gestell mit Funkausrüstung, zwei Kommunikationskonsolen, eine Navigationskonsole und eine Überwachungskamera, die den Sicherheits- und Druckstatus von jedem Waggon des Zuges anzeigte. An der vorderen Schutzwand befand sich ein kleiner Waffenschrank, der 20 M16-Gewehre und vier militärische Schrotgewehre Kaliber .12

enthielt. In der Mitte standen ein Tisch und Stühle, und an den Seitenwänden gab es Spinde für ABC-Schutzanzüge und Sauerstoffgeräte. Hinten am Waggon befand sich eine kleine Plattform mit Geländer, die als »Veranda« diente, und auf jeder Seite befand sich ein Fenster. Auf dem Dach waren fünf Stabantennen und eine Radarkuppel montiert. Der Waggon für die Militärpolizisten, der nächste im Zug, war annähernd gleich, jedoch ohne all die technische Ausrüstung. Er hatte auch einen größeren Schlafbereich.

Matthews fröstelte in der kalten Luft. Die Klimaanlage hatte anscheinend nur eine Einstellung: Höchststufe. Gott sei Dank gab es Decken auf den Pritschen im Schlafbereich. Die MPs waren draußen längs der Schienen und bildeten eine Sicherheitskette. Wenn der Zug erst unterwegs war, würden zwei MPs im Sicherheitsstand der Lok mitfahren, um bewaffneten Schutz für das Lokgespann selbst zu geben. Es gab keine innere Verbindung zwischen dem Sicherheitsstand und dem Führerstand des Lokführers. Um von einem Bereich in den anderen zu gelangen, mußten die Männer über einen mit Geländer umgebenen Laufsteg an der rechten Seite der Lok klettern. Der Sicherheitsstand enthielt Ausrüstung zur Unterstützung der Kommunikation, ein Gestell für die Waffen und Munition der Militärpolizisten und externe Stellungen für zwei M60 Maschinengewehre. Es gab ebenfalls Nachtsicht-Ausrüstung und Lagerraum für zwei chemische Schutzanzüge.

Matthews hatte den Kommandowaggon, den MP-Waggon und den Sicherheitsstand vor zwei Stunden inspiziert und alles in Ordnung gefunden. Die Kommunikations-Verbindungen zwischen dem Kommandowaggon und dem Sicherheitsstand sowie zwischen den Hauptkonsolen und der Einsatzzentrale des Depots waren getestet worden. Die Systeme konnten Funkverkehr zwischen dem Lokführer und den verschiedenen Verkehrs-Kontrollzentren der Eisenbahn überwachen, und es gab auch Frequenzen, auf denen sie unterwegs Kontakt mit den gesetzgebenden Bundesbehörden und der örtlichen Polizei aufnehmen konnten. Matthews widerstand dem Impuls, alles noch einmal zu inspizieren.

Er schenkte sich noch eine Tasse Kaffee ein und schaute aus dem Fenster, als die Sonne am Horizont versank. Letztendlich hatte er seiner Frau erzählt, was los war, und ihr den offiziellen, von Mehle unterzeichneten Brief gegeben, in welchem dieser ihm befahl, den Zug nach Tooele zu begleiten, und der auch seine Einwände festhielt. Er sei ihre Versicherungspolice, falls etwas schiefging, hatte er seiner Frau gesagt und sie Geheimhaltung schwören lassen. Wäre das Depot nicht abgeriegelt gewesen, hätte er sie, Marsha Hill und deren Kinder, sofort von Anniston weggebracht. Aber unter den gegebenen Umständen mußten sie alle ausharren und das Spiel der Army spielen.

Matthews redete sich weiterhin ein, daß die Spezialwaggons ziemlich sicher sein müßten, solange es zu keinem größeren Zugunglück käme. Diese unter Überdruck gehaltenen Tankwaggons waren massive Behälter, und die Zündladung war keine riesige Bombe, sondern eine in Segmente geteilter Wirkungskreis von hochexplosivem Sprengstoff, den man entwickelt hatte, um den Kern zu implodieren. Solange keine Kernreaktion stattfand, sagte sich Matthews, dürften diese großen Tankwaggons sogar standhalten, wenn eines dieser Dinger zu kochen begann.

Er warf einen Blick auf seine Armbanduhr. Fast 9 Uhr. Er fragte sich, was, zum Teufel, sie aufhielt. Er versuchte, weder an Carl Hill zu denken noch daran, ob Mehle sein Wort halten würde. Das Telefon klingelte.

»Major Matthews«, meldete er sich.

»Hier Einsatzzentrale. Von Colonel Mehle: Washington

hat eine Verzögerung der Abfahrt von Zug 2713 befohlen. Verlassen Sie den Zug bis auf weiteres. Behalten Sie alles Personal in Bereitschaft. Voraussichtliche Abfahrzeit ist jetzt morgen 20 Uhr. Bestätigen Sie bitte, Major.«

Matthews tat es.

Dann legte er den Hörer auf. Also erst Donnerstag, dachte er. Gottverdammte Army: Beeile dich und warte. Er trat auf die hintere Plattform des Kommandowaggons und rief nach dem Sergeant.

11. KAPITEL

Er parkte den Truck auf dem einzigen freien Platz neben dem Baton Rouge City Park am Fuß der Battery Street. Es war 17 Uhr 30 am Donnerstagnachmittag, und die tiefstehende Sonne, verstärkt durch den Widerschein vom Fluß, blendete ihn. Das schwarze rautenförmige Gitterwerk von Stahlträgern der Eisenbahnbrücke drei Kilometer stromabwärts zu seiner Linken hob sich scharf vom bronzefarbenen Himmel ab. Der Park war klein, eingeklemmt zwischen einem Lagerhaus-Komplex und einer Bootswerft. Er war auch fast leer, und der Mann fragte sich, weshalb die Straße zugeparkt war, bis ihm einfiel, daß die Arbeiter der Werft alle dort ihre Fahrzeuge abstellten.

Er stieg aus und schaute sich um. Zwei ältere schwarze Frauen saßen auf einer Parkbank, plauderten miteinander und bewunderten den großen Fluß. Ein altersschwach aussehender Hund schnüffelte an den wenigen Büschen, die entlang eines rostigen schmiedeeisernen Zaunes wuchsen. Tauben hockten auf dem Bronzehut eines Generals zu Pferde – eines der typischen Denkmäler in dieser Gegend. Draußen auf dem Strom tauschten die Kapitäne zweier Schleppkähne, die einen Verbund von Lastkähnen in entgegengesetzte Richtungen zogen, Signale. Der stromaufwärts fahrende Schleppkahn kämpfte mit voller Kraft gegen die Strömung und kam scheinbar nicht von der Stelle. Eine leichte Brise wehte vom Mississippi, gemischt mit dem Ölgeruch der Raffinerie stromaufwärts.

Seine Aufmerksamkeit wurde von dem weißen Schiff angezogen, das am anderen Flußufer am Jameson-Kai festgemacht hatte. Mit 8000 Nettoregistertonnen und einer Länge von 170 Metern war die SS *Cairo* genau richtig für das, was er im Sinn hatte. Sie war ein relativ neues Schiff, was bedeutete, daß sie nur 13 Offiziere und Matrosen brauchte. Ihre vorderen Laderäume wurden mit Reis beladen, und die Lukendeckel auf dem Deck standen wie gigantische Mäuler auf. Laut Plan des Hafenmeisters fuhr die SS *Cairo* um 11 Uhr stromabwärts auf der 240-Kilometer-Strecke zum Golf. Mit den sechs Ebenen hohen Decksaufbauten achtern und dem kahlem Deck von dort aus bis zum Bug war sie eines der typischen Frachtschiffe auf dem Mississippi.

Der Mann zündete sich eine Zigarette an, stellte den Fuß auf die unterste Sprosse des alten Eisengeländers längs des Deiches und schaute stromabwärts zur Brücke. Sie war zu weit entfernt, um irgendein Anzeichen auf Sicherheitskräfte zu erkennen, aber er wußte, daß sie dort waren. Die Nachrichten hatten ausführlich über das Ausmaß der bisher an den Eisenbahnbrücken angerichteten Schäden informiert. Auf den Zufahrten patrouillierte jetzt die Nationalgarde, und Boote der Küstenwache fuhren auf dem Strom Patrouillen. Im Fernsehbericht waren Cops der Stadt, des Staates und der Eisenbahngesellschaften und Männer des Pionierkorps der Army und mehrerer Bundesbehörden wie Ameisen über die verbliebenen Brücken gekrochen und hatten nach Bomben gesucht.

Es klappt alles, dachte er und blies eine lange Rauchfahne aus. Die Bahngesellschaften inspizierten, prüften und bewachten die verbliebenen Brücken. Und zweifellos suchten ihre Legionen von Anwälten nach jemandem, den sie verklagen konnten, den sie fertig- -und bankrott machen konnten. Wie sie ihn fertiggemacht und finanziell ruiniert hatten, nachdem sie seine Familie vernichtet hatten. Er verbannte jeden Gedanken an den Offizier der Army, der zu Tode gekommen war, oder an die verbrannten Bahnpolizisten, die im Krankenhaus von Memphis ums Überleben kämpften. Dies ist ein Krieg, sagte er sich. Im Krieg gibt es Opfer. Wenn ihn diese Bahnpolizisten jetzt auf einer der Brücken schnappten, würden sie ihn abknallen und seine blutige Leiche den Fischen im Mississippi zum Fraß vorwerfen. In Ordnung, dachte er. Den Tod fürchtete er nicht mehr. Er hatte sie genauso behandelt, wie diese Loks seine Familie behandelt hatten: wie eine Maschine, ohne Bedenken, ohne Gnade. Er brauchte nur die Augen zu schließen, sich die Szene an dem Bahnübergang in Erinnerung zu rufen, und schon verschwand bei ihm jedes Gefühl für Anstand und Verantwortlichkeit. Er war entschlossen. Er war unerbittlich. Und er würde gewinnen.

Er sog wieder tief an der Zigarette und blies den Rauch langsam aus, genoß die parfümierte Wolke vor seinem Gesicht, als sie die Mücken verscheuchte. Es bestand durchaus die Möglichkeit, daß er die Operation dieser Nacht nicht überlebte. Wenn er draufging, waren vier von sechs Brücken kein schlechtes Resultat. Wenn er überlebte, nun, dann waren noch zwei Brücken dran. Man erwartete zweifellos, daß er als nächstes in Vicksburg zuschlagen würde. Er war stromabwärts vorgegangen, hatte eine Brücke nach der anderen erledigt. Auf jeder Lagekarte des Bundes war Vicksburg das offensichtliche nächste Ziel. In Wirklichkeit würde er Vicksburg verschonen, aber nach der heutigen Nacht würde man wissen, daß er auch dort gewesen war.

Er sog ein letztes Mal an der Zigarette, warf sie dann in den Fluß und kehrte zu seinem Truck zurück. Die Frauen und der Hund waren verschwunden. Er schaute sich um, ob er beobachtet wurde, ging zu seinem Wagen, über dessen Ladefläche jetzt ein fensterloser Aufsatz montiert war. Er öffnete das Heck des Aufsatzes und überprüfte den mit Gummi bedeckten Block, der eine Seite der Ladefläche einnahm. Ein Teil eines kleinen Außenbordmotors stand an einem Ende des Blocks hervor, am anderen war eine Rolle dunkle Nylonschnur befestigt. Zwischen dem Block und der Heckklappe war eine kleine Reisetasche eingeklemmt. Neben dem Block war ein rostig aussehendes, wie ausgeschlachtet wirkendes Motorrad angebunden. Trotz seines altersschwachen Aussehens war es voll funktionsfähig, komplett mit einem gestohlenen Kennzeichen von Louisiana und einem leistungsstarken Schalldämpfer.

Er würde warten müssen, bis es völlig dunkel war, um das Schlauchboot in Position zu bringen, und die einzige unbeantwortete Frage war, ob die Tore zum Tankpier stromabwärts der zwischenstaatlichen Brücke verschlossen sein würden oder nicht. Er hatte natürlich ein Mittel dagegen, aber es wäre besser, wenn er dort herauskommen konnte, ohne Anzeichen auf ein Eindringen zu hinterlassen. Er stieg wieder in seinen Truck und fuhr los, um irgendwo zu Abend zu essen. All sein Überlegen und Planen hatten seinen Appetit angeregt.

Hush stand in den Geschützständen aus dem Bürgerkrieg, die Aussicht auf den Mississippi gewährten, und beobachtete einen langen Zug, der auf die Brücke von Vicksburg fuhr und dessen drei Lokomotiven auf dem Weg nach Westen heiße Säulen von blauen Dieselabgasen in die Luft des Donnerstagabends bliesen. Auf dem kleinen Parkplatz gerade unterhalb der Geschützstände war ein Befehlsstand der Nationalgarde errichtet worden, der vor Antennen strotzte. Einige der Männer der Nationalgarde standen außerhalb des Befehlsstandes, und ihr ziviler Haarschnitt wirkte ein wenig unpassend zu ihren Uniformen. Andere Uniformierte patrouillierten auf der Brücke. Unterhalb und zu ihrer Linken befand sich das Mississippi State Welcome Center, das einen tollen Ausblick auf den Strom und ausgezeichnete Karten von all den in der Nähe liegenden Stätten des Bürgerkrieges bot. Das Gebäude und der Parkplatz waren von der Staatspolizei und der Nationalgarde beschlagnahmt worden, und weitere Leute und Fahrzeuge befanden sich dort unten. Die Zufahrtsstraßen zur Brücke waren von Militärpolizei mit Posten abgesperrt. All die Aufregung hatte bei der einheimischen Bevölkerung dazu geführt, daß sich viele Schaulustige eingefunden hatten.

Hush fand es wunderbar ironisch, daß die Höhen von Vicksburg wieder einmal von Militär besetzt waren. Der Kontrast zwischen der riesigen Kanone aus dem Bürgerkrieg und den Satellitenschüsseln auf dem mobilen Befehlsstand war stark. Wegen der Höhe des Steilufers auf der Mississippi-Seite erstreckte sich diese Brücke eben über den Fluß und fiel erst weit hinter den Ufern ab. Es war eine Fachwerkbrücke mit einer einzigen Bahntrasse, die auf der linken Seite verlief, und einer sehr schmalen zweispurigen Fahrbahn der alten U. S. Route 80 neben den Schienen auf der stromaufwärts gelegenen Seite. Am Vicksburg-Ende der Fahrbahnrampe gab es ein verlassenes Mauthäuschen und einen Platz, doch der meiste Autoverkehr überquerte die Brücke ungefähr 800 Meter stromabwärts auf der viel neueren Autobahnbrücke der I-20. Es gab ein mit Brettern vernageltes Brückenwärter-Häuschen an der Mautstelle mit Schildern für die Begrenzung von Größe und Gewicht von Fahrzeugen, die über die Fahrbahn fuhren. Touristen konnten mit ihren Wagen zur anderen Seite hinüberfahren, aber dort gab es nichts außer einem Sand- und Kieslager des Pionierkorps und einem etwa sieben Meter langen Überrest von General Grants verhängnisvollem Kanal.

Die Wälder und sumpfigen Flußarme auf der Louisiana-Seite glitten in tiefe Schatten, als jetzt die Sonne über dem westlichen Ufer unterging. Am Himmel im Westen hatten sich eine Stunde vor dem Sonnenuntergang Haufenwolken zusammengeballt, und die Soldaten trugen allesamt noch nicht ausgerollte Regenkleidung. Direkt unter ihnen auf dem Strom befand sich ein hell beleuchteter Kasino-Komplex, den Hush – ein begeisterter Anhänger der Geschichte des Bürgerkrieges – als Entweihung betrachtete. Wo Admiral Porters schwarze Kanonenboote sich einst Gefechte mit Geschützstellungen der Konföderierten hier oben auf den hohen Steilufern geliefert hatte, befand sich jetzt ein nachgemachtes Dampfboot. Es war mit blinkenden roten, blauen und weißen Lichterketten behängt und umgeben von einem mehrstöckigen Parkhaus voller Fahrzeuge.

Hush hatte den ganzen Morgen damit verbracht, zusammen mit Morgan Keeler, einigen Pionieren der Army und Sicherheitsleuten der Eisenbahngesellschaft jeden Zoll der Brücke von Vicksburg zu überprüfen. Das war wegen der Prozession langer Züge über die Brücke schwierig gewesen, denn es blieben nur fünfminütige Intervalle zwischen ihnen, weil die Bahngesellschaften so viel Güterverkehr wie möglich über die verbliebenen Brücken über den Mississippi leiteten. Unter der Brücke war eine Patrouille eingesetzt worden, die sich ein paar Kilometer in beide Richtungen des Stromes erstreckte, um sicherzustellen, daß sich niemand auf dem Wasserweg der Brücke nähern konnte. Ein mit Radar ausgerüstetes Patrouillenboot der Navy lag am mittleren Brückenpfeiler vertäut, um eine Überwachung bei Dunkelheit zu garantieren. Auf der anderen Seite des Mississippi patrouillierten gepanzerte Fahrzeuge der Nationalgarde auf den Uferdämmen, und die gelben Schlitze ihrer Scheinwerfer stachen durch die dichte Linie der Bäume, die den Strom säumten. Wetterleuchten zuckte über das Louisiana-Delta im Süden.

Sie hatten das Gleis und die Autofahrbahn, die Bolzenkästen und jeden der Hauptträger inspiziert und nach Anzeichen auf Manipulationen, neuen Drähten oder irgendwelchen verdächtigen Abänderungen gesucht. Sie waren in das hohe Stahl-Gitterwerk hinaufgeklettert, hatten Tauben gestört und sich mit Rost und abblätternder schwarzer Farbe beschmutzt, während die alte Konstruktion unter einer Prozession von Zügen unter ihnen erzittert war. Sie waren über rostige, knarrende Leitern an den Betonpfeilern hinabgeklettert, was Hushs Höhenangst nicht gerade gemildert hatte. Keeler hatte ihm eine erschöpfend detaillierte Lektion über die Konstruktion der Brücke erteilt, erklärt, wie alt der Stahl und die Beschläge waren, wozu all die Rohre und Drähte unter dem Gleisbett dienten, wie die Kommunikation längs des Schienenstranges erhalten wurde, welche Wartungsprobleme es gab und wie schwierig es manchmal war, die Bahngesellschaften dazu anzuhalten, die alternde Konstruktion richtig zu warten. Hush hatte zwar mehr erfahren, als er hatte wissen wollen, aber es war klar, daß Keeler ein begeisterter Anhänger dieser riesigen alten Brücken war. Gegen Mittag war Powers aus Memphis gekommen, und Keeler war nach Süden gefahren, um ähnliche Inspektionen bei den Eisenbahnbrücken in Baton Rouge und New Orleans durchzuführen.

In den vergangenen beiden Tagen hatte Powers die Sichtung und Deutung des Beweismaterials geleitet, das sowohl von den örtlichen Spurensicherern als auch von den forensischen Teams des Bundes bei allen drei Tatorten gesammelt worden war. Der Anschlag auf die Brücke von Memphis ergab die am vielversprechendsten Anhaltspunkte. Vorausgesetzt, die Theorie von einem Einzeltäter stimmte, war ziemlich sicher, daß er einen Pickup-Truck fuhr. Powers hatte die Staatspolizei von Missouri angewiesen, eine Liste aller Fahrer von Trucks und PKWs zu erstellen, die sie in der Nacht des Anschlags auf die MacArthur Bridge befragt hatten. Zeugenaussagen bestätigten, daß im Augenblick der Explosion ein Pickup-Truck in der Mitte der Autobahnbrücke gefahren war. In der Aussage eines Fernfahrers wurde ein gelbbrauner Pickup-Truck mit einem einzigen Insassen erwähnt, der unberechenbar vor ihm auf der linken Fahrspur manövriert hatte, als die Explosion der Brücke stattgefunden hatte. Das war alles: keine weitere Identifizierung, mit ziemlicher Sicherheit war der Pickup- Truck ein Ford, entweder ein 150er oder 250er, sicher war sich der Zeuge nicht. Die Reifenspuren bei der Anlage des Wasserwerkes waren mit der Größe verglichen worden, die zu einem F-150 Truck paßte, was die Suche nach ein paar hunderttausend Fahrzeugen in sechs Staaten längs des südlichen Mississippi ein wenig eingrenzte, wie Powers erschöpft erklärte.

Die Wasseraufbereitungsanlage hatte weitere Hinweise gegeben. Die Messingrückstände am Ablaßventil des Propangas-Tanks waren identisch mit den Metallspuren, die an dem Acetylen- Schweißgerät gefunden worden waren, was darauf hinwies, daß der Täter vielleicht den Propangas-Tank mit Sauerstoff aus dem Schweißgerät unter Druck gesetzt hatte. Die Ketten an den Toren und den großen Ventilen waren mit einem großen Bolzenschneider durchgeschnitten worden, wie sie in größeren Eisenwarengeschäften erhältlich sind; die Form der Schnitte wies darauf hin, daß der Bolzenschneider relativ neu war. Das Zündmittel für die explosive Mischung, die in das Rohr geleitet worden war, hatte noch nicht festgestellt werden können, aber es gab Rückstände von Wolfram.

Die FBI-Labors hatten mit Unterstützung des Bureau of

Alcohol, Tobacco and Firearms ein Profil der bisher benutzten Sprengstoffe erstellt. Der Anschlag auf die Brücke bei Thebes war mit Schwarzpulver durchgeführt worden, nicht mit Pyrodex, wie ursprünglich angenommen, zusammen mit einer militärischen Variante von Zündschnur, um den Hauptträger des nächsten Brückenbogen-Segmentes zu zerstören. Das Schwarzpulver war mit einer kleinen Dynamitladung gezündet worden, die ihrerseits durch eine Zündkapsel zur Explosion gebracht worden war, vermutlich per Fernbedienung. Spuren von Draht waren in den Bolzen-Aushöhlungen gefunden worden.

Das Schwarzpulver war von der Art, wie sie landesweit für Sportjäger erhältlich war, doch das Detacord und das Dynamit konnten eine nützlichere Spur sein, besonders das militärische Detacord, weil die bewaffneten Streitkräfte diesen Typ von einem einzigen Hersteller kauften. Die gleiche Zündschnur war zur Sprengung des Brückenbogens in St. Louis benutzt worden, und die Bombenfalle war ebenfalls militärischer Sprengstoff gewesen. Das Fragment, das Carolyn Lang in den Oberkörper getroffen hatte, war ein Stück Stahl, das ursprünglich die Kappe einer Rohrbombe gewesen war. An den Seiten des dicken Protokollbuches, das die meiste Energie des Fragments aufgefangen hatte, waren Spuren eines identifizierbaren Schmiermittels gefunden worden. All diese Hinweise waren bruchstückhaft, und nichts schien auf etwas Endgültiges hinzudeuten.

Am Mittwoch nachmittag erhielt Hush indirekt von Carolyn Lang durch Tyler Redford Informationen über den neuesten Stand der Suche in den Datenbanken. Die Eisenbahngesellschaften hatten einen Mischmasch von Akten herausgerückt, einige per Computerausdruck, die meisten jedoch auf herkömmlichem Papier. Es gab keine offensichtlichen Übereinstimmungen in den Akten, auch nicht in den darin aufgeführten Zeitabläufen. Carolyn Lang war laut Tyler Redford entmutigt von dem schieren Ausmaß an Arbeit, die nötig sein würde, um all dies zu sichten und mögliche Profile zu erstellen. Der technische Direktor der IR-Abteilung schlug vor, vorübergehend eine Datenbank zu erstellen und die Informationen der Eisenbahngesellschaften und die der FBI-Datenbank zu nutzen, die dann über das National Crime Information Center (NCIC) allen Gesetzesbehörden im Land zugänglich gemacht werden könnte.

Es gab ein großes Problem. Die Rechtsabteilung des FBI warnte vor Datenschutzproblemen, und die Anwälte der Eisenbahngesellschaften waren ebenfalls argwöhnisch gegenüber einer solchen Datenbank der Regierung. Einige der Fälle waren geregelt worden, nachdem Schweigepflicht darüber vereinbart worden war; andere enthielten Informationen, die nach Meinung der Anwälte der Bahngesellschaften zu weiteren Haftungsklagen führen konnten. Andererseits drängten der FBI-Direktor und der Justizminister auf eine Ausdehnung der Ermittlung, und so benutzte Carolyn Lang dies als Hammer, um die Anstrengungen der IR-Abteilung weiter voranzutreiben. Carswell hielt die ganze Sache weiterhin für nutzlos und unterstützte lautstark die Bedenken der Rechtsabteilung.

Hush erzählte Redford von seinem Gespräch mit dem Deputy Director und wiederholte Wellesleys Behauptung, er habe den besseren Teil dieser neuen Regelung in der Rollenverteilung erwischt. Redford war sich dessen nicht sicher, aber es war im Augenblick zuviel los, um viel mehr zu tun, als mit den stündlichen Krisen zu Rande zu kommen. Hush war immer noch begierig darauf, mit Carolyn Lang direkt zu sprechen, doch bis jetzt waren sie nicht telefonisch miteinander verbunden worden, was Hush sehr unruhig machte.

Das Ende des Zuges war jetzt auf gleicher Höhe mit seinem Standort auf dem Hügel, und er ging hinab, um sich mit Powers zu treffen, der an dem Fußgängerüberweg wartete, der über die Bahntrasse hinweg zum Welcome Center führte.

»Und was jetzt? Warten wir?« sagte Powers, ohne seine Zigarette aus dem Mund zu nehmen.

»Wir warten«, stimmte Hush zu. »Aber es gibt keine Garantie, daß dies sein nächstes Ziel ist.«

»Da haben Sie verdammt recht«, sagte Powers. »Hölle, er könnte all diese Sicherheitsmaßnahmen sehen und sich einfach zurücksetzen und warten wie Saddam Hussein, bis wir aufgeben.«

Hush nickte und betrat die Fußgängerbrücke. Die roten Rücklichter des nach Westen fahrenden Güterzuges verschwanden im Zwielicht auf der Louisiana-Seite. »Hinsichtlich der Spuren haben wir immer noch praktisch nichts. Ein paar Beweismittel, zwei konkurrierende Theorien, aber das ist schon alles.«

Powers schnippte seine Zigarette auf die Schienen unter der Fußgängerbrücke.

»Die letzte Antwort wird von Washington kommen, wissen Sie«, sagte Hush. »Wenn jemals all die fickrigen Anwälte überwunden werden können, wird der eine oder andere Name herauskommen, der auf ein mögliches Motiv für all dies schließen läßt. Sofern Carolyn dafür sorgen kann, daß die IR mit dem Projekt weitermachen kann.«

»Leute mit Haß auf Eisenbahngesellschaften?« sagte Powers. »Wovon sprechen wir hier – von zehntausend Namen?«

Hush war sich über das Ausmaß des Problems im klaren, doch seine politische Antenne sagte ihm immer noch, daß die wahre Aktion, von dem Fall ganz abgesehen, in Washington stattfand. Und er kletterte auf Eisenbahnbrücken über den

Mississippi herum. Powers schien seine Gedanken zu erahnen.

»Haben Sie weitere Informationen über Ihren neuen beruflichen Status?«

Hush schüttelte den Kopf.

»Nehmen Sie mir die Frage nicht übel«, sagte Powers. »Wie finden Sie diese neue Rollenverteilung in Ihrer Einsatzgruppe? Vor kurzem war diese Lady noch Ihre Stellvertreterin, und jetzt hat sie das Sagen im Zoo in D. C.«

Hush lächelte. »Alles spricht sich herum. Eigentlich hat der FBI-Direktor persönlich die Leitung. Carolyn Langs Aufgabe ist es, sich mit der wütenden Öffentlichkeit herumzuschlagen. Carswell ›koordiniert‹ angeblich die vom Außendienst eintreffenden Informationen. Der Deputy Director sagte mir, ich sei nützlicher hier draußen. Jetzt reimen Sie sich das zusammen.«

Powers zuckte die Achseln.

»Ja, es ist nicht einfach«, gab Hush zu. »Ich glaube, ich bin beruflich mitten in einem Intrigenspiel. Ty Redford sagte, sie will mit mir außerdienstlich sprechen. Vielleicht kann sie mir erklären, weshalb ich das Gefühl habe, nicht mehr ganz rutschfest auf den Füßen zu stehen.«

Powers lachte, was einige der Soldaten veranlaßte, zu ihnen herüberzuschauen. Die Männer der Nationalgarde waren für den Notfall aufgestellt worden, aus ihren privaten und beruflichen Tätigkeiten herausgerissen worden, und keiner von ihnen schien dies sonderlich lustig zu finden. Fern auf den Gleisen erschien ein einzelnes weißes Licht, das den nächsten nach Osten fahrenden Zug ankündigte. Sie konnten die Loks des nächsten nach Westen fahrenden Zuges stromaufwärts auf der Mississippi-Seite hören.

»Ich kenne einen Captain bei den Staatscops von Mississippi«, sagte Powers. »Lebt hier in Vicksburg. Er hat mich auf einen guten Schluck eingeladen, wenn wir hier fertig sind. Warum kommen Sie nicht mit? Lassen Sie all diese Militärtypen ihren Job erledigen.«

»Jedenfalls wissen sie, daß ihr Job jetzt richtig ist«, sagte Hush und folgte Powers die Treppe zum Wagen, bei dem Little Hill wartete. Hush winkte den Agenten des FBI-Büros Jackson zu, die an der offenen Tür des beschlagnahmten Welcome Center standen. Sie winkten nicht zurück.

Um 21 Uhr 30 parkte der Mann den Truck im Schatten eines dunklen Lagerhauses auf der Louisiana-Seite und stellte den Motor ab. Er wartete eine Viertelstunde und schaute nur aus dem Fenster, um zu erkunden, was sich auf dem Uferdamm tat. Das Lagerhaus befand sich diesem gegenüber, so daß er von seiner Position aus den Strom nicht sehen konnte. Er schaute nach links, stromaufwärts, wo er ungefähr anderthalb Kilometer entfernt die Spitzen der Autobahnbrücke erkennen konnte. Die Stadt Baton Rouge war nur als Lichtglocke über dem Rand des Uferdammes auszumachen. Der Mann hatte sich seit langem das Terrain längs der nahen Ufer eingeprägt: eine Reparaturwerft für Kähne, mit einem Trockendock, ein langer Deich, an dem oftmals Schleppkähne festmachten, ein Tankpier, der in Betrieb war, und dann sein derzeitiges Ziel, der aufgegebene Esso-Tankpier. Etwa 300 Meter stromabwärts von seinem Standort führte eine schräge Zufahrtsrampe von der Straße zu einer Seite des Uferdammes hinauf. Einen ähnlichen Zufahrtsweg, der von den Werftarbeitern benutzt wurde, gab es zu seiner Linken.

Der Mann hatte bei Sonnenuntergang Anzeichen auf Gewitter im Westen gesehen, doch jetzt herrschte nur Dunkelheit. Das war günstig; er würde gute Sicht und Windstille brauchen. Er wartete weitere fünf Minuten, ehe er wieder losfuhr. An der nächsten Zufahrtsrampe machte er die Scheinwerfer aus und bog nach links in die steile Schotterstraße, die bis auf den Damm führte. Dort stoppte er kurz, hielt nach Fahrzeugen Ausschau und fuhr dann über die Kuppe des Dammes hinweg zum Flußufer hinunter. Er bog nach links zu einer ungefähr 30 Meter entfernten Baumgruppe und schaltete den Motor aus. Er blickte auf seine Armbanduhr – noch viel Zeit.

Er beobachtete noch eine Zeitlang und kurbelte die Fensterscheiben herunter, so daß er die Geräusche des Mississippi hören konnte. In der Werft arbeitete die Nachtschicht, und das blauweiße Glühen eines Schweißgerätes erhellte die Öffnungen im Rumpf eines Getreideschleppkahns, der repariert wurde. Ein großer Kran der Werft stand im Leerlauf auf der Pier, und seine Lampen am Ausleger schwangen kaum wahrnehmbar in einer Brise, die den Strom nicht erreichte. Sein Dieselmotor pumpte eine bläuliche Rauchwolke über das Wasser. Draußen in der Fahrrinne kämpfte ein Schleppkahn gegen die Strömung, um stromaufwärts Ladung aufzunehmen, und ein anderer kam den Fluß herab und zog einen Verbund von Selbstentladekähnen. Die Stadt Baton Rouge befand sich hauptsächlich vor ihm zu seiner Rechten jenseits des Stromes; noch weiter rechts überquerte die zwischenstaatliche Autobahnbrücke den Mississippi in einem flachen Bogen. Fern zu seiner Linken konnte er die roten Lichter oben auf der Eisenbahnbrücke sehen, und jenseits davon schimmerte ein weißes und bernsteinfarbenes Glühen von den Lichtern des Hafens hinter der großen Biegung des Stromes. Das Wasser reflektierte unzählige ölige Bilder, als Wellen, hervorgerufen vom Verkehr der Schlepper und Lastkähne, gegen die Deiche schwappten. Auf der etwa 800 Meter breiten Fahrrinne patrouillierte ein kleines Küstenwachboot; der weiße Anstrich und die blinkenden Lichter schimmerten in der Dunkelheit. Er hatte mit Patrouillen der

Küstenwache gerechnet, aber sie würden diese Brücke nicht retten.

Rechts neben seinem Truck schlängelte sich ein schmaler Schotterweg zwischen den Bäumen hindurch. Er endete an den rostenden, mit Ketten gesicherten Toren des aufgegebenen Tankpiers, dessen Planken und Eisenbelag längst in den Strom gefallen waren. Nur zwei Reihen stumpfartiger, verrottender Stützpfeiler waren geblieben. Er konnte das Schlauchboot aufblasen, ins Wasser werfen und an einem der Stützpfeiler anbinden. Das Boot war nur etwa zwei Meter lang und aus schwarzem Kunststoff hergestellt. Es hatte einen kompakten Außenbordmotor, den er mit schwarzer Farbe besprüht hatte. Das schwarze Schlauchboot sollte nahezu unsichtbar sein.

Wenn das Boot im Wasser war, würde er zum Truck zurückkehren, über den Damm zurück und südwärts an ihm entlang über die Straße fahren, dann westlich zur Staatsstraße ungefähr anderthalb Kilometer westlich des Stromes und parallel dazu. Er würde über die Staatsstraße stromabwärts bis zu der Stelle fahren, die er als Versteck für den Truck geplant hatte. Das würde die erste, ziemlich sichere Phase beenden. Erst nach dem Verlassen des Trucks würden die Dinge viel interessanter werden. Er schaute auf seine Armbanduhr. Er näherte sich jetzt dem Endspiel. Nach der heutigen Nacht würde man eine viel größere Chance haben, ihn zu finden, denn er würde von Leuten gesehen werden. Er vergewisserte sich, daß er seinen Pieper abgelegt hatte und daß sein Mobiltelefon funktionstüchtig war. Dann klopfte er auf den Griff eines von der Regierung gestellten Colt .45 Revolvers. Alt, aber brauchbar, dachte er. Genau wie ich.

Um 22 Uhr 05 am Donnerstag hörte Matthews das Aneinanderprallen von Puffern und klirrende und stampfende Geräusche, die sich bis zurück zum Kommandowaggon fortpflanzten, als sich die Waggons vor ihm ruckartig in Bewegung setzten. Die Größe der beiden gepanzerten Spezialwaggons voraus erlaubte ihm keine Sicht auf den Rest des Zuges, doch er war zweifellos unterwegs. Matthews und der Sergeant der Militärpolizei traten auf die hintere Plattform des Kommandowaggons hinaus und beobachteten, wie die Kiefern zurückblieben, als der Zug in der Dunkelheit an Tempo gewann.

Es war ein langer Tag des Wartens gewesen, besonders weil sie nur herumgesessen und auf den Zug aufgepaßt hatten. Matthews hatte zweimal mit Mehle über die Freigabe der Strecke gesprochen, und beide Male war der Colonel fast besorgt um die Leute gewesen, die innerhalb der Sicherheitsabschirmung auf dem Gleis zur Untätigkeit verdammt waren. Selbst die beiden zivilen Lokführer hatten im Zug bleiben müssen: Sie hatten mit den Militärpolizisten in deren Mannschaftswaggon kampiert. Nach der Verschiebung der Abfahrt waren die Wachposten in zwei sechsköpfige Teams für die Sicherheitsabschirmung aufgeteilt worden, und sie hatten in vierstündigen Wachen während der Nacht und des nächsten Tages patrouilliert. Zwei zusätzliche Funkspezialisten waren zu sechs Stunden Bereitschaft und sechs Stunden Wache bei den Kommunikationsanlagen eingeteilt worden. Die Genehmigung zur Abfahrt war endlich um 20 Uhr 30 erteilt worden. Die beiden Spezialwaggons waren eine Stunde später angekuppelt worden, genau vor die beiden Kommandowaggons.

Die Lichter von Annistons Haupttor erschienen über dem Zug, als er sich den Toren der Sicherheitsschleuse des Depots näherte. Bei einem anderthalb Kilometer langen Zug, der hindurchfuhr, waren sowohl die inneren als auch die äußeren Tore geöffnet, ein unvermeidbarer Verstoß gegen die Sicherheitsvorschriften. Der Zug gewann weiterhin an Tempo, als er auf die nach Westen führende Hauptstrecke fuhr. Matthews erwartete fast ein kleines Abschiedskomitee an den Toren, doch dort standen nur die üblichen Wachen, schwarze Silhouetten im Schein der Natriumdampflampen von den Türmen an den Flanken der Tore. Die inneren Tore begannen zu schwingen, als der Kommandowaggon aus dem Depot rollte.

»Warum sind die großen Tankwaggons als letzte angekuppelt worden?« fragte der Sergeant. Er war ein großer Schwarzer, der eine übelriechende Zigarre nach der anderen paffte.

»Weil sie die gefährlichste Fracht haben«, sagte Matthews. Er war neugierig darauf zu erfahren, was der Sergeant vielleicht an Gerüchten gehört hatte.

»O ja. Der Senf. Wenn dieser Scheiß losgeht, werden wir es als erste wissen, nicht wahr, Major?«

»Sie haben diese Tankwaggons gesehen. Ich glaube, wir müssen uns mehr Sorgen wegen dieser Eier machen, deren Verfallsdatum seit zehn Jahren abgelaufen ist, als wegen irgendwelchem austretenden Senfgas.«

Der Sergeant lachte. Über die »Eier« der Army, die seit zehn Jahren faul waren, wurde oftmals gescherzt. Matthews hatte bereits die Anregung von MPs gehört, sie unterwegs bei den örtlichen Imbißbuden zu verkaufen, wenn sie noch länger auf dem Gleis herumstehen müßten. Aber wenigstens war die Senfgas-Geschichte durchgesickert wie geplant.

Der Zug beschleunigte weiterhin in der Dunkelheit. Der Geruch von Dieselabgasen wurde bis nach hinten zum Kommandowaggon geweht. Matthews sah den ersten Signalturm in der Dunkelheit, und er bemühte sich, die Bedeutung der Lichter zu erkennen, schaffte es jedoch nicht auf die schnelle. Er hatte einige der langen Wartestunden mit dem Versuch verbracht, etwas über den Eisenbahnbetrieb zu lernen. Er hatte über Waggonblocks gelesen, über ein Dutzend Lok-Typen, und er hatte erfahren, daß dieser Güterzug eine »Zugeinheit« genannt wurde, weil seine Zusammenstellung während der Fahrt nach Utah nicht verändert werden würde. Carl Hill kennt sich in diesem Metier viel besser aus, dachte Matthews, aber Carl ist im Militärgefängnis in Fort McClellan. Der Operator an den Kommunikationskonsolen rief ihn in den Kommandowaggon. Colonel Mehle war im Netz und wollte ihn persönlich sprechen. Was jetzt? dachte Matthews, als er sich an die Konsole setzte.

»Hier ist Major Matthews«, sagte er.

»Hier Colonel Mehle. Schalten Sie auf Sicherheitsmodus um.«

Matthews tat es, und Mehle meldete sich wieder. »Eine hohe übergeordnete Einsatzgruppe des FBI hat soeben eine Warnung herausgegeben, daß eine Bedrohung aller Brücken über den Mississippi durch einen Terroristen vorliegt«, sagte er. »Es heißt, daß das FBI geteilte Meinungen über die Sache hat, daß eine Theorie von einem Einzeltäter ausgeht und die andere eine Tätergruppe für verantwortlich hält. Wie auch immer, man ist ziemlich sicher, daß die Gefahr nicht vorüber ist.«

»Verstanden, Colonel«, sagte Matthews. »Gibt es eine Änderung der Befehle für die Fahrt?«

»Nicht zu diesem Zeitpunkt. Ich habe das Hauptquartier informiert, daß Zug 2713 auf dem Weg ist. Ihre voraussichtliche Ankunftszeit in Birmingham ist immer noch um null-drei-drei-null Uhr.«

»Das hat uns der Lokführer gesagt.«

»Okay. Die Norfolk Southern hat uns mitgeteilt, daß es in Birmingham einen Aufenthalt geben wird. Der Ost-West-Verkehr ist ziemlich blockiert, wie Sie sich vielleicht vorstellen können. Volle Sicherheitsabschirmung bei allen Stopps, okay?«

»Jawohl, Sir. Verstanden.«

Mehle machte Schluß, und Matthews ging zu dem Sergeant, um ihn zu informieren. Einen mitternächtlichen Ausflug zu den örtlichen Imbißbuden, um Eier zu verkaufen, konnten sie vergessen.

Hush und Mike Powers kehrten kurz nach 22 Uhr zur Brücke von Vicksburg zurück. Sie hatten Powers' guten Bekannten in einem Restaurant in der Innenstadt getroffen, wo sie in einem separaten Raum etwas getrunken und zu Abend gegessen hatten. Die Besitzer des Restaurants waren außergewöhnlich freundlich gewesen. Während des Essens hatten sie von nichts anderem als den Anschlägen auf die Brücken gesprochen. Der Captain der Staatspolizei von Mississippi war offen beeindruckt vom Ausmaß der Zusammenarbeit zwischen der Staatspolizei und den Bundesbehörden. Er berichtete von einem sprunghaften Anstieg der Unfälle an Bahnübergängen, nachdem sich der Schienenverkehr durch Mississippi in den vergangenen paar Tagen vervierfacht hatte. Für Hush war es ein netter Anlaß gewesen, über echte Polizeiarbeit zu reden und seine eigenen bürokratischen Probleme zu vergessen.

Wetterleuchten zuckte über Louisiana, als sie zum Welcome Center gingen, um den Stand der Dinge zu erfahren, aber es gab nichts Neues zu berichten. Die Brücken von Baton Rouge und New Orleans wurden scharf gesichert, einschließlich der Beobachtungen aller Versorgungsleitungen und -rohre. Die Eisenbahngesellschaften hatten ihre eigenen Sicherheitskräfte auf den Rangierbahnhöfen verdoppelt und verdreifacht und Inspektionen all ihrer Züge, die für die Überquerung einer Mississippi-Brücke bestimmt waren, eingeleitet.

Es war ein Fernschreiben für Hush von Carolyn Lang eingetroffen, in dem sie ihm mitteilte, daß die IR Fortschritte bei den Verhandlungen über eine Freigabe der Prozeßakten von dreien der vier größten Eisenbahngesellschaften erziele. Die schlechte Nachricht war, daß Carswells Büro viel Druck ausübte, um die IR auf andere Ermittlungswege anzusetzen. Es gab eine zweite Botschaft, in der Tyler Redford mitteilte, daß die Öffentlichkeitsarbeit in diesem Fall nochmals überdacht werde wegen der internen Meinungsverschiedenheit, wer die Anschläge auf die Brücken verübt hatte. Der Nachrichtendienst des Bundes fand weiterhin keine Hinweise auf Terroristengruppen.

»Ich fragte mich, was das bedeutet«, sagte Powers, nachdem Hush ihm das Fernschreiben zum Lesen gegeben hatte. »Man könnte meinen, dieser Bericht vom Nachrichtendienst bestärkt unsere Theorie eines Einzeltäters.«

»Wenn er allein ist, dann hat er sich verdammt lange vorbereitet«, erwiderte Hush. »Wir müssen dafür sorgen, daß diese Suche in der Datenbank weit genug zurückgeht.«

Hush schlug einen Spaziergang vor, um das ausgedehnte Abendessen zu verdauen. Die Abendluft war schwül und feucht, als sie das mit Klimaanlage ausgestattete Welcome Center verließen, die Fußgängerbrücke überquerten und den Weg zur dunklen Mautstelle hinabgingen. Die Brücke war für allen Fahrzeugverkehr geschlossen worden, seit die zusätzlichen Sicherheitsmaßnahmen getroffen worden waren. Sie zeigten ihre Ausweise und gingen an den Posten der Nationalgarde vorbei zu dem schmalen Fahrdamm, der parallel zur Bahntrasse verlief. Das Gleis glänzte im Schein der Scheinwerfer, die aufgestellt worden waren, um den Bahnbereich der Brücke zu beleuchten. Ein nach Westen fahrender Zug kam auf die Brücke. Er fuhr so nahe am Fahrdamm vorbei, daß sie die Waggons mit einem Besenstiel hätten berühren können. Hush spürte, daß die alte Brücke unter dem Gewicht des Zuges erzitterte, und der Lärm machte eine Unterhaltung unmöglich. Hush zog wegen der Schwüle sein Jackett aus. Er blickte über den Strom, dessen Oberfläche Tausende bunte Lichter des nachgebauten Flußbootes widerspiegelte. Die Steilufer des Mississippi waren dunkel, und in der Stadt selbst brannten nicht so viele Lichter.

Als sie ungefähr die Mitte der Brücke erreicht hatten, war der Güterzug endlich an ihnen vorbei. Leichter Wind säuselte durch die alten Stahlträger und übertönte fast die Geräusche des LKW-Verkehrs auf der Autobahnbrücke stromabwärts. Hush glaubte, das ferne Grollen von Donner zu hören, aber als er lauschte, hallte das Geräusch eines nach Osten fahrenden Zuges über den Strom, und weißes Licht stach ihnen entgegen, als der Zug von der Louisiana-Seite her auf die Brücke herauffuhr. Sie setzten ihren Spaziergang über die Brücke fort, überprüften die Wachtposten am anderen Ende und kehrten zurück in Richtung Vicksburg. Die Ufer hinter ihnen lagen in völliger Dunkelheit. Es war nicht schwer, sich vorzustellen, wie die Geister von Grants Armee immer noch irgendwo in den Bayous schwitzten und nach einer Möglichkeit suchten, den Kanonen von Vicksburg zu entgehen.

Er bog von der Straße auf den Parkplatz des Supermarktes, fuhr mit dem Motorrad zur Rückseite, stellte den Motor ab und versteckte die Maschine zwischen zwei großen Transportfahrzeugen. Die vorderen Stellplätze und die Tankspuren waren hell beleuchtet, aber hier hinten brannte nur eine einzige Sicherheitslampe, und sie war auf die Hintertür des Supermarktes gerichtet. Hundert Meter voraus war die Zufahrt zum Hafen von Baton Rouge. Während der Mann beobachtete, fuhren zwei Sattelschlepper am Supermarkt vorbei und bogen in den Hafenkomplex ein. Staub wölkte, und Luftdruckbremsen zischten. Der Hafen war eingezäunt, aber es gab keine Wächter am Haupteingang, und die großen Sattelschlepper fuhren einfach durch. Innerhalb des Zaunes gab es zwei Reihen großer Lagerhäuser parallel zum Fluß. Er konnte die hohen Ausleger von Kränen über den Dächern der Lagerhäuser sehen, deren weiße Scheinwerfer die Aufbauten der SS *Cairo* beleuchteten.

Er schaute auf seine Armbanduhr. Etwas über eine Stunde bis zur Abfahrt. Die *Cairo* fuhr alle zehn Tage von diesem Kai ab, regelmäßig wie ein Uhrwerk, und brachte Massengüter den Strom hinunter zum Golf von Mexiko. Sie war eines der sechs mittelgroßen Frachtschiffe mit flachem Tiefgang, die in Baton Rouge ihren Standort hatten. Ihre Abfahrtszeit variierte je nach dem Ladeplan auf der Pierseite und der Kontrolle und Abfertigung unten im großen Hafen von New Orleans. Um sie zu erfahren, brauchte man nur das Kontrollbüro der hiesigen Abfertigung anzurufen, und eine Stimme vom Band nannte alle wichtigen Abfahrtszeiten des Hafens, wie ein Kino die Zeiten der Filmvorführungen mitteilte.

Er ließ seinen Plan Revue passieren. Mit dem Motorrad in den Hafenkomplex fahren, direkt zum allgemeinen Parkbereich für Crewmitglieder von Schiffen, der sich am anderen Ende der Kais befand. Ein paar Minuten lang würde er warten und beobachten, dann das Motorrad in den Fluß werfen und zum Schiff gehen. Auf dem Weg über die Gangway würde er einen kleinen Seesack dabeihaben und schwer zu beschreibende Arbeitskleidung tragen. Er war in der Stunde vor einer nächtlichen Abfahrt schon mehrmals auf der *Cairo* und dreien ihrer Schwesterschiffe gewesen und hatte nie eine Menschenseele an Deck gesehen. Die Maschinisten waren immer unten gewesen, hatten die Abfahrt vorbereitet und die Matrosen längst alles für die Nacht gesichert, nachdem die Frachtluken geschlossen worden waren. Die einzigen Leute würden der Kapitän, der Flußlotse, ein Schiffsoffizier und ein

Steuermann im Ruderhaus sein. Eine Abfahrt von Frachtern aus dem Abfertigungshafen war reine Routine, und alle Nachteulen würden sich im Aufenthaltsraum der Besatzung die Spätnachrichten im Fernsehen anschauen. Bei seinen Tests bei Abfahrten am späten Abend war er frei zwischen den gesamten Decksaufbauten achtern herumgestreift. Wie heute. Er hatte sich aufgezeichnet, wo sich die Offizierskabinen befanden und welche Bereiche er meiden mußte – zum Beispiel den Aufenthaltsraum.

Er würde einfach an Bord gehen, direkt zur Kabine des Maschinisten. Dort drinnen würde er den schwarzen Taucheranzug anziehen, der Hose, Oberteil, Kapuze und Taucherstiefel einschloß. Dann würde er ein Hemd und eine Khakihose über den Taucheranzug anziehen, übergroße Cowboystiefel über die Taucherstiefel streifen und eine übergroße gelbe Baseballkappe mit der Aufschrift »Caterpillar« aufsetzen. Danach würde er den Rest seiner Ausrüstung überprüfen und warten. Wenn das Schiff unterwegs war, würde er eine Gummimaske mit dem Gesicht von Bill Clinton aufsetzen, die Kabine verlassen und zur Brücke steigen, mit dem kleinen Seesack, in dem sein Sauerstoffgerät, die Schwimmweste und ein Paar Schwimmflossen verstaut waren. Er würde den .45er in der Hand halten. Kurz vor dem Verlassen der Kabine würde er zwei Telefonate über sein Handy führen. Er mußte alles zeitlich abstimmen, damit das Schiff stromabwärts in der Fahrrinne war, kurz bevor er zuschlug. Dann würde Bruder Bill sie für die Fahrt aus ihrer Routine reißen – geradewegs hinab zur Eisenbahnbrücke von Baton Rouge.

Sie gingen zurück zum Parkplatz des Welcome Center, als das Ende eines sehr langen Zuges nach Osten an ihnen vorbeiratterte. Es war Hush, der als erstes das Telefon klingeln hörte. Es klang, als käme es vom Fahrdamm hinter dem Mauthäuschen. Er blickte zu Powers, der nickte, um anzuzeigen, daß er es ebenfalls wahrgenommen hatte, und dann hörten offensichtlich auch einige der Posten das Klingeln. Hush ging hinüber zur Mautstelle, wo er eine Reihe von Münzfernsprechern längs der Betonwand erkannte. Sie sahen nicht sehr modern aus, aber einer davon klingelte zweifellos. Ein Mann der Nationalgarde auf der Veranda des Besucherzentrums kam mit einer Taschenlampe und leuchtete über die Reihe der Münzfernsprecher. Hush und Powers gingen an der Reihe der Telefone entlang, bis sie sehen konnten, welches klingelte. Hush schaute zu Powers, der mit den Schultern zuckte. Hush nahm den Hörer ab.

»FBI«, sagte er.

»Stoppt die Züge«, sagte eine krächzende Stimme, die klang, als käme sie durch eine Art Atemgerät. *»Auf der Brücke ist eine Bombe. Ihr habt fünfzehn Minuten. Stoppt die Züge!«*

Dann Stille. Hush blickte zu Powers und hängte ein.

»Was war?« fragte Powers.

»Irgendein Typ behauptet, auf der Brücke sei eine Bombe. Er sagte: ›Stoppt die Züge … Ihr habt fünfzehn Minuten.‹«

»Meinen Sie, das ist ernst?«

Hush überlegte schnell. Der nächste Zug nach Westen näherte sich hörbar zu ihrer Linken. Vermutlich war es zu spät, ihn zu stoppen. Aber wenn sie wirklich fünfzehn Minuten hatten, sollte er in dieser Zeit in Sicherheit sein.

»Wir müssen das ernst nehmen«, sagte Hush und hastete zum Befehlsstand der Nationalgarde. Powers eilte ihm nach und rief den Posten zu, dafür zu sorgen, daß ihre Kameraden von der Brücke verschwanden. Als sie zum Parkplatz gelangten, sammelten sich die Offiziere der Nationalgarde, die bereits von ihren Kollegen an der Mautstelle alarmiert worden waren. Hush berichtete, was geschehen war, und bestätigte, daß sie ihre Leute von der Brücke abziehen müßten. Der ranghöchste Offizier der Nationalgarde gab schnell einige Befehle über sein Funkgerät und erklärte, ein Bombenräumkommando anzufordern, das auf dem Stützpunkt der Air Force bei Meridian in Bereitschaft war. Es gab weitere hektische Kommunikation über Funk, die durch den Lärm des vorbeifahrenden Güterzuges erschwert wurde. Die Funker im Befehlsstand wiesen die Einsatzzentrale der Eisenbahngesellschaft in Jackson an, den Verkehr ab sofort zu stoppen. Das Radar-Patouillenboot wurde aufgefordert, seine Position direkt unter der Brücke zu verlassen. Eine Minute später hörten sie, daß die zwei Loks des passierenden Güterzuges auf maximale Kraft schalteten, als der Lokführer per Funk gewarnt wurde.

Hush gesellte sich zu Powers außerhalb des Befehlsstandes. Die Soldaten und Polizisten liefen umher und warfen besorgte Blicke zu der dunklen Brücke. Wie jeder andere schaute Hush auf seine Armbanduhr: noch knapp zehn Minuten. Zwei große und starke Scheinwerfer auf den Geschützständen aus dem Bürgerkrieg flammten auf, und ihre Strahlen tasteten die Brücke entlang. Die Kolonne der Waggons wirkte unendlich. Noch neun Minuten.

Er hatte angerufen, als er gehört hatte, daß die Hauptmaschine des Schiffes vom Leerlauf auf Fahrt gewechselt und ein stetiges Vibrieren darauf hingewiesen hatte, daß die Schraube drehte. Er blickte durch ein Bullauge und sah, wie die Lichter am fernen Ufer vorbeizuziehen begannen. Das Schiff brauchte keinen Schleppkahn; weil es einen Korrekturantrieb am Bug hatte, löste es sich in einer stetigen Seitwärtsbewegung vom Kai und wurde von der Strömung erfaßt. Während die Lichter von Baton Rouge nach links wegglitten, setzte er die Gummimaske auf, vergewisserte sich, daß der Revolver geladen war, klemmte das Mobiltelefon unter seine linke Achsel und verließ die Kabine. Nach links. Niemand auf dem Gang. Gut.

Die Treppe zum Ruderhaus hinauf. Kleiner Vorraum, Kartenraum zur Rechten, Funkraum zur Linken. Beide Türen verschlossen. Tür des Ruderhauses ebenfalls. Er rückte die Gummimaske, unter der er zu schwitzen begann, richtig zurecht, überprüfte noch einmal den Revolver und betrat das Ruderhaus. Es war genauso breit wie das Schiff selbst; seine Länge, vom hinteren Schott bis zu den vorderen Fenstern, betrug ungefähr sieben Meter. Luken zu beiden Seiten führten auf die Flügel der Brücke hinaus. Die Beleuchtung war gedämpft und rötlich, um den Offizieren bei Dunkelheit die Sicht zu erleichtern. Zwischen dem Attentäter und den vorderen Fenstern befand sich die Konsole des Steuermannes, hinter der ein südländisch aussehender Mann stand, beide Hände am Steuerrad. Am hinteren Schott zu seiner Linken war ein Kartentisch befestigt, aber dort hielt sich niemand auf. An den Fenstern zu beiden Seiten der Mittschiffslinie lehnten zwei Männer mittleren Alters in Zivilkleidung. Er wußte, daß einer der Kapitän, der andere der Lotse sein mußte.

Wo ist der Maat? dachte er. Normalerweise erledigte ein Maat die Navigation. Schließlich sah der Steuermann den Maskierten.

»*Que* ...«, begann er, und dann bemerkte er die Waffe.

Der Maskierte zeigte damit auf den Boden und befahl dem Steuermann mit einer Geste, sich flach hinzulegen. Der Mann gehorchte sofort und schloß die Augen. Der Kapitän und der Lotse bemerkten nicht, was hinter ihnen vorging. Sie sprachen leise miteinander und spähten aus den Fenstern. Der Maskierte schlich nach vorne und hielt wieder nach dem

Maat Ausschau. Niemand sonst hielt sich anscheinend auf der Brücke oder deren Flügel auf. Ein Blick durch die vorderen Fenster zeigte ihm den Rest des Schiffes bis zum Bug, der zwischen die beiden Hauptstützpfeiler wies. Jenseits davon sah er die Eisenbahnbrücke, an Backbord voraus, bei der Brücke, ein kleines Küstenwachboot. Stromabwärts kam ein Schleppkahn mit einem Verbund von Lastkähnen in ihre Richtung. Einer der Männer an den Fenstern machte den anderen auf den Schleppzug aufmerksam, worauf dieser ein Fernglas an die Augen hielt.

Der Maskierte trat auf die kleine hölzerne Plattform hinter dem Steuerrad, drückte einen Fuß in den Nacken des Steuermannes und drehte schnell das Steuer etwas nach rechts. Dann griff er zum Hebel, mit dem die Befehle in den Maschinenraum übermittelt wurden, und stellte ihn auf volle Kraft voraus. Beide Männer an den Fenstern fuhren bei dem Geräusch herum, und der Maskierte richtete die Waffe auf sie.

»Auf den Boden«, sagte er. »Runter. Sofort!«

Glocken schlugen an, als die Maschinisten auf den Befehl »volle Kraft voraus!« reagierten, und einen Moment später spürte er, wie der Boden zu vibrieren begann. Die beiden Männer an den Fenstern starrten den Maskierten an, aber sie regten sich nicht. Ein Telefon neben dem Sitz des Kapitäns auf der Steuerbordseite begann zu klingeln. Das Schiff reagierte schließlich auf den Befehl an den Maschinenraum, und sein Bug begann sehr langsam nach rechts zu schwenken. Der Maskierte richtete den .45er auf einen der Männer und spannte den Hammer. »Runter, sofort, oder stirb.«

Beide Männer sanken auf die Knie und hoben die Hände.

»Kriecht dort rüber. Und dann flach auf den Boden legen!« befahl der Maskierte und wies mit dem Revolver zur Backbordseite des Ruderhauses. Er blickte durch die Fenster und sah, daß der Bug des Schiffes jetzt schneller herumschwang.

Zu schnell. Er drehte das Ruder zurück nach Backbord, und der Kurs stabilisierte sich. Die beiden Männer krochen auf den Knien zur Backbordseite. Der Abstand zur Brücke verringerte sich jetzt schneller, als das Schiff an Fahrt aufnahm. Die Brücke war etwa einen Kilometer entfernt.

»Flach hinlegen!« schrie der Maskierte die beiden Männer an, und sie gehorchten. Das Telefon klingelte immer noch neben dem Sitz des Kapitäns, doch der Maskierte ignorierte es. Er trat zurück, hielt die Waffe auf die beiden Männer gerichtet und schloß die Tür des Ruderhauses ab. Dann kehrte er zum Ruder zurück und korrigierte von neuem den Kurs. Es gab eine Wechselwirkung mit der Strömung des Flusses, denn er spürte, daß das Heck herumschwang und das Schiff sich leicht in der Strömung neigte. Es machte nichts; wenn es in voller Fahrt war, würde er es zurücksteuern und wieder auf das Ziel ausrichten können.

Noch 800 Meter. Er packte den .45er fester.

Bei der Brücke von Vicksburg beobachtete jeder mit angehaltenem Atem, während die bewilligte Viertelstunde ablief. Der Güterzug nach Westen gelangte in Sicherheit, als elf Minuten verstrichen waren, und dann blieb nur das Warten. Etliche Männer der Nationalgarde liefen beim Befehlsstand umher, und weitere Soldaten waren auf dem Aussichtspunkt des Welcome Center. Hush bemerkte, daß einige von ihnen Videokameras dabeihatten. Offensichtlich hofften sie, die Aufnahmen ihres Lebens zu machen, obwohl es völlig dunkel war. Hush und Powers waren auf den Hügel gestiegen, wo sich die Geschütze aus dem Bürgerkrieg befanden; die Funker des mobilen Befehlsstandes drängten sich um die hell erleuchtete Tür und starrten zur leeren Brücke.

»Ich sollte aufgeben«, sagte Hush. »Dann hat dies vielleicht ein Ende.«

Eine weitere Minute verging. Immer noch nichts. Wir haben diese Brücke den ganzen Morgen über inspiziert, dachte Hush, ich, Keeler und all seine Mitarbeiter, und wir haben nichts gefunden. Nach ihnen hatten ein Team aus Ingenieuren der Bahngesellschaft Kansas City Southern und anschließend zwei Sergeants vom Bombenräumtrupp der Army jeden Quadratmeter abgesucht. Jeder Draht, jede Leitung, jeder Stahlträger war offenbar seit langem mit Staub, Öl und Ruß verkrustet. Das einzige Glänzende auf der ganzen Brücke waren die Schienen. Selbst der Taubenkot wirkte alt.

»Ich kann nicht glauben, daß es eine Bombe auf dieser Brücke gibt«, sagte Hush nach einer weiteren Minute. »Zu viele Leute haben sie heute und gestern untersucht.«

»Vielleicht ist sie in dem verdammten Wasser«, sagte Powers. »Vielleicht hat der Hurensohn es vermint.«

Hush schüttelte wütend den Kopf. Er hob sein Funkgerät an und sprach hinein: »Hier Hanson. Wann werden die Jungs vom Bombenräumkommando hier sein?«

»Schätzungsweise in zwanzig Minuten. Die Army räumte eine Landezone für einen Hubschrauber auf der Straße.«

Hush bestätigte. »Dann können wir jetzt nur noch abwarten, ob sie was finden.«

»Dieser Anruf hat mich echt verblüfft«, sagte Powers. »Er kennt die Nummer von diesem Münzfernsprecher und wußte, daß sich jemand melden würde. Wenn wir Glück haben, können wir ihn vielleicht zurückverfolgen.«

»Er hat bestimmt ein verdammtes digitales Handy benutzt.«

»Ja, aber hat jemand heute morgen diese Telefone überprüft?«

»Ich nicht«, sagte Hush. »Ich habe einfach angenommen, sie seien seit langem nicht mehr intakt. Einige davon haben Wählscheiben, wie ich mich erinnere.«

»Warum schauen wir uns die Dinger nicht mal an?«

Hush blickte hinab zur verlassenen Mautstelle. Ein weißer Papierfetzen flatterte um den Fuß des mit Brettern vernagelten Maut-Häuschens, doch sonst tat sich in dem gesamten Bereich nichts.

»Vielleicht sollten wir das die Jungs vom Räumkommando tun lassen«, meinte Hush. »Sie lieben es, mit Bomben herumzuspielen.«

»Wenn es eine Bombe gibt, mit der ein Anschlag auf diese Brücke verübt werden soll, dann wird sie nicht dort unten sein«, sagte Powers. »Was, zum Teufel, können wir sonst tun?«

Widerwillig stimmte Hush zu, und sie schlenderten Richtung Mautstelle, nachdem sie den Befehlsstand informiert hatten, daß sie die Münzfernsprecher überprüfen wollten.

Noch 500 Meter. Der Abstand zwischen den Lichtern am Ufer verringerte sich jetzt zweifellos schnell. Der Maskierte hielt ein Auge auf die entsetzten Männer, die flach auf dem Boden lagen, nahm sein Mobiltelefon, tippte die Nummer ein und drückte auf den Sendeknopf. Als im Display CALLING erschien, öffnete er die Tür des Ruderhauses und warf das Handy hinaus. Das wird sie bei der Brücke von Vicksburg beschäftigt halten, dachte er.

Sie waren noch knapp sieben Meter von der Reihe der Münzfernsprecher entfernt, als zu ihrer Linken ein blendend greller Lichtblitz mit einem Donnerschlag explodierte. Sowohl Powers als auch Hush warfen sich hin, als Fragmente von Metall und Holz über die Mautstelle flogen, gefolgt von einer Wolke von ätzendem weißen Rauch. Hush wollte gerade den Kopf heben und versuchen, das Klingeln in seinen Ohren zu ignorieren, als es zum zweitenmal blitzte, diesmal aus Richtung Maut-Häuschen, und ein weiterer Schauer von Metall- und Holzstückchen auf die Betonwände der Mautstelle niederging. Er erhaschte einen Blitzlicht-Blick auf Powers, der offenbar versuchte, durch den Beton des Fahrdammes China zu erreichen. Dann krachte es zum dritten und zum vierten Mal, und jede Detonation blendete sie mit grellem Lichtblitz und malträtierte mit dem Donnern ihre Ohren. Hush preßte sich neben Powers auf den Boden und versuchte, sich so klein wie möglich zu machen, als die Explosionen weitergingen, Schlag auf Schlag, und sie in eine Wolke aus Betonstaub, zerschmettertem Plastik und Metallfragmenten der Münzfernsprecher einhüllte, als jeder der Apparate in der Reihe detonierte.

Als die Explosionen schließlich aufhörten, öffnete Hush die Augen und mußte prompt in der Wolke von Betonstaub niesen. Er glaubte, Schreie zu hören, aber sie waren scheinbar sehr weit entfernt. Dann wurde ihm klar, daß er den Atem angehalten hatte. Er sog gierig Luft ein und bekam sofort einen Hustenanfall, bis seine Brust schmerzte. Powers rappelte sich auf Händen und Knien neben Hush auf, seine Augen waren dunkel und weit aufgerissen in einer Maske aus Betonstaub. Kleine Lichtkreise von Taschenlampen von oberhalb geisterten über den Boden.

»Haben Sie weitere verdammte gute Ideen?« sagte Hush krächzend zu Powers und spuckte Betonstückchen aus.

Das Pitometer, das Gerät zur Messung der Strömungsgeschwindigkeit, auf der Konsole zeigte die Geschwindigkeit des Schiffes in roten Zahlen in einem zitternden Digital-Display. Die *Cairo* fuhr mit 12 Knoten, dann mit 13. Der Maskierte richtete das Ruder wieder aus. Es gab jetzt keinen Zweifel, daß sich das Schiff in der Strömung neigte, aber es machte immer noch nichts aus. Der Maskierte blickte auf, als er eine Serie schriller Pfeiftöne von stromabwärts hörte. Der Kapitän des Schleppkahns signalisierte Gefahr, als er sah, daß das große Schiff diagonal durch die Fahrrinne beschleunigte. Der Maskierte fand den Messinggriff für das Signalhorn des Schiffes und zog ein paarmal daran. Das Telefon hörte auf zu klingeln.

400 Meter. Das Schiff fuhr geradewegs auf den Brückenpfeiler zu. Die Spitzen der Brücke begannen, aus dem oberen Teil der Fenster des Ruderhauses zu verschwinden.

Hinter dem Maskierten hämmerte jemand, der ins Ruderhaus gelangen wollte, gegen die Tür. Er überprüfte erneut den Kurs und korrigierte ihn so, daß der grauweiße Betonpfeiler der Brücke genau in der Mitte der Fenster des Ruderhauses zu sehen war. Die Digitalanzeige stand auf 13,5 Knoten. Der Maskierte betätigte noch ein paarmal das Horn. Dann wich er bis zur Tür des Ruderhauses zurück, denn er ahnte, was geschehen würde.

300 Meter. Und sie verringerten sich schnell. Der Unterboden der Brücke war nicht mehr im Fenster zu sehen. Nur das größer werdende Bild des Brückenpfeilers.

Der Maskierte registrierte eine schattenhafte Bewegung bei der Tür, die zum Backbordflügel der Brücke hinausführte. Er zögerte nicht, richtete den .45er nach links und feuerte zweimal. Das Glas flog aus dem Fenster der Tür. Draußen schrie ein Mann.

200 Meter. Und immer noch schnurgerader Kurs. 15 Knoten. 8000 Tonnen würden den Brückenpfeiler rammen. Bei der Strömung mit 17, vielleicht 18 Knoten. Der Brückenpfeiler füllte jetzt das ganze Fenster des Ruderhauses aus, und dann, früher, als der Maskierte erwartet hatte, knallte es. Er hatte vergessen, daß der Großteil des Schiffes, über hundert Meter, vor ihm war. Er schaffte es gerade noch, sich am Türgriff festzuhalten, bevor das Schiff in einem langen, ohrenbe-

täubenden Kreischen von sich verbiegendem Stahl und explodierendem Beton, gegen den Brückenpfeiler donnerte. Der Maskierte sah zwei der vorderen Ladekräne in einem Gewirr von Kabeln auf das Deck stürzen, während er sich abmühte, auf den Beinen zu bleiben. Der Steuermann wurde gegen den Fuß der Konsole geschleudert und schrie auf. Die beiden anderen Männer rutschten über die gebohnerten Fliesen des Bodens und landeten am vorderen Schott. Beleuchtungskörper und Verkleidungen krachten von der Decke, und das Ruderhaus war plötzlich mit Staub gefüllt. Das vordere Ende des Schiffes löste sich praktisch wie in Zeitlupe auf, als sich der Brückenpfeiler in den Bug bohrte und ihn fast auf 30 Meter zusammendrückte, ehe die Vorwärtsbewegung gestoppt wurde. Der Maskierte konnte spüren, daß die Maschine immer noch mit voller Kraft lief und das Heck des Schiffes sich schnell nach Backbord schwang, was ein schreckliches Knirschen verursachte, als sich der zerfetzte Bug um den Brückenpfeiler zu drehen begann.

Der mittlere Brückenbogen stürzte ein, als der Maskierte sich von der Tür zur Steuerbordseite hin entfernte. Eine gewaltige Lawine von herabkrachendem Stahl donnerte mittschiffs auf die *Cairo*, und der Maskierte wurde von den Beinen gerissen, als sich das Schiff stark nach Steuerbord auf die Seite legte und dann zurückschwang. Alle Fenster der Front des Ruderhauses zerbarsten auf einmal, als sich die Decksaufbauten deformierten. Der Brückenbogen zerbrach auf dem Vorderdeck des Schiffes, und dann rutschen die beiden Trümmerteile zu beiden Seiten des Schiffes herab. Zu allem dröhnte das Schiffshorn ständig wie eine tödlich verwundete urzeitliche Bestie.

Als das Schaukeln des Schiffes aufhörte, rappelte sich der Maskierte auf, schnappte sich seinen kleinen Seesack, der beim Kartentisch eingeklemmt worden war, und rannte durch die Tür auf dem Steuerbord-Flügel der Brücke, prallte gegen das Schott und dann gegen das Geländer des Laufstegs, als sich das Schiff wieder nach Steuerbord neigte. Selbst aus dieser Höhe spürte er, daß die *Cairo* stärker schaukelte und tiefer im Wasser lag, und er hatte das Gefühl, bergan zu laufen, als er nach achtern hetzte und die äußeren Leitern hinabkletterte.

Als er zum Hauptdeck gelangte, lag das Schiff völlig ruhig im Wasser, wie ein gestorbenes Tier, eingeklemmt in der mittleren Fahrrinne von dem Gewirr der Trümmer des mittleren Brückenbogens auf beiden Seiten. Langsam senkte sich der Bug, während sich die vorderen Laderäume mit Wasser füllten. Der Brückenpfeiler, an Steuerbord zu sehen, wies eine große, schwarze Kerbe von vielleicht sechs Metern Länge auf. Das Hauptdeck stand vorne fast unter Wasser. Der Maskierte hörte Rufe innerhalb der Aufbauten, und dann zischte weißer Rauch aus dem einzigen Schornstein, als die Hauptmaschine durch die Notfall-Abschaltung ausging. Das Horn dröhnte immer noch und übertönte die grollenden Geräusche, die aus dem Inneren des sterbenden Schiffes drangen.

Der Maskierte rannte durch eine Wolke von Rauch und Staub nach vorne über das Hauptdeck, hielt sich dicht an die Rettungsleinen, kletterte über Wracks der Frachtkähne, deren dicke, mit Schmierfett bedeckte schwarze Kabel wie monströse Schlangen wirkten, bis er zu der Plattform mit der Leiter gelangte, die als Fallreep für den Lotsen diente. Dort kletterte er durch die Ketten der Rettungsleinen und stieg die steilen Stufen hinunter, so schnell er konnte. Die Leiter schwankte gefährlich, da sie nicht mehr fest in den stählernen Seiten des Schiffes verankert war. Als der Maskierte die Wasserlinie erreichte, hörte er Rufe über sich, blickte über die Schulter hinauf und sah vier bleiche Gesichter bei der

Plattform. Er feuerte dreimal mit dem .45er und hörte das Pfeifen der Kugeln, die oben von der Leiter abprallten und in die Nacht davonjaulten. Die Gesichter verschwanden.

Am Fuß der Leiter sollte eine weitere Plattform sein, aber sie war bereits unter Wasser, weil das Schiff Schlagseite nach Steuerbord hatte und der Bug langsam absackte. Die Leiter des Flußlotsen, die normalerweise in einem 45-Grad-Winkel an der Steuerbordseite des Schiffes abfiel, wurde mehr und mehr horizontal. Es roch stark nach Diesel, und der Maskierte hörte, wie das riesige Gewirr von Stahl rings um den Bug knirschte und absackte.

Er warf den Revolver in den Fluß. Mit einem Messer schnitt er schnell Hose und Hemd auf und warf die Sachen fort. Dann nahm er die Gummimaske mit dem Bill Clinton-Gesicht ab, legte die Tauchermaske und die Schwimmflossen an, klemmte das Mundstück des Sauerstoffgerätes zwischen die Zähne und sprang in das ölige schwarze Wasser. Er orientierte sich zum letzten Mal am Brückenpfeiler und tauchte dann unter, hielt beide Hände ausgestreckt vor sich wie ein Taucher und trat hart mit den Schwimmflossen aus, um vom Schiff wegzukommen. Er konnte durch den Gummi der Taucherhaube das Ächzen und Knirschen hören, als die vorderen Schotte des Schiffes hinter ihm zusammenbrachen. Er schwamm mit kräftigen Beinschlägen, bemüht, sich nicht in dem Gewirr der Brückentrümmer zu verfangen.

Hush gelangte mit wackligen Beinen auf die Füße. Powers blieb einen Augenblick hocken und wischte Staub und Trümmerfragmente aus Gesicht und Haar. Hush blickte durch den wallenden Staub zur gegenüberliegenden Wand. Wo die Reihe der Münzfernsprecher gewesen war, gab es jetzt nur schwarze Kleckse in den Kratern im Beton. Er schüttelte seine Kleidung aus und wäre fast gefallen. Er konnte immer noch kaum etwas hören. Männer waren um ihn herum, packten ihn an den Armen und forderten ihn auf, sich hinzusetzen. Ein paar Sanitäter trafen ein und kümmerten sich um ihn und Powers, doch er war ziemlich sicher, daß er nicht ernsthaft verletzt war. Powers starrte auf seine linke Hand, die stark blutete. Hush überlegte, warum er das nicht zuvor bemerkt hatte, doch dann tupfte ihm einer der Sanitäter das Gesicht ab, und er spürte ein Brennen und sah schwarze Schmiere und Blut auf dem Wattebausch. Er spürte, daß Blut aus seinem rechten Ohr sickerte und in seinen Hemdkragen rann. Plötzlich drängte sich einer der FBI-Agenten durch die Menge.

»Mr. Hanson, wir haben eine Eilmeldung erhalten!«

Hush konnte den Mann kaum hören, aber er sah, daß er sichtlich aufgeregt war.

»Schießen Sie los!« sagte er, und seine Stimme klang wie aus der Ferne. Powers starrte ihn an und erinnerte mit seiner »Was nun?«-Miene an einen Panda.

»Baton Rouge. Sie haben bei der Brücke in Baton Rouge zugeschlagen. Mit einem verdammten Schiff!«

Die Strömung besiegte ihn fast. Er schwamm hart, jedoch fast blind, um weiter stromabwärts vom Brückenpfeiler in ruhigeres Wasser und näher an die Louisiana-Ufer zu gelangen. Er mußte nur aus der Hauptfahrrinne herauskommen und sich dann von der Strömung an den aufgegebenen Tankkai und das Boot hinabtragen lassen. Die Flußpatrouillen würden sich alle auf das sinkende Schiff konzentrieren.

Das Sauerstoffgerät verschaffte ihm zehn, vielleicht fünfzehn Minuten lang Luft, so daß er fast ganz unter Wasser bleiben konnte. Aber er hatte nicht an die Strudel gedacht, die sich in einer Strömung um große Objekte bildeten, und er fühlte sich in starkem Sog gefangen. Mal wurde er zu einer

Seite gezogen, dann zur anderen, und er erkannte, daß er vermutlich hinter dem Brückenpfeiler auf der flußabwärts gelegenen Seite in einen Wirbel gesogen wurde. Entschlossen, nicht in Panik zu geraten, tauchte er auf und hörte mit dem Kampf gegen den Sog auf. Er wischte das Wasser von der Taucherbrille und schaute sich um. Er war in die falsche Richtung geschwommen! Die graue Masse des Betonpfeilers befand sich zu seiner Rechten, gesäumt mit hölzernen Pfählen von der Größe von Telefonmasten als Puffer gegen kleinere Kollisionen. Die Pfähle an der stromaufwärts gelegenen Seite waren bei der Kollision des Schiffes abgebrochen und weggeschwemmt worden, und eine große Furche, vielleicht neun, zehn Meter lang, war im Beton. Stücke von verbogenem Stahl und Träger vom Bug des Schiffes waren immer noch auf den Stümpfen der Pufferpfähle aufgespießt. Das Schiff selbst war jetzt 60 oder 70 Meter entfernt, der Bug fast in der Fahrrinne gesunken, und das Horn dröhnte immer noch in die Nacht. Das kleine Küstenwachboot hatte längsseits angelegt, um die Besatzung an Bord zu nehmen. Das Schiff war so weit ins Wasser gesunken, daß die Crew vom Hauptdeck auf das Küstenwachboot hinübersteigen konnte. Die Trümmer des mittleren Brückenbogens waren nicht mehr zu sehen, jedenfalls nicht von dieser tiefen Position aus.

Der Mann spürte, daß er an der Seite der Fahrrinne des Brückenpfeilers entlanggetrieben wurde, wo er eine große Bugwelle sehen konnte, die von der Strömung am Pfeiler verursacht wurde. Anstatt zu versuchen, aus der Strömung herauszukommen, schwamm er in sie hinein, auf den nächsten Pfahl zu, an dem er sich gerade noch rechtzeitig festhalten konnte, um nicht an die Rückseite des Pfeilers getrieben zu werden, wo ein übler Wirbel das Wasser aufwühlte. Er zog sich Hand über Hand zurück stromaufwärts, stetig, jedoch kräfteschonend, bis er den ersten der abgebrochenen Pfähle erreichte. Dort ruhte er sich einen Moment aus; es war ihm ein wenig zu warm in dem Taucheranzug. Er blickte zum Schiff.

Einzelheiten waren in der Dunkelheit nur schwer zu erkennen, aber er konnte sehen, daß das weiße Küstenwachboot manövrierte, um von dem Schiff wegzukommen, als es sich weiter nach Steuerbord neigte und langsam sank. Das ganze Hauptdeck verschwand in einer Luftblase unter Wasser, aber die weißen Aufbauten blieben sichtbar. Alle Lichter flackerten kurz und gingen dann aus, und das Horn verstummte endlich. Das Küstenwachboot fuhr wieder nahe an die zur Seite geneigten Aufbauten heran; vermutlich waren dort noch Crewmitglieder. Einer der großen Schleppkähne des Flusses kam um das Heck des sinkenden Schiffes herum und manövrierte, um das Küstenwachboot zu unterstützen. Der Mann im Wasser hörte eine Folge von Warnsignalen stromabwärts, als ein anderer Schleppkahn mit einem Verbund von Lastkähnen zu stoppen begann, nachdem die Fahrrinne blockiert war.

Der Mann spuckte das Mundstück des Atemgerätes aus und holte mehrmals tief Luft, um sich auf das vorzubereiten, was er nun tun mußte. Er würde vom Fuß des Brückenpfeilers aus stromaufwärts und dann nach links schwimmen und hoffen, aus den Strudeln um den Pfeiler in ruhigeres Wasser näher bei den Louisiana-Ufern zu gelangen. Dann brauchte er sich nur stromabwärts treiben zu lassen, und nur so viel oder so wenig zu schwimmen, wie er wollte, bis er sich in Höhe der verlassenen Tankpiers befand. Danach würde er ein Boot haben und konnte stromabwärts die Flucht fortsetzen.

Eine Woge kühler Luft strich über den Mississippi, gefolgt von Blitz und Donner. Perfekt, dachte der Mann, Wenn es zu regnen begann, würde sein schwarzes Schlauchboot hier draußen unsichtbar sein. Er spähte auf die Brücke, um festzustellen, ob jemand dort oben war, aber er konnte in der

Dunkelheit nichts erkennen. Bei der Kollision war der mittlere Brückenbogen offenbar komplett abgerissen worden, denn keine Trümmer baumelten über den Rand hinweg. Der Mann nickte zufrieden. Er hatte es geschafft, die Brücke ohne das Gewicht eines Zuges zu erledigen. Gut. Man würde keine Waggons und Trümmer aus dem Mississippi herausholen müssen, jedoch genügend Probleme mit diesem Frachtschiff haben, das in der Hauptfahrrinne gesunken war.

Thebes, St. Louis, Memphis und jetzt Baton Rouge. Eins, zwei, drei, vier, in nicht ganz militärischer Ordnung. Blieben Vicksburg und New Orleans. Aber zuerst mußte er zum Schlauchboot gelangen. Er holte tief Luft und schnellte sich in die wogende Strömung.

12. KAPITEL

Sie brauchten mit Powers' Streifenwagen knapp zwei Stunden für die 240 Kilometer von Vicksburg nach Baton Rouge. Little Hill hatte das Blaulicht eingeschaltet und war über die Route 61 gebraust, die ganze Strecke von Blitzen eines nahenden Gewitters gejagt. Hush war die meiste Zeit am gesicherten Funk gewesen und hatte Kontakt mit dem Befehlsstand in Vicksburg gehalten, der seinerseits in Kontakt mit dem Sicherheitszentrum der Küstenwache in Baton Rouge gewesen war. Dort konzentrierte man sich darauf, alle Besatzungsmitglieder von dem sinkenden Schiff zu bergen und sich dann um das Chaos im Schiffsverkehr zu kümmern, ganz zu schweigen von zwei Schiffen, deren Kapitäne den Befehl erhalten hatten, südlich von Baton Rouge zu ankern.

Ihre Verletzungen waren schmerzhaft, jedoch oberflächlich, mit der möglichen Ausnahme von Hushs Gehör. Powers trug einen dicken Verband um die linke Hand, und Hush hatte mehrere Heftpflaster auf Gesicht und Kopf. Er hatte dem FBI-Team bei der Brücke den dringenden Befehl gegeben, den Anruf bei dem Münzfernsprecher über die Zentrale der Telefongesellschaft von Vicksburg zurückzuverfolgen. Powers war immer noch überzeugt, daß mit einem Handy angerufen worden war, aber Hush hielt es für möglich herauszufinden, wem es gehörte. Als sie losgefahren waren, war der Bombenräumtrupp eingetroffen. Der Leiter, ein stämmiger Captain mit rötlichem Gesicht, hatte wissen wollen, was, zum Teufel, sie beide dort unten getrieben hatten, und Hush hatte einen verlegenen Powers gebeten, es dem Mann zu erklären.

Sie trafen um 2 Uhr in Baton Rouge ein und fuhren sofort zum Stadtende der Eisenbahnbrücke, von wo aus sie gute Sicht auf die Katastrophe hatten. Die Brücke bot einen Anblick, der Hush jetzt erschreckend vertraut war. Eine große Lücke in der Mitte, wo der Brückenbogen gewesen war. Gleich stromabwärts die Aufbauten eines gesunkenen Schiffes mitten in der Fahrrinne, umgeben von Booten der Küstenwache, die versuchten, das Dieselöl des Wracks abzupumpen. Man hatte Hush gesagt, daß es sich dabei um das 8000-Tonnen-Schiff USS *Cairo* handele, aber es wirkte dort draußen auf dem Strom sehr klein. Die übliche Menge von Staatspolizisten und Militärfahrzeugen hielt sich am Fuß der Brücke auf. Der ortsansässige Agent des FBI-Büros Baton Rouge, ein gewisser Charles Rafael LeBourgoise, kam zu ihrem Wagen. Er schien nahe dem Pensionsalter zu sein. Sein sonnengebräuntes Gesicht war tief zerfurcht, sein Kopf völlig kahl … Er und Hush kannten sich, hatten sich jedoch einige Jahre nicht gesehen. »Schau sich einer dies an!« sagte Hush und blickte über den Strom. »Wie, zum Teufel, hat er ein Schiff in seine Gewalt bekommen?«

»Offenbar spazierte er am Abfertigungskai einfach an Bord«, sagte Le Bourgoise müde. Seit Eintreffen des ersten Berichtes war er auf den Beinen, und er wirkte verschlafen. »Er wurde zum ersten Mal auf dem Schiff gesehen, als er im Ruderhaus mit Juxmaske vor dem Gesicht und Revolver in der Hand auftauchte.«

»Und dann?« fragte Powers.

»Nun, wir hatten nur ein eiliges Gespräch mit dem Kapitän und dem Flußlotsen. Aber offenbar zwang er die Crew im Ruderhaus – das sind nur drei Leute – sich auf den Boden zu legen. Dann befahl er dem Maschinenraum volle Fahrt und steuerte das Schiff gegen den Brückenpfeiler. Rammte ihn hart genug, um den mittleren Brückenbogen loszureißen.«

»Dieser Hurensohn!« sagte Hush kopfschüttelnd. »Jemand tot oder verletzt?«

»Auf dem Schiff wurden einige Maschinisten bei der Kollision verletzt; ein paar Fälle von Verbrennungen und Knochenbrüchen. Aber niemand kam ums Leben, und man ist ziemlich sicher, daß jeder vom Schiff geborgen wurde, bevor es sank. Diese kleinen Frachter haben keine große Crew. Der Kapitän sagte, der Bug wurde bis zum zweiten Frachtraum zerschmettert. Unmöglich, das Schiff zu retten.«

»Und auf der Brücke?«

»Das Sicherheitspersonal sah es kommen; alle brachten sich außer Gefahr. Jemand muß das Schiffshorn betätigt haben; es hat bis zur Kollision getutet. Es war zum Glück diesmal kein Zug auf der Brücke.«

»Und was geschah mit unserem Täter?«

»Matrosen sahen ihn über die Lotsenleiter zum Fluß runterklettern, aber dann feuerte er dreimal auf sie, und das lähmte natürlich ihr Interesse.«

»Und dann? Flüchtete er mit einem wartenden Boot?«

»Das wissen wir nicht. Ein Boot ist keinem aufgefallen. Der Flußlotse glaubt, den Täter im Wasser gesehen zu haben, aber in diesem Moment sank das Schiff, und sie mußten sich mit größeren Problemen beschäftigen. Es war dunkel, das Schiffshorn dröhnte in voller Lautstärke, und niemand konnte es abstellen. Dann platzte eine Druckluftleitung auf dem Hauptdeck, und jeder dort wurde fast taub. Zu diesem Zeitpunkt interessierte es keinen, was mit dem Täter geschah. Die Jungs von der Küstenwache waren froh, daß sie die Crew vom sinkenden Schiff holen konnten.«

»Und es war nur ein Täter, richtig?« fragte Powers. »Keine Helfer?«

LeBourgoise wischte sich über seine glänzende Glatze. »Alles muß ziemlich schnell abgelaufen sein. Gesehen wurde nur ein Täter. Laut Flußlotse hat etwas wie eine Haube von einem Taucheranzug unter seiner Baseballmütze hervorgelugt. Aber hauptsächlich starrten sie auf die Waffe, ein 1911 M1A .45er Regierungsmodell.«

»Die Dinger neigen dazu, einem Furcht einzujagen«, bemerkte Powers.

»Ein Mann«, sagte Hush. »Volle Fahrt und dann gegen die Brücke.«

»Wie schon gesagt, die gute Nachricht ist, daß kein Zug darauf war«, meinte LeBourgoise. »Die schlechte Nachricht ist, daß eine Zeitlang keine Züge mehr auf dieser Brücke fahren werden.«

Ein weiterer Blitz über dem Mississippi verwandelte die Nacht in einen schwarzweißen Tag, und es begann zu regnen.

Jeder rannte zu seinem Fahrzeug. Powers, LeBourgoise und Hush sprangen gerade noch rechtzeitig in Powers' Streifenwagen, bevor der Gewitterregen voll einsetzte. Sekundenlang konnte wegen des prasselnden Regens niemand etwas hören, doch dann ließ das Rauschen nach. LeBourgoise sah Powers' Verband und Hushs Pflaster und fragte, was in Vicksburg geschehen sei. Hush setzte ihn ins Bild. Er berichtete, daß man noch ermittele, wie die Kette der kleinen Bomben gezündet worden war und daß die Brücke unbeschädigt sei.

»Ihr habt verdammt Glück gehabt«, sagte LeBourgoise. »Aber was war der Sinn dieser Explosionen?«

»Ich nehme an, es sollte eine Ablenkung sein. Sobald hier unten bekannt geworden wäre, daß es bei der Brücke von Vicksburg Explosionen gegeben hat, wäre es nur natürlich gewesen, daß sich die Sicherheitskräfte bei dieser Brücke ein wenig entspannen.«

»Es wurde hier bekannt«, sagte LeBourgoise. »Aber unterdessen sahen die Jungs auf der Brücke das Schiff kommen. Er hat seinen Zeitplan vermasselt.«

Der Gewitterschauer hörte auf, und sie konnten wieder die Lichter jenseits des Stromes sehen. »Es wird uns zu nichts führen, wenn es uns gelingt, den Anruf zurückzuverfolgen«, sagte Hush. »Aber jetzt wissen wir etwas, das wir bisher nur vermutet haben; wir haben es mit einem Einzeltäter zu tun.«

»Aber er kann Hilfe gehabt haben«, meinte LeBourgoise. »Um an Bord des Schiffes zu kommen und dann später bei der Flucht.«

»Etwa mit einem U-Boot? Das bezweifle ich. Aber beginnen wir mit der Ermittlung, wie er an Bord dieses Schiffes gelangt ist und wo.«

»Vermutlich an ihrer Anlegestelle, im Frachthafen von Baton Rouge«, sagte LeBourgoise. Er wies durch die Windschutzscheibe. »Dort drüben, hinter der Biegung, wo all diese Quarzlampen brennen. Das ist der Haupt-Abfertigungskai. Von dort fährt – fuhr – die *Cairo* ab.«

»Also gut, riegeln wir diese Stelle ab. Und dann befragen wir alle ringsum – was sie wann und wo gesehen haben. Wir überprüfen alle Fahrzeuge. Dann die Umgebung.« Er blickte zu dem älteren Agenten, der geduldig zuhörte. »Mensch, Rafe, das brauche ich Ihnen ja gar nicht zu sagen. Sie kennen die Prozedur.«

LeBourgoise nickte höflich. Hush erkannte, daß er sich dem Agenten gegenüber ein bißchen förmlich verhalten hatte, weil Powers dabei war. Powers kündigte an, Kontakt mit den Behörden Louisianas aufzunehmen und die Unterstützung der Staatspolizei zu koordinieren.

»Und dann möchte ich die Leute, die im Ruderhaus dieses Schiffes waren, persönlich befragen«, sagte Hush. »Es sind die ersten Zeugen, die den Kerl gesehen haben.«

»Sie wurden zur Beobachtung ins Krankenhaus in die Innenstadt gebracht«, sagte LeBourgoise. »Wir holen sie am Morgen ins Büro. Und ich kann Ihnen die Protokolle der ersten Aussagen zeigen. Meinen Sie wirklich, es ist nur ein Täter?«

»Nun, man hat ihn heute nacht gesehen, richtig?«

»Ja, aber gleichzeitig Bomben in Vicksburg. Eine Flucht durch den Fluß des Nachts? Ich meine, es müssen mehrere Täter sein.« Er griff in seine Jackettasche. »Oh, das habe ich fast vergessen.«

Er überreichte Hush ein Fernschreiben. Hush las es und seufzte tief.

»Was ist es?« fragte Powers.

»Eine Hiobsbotschaft. Der Deputy Director kommt morgen früh her.« Er warf einen Blick auf seine Armbanduhr und korrigierte sich. »*Heute* früh. Er trifft gegen Mittag ein.«

»Sie Glückspilz«, sagte Powers mit einem schiefen Lächeln. LeBourgoise blickte starr auf den Rücken des Sitzes vor ihm. Seine Erleichterung darüber, daß Hush Hanson hier sein würde, um sich mit den Feuerwehrleuten aus Washington zu befassen, war ihm deutlich anzusehen.

»Ja«, murmelte Hush, »ich Glückspilz.«

»Mr. Hanson«, sagte LeBourgoise. »Wir haben Zimmer für Sie im Holiday Inn in der Innenstadt reserviert. Darf ich vorschlagen, daß Sie beide ein wenig schlafen? Verzeihen Sie meine offenen Worte, aber Sie sehen beide ziemlich … äh … mies aus.«

»Ja, Kumpel«, sagte Powers. »Ich fühle mich noch … äh … mieser, als ich aussehe.«

Hush glaubte, Little Hill leicht lächeln zu sehen. »Ja, wir sollten uns ein wenig ausruhen«, sagte er geistesabwesend. Sie konnten hier wirklich nichts mehr tun. Das FBI-Büro Baton Rouge hatte ihre Arbeit vorbereitet. Im Augenblick wäre ein AD nur im Weg. Er warf einen Blick in den Innenspiegel des Streifenwagens. LeBourgoise hatte recht: Er sah beschissen aus und fühlte sich noch schlimmer.

Major Matthews schlief tief im Schlafraum des Kommandowaggons, als ihn der Corporal vom Dienst wachrüttelte. Der Corporal hielt eine Taschenlampe in der Hand, und Matthews wurde von dem plötzlichen grellen Licht geblendet.

»Sir? Sind Sie wach, Sir? Wir haben eine Computernachricht mit Priorität erhalten. Sir?«

»Okay, okay. Wie spät ist es?«

Genau 2 Uhr am Freitag morgen, Sir.«

»Okay, ich komme«, sagte Matthews und streifte die Decken ab. Die Klimaanlage hielt den Waggon kalt, und Matthews fröstelte, als er die Uniform und Stiefel anzog. Dann ging er zur Kommunikationskonsole. Die Hälfte der Militärpolizisten war im Dienst. Sie patrouillierten um den Zug, der in Nord- Birmingham auf einem Nebengleis stand. Der Corporal hatte Wache an der Kommunikationsanlage, und der Rest der Sicherheitsabteilung schlief im Schlafraum des nächsten Waggons.

Matthews setzte sich an die Konsole und schaute auf den Bildschirm. Er zeigte den Eingang einer Botschaft mit Priorität aus der Einsatzabteilung in Anniston an. Matthews tippte seinen persönlichen Kode ein, und die Botschaft erschien auf dem Bildschirm. Sie meldete die Beschädigung der Eisenbahnbrücke von Baton Rouge.

»O Mann!« entfuhr es Matthews. Er las weiter. Zug 2713 wurde die Rückfahrt nach Anniston beim ersten Tageslicht befohlen. Die Freigabe der Strecke zurück nach Anniston über das Schienennetz der Norfolk Southern war gesichert. Der Zeitrahmen für die Fahrt nach Osten wurde zwischen 7 Uhr 45 und 9 Uhr 15 an diesem Morgen geschätzt, obwohl durch die neue Unterbrechung des Schienenverkehrs die genaue Abfahrtzeit noch unbekannt war. Matthews setzte sich zurück und rechnete. Bis Anniston waren es knapp 100 Kilometer, so sollten sie noch vor dem Mittag zurück sein. Laut Botschaft wurde im Depot eine neue Route ausgearbeitet, mit einer geschätzten Abfahrt am Freitag abend. Jetzt sollte der Mississippi auf der Brücke von Vicksburg überquert werden. Matthews erhielt den Befehl, die Botschaft persönlich zu bestätigen. Er tat es, tippte auch seine persönliche Beglaubigung ein und drückte auf die Sendetaste.

»Wir fahren zurück, Sir?« fragte der Corporal.

»Sieht so aus«, sagte Matthews und gähnte. »Für einen Tag jedenfalls. Dann versuchen wir es wieder, diesmal über Vicksburg statt via Baton Rouge. Es sind anscheinend nicht viele Brücken dort übriggeblieben.«

Er ging zur hinteren Plattform hinaus und schaute sich um. Draußen war es beträchtlich wärmer als im Waggon. Die Lichter von Birmingham funkelten über den Bäumen in Süden. Ursprünglich hatten sie über den Boleys-Rangierbahnhof in Ost-Birmingham geleitet werden sollen, doch in letzter Minute hatte die Kontrollzentrale den Zug in den nordwestlichen Teil der Stadt umgeleitet. Der Zug stand jetzt zwischen den Ruinen eines aufgegebenen Stahlwerkes, dessen Reste aus zwei parallelen Reihen von zwanzig verfallenden Schornsteinen zu beiden Seiten einer Betonfläche von der Größe eines Fußballfeldes standen. Eine verrostete Diesellok parkte auf einem nahen Rangiergleis, und es gab Haufen von Schutt auf den Betonplatten, aus deren Lücken Unkraut wucherte. Hinter den Ruinen ragte eine Schlackenhalde auf. Matthews hatte ein wenig besorgt zugeschaut, als der Zug rückwärts auf das von Unkraut umwucherte Nebengleis rangiert worden war; die Schwellen hatten unter dem Gewicht geächzt, die Räder wie protestierend auf den Schienen gequietscht. Die Brise, die durch die Ruine wehte, roch leicht nach Schwefel und Rost.

Jemand hatte den Zug so weit wie möglich in die Wildnis geleitet, was angesichts der erklärten Fracht Sinn ergab. Matthews blickte nach vorne und sah die Silhouetten der patrouillierenden MPs längs des Zuges und hörte das Knirschen ihrer Schritte im ölgetränkten Schotter. Die großen Loks waren ausgeschaltet bis auf eine, die im Leerlauf lief, um elektrische Energie für die Eindämmungssysteme der Waggons und die beiden hinteren bemannten Waggons zu liefern. Als Matthews wieder zum Schlafraum ging, spielte er mit dem Gedanken, auszusteigen und die Meßanzeigen an den Waggons mit den russischen Waffen zu kontrollieren, doch dann wurde ihm klar, daß er sich fast davor fürchtete, sie zu sehen. Die Rückkehr nach Anniston, sagte er sich, war vielleicht ein Rückschritt in mehr als einer Hinsicht.

Nachdem er aus den Strudeln um den Brückenpfeiler heraus gewesen war, hatte er sich von der Strömung von all dem hektischen Betrieb bei der Brücke forttreiben lassen. Zwei Boote der Hafenpolizei, die er zuvor *nicht* bemerkt hatte, waren ebenfalls zu dem Schiff gefahren, statt die Wasseroberfläche nach ihm abzusuchen. Er hatte es ohne Zwischenfall geschafft, stromabwärts zum Tankkai und dem Schlauchboot zu gelangen. Jetzt fuhr er mit 20 Knoten den Fluß unterhalb von Baton Rouge hinab, wobei er sich mitten in der Fahrrinne hielt, um nicht von nächtlichen Fischern längs der Ufer gesehen zu werden. Er wußte, daß sein Gummiboot nicht vom Radar erfaßt werden sollte, was er bestätigt fand, als er dicht an einem Verband von Lastkähnen hinter einem stromaufwärts fahrenden Schleppkahn vorbeizischte und von diesem kein Warnsignal ertönte. Eine große Regenwand hatte die Szenerie stromaufwärts eingehüllt.

Etwa 16 Kilometer südlich der zwischenstaatlichen Autobahnbrücke steuerte er das Boot zur Baton-Rouge-Seite und hielt auf eine Reihe von Pfählen längs des Ostufers zu, an denen Kahnverbände bis zur Freigabe der Weiterfahrt stromaufwärts warten konnten. Acht dunkle Frachtkähne für den Transport von Getreide waren dort festgemacht, zwei Reihen mit jeweils vier. Ihre eisernen Seiten ragten fünf Meter aus dem Wasser, ein Anzeichen darauf, daß sie leer waren. Er steuerte das Schlauchboot ins Dunkel zwischen dem schräg ansteigenden Bug eines Schleppkahns und dem flachen Heck eines anderen. Der Außenbordmotor klang plötzlich sehr laut, als er in den stählernen Tunnel fuhr. Er stellte ihn ab und ließ sich durch die Gasse zwischen den Frachtkähnen treiben, dann hinaus, bis er gegen einen der Pfähle prallte. Das Flußufer war nur drei, vier Meter entfernt. Jenseits des schlammigen Ufers und des Gestrüppgürtels verlief eine Landstraße, und einen knappen Kilometer straßenaufwärts stand sein Pickup-Truck. Hoffentlich war er nicht gestohlen worden.

Er würde das Boot und den Motor im Schlamm längs der Anlegepfähle versenken, an Land waten und zu seinem Truck gehen. Dann würde er sich schnell trockene Kleidung anziehen und bis zum Morgengrauen in seinem Truck schlafen. Danach würde er sich sein nächstes Ziel überlegen. Er war weit von der Stadt entfernt und sollte auch jenseits jeder Straßensperre sein, die von der Polizei vielleicht rings um Baton Rouge errichtet worden war. Ich wette, das FBI wird jetzt vor Wut schäumen, dachte er, als er ins Wasser glitt und die Luft aus dem Schlauchboot abließ.

Hush erwachte vom Klopfen an seiner Zimmertür. Er setzte sich im Bett auf und bereute es sofort. Sein Körper schmerzte überall, und die Pflaster auf seinem Gesicht fühlten sich an, als klebten tote Insekten auf seiner Haut.

»Augenblick!« krächzte er. Er wickelte sich aus dem Laken und der Decke, stand auf und nahm seinen Bademantel. Er zog ihn an, ging zur Tür und spähte durch den Spion. Zu seiner Überraschung sah er Carolyn Lang. Er schloß auf und öffnete die Tür.

»Mein Gott!« stieß sie bei seinem Anblick hervor.

»Nun, ich bin's nur«, sagte er und blinzelte in der Helligkeit. Er hatte seine Armbanduhr abgelegt, aber nach dem Licht zu schließen, das durch den Spalt der fast zugezogenen Vorhänge fiel, mußte er verschlafen haben. »Wie spät ist es?«

»Zehn Uhr«, erwiderte sie, starrte immer noch auf sein übel zugerichtetes Gesicht und hielt eine Hand auf den Mund.

Er fluchte. Er hatte vorgehabt, jetzt längst im FBI-Büro Baton Rouge zu sein und diese Schiffsoffiziere zu befragen. »Kommen Sie rein«, sagte er. Seine Stimme klang für ihn immer noch wie aus weiter Ferne.

Sie betrat das Zimmer und vermied es jetzt, ihn anzusehen. Er humpelte zu dem einzigen Stuhl im Zimmer und ließ sich vorsichtig darauf nieder. Carolyn setzte sich auf die Bettkante.

»Ich nehme an, ich habe verschlafen«, sagte er. »Sind Sie nicht zu früh dran? Man sagte mir, Heinrich käme gegen Mittag.«

Sie zog ihren Rock über die Knie. Trotz seiner bösen Ahnungen über die Ereignisse in Washington fand er Carolyn immer noch begehrenswert. Er fragte sich kurz, ob man es als sexuelle Belästigung auslegen konnte, daß sie auf seinem Bett in seinem Hotelzimmer saß, und bemühte sich um ein Lächeln. Sein Gesicht schmerzte. Sie sah ihn zusammenzucken.

»Was ist?«

»Nichts«, sagte er. »Es tut weh. Wo ist der große Meister? Und was, zum Teufel, ist in D. C. los?«

Sie zögerte. »Wellesley kommt nicht«, sagte sie schließlich. »Seit dem Anschlag auf die Brücke sind die Pläne geändert worden.«

Sein Kopf begann zu dröhnen, und sein Mund war trocken. Carolyn hingegen sah völlig gesund und bezaubernd aus. Was hatte sie gerade gesagt? Er versuchte, das Klingeln aus seinen Ohren zu verbannen. Es gelang ihm nicht.

»Ich kann nicht sehr gut hören«, sagte er. »Pläne geändert?«

»Ja. Deshalb bin ich hier. Der Direktor hat entschieden, die gesamte Operation Trainman Carswell und der Abteilung Nationale Sicherheit zu übergeben. Der Direktor wird die nominale Leitung behalten. Wellesley hat uns gestern nacht informiert. Ich bin gleich heute morgen hierhin geflogen.«

Er war jetzt hellwach. »Habe ich das richtig verstanden? Die Abteilung Nationale Sicherheit hat nun den Fall und die IITF ist ihn los?«

»Ja. Carswell hat bei der Konferenz der Abteilungsleiter förmlichen Protest gegen die These eingelegt, daß ein Einzeltäter für diese Bombenanschläge verantwortlich ist. Er und seine Leute bestehen darauf, daß es eine neue Terroristengruppe gewesen sein muß. Der Direktor schließt sich jetzt dieser Meinung an.«

»Aber das ist Schwachsinn! Mehrere Leute auf diesem Schiff haben die eine Person gesehen …«

»All das geschah, bevor der Anschlag auf die Brücke hier stattgefunden hat«, unterbrach Carolyn. »Aber sie haben die ersten Berichte über den Anschlag in Baton Rouge gelesen. Sie gehen davon aus, daß vielleicht nur ein Täter auf diesem Schiff gewesen ist, er jedoch Helfer gehabt haben muß, um an Bord zu gelangen, und noch mehr, um zu entkommen.«

»Basierend auf welchen Beweisen, wenn ich fragen darf?«

Sie seufzte. »Ich bin mir nicht sicher; Heinrich war gestern nacht nicht in der Stimmung, etwas zu erklären. Nur ...«

»Nur was?«

»Ich habe meine eigene Theorie. Es macht sich besser, wenn das FBI von einer Terroristengang ausgetrickst wird als von einem Einzeltäter.«

»Hat Wellesley das *gesagt*?«

»Nein, natürlich nicht. Jedenfalls nicht mit Worten. Wissen Sie, es war sehr spät, und er hat sich absichtlich unklar geäußert. Vielleicht hoffen sie, daß sich der Verbrecher mit den Taten brüsten wird, wenn sie behaupten, eine Terroristengruppe hätte sie begangen. Ehrlich, ich weiß es einfach nicht.«

Er dachte über die Konsequenzen dessen nach, was sie ihm soeben erzählt hatte. Wenn die Abteilung Nationale Sicherheit jetzt den Fall bearbeitete, würde J. Kenneth Carswell bestimmt nicht um seine Hilfe bitten. Er und die IITF waren nun offiziell abgemeldet.

»Heinrich hat mir das anders geschildert«, sagte Hush. Das Klingeln in seinen Ohren hatte sich noch verstärkt, und er hatte jetzt stechende Kopfschmerzen.

»Ich habe ihn gefragt, ob es irgendwelche verwaltungstechnischen Gründe für diese Änderung gibt«, sagte sie. Sie blickte nur kurz weg und schaute ihn dann wieder an. »Ich glaube, es hat mit dem Gespräch zu tun, das wir in meinem Haus geführt haben. Erinnern Sie sich?«

Er überlegte. Ja, natürlich erinnerte er sich. Sie hatte gefragt, ob es irgendwelche Intrigen gegen sie gebe, etwas, das vielleicht bei seiner Unterredung mit dem Direktor erwähnt worden sei. Und er war der Frage ausgewichen. Er nickte langsam und vorsichtig.

Carolyn neigte den Kopf zur Seite und musterte ihn prüfend. »Wellesley sagte, sie machen den Wechsel aus zwei

Gründen, und beide hätten mit *Ihnen* zu tun. Zuallererst sei es aus Mangel an Erfolg und zweitens, weil Sie sich nicht ums Geschäft gekümmert hätten. Er sagte, letzteres könnten Sie mir erklären.«

»Hat er das tatsächlich gesagt?«

»Er gibt Ihnen ein großes Lorbeerblatt: die Tatsache, daß Sie gestern nacht in Vicksburg verletzt wurden. Die ersten Berichte über die dortigen Ereignisse waren ... sehr alarmierend. Wie Ihr Gesicht.«

»Ich weiß die allgemeine Besorgnis und Anteilnahme zu schätzen.«

Sie seufzte wieder und lehnte sich auf dem Bett zurück, die Hände hinter sich aufgestützt. Ihre Haltung schmeichelte ihrer Figur, doch Hush war mit anderen Gedanken beschäftigt.

»Ich möchte diese Frage noch einmal stellen«, sagte Carolyn. »Über Ihre Unterredung mit dem Direktor. Ich will wissen, was Heinrich mit seiner Bemerkung, daß Sie ›sich nicht ums Geschäft kümmern‹ gemeint hat.«

Plötzlich hatte Hush es leid. Gestern nacht wäre er fast auf der Mautstelle ums Leben gekommen, jetzt schmerzten sein Kopf und sein ganzer Körper, und soeben hatte Carolyn ihm mitgeteilt, daß ihm der wichtigste Fall, den das FBI seit Jahren gehabt hatte, entzogen worden war. Er wußte nicht, ob Carolyn in all dies verwickelt war, aber wenn nicht, hatte sie ein Recht darauf zu erfahren, was gespielt wurde.

»Okay«, sagte er müde. »Aber denken Sie bitte daran, daß Sie gefragt haben.« Er legte eine Pause ein, um seine Gedanken zu sammeln. Sie saß wie das blühende Leben vor ihm, während er aussah, als hätte er eine Kneipenschlägerei hinter sich.

»Ihre Intuition war richtig«, sagte er. »Wir haben über Sie und Ihre Ernennung zur stellvertretenden Leiterin der Einsatzgruppe gesprochen. Das heißt, sie haben gesprochen, und ich habe zugehört. Ein wenig erstaunt und überrascht, sollte ich hinzufügen.«

»Und?«

»Der Direktor begann mit der Feststellung, Sie seien ein Dorn im Fleisch des FBI gewesen.«

»Das ist kaum etwas Neues.«

»Nun, mit ›Geschäft‹ ist gemeint, daß ich nicht nur diesen Fall aufkläre, sondern eine zusätzliche Aufgabe erfülle. Ich sollte dafür sorgen, daß Sie auf die Nase fallen. In diesem Fall hätte man sagen können, man hat Ihnen eine Chance gegeben, um zu glänzen, und Sie haben sie vermasselt. Dann hätte man Sie guten Gewissens auffordern können, das FBI zu verlassen.«

Sie nickte langsam. »Guten Gewissens. Richtig. Und nun lassen Sie mich raten: Wenn das geklappt hätte, wäre Ihre einstweilige Ernennung zum AD zu einer ständigen geworden, stimmt's?«

Sie ist alles, was der Direktor gesagt hat, dachte Hush. Intelligent und so weiter. »Das ist richtig.«

Sie starrte ihn nur an. Ihre Miene war alles andere als freundlich. »Sie haben mich damals in Alexandria also angelogen.«

»Nein«, sagte er und schüttelte den Kopf. Dann stöhnte er auf, weil Schmerzen durch seinen Schädel bis zur Schulter stachen. »Ich habe nur entschieden, es Ihnen nicht zu erzählen. Nachdem ich Sie kennengelernt und mit Ihnen gearbeitet hatte, hielt ich all dies für eine kindische Verschwörung, und ehrlich gesagt für unter unserer beider Würde. So entschloß ich mich, die Sache zu ignorieren. Jetzt nehme ich an, es war ein Fehler.«

»Wie meinen Sie das?«

»Ich bin aus den Ermittlungen im Fall Trainman raus. Sie sind noch drin.«

Sie blickte fort und atmete tief durch. »Ein gewisser Wilson McFarland, Deputy von der Abteilung Nationale Sicherheit, ist auf dem Weg hierher. Er soll am Mittag eintreffen. Wir werden uns mit LeBourgoise und seinen Leuten hier in Baton Rouge treffen und dann nach Washington zurückkehren.«

»Wie ich schon sagte, Sie sind noch im Spiel. Sie haben gewonnen.«

»Was gewonnen, um Himmels willen?« Ihre Augen blitzten vor Zorn.

Er stand langsam auf, bemühte sich, nicht zu schwanken, und ging zum Fenster. Er zog die Vorhänge auf und stöhnte von neuem, als ihn helles Sonnenlicht blendete. Er mußte sich an den Vorhängen festhalten, weil ihm schwindelig wurde.

»Nun, damals fiel eine interessante Bemerkung«, sagte er mit dem Rücken zu ihr. »Der Direktor sagte, er finde – vergangene Erwägungen mal beiseite –, Sie und ich hätten den gleichen beruflichen Wert für das FBI. Als Senior Agents wären wir vielleicht gleich fähig.«

»Das kapiere ich nicht.« Sie war inzwischen ebenfalls aufgestanden.

»Er sagte, derjenige von uns, der diesen Fall übersteht, wird befördert.« Hush wandte sich um. »Insofern halte ich Glückwünsche für angebracht.«

Ihre Augen weiteten sich, und sie setzte zum Sprechen an, fand jedoch keine Worte. Dann schaute sie auf ihre Armbanduhr. »Ich … ich glaube, ich sollte jetzt gehen.«

»Tun Sie das.« Er fühlte sich erschöpft, körperlich und geistig.

Ohne ihr die Möglichkeit zu geben, noch etwas zu sagen, humpelte er an ihr vorbei ins Badezimmer und bemühte sich, die Tür nicht zuzuknallen. Er ließ Wasser ins Waschbecken laufen und betrachtete sich im Spiegel. Mein Gott! dachte er. Kein Wunder, daß Carolyn ihn nicht hatte ansehen wollen. Er widerstand dem Impuls, die Stirn gegen den Spiegel zu schlagen.

Eine Stunde später, nachdem er lange und heiß geduscht hatte, wartete Hush, daß ihm der Zimmerservice das Frühstück servierte. Er hatte zuvor versucht, Powers telefonisch zu erreichen, aber man hatte ihm mitgeteilt, daß er bereits aus seinem Zimmer ausgezogen sei. Als Hush zu Ende gefrühstückt hatte, klingelte das Telefon.

»Mr. Hanson, hier spricht Special Agent Mike Carney aus St. Louis. Wir haben Ihre Nummer vom Büro in Baton Rouge erfahren. Heute morgen rief einer unserer vorzeitig pensionierten Männer namens McDougal an. Wären Sie einverstanden, wenn ich ihm Ihre Telefonnummer vom Hotel gäbe? Er sagte, er müsse mit Ihnen reden.«

»Klar«, sagte Hush. McDougal. Als er den Hörer auflegte, versuchte er sich zu erinnern, woher er diesen Namen kannte.

Er dachte über seine nächsten Schritte nach. Vermutlich sollte er Kontakt mit Tyler Redford aufnehmen, um herauszufinden, welche Gerüchte in der Zentrale die Runde machten. Er wollte wirklich nicht das FBI-Büro Baton Rouge anrufen. Er konnte die Reaktion förmlich hören: wer auch immer sich am Telefon melden würde, er würde die Sprechmuschel zuhalten und sagen »Hey, das ist Hanson, wißt ihr, der AD, der soeben aus dem Fall Trainman gefeuert wurde! Er will wissen, ob wir was für ihn zu tun haben.« Leider waren das die Fakten. Genausogut hätte er Baton Rouge verlassen und nach Washington zurückkehren können. Das Telefon klingelte. Das muß McDougal sein, dachte er. Aber er war es nicht.

»Mr. Hanson, hier spricht Rafe LeBourgoise.«

»Guten Morgen – nehme ich an.«

»Nun, ja. Oder vielleicht nein.«

»Sie haben es gehört?«

»Selbstverständlich. Deshalb rufe ich an. Ich habe einige Anweisungen von Deputy Director Wellesley erhalten.«

»Geben Sie mir eine Minute, um etwas Vaseline zu holen und die richtige Position einzunehmen.«

LeBourgoise lachte. »Man will, daß Sie etwas Genesungsurlaub nehmen. Die Jungs von Jackson haben vermutlich ein ziemlich dramatisches Bild von dem übermittelt, was bei der Brücke passiert ist. Senior Agent Lang kam heute morgen rein und sagte, Sie sehen aus wie ein wandelndes Zugwrack. Sie hat das offenbar an Washington weitergegeben.«

»Rafe, es ist überhaupt nicht so schlimm. Ich bin angezogen und einsatzbereit. Habe ich alles allein geschafft.«

»Ja, nun, äh, eigentlich hat man *bestimmt*, daß Sie Genesungsurlaub nehmen.«

»Ich habe mit dem Gedanken gespielt, einfach nach D. C. zurückzukehren«, sagte Hush.

LeBourgoise räusperte sich. »Ich gewann den deutlichen Eindruck, daß man es vorziehen würde, wenn Sie sich im Augenblick nicht dort blicken lassen«, sagte er. »Nichts Persönliches gegen Sie, wohlgemerkt. Das Hauptquartier würde zwar alle Gerüchte, Sie seien gefeuert worden, dementieren, aber dies dürfte viel leichter sein, wenn Sie irgendwo im Außendienst wären.«

Das war also das »Lorbeerblatt«, von dem Carolyn gesprochen hatte. »Rafe …«, begann Hush.

»Ja, Hush, ich weiß«, fiel ihm LeBourgoise ins Wort. »Palastspiele. Sagen Sie mir eines – ich habe gehört, Hank McDougal versucht, Sie zu erreichen.«

Nichts geht über einen guten Agenten im Außendienst, dachte Hush. »Stimmt. Ich erwarte seinen Anruf.«

»Nun, ich glaube, er kann Ihnen etwas erzählen, das einige Dinge klären wird.«

»Rafe, mein Schädel brummt, und mein Arsch wird kalt. Sprechen Sie englisch.«

»Sie waren lange in D. C., Hush. Vielleicht zu lange. Wir hier draußen in der Provinz beobachten, was in Fun City vorgeht und danken unseren Glückssternen, daß wir zur Zeit im Außendienst sind. Darf ich Ihnen einen Rat geben? Hören Sie sich Hank McDougals Geschichte an. Fahren Sie dann ins Baptist Memorial Hospital – das ist unser gegenwärtiges Vertragskrankenhaus – und lassen Sie sich untersuchen. Ich werde einen Wagen vorbeischicken. Wenn Sie fertig sind, rufen Sie mich an.«

»Mit anderen Worten, ich soll meinen häßlichen Kopf im Augenblick in den Sand stecken.«

»Sie gehen davon aus, daß er noch dran ist, Hush. Aber ja, das ist im großen und ganzen die Idee.«

»Wo ist Powers?«

»Der Staatscop von Missouri? Der ist nach Vicksburg zurückgekehrt.«

»Weiß er ebenfalls über die neue Entwicklung Bescheid?«

LeBourgoise schnaubte. »Sie wissen, wie sich so was herumspricht. Er sagte, Sie haben die Nummer seines Handys. Der Wagen wird in einer halben Stunde beim Hotel sein. Wir haben im Moment größere Probleme draußen auf dem Fluß.«

»Welche denn jetzt?«

»Dieses Schiff transportierte Reis. Alle Laderäume sind überflutet.«

»Und?«

»Wasser und Reis, Hush!«

»Oh. Verdammt!«

»Ja, verdammt. Ich melde mich dann später bei Ihnen.«

Hush legte auf und ging ins Bad, um sich die Zähne zu putzen. Er wollte nicht in ein Krankenhaus gehen. Andererseits wäre es vielleicht eine kluge Entscheidung. Es war ja nicht gerade so, als wäre er heute morgen in der Lage, auf einem Ball zu tanzen. Als er das Badezimmer verließ, klingelte das Telefon.

»Hanson«, meldete er sich.

»Mr. Hanson. Hier ist Hank McDougal. Sie kennen mich nicht, Sir, aber ich habe diesen Fall verfolgt, in dem Sie die Ermittlungen leiten.«

Also weiß nicht jeder, daß ich gefeuert bin, dachte Hush. Er setzte sich auf das Bett. Der Duft von Carolyns Parfum hing noch in der Luft. »Ja, Mr. McDougal?«

»Ich habe für Seine Herrlichkeit Herlihy in St. Louis gearbeitet. Vielleicht hat er mich erwähnt.«

Jetzt erinnerte sich Hush. »Ja. Sie waren für den ASAC-Job vorgesehen, und dann ging etwas schief.«

»Was schiefging, war eine sorgfältig geplante Operation, in die Ihre ehemalige Stellvertreterin bei der Einsatzgruppe, Carolyn Lang, verwickelt war.«

Okay, dachte Hush. Jetzt aufpassen. »Ehemalige?«

»Ich habe den Fall in den Nachrichten verfolgt. Zuerst gab es eine Einsatzgruppe namens IITF unter Ihrer Leitung. Dann wurde sie aufgeteilt; Sie kamen vor Ort, und die Lang war auf allen Fernsehkanälen in D. C. zu sehen. Weitere Brücken stürzten ein, und dann kündigte der FBI-Direktor an, er persönlich werde die Leitung in dem Fall übernehmen, und jetzt – sofern die Fakten der CNN-Nachrichten stimmen, haben J. Kenneth Carswell und die Gang von der Abteilung Nationale Sicherheit die Leitung.«

»Ich schätze, dazu kann ich keinen Kommentar abgeben, Mr. McDougal.«

»Das verstehe ich, Mr. Hanson. Ich bin jetzt nur Ruheständler und habe kein Recht auf interne Informationen. Aber lassen Sie mich eine Frage stellen. Hat jemand Sie vor Carolyn Lang gewarnt?«

»Mich gewarnt?«

»Ja, Sir. Sie gewarnt. Zum Beispiel ›Nehmen Sie sich vor ihr in acht‹?«

Hush überlegte, was er antworten sollte. Sein Kopf schmerzte immer noch. McDougal legte sein Schweigen als ein Ja aus.

»Nun, Sie hätten auf diese Warnung hören sollen. Genauso wie ich darauf hätte hören sollen. Denn Carolyn Lang ist nicht die problematische kleine Feministin, zu der jeder sie machen will.«

»Was heißt das?«

»Carolyn Lang ist die persönliche Vollstreckerin des Direktors, Mr. Hanson. Sie arbeitet direkt für ihn und indirekt für Wellesley. Sie müssen sich gewundert haben, warum Ihre Ernennung zum amtierenden AD nie bestätigt wurde, nicht wahr?«

»Nun …«

McDougal ließ ihn nicht aussprechen. »Dieser Direktor hat eine Liste. Er will keine Überbleibsel der vergangenen Administration als seine Führungsleute. Ebensowenig will er, daß Überbleibsel ASACs werden, wonach sie vielleicht logischerweise zu SACs befördert werden. Er will seine *eigenen* Leute in allen Machtpositionen.«

Hush schloß die Augen. Er wollte den Rest nicht hören.

»Und wenn den Personen auf seiner Liste nicht die Beteiligung am Viehdiebstahl nachgewiesen werden kann, benutzt er indirekte Mittel. Eines davon ist Carolyn Lang, die auf die eine oder andere Weise dafür sorgt, daß Hindernisse für die personellen Planungen des Direktors beseitigt werden. Dann erscheint wie durch Zauberei eine von ihm persönlich ernannte Person als Ersatz.«

»Das ist Ihnen damals in St. Louis widerfahren?«

»Ja, und das ist Ihnen soeben widerfahren.«

Hush war wie betäubt. Jetzt verstand er, wovon Seine Herrlichkeit Herlihy geredet hatte. Aber konnte es wahr sein?

»Sie fragen sich, ob ich dies beweisen kann«, sagte McDougal. »Das kann ich natürlich nicht. Nicht direkt. Aber Sie sind immer noch amtierender AD, richtig? Verlangen Sie einige Gefallen von Leuten, die Ihnen etwas schulden. Überprüfen Sie Carolyn Langs Einsätze, seit unser gegenwärtiger Direktor im Sattel sitzt. Dann werden Sie feststellen, was mit dem ranghöchsten oder zweitranghöchsten in ihrem Büro nach ihrem Fortgang geschehen ist.«

Hush wußte nicht, was er sagen sollte. McDougal füllte das Schweigen aus.

»Sie sind als einer der Guten bekannt, Mr. Hanson. Das Problem ist, daß Sie seit dieser Sache in Baltimore im Hauptquartier in Washington waren.«

»Baltimore«, wiederholte Hush. Domingo, Herrera, Santos und Belim. Die Geister, die ihn verfolgten.

McDougal lachte. »Wenn der Name Hush Hanson fällt, erinnert sich jeder an Baltimore. Vier Gangster mit Kopfschuß und zwei fast vor Angst gestorbene Agenten, lebend und zitternd, als der Pulverrauch abzog. Aber seither waren Sie ein Mann der Politik, kein Frontkämpfer, richtig?«

»Das stimmt«, sagte Hush leise.

»Man nimmt allgemein an, Sie könnten, weil Sie ein anständiger Kerl sind, der Angst hat, Gefallen daran finden, Verbrecher abzuknallen. Aber diesmal hatte man Sie im Visier. Sie sind von einem wahren Profi reingelegt worden. Als jemand, der schon in dieser Mausefalle war, hielt ich es für an der Zeit, Ihnen die Augen zu öffnen.«

Hush hatte es die Sprache verschlagen. »Ich weiß nicht, was ich sagen soll«, bekannte er schließlich.

»Sie könnten sich bedanken.«

»Ja, ich schätze, das könnte ich. Danke – nehme ich an.« McDougal lachte kurz und verbittert auf. »Jetzt wissen Sie, warum wir Sie Rasiermesser-Schlüpfer nannten«, sagte er. »Überprüfen Sie es. Und viel Glück, Mr. Hanson.«

Er wachte vom Geräusch einer Kettensäge im nahen Wald auf. Seine Lider waren schwer nach nur fünf Stunden Schlaf, aber offenbar hatte ihn niemand in dem Truck entdeckt. Er ließ den Motor an, fuhr auf die Landstraße und dann in Richtung Baton Rouge. Seine Vermutung, daß stadtauswärts Straßensperren errichtet worden waren, erwies sich als falsch. Er überquerte den Mississippi über die Autobahnbrücke und nahm dann die zwischenstaatliche Landstraße nach Arkansas. Gegen Mittag fühlte er sich sicher genug, um zur Autobahn zurückzukehren.

Er empfand einige Befriedigung, weil der Anschlag auf die vierte Brücke gelungen war, aber es war ihm klar, daß sein Erfolg nicht andauern konnte. Es war nur eine Frage der Zeit, bis das FBI die wahren Motive hinter den Anschlägen herausfand. Er spielte mit dem Gedanken, ein Bekennerschreiben im Namen irgendeiner verrückten Gruppe abzuschicken, um das Zwangsläufige hinauszuzögern, doch zum jetzigen Zeitpunkt dürfte das FBI dies als Ablenkungsmanöver durchschauen. Als er nordwärts fuhr, grübelte er über seinen nächsten Schritt nach. Nach der vergangenen Nacht blieben nur zwei Brücken auf diesem Abschnitt des Mississippi übrig: Vicksburg und New Orleans. Seine Bewegungsfreiheit war eingeschränkt. Nach dem, was er von den Nachrichten aufgeschnappt hatte, wurden die Sicherheitsmaßnahmen verdoppelt und verdreifacht. Es war fast an der Zeit zu entscheiden, ob er eine Pause einlegen sollte, bis er zweifelsfrei wußte, daß man ihm auf der Spur war, oder ob er versuchen sollte, noch eine Brücke zu erledigen. Seine Fluchtroute war ausgearbeitet.

Wenn er sich entschloß abzuhauen, gab es noch eine ärgerliche Kleinigkeit, die er gern erledigt hätte. Es hieß, die Frisco Bridge werde in drei Tagen wieder befahrbar sein. Er fragte sich, ob das zu schaffen war. Er hatte erreicht, was er gewollt hatte: genug ernsten Schaden angerichtet, so daß die Brücke nutzlos für Züge war. Er hatte erwartet, daß es eine Herkulesarbeit sein würde, sie wieder betriebsbereit zu machen. Was bedeutete, daß er die Frisco Bridge in Memphis noch einmal besuchen mußte. Die Frage war, wie nahe war das FBI daran, ihn zu identifizieren? Blieb ihm noch ein Tag oder mehr? Es würde viel schwieriger sein, den Job zu beenden, wenn er gezwungen sein würde, unterzutauchen.

Im Augenblick wünschte er sich eine Dusche, eine Rasur und etwas richtigen Schlaf. Aber wenn das FBI ihm noch nicht auf der Spur war, konnte er vielleicht das Problem in Memphis lösen, und er hatte trotzdem noch genügend Zeit, um zu seinem Haus am Fluß zurückzukehren und sich auf die letzte Phase vorzubereiten. Oder sollte er einfach aufhören?

Du denkst im Kreis, sagte er sich. Er rieb sich die Augen und konzentrierte sich auf die Straße. Er wurde zweifellos müde. Das vertraute Bild von all diesen selbstgefälligen Anwälten der Eisenbahngesellschaft, die ihn an diesem letzten Tag im Gerichtssaal herablassend angelächelt hatten, gab den Ausschlag für seine Entscheidung. Zur Hölle damit, dachte er. Er hatte sie bereits getroffen. Er würde die Frisco Bridge in Memphis endgültig erledigen und sich dann die von Vicksburg vornehmen. Ein Anschlag auf die Eisenbahnbrücke von New Orleans würde vermutlich zu schwierig sein, wenn er auf der Flucht war. Aber die von Vicksburg würde immer noch zu schaffen sein, besonders auf die Art und Weise, die er geplant hatte. Er nahm den Hörer des Autotelefons ab und rief beim Büro des Pionierkorps in St. Louis an. Der Telefonist meldete sich, und er bat ihn, mit seiner Sekretärin June Wheeler verbunden zu werden.

»Sofort, Colonel Keeler.«

Hush betrat am Freitag nachmittag um 16 Uhr 30 wieder sein Hotelzimmer, nachdem er einige langweilige Stunden im Krankenhaus verbracht hatte. Trotz all der Bemühungen des Krankenhauspersonals fühlte er sich nur wenig besser, obwohl er jetzt mit weniger Pflastern beklebt war. Man hatte ihm auch einige Kopfschmerztabletten mit der eindeutigen Mahnung ausgehändigt: »Nichts Alkoholisches zu trinken, nicht Auto zu fahren und anstrengende Tätigkeiten sowie Aufregungen zu vermeiden.« Die gute Nachricht war, daß seine Verletzungen schlimmer aussahen, als sie waren.

Der Nachrichtenservice des Hotels teilte ihm mit, daß an der Rezeption ein Fax auf ihn warte. Bevor er ins Krankenhaus gefahren war, hatte er Tyler Redford telefonisch erreicht, der ihm bestätigt hatte, daß es mächtigen Wirbel um den Fall Trainman gab, mit vielen Gerüchten über Versetzungen ranghoher Beamter und Druck für ganze Abteilungen. Die Personalabteilung hatte auf Anweisung des Deputy Directors Papiere ausgestellt, die *Senior Agent* W. M. Hansons Anspruch auf zehntägigen Genesungsurlaub belegten. Nicht AD Hanson, wie Hush zur Kenntnis genommen hatte. Redford hatte versucht, in diesem Punkt höflich zu sein, doch es gab keinen Zweifel daran, daß Hushs Stern am Sinken war. Redford hatte berichtet, daß Carolyn Lang oft Fernseh-Interviews zu dem Fall gebe und jetzt viel Zeit in Carswells Abteilung verbringe.

Hush hatte Redford um einen großen Gefallen gebeten: Seine Frau sollte in der Personalabteilung eine Liste von Carolyn Langs Dienstzeiten in den vergangenen zehn Jahren beschaffen und dann feststellen, ob ranghohe Leute während oder nach Carolyns Anwesenheit von Washington unter ungewöhnlichen Umständen ersetzt worden waren. Er hatte den Fall von Senior Agent Hank McDougal im Büro St. Louis als Beispiel angeführt. Auf Redfords Frage nach dem Grund seines Anliegens hatte Hush geantwortet, je weniger er wisse, desto besser sei es. Damit hatte sich Redford, ein alter Hase in Washington, zufriedengegeben.

Hush nahm eine der Tabletten und wusch dann sehr sorgfältig sein Gesicht. Ein Page brachte ihm das versiegelte Fax, während er Jackett und Krawatte auszog. Es war eine Computerliste. Die erste Seite gab einen chronologischen Überblick von Senior Agent Langs Posten bis hin im FBI in den vergangenen zehn Jahren, die zu ihrer Versetzung von St. Louis in die Abteilung Öffentliche- und Kongreßangelegenheiten gipfelten. Hush fiel auf, daß es insgesamt sechs waren, fast dreimal soviel wie der durchschnittliche Agent erwarten konnte. Auf der zweiten und dritten Seite war jeder Staatsbedienstete ab der Besoldungsstufe 14 oder mehr bei ihren beruflichen Stationen aufgeführt. Das schloß natürlich die Dienstränge SAC und ASAC und einige leitende Special Agents ein. Auf der vierten Seite fand Hush, was er suchte. Bei jeder von Carolyn Langs Dienstzeiten war einer der ranghohen Leute 60 Tage vor oder unmittelbar nach ihrem Weggang in den Ruhestand getreten. Die fünfte Seite des Fax war sogar noch interessanter. Bis auf einen einzigen waren alle Agenten nicht am Ende ihrer Laufbahn, sondern mit dem Vermerk »persönliches Gesuch – unplanmäßig« ausgeschieden.

Er legte die Liste vor sich hin. »Persönliches Gesuch – unplanmäßig« war also die Kodebezeichnung der Personalabteilung für jemanden, dem erlaubt wurde, sich anstelle einer unangenehmeren Alternative in den Ruhestand versetzen zu lassen. Fünf von sechs. Hush griff erneut nach der Liste. Die letzten fünf von sechs, genauer gesagt, von denen McDougal der letzte war. Auf der sechsten Seite stand, welche Leute die unplanmäßigen Ruheständler abgelöst hatten. Wie McDougal prophezeit hatte, waren alle aus der FBI-Zentrale gekommen.

Hush legte die Liste wieder hin, rieb sich die Augen und lauschte dem Klingeln in seinen Ohren. Er glaubte immer noch diese Explosionen an der Mautstelle zu hören und die gleiche Hilflosigkeit wie während der kurzen, aber intensiven Reihe von Detonationen zu empfinden. Redford hatte sich nach Durchsicht der Liste gewiß zusammengereimt, was Hush damit bezweckte. Jetzt hatte er noch einige Fragen, aber angesichts der überhitzten Atmosphäre wegen des Falles Trainman konnte er Tyler nicht bitten, weiter für ihn zu recherchieren.

Er schaute sich die Listen von neuem an. Ganz gleich wieviel Zufall im Spiel sein mochte, die reine Statistik war sehr interessant. Er fragte sich, ob Carolyn Lang stets Sex einsetzte oder ob sie noch mehr in ihrer Trickkiste hatte. Er dachte zurück an diesen Sonntagnachmittag in ihrem Garten. Was wäre geschehen, wenn er weiter gegangen wäre? Das Bild einer zuschnappenden Falle kam ihm in den Sinn.

Aber den grundlegenden Fehler hatte er begangen. Sie und ihre Sekundanten hatten die Gelegenheit genutzt, die durch seinen Flug nach Memphis entstanden war und durch seine Entscheidung, sie im Hauptquartier zu lassen, vergrößert worden war. Eine Entscheidung, die vom FBI-Direktor gebilligt worden war, wie er sich jetzt erinnerte. Dann hatte es nur noch einer ständigen Kritik bedurft, die auf das Offensichtliche hinwies: Die Ermittlung führte zu nichts, und es gab Anschläge auf weitere Brücken. Dies, gepaart mit gelegentlichen giftigen Äußerungen in Hörweite der anderen ADs –

zum Beispiel auf dem Flur nach einer Konferenz der Einsatzgruppe –, und die Haie versammelten sich schnell. Und er war geradewegs in die Falle gegangen.

Er fühlte sich plötzlich schläfrig, und dann fiel ihm ein, daß er eine Tablette genommen hatte. Er zog sich aus und legte sich ins Bett, um etwas von diesem Genesungsurlaub zu nehmen. Morgen war Samstag. Er spielte mit dem Gedanken, einfach heim zu seinem Farmhaus im Tal zu fahren. Sollte sich der Feuersturm Trainman selbst austoben. Es gab gewiß hochrangige Hilfe, die daran arbeitete.

Hush entspannte sich auf den kühlen Laken und beobachtete, wie sich bronzefarbene Wolken im Sonnenschein des Nachmittags auflösten. Er ärgerte sich von neuem, weil er all dies nicht vorausgesehen und Wellesley beim Wort genommen hatte, als er behauptet hatte, ihr Ziel sei Carolyn Lang. »Vertrauen Sie mir.« Klar, du Schlange, ich vertraue dir. Sie hatten mit ihm gespielt wie mit einem Dummkopf: ihm die Leitung einer Ermittlung im Außendienst angeboten, ihm ihre langbeinige Karriere-Killerin als Stellvertreterin untergejubelt und ihm eine Beförderung zum ständigen AD versprochen, wenn er dafür sorgte, daß sie auf die Nase fiel. Und jetzt lag er im Bett eines Holiday Inn im wundervollen Baton Rouge, völlig benebelt von der Wirkung der Tablette, während der Rest der Welt den Trainman jagte. Eigentlich taten sie das gar nicht, wurde ihm klar. Das Summen der Klimaanlage lullte ihn ein, und seine Lider wurden schwer. Kurz bevor er in gnädigen, traumlosen Schlaf fiel, erinnerte er sich daran, daß er es versäumt hatte, LeBourgoise anzurufen.

Am späten Freitagnachmittag stand Morgan Keeler in der Mitte der Bahntrasse der Frisco Bridge. Er befand sich etwa auf dem ersten Drittel der ansteigenden Zufahrt und beobachtete, wie ein Lok-Kran-Gespann der Union Pacific vorsichtig einen 70-Tonnen-Waggon zurück auf das intakte Gleis manövrierte. Auf der Brücke war es heiß und extrem feucht, und die Bahnarbeiter schwitzten stark. Keeler trug einen grünen Overall der Army und seinen Schutzhelm des Pionierkorps. Weiter oben stand noch ein ganzer Waggonblock längs des beschädigten Gleisbettes, während die Union Pacific auf dem Westufer und die Norfolk Southern auf der Ostseite hektisch daran arbeiteten, die Brücke wieder betriebsbereit zu machen. Bauarbeiter auf der nahen Harahan Bridge schauten mit Interesse zu.

Keeler war kurz vor 12 Uhr in Memphis eingetroffen und sofort zum täglichen Briefing ins FBI-Büro gegangen, an dem man ihn bereitwillig hatte teilnehmen lassen. Als das wachsende Chaos im nationalen Eisenbahnnetz geschildert worden war, hatte er Mühe gehabt, keine Anzeichen auf Zufriedenheit zu zeigen. Der gesamte südliche Abschnitt des Bahnsystems war nahe daran, zusammenzubrechen, der nördliche durch all den Güterverkehr, der umgeleitet werden mußte, hoffnungslos überlastet. Der Ausfall der Mississippi-Brücken hatte auch zu einer Überlastung der anderen Schwachpunkte des Systems geführt: die Nord-Süd-Routen, hauptsächlich regionale Linien mit niedrigem Verkehrsaufkommen. Die Bastarde der Bahngesellschaften verloren jede Stunde Millionen und drehten fast durch. Und er war noch nicht fertig mit ihnen.

Er hörte teilnahmslos zu, als die beiden Eisenbahngesellschaften, die an der Reparatur der Frisco Bridge arbeiteten, ihren Zeitplan für die Wiederinbetriebnahme darlegten. Die Propangas-Explosion hatte im wesentlichen das Gleisbett gelöst, Schwellen zerschmettert und Dutzende Waggons entgleisen lassen, doch die meisten Stahlträger und Verbindungsstreben waren nur angesengt. Es würde einer umfassenden Belastungsanalyse bedürfen, um zu gewährleisten, daß die Haupt- und Längsträger sicher waren. Keeler kündigte an, daß er einen Belastungsanalytiker bei sich haben würde. Der Chefingenieur der Union Pacific ordnete sich Keeler in dessen Eigenschaft als ranghöchster Brückeninspektor des Pionierkorps unter, und Keeler erklärte, er werde so lange auf der Brücke bleiben, wie es dauern würde, um die vorläufigen Erkenntnisse zu bestätigen. Der ranghöchste anwesende FBI-Mann fragte, wie lange die Inspektion dauern würde, aber Keeler war unverbindlich. Sein Hinweis darauf, daß jetzt ein paar hunderttausend Tonnen Waggons auf den Brückenelementen lasteten, die nicht für ein solches Gewicht vorgesehen waren, löste allgemeine Betroffenheit aus.

Der FBI-Mann betonte erneut, welch gewaltigen Druck Washington ausübe und wie dringend die Brücke deshalb repariert werden müsse, um während dieser schlimmen Woche wenigstens die kleinste gute Neuigkeit vermelden zu können. Keeler erwiderte nur, seine Inspektion werde wie immer nach den besten Ingenieurverfahren durchgeführt werden. Die Miene des FBI-Mannes verriet ihm, daß es einige Telefonate mit dem Hauptquartier des Pionierkorps geben würde, um festzustellen, ob man nicht vielleicht den Brückeninspekteur ablösen konnte. Keeler wußte ebenfalls, daß das Korps, ganz gleich wieviel Druck Washington ausüben mochte, nie direkt versuchen würde, einen Inspekteur im Außendienst bei einer solchen Schadeneinschätzung zu beeinflussen.

Als er jetzt auf der Brücke stand, konnte er den roten Graben sehen, der in Richtung Wasseraufbereitungsanlage durch den Boden gerissen worden war. Die warme Abendluft, die durch die reparierten Schwellen aufstieg, roch immer noch schwach nach Propan. Im Gegensatz zu den hektischen Reparaturarbeiten war der Strom unter der Brücke ein ruhiges silbernes Band, dessen Oberfläche durch die Parade von Schleppkähnen, die langsam unter der beschädigten Brücke hindurchzogen, zu einem Waschbrett von V-förmigen Mustern gekräuselt war. Keeler stellte zufrieden fest, daß die Nebengleise und Rangierbahnhöfe, die zur Brücke führten, auf beiden Ufern voller wartender Züge standen.

Die Reparaturarbeiten waren jedoch mühselig und zeitraubend. Die Kranlok mußte einen Waggon aufrichten und von der Brücke in einen Rangierbahnhof ziehen. Dann würde eine separate Lok die Reparaturlok auf dessen Standort zurückziehen, und Arbeiter mußten Trümmer beseitigen und neue Schienen und Schwellen verlegen. Anschließend mußte die Reparaturlok rückwärts von der Brücke fahren, damit die Kranlok wieder hinauffahren und den nächsten entgleisten Waggon holen konnte. Die gleiche Prozedur fand am anderen Ende der Brücke statt, aber die beiden Reparaturmannschaften mußten sich abstimmen, um sicherzustellen, daß jeweils nur eine der sehr schweren Kranloks auf der Brücke war. Sie mußten die Schienenabschnitte verschrauben, denn das Verschweißen war nur eine provisorische Reparatur. Keeler konnte über sich auf den Verstrebungen Monteure sehen, die Scheinwerfer anbrachten, um den vorrückenden Arbeitsbereich auf dem Gleis darunter zu beleuchten.

Er hatte erst ungefähr ein Viertel der Brücke inspiziert und den Leitern der Reparaturmannschaften angekündigt, daß er vermutlich die ganze Nacht hier oben sein werde. Er erledigte die Inspektion jedoch nicht nur zum Schein. Er hatte seinen Laptop und einen kleinen Instrumentenkasten dabei, der die Belastungen auf die gesamte Struktur direkt erfaßte. Der Stahl, den er bis jetzt kontrolliert hatte, war anscheinend in Ordnung, aber die Anzeigen der Meßgeräte erzählten ihm eine interessante Geschichte, und er faßte einen Plan. Aber zuerst mußte er hinauf auf den kritischen mittleren Brückenbogen, wo er die verwundbarste Stelle vermutete. Im Augenblick waren zu viele Menschen und schwere Maschinen zwischen ihm und dem mittleren Brückenbogen im Einsatz. Das machte ihm nichts aus; für das, was er beabsichtigte, würde er die frühen Morgenstunden vorziehen. Sein Hauptproblem war, daß die Uhr der Jagd auf ihn tickte; die Ermittler des FBI würden viel näher an ihn herankommen.

Major Matthews kickte ein Steinchen vom Bahngleis, als der Sonnenuntergang den Freitagabend über Anniston vergoldete. Es war 18 Uhr 6, und die Militärpolizisten waren abermals längs des Zuges zu Fuß auf Patrouille. Matthews spürte, daß jeder sorgfältig bemüht war, ihm aus dem Weg zu gehen. Nach der Rückkehr zum Depot hatte er die ersten beiden Stunden in der Einsatzzentrale verbracht und durch einen Manager der Norfolk Southern von dem wachsenden Chaos auf dem nationalen Schienennetz erfahren. Der Zivilist war von einem zunehmend beunruhigten Colonel Mehle, der mit der Norfolk Southern auf dem Kriegsfuß stand, aus Birmingham zum Depot Anniston gerufen worden. Der Streit ging hauptsächlich darum, daß die Army mit Priorität auf die Benutzung der Route für Zug 1713 pochte und die Eisenbahngesellschaft gleichermaßen energisch darauf bestand, den genauen Grund dafür zu erfahren. Und Mehle weigerte sich, diesen mitzuteilen. Das Ersuchen der Army, die Brücke bei Vicksburg zu benutzen, verschlimmerte die Dinge, denn es gab bereits einen gewaltigen Transportstau auf den beiden nach Westen führenden Knotenpunkten für die Strecken nach Vicksburg, Meridian und Jackson. Matthews hörte sich die erhitzte Diskussion an und war sich ziemlich sicher, daß der Eisenbahnmanager von chemischen Rückständen der Zugladung wußte, jedoch keine Ahnung hatte, was die beiden Spezialwaggons enthielten.

Als Matthews sich wieder in den Konferenzraum schlich, war der Eisenbahnmanager im Begriff, sie zu verlassen. Nach Colonel Mehles Miene zu schließen, waren die Dinge schlecht für ihn gelaufen. Dann erschienen die beiden Lieutenant Colonels und meldeten Mehle die neuesten Temperaturen in den Behältern mit den russischen Kernwaffen. Der dienstältere der beiden Lieutenant Colonels, sein Name war Marsden, war anscheinend der technische Experte. Er empfahl, eine Kühlanlage an das Umweltschutz-Behältersystem der beiden Waggons anzukoppeln, um ihr Inneres zu unterkühlen. Mehle wies ihn an, sich darum zu kümmern, und dann schickte er Matthews mit der Order zurück zum Zug, sicherzustellen, daß die Dieselloks betankt und kurzfristig abfahrbereit waren. Er befahl Matthews von neuem, mit all seinen Leuten beim Zug zu bleiben; es dürfe keine Nachzügler geben.

Am Nachmittag war die Rangierlok aus dem Depot gekommen, und die beiden Personalwaggons und die beiden Spezialwaggons waren vom Zug abgekoppelt worden. Auf einem Nebengleis war ein Plattformwagen zwischen die beiden Spezialwaggons gekoppelt worden. Auf diesem befanden sich zwei große Kühlaggregate, die entsprechenden Zylinder, ein isolierter 300-Gallonen-Tank mit flüssigem Stickstoff und ein mit Diesel angetriebener 200-Kilowatt-Generator. Lange, dick isolierte Schläuche führten vom Stickstofftank zu den Kontrollkästen der Behälter auf den Spezialwaggons. Die Laborcrew des Depots war fast vier Stunden damit beschäftigt gewesen, die Systeme anzuschließen und betriebsbereit zu machen. Lieutenant Colonel Marsden hatte Matthews informiert, daß sich die Temperaturen stabilisieren würden, sobald das Stickstoffbad zu zirkulieren beginne. Dann waren die fünf Waggons wieder ans Ende des Zuges gekuppelt worden.

Nun taten alle wieder, was in allen Armeen anscheinend das beste war: warten.

Hush hatte wie betäubt geschlafen. Er hatte Mühe, die Augen zu öffnen. Seine Lider waren wie festgeklebt, als er benommen über den Nachttisch nach dem klingelnden Telefon tastete. Sein Mund war unglaublich trocken.

»Hanson«, krächzte er, nachdem er den Hörer endlich abgenommen hatte.

»Hush. Hier ist Mike Powers. Alles okay?«

»Nein«, sagte Hush, der endlich ein Auge öffnen konnte. »Ich habe irgendeine verdammte Schmerzpille genommen und bin jetzt halb benebelt aufgewacht.«

»Nur ›halb‹? Die Drogen sind auch nicht mehr das, was sie mal waren.«

Hush öffnete das andere Auge. »Wie spät ist es?«

»Exakt 22 Uhr 30 am Freitag. Hören Sie, ich bin in Memphis. Ich habe soeben von Thomas erfahren, was man Ihnen angetan hat. Was für ein Scheiß läuft denn da?«

»Der hervorragende FBI-Scheiß«, sagte Hush, setzte sich auf und schaltete die Nachttischlampe an. Seine Lider waren immer noch schwer. »Der Direktor säubert die Überbleibsel vom letzten Regime. Offenbar sah er eine gute Gelegenheit und packte sie beim Schopfe. Ich habe nicht damit gerechnet.«

»Verdammt, und ich dachte, wir alle jagen hier den bösen Buben.«

Hush begann zu lachen, doch es wurde ein Husten daraus. »Wir sprechen vom FBI, Mike. Denken Sie an J. Edgar und die Spiele, die er durchzog. Hölle, er lockte Präsidenten in die Mausefalle. Für einige dieser Jungs ist das Räuber-und-Gendarm-Zeug nur ein notwendiger Hintergrund für ihre wahren Interessen.«

Powers lachte. »So was findet auf Staatsebene niemals statt, nur beim FBI.«

»Richtig.«

»Sie stehen also im Regen. Was nun?«

»Technisch gesehen habe ich zehn Tage Genesungsurlaub. Ich muß mich jetzt entscheiden, ob ich mich in die Zentrale zurückschleichen kann oder nicht. Eigentlich bin ich immer noch der Leiter der IITF. Aber nach allem …«

»Klingt ziemlich einfach für mich«, sagte Powers. »Ich würde zurückgehen, wirklich zerknirscht und erledigt tun und dann eine Möglichkeit suchen, um den richtigen Bastarden Leberhaken zu verpassen.«

Diesmal lachte Hush. »Sie würden zu dem Haufen passen, Mike. Gibt es irgendwelche Entwicklungen?«

»Nun, die Einzeltäter-Theorie Ihrer ehemaligen Assistentin wird jetzt vom Bund in starken Mißkredit gebracht. Ein analorientierter Typ namens J. sowieso Carswell erzählt all ihren Jungs, daß wir wieder nach einer Bande von Kommunisten, tollwütigen Fanatikern oder anderem Abschaum suchen.«

»Was sagen die FBI-Leute im Außendienst dazu?«

»Öffentlich? Sie sagen, jawohl, Sir, jawohl, Sir, und noch mal jawohl, Sir. Sie sind an der Front: Sie wollen einfach den Verbrecher schnappen und diese Scheiße beenden. Diese Schiffskaperung hat mich überzeugt, daß es tatsächlich ein Einzeltäter sein könnte. Aber ich sage Ihnen, es kommt verdammt viel politischer Druck von oben, sowohl auf meinem Dienstweg als auch auf Ihrem, und deshalb gehen die meisten Jungs auf Nummer Sicher, Sie wissen, was ich meine?«

»Ja, das weiß ich.«

»Es gibt Gerüchte – dies stammt von Seiner Herrlichkeit Herlihy –, daß Ihre honigblonde Stellvertreterin sich ebenfalls auf ihrem knackigen Arsch wiederfinden könnte.«

»Im Ernst? Aber ich dachte …« Hush verstummte. Was, zum Teufel, wurde *tatsächlich* gespielt? Sie hatte geholfen, ihn abzuservieren. Er verfluchte den Nebel in seinem Kopf.

»Was haben Sie gedacht?«

Hush seufzte. »Ich bin im Augenblick zu betäubt, um einen klaren Gedanken fassen zu können. Das ist vielleicht nur Wunschdenken von Herlihy. Ich hätte diese verdammte Pille nicht nehmen sollen.«

»Nun, Hush, kommen wir zum Grund meines Anrufs. Meine Kollegen der Einsatzgruppe auf Staatsebene haben überlegt, den Vorschlag zu machen, daß wir vielleicht unseren eigenen Weg in diesem Fall gehen, besonders weil Washington nicht mehr weiter weiß. Für uns Schnüffler hier draußen sieht es aus, als versuche jeder, hauptsächlich seinen Arsch zu schützen.«

Hush nickte vor sich hin. »Die erste Spielregel«, murmelte er.

»Deshalb denke ich folgendes: Genießen Sie für eine Nacht ihre Drogen, ruhen sich etwas aus und nehmen diesen Verpisser-Urlaub. Und morgen kommen Sie dann hier rauf nach Memphis. Vielleicht können Sie und ich etwas Nützliches anleihern, während all diese hohen Tiere im Osten für die Fernsehkameras vor Wut schäumen.«

Hush nickte abermals, doch dann wurde ihm klar, das Powers das nicht sehen konnte. »Einverstanden«, sagte er.

Powers gab ihm die Nummer seines Funkrufempfängers und die Nummer des Autotelefons seines Streifenwagens. »Über diese Nummern erreichen Sie Little Hill, und der kann mich immer finden.«

Powers schlug Hush vor, hinter dem Rücken des FBI mit der Staatspolizei zusammenzuarbeiten. Das würde sehr schwierig sein. Wenn jemand von Carswells Leuten Wind davon bekam, würde er von jemand sehr Ranghohem eine aufs Dach kriegen. Powers schien zu spüren, was Hush dachte.

»Hey, Hush? Ich weiß, was ich da vorschlage. Aber ich habe mit meinem Chef geredet, der seinerseits mit dem Gouverneur geredet hat. Die großen Tiere auf Staatsebene werden ein bißchen nervös wegen dem, was sich in Washington abspielt. Für das FBI wird dies ein PR-Problem; uns Hiesige stürzt dieser Verbrecher in den wirtschaftlichen Ruin. Landwirtschaftliche Waren kommen nicht auf den Markt, Treibstoffe und Düngemittel nicht auf die Farm, und vielleicht gehen viele von uns pleite. Wir können viele Leute aufbieten, um diesen Kerl zu jagen, aber was wir brauchen, ist Zugriff auf Ihre großen Computer. Erinnern Sie sich zum Beispiel an die Liste der Anwälte? Solche Art Hilfe brauchen wir.«

Hush atmete tief durch und versuchte, einen klaren Kopf zu bekommen. »Ich weiß, Mike«, sagte er. »Ich bin bereit, es zu versuchen. Es ist ja nicht so, als würde ich eine vielversprechende Karriere aufs Spiel setzen – jetzt nicht mehr. Und außerdem ...«

»Ja. Diese Leberhaken.«

»Genau.«

»Behalten Sie diesen Gedanken, Hush«, riet Powers und ließ Hush die Telefonnummern wiederholen, unter denen er Little Hill erreichen würde, bevor er auflegte. Hush notierte sie und sank dann erschöpft auf das Bett zurück. Er blickte auf seine Armbanduhr: 22 Uhr 40. Licht von der Straße fiel durch das Fenster, aber der Himmel im Westen von Baton Rouge war überwiegend dunkel. Das Glühen der Gasflamme einer Raffinerie jenseits des Stromes ließ orangefarbenen Widerschein über die Zimmerdecke tanzen.

Im Zusammenhang mit der Praxis des FBI betrachtet, die Reihen geschlossen zu halten, ging Powers' Vorschlag über beruflichen Selbstmord hinaus. Wellesley hatte ihm eine

Gesicht wahrende »Auszeit« für die nächsten zehn Tage gegeben, aber Carswell würde keine Einmischung von Hush Hanson in den Fall Trainman hinnehmen, weil er für dessen Lösung die Lorbeeren einheimsen wollte. Aber wenn zufällig jemand von der Abteilung IR die Dateien von Leuten mit echtem Haß auf die Eisenbahngesellschaften fertiggestellt hatte, und wenn Tyler Redford ihm diese besorgen konnte, und wenn ... Er stöhnte laut auf. Wenn, wenn, wenn – dies war ein Hirngespinst. William Morrow Hanson dürfte im Hauptquartier rasch zu einer Unperson werden. Keiner, der hoffte, seine eigene Karriere aufrechtzuerhalten, würde ihm noch die Tageszeit sagen.

Das andere Problem war persönlicher Art. Wenn er freischaffend für Powers und die Staatspolizei arbeitete, mußte er in den Außendienst zurück und Dinge tun, die er nach seiner Überzeugung nicht tun sollte. Vielleicht geriet er in eine Situation, in der die Täter oder der Täter in die Enge getrieben worden war und die Waffen gezogen wurden. Dann würde er gehen müssen: Hey, Mike, machen Sie das mit Ihren Leuten, ich warte einfach im Wagen. Mir kann man nicht vertrauen, wenn ich eine Waffe in der Hand habe, erinnern Sie sich? Mein verborgenes Ich würde es vorziehen, den Bastard abzuknallen, statt ihn vor Gericht zu bringen.

Er lächelte schmerzlich in der Dunkelheit. Mike Powers würde ihm vermutlich eine Waffe aushändigen. Hush erkannte, daß er zu verdammt lange in Washington gewesen war. Er hörte auf zu grübeln und schlief ein.

Um 23 Uhr 30 duckte sich Morgan Keeler unter den Hauptlängsträger des mittleren Brückenbogens und starrte auf den grünen Bildschirm des Laptops, der in den Schatten unter dem Gleisbett unheilvoll schimmerte. Direkt über seinem Kopf ragten die Rädergestelle eines offenen Güterwagens einen Meter durch die Reste der Schwellen. Sie waren versengt und zerbrochen und rochen nach Propan. Unter Keeler spiegelte das Wasser des Mississippi die Strahlen Dutzender Scheinwerfer wider, die hoch am mittleren Brückenbogen angebracht waren. Ungefähr 70 Meter entfernt auf dem Gleis, umgeben von schwitzenden Arbeitern, die Stahlstangen als Stützen unter die verbogenen Achsen schoben, richtete der Kran einen weiteren Waggon auf.

Seine Gesichtshaut spannte, und seine Auen brannten ein wenig vor Müdigkeit. Aber er war, wo er sein mußte. Er konzentrierte sich auf das, was er sah. Die Sensoren der Belastungsanzeige waren an Metallfolien angebracht, die an den Stahl der Träger angelötet worden waren. Veränderungen der Belastung im Träger waren verhältnismäßig zum Ausmaß der Verformung der Folien. Normale Belastung zeigte null an, Belastung durch Druck eine negative Zahl, und Spannung führte zu einer positiven Anzeige. Der Bildschirm erzählte die Geschichte: Mit ein paar hundert Tonnen entgleister Waggons längs des Trägers hätte der leicht gebogene Stahlträger unter starkem Druck stehen müssen. Doch das war nicht der Fall: Er stand unter *Spannung*.

Keeler wußte, was dies bedeuten mußte. Der 50 Meter lange Längsträger hatte sich unter dem ungewöhnlichen Gewicht der Waggons ausgebeult und aus der perfekten Horizontale nach unten gewölbt, was mit bloßem Auge nicht erkennbar war. Doch die Belastungsanzeiger logen nicht. Der Träger war überlastet worden.

Keeler ging in die Hocke und wischte sich übers Gesicht. Es war heiß und schwül auf dem Laufsteg unter den Stahlträgern. Er bildete sich ein, die Billionen eisenhaltiger Kristalle im Stahl arbeiten zu hören. Wenn er die Brücke zum Einsturz bringen wollte, war hier dazu Gelegenheit. Die Ingenieure der Reparaturmannschaften warteten auf seine Beurteilung des mittleren Brückensegmentes. Er brauchte ihnen nur zu sagen, daß die Träger genügend belastbar seien, um *beide* Bergungsloks auf diesem Brückenabschnitt zu tragen, und dann würden diese massiven Träger nachgeben, und der gesamte Brückenteil würde in den Fluß stürzen. Es war so einfach.

Er kletterte vorsichtig über den Laufsteg, nahm jetzt wahr, daß das unheilvolle Knarren und Knirschen vom Gleisbett über ihm kam, und maß mit seinem Instrument den anderen Hauptquerträger. Die Anzeigen meldeten fast das gleiche; vielleicht war der Ausschlag über den tanzenden grünen Linien ein wenig geringer. Aber zweifellos zuviel Spannung. Er entfernte die Drahtklemmen und schaltete das Prüfgerät aus. Hölle, das Ding stürzte vielleicht sogar ohne zusätzliche Belastung ein. Er blickte über die Schulter, um zu sehen, wo sich die westliche Reparaturmannschaft befand. Die Crew auf der Ostseite war weiter zurück auf ihrer Seite der Brücke. In ungefähr zehn Stunden würden die ersten der Kranloks bereit sein, den Ausleger auf den mittleren Brückenabschnitt zu richten.

Er überlegte angestrengt. Vielleicht klappte es nicht. Man würde ein paar Waggons anheben, bevor die Loks tatsächlich auf die Brücke fuhren. Das konnte dazu führen, daß es zunehmend sicherer für die Lok sein würde, auf das überbelastete Brückensegment zu fahren. Er kletterte auf das Gleisbett, vorübergehend geblendet von all dem grellen Licht der Scheinwerfer. Die einzelnen Waggons waren in seltsamen Winkeln verkeilt, einige noch auf den Gleisen, andere durch die stählernen Stützstreben des Gleisbettes gekracht. Er fand, was er suchte. Die Waggons, die sich dem westlichen Ende am nächsten befanden, waren relativ leicht im Vergleich zu den 100-Tonnern in der Mitte des Brückenbogens. So sollte es nichts ändern, wenn ein, zwei davon angehoben und entfernt wurden.

Er schluckte. Seine Kehle war trocken. Das wahre Problem war die Reparaturmannschaft. Er wollte nicht grundlos 50 oder mehr Eisenbahner umbringen. Aber er wollte, daß dieser mittlere Brückenabschnitt einstürzte. Er würde eine Möglichkeit finden müssen, wie sie mit den Kranloks auf den mittleren Brückenbogen vorrückten und die Leute zurückhielten, bis sie überzeugt waren, daß dieser Abschnitt der Belastung standhalten würde. Richtig. So würde er es machen. Er würde melden, daß die Seitenträger gefährlich nahe an den Deformations-Grenzen waren. Sie konnten eine zweite Lok hinter die Kranlok spannen und die Bewegung des Gespannes vom hinteren Führerstand aus kontrollieren, ohne eine bemannte Lok auf den gefährlichen mittleren Abschnitt zu schicken. Wenn einer dieser Träger nachgab, würde man das sogar in Memphis hören, und der Kranführer sollte Zeit genug haben, um sich mit einem Sprung vom Kran in Sicherheit zu bringen, bevor er in den Strom stürzte. Wenn es passierte, würden die Eisenbahner wegen der falschen Berechnung sofort mit dem Finger auf ihn zeigen. Doch im Augenblick würde man bei all dem Druck aus Washington auf ihn hören, wenn er den mittleren Brückenabschnitt als nur geringfügig gefährdet erklärte, besonders wenn er sich dabei vorsichtig genug ausdrückte. Er blickte wieder auf seine Armbanduhr und dann zurück zu den Reparaturmannschaften. Zehn, vielleicht zwölf Stunden. Tageslicht. Morgen am frühen Nachmittag. Das würde ihm Zeit lassen, sich nach seiner langen nächtlichen Fahrt etwas auszuruhen und im FBI-Büro vorbeizuschauen, um etwas über den Stand der Ermittlung herauszufinden. Er mußte sich noch um zwei weitere Brücken kümmern, und er brauchte soviel Warnung wie möglich, wenn sie dachten, ein brauchbares Täterprofil zu haben.

KAPITEL 13

Am Samstag nachmittag trommelte Hush ungeduldig auf die Mittelkonsole des Streifenwagens, während er darauf wartete, daß sich der Verkehrsstau vor ihm auflöste. Little Hill hatte angeboten, mit Blaulicht und Sirene über das Bankett zu fahren, doch auch da gab es erst ein Durchkommen, wenn der umgekippte Sattelschlepper von der Autobahn entfernt sein würde. Mike Powers hatte aufmerksamerweise Hill geschickt, um Hush am Flughafen Memphis abzuholen, da Hush jetzt außerhalb des FBI-Dienstweges arbeitete. Hush hatte kurz vor dem Auszug aus dem Hotel in Baton Rouge mit Tyler Redford telefonieren können. Er hatte Redford ins Vertrauen gezogen und ihm erzählt, daß er jetzt inoffiziell mit Powers und der Staatspolizei im Fall Trainman zusammenarbeite. Redfords Reaktion war absolut vorhersehbar gewesen: »Carswells Leute im Außendienst werden es herausfinden«, hatte er gewarnt. »Er wird dir vom Direktor den Arsch aufreißen lassen.« Hush hatte versucht, ihn zu beruhigen, indem er darauf hingewiesen hatte, daß jetzt nur die Staatspolizei die mittlerweile offiziell verworfene Einzeltäter-Theorie verfolge. Redford hatte sich nicht beirren lassen. »Du bist auf Genesungsurlaub«, hatte er Hush erinnert. »Der Deputy Director wird dich beobachten wie ein Falke und auf eine Möglichkeit lauern, dich in den vorzeitigen Ruhestand schicken zu können. Gib den Bastarden keinen Anlaß.«

Endlich bewegte sich voraus etwas, und Little Hill fuhr den Streifenwagen auf den Randstreifen, zog an der Unfallstelle vorbei und verlangsamte gerade genug, um die Cops aus Tennessee wissen zu lassen, wer er war. Sie winkten ihn durch, und dann hatten sie wieder freie Bahn. Little Hill kündigte an, daß es bis zur Brücke etwas über 20 Minuten dauern würde. Hush hatte Redford gebeten herauszufinden, was mit der Liste der Namen geschehen war, die auf Grund der Informationen der Anwälte der Bahngesellschaften erstellt worden war. Redford hatte sich ursprünglich gesträubt und wieder darauf hingewiesen, daß der Fall Trainman einfach zu heiß sei für jeden, besonders für Hush, um von außerhalb des FBI mitzumischen. »Der Präsident hat sich eingeschaltet«, hatte er gesagt, »und Kongreßabgeordnete von den großen Farmstaaten längs des Mississippi schreien Zeter und Mordio, weil ihre Agrartransporte leiden.« TV-Moderatoren klagten das FBI an, den Fall zu vermasseln, und bei jedem weiteren Vorwurf der Untätigkeit feuerte der Direktor jemanden. Bis jetzt waren ein Deputy AD und zwei Abteilungsleiter von ihren Aufgaben entbunden und zu »Stabsarbeit« versetzt worden. Das Spektakel des gesunkenen Schiffes, das unter den Trümmern der Brücke von Baton Rouge lag, sorgte weiterhin für Schlagzeilen. Das einzig Erfreuliche war die Ankündigung, daß die Frisco Bridge an diesem Nachmittag den Betrieb wieder aufnehmen konnte. Am Ende des Telefonates hatte Redford schließlich nachgegeben und versprochen, sich zu bemühen, etwas bezüglich der von Hush gewünschten Daten herauszufinden.

Hush hatte auch nach Carolyn Lang gefragt. Redford hatte berichtet, daß sie immer noch die Hauptsprecherin für die Einsatzgruppe sei, obwohl jetzt Gerüchte kursierten, daß sie auf dem Drahtseil balancierte, weil Carswell ihr mißtraute oder sie nicht mochte oder möglicherweise beides. Da war ebenfalls das Problem, daß sie die Einzeltäter-Theorie entwickelt hatte. Hush hatte Redford erklärt, daß er diese ebenfalls vertrete, trotz der Rolle, die sie offenbar bei dem gespielt hatte, was Wellesley ihm soeben angetan hatte. Redford hatte erzählt, daß sich diese Sache im Hauptquartier herumgesprochen habe und sich viele Leute, die Hush kannten und mochten, darüber aufregten.

Little Hill hörte seinen Funk ab und berichtete, daß Captain Powers drüben auf der Arkansas-Seite sei, wo es weniger Stadtverkehr gab und die Zufahrt zur beschädigten Brücke leichter erreichbar war. Sie fuhren über die Autobahnbrücke. Hush sah eine kleine Armee Reparaturarbeiter der Eisenbahn auf der Brücke, während eine der gewaltigen Kranloks in Position gebracht wurde, um den ersten Waggon vom mittleren Brückenabschnitt zu heben. Die eigentliche Zufahrt zu den Auffahrten zur Eisenbahnbrücke dauerte eine weitere halbe Stunde, weil sie von Sicherheitspersonal der Eisenbahngesellschaft und bei den Straßensperren der Nationalgarde überprüft wurden.

Hush überließ Little Hill das Reden; er wollte keine Aufmerksamkeit auf sich lenken. Little Hill sagte nur, dieser Gentleman sei von Captain Powers herbestellt worden, dem zwischenstaatlichen Koordinator aller Kräfte der Staatspolizei, die wegen der Brückenanschläge ermittelten. Diese Erklärung und Little Hills beeindruckende Größe waren für die Kontrolleure an den Straßensperren anscheinend ausreichend. Hush war erleichtert. Es wäre ärgerlich gewesen, wenn die Leute vom FBI Memphis erfahren hätten, daß AD Hanson am Tatort war. Ex-AD, korrigierte er sich. Er rechnete damit, daß sich die meiste Arbeit des FBI im Augenblick auf Baton Rouge konzentrierte, wo Agenten wie Ameisen herumlaufen würden, deren Haufen zerstört worden war.

Der Streifenwagen fuhr an einer langen Reihe von Polizeifahrzeugen vorbei, bis Little Hill an der inneren Sicherheitsgrenze stoppen mußte, an der kein Fahrzeug weiterfahren durfte. Oberhalb von ihnen ragte die Zufahrtsrampe der Eisenbahnbrücke zu den Stahlbögen über den Fluß. Auf Nebengleisen zu ihrer Linken standen drei riesige Loks, deren Dieselmotoren im Leerlauf liefen. Ein sonderbar aussehendes Gerät, an dem Bündel von Gleisen unter einem Gestell hingen, wurde am Fuß der Brücke in Position gebracht. Powers erwartete sie in der Nähe der Loks, und Hush kletterte die Böschung hinauf zu ihm. Er hatte sein Anzugjackett im Streifenwagen gelassen, denn es war sehr warm auf der Bahntrasse unter den Brückenzufahrten. Powers trug ein kurzärmeliges Hemd zur Uniformhose, eine sehr dunkel getönte Sonnenbrille und einen breitkrempigen Filzhut. Er sah ganz wie der State Trooper aus, der er jahrelang gewesen war. Der Verband an seinem Arm war erneuert worden. Er grinste, als sich Hush näherte.

»Wir müssen Ihnen einen Hut besorgen«, rief er gegen den Lärm der großen Dieselloks an. »Sonst bekommen Ihre Pflaster einen Sonnenbrand.«

»Ja, ein Hut könnte nicht schaden«, sagte Hush. »Ich habe über Ihren kleinen Vorschlag nachgedacht.«

Powers ergriff Hush am Arm und führte ihn vom Lärm der Dieselmotoren fort. Einen Augenblick später gab der Lokführer Gas, und die Lok setzte zurück von der Weiche, damit die Kranlok auf die Brücke fahren konnte. Oben auf dem mittleren Brückenbogen begann die Kranlok, mit einem weiteren lädierten Güterwagen am Greifer über das Gleis zurückzusetzen. Hush informierte Powers über das, was Tyler Redford ihm mitgeteilt hatte.

»Er versucht also, an diese Liste heranzukommen?«

»Ja, aber er muß auf seinen Arsch aufpassen, wie im Augenblick jeder sonst in der Zentrale. Es hilft ihm vermutlich nicht, daß er bei der IITF mein Deputy war.«

»Ich weiß, wie das ist. Wie steht es mit der Lang? Kann sie die Liste beschaffen?«

»Ich möchte im Augenblick nichts mit ihr zu tun haben«, sagte Hush. Er erklärte, was McDougal ihm gesagt und was er selbst herausgefunden hatte.

Powers fluchte. »Deshalb also haben die Cops in St. Louis so abfällig über sie gesprochen.«

»Ja. Ich hätte mehr aufpassen sollen. Was läuft hier?«

Powers erklärte den Ablauf der Dinge, während die Kranlok zentimeterweise auf das Zufahrtsgleis zurücksetzte. »Zur Zeit ist Morgan Keeler hier der Boß. Er hat heute morgen eine Einsatzbesprechung abgehalten. Sagt, der mittlere Abschnitt sei riskant bei Belastung. Sie arbeiten wirklich sehr vorsichtig. Lassen nur jeweils einen Kran auf dieses Mittelstück.«

»Das muß die Dinge sehr verlangsamen.«

»Ja, aber Keeler sagte, wenn die ersten paar Waggons entfernt sind, sei das Gewicht auf der Brücke reduziert, und er läßt beide Loks hinauffahren. Die Eisenbahner hören auf alles, was er sagt.«

»Nun, warum nicht? Wenn er sich irrt, geht das auf seine Kappe und nicht auf ihre.«

Powers schüttelte den Kopf. »Ihr Washingtoner. Sucht ihr euch immer im voraus einen Sündenbock aus?«

Hush lächelte. Powers hatte recht. Sie mußten die Unterhaltung einstellen, als sich die große Kranlok näherte und der Reparaturzug darauf vorbereitet wurde, auf die Brücke zu fahren. Sie beobachteten, wie einige leitende Eisenbahner eine schnelle Funkkonferenz abhielten und einer von ihnen ein Handsignal gab und sich der Reparaturzug in Bewegung setzte. Zwei Dieselloks schoben das Gerät mit den Gleisen auf die Brücke. In der zweiten Lok befanden sich alle Arbeiter. Es sah für Hush aus, als starte auf der Memphis-Seite ebenfalls eine Kranlok, aber es war schwierig, durch das Gewirr der Träger und Streben der Brückenkonstruktion hindurchzusehen. Hohe Bürogebäude schimmerten in der Hitze von Memphis jenseits der Brücke.

Hush fühlte sich absolut nutzlos inmitten all der Aktivität bei der Brücke, wo Dutzende Arbeiter mit Triebwagen herumfuhren, die Loks belieferten, Material für den Reparaturzug in Position brachten, beschädigte Schwellen und verbogene Gleise entfernten und ständig in Funkgeräte sprachen. Dieselabgase, Lärm und Staub erfüllten die Luft, und Hush schickte sich an, zum Steifenwagen zurückzugehen, als er jeden verharren und zur Brücke hinaufspähen sah. Der Reparaturzug näherte sich dem mittleren Brückenbogen, kroch langsam voran, und die Arbeiter sprangen von der zweiten Lok ab, bevor die Kranlok auf den mittleren Abschnitt fuhr. Hush glaubte, dort oben Keeler mit seinem weißen Schutzhelm zu sehen, am Geländer des westlichen Brückenpfeilers und mit einem Funksprechgerät vor dem Mund. Auf der Tennessee-Seite tauchte eine zweite Kranlok mit einer anderen, kleineren angekoppelten Lok hinter dem Brückenpfeiler auf und stoppte. Auf dem mittleren Brückenabschnitt befanden sich immer noch 20 Waggons auf dem beschädigten Gleisbett. Während Hush und Powers beobachteten, fand wieder eine Funkkonferenz statt, es folgten viele Handzeichen auf der Brücke, und dann fuhren beide Loks langsam auf den mittleren Brückenabschnitt. Hush konnte sehen, daß die Lokführer auf der Westseite neben dem Führerstand standen.

Die Kranlok fuhr als erste, denn der Ausläufer des Krans ragte über 25 Meter vor die eigentliche Lok. Die Arbeiter in der zweiten Lok zögerten einen Augenblick und wagten sich dann vorsichtig auf den ersten beschädigten Gleisabschnitt und begannen, die Bolzen von den deformierten Schienen zu entfernen. Auf der Tennessee-Seite näherte sich eine Kranlok und hielt auf einen 80 Tonnen schweren, offenen Güterwaggon zu, der jenseits des Brückenpfeilers schlimm nach links gekippt auf dem Gleisbett hing.

Hush wandte sich ab, um zum Streifenwagen zu gehen. In diesem Augenblick knallte es wie ein Kanonenschuß oben auf der Brücke. Er fuhr herum, sah eine kleine Staubwolke aus der linken Seite der Mitte des mittleren Brückenabschnitts puffen, und dann krachte es von neuem, als der Hauptträger auf der rechten Seite brach. Er sah, wie die Arbeiter in Panik die 30 Meter bis zum Brückenpfeiler sprinteten. Sie schafften es gerade noch, in Sicherheit zu gelangen, bevor der gesamte mittlere Abschnitt sich wie in Zeitlupe zu einem V aus Trägern und Streben faltete und dann hinabstürzte, mitsamt der Kranlok und der Reparaturlok, deren Lokführer abgesprungen waren, während der scheinbar endlos lange Stahl barst und kreischte. Die Trümmer schlugen mit einem gewaltigen Klatschen in den Strom, und eine riesige Wasserfontäne spritzte in alle Richtungen. Hush flüchtete wie alle anderen höher aufs Flußufer hinauf, als eine kleine bräunliche Flutwelle an Land schwappte und die gesamte Fläche bis zu den beschädigten Waggons auf den Gleisen tränkte. Sie waren nur ein paar Zentimeter vor dem Wasser bei den Waggons und sprangen auf die Plattform eines Tankwagens, um nicht naß zu werden. Der Flußbereich um die Brücke wurde für einen Augenblick in eine dichte Staubwolke gehüllt, und als sie sich lichtete, waren ein paar Gleisarbeiter zu sehen, die an den Stümpfen der Hauptträger drüben auf der Tennessee-Seite hingen. Hush blickte zu Powers.

»Meinen Sie, daß Keeler Mist gebaut hat?« fragte Powers.

Hush wies auf die Ingenieure der Eisenbahn. Einer von ihnen hatte seinen Schutzhelm abgenommen und trampelte darauf herum, während die anderen hektisch in ihre Funkgeräte sprachen.

»Die meinen das anscheinend«, antwortete Hush. »Washington wird wegen dieser Sache durchdrehen.«

Sie gingen durch den Schlamm zurück zur Betonrampe der Brückenzufahrt. Hunderte kleiner Fische wanden sich auf dem Boden. Eine Gruppe Eisenbahner strömte vom westlichen Brückenpfeiler aus über die Gleise, Morgan Keeler in ihrer Mitte. Er gestikulierte heftig, während die Männer rings um ihn immer wieder auf die Lücke in der Brücke zeigten. Auf dem Mississippi kreisten drei Schleppboote des Pionierkorps um den Bereich, in dem die Trümmer aufgeschlagen waren. Die Besatzung suchte das Wasser nach Arbeitern ab, die der mittlere Brückenabschnitt vielleicht mit in die Tiefe gerissen hatte. Als Keeler die Zufahrtsrampe erreichte, versuchte er zu Hush und Powers vorzudringen.

»Er braucht Schutz«, rief Powers Hush zu. »Diese Typen sind drauf und dran, ihn zu lynchen.«

Während er über Funk Little Hill rief, schob sich Hush mit den Ellenbogen an Keelers Seite. Er gab sich den umstehenden Männern als FBI-Agent zu erkennen und erklärte mit lauter Stimme, daß Keeler in Schutzhaft genommen werde, um ihn zum gerade Geschehenen zu befragen. Dies besänftigte die Männer, und es gelang Hush, Keeler zu Powers' Streifenwagen zu ziehen, den der stets aufmerksame Little Hill näher zur Zufahrtsrampe gefahren hatte. Hush raunte Keeler zu, sich wie ein Gefangener zu verhalten. Als Keeler im Streifenwagen hockte, starrte er kreidebleich aus dem Fenster. Hush setzte sich neben ihn auf den Rücksitz. Powers sprang auf den Beifahrersitz und wies Little Hill an, sie schnell fortzubringen. Der große Staatspolizist schaltete Blaulicht und Sirene an und bahnte sich einen Weg durch die wütenden Eisenbahner am Brückenkopf. Als er unter dem Autobahnkreuz beim Fluß war, bog Little Hill auf die nächste Auffahrt, schaltete das Konzert von Lichtorgel und Sirenengeheul ab und raste westwärts, fort von Eisenbahn- und Autobahnbrücke und dem potentiellen Lynchmob.

»Bin ich wirklich verhaftet?« fragte Keeler schließlich. Sein ohnehin eingefallenes und verhärmtes Gesicht wirkte jetzt leichenhaft.

Hush verneinte. »Das habe ich nur gesagt, um Sie von dort wegzuschaffen, bevor diese Leute Sie gelyncht hätten. Sie denken anscheinend, Sie persönlich seien dafür verantwortlich.«

Keeler atmete tief durch. »In gewisser Hinsicht bin ich das, nehme ich an.«

»Was ist passiert?« fragte Powers.

»Sie hielten sich an meine Berechnungen. Sie mußten an beiden Enden des mittleren Brückenabschnittes arbeiten, um die Brücke zu räumen. Jeder drängte, sie schnell wieder betriebsbereit zu machen. Ich gab die Genehmigung, zwei Loks auf den mittleren Abschnitt fahren zu lassen. Die Hauptlängsträger brachen.«

»Haben Sie zuvor einige Tests oder Schätzungen gemacht?«

»Ja, natürlich. Ich hatte ein Belastungsmeßgerät an meinen Computer angeschlossen. Seit gestern nacht habe ich auf der Brücke gearbeitet. Messungen an jedem Belastungsanzeiger dort oben durchgeführt. Diese Träger hätten halten müssen.« Er schüttelte den Kopf, wie jemand, der etwas nicht begreifen kann.

»Haben Sie diese Daten? Können Sie sich damit rechtfertigen?«

Keeler schüttelte abermals den Kopf. »Die gingen verloren, als die Brücke einstürzte. Sie haben es gesehen, nehme ich an. Es war die Hölle dort oben, als dieser Träger brach. Wer beim Pfeiler war, hatte alle Hände voll zu tun, die Crew der Reparaturlok in Sicherheit zu ziehen.«

Nach dieser Aussage herrschte ein Moment Schweigen. Der Streifenwagen fuhr westwärts auf dem Highway 64. Dann meldete sich Powers' Funkgerät. Ein Lieutenant der Arkansas Highway Patrol, der die Leitung bei der Absicherung des Tatortes bei der Frisco Bridge hatte, teilte mit, daß der ASAC vom FBI-Büro Memphis vor Ort sei und wissen wolle, welcher FBI-Agent Keeler in Schutzhaft genommen hatte.

»Oh, Scheiße!« entfuhr es Hush.

»Kapiert«, sagte Powers. Er berichtete dem Lieutenant, daß er, und nicht jemand vom FBI, Keeler in Schutzhaft genommen habe und ihn zum Distriktbüro des Pionierkorps in St. Louis bringe. Dort werde Keeler einen vollständigen Bericht für seine Vorgesetzten machen, und dieser Bericht werde den betroffenen Bahnbehörden zugänglich gemacht werden. Der Lieutenant versprach, das auszurichten. Little Hill erklärte, daß sie sich der nach Norden führenden I-55 näherten. Powers wies ihn an, auf sie abzubiegen und dann Gas zu geben.

»Ich kann sie nicht wissen lassen, daß ich überhaupt dort war«, sagte Hush. »Angeblich bin ich noch auf Genesungsurlaub in Baton Rouge.«

Keeler nickte zu Hushs mit Pfastern beklebtem Gesicht und zu Powers' verbundener Hand. »Was ist mit Ihnen beiden geschehen?«

Hush erzählte ihm, was in Vicksburg passiert war. Er erwähnte nichts von dem Wechsel in der Leitung der FBI-Ermittlungen im Fall Trainman. Dann meldete sich der Lieutenant von neuem über Funk. Der ASAC von Memphis wollte mit Powers reden. Powers blickte zu Hush und nahm das Mikrofon.

»Captain Powers.«

»Hier spricht Larry Thomas. Ich muß etwas klären. Einige

Leute erzählen uns, daß ein sehr großer Mann, der sich als FBI-Agent ausgab, bei Ihnen war, als Sie Keeler in Schutzhaft nahmen.«

»Davon weiß ich nichts«, sagte Powers sofort. »Aber mein Fahrer war bei mir. Wirklich großer Typ, schwarzes Haar, ziemlich häßlich?«

Hush sah die Andeutung eines Lächelns auf Little Hills Gesicht. Thomas bat Powers, einen Augenblick zu warten, und dann meldete er sich wieder. »Trägt Ihr Fahrer Uniform? Denn dieser Mann war in Zivil.«

»Hören Sie, Mr. Thomas«, erwiderte Powers und ignorierte die Frage. »Auf dieser Brücke war die Hölle los. Die Eisenbahner waren bereit, Mr. Keeler am nächsten Brückenträger aufzuhängen. Mein Fahrer und ich griffen ein, sagten allen, daß wir Keeler festnehmen, und hauten schnell ab. Wenn Sie sich umhören, werden Sie vermutlich Leute finden, die Batman und Robin Hood in dieser Menge gesehen haben.«

Es folgte eine Pause. »Wohin wollen Sie Keeler bringen?«

»Das habe ich doch dem Lieutenant gesagt.«

»Ich kann mich nicht mehr an den Ort erinnern, den er mir genannt hat.«

»St. Louis. Dort ist sein Distriktbüro. Er wird einen Bericht machen und sich dann einen guten Anwalt nehmen müssen, wie ich die Bahngesellschaften kenne. Aber wir konnten ihn nicht einfach dort auf der Brücke lassen.«

Wieder folgte eine Pause, in der Thomas mit jemandem zu sprechen schien. »Ja, okay«, sagte er dann. »Wenn es Ihnen nichts ausmacht, werde ich Sie von einigen unserer Leute aus dem Büro St. Louis dort abholen lassen. Wir bekommen bereits mächtig Druck von Washington zu erklären, was, zum Teufel, hier soeben passiert ist.«

»Verstanden«, sagte Powers. »Wir melden uns in Herlihys

Büro, sobald wir dort sind, und er kann einige Leute rüberschicken. Ist das okay?«

Thomas fand das prima und verabschiedete sich. Powers hakte das Mikro ein. »Ich werde unsere Einsatzzentrale in Jefferson City anrufen und uns in Cape Girardeau abholen lassen. Man wird Sie beide getrennt in die Stadt bringen. Wir wollen nicht in St. Louis eintreffen und jede Menge Bundespolizisten vorfinden, die durch unsere Fenster blicken wollen.«

»Kapiert«, sagte Hush. Er sah, daß Keeler bestürzt wirkte. »Nur einige bürokratische Manöver, Mr. Keeler. Sie haben nichts mit Ihnen zu tun.«

»Wann werden wir dort sein?« fragte Keeler.

»Es sind um die vierhundert Kilometer. Sagen wir mal hundertdreißig pro Stunde. Ungefähr drei Stunden.«

»Zweieinhalb«, sagte Little Hill und gab noch mehr Gas.

Um 18 Uhr am Samstag abend stand Zug 2713 immer noch im Depot Anniston. Matthews hatte den ganzen Tag alle Hände voll zu tun gehabt mit besonderen Gesuchen von einigen Unteroffizieren und Männern des Wachpersonals, die entweder nach Hause gehen, oder ihre Freundinnen anrufen wollten. Matthews hatte all diese Wünsche ablehnen müssen. Der einzige Trost, den er diesen unglücklichen Soldaten hatte spenden können, war der Hinweis darauf, daß er ebenfalls in diesem verdammten Zug bleiben mußte. Die Telefonverbindung zur Außenwelt war immer noch nicht hergestellt, und das Depot konnte weder betreten noch verlassen werden. Es gab Gerüchte, daß sich vor dem Haupttor die Parkspuren mit Sattelschleppern und ihren zornigen Fahrern füllten. Die beiden ursprünglichen Lokführer hatten um ihre Ablösung gebeten und sich dabei auf die Vorschriften der Gewerkschaft berufen, was Colonel Mehle abgelehnt hatte. Seit ihrer Rückkehr waren ständig die Geräusche vorbeifahrender Züge auf der Hauptstrecke zu hören gewesen.

Um 18 Uhr 30 tauchte Mehle mit Lieutenant Colonel Marsden und zwei Technikern aus Fort McClellan am Ende des Zuges auf. Sie kletterten auf den Spezialwaggon mit der Kühlanlage, und dann gab es eine hitzige Diskussion, die Matthews so unauffällig wie möglich von der Plattform des Kommandowaggons aus beobachtete. Sie schien sich unter anderem um die Zuverlässigkeit der Kühlanlage zu drehen. Schließlich sah Mehle ihn und winkte ihn zu sich. Marsden war sichtlich erregt, und er schickte die Techniker fort, als Matthews den offenen Güterwaggon erreichte. Mehle kam gleich zur Sache.

»Marsden hier hat Zweifel an der Sicherheit der Spezialwaggons bekommen«, erklärte Mehle, und sein Gesichtsausdruck sagte: »Ich könnte den Kerl umbringen!«

Matthews erwiderte nichts, atmete nur tief durch. Wenn einer von Mehles eigenen Leuten Bedenken äußerte, dann war es höchste Zeit für ihn, die Klappe zu halten.

»Ich wäre viel glücklicher, wenn Sie das Thema Sicherheit nicht zur Sprache gebracht hätten, Major«, schnauzte Mehle ihn an. »Aber da Sie es nun mal getan haben, will sich Lieutenant Colonel Marsden von dieser Fracht distanzieren.«

»Ich habe nur gesagt, daß das Kälteaggregat die Temperatur in den vier Behältern hätte senken müssen; die Tatsache, daß dies nicht der Fall ist, stimmt mich bedenklich. Ich kann nicht länger …«

»Ja, ja, ich kapiere das alles«, fiel Mehle Marsden ins Wort und starrte ihn wütend an. Matthews erkannte, daß dies eine gute Gelegenheit war, sich auf die Seite der Engel zu schlagen, besonders in Anwesenheit eines gleichgesinnten Zeugen.

»Colonel«, sagte er, »diese Fracht ist schon ohne die russischen Waffen gefährlich genug. Warum koppeln wir diese

Tankwaggons nicht ab und bringen sie zurück ins Gebäude 9, bis die Eisenbahnkrise vorüber ist? Wir sollten diese Dinger nicht durch bevölkerte Gebiete transportieren.«

Mehles Gesicht rötete sich. »Weil ich befohlen habe, Major Matthews, diese ›Dinger‹, wie Sie sie nennen, von hier nach Utah zu transportieren.«

Matthews mußte warten, bis einer der Wachposten sie passiert hatte und außer Hörweite der Offiziere war. »Jawohl, Sir«, sagte er. »Das verstehe ich. Aber wir haben veränderte Umstände. Wir wissen nicht, was in diesen Gefechtsköpfen vorgeht. Dies ist kein Problem chemischer Waffen; dies ist ein Problem konventionellen Sprengstoffs mit der Möglichkeit, daß Radioaktivität freigesetzt werden kann.«

»Vielleicht«, räumte Mehle ein. »Oder vielleicht etwas anderes. Wir haben die Tritium-Zündstufen entfernt, und es sind natürlich keine Neutronenquellen in den Waffen.« Er klopfte leicht auf die dicken Stahlseiten des Spezialwaggons. »Sehen Sie sich dieses Ding an. Selbst bei einer Implosion gibt es eine Verpuffung, die nach innen gerichtet ist. Die Detonation wäre draußen nicht einmal zu hören.«

»Es sei denn, die Detonation löst eine Kettenexplosion mit den anderen Waffen aus«, sagte Matthews. Marsden nickte beipflichtend. Mission erfüllt, dachte Matthews. »Wenn eine Kettenexplosion stattfindet«, fuhr er fort, »könnte sich genug Überdruck entwickeln, um eines der Hauptsiegel des Spezialwaggons platzen zu lassen oder die Kühlleitungen zu zerfetzen. Es könnten Plutonium-Fragmente darin sein, Colonel, radioaktiver Metallstaub. Dann ist der Teufel los.«

»Das kümmert mich einen Dreck! Haben Sie mich verstanden?« schrie Mehle ihn an. Dann senkte er die Stimme, weil er bemerkte, daß Mps in der Nähe herüberschauten. »Wir bringen die Tankwaggons nicht in Gebäude 9 zurück, und wir stehen hier nicht mehr länger als bis 23 Uhr.«

Das ist neu, dachte Matthews. Ist die Route genehmigt worden?« fragte er.

»So ist es, Major«, erwiderte Mehle. »Wir haben die Freigabe bis zum Knotenpunkt Birmingham. Abfahrt 23 Uhr. Ich habe befohlen, mein Gepäck in meinen Kommandowaggon zu bringen.« Er lächelte, als er Matthews' Reaktion auf diese Neuigkeit sah. »Richtig, *ich* werde das Kommando über den Zug haben. Persönlich. Keine weiteren Rückzugsgefechte, Major Matthews. Aber packen Sie nicht aus. Sie fahren mit.«

Er befahl Marsden, sein Kühlsystem noch einmal zu überprüfen und ihm die Ankunft der Texaner zu melden. Er ignorierte Matthews und ging davon. Welche Texaner? fragte sich Matthews.

Hush rief Tyler Redford um 18 Uhr vom Holcomb Bluffs Hotel aus an, in das Powers ihn einquartiert hatte, bevor sie sich in Mittel-Missouri getrennt hatten. Redford ließ sich Hushs Telefonnummer geben und bat ihn, auf seinen Rückruf zu warten. Eine Viertelstunde später meldete er sich.

»Du würdest nicht glauben, wie hektisch es hier zugeht«, sagte er. »Hast du gehört, was in Memphis passiert ist?«

»Ja. Habe sogar zugeschaut.«

»Ach du Scheiße! Das warst *du?«*

»Wieso ich?« fragte Hush unschuldig.

»Verarsch mich nicht, Hush. Das Büro Memphis meldete sich hier wutentbrannt, nachdem diese Brücke eingestürzt war. Es hieß am Tatort, daß ein FBI-Agent diesen Brückeninspekteur, Keeler, gleich danach in Schutzhaft nahm. Man hat Powers angerufen, und der behauptete, er hätte Keeler in Schutzhaft genommen und nicht jemand vom FBI. Der ASAC in Memphis, ein gewisser Thomas, vermutet dich in Baton Rouge. Er sagte, Powers erzähle Märchen, um dich zu schützen.«

»Nun, eigentlich stimmt das. Sieh mal, was den Tatort anbetrifft, haben wir nur getan, was sein mußte. Diese Eisenbahner wollten Keeler lynchen. Er war derjenige, der die Berechnungen machte und zwei Loks auf die Brücke ließ, und jeder wußte das.«

»Scheiße«, sagte Redford. »Nun, wie du dir vorstellen kannst, ist Carswell auf dem Kriegspfad. Im Augenblick versucht man, mit dem Ausfall einer weiteren Brücke zurechtzukommen. Aber sobald dieses Feuer unter Kontrolle ist …«

»… wird man mich suchen. Nun, ich bin in Urlaub. Das ist alles, was du weißt. Als du das letzte Mal etwas von mir gehört hast, war ich im Hotel in Baton Rouge und habe ärztlich verordnete Medizin genommen. Ich war sauer, weil man mich aufs Abstellgleis geschoben hatte, und jetzt bin ich irgendwo auf dem Land und schmolle.«

Redford lachte. »Das werde ich sagen, aber du weißt, daß man dir das nicht lange abkaufen wird. Thomas berichtet, daß die Staatscops versuchen, einen Teil der Action an sich zu reißen, sich vielleicht sogar den ganzen Fall zu krallen. Carswell und seine Leute, ganz zu schweigen von Heinrich, werden nach einem Opferlamm suchen, wenn sie das hören.«

»Sucht zufällig jemand nach dem bösen Buben?«

Redford senkte die Stimme. »Darüber gibt es unterschiedliche Meinungen. Solange das ganze Washingtoner Establishment das FBI als Zielscheibe benutzt, heißt die erste Spielregel politisches Überleben. Einige der Weisen im Kopierraum sagen, wenn wir clever sind, lassen wir die Staatscops gewähren und eine Weile die Kastanien aus dem Feuer holen. Wo ist übrigens Keeler?«

»Der hat hier in St. Louis Asyl in seinem Distriktbüro. Vermutlich sucht er sich einen guten Anwalt. Er hat einen großen Fehler begangen und wird zur Rechenschaft gezogen werden, besonders weil all seine Inspektionsdaten in den

Fluß fielen, als das Mittelstück der Brücke zusammenkrachte.«

»Möchte jetzt nicht in der Haut des Mannes stecken«, sagte Redford. Er schwieg einen Augenblick. »Du arbeitest in dieser Sache inoffiziell mit den Staatscops zusammen?«

»Warum nicht? Ich kann nicht auf zwei Hochzeiten tanzen. Und ich meine immer noch, daß ein Einzeltäter für diesen Scheiß verantwortlich ist. Hast du Glück mit dieser Liste gehabt?«

»Ich habe mit meinem Kollegen bei der Abteilung IR gesprochen, aber man hat ihn angewiesen, jede weitere Arbeit an besagter Liste zu stoppen.«

»Aber die Eisenbahngesellschaften wurden noch erfaßt? Sie haben Akten mit Namen übergeben?«

»Offenbar. Das Dumme ist, daß niemand bei der IR bereit ist, mit mir oder sonst jemand darüber zu reden. Du mußt verstehen, daß jeder, der nicht direkt an dem Fall Trainman beteiligt ist, sich bedeckt hält, um seinen Arsch zu schützen.«

»Aber die Liste existiert?«

»Ich glaube, ja.«

»Du hast was gut bei mir, Ty«, sagte Hush.

»Ich muß noch eine Hypothek abbezahlen und habe ein Kind auf dem College. Dieses Gespräch hat nie stattgefunden, Hush.«

»Verstanden.«

Es folgte wieder eine jener peinlichen Pausen, in der Redford mit jemandem im Büro redete. Dann meldete er sich wieder. »In fünf Minuten wird der Direktor eine Pressekonferenz geben. Ich werde dir berichten, was dabei herausgekommen ist. Unterdessen …«

»Unterdessen halte ich mich versteckt.«

»Tu das, Hush. Versteckter als ein Maulwurf.«

Hush beschloß, zu duschen und sich auszuruhen, während

er auf Redfords Anruf wartete. Er spielte mit dem Gedanken, sich die Pressekonferenz im Fernsehen anzusehen, sofern sie live übertragen wurde, aber die Schmerzen setzten wieder ein und es verlangte ihn nach einer dieser Zauberpillen. Die Fahrt über die Arkansas-Missouri-Autobahn war nervenaufreibend gewesen, denn Little Hill war mit Hochgeschwindigkeit zwischen scheinbar endlosen Schlangen von Sattelschleppern ein- und ausgeschert. Powers hatte sein Wort gehalten und Hush und Keeler getrennt. Zwei Streifenwagen der Staatspolizei hatten an der Staatsgrenze von Missouri auf sie gewartet. Einer hatte Keeler nach St. Louis gebracht, der andere Hush zum Hotel nördlich der Stadt. Powers war in seine Zentrale gefahren und hatte versprochen, ihn gegen 20 Uhr im Hotel anzurufen, damit sie ihre nächsten Schritte planen konnten. Nach dem Duschen legte sich Hush aufs Bett und schloß die Augen. Um 18 Uhr 40 rief Redford an.

»Mann, das wird dir gefallen«, sagte er aufgeregt.

»Laß hören.«

»Der Direktor hatte Carswell an seiner Seite, und sie führten ihr bestes Tänzchen bezüglich der Brücke in Memphis auf. Schoben den Schwarzen Peter dem Pionierkorps zu.«

»Haben sie Keeler namentlich genannt?«

»Nein, aber eine Medienmeute ist bereits zum Hauptquartier des Pionierkorps in Arlington unterwegs. Aber er hatte Carswell an seiner Seite.«

»Ja, das hast du schon gesagt. Und?«

»Carswell, Hush, nicht die Lang. Es ist offiziell: Carolyn Lang ist abserviert.«

Hush stieß einen leisen Pfiff aus. Sieh an, dachte er. Sie ist zu nahe an die Sonne geflogen und hat sich die hübschen Schwingen versengt. Hush wollte etwas sagen, als Redford ihn bat, einen Moment zu warten. Es wurde still in der Leitung.

»Ich habe hier jemanden, der Sie sprechen möchte,

Mr. Hanson«, erklärte Redford wenig später. Sein Tonfall und seine Anrede waren jetzt förmlich und distanziert.

Mr. Hanson? Hush war jetzt hellwach. Dann ertönte Carolyn Langs Stimme. »Guten Abend«, sagte sie freundlich, als sei nie etwas geschehen. »Ich bin das jüngste Opfer des Falles Trainman geworden. Ich habe ein Gerücht gehört, daß Sie jetzt solo arbeiten. Wünschen Sie etwas Hilfe?«

»Sie sollten nicht auf Gerüchte hören«, erwiderte Hanson so höflich, wie es ihm möglich war. »Und außerdem ist *gute* Hilfe schwer zu finden.«

»Gut wie vertrauenswürdig und verläßlich?«

»Gut wie ehrlich. Wahrhaftig. Professionell. Konzentriert darauf, den Verbrecher zu schnappen.«

Es folgte eine Pause. Hush bemühte sich sehr, völlig leidenschaftslos und gleichgültig zu klingen. Am liebsten hätte er sie angeschrien, aber diese Genugtuung wollte er ihr nicht geben.

»Vielleicht ändern Sie Ihre Ansicht«, sagte Carolyn. »Ich habe etwas, das Sie interessieren könnte.«

»Das bezweifle ich sehr, Carolyn. Abgesehen von Ihrem Körper, nehme ich an.«

Er hatte das gesagt, ohne zu überlegen, und er konnte tatsächlich ihren zischenden Atemzug hören. Aber sie hatte sich offenbar ebenfalls unter Kontrolle.

»Ich dachte mehr an Dinge wie eine Liste«, sagte sie. Ihre Stimme klang völlig emotionslos. Hush konnte sich Redfords Miene bei diesen Worten vorstellen. Aber dann wurde ihm klar, was Carolyn soeben gesagt hatte.

»Die Liste der Eisenbahngesellschaften?«

Er hörte, wie sie Redford bat, sie kurz allein zu lassen. »Genau diese. Und darauf steht ein Name, der einige Glocken läuten lassen wird. Alarmglocken. Sie sind in Baton Rouge?«

»Ich glaube, ich bin nicht bereit, Ihnen zu sagen, wo ich bin, Carolyn, solange ich nicht weiß, für wen Sie heutzutage arbeiten.«

»Ich bin ›abgelöst‹, – so formuliert man das heutzutage, und werde vermutlich in meine frühere Abteilung zurückversetzt. Genau wie Sie vermutlich zur IITF zurückkommen werden.«

»Es sei denn natürlich, ich entscheide, daß man mich im Außendienst genügend gedemütigt hat und ich meinen Abschied nehmen will. Und dann kann der Direktor seinen eigenen Mann bei der IITF einsetzen. Das war doch der Plan, Carolyn, nicht wahr? Das war *Ihre* Mission, richtig?«

»Wer hat Sie auf diese Idee gebracht?«

»Ein Mann wie McDougal, zum Beispiel.«

Wieder eine Pause. Hush schwieg, ließ die Stille lastend werden.

»Also gut«, sagte Carolyn schließlich. »Ja, das war meine Mission. Das tue ich hier. Oder genauer gesagt, das *tat* ich hier. Anscheinend sind wir diesmal beide reingelegt worden. Bei diesem kleinen Treffen, das Sie mit dem Direktor und Heinrich hatten.«

Diese verdammte Frau überraschte ihn immer wieder. »Das, über das Sie mehr wissen wollten?«

»Ja, dieses Treffen.«

»Und wie fühlt man sich, wenn man zur Abwechslung einmal selber reingelegt wird, Carolyn?« Diese Frage hatte er sich nicht verkneifen können.

»Wahrscheinlich genauso, wie Sie sich im Augenblick fühlen – unfair ausgeknockt. Ich dachte, daß ich die Spielerin sei und alles unter Kontrolle hätte. Daß ich einige Loyalität vom Büro des Direktors verdient hätte und eine ranghohe Mitwisserin im FBI sei, Teil der wahren Teamleitung, Mitglied des inneren Kreises. Und jetzt will ich ein wenig heimzahlen. Fühlen Sie sich auch so?«

»Absolut. Aber warum, zum Teufel, sollte ich Ihnen trauen? Warum sollte irgend jemand Ihnen trauen?«

Sie senkte ihre Stimme fast zum Flüsterton. »Aus dem traditionellsten bürokratischen Grund der Welt, Hush. Weil ich eine Information habe, die Sie brauchen. Ich weiß, wer der Trainman ist.«

Um 19 Uhr 16 bezahlte Morgan Keeler beim Taxifahrer und ging zwei Blocks weit die Smith Street hinab bis zum Büro des »Van and Auto Storage«. Die Garage warb damit, Fahrzeuge binnen einer Stunde aufgetankt und betriebsbereit, rund um die Uhr, auch an Sonn- und Feiertagen, ausliefern zu können, und er hoffte, daß das stimmte. Sein anderer Truck stand noch unten in Memphis, aber das war in Ordnung, denn nach der heutigen Nacht würde er ihn nicht mehr benutzen können. Er legte im Büro den auf den Namen Thomas Brown ausgestellten Führerschein vor und bezahlte die Lagergebühr für seinen Van in bar. Der Angestellte erklärte ihm, der Wagen werde unverzüglich vorgefahren. Keeler ging zum Fenster und starrte in die Dunkelheit hinaus.

Endspiel, dachte er. Er hatte peinlich genau für dieses Stadium geplant, aber es würde immer noch ein großer Schritt sein, unterzutauchen und sich tatsächlich auf der Flucht zu befinden. Die vergangenen Stunden im Distriktbüro waren äußerst unangenehm gewesen. Obwohl es Samstag war, hatte die Kunde von dem Geschehen in Memphis alle leitenden Offiziere und sogar den Distriktchef persönlich ins Büro gelockt. Alle hatten ihn intensiv befragt. Die Eisenbahngesellschaften drohten bereits, Klage einzureichen, und die Washingtoner Medien belagerten das Hauptquartier des Pionierkorps, um von offizieller Seite herauszufinden, wer der für die Inspektion der Frisco Bridge in Memphis verantwortliche Pionier war. Die Bahngesellschaften wußten es bereits, aber sie warteten ab, bis das Korps offiziell den Namen Keeler bekanntgab. Zum Glück hatten sich alle Eisenbahner in Sicherheit bringen können, so daß es nur zwei Leichtverletzte gegeben hatte, als die Kranlok in die Tiefe gestürzt war. Der Ausfall der Brücke war jedoch schlimm genug.

Laut Distriktchef – einem stämmigen Brigadier General – war der Verlust von Keelers Computer aus der Sicht des Korps noch schlimmer. Keeler hatte dafür gesorgt, daß sowohl das Testgerät als auch der Computer in der allgemeinen Panik beim Einsturz des mittleren Brückenabschnittes in den Mississippi gefallen war. Um eine äußerst geringe Gefahr vorzutäuschen, hatte er die Daten der Belastungsanzeiger am Morgen, bevor er sie den Leitern der Reparaturcrews gezeigt hatte, geändert, sie danach gelöscht und den Computer in den Fluß geworfen.

Aber all dies machte nichts mehr aus. Ihm lief die Zeit davon. Er hatte im Wagen so getan, als höre er nicht zu, aber er war ziemlich sicher, daß neben dem FBI auch die Staatspolizei an dem Fall arbeitete. Es liefen also zwei Ermittlungen. Seine Chancen, sich beiden zu entziehen, waren ziemlich gering, besonders wenn eine der beiden damit befaßten Behörden oder gar beide frühere Eisenbahnunfälle unter die Lupe nahmen. Er erinnerte sich, daß der FBI-Mann das Motiv angesprochen hatte. Wahrscheinlich war in den Pressekonferenzen der FBI-Zentrale, die er sich angesehen hatte, nichts davon erwähnt worden, weil alle noch Anschläge einer Terroristengruppe vermuteten. Aber irgendwo und irgendwie mußte jemand nach einem Motiv suchen. Keeler sagte sich, daß er noch eine Brücke schaffen konnte und daß es die von Vicksburg sein mußte.

»Das Fahrzeug steht zu Ihrer Verfügung, Mr. Brown«, rief der Angestellte durch eine der Seitentüren.

Keeler bedankte sich und ging nach draußen. Neben dem

Gebäude erwartete ihn ein dunkelgrüner Van Ford Econoline G-20, der in einen Campingwagen umgebaut worden war. Keeler hatte ihn vor drei Jahren bei einer Auktion gekauft, niemals angemeldet und noch mit den Überführungsnummernschildern hier zur Lagerung abgegeben. Unterdessen hatte er die Nummernschilder von je einem Fahrzeug in Missouri, Illinois, Tennessee und Arkansas gestohlen. Er hatte es ebenfalls geschafft, die Zulassungspapiere für den Truck seines Hauswirtes zu entwenden, was ihm erlaubt hatte, Zulassungspapiere für den Van auf den Namen des Farmers zu beschaffen.

Er fuhr mit dem Van vom Parkplatz und machte sich auf den Weg zu seiner Hütte am Fluß. Die Welt würde offenbar für Morgan Keeler, Chef-Brückeninspekteur, am Montag morgen einstürzen, und so hatte er beschlossen, zu erledigen, zu tun, was in seiner Hütte noch getan werden mußte, und dann nach Mississippi zu fahren. Morgen war Sonntag, und dem Distriktbüro sollte seine Abwesenheit erst auffallen, wenn er sich nicht zum Dienst meldete, doch angesichts des gegenwärtigen Interesses der Medien konnte das auch anders laufen. Selbst das FBI, konzentriert auf Terroristen, stellte möglicherweise einen Zusammenhang zwischen dem Fall Trainman und seinem Verschwinden her. Wie auch immer, in Mississippi würde er in nur einem Tag sein, wohingegen er nach New Orleans viel länger brauchen würde.

Was danach geschah, juckte ihn nicht besonders. Wenn es ihm gelang, nach der Zerstörung der Brücke von Vicksburg zu entkommen, konnte er es vielleicht sogar in New Orleans versuchen. Er lenkte den Van auf die Auffahrt zur nach Süden führenden Autobahn. Die Fahrt nach Süden verbrachte er mit gemischten Gefühlen: Furcht, Aufregung und sogar erwartungsvolle Vorfreude. Endspiel, dachte er wieder. Das Wort hatte einen schönen Klang für ihn.

Colonel Mehle stieg um 22 Uhr 46 in den Kommandowaggon. Samstagabend. Er trug einen Arbeitsanzug im Desert-Storm-Stil sowie eine vom Militär ausgegebene Pistole und hatte einen kleinen Handkoffer dabei. In seiner Begleitung waren zwei Warrant Officers der Army, die Matthews unbekannt waren. Sie hielten sich für sich und gaben keinerlei Auskunft über ihre Identität und den Grund ihrer Anwesenheit. Matthews, der alle Hände voll zu tun hatte, um die Sicherheitsabteilungen wieder in den Zug einrücken zu lassen und alles für die Abfahrt um 23 Uhr vorzubereiten, fand keine Zeit herauszufinden, wer die beiden Warrant Officers waren. Die Motoren der Loks waren angelassen, und Marsdens technisches Personal überprüfte zum letzten Mal die Kühlanlage. Die gute Nachricht war, daß die Temperatur in beiden Spezialwaggons um zwei Grad gefallen war, was wenigstens ein Fortschritt und ein Anzeichen darauf war, daß die richtigen Maßnahmen ergriffen worden waren. Prompt kommandierte Colonel Mehle einen der Kühltechniker ab, nach Idaho mitzufahren.

Um 22 Uhr 55 wurden die Tore des Depots geöffnet. Der Zug begann die Fahrt zum Knotenpunkt Birmingham und gewann langsam an Tempo. Der Kommandowaggon mit Matthews, Mehle, den beiden Warrant Officers, einem Kommunikationsspezialisten und einem Militärpolizisten passierte als letzter die Weiche auf die Hauptstrecke der Norfolk Southern. Matthews sah die Sicherheits-Lichttürme des Depots in der Dunkelheit Alabamas verblassen, als der Zug beschleunigte. Dann wurde er von Mehle gerufen, und er verließ die hintere Plattform, um in den Kommandowaggon zurückzukehren.

Carolyn Lang rief Hush am Samstag kurz vor Mitternacht von der Hotelrezeption aus an. Sie sagte ihm, daß sie mit einer Linienmaschine direkt von Washington nach St. Louis geflogen sei. Er stimmte zu, sich mit ihr in der Bar zu treffen, wenn sie Gelegenheit gehabt hatte, ihr Gepäck in ihrem Zimmer abzustellen.

Carolyn kam in die Bar und ging schnurstracks zu der Nische, in der er saß. Sie trug einen anthrazitfarbenen Hosenanzug und hatte eine kleine Aktentasche dabei. Ihr Gesicht wirkte abgespannt. Sie schlüpfte in die Nische und signalisierte dem Barmann, daß sie ebenfalls einen Kaffee haben wollte. Er hob die Augenbrauen und wartete offenbar auf eine weitere Bestellung, doch die blieb aus. Sie wartete, bis ihr Kaffee serviert wurde. Dann nahm sie ein ungebundenes dickes Dokument aus ihrer Aktentasche und legte es vor Hush auf den Tisch.

»Dies ist die Gesamtliste. Die IR-Abteilung hat von dem Material, das die Eisenbahngesellschaften zur Verfügung gestellt haben, eine Datenbank erstellt. Sie war dabei, den Namen Opfer von Bahnunglücken zuzuordnen, als Carswell sie stoppte.«

»Carswell und Co. jagen also immer noch Terroristen?«

»Ja. Sie wollen einfach nicht wahrhaben, daß ein einzelner Täter all diesen Schaden angerichtet hat. Außerdem sieht es für das FBI besser aus, wenn ...«

»Ja, ich kenne diese Theorie«, unterbrach Hush sie. Er blickte auf das Dokument, rührte es jedoch nicht an, so sehr er es auch wollte. »Es war mir ernst mit meiner Frage, für wen Sie jetzt arbeiten.«

»Das kann ich verstehen«, sagte sie und vermied es, ihn anzusehen. »Aber der Preis für das Lesen dieser Liste ist, daß ich mitspiele.« Sie schaute zu ihm auf. Ihre glänzenden Augen hielten seinem Blick mit einer Intensität stand, die ihn überraschte. »Ich bin nicht besonders stolz auf das, was ich getan habe, aber es ist mehr an dieser Geschichte dran, als Sie wissen.«

»Ich schätze, ich muß Sie deswegen einfach mal beim Wort nehmen, so wie die Dinge liegen«, sagte er.

Sie blinzelte bei dem fast beleidigenden Tonfall und schaute dann auf ihren Kaffee. »Das habe ich wohl verdient. Ich hätte gedacht – nun, vergessen Sie's.«

»Was gedacht? Daß ich Mitgefühl habe, weil ich das Insider-Spiel ebenfalls mochte? Das Dumme ist, Carolyn, daß ich mir einbildete, ein Spieler in dem großen Spiel Räuber und Gendarm zu sein. Sie wissen, die bösen Buben verfolgen und die guten Jungs schützen. Aber Sie, Sie haben Leute verraten. FBI-Leute. Kollegen. Die guten Jungs.«

Sie nickte mit zusammengepreßten Lippen und blickte fort. Es gab keine anderen Gäste mehr in der Bar. Der Barmann polierte Gläser, die bereits blitzblank waren, während er vorgab, sie nicht zu beobachten.

Hush neigte sich vor. »Sehen Sie mich an«, forderte er sie mit leiser Stimme auf. Am liebsten hätte er mit der Faust auf den Tisch geschlagen und diese Frau angebrüllt. Sie blickte ihn wieder an. »Warum in Gottes Namen meinen Sie, ich würde Sie in *meinem* Team haben wollen?« fragte er. »Mal angenommen, es gäbe eines.«

»Es waren keine guten Jungs, Hush. Die Leute, zu deren Karriereende ich beigetragen habe, waren Problemfälle, jeder einzelne davon. Sie waren zu ranghoch, um sie auf der Stelle zu feuern, ohne das FBI in Verlegenheit zu bringen, und sie standen alle kurz vor dem Ruhestand.«

»*Wissen* Sie das, Carolyn? Kennen Sie ihre Personalakten, die Beurteilungen ihrer Leistungen? Die Vorgesetzten dieser Jungs baten den Direktor, einen *Judas* zu schicken, der Sie ans Messer liefert. Und Sie, Carolyn, wurden von ihnen über sie informiert.«

Beim Wort Judas zuckte sie zusammen, aber sie gab nicht klein bei. »Ja. Dies waren Männer, die mehr als bereit waren, vom Weg abzukommen. Es war nicht schwierig, sie dazu zu bringen.«

»Ich nehme an, darüber weiß ich was. Meine Hand hat einige Erfahrungen mit Ihrer Hauptwaffe sammeln können, erinnern Sie sich? Natürlich erinnern Sie sich. Was war das, Phase eins?«

»Nein!« sagte sie, und das Blut schoß ihr in die Wangen. Sie atmete tief durch. »Das war etwas anderes. Sie waren der erste, zu dem man mich schickte, um ...«

»... ihn zu verführen«, ergänzte er. »Gewöhnen Sie sich an dieses Wort.«

»Also gut«, sagte sie. »Verführen. Aber bei Ihnen war das eine rein politische Sache. Für die anderen gab es wesentlichere Gründe. Klar erkennbare, dokumentierte Leistungsprobleme. Ja, meine Aufgabe war es, das jeweilige Problem offenzulegen, damit die Führung wirkungsvoll handeln konnte und nicht nur eine weitere Abmahnung verschicken mußte.«

Hush lehnte sich in der Nische zurück. »Und was war mein ›Leistungs‹problem, Carolyn?«

Sie schüttelte den Kopf. »Es war nicht die Leistung im Dienst«, sagte sie vorsichtig. »Ihr Problem war Ihre Integrität. Im Grunde wollte man Sie durch jemanden ersetzen, an dem viel mehr ... zu beanstanden war.«

»So hatten Sie keine Pause, was?«

Sie nickte. »Wie schon gesagt, es gibt bei mir eine Vorgeschichte. Ich bin keine ganz freie Agentin.«

»Blödsinn. Ich habe Ihre Akten überprüft. Seit zehn Jahren ist das Ihr Job. In meinem Fall haben Sie ihn nur vermasselt. Hölle, was war schon ein weiteres Opfer für die eigene Schwarze Witwe des FBI? In St. Louis hat man Ihnen mit ›Rasiermesser-Schlüpfer‹ den falschen Spitznamen gegeben.«

Sie errötete. »Nein«, sagte sie leise. Sie hob ihre Kaffeetasse an. Er sah, daß ihre Hand ein wenig zitterte. »Nein, ich erwarte nicht, daß Sie mir glauben. Deshalb war ich so erleichtert, als Sie die Stadt verließen und ich in Washington bleiben konnte. Ich wußte, was kommen würde, was Sie denken würden.«

Er schüttelte langsam den Kopf. »Toll, Carolyn Lang. Sie sind mir eine!«

»Und Sie, Hush? Als die hohen Tiere Ihnen eine Beförderung in Aussicht stellten, wenn Sie *mich* aufs Kreuz legen ... beruflich meine ich. Haben Sie ihnen da gesagt, Sie können mich mal?«

»Niemand vom FBI sagt dem Direktor, Sie können mich mal, und behält noch eine Stunde lang seinen Job. Der Unterschied besteht darin, daß ich beschloß, Sie *nicht* ans Messer zu liefern, nachdem ich erkannt hatte, daß Sie nicht so waren, wie man Sie mir beschrieben hatte. Sie hingegen hatten keine solchen Skrupel.«

Sie setzte zu einer Erwiderung an, doch dann schwieg sie und blickte wieder fort. Hush entschied, daß es reichte. Er tippte auf das Dokument, das zwischen ihnen auf dem Tisch lag. »Befassen wir uns also damit – was davon könnte mich interessieren?«

Sie hob das Kinn. »Die Namen sind alphabetisch sortiert. Hinter jedem steht eine zwei- oder dreizeilige Information; zum Beispiel die Beschreibung eines Unfalls an einem Bahnübergang, das Datum und der Ausgang des Prozesses.«

»Und das alles soll ich lesen?«

Sie legte schützend eine Hand auf das Dokument. »Ich will mitmachen. Das FBI geht den falschen Weg.«

Er starrte sie an.

»Wir sitzen im selben Boot, Hush. Wir sind beide abserviert worden. Sie brauchen mich nicht zu mögen, aber Sie wollen ganz bestimmt wissen, was da drinsteht.«

Er dachte darüber nach. Es war unmöglich, im voraus zu sagen, ob sie tatsächlich eine wichtige Information hatte. Wenn nicht, würde er einfach sein Wort brechen. »Also gut«, sagte er. »Aber nur, wenn Powers einverstanden ist. Und er weiß über Sie Bescheid.«

»Ich werde es bei Powers darauf ankommen lassen. Sehen Sie sich jetzt die Liste an.«

Er zog den Papierstapel zu sich und las. Es gab Hunderte von Namen und Vorfällen. Unfälle von Fußgängern. Unfälle an Bahnübergängen. Entgleisungen von Zügen. Klagen von Umweltschützern. Weitere Unfälle an Bahnübergängen – jede Menge davon. Er blätterte Seite um Seite durch, während Carolyn Lang an ihrem Kaffee nippte und ihn beobachtete. Er versuchte, sich zu konzentrieren, aber es fiel ihm schwer. Das andere, das zwischenmenschliche Problem mit Carolyn war ungelöst. Beim F blicke er zu ihr auf. Er wollte etwas sagen, doch sie winkte ab.

»Lesen Sie weiter«, forderte sie ihn auf.

Er las noch bis zum J und hielt dann wieder inne.

»Weiter. Lesen Sie die Namen jetzt genau.«

»Menschenskind, Carolyn, was, zum Teufel ...«

»Lesen Sie nur weiter. Ich möchte, daß Sie es finden, wie ich es gefunden habe.«

Auf der 57. Seite stutzte er und schaute noch einmal auf den Namen: Keeler, Morgan J. »Mein Gott«, flüsterte er. »Ist das *unser* Keeler?«

Sie nickte. »*Colonel* Morgan J. Keeler, Pionierkorps der U. S. Army. 1986 Unfall an einem unbeschrankten Bahnübergang. Seine ganze Familie, Frau und zwei kleine Kinder, wurde von einem Güterzug der Union Pacific überfahren. Als ich den Namen sah, bat ich die Rechtsabteilung der UP, mir die ganze Gerichtsakte zu schicken. Sicherheitshalber bat ich auch um fünf andere Prozeßakten.«

Seine Gedanken überschlugen sich. *Keeler?* Gott, es paßte. Technische Kenntnisse. Zugang zu den Brücken. Und jetzt ein Motiv. »Wessen Schuld war es?«

»Laut Polizeiprotokoll, Ermittlung des Sicherheitsausschusses der Eisenbahn und der Prozeßakten die seiner Frau. In der Regel ist es die Schuld des Autofahrers. Der Lokführer sagte, die Autofahrer unterschätzen die Schnelligkeit des Zuges und fahren bei roter Ampel noch über die Gleise.«

»Und alle kamen dabei ums Leben.«

»Ja. Auch das ist die Regel. Keeler klagte und behauptete, die Ampeln hätten nicht funktioniert. Er verlor. Dann klagte er von neuem wegen eines Formfehlers bei dem Verfahren und verlor wieder. Und dann verklagte die Union Pacific *ihn.* Sie gewann. Er mußte den Sachschaden und Verdienstausfall der Eisenbahngesellschaft und die Prozeßkosten zahlen. Zweieinhalb Millionen Dollar. Er bezahlt immer noch. Sein Gehalt als Brückeninspekteur der Regierung ist gepfändet.«

»Sie haben *ihn* verklagt? Nachdem seine Familie ums Leben gekommen war? Verdammt. Hat er jemals Drohungen ausgestoßen?«

»O ja! Sogar im Gerichtssaal. Es steht in der Akte. Er schrie, er werde es den Bastarden heimzahlen und wenn es das Letzte in seinem Leben sei.«

Das ist ein Hammer! dachte Hush, setzte sich in der Nische zurück und rieb sich übers Kinn. »Er ist Brückeningenieur – woher hat er das Wissen über Sprengstoffe?«

»Vietnam. Er befehligte eine Pionierkompanie. Sie jagten Tunnelkomplexe des Vietcongs in die Luft. Ich habe seine derzeitige Adresse. Jemand vom Distriktbüro des Pionierkorps hat mir den Weg beschrieben. Er wohnt ungefähr 30

Kilometer südlich einer Stadt namens Festus in Missouri. Das ist etwa 65 Kilometer südlich von St. Louis.«

»Es überrascht mich, daß Ihnen das Korps die Auskunft gegeben hat«, sagte Hush.

»Ich habe behauptet, wir müssen ihn befragen, und bei ihm zu Hause sei das vielleicht besser als im FBI-Büro St. Louis. Weniger schädlich für das Ansehen des Army Corps. Ich habe angedeutet, daß es einige Drohungen gegeben hätte, damit es klang, als täten wir Keeler und dem Korps einen Gefallen. Das wußte man zu schätzen.«

Hush atmete tief aus. »Haben Sie das Carswell und Co. mitgeteilt?«

Carolyn lachte kurz. »Ich habe es versucht, als ich diese Liste bekam, aber bevor ich auf Keelers Namen stieß. Carswell stoppte mich; sagte mir, ich solle aufhören, mir blöde Theorien auszudenken und mich um das kümmern, was ich am besten mache – nämlich meine Beine vor den Fernsehkameras zeigen.«

»Das klingt nach einem Kandidaten, bei dem Sie Ihre wahren Fähigkeiten einsetzen können.«

Sie seufzte, und er nahm sich vor, nicht weiter zu sticheln. »Ich weiß, daß Sie sauer auf mich sind«, sagte sie. »Aber im Augenblick weiß niemand, der mit dem Fall Trainman befaßt ist, von dieser Liste, außer der IR-Abteilung. Und selbst die weiß nichts über Keeler. Ich halte das für eine gute Chance.«

»Aber für wen, Carolyn? Ich bin auf Genesungsurlaub. Wenn ich inoffiziell am Fall Trainman arbeite und Heinrich findet das heraus, muß ich mit einem Disziplinarverfahren rechnen. Und Sie ebenfalls.«

»Nicht, wenn wir den Trainman abliefern«, sagte sie.

»Das führt uns wieder zu meinem wahren Problem, Carolyn. Woher soll ich wissen, daß dies nicht Phase drei Ihres Jobs ist, Leute in die Falle zu locken? Sie verleiten mich,

Keeler als Tatverdächtigen zu verfolgen, und sagen es dann Carswell? Oder dem Direktor?«

»Weil auch ich kaltgestellt wurde.«

»Das sagen *Sie*.«

Hush erkannte, daß es eine Pattsituation war. Carolyn wurde das anscheinend ebenfalls klar. Sie starrte eine Zeitlang ins Leere und trommelte mit den Fingern auf die Tischplatte. Dann war sie offenbar zu einer Entscheidung gelangt.

»Okay, Hush, Sie sind am Zug. Nach dem, was ich gehört habe, liegt Ihnen mehr an Ihrer Karriere als an der Festnahme dieses Irren.«

»Falsch«, korrigierte er. »Sie wollen mir die Liste nur übergeben, wenn Sie mitspielen dürfen. Ehrlich gesagt, beunruhigt mich die Vorstellung, mit Ihnen im Außendienst zu sein. Auf meinen Rücken aufpassen zu müssen. Ich war verdammt lange nicht mehr bei Einsätzen vor Ort, und *wenn* ich etwas im Fall Trainman unternehme, muß ich den Rücken frei haben. Ich bin vielleicht nicht sehr gescheit, aber mit Sicherheit lernfähig. Meine Karriere war einfach prima, bis man Sie ins Spiel brachte.«

»So, war sie das? Warum wurden Sie dann zu einer Zielscheibe? Weil Sie ein einsamer Wolf sind, ein Einzelgänger. Weil Sie sich keine Verbündeten an hohen Stellen schaffen. Was haben Sie denn gedacht – daß es reicht, Ihren Job prima zu erledigen? Heutzutage? Sind Sie wirklich so naiv?«

»Vielleicht«, räumte er ein. »Aber ich stoße anderen Agenten wenigstens nicht das Messer in den Rücken.«

»Hören Sie mir zu«, sagte Carolyn. »Keeler kennt das System und weiß, wie man die Brücken zerstört. Er hat seit dem ersten Anschlag praktisch uneingeschränkten Zugang zu ihnen, und ein erstklassiges, sogar verkündetes Motiv. Wenn Sie ihn nicht verfolgen, werde ich es tun.«

»Ihn verfolgen? Mit wessen Befugnis? Mit welchem Haftbefehl? Und was würden Sie mit ihm machen? Ihn festnehmen? Auf Grund welcher Beschuldigungen?«

»Ich würde ihn zum Verhör hierher nach St. Louis bringen und die Begründung vor Herlihy abgeben. Wissen Sie was? Ich glaube, Keeler würde gestehen. Ein Kerl, der das getan hat, ist bestimmt auch noch stolz darauf. Es ging nicht um persönlichen Gewinn – es ging um Rache.«

Hush lachte. Sie würden ihn zu Seiner Herrlichkeit Herlihy bringen? Zu Ihrem guten Freund? Dessen sorgsam ausgewählten Nachfolger Sie in den vorzeitigen Ruhestand getrieben haben?«

»Hank McDougal ist Alkoholiker. Ein Säufer.«

»Das behaupten *Sie*. Wissen Sie was? Ich bin versucht, Ihnen im Fall Trainman freie Hand zu lassen und dann zur Abwechslung einmal *Sie* anzuschwärzen.«

»Würden Sie sich dann besser fühlen?« In Carolyns Augen blitzte Zorn.

»Ja, dann würde ich mich besser fühlen. Denn wenn man Sie nach Washington zurückpfeifen würde, wüßte ich, daß Sie nicht mehr für die Bastarde arbeiten.«

»Und was würden Sie dann tun?«

Hush zögerte. Er wollte es nicht zugeben. Aber dann tat er es doch. »Ich würde Keeler jagen.«

Jetzt lachte sie. Es klang nicht lustig. Dann griff sie in ihre Handtasche, zog ihre Waffe heraus und legte sie auf den Tisch. Die Augen des Barmanns wurden groß, als er die Sig sah. Carolyn bemerkte seine Reaktion und sagte ihm, daß sie vom FBI waren. Dann griff sie nach ihrem Handy und hielt es Hush hin. »Nur zu«, sagte sie, und ihre glänzenden Augen blickten herausfordernd. »Sagen Sie ihnen, daß ich hier bin. Sie kennen die Nummer.«

Hush zögerte nicht. Er nahm das Handy und schaltete es ein. Als es piepte, wählte er die Nummer der Einsatzzentrale in Washington. Carolyn steckte die Waffe zurück in ihre Handtasche und fuhr sich mit einer Hand durchs Haar. Ihr Gesicht war stark gerötet.

»Einsatzzentrale«, sagte eine Männerstimme.

»Bleiben Sie bitte dran«, sagte Hush und sah Carolyn über den Tisch an. Er hielt das Mikrofon des Handys zu. »Wissen Sie tatsächlich, wo er wohnt?«

Ihre Augenbrauen ruckten hoch, und dann nickte sie entschieden. Er nahm die Hand von der Sprechmuschel. »Hier ist AD Hanson«, sagte er und nannte seinen Code. »Ich möchte eine Nachricht für Senior Agent Carolyn Lang durchgeben.«

Es folgte eine Pause am anderen Ende der Leitung. »Sie sprechen über ihr Mobiltelefon, Mr. Hanson«, sagte die Stimme dann trocken. »Warum übermitteln Sie ihr die Nachricht nicht persönlich? Wo sind Sie übrigens, Mr. Hanson?«

Hush überlegte schnell. Der Telefonist hatte ihm die Hälfte dessen gesagt, was er wissen wollte, aber er hatte die Sache vermasselt, indem er Carolyns Handy benutzt hatte. »Ich spreche über ihr Mobiltelefon, weil *meine* Abteilung es ihr ausgegeben hat. Und jetzt beantworten Sie verdammt noch mal meine Frage!«

»Jawohl, Sir. Verzeihung, Sir. Aber ...«

»Stottern Sie nicht herum. Ich bin auf Genesungsurlaub in Baton Rouge. Ich will wissen, ob Agent Lang noch im Gebäude ist.«

Carolyn hörte interessiert zu. Der Tonfall des Telefonisten war jetzt zweifellos respektvoller. »Es ist gerade nach eins am Morgen in D. C., Mr. Hanson«, sagte er. »Wir können auf ihren Anrufbeantworter sprechen oder sie zu Hause anrufen, wenn Sie das möchten. Oh, und AD Carswell hat uns angewiesen, daß wir jeden Kontakt mit Ihnen melden. Können Sie mir eine Nummer in Baton Rouge nennen, unter der wir Sie erreichen können?«

»Die Nummer, die auf Ihrer Konsole im Display angezeigt ist, Sie Klugscheißer«, sagte Hush schroff. »Hinterlassen Sie auf ihrem Anrufbeantworter die Nachricht, daß sie bitte über dieses Mobiltelefon Kontakt mit mir aufnehmen soll. Ich muß meine Ermittlungsakte im Fall Trainman abschließen.«

»Jawohl, Sir. Äh, Sir? Sie sollten diese Akte in den Lagebesprechungsraum der Abteilung Nationale Sicherheit schicken, Mr. Hanson. Senior Agent Lang arbeitet nicht mehr im Fall Trainman.«

Die andere Hälfte dessen, was er hatte wissen wollen. »Interessant. Nun, dann sind wir beide aus dem Fall raus, nicht wahr«, sagte Hush. »Ich werde die Akte dem Außenagenten hier in Baton Rouge übergeben. Von dort aus kann er sie an die Abteilung Nationale Sicherheit weiterleiten. Vergessen Sie meine Nachricht an Agent Lang.«

Er schaltete das Handy aus und gab es Carolyn zurück. Er schaute sie lange an. »Woher soll ich wissen, daß ich dies nicht bereuen werde, Carolyn?« fragte er schließlich.

»Ich nehme an, Sie werden es nicht bereuen«, erwiderte Carolyn. »Aber wir beide wissen, daß Keeler nach dem, was in Memphis passiert ist, untertauchen könnte.«

Hush nickte. »Was eine Katastrophe war, die er vermutlich herbeigeführt hat«, sagte er. »Aber Sie haben recht. Wir müssen handeln, und zwar schnell. Wir sollten ebenfalls Powers informieren. Er kann uns Unterstützung geben.«

»Der Staatscop? Und er wird sagen: ›Mit welcher Befugnis? Mit welchem Steckbrief? Auf Grund welcher Anschuldigungen?‹ Nein, wir tun es. Schnappen Keeler und übergeben ihn Powers, wenn Sie das wollen.«

Hush spitzte die Lippen. Sie schlug vor, Keeler zu schnappen. Jetzt gleich. Auf eigene Faust. Ohne Unterstützung, ohne Haftbefehl. Sie würden gegen jede Regel in den Dienstvorschriften des FBI verstoßen. Carolyn Lang beobachtete seine nachdenkliche Miene.

»Was haben wir denn noch zu verlieren?« fragte sie.

»Das ist die große Frage«, sagte Hush.

KAPITEL 14

Kurz nach Mitternacht hatte Keeler Proviant für zwei Wochen plus alles Material, das er für die Brücke von Vicksburg benötigte, in den Van geladen. Er schloß die Flügel der Hecktür, stieg ein und setzte ihn rückwärts über den Hof, wo das Boot auf dem Anhänger wartete. Er kuppelte ihn an und schaute sich ein letztes Mal um. Die Nacht war klar, und nach der Hitze des Tages war es merklich kühler. Die Luft roch nach frisch gepflügter Erde und einem Hauch chemischer Düngemittel. Die Hütte war dunkel, aber alles darin an Ort und Stelle, ebenfalls in dem Waldstück. Er würde nichts zurücklassen, keine Spur, die irgendein Schnüffler finden würde. Er fuhr mit dem Van wieder vor die Hütte, stieg aus und ging ein letztes Mal hinein.

Er steuerte geradewegs auf den Raum mit den Bildern zu. Er blieb auf der Türschwelle stehen und schaute sich zum letzten Mal die Aufnahmen seiner toten Familie an, ließ den Blick schnell über die schrecklichen schweifen und konzentrierte sich auf die anderen, die aus glücklichen Zeiten. Bevor der Zug alles zerstört hatte. Er spielte mit dem Gedanken, einige mitzunehmen. Dann entschied er sich dagegen. Sein Rachedurst reichte. Er schloß die Tür und verließ die Hütte.

Er fuhr über den langen Feldweg zur Landstraße und dann südwärts auf der U. S. 61 rund 30 Kilometer bis Bloomsdale. Dort bog er auf eine unbefestigte Straße ein. Diese führte ihn nach Osten in ein Fischercamp an der Mündung eines Baches in den Mississippi. Er hatte nur das Standlicht eingeschaltet und konnte vier dunkle Campingwagen und einen ziemlich großen Wohnwagen zwischen den Bäumen erkennen. Das baufällige Büro des Campingplatzes war unbesetzt, aber es gab Kuverts und einen Schlitzeinwurf, um die Gebühr für eine Übernachtung zu bezahlen. Keeler steckte das Geld in einen Umschlag, schrieb die Zulassungsnummer des Vans darauf und warf das Kuvert ein. Dann fuhr er zur Bootsrampe in einer kleinen Bucht unterhalb des Steilufers.

Es war völlig dunkel, aber das Licht des Halbmondes reichte aus. Er setzte den Van vorsichtig zurück und beobachtete in den Spiegeln. Als er sah, daß sich das Heck des Bootes etwas anhob, stieg er aus, um den Bug an einem der Eisenpfosten festzumachen, die in den Beton der Rampe eingelassen waren. Er setzte noch etwas zurück, bis das Boot freikam. Dann fuhr er mit dem Van zum Campingplatz zurück und parkte ihn an der Stelle, die am weitesten von den anderen Campingwagen entfernt war. Er öffnete die Hecktür und nahm eine schwarze Windbluse, eine schwarze Schirmmütze, eine Taschenlampe und eine doppelläufige abgesägte Schrotflinte Kaliber .12 heraus. Er lud die Waffe, steckte zusätzliche Patronen in die Taschen der Windbluse und schloß die Hecktür ab. Dann blieb er fünf Minuten lang in der Dunkelheit stehen, rauchte eine Zigarette und beobachtete den Campingplatz.

Nachdem er sich vergewissert hatte, daß sich niemand in der näheren Umgebung aufhielt, ging er zum Boot, das am schlammigen Flußufer neben der Rampe dümpelte. Er kletterte an Bord und legte ab. Er ließ das Boot von der Strömung flußabwärts und fort vom Campingplatz treiben, bevor er den Außenbordmotor startete. Er fuhr mit geringer Geschwindigkeit bis zur Fahrrinne und dann quer hindurch. Hier auf dem Strom war mehr Licht, aber es näherten sich anscheinend keine Schiffe oder Lastkähne. Er wollte sich vergewissern, daß keine nächtlichen Fischer hier draußen waren, bevor er nordwärts fuhr. Jetzt, nachdem er den Van sicher von seiner Hütte weggebracht hatte, mußte er dorthin zurück, um der Sache den letzten Schliff zu geben. Er war zufrieden, weil er allein auf dem Wasser war. Er zündete sich eine weitere Zigarette an, steuerte das Boot stromaufwärts und gab Vollgas.

Sie stiegen in Carolyn Langs Mietwagen, durchquerten die Stadt von Norden nach Süden auf der I-70 und bogen auf die I-55, die nach Arkansas führte. Als sie St. Louis verließen, konnten sie sehen, daß die Bergungsarbeiten unter der MacArthur Bridge immer noch im Gang waren. Unzählige weiße und gelbe Lichter erhellten die Ansammlung von Schleppbooten, Kähnen und Schwimmkränen. Sie brauchten eine halbe Stunde bis Cristal City, wo sie an einer Raststätte starken Kaffee bekamen. Dann fuhren sie über die U. S. 61 nach Festus. Sie verfehlten die Abzweigung zu dem Feldweg von Keelers Haus und verloren eine Viertelstunde mit der Suche danach. Als sie den Feldweg gefunden hatten, schaltete Carolyn die Parklichter ein.

Sie hatten abgesprochen, sich Keelers Hütte zwar leise, jedoch nicht heimlich zu nähern. Kurz davor würde Hush über Handy Keeler anrufen und ihm sagen, daß sie zu dieser ungewöhnlichen Stunde kämen, weil es nach der Sache mit der Brücke von Memphis Morddrohungen gegen ihn gegeben hätte. Wenn sie ihn festnehmen konnten, würden sie ihn nach St. Louis zurückbringen – wohin genau, hatten sie noch nicht entschieden. Da gab es immer noch das Problem Herlihy und die Kleinigkeit eines fehlenden Haftbefehls.

»Mir gefällt es immer noch nicht, daß wir keine Unterstützung haben«, sagte Hush, als der Wagen langsam über den Feldweg holperte. Die Äcker auf beiden Seiten waren frisch gepflügt, und die Furchen erstreckten sich im Mondschein in scheinbar endlosen, parallel verlaufenden Linien. Carolyn verlangsamte und hielt an.

»Dann sollten wir vielleicht Powers anrufen«, sagte sie.

»Wenn wir preisgeben, wer der Hauptverdächtige ist, und wenn die Staatspolizei Keeler in die Hände bekommt, steht das FBI im Regen.«

Carolyn schlug ärgerlich aufs Lenkrad. »Sie können wohl nie damit aufhören, wie? Stets der gottverdammte Bürokrat. Das FBI hatte Sie und mich und die richtige Theorie und hat uns einen Tritt in den Hintern gegeben. Soll die Staatspolizei ruhig die Lorbeeren einheimsen. *Mir ist das scheißegal!* Wenn wir recht haben, stoppen wir eine Mordmaschine und verhindern weitere Katastrophen.«

Hush spürte, wie ihm in der Dunkelheit des Wagens das Blut in die Wangen stieg. Er mußte Carolyn zustimmen. Aber sein Gefühl, daß sie Unterstützung brauchten, war ebenfalls richtig. Es war der eine Vorteil, den die Cops allen Verbrechern gegenüber hatten: sie konnten jede Menge Kollegen aufbieten. Und angenommen, Carswell und Co. hatten recht und Keeler war tatsächlich der Anführer einer Terroristengruppe? Das Problem war, daß Carolyn und er jetzt so weit vorgeprescht waren, daß es nicht in Frage kam, das FBI um Hilfe zu bitten. Er rieb sich die Augen; es war ein langer Tag gewesen.

»Okay«, sagte er. »Ich werde Powers anrufen und …« Er verstummte. Er hatte die Telefonnummer von Powers nicht dabei; sie war in seiner Aktentasche. Er sagte Carolyn die gute Nachricht. Sie parkte und schaltete den Motor aus.

»Wählen Sie dreimal die Sieben«, sagte sie mit einem Seufzen. »Dann haben Sie die hiesige Staatspolizei dran. Ich habe die Schilder auf der Autobahn gesehen.«

Die Telefonistin in der Zentrale der Highway Patrol erklärte, sie könne keinen Anruf zu Captain Powers durchstellen, selbst wenn Hush sich als FBI-Agent bezeichne. Sie war bereit, im Präsidium anzurufen; dort könne man ihn vielleicht erreichen. Hush nannte ihr geduldig die Nummer von Carolyns Handy, und dann warteten sie. Carolyn kurbelte die Fensterscheibe herunter und schaltete die Parkbeleuchtung aus. Grillen zirpten eine Serenade für sie zu beiden Seiten des Feldweges zwischen Gras und Büschen.

»Es erstaunt mich, daß Keelers Name einfach so auftauchte«, sagte Hush.

»Er tauchte nicht einfach so auf«, erwiderte Carolyn. »Ein paar Dutzend Leute von der IR-Abteilung arbeiteten rund um die Uhr, sichteten Stapel von Dokumenten und Gerichtsakten. Per Hand. Die Akte mit Keelers Name war ursprünglich siebenhundert Seiten lang. Und das war nur eine.«

»Das ist das, was das FBI am besten kann – sammeln, sichten, durchforsten, analysieren und alle Stückchen zusammensetzen, bis ein Bild entsteht und wir uns wundern, weil wir es nie gesehen haben.«

»Wenn wir all die Büropolitik ausschalten könnten, wäre es eine unglaublich wirkungsvolle Organisation«, sagte Carolyn.

»Büropolitik?« erwiderte Hush. »Ist das nicht nur eine andere Bezeichnung für Leute wie Sie und mich?« Dann piepte das Mobiltelefon. Der Anrufer war Powers.

»Meine Frau ist über die nächtliche Störung alles andere als erfreut«, begann er. »Es sollte sich also schon um eine dringende Sache handeln. Sagen wir mal, um einen Killer im Blutrausch mit der Axt in einem Waisenhaus.«

»Besser«, sagte Hush. »Wir sind ziemlich sicher zu wissen, wer der Trainman ist.« Er erzählte Powers, was sie herausgefunden hatten.

»Das ist verdammt beunruhigend. Und Sie sind mit der Lang da? Ist das nicht die, die an Ihrem Stuhl gesägt hat?«

»Ja, das ist sie«, sagte Hush und blickte zum dunklen Fahrersitz. »Das ist eine lange Geschichte.«

»Nun, ich bin froh, daß ihr es seid und nicht ich, die den Trainman schnappen, denn eure Leute werden durchdrehen, wenn ihr ihn abliefert. Ich beschaffe euch Unterstützung, aber wie wäre es, wenn ihr euch vergewissert, daß er da ist, bevor ich eine Schwadron Kavallerie losschicke?«

»Richtig. Wir rufen Sie vom Haus aus an, sobald wir es wissen. Er ist vielleicht schon abgehauen.«

»Nach der Schweinerei in Memphis wäre *ich* auch abgehauen, und zwar schnellstens. Eine Lawine von Zoff geht jetzt auf ihn nieder: die Medien, die Anwälte der Bahngesellschaft und sogar ihr Jungs. Herlihy rief mich an und sagte, die Brücke von Memphis sei die einzige Hoffnung Washingtons auf eine ›positive Entwicklung‹ gewesen, wie er es formulierte.«

»Nun, vielleicht liefern wir eine wirklich positive Entwicklung ab. Carolyn meint, er wird alles zugeben und vielleicht sogar noch stolz auf seine Taten sein.«

»Haben Sie irgendwelche Papiere für diese Sache? Haftbefehl? Gerichtsbeschluß?«

»Ich habe keinerlei rechtliche Handhabe«, bekannte Hush.

»Sie sind mutig, Hush. Nicht sehr klug vielleicht, aber wirklich mutig. Ein spontanes Geständnis oder er spaziert davon.« Er schwieg einen Moment. »Okay«, sagte er dann, »rufen Sie mich an, wenn Sie auf eine Schlange treten. Besser noch, rufen Sie diese Nummer an.« Er nannte sie. »Das ist unsere besondere Einsatzzentrale in Jefferson City. Ich werde den CIB-Lieutenant vom Dienst alarmieren. Und denken Sie an die Mautstelle in Vicksburg, okay?«

»Wie könnte ich die vergessen«, sagte Hush und betastete seinen Kopf.

Es folgte eine weitere Pause, als suche Powers nach Worten. »Ihr seid mit dieser Handlung im Aus«, sagte er schließlich.

»Das wissen wir«, sagte Hush. »Wir haben dieses Gespräch niemals geführt.«

»Kapiert. Okay, wir warten darauf, von Ihnen zu hören.«

»Legen wir los«, sagte Hush, und Carolyn ließ den Motor an.

»Sie haben ihm erzählt, was ich getan habe?« fragte sie.

»Ich glaube, die FBI-Leute von St. Louis haben es ihm gesagt. Vermutlich Herlihy. Zu beobachten, wie sich Bundesbeamte gegenseitig stumpfe Messer in den Rücken stoßen, ist ein beliebter Zeitvertreib für die örtlichen Gesetzesvertreter.«

Carolyn schwieg. Sie konnten jetzt einen Hain und etwas, das wie eine kleine, eingeschossige Hütte mit einigen Nebengebäuden aussah, in der Ferne erkennen. Die Gebäude waren blaßgrau im schwachen Mondschein. Es war kein Licht zu sehen. Hush wählte Keelers Telefonnummer, aber es meldete sich niemand.

»Beten wir, daß er keine Hunde hält«, sagte Hush. Carolyn nickte.

Es gab weder Hunde, noch rührte sich sonst etwas bei der Hütte. Sie parkten direkt davor, warteten, ob Licht eingeschaltet wurde, dann stiegen sie aus und klopften an die Tür. Keine Antwort. Hush klopfte noch einmal an, während Carolyn zurück in den vorderen Hof ging, um die Fenster zu beobachten. Sie hatte ihre Waffe in der Hand, hielt sie jedoch tief an ihrer Seite. Hush rief Keelers Namen, aber er und Carolyn spürten, daß die Hütte verlassen war. Hush versuchte, die Tür zu öffnen. Sie war nicht abgeschlossen.

»Ich gehe rein«, flüsterte er und zog seine eigene Waffe. »Wollen Sie die Umgebung beobachten, für den Fall, daß ich in Schwierigkeiten gerate, oder mitkommen?«

»Ich werde mitkommen … Sollten wir jetzt nicht Powers anrufen?«

»Wir wissen nicht, was uns erwartet, Carolyn. Er kann abgehauen sein oder aber mit einer Schrotflinte dort drin lauern.«

»Sehr lustiger Gedanke. Ich soll also die Einsatzzentrale anrufen und melden, was wir *vermuten* und daß wir vorhaben, in die Hütte zu gehen.«

»Richtig.« Hush stellte sich neben die Tür. Carolyn eilte zum Wagen, um den Anruf zu erledigen. Hush rief noch einmal Keelers Namen, doch er hallte nur von den leeren Nebengebäuden wider. Ein leichter Wind säuselte um die Ecken der Veranda und brachte den Geruch von Schlamm des großen Flusses mit. Immer noch gab es weder eine Antwort noch irgendein Anzeichen darauf, daß sich jemand in der Hütte aufhielt. Carolyn kehrte zurück, und sie traten ein, ihre Waffen schußbereit. Drinnen rief Hush noch einmal nach Keeler. Immer noch keine Antwort.

»Wir gehen durch alle Zimmer«, flüsterte Hush. »Passen Sie auf die Fenster auf.«

Sie nickte. Die Hütte hatte vorne und hinten eine Veranda. Es roch leicht nach Kaminasche, aber sie wirkte sauber und aufgeräumt. Die Eingangstür führte in ein L-förmiges Wohnzimmer, das zu ihrer Rechten einen Kamin und an der Rückseite eine Küche hatte. Zu Ihrer Linken befanden sich eine Diele und wahrscheinlich zwei Schlaf- sowie das Badezimmer, dessen Tür offenstand.

Hush beschloß, keinerlei Licht anzumachen; der Mondschein, der durch das vordere, das Badezimmer- und die Seitenfenster fiel, reichte aus. Sie gingen zusammen so weit in den Wohnbereich hinein, daß sie in die winzige Küche blicken konnten, und sicherten dabei einander ab. In der Spüle stand etwas Geschirr, auf dem Herd ein kleiner Topf.

Eine Tür führte in den Mittelgang, eine zweite auf die hintere Veranda. Hush öffnete sie und schaute hinaus. Nichts außer einem Wäldchen war zu sehen. Jenseits davon mußte der Fluß verlaufen. Es war an der Zeit, die Schlafzimmer zu überprüfen. Hush wies Carolyn mit einer Geste an, am Eingang zur Diele stehenzubleiben, während er durch die Küchentür und über den Gang zum Badezimmer schlich. Er rief von neuem Keelers Namen und klopfte dann an die Tür des hinteren Schlafzimmers. Er öffnete sie, während Carolyn die Fenster und die Tür des anderen Schlafzimmers beobachtete, die Waffe in die Diele gerichtet.

Das hintere Schlafzimmer war klein, vielleicht vier Quadratmeter. An der Rückwand stand ein Einzelbett, flankiert von zwei kleinen Nachttischen, rechts davon eine Frisierkommode und links davon ein kleiner Wandschrank mit nur einer Tür. Das Zimmer sah fast unbenutzt aus. Es lagen weder Kleidungsstücke herum, noch standen Schuhe unter dem Bett, noch gab es Zeitschriften oder Bücher auf den Nachttischen. Hush ging zum Wandschrank, während Carolyn ihn von der Türschwelle aus sicherte, und öffnete ihn. Er war mit einigen wenigen Kleidungsstücken gefüllt, die auf Bügeln hingen und auf einem oberen Schrankbrett lagen. Hush schloß ihn wieder, kehrte in die Diele zurück, machte die Tür zu, und sie näherten sich dem zweiten Schlafzimmer. Diesmal sicherte Hush Carolyn an der Tür ab, während sie eintrat. Er hörte sie überrascht Luft holen.

»Sieh mal einer an!« sagte sie leise, als sie auf der Schwelle verharrte.

In dem Zimmer waren die Wände buchstäblich mit Bildern der Familie Keeler tapeziert. Es gab Fotos von einer lächelnden jungen Frau und zwei kleinen Kindern mit ihren Schulklassen, von Camping- und Schulausflügen, beim Ostereiersuchen, auf Weihnachtsfeiern und Spielplätzen. Und es gab einige schreckliche Bilder von einem Autowrack an einem Eisenbahnübergang. Mondschein spiegelte sich in dem Glas und den Plastikrahmen der Fotos. Es gab kein Bett in diesem Zimmer, nur einen einzigen Sessel und einen kleinen Holztisch, auf dem mehrere Kerzen in Haltern standen. Sie waren unterschiedlich herabgebrannt, einige nur noch Wachshaufen auf dem Tisch. Es roch nach Staub und Kerzenwachs.

»Das ist ein Schrein«, murmelte Hush. »Keeler ist bestimmt unser Trainman.«

Carolyn betrat das Zimmer, um sich die Fotos im Schein ihrer Taschenlampe anzusehen, während Hush sich den Wandschrank vornahm. Darin fand er ein großes Aktenfach, das anscheinend mit juristischen Dokumenten gefüllt war. Hush schloß die Schranktür.

»Okay«, sagte er. »Wir haben ihn verpaßt. Ich bezweifle, daß es einen Speicher gibt. Wir müssen die Nebengebäude überprüfen und dann Entwarnung für Powers' Bereitschaftsteam geben.«

Carolyn nickte geistesabwesend, während sie sich umschaute. Sie betrachtete die Bilder von dem Zugunglück und schüttelte den Kopf. Es waren Schwarzweißaufnahmen, aber auf den meisten war nur noch die riesige Diesellok mit dem Firmenzeichen der Eisenbahngesellschaft zu erkennen. Im Straßengraben längs der Gleise lagen Gegenstände. Und einige grau aussehende Planen waren hier und dort verstreut. Auf einem der Fotos lag das Wrack eines Wagens, geschwärzt und fast bis zur Unkenntlichkeit verbogen und die Reifen nur noch Klumpen von verbranntem Gummi, zerschmettert unter einem geschlossenen Güterwagen, dessen vordere Räder die Karosserie des Wagens in drei Stücke zerteilt hatte. Eine kleine Plane bedeckte etwas, das in der Federung des Güterwagens hing.

»Carolyn?«

»Ja, ich komme. Das ist … grauenhaft. Diese Fotos …«

»Wenn Sie jemals zu einem Zugunglück gerufen werden, fahren Sie nicht hin«, sagte er. »Es ist immer ein entsetzlicher Anblick. Wollen Sie den Anruf erledigen, während ich mir die Nebengebäude anschaue?«

Sie nickte, und nachdem sie sich vergewissert hatten, daß es keinen Speicher und keine Falltür zu irgendeinem Kellerraum gab, verließen sie die Hütte. Carolyn lief zum Wagen, öffnete die Tür an der Fahrerseite und stieg ein, um mit dem Handy zu telefonieren. Hush ging um die Hütte herum und zwischen den Bäumen hindurch zu dem ersten Nebengebäude. Es war ein großer Holzschuppen, der nur aus Seitenwänden sowie einem überhängenden Dach bestand und genug Platz für einen Pickup-Truck und vielleicht eine Werkzeugbank bot. Ein Sortiment von Gartengeräten und ein Rasenmäher waren hier untergebracht. Hush überprüfte zuerst die kleinen Schuppen dahinter, nicht mehr als Gerätelager, und kehrte dann zu dem großen Schuppen zurück. Hush hörte Carolyn die Tür des Wagens schließen und nahm an, daß sie herüberkommen würde. Er konnte die Dieselmotoren von Frachtschiffen hören, die auf dem nächtlichen Mississippi fuhren.

Er blieb am Eingang stehen und ließ seinen Blick über die schemenhaften Objekte schweifen, die wie Werkbänke aussahen. Er trat in den Mittelgang, hielt die Waffe an der Seite und wünschte sich eine Taschenlampe. Er konnte sich nicht vorstellen, daß sich hier jemand versteckte. Hush glaubte, ein Geräusch gehört zu haben. Er fuhr herum, aber hinter ihm war niemand. Er öffnete einen Holzschrank und fand Regale mit Werkzeugen aller Art. In dem Schrank unter der Werkbank befanden sich weitere Werkzeuge und Geräte, zum Teil für elektronische Tests. Er schaute in alle Schubladen. Dann schloß er die Schranktüren und ging zurück zum Eingang des

Geräteschuppens. Verdammt, verdammt, verdammt, dachte er. Wir haben ihn verpaßt.

Der Druck einer kalten Waffenmündung an seinem Nacken belehrte ihn eines Besseren.

Matthews erwachte, als sich das inzwischen vertraute Aneinanderprallen von Puffern entlang des Zuges fortsetzte und der letzte Waggon anruckte. Er setzte sich im dunklen Schlafraum auf und rieb sich die Augen. Mehles Liege war leer. Die beiden Warrant Officers hatten ihre Feldbetten vorne im Schlafbereich, fern von der Tür zum Tagesraum. Einer der beiden schnarchte stark.

Matthews schaute auf seine Armbanduhr. 2 Uhr 10. In keinem der anderen Feldbetten war geschlafen worden, folglich war der Colonel immer noch draußen in *seiner* Kommandozentrale und machte vermutlich den Operator verrückt mit seinem ständigen nervösen Herumlaufen. »Warum halten wir jetzt, gottverdammt? Fahrt, schneller, los, los!« Wenn er nicht die Lokführer lautstark zur Eile antrieb, sprach er über die gesicherte Funkleitung mit der Einsatzzentrale in Anniston und gelegentlich mit irgendeinem Büro im Pentagon oder lief nervös umher. Matthews war bis Mitternacht aufgeblieben, bevor er schließlich seinem cholerischen Vorgesetzten angekündigt hatte, daß er schlafen gehe. Mehle hatte ihn mit einer Geste entlassen, und dann, als er gespürt hatte, daß der Zug wieder langsamer geworden war, zum Mikrofon der Bordverständigungsanlage gegriffen, um die Lokführer von neuem anzuschreien.

Matthews fand, daß Mehle besessen war. Auf der Fahrt nach Birmingham hatte der Zug wiederholt verlangsamt, um über Weichen auf ein Nebengleis geleitet zu werden. Während eines solchen Halts war einer der Lokführer zum Kommandowaggon gekommen, um zu erklären, wie das Verkehrskontrollsystem der Eisenbahn funktioniere, daß Züge längs der Hauptlinie nach geographischen Gesichtspunkten in das System eingefädelt werden müßten und daß Umleitungen, um anderen Verkehr passieren zu lassen, reine *Routine* seien. Wegen der Störung des gesamten südlichen Streckennetzes durch den Ausfall der Brücken sei das Verkehrskontrollsystem überlastet. Bis sie Oklahoma hinter sich hätten, würde es im Stop-and-go-Verkehr weitergehen. Mehle wollte nichts davon hören.

»Wir müssen diesen gottverdammten Scheißzug über den Fluß bringen«, brüllte er. »Und zwar verdammt schnell. Kapiert? Sagen Sie diesen gottverdammten Eisenbahn-Kontroll-Fuzzis, daß wir eine extrem gefährliche Fracht haben und es besser für jedermann ist, wenn sie uns aus ihrem System heraus und auf der anderen Seite des Flusses haben. Ist das klar?«

Der Lokführer ging kopfschüttelnd und vor sich hin murmelnd zurück nach vorne. Matthews fragte sich, ob sich er und sein Kollege beim nächsten Knotenpunkt nicht einfach weigern würden weiterzufahren, bis der verrückte Colonel vom Zug entfernt wurde. Er rieb sich von neuem die Augen und warf einen Blick auf seine Armbanduhr. Sie fuhren, und sie sollten inzwischen in Birmingham sein, das von Anniston nur ein paar Stunden entfernt war. Er hatte sich in seiner Unterwäsche schlafen gelegt. Die Hose seines Arbeitsanzugs und das Hemd hingen an einem Haken am Kopfende seines Feldbettes über einem Holster mit einer 9-mm-Halbautomatik aus Militärbeständen. Mehle hatte darauf bestanden, daß er und der Sergeant, der die Mps befehligte, die Waffen für die Dauer der Fahrt trugen. Mehle war bewaffnet in den Zug gestiegen und hatte einen MP mit einem M16-Gewehr in der vorderen Kontrollkabine mit einem separaten Funksprechgerät postiert, sehr zum Ärger der beiden Lokführer. Ein anderer bewaffneter Militärpolizist war in der zweiten Kommunikationsabteilung hinten in der ersten Lok postiert. Die MPs vorne im Zug mußten vier Stunden Wache halten und sich gegenseitig kontrollieren, was bedeutete, daß sie von Zeit zu Zeit über den Laufsteg an der Seite der Lok klettern mußten, um zu sehen, ob der andere noch wach war. Mehle hatte ebenfalls befohlen, daß die Militärpolizisten bei jedem Stopp auf einem Nebengleis entlang der insgesamt 80 Waggons aufmarschierten. Mehle persönlich hatte sie bei jedem Halt wegen Gegenverkehrs auf einem Nebengleis abgeschritten. Matthews hatte Mehle schließlich überredet, einen Wachplan zu erstellen, damit nicht alle Wächter bei jedem Stopp geweckt wurden und dann bei Tagesanbruch erschöpft sein würden.

Matthews beschloß aufzustehen. Sie mußten sich jetzt Birmingham nähern, und er nahm an, daß der Zug wieder auf dieses Nebengleis bei den aufgegebenen Stahlwerken rangiert und in die lange Warteschlange für die Freigabe der Süd-West-Strecke eingereiht werden würde. Mehle würde bestimmt wieder einen Wutanfall kriegen. Es war besser, auf und in Uniform zu sein als zu schlafen, wenn Mehle seinen Rappel bekam.

Der Colonel enttäuschte ihn nicht. Der Zug lief von Osten her in Birmingham ein und wurde sofort nach Norden und dann nach Westen geleitet. Er rumpelte über mehrere Weichen, während er die Lichter der Stadt und die Autobahnbrücke zur Linken hinter sich ließ. Als Matthews die beiden verfallenden Kamine des aufgegebenen Stahlwerkes sehen konnte, sagte er dem Colonel, daß sie sich auf demselben abgelegenen Nebengleis befänden, auf das sie schon einmal geschickt worden waren. Mehle fluchte, rief den Lokführer an und befahl, den Zug auf der Stelle anzuhalten. Der Lokführer protestierte. 40 Waggons waren bereits auf dem

Nebengleis, und er mußte die restlichen 40 vom Hauptgleis fahren, bevor er stoppen konnte. Mehle wiederholte seinen Befehl, diesmal mit kalter und scharfer Stimme. Der Lokführer gehorchte, indem er bremste, erklärte jedoch, daß er nicht länger die Verantwortung für diesen Zug tragen könne und nach hinten zum Kommandowaggon kommen werde, sobald er ihn zum Stehen gebracht hätte. Er fragte, ob dem Colonel klar sei, daß sie eine große Gefahr für die Hauptstrecke schufen und der gesamte Verkehr zum Erliegen käme, wenn sich die Signale des Systems entsprechend auf Halt stellten. Mehle erwiderte, daß ihm das durchaus klar sei, und griff zu Matthews' Überraschung in seine Trickkiste. Er befahl dem Lokführer, der Verkehrskontrolle mitzuteilen, im Zug sei möglicherweise Feuer ausgebrochen und sie solle allen anderen Verkehr von Zug 2713 fernhalten, bis das Problem von der militärischen Abteilung gründlich untersucht worden sei. Der Lokführer sollte das Kontrollzentrum ebenfalls daran erinnern, daß die Fracht von Zug 2713 aus militärischem Feldzeugmaterial bestand. Mehle klinkte das Mikro ein und wandte sich an Matthews.

»Wecken Sie die beiden Warrant Officers, und weisen Sie sie an, nach vorne zu gehen und ihre Pflicht zu erfüllen.«

»Ihre ›Pflicht‹, Colonel?«

»Diese Warrants sind Lokführer der Army. Wir werden beide Enden dieses Scheißzuges übernehmen. Unterdessen werde ich die Wachmannschaft aufmarschieren lassen, damit jeder den Zug auf ›mögliche‹ Rauchentwicklung inspiziert. Ich brauche Zeit, um diese Gewerkschafts-Fuzzis loszuwerden.«

Matthews war wie vom Blitz getroffen. Mehle wollte die zivilen Lokführer entfernen. Das Gesicht des Colonels war zornrot und zeigte Anzeichen auf Übermüdung, und seine Augen hatte einen unnatürlichen Glanz, wie Matthews fand.

Er fragte sich, ob Mehle irgendwelche Drogen genommen hatte. »Sir, kann ich wissen, was Sie beabsichtigen?« fragte er.

»Ich beabsichtige, diesen Scheißzug wieder auf die Hauptstrecke zu bringen und westwärts nach Meridian, Jackson und Vicksburg zu fahren. Wir werden nirgendwohin gelangen, wenn wir zulassen, daß uns die Eisenbahngesellschaften hier für den Rest der Nacht aufhalten. Wecken Sie diese Warrants!«

Matthews eilte in den Schlafbereich, während Mehle die gesamte Wachmannschaft alarmierte.

Der Druck der Waffe fühlte sich wie der einer Schrotflinte an. Keeler stand vermutlich weit genug entfernt, um nicht bei einem überraschenden Angriff überwältigt zu werden.

»Kaliber Zwölf, Doppellauf«, sagte Keeler. »Legen Sie also Ihre Waffe auf die Werkbank, bitte.«

Hush tat es, wobei er sich extrem weit vorneigte. Die Mündungen der Schrotflinte blieben nicht bei ihm; Keeler kannte sich also aus und war auf einen Überraschungsangriff gefaßt.

»Und jetzt gehen wir ins Haus. Spreizen Sie die Arme ab, die Handflächen nach außen, bitte. Ihre Partnerin ist übrigens im Kofferraum dieses Wagens.«

»Haben Sie sie verletzt?« fragte Hush, als er den Arbeitsschuppen verließ.

»Nur ihren Stolz, nehme ich an. Ich hörte, wie sie zu jemandem sagte, daß niemand hier sei, wofür ich dankbar bin.«

Keeler war dem Klang der Stimme nach zwei Schritte hinter ihm. Hush überlegte, ob er einen Angriff wagen konnte, aber Keeler war außer Reichweite eines Trittes gegen die Schrotflinte. Er schien Hushs Gedanken zu erraten.

»Sie haben keine Chance, Sie sollten sich also entspannen.

Ich werde Sie oder die Frau nicht killen, es sei denn, Sie zwingen mich dazu. Ich kille nur Brücken.«

»Die Witwe dieses Offiziers der Army würde das anders sehen«, sagte Hush.

»Das war ein Unfall. Er kam vor mir an den Draht. Ich wollte von einer sicheren Position aus dagegentreten. Wissen Sie, um die Dinge ein wenig zu verlangsamen. Ich muß hier nur einiges erledigen, und dann haue ich ab. Los jetzt, zum Haus!«

Er stieß Hush die Schrotflinte in den Rücken. Hush setzte sich in Bewegung.

»Die Tage Ihrer Anschläge auf Brücken sind vorbei, wissen Sie«, sagte Hush, als sie den Rand des Wäldchens hinter sich ließen. Der Wagen stand noch dort, wo Carolyn ihn geparkt hatte. Hush sprach laut, so daß sie ihn hören konnte.

»Nicht ganz«, korrigierte Keeler. »Zwei sind noch fällig. *Dann* bin ich fertig.« Sie näherten sich den Stufen zur Veranda der Hütte.

»Sie werden an keine Brücke mehr herankommen«, sagte Hush. »Jetzt nicht mehr. Wir wissen, wer Sie sind.«

Keeler schnaubte. »Das hat man vermutlich auch in Baton Rouge gesagt. *Ich* bin nicht an die Brücke herangekommen. Aber dieses Schiff. Na, war das eine gute Idee?«

»Das muß ich zugeben«, sagte Hush. Aus dem Wagen drangen keine Geräusche, aber wenn Keeler Carolyn nicht gefesselt hatte, würde sie sich sehr bald befreien. Jeder FBI-Agent lernt in der Ausbildung, wie man aus dem geschlossenen Kofferraum eines Autos herauskommt.

»Und welche ist dann die nächste?« fragte Hush an der Treppe zur Veranda.

»Diejenige, die den größten Schaden anrichtet, schätze ich. »Rein mit Ihnen!«

Hush blieb auf der Veranda stehen, und Keeler wies ihn an,

die Tür zu öffnen, drei Schritte in die Hütte zu gehen, sich auf den Boden zu knien und die Hände auf dem Kopf zu verschränken. Hush tat es und überlegte immer noch, was er unternehmen konnte. Er fühlte sich wie ein Idiot. Dies war der Preis dafür, daß er auf Unterstützung verzichtet hatte. Und jetzt kniete er auf dem Boden, genau wie die Agenten in Baltimore.

Keeler folgte ihm und schloß die Tür. Gut, dachte Hush; er wird Carolyns Bemühungen, sich aus dem Kofferraum zu befreien, nicht hören. Irgendwie mußte er Keeler am Reden halten, ihn in seinem Vorsatz bestärken, daß er sie nicht umbringen würde. Er mußte auch für Carolyn Zeit gewinnen. Er hörte, wie Keeler hinter ihn trat, ehe er Sterne sah und zur Seite auf den Plankenboden fiel. Er versuchte, seinen Sturz abzufangen, aber seine Hände gehorchten ihm nicht richtig. Dann machte Keeler einen Schritt auf ihn zu und traf ihn mit dem stählernen Doppellauf der Schrotflinte am rechten Schienbein, so hart, daß Schmerzen sein Bein hinaufstachen wie eine glühende Lanze. Er verlor fast das Bewußtsein. Seine Augen tränten so sehr, daß er nichts sehen konnte; in seinen Ohren schien es immer noch zu klingeln. Nach Keelers zweitem Schlag an die gleiche Stelle wurde er ohnmächtig.

Als er zu sich kam, befand er sich im Bett des hinteren Schlafzimmers. Er lag auf der Seite und hatte rasende Kopfschmerzen. Seine Hände waren hinter dem Rücken gefesselt, die Füße nach hinten angezogen. Um seinen Hals war ein Strick geschlungen, der zwischen seinen Beinen verlief. Wenn er versuchte, diese zu strecken, spannte sich der Strick um seinen Hals. Sein rechtes Bein mußte gebrochen sein, so sehr schmerzte es. Er glaubte, Keeler im Haus hantieren zu hören, aber der Schmerz und die Übelkeit waren so stark, daß er sich kaum konzentrieren konnte. Er versuchte, seine Position zu verändern, aber er war auf der Bettkante gelegen und schaffte es nur, auf den Boden zu fallen, direkt auf das verletzte Bein, was eine neue Schmerzwoge auslöste. Sofort verlor er von neuem das Bewußtsein.

Keeler hörte den dumpfen Aufprall, nahm die Schrotflinte und ging zum Schlafzimmer, um zu sehen, was los war. Der große Mann lag jetzt auf dem Boden. Das rechte Bein war zum Teil unter seinem Körper eingeklemmt, der Strick um seinen Hals angespannt. Er war offensichtlich bewußtlos. Keeler betrat das Schlafzimmer und rückte Hansons reglose Gestalt so zurecht, daß er nicht ersticken konnte. Dann schloß er die Tür. Er besann sich anders, öffnete sie wieder, stellte den Schnappriegel ein und schloß die Tür von neuem. Er trat an die vorderen Fenster, um zum Wagen zu spähen, aber dort rührte sich nichts. Er riß die Fotos, deretwegen er gekommen war, aus ihren Rahmen und steckte sie in seine Jackentasche. Dann stellte er die drei Zeituhren ein, nahm die Schrotflinte und verließ die Hütte durch die Vordertür. Beim Wagen blitzte es, und im nächsten Augenblick schlugen Kugeln in den Türrahmen und fetzten neben seinem Gesicht Splitter heraus. Keeler warf sich auf den Boden und feuerte die Ladungen beider Läufe in Richtung Wagen. Er hörte das Zersplittern der Windschutzscheibe und einen Schrei. Hastig lud er die Schrotflinte nach, robbte rückwärts und kickte die Verandatür zu. Danach feuerte er die Ladungen beider Läufe durch deren Scheibe, traf einen vorderen Reifen und zerschmetterte Glas. Er lud schnell nach und feuerte erneut. Weiteres Glas zerbarst, und die Schnauze des Wagens senkte sich zu Boden. Keeler lud zum dritten Mal nach und lauschte. Dann blickte er auf seine Armbanduhr. Noch drei Minuten, vielleicht nur zwei. Verdammt!

Immer noch auf dem Boden liegend, schob er die Veran-

dafür mit dem Doppellauf der Schrotflinte wieder auf. Die Tür knarrte, und die Frau hinter dem Wagen schoß zweimal. Holzsplitter flogen hinter ihm aus der Decke, bevor er sich duckte. Er kroch durch die Tür, rollte sich nach rechts hinter einen Eckpfosten und hielt die Schrotflinte auf den Wagen gerichtet. Für einen Moment konnte er nur seine eigenen keuchenden Atemzüge hören.

»Lang!« rief er.

»Sie sollten drinnen bleiben«, erwiderte sie. »Denn ich komme.«

»Ich bin hier, Lang. Auf der vorderen Veranda. Mit der Schrotflinte und einer ganzen Schachtel Patronen. Na los, laß uns sehen, wer was treffen kann.«

Er glaubte, eine Bewegung an der rechten Seite des Wagenhecks zu sehen, und Sekunden später kam die Bestätigung: es blitzte und krachte zweimal *unter* dem Wagen, ehe die Kugeln in die Frontscheibe der Hütte schlugen. Keeler zögerte nicht. Er feuerte einmal in den Dreck unter die Mitte der Karosserie. Funken und Staub stiegen unter dem Wagen auf. Er verzichtete auf den zweiten Schuß, denn er wußte, daß sie nur darauf lauerte, aufspringen und auf ihn feuern würde, wenn er nachladen mußte. Verdammt gerissenes Weib!

»Ich will Sie nicht erschießen, Lang«, rief er. »Aber wenn wir uns nicht einigen können, fliegt der Benzintank in die Luft.«

Es folgte Stille.

»Hören Sie mir zu«, rief Keeler. »Hanson liegt gefesselt im Haus. In ungefähr einer Minute brennt es, und dann haue ich ab.«

»Sie können es versuchen«, rief sie zurück.

Keeler gab keine Antwort. Er kroch weiter nach rechts bis zum Rand der Veranda. Er bezweifelte, daß sie ihn im Dunkeln hinter dem Geländer sehen konnte. Der Wagen hingegen stand im vollen Mondschein. Beide Vorderräder waren platt, und Kühlwasser lief aus. Er öffnete vorsichtig den gut geölten Verschluß, zog die Patronenhülse heraus und ersetzte sie durch eine neue. Dann verdeckte er die Waffe mit seinem Oberkörper und klappte sie leise zu. Er schob die Läufe über das Geländer und feuerte wieder auf den Wagen, diesmal auf den hinteren Kotflügel. Er sah ihren Kopf hinter dem Wagen hervorkommen und schoß von neuem, und sie warf sich wieder in den Dreck. Er lud nach und hockte sich dann auf die Hacken.

»Sie müssen einsehen, daß Sie mit Ihrer Pistole keine Chance gegen meinen Schrotschießer haben!« rief er. Er wartete auf eine Antwort, doch sie gab ihm keine. Hatte er sie getroffen? »Ich will euch beide nicht töten«, sagte er. »Ich muß nur zum Fluß runter und verschwinden.«

»Dann versuchen Sie es!« rief sie. Sie war immer noch hinter dem Wagen und hatte die Karosserie zwischen sich und seiner Schrotflinte.

Es knallte dumpf hinter ihm im Haus, als die erste Brandbombe in der Küche explodierte. Dann eine zweite. Keeler sprang über das Verandageländer und rollte sich in den Hof hinter einen nahen Baum, die Schrotflinte immer noch auf den Wagen gerichtet. Die dritte Brandbombe ging unter den Bodendielen im Wohnzimmer los. Ihr greller Lichtschein fiel auf die Veranda.

»Zeit der Entscheidung, Lang. Sie können mich verfolgen oder Ihren Partner rausholen. Haben Sie gehört?«

Sie gab keine Antwort. Die Geräusche des Feuers waren jetzt lauter.

»Wofür haben Sie sich entschieden, Lang?« rief er. »Wenn Sie Ihre Waffe wegwerfen und ins Haus gehen, lasse ich das zu. Wenn Sie das nicht tun, wird er geröstet, und Sie kommen auch nicht mit dem Leben davon.«

Das Prasseln der Flammen schwoll an. Irgendwo zerplatzte eine Fensterscheibe:

»Er ist im hinteren Schlafzimmer, Lang«, rief Keeler und begann, rückwärts zum Fluß zu kriechen. »Hören Sie dieses Feuer? Wie lautet Ihre Entscheidung?«

»Also gut«, sagte sie. Sie warf die Pistole auf den Hof.

Er robbte noch schneller rückwärts. Erst als er das Wäldchen erreicht hatte, richtete Carolyn Lang sich mit erhobenen Händen auf. Sie blickte kurz in seine Richtung, aber er war bereits im tiefen Gras zwischen den Bäumen. Sie sprintete zum Haus. Er sprang auf und rannte zum Boot.

Als Hush zu sich kam, bebte die ganze Hütte, und er erkannte die Geräusche von Feuer. Im ersten Impuls versuchte er aufzustehen, doch der Strick um seinen Hals spannte sich sofort. Verdammt! Er glaubte, die Hitze durch die Tür zu spüren. Dann hörte er jemanden an deren Griff rütteln und fluchte. Carolyn!

»Hier!« schrie er, doch es klang mehr wie ein Krächzen. »Ich kann mich nicht bewegen!«

»Halten Sie durch!« rief sie. Das Prasseln des Feuers wurde zweifellos lauter, und Rauch drang durch den Spalt unter der Tür. Hushs rechtes Bein schmerzte unerträglich, und er fragte sich, was Carolyn dort draußen tat. Dann krachte etwas gegen die Tür, wieder und immer wieder, bis sie mit einem letzten Bersten nachgab. Eine Hand griff nach innen und entfernte den Riegel. Carolyn trat die Tür auf, und eine Wand von Rauch und Hitze drang hinter ihr in das Zimmer. Carolyn löste schnell den Strick um seinen Hals und band die Handfesseln los. Dann half sie ihm auf die Füße. Sie waren immer noch gefesselt, und sie hatten kein Messer. Es blieb jedoch keine Zeit, die Seile aufzuknoten, denn die Flammen loderten in der Diele, und Hitze und Rauch machten ihnen das Atmen schwer. Carolyn schnappte sich einen der Nachttische und schlug die Fensterscheibe und den Rahmen heraus. Hush hüpfte auf einem Bein zum Fenster, und Carolyn hievte ihn ins Freie. Er fiel schwer auf die hintere Veranda, und glaubte, von neuem ohnmächtig zu werden, als er sich das Schienbein anstieß. Carolyn kletterte hinter ihm aus dem Fenster und schrie auf, als das Bett Feuer fing. Sie rollten beide von der Veranda in den gnädig kühlen Dreck. Carolyn rappelte sich sofort auf und schleifte Hush vom Haus fort, aus dem jetzt Flammen schlugen. Nach gut 30 Metern brach sie neben ihm um Atem ringend zusammen.

»Wo ist Keeler?« keuchte Hush.

»Geflüchtet. Ich mußte mich entscheiden – Sie oder er. Und er hatte eine Schrotflinte.«

»Helfen Sie mir, diese verdammten Dinger an den Füßen loszuwerden.«

Es dauerte über eine Minute, bis sie die Stricke aufgeknotet hatten. Hush fiel ins Gras zurück, als Schmerzen sein Bein durchzuckten. Dann wälzte er sich auf die Seite und kämpfte sich auf die Füße. Carolyn hockte im Gras und blickte zu ihm auf.

»Und wohin, zum Teufel, wollen Sie?« fragte sie und schaute auf sein verletztes rechtes Bein.

»Ihm nach. Er hat ein Boot.«

Um 3 Uhr 15 rollte Zug 2713 wieder, diesmal südwestwärts durch Tuscaloosa auf der Strecke Gruppe 7 gen Meridian, Mississippi. Matthews trank auf der hinteren Plattform des Kommandowaggons mit dem MP-Sergeant eine Tasse Kaffee, als die nächtliche Landschaft von Alabama vorbeizog. Mehle war im Waggon und schimpfte mit jemandem in Washington.

Matthews beschäftigte sich immer noch mit dem, was in Birmingham geschehen war. Die Meldung eines möglichen Feuers in einem Munitionszug der Army hatte zu einem nächtlichen Großeinsatz von Feuerwehr und Polizei geführt. Die beiden Lokführer der Eisenbahngesellschaft waren wutschnaubend, vorbei an den beiden Warrant Officers der Army, die auf dem Weg nach vorne gewesen waren, zum Kommandowaggon gelaufen. Mehle hatte die beiden zivilen Lokführer auf der Stelle entlassen und sie aufgefordert, höllisch schnell von *seinem* Zug zu verschwinden. Dann hatte er das örtliche Büro des Federal Emergency Managment (FEMA) informiert, daß es kein Feuer gebe, jedoch möglicherweise einiges von dem Feldzeugmaterial im Zug instabil geworden sei. Außerdem hatte er empfohlen, die Strecke nach Südwesten so schnell wie möglich zu räumen, um eine absolut katastrophale Munitionsexplosion am Stadtrand von Birmingham zu vermeiden. Fünf Minuten später hatte ihm der dienstältere der beiden Warrant Officers gemeldet, daß sie die Genehmigung bekommen hätten, vom Nebengleis zurück auf die Hauptstrecke zu rangieren. Matthews hatte den Befehl erhalten, all die Militärpolizisten zusammenzurufen, die kaum Zeit genug gehabt hatten, in den bereits rollenden Zug zu springen. Die beiden zivilen Lokführer waren im Gras neben der Weiche mit den frustrierten Feuerwehrleuten zurückgeblieben, und alle hatten sich gefragt, was, zum Teufel, da vorging.

Mehle hatte offenbar dieses kleine Drama geplant. Das begriff Matthews, als der Operator im Kommunikationszentrum ihm erzählte, Mehle habe mit den Offiziellen des Chemischen Korps der Army im Pentagon arrangiert, daß sich alle FEMA-Zentren längs der Route in Bereitschaft hielten, falls es ein Problem mit dem Zug oder seiner Fracht geben sollte. Was erklärte, warum die FEMA dieses so schnell gelöst und die Eisenbahngesellschaften Zug 2713 sofortige Priorität für die Fahrt aus Birmingham erteilt hatten. Matthews fragte Mehle, was er beim nächsten Stopp infolge des Verkehrs voraus machen würde. »Es wird keinen nächsten Stopp geben, nicht bevor wir diesen gottverdammten Fluß überquert haben«, erklärte Mehle. »Wir fahren geradewegs durch nach Vicksburg.«

Der Sergeant wußte zwar nichts über Eisenbahnrouten und Verkehrskontrollen, war jedoch klug genug zu fragen, wie dies in Anbetracht der vielen Züge auf den Hauptstrecken möglich sei. Matthews hatte die gleiche Frage im Sinn gehabt, aber nicht zugeben wollen, daß er die Antwort zu kennen glaubte. Ihm war klar, daß Mehle, mit Unterstützung des Personals der Army in den Kontrollzentren, die Verkehrskontrollen ignorieren konnte, wodurch die Eisenbahngesellschaften schließlich gezwungen sein würden, 2713 wie einen außer Kontrolle geratenen Zug zu behandeln.

Es war Matthews ebenfalls klar, daß Mehle Hilfe von hohen Stellen in Washington haben mußte. Und dann verstand er, warum 2713 erst in den frühen Morgenstunden des Sonntags hatte abfahren dürfen: In Washington wurde sonntags nicht gearbeitet. Folglich hatten die regulären Behörden des Transportministeriums Mehles unorthodoxe Manöver nicht ablehnen können. Der Colonel hatte zweifellos einen Plan, und Matthews war plötzlich froh, daß er sich im letzten Waggon des Zuges befand. Der Sergeant starrte auf die glänzenden Schienen hinab, die in der Dunkelheit unter seinen Füßen zurückblieben. Er wirkte besorgt.

»Kennen Sie die Kühlanlage vor uns?« fragte er.

Matthews kippte den Rest seines Kaffees auf die Schwellen des Gleises. Die Frage bereitete ihm Unbehagen. »Warum?«

»Diese Temperaturanzeiger? Den Werten zufolge sind die

Temperaturen wieder so hoch, wie sie vor dem Einbau der Kühlanlage in Anniston waren.«

»Wunderbar«, sagte Matthews. Er spielte kurz mit dem Gedanken, vom Zug zu springen, anstatt in den Waggon zu gehen und Mehle diese kleine Neuigkeit zu melden; das war wirklich eine Versuchung.

Hush humpelte über den Pfad auf das Wäldchen und den Fluß zu. Carolyn Lang folgte ihm, bis ihr klar wurde, daß sie keine Waffen hatten.

»Warten Sie«, rief sie. »Meine Pistole liegt beim Wagen.«

Er blieb stehen, nickte und stützte sich an einem Baumstamm ab, während sie am brennenden Haus vorbei zurückrannte. Ihm war ein wenig schwindelig, und die Schmerzen in seinem Schienbein trieben ihn wieder an den Rand einer Ohnmacht. Er versuchte sich zu erinnern, wo er seine Sig Sauer gelassen hatte. Carolyn war zwei Minuten später mit ihrer Waffe in der Hand zurück.

»Ich habe noch mal Jefferson City angerufen«, sagte sie. »Wissen Sie, Sie sind jetzt raus aus dem Spiel. Sie warten hier. Ich werde versuchen, ihn zu finden.«

Er wollte sie an die Schrotflinte erinnern, doch Carolyn schob sich einfach an ihm vorbei. Die Hütte stürzte mit einem Krachen brennender Holztrümmer hinter ihnen zusammen, und eine schwarze Rauchwolke verdunkelte den Himmel. Es wurde Hush klar, daß er Carolyn nicht einfach allein losziehen lassen konnte, und so schleppte er sich von Baum zu Baum, um sich aufrecht zu halten. Als der Pfad steiler wurde, stützte er sich auf einen Stecken. Nach einem rötlichen Blitz, dem ein Donnerschlag folgte, der seltsamerweise in den Bäumen voraus zu explodieren schien, wankte er zum Pfad zurück. Er glaubte, Carolyn Lang schreien zu hören, und dann flogen ihm Trümmer um den Kopf. Instinktiv warf er sich zu Boden, vermied es diesmal, auf das verletzte Bein zu fallen, und wartete, bis sich der Staub senkte.

»Carolyn!« brüllte er.

»Hier vorne!« erwiderte sie. »Was, zum Teufel, war das?«

»Er hat Bomben zurückgelassen«, rief Hush. »Bleiben Sie, wo Sie sind. Ich komme zu Ihnen.«

Er stemmte sich auf, brach einen Ast ab und benutzte ihn als Krücke, während er durch den Qualm humpelte. Das Unterholz war fast kniehoch, aber der Pfad gerade sichtbar. Bei der MacArthur Bridge und der Mautstelle in Vicksburg hatte Keeler auch Bomben zurückgelassen, erinnerte er sich. Der Bastard weiß, wie man Verfolger verlangsamt. Er konnte Carolyn immer noch nicht sehen, aber er nahm an, daß sie voraus in Deckung lag. Er würde versuchen, einen freien Weg zu finden, und sie zurückführen.

»Hush, Vorsicht«, rief Carolyn. »Ich glaube, auf dem Pfad sind Drähte. Es müssen Stolperdrähte sein.«

Hush humpelte langsamer und nahm sich davor in acht. Der dichteste Rauch lag jetzt hinter ihm, und er konnte das Flußufer riechen. Dann brach sein Stock an einer Wurzel, wie er annahm, doch instinktiv wußte er, daß es keine gewesen war. Er warf sich hin, ohne an sein verletztes Bein zu denken, und im nächsten Moment explodierte eine weitere Bombe im Baum, diesmal *hinter* ihm. Dann ging eine zweite hoch, eine dritte und vierte, eine Folge von ohrenbetäubenden Detonationen, die glühende Holzsplitter durch die Luft schleuderten. Er krallte unwillkürlich die Finger in die Erde, als er versuchte, mit dem Boden eins zu werden. Diesmal ist es wenigstens kein Beton, dachte er.

Schließlich war es vorüber. In seinen Ohren klingelte es, und von all dem Qualm und Staub fing er an zu niesen. Er öffnete die Augen und sah nur Grashalme. Als ihm klar wurde, daß er nieste, begann er zu lachen. Schließlich setzte er sich auf und sah Carolyn, die sich ein Dutzend Meter entfernt aufrappelte und ihn durch den Rauch erstaunt anstarrte.

KAPITEL 15

Powers und sein Einsatzteam trafen zwei Stunden später, etwa eine Stunde nach der Ankunft des County Sheriffs und drei Deputys, bei den Überresten der Hütte ein. Weil sie mit Beamten der County sprechen mußten, hatten sich Hush und Carolyn entschieden, bei ihrer Tarngeschichte über Keeler zu bleiben, nämlich zu behaupten, sie seien zur Hütte gefahren, um ihn zu warnen, weil nach dem Einsturz des Mittelstückes der Brücke von Memphis Drohungen gegen ihn ausgestoßen worden seien. Keeler hatte angenommen, sie seien gekommen, um ihn festzunehmen, und war in Panik geraten. Er hatte ihren Wagen beschossen, das Haus in Brand gesteckt und war geflüchtet. Er hatte Sprengstoffe im Haus gelagert gehabt, was Hushs Verletzung und die Reihe der Detonationen erklärte, die fast in der halben County zu hören gewesen waren. Von der Hütte waren nur die geschwärzten Betonpfeiler und der Kamin übriggeblieben, die aus einem glühenden Aschehaufen ragten. Die Deputys durchsuchten die Schuppen, als Powers und Co. eintrafen, und zu diesem Zeitpunkt übernahmen die Ermittler der Missouri Highway Patrol den Fall.

Der County Sheriff berichtete, Keeler sei in dieser County mit den großen Baumwollfarmen ein wenig rätselhaft gewesen. Man wußte, daß er für das Pionierkorps arbeitete und sich sein Hauptbüro in St. Louis befand, aber sonst war so gut wie nichts über ihn bekannt. Er lebte hier zurückgezogen und wurde nur gesehen, wenn er in den Ort kam, um Lebensmittel und andere Waren zu kaufen. Sein Hauswirt hatte den Leuten erzählt, daß sein einsamer Mieter die Hütte am Fluß mehr als Wochenendhäuschen nutzte, weil er für gewöhnlich die ganze Woche über fort sei. Jedenfalls war der Sheriff heilfroh, aus dem Fall auszusteigen und den Staatscops diesen Schlamassel zu überlassen. Einer der Deputys händigte Hush seine Waffe aus, bevor sie wegfuhren. Hush war dankbar dafür, daß der Sheriff keine Erklärung verlangte, wie sie in den Schuppen gekommen war.

Ein Spurensicherungsteam der Staatspolizei traf bei Tagesanbruch ein und begann, die Schuppen zu untersuchen. Mittlerweile war Hush in der Lage, mit Hilfe eines selbstgemachten Stockes ein wenig herumzuhumpeln. Er hatte eine purpurfarbene Beule von der Größe eines deformierten Golfballes am Schienbein und eine kleinere hinter seinem rechten Ohr. Carolyn Lang hatte einige Schrammen an Knien und Ellbogen davongetragen, was auf ihre Bemühungen zurückzuführen war, durch den Boden China zu erreichen, als die Sprengladungen in den Bäumen explodiert waren. Powers war fasziniert davon.

»Warum in den Bäumen?« fragte er.

»Ich nehme an, er wollte dadurch hauptsächlich Verfolger abschütteln. Ich glaube, die Bombe auf der MacArthur war ein Ablenkungsmanöver, denn was passierte, hier, heute nacht, deckt sich mit dem Geschehen an der Mautstelle in Vicksburg – jede Menge Krach, Feuer, Rauch, aber alles angelegt, um uns flachzulegen, nicht, um uns zu töten.«

»Ich erinnere mich an das Flachlegen«, sagte Powers trocken. »Sehr deutlich.«

»Das gleiche hat er mit mir gemacht«, sagte Carolyn. »Als ich mich hinter den Wagen duckte, hätte er auf den Benzintank schießen können.«

»Hat er zugegeben, daß er der Trainman ist?« fragte

Powers. »Daß er die Anschläge auf die Brücken verübt hat?«

»Ja«, sagte Hush. »Er hat sogar damit geprahlt. Er ist der Täter.«

»Hat er Helfer?«

»Das bezweifeln wir«, sagte Hush und blickte um Bestätigung heischend zu Carolyn. Ihr Gesicht war mit Ruß verschmiert, und einige Kratzer waren an ihrer Wange zu sehen. »Dies ist ein Rachefeldzug. Ich bezweifele auch, daß er ihn beendet hat.«

Powers trat gegen ein Steinchen. Es fiel in den Aschehaufen, der die Hütte gewesen war. Funken stoben empor. Schließlich sah Powers Hush an. »Sagen Sie mir, wie ihr fortfahren wollt.«

»Machen wir einen kleinen Spaziergang«, sagte Hush. »Langsam, bitte.«

Sie gingen durch das Wäldchen, stiegen vorsichtig über zerschmetterte Zweige und versengte Blätter und suchten vor jedem Schritt den Boden nach weiteren Drähten ab. Schließlich gelangten sie ans Ufer des Mississippi, das im Sonnenaufgang die Farbe von polierter Bronze annahm. Ein unglaublich langer Verbund von Lastkähnen zog schnell mit der Strömung flußabwärts, und der Motor des Schleppkahns schien im Leerlauf zu sein. Das Ufer roch nach Schlamm, Fisch und verfaultem Holz. Der Einschnitt im Ufer, wo Keeler mit seinem Boot an- und abgelegt hatte, war zu ihrer Linken zu sehen.

Hush stellte sein schmerzendes Bein auf einen Baumstamm und erklärte Powers, wo er und Carolyn hinsichtlich der FBI-Ermittlung standen. »Ich nehme an, die Zentrale weiß nicht, was in der vergangenen Nacht hier los war?« fragte Hush zum Schluß.

»Von uns hat sie nichts erfahren. Und ich bezweifle, daß der Sheriff es jemand anderem als seinen Kumpeln im Krämerladen oder in der Kneipe erzählen wird. Nicht, daß er Ihre Geschichte geglaubt hätte.«

»Das habe ich mir gedacht«, sagte Hush und erinnerte sich an die Sache mit der Waffe.

»Aber es wird nach dem Vorfall in Memphis eine Befragung durch Bundesbeamte durchgeführt werden«, sagte Carolyn. »Das Korps wird Keelers Verschwinden melden.«

»Aber nicht, daß er der Trainman ist, richtig?« sagte Powers. »Das wissen nur wir.«

Hush blickte wieder Carolyn an. Sie mußten eine Entscheidung treffen, das hatte Powers ihnen nahegelegt. Was, wenn überhaupt etwas, würden sie dem FBI melden? Der Schleppkrahn tutete langgezogen, als ein anderer um eine etwa anderthalb Kilometer entfernte Biegung auftauchte. Der stromaufwärts fahrende Schleppkrahn antwortete, was ein paar Enten veranlaßte, sich aus einem nahen Schilfgürtel in den Fluß zu stürzen.

»Ich möchte das tun, über das Sie und ich gesprochen haben, Mike«, sagte Hush. »Wir wissen, wer der Täter ist. Suchen wir ihn, durch Staat um Staat, Straße um Straße, was immer auch nötig ist, um ihn zu finden.«

Powers hob die Augenbrauen und blickte Carolyn prüfend an. »Persönlich?« fragte sie. »Ich bin dabei. Scheiß auf das FBI …« Sie wollte weitersprechen, verstummte jedoch.

»Ihr seid beide im Begriff, auf einem Haufen Scheiße auszurutschen«, warnte Powers. »Ihr seid zu verdammt lange beim FBI, um mit einem wichtigen Fall herumzuspielen, nur weil sich irgendwelche Arschlöcher entschlossen haben, euch abzuservieren.«

Hush und Carolyn nickten gleichzeitig. Hush sagte: »Es ist unsere Pflicht zu melden, was wir hier draußen machen und warum was geschehen ist.«

»Das können wir immer noch tun«, meinte Carolyn.

»Solange wir einige Diskretion bei der Auswahl derjenigen walten lassen, die unseren Bericht erhalten. Und bei der Wortwahl.«

Die beiden Männer starrten sie an. Sie warf den Kopf zurück und lächelte schief. »Ich meine, ich könnte einen Bericht abliefern. Schriftlich, natürlich. Ich könnte ihn sogar als ›Dringend‹ kennzeichnen. Dann könnte ich ihn dem nächsten Außenbüro übermitteln, das zufällig von einem Mr. Herlihy geleitet wird. Ich könnte den Bericht in ein Kuvert der Behördenpost stecken und einfach … in den Briefkasten werfen. Es ist Sonntag, nicht wahr?«

Im Gegensatz zu Hush wußte Powers nicht, worauf Carolyn hinauswollte. »Am Montag morgen würde Herlihy von seiner Sekretärin erfahren, daß Carolyn Lang ihm irgendeinen Bericht mit der Kennzeichnung ›Dringend‹ geschickt hat. Da er Carolyn haßt, legt er den Bericht wahrscheinlich ungelesen in das Körbchen für die Post, die lange warten kann.«

Powers grinste verstehend. »Und unterdessen …«

»Unterdessen könnten Sie Ihre Einsatzgruppe der Staatspolizei mobilisieren, um Keeler zu finden. Wenn er sich in den Süden absetzt, wird er ohnehin vom örtlichen Gesetz geschnappt werden.«

Sie befaßten sich weiter mit der Idee, suchten nach Schwachpunkten und schätzten die Dringlichkeit der Aktion ein. Powers wollte zweifellos die Chance haben, Keeler festzunehmen, jetzt, nachdem er wußte, daß er der Täter war. Keeler hatte prophezeit, eine weitere der verbliebenen Brücken in diesem Abschnitt des Mississippi zu sabotieren, was ihnen einen Vorteil verschaffte: sie wußten, worauf sie die Suche konzentrieren mußten. Und während die Bemühungen des FBI vermutlich zu vielen Informationen über Keeler führten, konnten Legionen örtlicher Polizisten die Seitenstraßen und Autobahnen des Mississippi-Deltas gründlichst durchkämmen, um ihn aufzuspüren. Keeler hatte dies jahrelang geplant; insofern war es unwahrscheinlich, daß er sich irgendwo mit Kreditkarten, Quittungen, Telefonnummern oder Fahrzeugkennzeichen verriet. Er würde auf der Flucht in den ländlichen Süden sein, möglicherweise sogar auf dem Mississippi. Wenn er wirklich Grips hatte, würde er irgendwo untertauchen, bis die Wachsamkeit der Regierung und der Eisenbahngesellschaften nachließ, wie Powers zu bedenken gab.

»Es ist, wie man bei der IRA sagt«, erklärte Powers. »Die Jungs, die die Brücken bewachen, müssen jedesmal Glück haben; Keeler braucht nur einmal Glück zu haben. Hölle, er könnte diese Sache ein ganzes Jahr lang hinziehen.«

»Das bezweifle ich«, sagte Carolyn. »Er geht nach einem Plan vor, und alles für einen Anschlag nötige Material ist an Ort und Stelle. Er war selbstsicher und zuversichtlich genug, um Hush das zu erzählen. In einem Jahr werden einige der Brücken repariert sein. Nein. Er ist darauf aus, der Eisenbahn einen Eispickel ins Auge zu stoßen, und jetzt *will* er, daß sie weiß, wer der Täter ist. Er ist in Fahrt, und er kennt seine Ziele. Er wird jetzt nicht aufhören.«

»Und angenommen, Herlihy liest Ihren Bericht sofort?« fragte Powers. Die Sonne war jetzt aufgegangen, und sie gingen zurück zu den Staatspolizisten, die immer noch das Gebiet um die niedergebrannte Hütte untersuchten.

»Das ist unwahrscheinlich«, sagte Carolyn, »obwohl ich ihn gleich verfassen werde. Ich habe meinen Laptop im Hotel in St. Louis. Dann fahre ich in die Innenstadt und stecke ihn in einen Briefkasten. Wie schon gesagt, es ist Sonntag. Das sollte Ihren Leuten 24 Stunden Vorsprung verschaffen, Captain. Vielleicht sogar mehr.«

Powers stieß einen leisen Pfiff aus. »Sie sind mir eine, Senior Agent Carolyn Lang!«

»Ihr Männer klingt wie eine Schallplatte mit einem Sprung«, erwiderte sie. »Legen wir los.«

Keeler traf kurz nach 3 Uhr beim Campingplatz ein. Er war mit Vollgas stromabwärts gefahren, vorbei an einigen Schleppkähnen mit einem Verbund von Lastkähnen. Er hatte sich alle Mühe gegeben, der Menschenjagd – vielleicht sogar per Hubschrauber – zu entkommen, zu der die beiden FBI-Agenten geblasen haben mochten, nachdem sie sich von seiner Bombenserenade in dem Wäldchen erholt hatten. Er hatte diese kleine Technik von den Nordvietnamesen gelernt, die stets ein Schlachtfeld mit einigen tödlichen Ablenkungen vermint hatten, bevor sie im Dschungel verschwunden waren. Als er das Fischercamp erreichte, stieg er über die Rampe, hob das Boot auf den Anhänger und brachte es zu seinem Parkplatz. Der Campingplatz war noch dunkel, obwohl die Nacht grau wurde und morgendliches Zwielicht bereits den Tag ankündigte.

Er parkte den Van, zog die Rollos vor die hinteren Fenster und legte sich auf die Ladefläche. Er hätte erschöpft sein sollen, doch seine Nerven waren angespannt, und er war hellwach. Es war zweifellos das Endspiel. Er wußte es, und das FBI wußte es – jetzt. Er würde Glück haben müssen, um noch eine Brücke zu schaffen, und jetzt, nachdem er identifiziert war, blieb ihm wirklich keine Wahl mehr: Es mußte Vicksburg sein. New Orleans war ein zu großstädtisches Gebiet mit viel zu vielen Polizisten und zu weit von hier entfernt. In Vicksburg, einer kleinen Stadt, waren die Umstände relativ günstig für sein Vorhaben. Angesichts seiner vorherigen Tat würde man sich intensiv auf die beiden verbliebenen Brücken konzentrieren. Selbst wenn sie mit ihrer Vermutung, auf welche er einen Anschlag vorhatte, richtig lagen, würden sie ihn nie kommen sehen.

Er hätte gewettet, daß diese tolle blonde Agentin auf ihn als Täter gekommen war, denn ihr Kollege wirkte ruhig, eher wie ein Bürokrat. Ein Typ, der in Ausschüssen, Einsatzgruppen und unzähligen Konferenzen saß und seinen Arsch mit der Einhaltung von Vorschriften und mit Schreibkram schützte. Er hatte natürlich viele dieser Typen im Pionierkorps kennengelernt, aber vom FBI hätte er Besseres erwartet. Er war überrascht gewesen, die beiden in seiner Hütte anzutreffen. Das FBI operierte für gewöhnlich in größeren Gruppen. Aber es war gleichgültig. Nach dieser Nacht würde die ganze verdammte Welt der Gesetzeshüter alarmiert sein.

Er starrte auf die Decke des Wagens. Wenn er noch eine Brücke erledigen wollte, dann mußte es bald sein. In den nächsten 24 Stunden. Von dem Van konnten sie noch nichts wissen, und das Boot würde seine Tarnung verbessern. In ein paar Stunden würde er nach Mississippi runterfahren – mit Sonnenbrille und Schlapphut. Vielleicht kaufte er in irgendeinem Supermarkt ein Haarfärbemittel. Er würde sein Aussehen gerade genug verändern, um bei Straßensperren und Kontrollpunkten nicht aufzufallen, obwohl er bezweifelte, daß man die Fahndung schon in den nächsten 24 Stunden auf Mississippi ausdehnen würde. Der nächste Schritt war, sich zwischen Jackson und Vicksburg in Position zu bringen. Er wußte, wohin er fahren mußte.

Keeler zuckte zusammen, als irgendwo auf dem Campingplatz eine Tür klappte. Er zwang sich, sich zu entspannen. Er brauchte etwas Schlaf. Es war mindestens eine Acht-Stunden-Fahrt durch Kentucky und Tennessee, um bei Einbruch der Dunkelheit am Ziel zu sein. Er wünschte, er hätte einen Fernseher im Van, weil es interessant sein konnte, zu wissen, wie das FBI auf die Entdeckung seiner Identität reagierte. Andererseits konnte es ein Segen sein, das nicht zu wissen.

Colonel Mehles Plan, bis Vicksburg durchzufahren, wurde in Meridian zunichte gemacht, wo sie zum ersten Mal nach Birmingham stoppen mußten, weil ein Signal auf Halten stand. Sie hatten auf der nächtlichen Fahrt durch Alabama Dutzende anderer Züge auf Nebengleisen zu beiden Seiten der Hauptstrecke passiert. Die Besatzungen hatten in den Türen der Loks gestanden und sie angestarrt, als seien sie irgendein Zirkus auf Rädern. Im Morgengrauen, kurz vor ihrer Ankunft in Meridian hatte Matthews sogar Blaulicht von Polizeifahrzeugen an Bahnübergängen gesehen.

Er hatte Mehle gemeldet, daß die Meßgeräte erhöhte Temperaturen anzeigten, doch zu seiner Überraschung hatte Mehle abgewinkt. Mit diesem Problem werde er sich auf der anderen Seite des Mississippi befassen, hatte er nur gesagt. Sie würden den Zug zum Pine Bluff Arsenal umleiten, sollten die Temperaturen die Grenzwerte gefährlich weit überschreiten. Aber zuallererst wollte er ihn durch all den Verkehr nach Vicksburg und über den Fluß bringen. Matthews, dessen Augen vor Müdigkeit gebrannt hatten, war zurück in den Schlafbereich gegangen und auf sein Feldbett gefallen, ohne auch nur die Stiefel auszuziehen.

Er wachte von Quietschen und Vibrationen auf, als die Lokführer den Zug härter als gewöhnlich zum Stehen brachten. Er hörte Mehle nebenan in die Bordverständigungsanlage brüllen. Was nun? Er blickte auf seine Uhr: 7 Uhr 15. Sie mußten jetzt in Meridian sein. Er stand wankend auf und ging ins Badezimmer, um sich etwas Wasser ins Gesicht zu klatschen. Mehles Flüche klangen laut durch die Verbindungstür. Matthews trocknete sein Gesicht ab, atmete tief durch und ging in den Kommandoraum. »Es juckt mich nicht, wie viele Züge dort draußen sind. Wir können 2713 nicht stoppen. Haben Sie verstanden?« Mehle wirkte verschlafen, aber keineswegs schläfrig. Er hörte einen Moment zu, fluchte wieder und knallte das Mikrofon auf die Halterung. »Postieren Sie die verdammte Wache!« befahl er Matthews. »Offenbar sind alle Nebengleise vor uns voll, und wir müssen warten, bis sie geräumt sind, bevor man uns weiterfahren läßt.«

»Aber wie ...«

»Gottverdammte unfähige Zivilisten«, sagte Mehle angewidert. »Offenbar hat niemand den nach *Osten* führenden Verkehr auf der Brücke von Vicksburg gestoppt. Sie haben alle Züge passieren lassen, während wir uns genähert haben. Jetzt sind die ganze Hauptstrecke *und* alle Nebengleise zwischen hier und Vicksburg buchstäblich verstopft. Wir müssen einfach warten. Lassen Sie die gottverdammten Wachen antreten und von jemandem gottverdammten Kaffee machen!«

Mehle verschwand im Badezimmer. Matthews weckte den MP-Sergeanten und befahl ihm, die Wachen zu postieren. Dann trat er auf die hintere Plattform hinaus.

Das Gleis, auf dem sie hielten, mußte die Hauptstrecke sein. Auf einer Seite erstreckte sich dichter Wald, auf der anderen ein Golfplatz, auf dem nach dem Sonnenaufgang eine Sprinkleranlage den Rasen sprengte. Gleich neben ihnen wartete ein langer Güterzug in der Gegenrichtung. Seine Loks liefen im Leerlauf. Die Lokführer standen draußen auf dem Laufsteg und starrten auf die Militärpolizisten, die aus dem Zug mit den gepanzerten Loks stiegen. Aus ungefähr einen Kilometer Entfernung zielte ein weißer Scheinwerfer genau auf sie, und Matthews hofft, daß es der eines *gestoppten* Zuges war. Wenn dies tatsächlich Meridian war, hatte Mehle bisher allerhand erreicht.

Zwanzig Minuten später meldete der Sergeant, daß die Sicherheitsabschirmung durchgeführt worden sei. Matthews hatte inzwischen die Kaffeemaschine arbeiten lassen und überreichte dem Sergeant eine Tasse Kaffee. Ein Ersatzmann kam in den Kommandowaggon, um den Operator abzulösen, der die ganze Nacht Wachdienst gehabt hatte, weil sie seit Birmingham nicht angehalten hatten. Von Mehle war nichts zu sehen, und so nahm Matthews seinen Kaffee und ging nach draußen. Als er die kleine Leiter emporstieg, ertönte die Pfeife des Zuges und er fuhr mit einem Ruck an. Matthews mußte sich am Geländer festklammern, um nicht vom Waggon zu fallen. Wenig später war der lange Güterzug auf die Hauptstrecke gefahren, worauf 2713 zur Weiche zurücksetzte und dann aufs Nebengleis abbog. Drei Streckenwärter mit Walkie-talkies waren aus dem Nichts aufgetaucht, um die Rangieroperation zu beaufsichtigen. Matthews sah Mehle in der Hose seines Arbeitsanzugs und einem grünen T-Shirt auf die hintere Plattform kommen. Er hatte Rasierschaum am Kinn und schüttelte angewidert den Kopf, als er feststellte, daß sein Zug wieder auf ein Nebengleis geleitet worden war.

Matthews eilte zur Instrumentenbox an den Spezialwaggons, steckte die Zeigefinger in die Ohren, um das Geräusch des mit Diesel betriebenen Generators zu dämpfen, und betrachtete die Anzeigen der Kühleinheit. Alle Nadeln schlugen im grünen Bereich aus. Die Temperaturen in ihrem Inneren waren zum letzten Mal – vermutlich vom Sergeanten – abgelesen worden, bevor der Zug Birmingham verlassen hatte. Jetzt, Stunden später, lagen sie im vorderen Spezialwaggon um einen und im hinteren zwei Grad über jenen von Anniston.

Verdammt schlecht, dachte Matthews. Es war noch nicht einmal ganz hell. Ein Grund mehr, nicht hier auf einem Nebengleis in der Hitze von Mississippi zu stehen. Während er zur Leiter zurückkehrte, fuhr der zuvor entfernte Güterzug nach Osten vorbei, schneller als Matthews in einem Bereich mit einer Weiche zu einem Nebengleis für vernünftig hielt. Die Druckwelle rüttelte die Waggons, die dort standen, durcheinander. Matthews ging zu Mehle, um ihm die neuen Temperaturen zu melden. Nachdem der Güterzug sie passiert hatte, konnte Matthews einen anderen Scheinwerfer im schimmernden Dunst des Morgens im Westen sehen. Er ahnte, daß sie eine Weile hier warten mußten, ganz gleich, was Mehle unternahm. Er würde vorschlagen, eine weitere Kühlanlage zu besorgen.

Ihr Charterflugzeug der Staatspolizei landete um 15 Uhr 30 in Jackson, wo ein Wagen der Mississippi Highway Patrol sie abholte, um sie nach Vicksburg zu bringen. Hush und Carolyn waren nicht nach Vicksburg geflogen, um eine Begegnung mit irgendwelchen FBI-Leuten zu vermeiden, die vielleicht auf dem dortigen Flughafen arbeiteten. Hush humpelte immer noch, aber der Stock aus dem Krankenhaus war eine große Hilfe. Er hatte sich in St. Louis röntgen lassen. Gott sei Dank war das Bein nicht gebrochen, obwohl es sich jedesmal, wenn er es belastete, danach anfühlte. Powers war ins Präsidium in Jefferson City zurückgekehrt, um die Jagd nach Keeler in fünf Staaten zu koordinieren. Danach würde er ebenfalls nach Mississippi fliegen. Er hatte vor, bis Sonnenuntergang dort zu sein.

Alle waren der Meinung, daß Keelers nächstes Ziel die Brücke von Vicksburg sein müsse. Hush berichtete, was Keeler über das Ausschalten der wertvollsten Brücke gesagt hatte, womit er sich offenbar auf die riesige Brücke in New Orleans bezogen hatte. Andererseits blieb Keeler nicht mehr viel Zeit. Angesichts einer intensiven Jagd auf ihn durch das FBI und die Staatspolizei würde er gewiß auf die Benutzung öffentlicher Verkehrsmittel verzichten. Da sein Truck noch in Memphis war, dürfte er über ein zweites Fahrzeug verfügen, obwohl die Zulassungsbehörde kein auf ihn angemeldetes registriert hatte. Die nächste Eisenbahnbrücke, die er am schnellsten erreichen konnte, war die von Vicksburg, die Keeler einer gründlichen Inspektion unterzogen hatte. Hush war zwar die meiste Zeit dabeigewesen, aber Keeler hatte Gelegenheit gehabt, irgend etwas zu deponieren. Und wahrscheinlich hatte er Hush mit der Behauptung, er werde sich die Brücke in New Orleans vornehmen, in die Irre führen wollen. Wie auch immer man es betrachtete, es lief auf einen Anschlag auf die Brücke von Vicksburg hinaus. Die große Frage war natürlich, *wie* er es anstellen würde.

Die Sicherheitskräfte längs des Flusses waren in voller Alarmbereitschaft. Jeder Staat hatte Truppen der Nationalgarde aufgeboten, und die Küstenwache hatte Reserven mobilisiert, um bei allen Brücken zu patrouillieren. Man hatte sogar auf dem Wasser schwimmende Sperren errichtet. Powers berichtete, daß sich das FBI im Augenblick seltsam still verhalte. Da es Sonntag war, ergab dies für Hush perfekten Sinn. Wenn Carswell und seine Leute immer noch glaubten, es mit ausländischen oder einheimischen Terroristen zu tun zu haben, würden sie in Frage kommende Täter beschatten. Man hielt sich bedeckt, weil man nichts vorzuweisen hatte.

Als sie auf der I-20 westwärts durch das ländliche Mississippi fuhren, fühlte Hush sich nach wie vor unbehaglich wegen seines Handelns. Er war seit über 20 Jahren Bundesagent. Daß er hier solo operierte, verstieß völlig gegen die Prinzipien all seiner Ausbildung und seine Erfahrungen. Das FBI hatte Erfolg, weil es Kriminellen schon durch die Zahl der Agenten überlegen war, einen effektiven Nachrichtendienst hatte und sich der modernsten Techniken bei der Verbrechensbekämpfung bedienen konnte. Immer wieder hatte das Federal Bureau of Investigation wegen seiner ausgezeichneten Teamarbeit triumphiert, trotz aller Palastintrigen, die sich im Hintergrund abspielten, wenn ranghohe Leute ihre Karriere vorantrieben und ihr bürokratisches Revier schützten. Carolyn Lang hatte ihn überrascht. Sie zeigte sich als echte Verbrecherjägerin, konzentrierte sich darauf, diesen schwer zu fassenden Bastard zu schnappen, und würde ihn sogar in einem blutigen Leichensack anbringen, sollten ihre Vorgesetzten nicht bereit sein, auf die richtigen Antworten zu hören. Powers mußte natürlich über die Entwicklung in diesem Fall erfreut sein. Weil er all sein Personal und seine Mittel zur Verfügung stellte, war ihm eine hervorragende Rolle bei dessen Abschluß sicher. Vorausgesetzt, sie konnten Keeler fassen; das rief sich Hush immer wieder in Erinnerung. Bis jetzt war ihnen der Mann jedesmal zehn Schritte voraus gewesen. Diese Explosionen der Bomben in den Bäumen schienen immer noch in seinen Ohren nachzuhallen.

»Ich hoffe verdammt, daß wir das Richtige tun«, sagte Hush nachdenklich. Carolyn saß auf dem Beifahrersitz, er selbst seitlich im Fond. Sein verletztes Bein hatte er auf den Sitz gelegt. Der Polizist, der sie chauffierte, bemühte sich bei der rasanten Fahrt über die Autobahn, kein Auto zu rammen, dessen Fahrer nicht Platz machte. Carolyn wandte sich zu Hush um.

»*Wir* haben herausgefunden, wer der Trainman ist«, sagte sie. »Und ich habe einen ausführlichen Bericht abgeliefert.«

»*Wir* sind zu seinem Haus gefahren, um ihn auf eigene Faust festzunehmen, und er hat uns bereits erwartet. Das war ein Fehler von uns. Hätten wir Unterstützung mitgenommen, wäre …«

»Dann hätte er sich niemals gezeigt. Er kam nicht nur zurück, um das Haus niederzubrennen, aber er hätte einfach kehrtmachen können.«

Hush dachte darüber nach.

»Ich wette, er hat irgendwo am Fluß ein Fahrzeug versteckt«, fuhr Carolyn fort. »Er kam mit dem einen Boot und fuhr damit wieder zum Fahrzeug zurück. Das Gute ist, daß wir nicht zu wissen brauchen, wo er ist, solange wir sein Ziel kennen.«

»Wir glauben, es zu kennen«, sagte Hush. »Aber das ist es nicht, was mir zu schaffen macht. Wir hätten melden müssen, was wir tun. Richtig melden. Diese List, einen Bericht am Sonntagmorgen in einen Briefkasten zu werfen, wird niemanden täuschen, Carolyn.«

Sie schüttelte den Kopf. »Da bin ich anderer Meinung. Was hätte die Zentrale getan, wenn wir einen Mordskrach geschlagen und eine Menschenjagd in fünf Staaten verlangt hätten? Sie hätten nichts unternommen, sondern weiterhin versucht, *ihre* Theorie zu beweisen, und Carswell hätte sich darauf konzentriert, uns zu bestrafen, nicht Keeler zu verfolgen. Er glaubt einfach nicht an einen Einzeltäter.«

Hush nickte unwillkürlich. Sie hätten einen ganzen Tag verloren, an dem sie Carswells Zorn ausgesetzt gewesen wären. Auf diese Weise verfolgte zumindest jemand aktiv den richtigen Täter. Zeit war entscheidend.

15 Kilometer vor Vicksburg stießen sie auf die erste Straßensperre. Die Highway Patrol hatte allen Verkehr durch blinkende Baken auf eine Spur geleitet, überprüfte Führerscheine, Versicherungspapiere und – am wichtigsten – die Gesichter der Fahrzeuginsassen. Ihr Fahrer fragte, ob sie mit Blaulicht und Sirene durchfahren sollten, aber Hush war dagegen. Er wollte sehen, wie die Cops reagierten. Am Kontrollpunkt zeigten sowohl Hush als auch Carolyn ihre FBI-Ausweise, und die überraschten Polizisten winkten sie wortlos durch. Einer von ihnen hatte ein Schwarzweißfax mit Keelers Bild in der Hand gehalten.

»Das ist eine Kontrolle auf der Autobahn«, sagte Carolyn. »Und wie steht es mit den Seitenstraßen?«

»Die werden ebenfalls kontrolliert«, sagte der Fahrer und

beschleunigte wieder. »Die County-Jungs sind alle im Einsatz. Sie haben auf beiden Seiten des Flusses einen Kreis von 15 Kilometern rings um die Brücke gezogen.«

»Gibt es viele Nebenstraßen?«

»Nicht allzu viele«, antwortete der Polizist gedehnt. »Zum Glück gibt es allerhand Bayous rings um Vicksburg. Deshalb brauchte General Grant so lange.«

Hush blickte zu Carolyn. Er hatte vergessen, daß manche Südstaatler immer noch mit ihrer Geschichte haderten.

»Außerdem«, fuhr der Cop fort, »kennen die lokalen Gesetzeshüter die Leute in ihrem Bereich. Wenn ein Fremder durchkommt, wird jemand das melden. Wohin genau wollen Sie in Vicksburg?«

Gute Frage, dachte Hush. Sie konnten nicht einfach zum Befehlsstand der Nationalgarde oberhalb der Brücke fahren. Ihr Status in der gegenwärtigen Krise war nicht legal. Hush wollte auch keinen Offiziellen vom FBI-Büro Jackson in der Einsatzzentrale oder in Motels längs der Autobahn begegnen.

»Gibt es anständige Hotels in der Stadt?«

»Da sind ein paar ziemlich schöne Pensionen unten am Fluß. Meine Frau arbeitet in einer – sie heißt The Corners. Soll ich anrufen?«

Der Staatspolizist rief über das Autotelefon an. Es waren noch Zimmer frei, und Hush wies den Cop an, zu dieser Pension zu fahren. Sie würden ohne Wagen sein, also auf Powers' Ankunft warten müssen. Hush warf einen Blick auf seine Armbanduhr. In ein paar Stunden würde es dunkel sein. Er war überzeugt, daß Keeler entweder schnell zuschlagen oder die Sache zu einem langen Nervenkrieg machen würde. Und sobald sich Herlihy am Montag morgen in seinem Büro eingefunden hätte, dürfte ihr kurzer Ausflug zu eigenmächtigen Operationen sehr schnell beendet sein. Vorausgesetzt, sagte er sich, daß Herlihy sie finden konnte. Er erinnerte Carolyn daran, ihr Mobiltelefon auszuschalten.

Sie tat es, lehnte sich auf dem Beifahrersitz zurück und massierte ihre Schläfen. Hush ertappte sich bei dem Gedanken, daß er dies für sie tun wollte. Er war verwirrt wegen seiner Gefühle für Carolyn. Er hatte gedacht, die Strömungen der Macht in der Zentrale des FBI ziemlich aufmerksam zu verfolgen, aber offenbar war er zu selbstzufrieden und arglos geworden. Es wäre ihm nie in den Sinn gekommen, daß er auf der Abschußliste des Direktors stehen könnte, und er hätte gewiß niemals angenommen, daß der Direktor jemanden wie Carolyn Lang benutzen könnte, um ihn loszuwerden. Dennoch war sie die interessanteste und attraktivste Frau, die er in vielen Jahren kennengelernt hatte. Sie hatte zugegeben, daß mehr an der Geschichte dran war. Vielleicht konnte er später herausfinden, was sie damit gemeint hatte.

Colonel Mehle berief am Sonntag um 17 Uhr 30 einen Kriegsrat im Kommandowaggon ein, an dem beide Warrant Officers der Army sowie der Sergeant und Matthews teilnahmen. Mehle hatte dunkle Ringe unter den Augen. Sein Mund und seine Hände zitterten wie die eines süchtigen Rauchers, der dringend einen Glimmstengel brauchte. Drei zornige Offizielle der ›Kansas City Southern‹ und ›Norfolk Southern‹ Eisenbahngesellschaften waren soeben gegangen. Sie hatten hinreichend klargemacht, daß sie keine weiteren Tricksereien wie in der vergangenen Nacht hinnehmen würden. Es sei ihnen gleichgültig, welche Protektion Mehle in Washington hatte. im Gegensatz zur vergangenen Nacht stünden keine freien Nebengleise mehr zur Verfügung, um die Hauptstrecke vor Zug 2713 zu räumen. So einfach sei das. Die Eisenbahngesellschaften würden den Stau auflösen, den *er* verursacht hatte, und dann würden sie ihm vielleicht – *vielleicht* – eine Weiterfahrt nach Jackson genehmigen, zusammen mit dem anderen Verkehr nach Westen, der sich in ganz Alabama angesammelt hatte. Und dort bekäme er es mit dem Flaschenhals zur Brücke zu tun. Mehle hatte bei diesem letzten Punkt tatsächlich gelächelt und damit Matthews völlig verwirrt.

Vor der Konferenz hatte Matthews drei Stunden Schlaf gefunden. Laut MP-Sergeant hatte Mehle den ganzen Tag an der Kommunikationskonsole verbracht und jeden angebrüllt, der bereit gewesen war, ihm zuzuhören, daß »dieser gottverdammte Zug gottverdammt schnell von diesem gottverdammten Nebengleis herunter müsse.« Die Militärpolizisten nannten ihn mittlerweile Colonel Gottverdammt. Der Operator erklärte, daß sich die Betriebs- und Verkehrszentralen der Eisenbahngesellschaften weigerten, seine Anrufe entgegenzunehmen, und das Pentagon nicht in der Lage gewesen sei, die Offiziellen vom Dienst beim Transportministerium einzuschalten.

Ebensowenig hatten sie Erfolg bei ihren Bemühungen gehabt, eine zweite Kühlanlage zu bekommen. Mit dieser Aufgabe war Matthews betraut worden, aber nach mehreren Telefonaten mit Offizieren vom Dienst am Sonntag hatte er erfahren, daß die nächste kompatible Anlage in San Antonio stehe. Durch den Ausfall der Eisenbahnbrücken über den Mississippi war jeder Lastwagen im südlichen Abschnitt in zwischenstaatlichen Dienst gepreßt worden. Nichts, was nicht schon vor einer Woche für den Transport vorgesehen war, würde bald verfügbar sein. Die Temperaturen in den Spezialwaggons waren abermals gestiegen – im vorderen um zwei, im hinteren um ein Grad. Lieutenant Marsden in Anniston hatte empfohlen, ihre schwarzen Metallseiten zu kühlen, aber der Zug steckte am nördlichen Stadtrand von Meridian fest, und es gab zwar ein Bewässerungssystem für den nahen Golfplatz, aber keine Möglichkeit, das Wasser zur Eisenbahnlinie zu leiten. Mehles Wutausbrüche waren gefährlich nahe daran, die Medien aufmerksam zu machen, und nur einige schnelle Telefonate von Matthews hatten ein paar eifrige Reporter ablenken können, die wegen der sonderbar aussehenden Loks neugierig geworden waren.

»Welche Temperaturen haben wir jetzt in den Spezialwaggons?« fragte Mehle.

Der Sergeant meldete die gegenwärtigen Zahlen. »Die Sonne geht unter«, fügte er hinzu.

»Was, zum Teufel, befindet sich überhaupt in diesen beiden Waggons?« fragte Taggart, der größere der beiden Warrant Officers. Sein Kollege hieß Jenks. Beide waren mürrisch aussehende Texaner Mitte Vierzig.

»Das gleiche wie im ganzen Zug«, sagte Mehle. »Fünfzig Jahre alte Gehäuse chemischer Waffen, die dringend in unsere Entsorgungsanlage in Tooele gebracht werden müssen. Okay. Major Matthews, ich will, daß Sie die Häufigkeit und die Richtung aller Züge auf dieser Hauptstrecke überwachen. In erster Linie interessieren mich die Intervalle zwischen ihnen.«

»Jawohl, Sir«, sagte Matthews. Weil Mehle offensichtlich mit den Nerven am Ende war, verzichtete Matthews darauf, den Grund hierfür zu erfragen.

»Warrant Officer Taggart, ich will, daß Sie die Geschwindigkeit der hier vorbeikommenden Züge schätzen, insbesondere die der nach Westen fahrenden. Am Kopf dieses Nebengleises befindet sich eine Weiche, richtig?«

»Jawohl, Sir«, sagte Taggart und schoß einen Priem unter die andere Wange. »Aber es ist eine ferngesteuerte; dieser Bezirk steht unter Kontrolle der Zentrale. Die Weiche ist im Augenblick gegen uns gestellt.«

»Kann sie für Nahverkehrszüge per Hand umgestellt weden?«

Taggarts Augenbrauen ruckten hoch. Ihm begann zu dämmern, was Mehle im Sinn hatte. »Ja, Sir, das ist möglich, aber wenn Sie daran denken, daß wir ohne Freigabe auf die Hauptstrecke fahren, kommt das nicht in Frage.«

Mehle starrte Taggart einen Moment an. »Sagen Sie mir eines, Taggart. Wird die Strecke überwacht? Ich meine, kann die Zentrale Kontrollstation feststellen, ob sich auf einem bestimmten Streckenabschnitt ein Zug bewegt?«

»Selbstverständlich, Colonel. Das System dient dazu, Kollisionen zu vermeiden. Die Schienen haben einen elektrischen Schaltkreis. Man kann kein Stoppsignal passieren, ohne daß auf der ganzen Strecke die Haltesignale aufleuchten. Und die roten Warnlichter wären noch unsere geringste Sorge.«

»Was wäre Ihre schlimmste Sorge?«

»Scheinwerfer von vorne«, sagte Jenks.

Mehle dachte darüber nach. Dann lächelte er. Es war kein schöner Anblick, wie Matthews fand. »Also ist das nicht machbar«, sagte Mehle. »Okay, trotzdem will ich die Zeit der Intervalle und die Durchschnittsgeschwindigkeit vorbeifahrender Züge wissen, von Osten und Westen. Das ist alles. Wegtreten!«

Matthews wartete, bis die anderen Männer den Kommandowaggon verlassen hatten. Er hatte sich nicht von Mehles schneller Reaktion auf die Befürchtungen des Warrant Officers täuschen lassen. Mehle stand auf und ging ins Bad, um sich das Gesicht zu waschen. Er kehrte zurück und setzte sich wieder. Er hob seine Kaffeetasse an, bemerkte, daß sie leer war, und stellte sie wieder ab.

»Wissen Sie, welches das wahre Problem ist?« fragte er.

»Jawohl, Sir. Wir wissen nicht, was in diesen Gefechtsköpfen vorgeht. Und wenn unsere Vermutung falsch ist …«

»Ja. Und es ist ein gottverdammter Sonntag. Sogar bei einer nationalen Eisenbahnkrise ist jeder in Washington daheim und liest die gottverdammten Zeitungen. In hatte letzte Nacht einige Hilfe. Aber diesen Zug nicht über den gottverdammten Fluß und in die menschenleere Gegend auf der anderen Seite zu bekommen könnte eine Katastrophe bedeuten.«

»Colonel, wir hätten diese Dinger überhaupt nicht transportieren sollen. Keine gottverdammten Kernwaffen.«

Mehle starrte ihn wütend an. »Nun, *Major,* wir haben es aber getan. Und jetzt will dies keiner in Washington oder sonstwo zugeben. Man sagt mir, *ich* soll das Problem lösen. Also werde ich es lösen.«

Matthews fixierte den Tisch; er wußte nicht, was er sagen sollte.

»Dazu gibt es eine persönliche und berufliche Vorgeschichte, Major«, sagte Mehle. Die Schärfe war aus seiner Stimme gewichen. »Im vergangenen Jahr hat mich der Nationale Sicherheitsrat mit einer wichtigen Mission betraut. Sie ging schief. Berichtigung: *Ich* habe sie vermasselt.« Er blickte Matthews über den Tisch hinweg an. »Diese hier werde ich nicht vermasseln, verstanden? Wir werden diesen gottverdammten Fluß überqueren, und dann schaffen wir diese Dinger an einen sicheren Platz in Idaho.«

»Nicht, wenn wir von einem entgegenkommenden Zug gerammt werden, Colonel.«

»Wir werden nicht gerammt werden. Sobald ich die Intervalle zwischen den Zügen kenne, werde ich diese Weiche umstellen lassen, diesen Zug auf die Hauptstrecke und dicht an dicht mit dem nächsten Zug nach Osten fahren. In dem Moment, in dem man feststellt, daß wir Meridian verlassen haben und so schnell unterwegs sind, daß kein Blödmann eine Weiche umstellen kann, um uns von der Hauptstrecke auf ein Nebengleis zu leiten, wird man uns durchkommen lassen. Ich muß nur nach Vicksburg.«

»Aber dort ist die Brücke«, sagte Matthews. »Jetzt ist sie der wahre Flaschenhals.«

»Ja, aber die Brücke steht augenblicklich unter Kontrolle der *Army*, nicht wahr, Major? Sorgen Sie dafür, daß diese Intervalle beobachtet und aufgeschrieben werden. Ich werde jetzt etwas schlafen. Wecken Sie mich in zwei Stunden.«

Keeler verließ die nach Süden führende I-55 um 17 Uhr 30 westlich von Canton, Mississippi. Er war müde und steif, aber wachsam. Er hatte sein Aussehen verändert. Sein Haar und die Augenbrauen waren jetzt grau. Zwei seiner Schneidezähne hatte er mit etwas Nagelpolitur dunkelbraun gefärbt, und die anderen Zähne wiesen häßliche Flecken auf, nachdem er zwei Stunden lang an einem Teebeutel gesaugt hatte. Er hatte eine Kerze geschmolzen und mit dem Wachs eine falsche Gehörhilfe für beide Ohren geformt, und er trug eine Lesebrille mit dicken Gläsern sowie vergammelte Kleidung, um das Bild eines wackeligen, komischen alten Kauzes zu vervollständigen. Keeler, 55 Jahre alt, sah jetzt wie ein heruntergekommener 75jähriger Fischer auf einem Überlandausflug längs des Deltas aus. Selbst wenn die Polizei ihn stoppte und den Van durchsuchte, würde sie hauptsächlich Fischer- und Campingausrüstung, verdorbene Lebensmittel und überall verstreute Zigarettenkippen und Kleidungsstücke finden. Er hatte dafür gesorgt, daß jeder Cop, der seine Nase hineinsteckte, die Kontrolle schnell beenden wollte und deshalb die 100 Meter Detacord und die Zündbox übersehen würde, die, in Plastik gewickelt, im Ersatzreifen versteckt waren. Sein Führerschein, die Versicherungskarte, die Zulassung von Missouri und die Nummernschilder waren auf seinen ehemaligen Hauswirt ausgestellt. Nur das Foto war von ihm selbst, obwohl es nicht viel Ähnlichkeit mit seinem neuen Gesicht hatte.

Er wußte, daß der Van, das Boot und seine Verkleidung einer sorgfältigen Kontrolle mit Spürhunden und mehrfachen und genauen Überprüfungen durch die Polizei von Missouri nicht standhalten würden. Für eine Straßensperre der Highway Patrol, bei der die Cops nach der ersten halben Stunde ihrer Schicht hauptsächlich daran interessiert sein würden, den Verkehrsstau, der sich gebildet hatte, möglichst schnell wieder aufzulösen, sollte seine Tarnung allerdings ausreichen. Die wirklich harten Straßensperren, an denen vielleicht sogar FBI-Agenten kontrollierten, würden erst im näheren Umkreis von Vicksburg beginnen. Er hatte nicht vor, sein Glück herauszufordern.

Er fuhr über den Mississippi State Highway 22 westsüdwestlich in das abendliche Zwielicht, hielt sich an die Geschwindigkeitsbegrenzung, sehr zum Ärger der Farmerjungen aus Mississippi, die mit ihren großen Pickup-Trucks fast auf den Anhänger mit dem Boot auffuhren und ihn dann mit Tempo 130 und mehr überholten, nur um einen Kilometer weiter zu bremsen und in die Ausfahrt einzubiegen. Westlich von Flora, wo sich die U. S. 49 mit dem Highway kreuzte, stieß er auf die erste Straßensperre. Er rückte seine Brille mit den dicken Gläsern auf die Nasenspitze, als er die Reihe der blinkenden Signalbalken und dann die rotierenden Blaulichter auf den drei Streifenwagen der Staatspolizei erblickte, einen für jede Spur und einen für eine eventuelle Verfolgung. Im Schein einer Taschenlampe musterte ein stämmiger Staatspolizist sein Gesicht. Keeler gab sich locker, spähte durch die dicken Gläser zu ihm auf und hustete, worauf der Cop zurückwich und ihn weiterwinkte. Keeler nahm die Brille ab, sobald die Straßensperre hinter ihm lag. Er war sich nicht ganz sicher, aber er glaubte gesehen zu haben, daß der Cop einen Steckbrief in der Hand gehalten hatte.

Sein Nahziel war der Zugang zum Big Black River, den er erreichen wollte, indem er dem Highway 22 bis fast zur I-20 folgte und dann über eine Landstraße namens Askew Ferry Road zurück nach Nordwesten fuhr. Wenn er mit seinem Boot auf den Big Black kommen konnte, wäre er seinem Ziel ein gutes Stück näher. Es erstaunte ihn, daß er sich bei seinem Plan für diese Nacht, ermutigt durch die Tatsache, daß er vier Brücken in nur knapp zwei Wochen ausgeschaltet hatte und bis in die frühen Morgenstunden dieses Tages nicht entdeckt worden war, zunehmend entspannter fühlte. Sie hatten sich vermutlich zusammengereimt, daß er es auf die Brücke von Vicksburg abgesehen hatte. Wollte er für eine wirkliche Überraschung sorgen, sollte er südwärts und nach New Orleans fahren, aber je länger die Fahndung auf der Autobahn durchgeführt wurde, desto wahrscheinlicher war es, daß man ihn schnappte. Er schaltete das Fernlicht ein, um irgendwelches Wild längs der Straße eher zu erkennen und beschleunigte auf 100. Noch 40 Kilometer bis zur Askew Ferry Road. Und höchstwahrscheinlich bis zur nächsten Straßensperre.

Der Polizist bog an der Ausfahrt Clay Street von der Autobahn ab und fuhr am nationalen Schlachtfeld-Park vorbei in die City von Vicksburg. Er sagte Hush und Carolyn, daß der Weg über die Washington Street, die in einiger Entfernung am Fluß entlangführte, zwar kürzer, aber die ganze Umgebung der Brücke für Fahrzeugverkehr gesperrt sei. Hush erkundigte sich nach dem Verlauf der Eisenbahnstrecke durch die Stadt; der Staatspolizist, der hauptsächlich im Gebiet von Jackson arbeitete, war sich nicht sicher. Sie fuhren auf der Clay Street in Richtung Flußboot-Viertel und bogen dann nach links auf die Oak Street, die ebenfalls am Mississippi entlangführte. Von dort aus waren es nur sechs Blocks bis zur Pension The Corners. Nördlich von ihr stießen sie auf einen Bahnübergang. Der Cop der City Police, der ihn beobachtete, winkte den Streifenwagen durch, ohne aus seinem eigenen auszusteigen.

The Corner bestand aus zwei Backsteingebäuden. Der zweigeschossige Anbau war dem 1878 errichteten Whitney-Haus nachempfunden und mit Ziegelwänden und einem Ziergarten mit diesem verbunden. Die Pension lag an der Ecke Oak und Klein Street, direkt gegenüber des imposanten Cedar Grove Mansion Inn. Der Staatspolizist setzte sie beim Haupteingang ab, der sich vor einem schönen Hof mit Gartenanlage an der Rückseite des ursprünglichen Gebäudes befand. Das Steilufer von Vicksburg erhob sich jenseits der Pension in einem Gewirr von Backsteinmauern und riesigen alten Bäumen. An der dem Fluß zugewandten Seite des Anbaus gab es eine Treppe, die zu einer großen Terrasse führte. Über eine weitere erreichten sie die Veranda im zweiten Geschoß. Sie bot einen Blick auf die weite Biegung des Mississippi, in den von Norden der Yazoo-Kanal mündete, und war mit Schaukelstühlen und Rohrtischen ausgestattet. An der Decke drehten sich langsam Ventilatoren. Die im viktorianischen Stil eingerichteten Zimmer, die ihnen die freundliche Wirtin zugewiesen hatte, grenzten aneinander, waren jedoch nicht miteinander verbunden und hatten hohe Decken, Himmelbetten, große Schränke sowie Kamine. Die einzigen Anzeichen von Modernität waren die summenden Klimaanlagen und der übergroße Whirlpool im Bad von Hushs Zimmer.

Hush rief bei der Einsatzzentrale in Jefferson City an, um die Telefonnummer der Pension für Powers zu hinterlassen. Dann zog er sein Jackett, die Krawatte und das Schulterholster aus, ließ Wasser in den Wirlpool einlaufen und trat auf die Veranda, wobei er darauf achtete, daß er sich nicht selbst ausschloß. Er setzte sich in einen der Schaukelstühle und beobachtete, wie sich die Dämmerung über die Bayous Louisianas jenseits des Flusses senkte. Carolyn gesellte sich zu ihm. Zu seiner Überraschung brachte sie eine Flasche Scotch und zwei Gläser mit. Sie trug jetzt einen schlichten Rock und eine ärmellose Bluse.

»Es geht nichts über Vorfreude«, sagte sie und schenkte Whisky ein. »Ich brauche mindestens einen Drink auf diesen kleinen Ausflug.«

Da es keine Kühlschränke auf den Zimmern gab, tranken sie ihren Scotch ohne Eis. Es war ein milder Abend. Hush streckte sein verletztes Bein aus, prostete Carolyn zu und schloß die Augen. Er ermahnte sich, nicht zu vergessen, daß er Wasser in seinen Jacuzzi-Whirlpool ließ. Ein Pfeifton ertönte in der Ferne, und bald darauf hörten sie einen langen Güterzug über den Bahnübergang an der Oak Street zu ihrer Rechten rattern, den sie wegen all der Bäume auf der anderen Straßenseite allerdings nicht sehen konnten. Die Frau an der Rezeption hatte sich für den Lärm entschuldigt, aber seit den Anschlägen auf die Brücken fuhren Tag und Nacht Züge durch Vicksburg. Hush ging in sein Zimmer, um nach dem Badewasser zu sehen. Die Wanne war fast voll. Er drehte den Hahn zu, kehrte auf die Veranda zurück und erzählte Carolyn, daß er Powers telefonisch über ihren Aufenthaltsort informiert habe. Dann kündigte er an, daß er sich mit seinem geschundenen Körper in die Badewanne legen wolle. Carolyn schenkte ihm noch einen Scotch ein und sagte, sie werde vermutlich das gleiche tun. Bis Powers auftauchte, gab es wenig anderes zu tun.

Hush ging ins Bad, streifte seine restliche Kleidung ab und ließ sich vorsichtig in das dampfende Wasser sinken. Die

Wanne war groß genug für zwei Personen, was bedeutete, daß er, wenn er die Knie anzog, gerade hineinpaßte. Der Bluterguß an seinem Schienbein war jetzt mehrfarbig, aber weniger schmerzvoll. Er drehte die Wasserstrudel an, lehnte sich zurück, das Glas Scotch in der Hand, und fragte sich von neuem, was, zum Teufel, er hier zu suchen hatte. Die kombinierten Kräfte der Staatspolizei hatten eine ziemlich gute Fahndung aufgebaut. Aber was kam danach? Wie konnte Keeler einen Anschlag auf diese Brücke verüben? Inzwischen mußte diese Brücke und auch die von New Orleans von der halben Welt bewacht werden. Eigentlich war ein Anschlag unmöglich. Aber bei Keeler mußte man mit dem Unmöglichsten rechnen, dachte Hush. Er spürte einen Luftzug, und dann wurde die Badezimmertür weiter geöffnet. Carolyn stand auf der Schwelle.

»In meinem Zimmer gibt es keinen Whirlpool«, sagte sie. Eine Hand lag auf der Türklinke, die andere hielt das Scotchglas. Hush war zu überrascht und zu müde, um an Sittsamkeit zu denken und tiefer ins Wasser zu rutschen. Er blinzelte und überlegte, was er Cleveres sagen konnte. Aber hauptsächlich schaute er sie nur an, während ihn eine Woge widerstreitender Gefühle erfaßte. »Das ist aber schade«, sagte er und bemühte sich um eine feste Stimme.

Carolyn betrat das Badezimmer, ohne den Blick von ihm zu wenden, stellte das Glas Scotch ab und begann, sich auszuziehen. Bluse, BH, Rock und Strumpfhose. Es war kein Striptease, aber auch kein schnelles Ausziehen, und er beobachtete fasziniert, wie sie ihm ihren Körper enthüllte. Sie behielt ihr Höschen an, kam zur Badewanne und setzte sich auf den Rand. Zuerst löste sie ihr Haar. Der rote Striemen zwischen ihren Brüsten war in seiner Augenhöhe, als sie es zu einem goldenen Dutt aufsteckte, und er sehnte sich danach, sie in die Arme zu nehmen, aber er verharrte völlig reglos, um zu sehen, was sie tun würde. Schließlich neigte sie sich vor und legte die Hand federleicht auf die häßliche Beule an seinem Schienbein. Dann stand sie auf, drehte sich um und stieg über ihn hinweg. Die Rückseite ihres Höschens war naß. Sie ließ sich langsam in das dampfende Wasser sinken, bis sie Schulter an Schulter und ihre Hüften an seine gepreßt, mit ihm saß. Dann nahm sie einen Waschlappen und ein Stück Seife und gab beides Hush. Sie lehnte sich in der Wanne zurück, den Kopf auf gleicher Höhe mit seinem, und schloß die Augen.

Hush säuberte erst ihren Hals. Er drehte sich leicht, um besser an sie heranzukommen, wusch ihren Oberkörper, streichelte ihre großen Brüste mehr mit den Händen als mit dem Waschlappen, bis sie ihre linke Hand auf seinen Oberschenkel legte, darüber fuhr und dann seinen Penis umfaßte, ihn hielt, als er hart wurde, während seine Hände vorsichtig über das nasse Nylon ihres Slips glitten, um wieder die Weichheit zwischen ihren Beinen zu spüren. Sie neigte sich zu ihm, und sie küßten sich voller Verlangen, indem ihre Zungen miteinander spielten. Schließlich schob sie sich zu ihm, richtete sich auf Hände und Knie auf und erhob sich dann, um sich mit gespreizten Beinen soweit sinken zu lassen, daß ihr durchsichtiges Höschen sein Gesicht berührte und sie sich von ihm dort küssen lassen konnte, während er mit beiden Händen ihren Po umfaßte, bis sie sich verlangend bewegte. Er zog ihr Höschen an ihren Schenkeln hinunter, und sie ließ sich an seinem Körper hinabgleiten. Sie stöhnte tief und kehlig, und dann schnappte sie nach Luft, und er spürte das Pulsieren ihres Blutes. Nach einer Minute schoß sie vor, ihre Brüste wölbten sich seinen Lippen entgegen, und dann bewegte er sich auf und ab, versuchte, sich unter Kontrolle zu halten und die Wonnen auszudehnen, aber es gelang ihm nicht. Schließlich gab er auf und stieß härter und schneller, die Hände fest um ihren Po gekrallt, ihre Brüste an sein Gesicht gepreßt, bis er tief in ihr kam, sein Atem stockte und er zitternd ausatmete. Er öffnete die Augen und küßte die rote Strieme zwischen ihren Brüsten, ehe er sich zurücklehnte, so daß er sie wieder und wieder auf den Mund küssen konnte. Ihre Zungen verschmolzen, während er immer noch in ihr war, bis er bemerkte, daß sie weinte. Er zog sie an sich und hielt sie einfach in den Armen, als die Wogen der Erregung in ihnen langsam abklangen. Er wollte sie fragen, weshalb sie weinte, doch dann entschied er, nichts zu sagen und sie nur in den Armen zu halten.

»Es tut mir leid«, flüsterte sie nach ein paar Minuten. »Es tut mir ehrlich leid.«

Er streichelte eine Weile ihren Rücken. »Ich finde, das war es eigentlich wert«, sagte er. Sie zog den Kopf zurück und musterte ihn. Er bemühte sich um eine ausdruckslose Miene, doch er brachte nur ein schiefes Lächeln zustande. Ihre Augen glänzten, sie drehte sich zur Seite und ließ sich wieder ins Wasser sinken. Ihre Züge wurden ernst.

»Ich habe dir gesagt, daß es eine Vorgeschichte gibt.«

»Ich bin neugierig, aber wenn du nicht darüber reden willst …«

»Nein, ich will sie dir erzählen. Vor elf Jahren hatte ich eine Affäre mit einem anderen Agenten. Er war ziemlich ranghoch, und er war verheiratet. Der damalige Direktor war der AD der Inspektionsabteilung, und er fand es heraus. Er meldete es nicht der Personalabteilung und verlangte als Gegenleistung, daß ich ihm half, meinen Liebhaber in den Ruhestand zu zwingen.«

»Ah«, sagte Hush, »und nachdem du es einmal getan hattest, mußtest du es wieder tun.«

»Das war der Preis dafür, daß meine Rolle in der Affäre unbekannt blieb. Nachdem ich eine Chance bekam, mit dir zu arbeiten, ging ich zu Heinrich und sagte ihm, daß ich es nicht durchziehen wolle. Er erinnerte mich daran, daß ich es lange genug getan hätte und jederzeit aufhören könnte.«

»Aber dann würde er dich bei deiner Abteilung denunzieren.«

»Genauso war es. Und er erwähnte zum ersten Mal die Möglichkeit einer Beförderung. Er sagte, der neue Direktor habe das Recht, seine eigenen Führungsleute zu ernennen. Daß man ersucht habe, dir höflich den Abschied nahezulegen, du jedoch nicht zugehört hättest. Daß diese Administration wirklich an der Beförderung von Frauen interessiert sei.«

Hush nickte unwillkürlich.

»Ich schäme mich, sagen zu müssen, daß ich drauf einging. Nicht, daß es mir schwergefallen wäre. Wie schon gesagt, ich genoß es, zum inneren Kreis zu gehören. Aber du hast nicht verdient, was ich tat.«

»Was genau hast du getan, Carolyn?«

Sie seufzte. »Carswell zugestimmt. Daß die Anschläge auf die Brücken das Werk einer Gruppe und nicht eines Einzeltäters sind. Dadurch hattest du keine Unterstützung mehr von der Zentrale. Das verschaffte auch dem Direktor das Feigenblatt, das er brauchte. Angesichts der internen Übereinstimmung konnte er dem angeblichen Druck auf dich legitim nachgeben und dich entfernen.«

Hush nickte von neuem. Er fragte sich, was er an ihrer Stelle getan hätte. »Das sind unsere Spielchen«, murmelte er. Er sah auf seine Armbanduhr.

Carolyn stieg aus der Wanne und fing an, sich abzutrocknen. Er beobachtete sie fasziniert; sie bemerkte seinen bewundernden Blick und lächelte. »Sag es nicht«, meinte sie.

»Nun …«, begann er und schaute ins Wasser. »Ich möchte …«, doch dann klingelte das Telefon. Er stieg widerwillig aus dem Whirlpool und ging tropfend zur Badezimmertür, von wo aus er an den Apparat gelangen konnte. Der Anrufer war Powers.

»Ich bin auf dem Weg nach Vicksburg«, erklärte er. »Voraussichtliche Ankunft in 40 Minuten. Wir müssen uns treffen.«

»Wir haben keinen fahrbaren Untersatz.«

»Gibt es in The Corners eine Bar?«

»Das bezweifle ich. Es ist eine relativ bescheidene Pension. Aber Lang hat eine Flasche Scotch dabei.«

»Also taugt sie doch für etwas«, stellte Powers fest. Hush hielt die Hand über die Sprechmuschel und erzählte Carolyn, was Powers soeben gesagt hatte. Sie lachte und trocknete sich weiter ab.

»Okay«, meinte Hush. »Wir sind im zweiten Gebäude, Obergeschoß.«

»Was hat er noch gesagt?« fragte sie, nachdem Hush aufgelegt hatte.

»Er sagte, wir haben 40 Minuten.« Hush zog sie an sich.

Um 20 Uhr stand der Zug immer noch auf dem Nebengleis. Colonel Mehle hatte in den vergangenen beiden Stunden geschlafen, und jeder des Sonderkommandos, von Matthews bis zum kleinsten Privaten der Wachmannschaft, hatte dafür gesorgt, daß niemand Colonel Gottverdammt weckte. Matthews ging schließlich in den Schlafbereich, um nach ihm zu sehen. Mehle, der soeben erwacht war, blickte auf seine Armbanduhr und verlangte den Bericht über die passierenden Züge. Matthews und die Warrant Officers hatten ein Profil erstellt, aus dem hervorging, daß, abgesehen von einigen Ausnahmen, alle zehn Minuten Züge aus beiden Richtungen vorbeikamen. Ihre durchschnittliche Geschwindigkeit betrug ungefähr 32 Stundenkilometer; die Güterzüge nach Osten verlangsamten, wenn sie sich dem Knotenpunkt Meridian näherten, und die nach Westen beschleunigten, wenn sie ihn verließen.

Mehle und Matthews betrachteten eingehend die Streckenkarte für die Abschnitte zwischen Meridian und Vicksburg. Bis Jackson waren es circa 130 und von dort noch mal 55 Kilometer. Unter normalen Umständen konnten sie in etwa zweieinhalb Stunden bei der Brücke sein. Mehle erkundigte sich nach den Temperaturen in den Spezialwaggons und war nicht erfreut über die Rückmeldung, denn sie waren trotz der Abkühlung des Abends nicht gesunken. Matthews brachte schließlich den Mut auf, den Colonel zu fragen, was er vorhabe, doch Mehle gab keine Antwort. Er bat um frischen Kaffee und vertiefte sich weiterhin in die Streckenkarten.

Matthews ging nach vorne, um ein wenig mit den beiden Texanern zu plaudern, die Reservisten der Army waren, wie er herausgefunden hatte. Sie waren ein phlegmatisches Paar, typische Westmänner mit angeborener Vorsicht. Der Ältere, Taggart, hatte bei der Südwest-Division des Pionierkorps als Kapitän eines Schleppbootes gedient, war vor den großen Fusionierungen der Union aus dem aktiven Dienst ausgeschieden und erst bei der Southern und dann bei der Pacific Eisenbahner geworden. Der andere, Jenks, war lange Mechaniker in den Panzertruppen der Army gewesen. Danach hatte er sich bei der Burlington Northern Santa Fe zum Streckeningenieur hochgearbeitet. Bei dieser Fahrt war Taggart der Lokführer und wegen der Abwesenheit des Zugbegleiters für die Technik des Zuges verantwortlich. Jenks war als Ingenieur dabei und für den Betrieb der drei Diesellocks zuständig. Nach Mehles Aktion in der vergangenen Nacht waren beide etwas besorgt. Matthews spekulierte, daß der Colonel die Weiche eigenmächtig per Hand umstellen lassen wollte.

Ihre entspannte Haltung verschwand. »Kommt nicht in Frage, José«, sagte Taggart, und Jenks nickte beipflichtend. Taggart spuckte etwas Kautabak aus dem Fenster des Führerstandes der vorderen Lok und erklärte: »Wir sprechen von einer Hauptstrecke. Von einem einzelnen Gleis. Auf den meisten Strecken wird nicht mehr zweigleisig gefahren. Dies bedeutet, daß man die Verkehrskontrolle zentralisiert hat, und zwar zum einzigen Zweck, so viel Verkehr in beiden Richtungen einer Strecke abzuwickeln, wie sie sicher verkraften kann.«

Das ergab Sinn für Matthews, obwohl er gelegentlich zweigleisige Streckenabschnitte gesehen hatte.

»Das Wort, auf das es ankommt, ist *sicher, comprende*? Wenn jemand hier die Weiche umstellt, ist im Kontrollzentrum die Hölle los, ganz zu schweigen von einigen sehr feindseligen Anrufen, die über dieses Funktelefon eingehen werden.«

»Ich verstehe«, sagte Matthews. »Aber was würde passieren, wenn wir den Zug auf die Hauptstrecke und direkt nach Westen fahren würden?«

Taggart schüttelte den Kopf und spuckte wieder aus. »Wenn wir Pech hätten, würden wir an der nächsten Biegung entweder einen Zug rammen, der nach Osten unterwegs ist, oder aber in einen nach Westen fahrenden donnern, der wegen des Verkehrs voraus gestoppt wurde.«

Matthews nickte. Er wußte nicht, was er den beiden Texanern sagen sollte.

»Dieser Armleuchter von Colonel hat so was Irres vor«, sagte Taggart. »Er sollte besser lernen, wie man einen Zug fährt, denn wir beide werden uns längst verpißt haben, wenn es soweit ist. Wir besorgen uns 'ne Videokamera, folgen euch armen Arschlöchern auf der Strecke und verdienen uns 'ne hübsche Summe mit den Aufnahmen vom Crash. Kapiert?«

Ohne offen unloyal gegenüber dem Colonel zu sein, versuchte Matthews, den beiden Texanern zu vermitteln, daß er ihre Meinung teilte, und verließ den Führerstand der Lok mit soviel Würde, wie er aufbringen konnte. Als er an den Posten vorbei zum Kommandowaggon zurückkehrte, fragte er sich, was er tun würde, wenn der Colonel tatsächlich solch einen Wahnsinn wagen würde. Die MPs aus dem Zug befehlen und sich weigern mitzufahren? Was würden die Soldaten tun? Würden sie verstehen, was vorging? Dann erinnerte er sich daran, daß der Colonel bewaffnet war. Er tastete an seine Hüfte und stellte fest, daß er sein Holster mit der Waffe auf seinem Feldbett liegengelassen hatte. Vielleicht war es jetzt keine gut Idee, der einzige Unbewaffnete zu sein. Und dann fiel ihm ein, daß die beiden Warrant Officers ebenfalls unbewaffnet waren.

Es war kurz nach 21 Uhr, als Keeler die Biegung stromaufwärts der Eisenbahnbrücke der Kansas City Southern Railroad über den Big Black River umrundete. Den Großteil der Fahrt hatte er nur nach dem unbeständigen Mondschein navigieren können. Er fand die Bezeichnung Rinnsal für den Big Black passender, denn bis jetzt war er nur ungefähr zehn Meter und nicht allzu tief gewesen, mit hohen, schräg abfallenden und schlammigen Ufern voller Baumstümpfe und frei liegenden Baumwurzeln. Er hatte eine gute Zeit vom Campingplatz aus geschafft, bis er das Boot in Sichtweite der I-20 Autobahnbrücke auf eine Sandbank gesetzt hatte. Er war so schnell gewesen, daß das gesamte Boot aus dem Wasser auf Grund gerutscht war, und er hatte Mühe gehabt, den Außenbordmotor hochzuklappen und auszuschalten, bevor sich die Schraube in den Schlamm gewühlt hatte; es war schwer gewesen, dabei das Gleichgewicht zu bewahren. Die Sandbank ragte fast dreißig Zentimeter aus dem Wasser. Es war ihm ein Rätsel, wie er sie hatte übersehen können.

Er hatte eine strapaziöse Viertelstunde gebraucht, um das Boot wieder flottzubekommen, wobei er auch noch gestört worden war. Als er rotierendes Blaulicht auf der ungefähr einen halben Kilometer entfernten Autobahnbrücke bemerkt hatte, war er erstarrt und hatte angespannt nach Polizei Ausschau gehalten. Doch dann war das Blaulicht nach rechts aus seinem Gesichtsfeld verschwunden. Anschließend hatte er sich in Richtung Brücke treiben lassen, mit ausgeschaltetem Motor, für den Fall, daß es Beobachter gab. Er hatte bezweifelt, daß jemand dort oben bei all dem vorbeistreifenden Scheinwerferlicht der Fahrzeuge in der Dunkelheit in der Tiefe viel hätte erkennen können, aber er war nicht gewillt gewesen, ein unnötiges Risiko einzugehen. Danach hatte er die Fahrt nach Süden verlangsamt und sich davor bewahrt, etwa anderthalb Kilometer unterhalb der Autobahnbrücke über einen untergetauchten Baumstamm zu fahren.

In Sichtweite der Eisenbahnbrücke schaltete er den Motor aus und ließ das Boot zu einer Weidengruppe am Westufer treiben. Er betrachtete das Bahnviadukt. Es war eine eingleisige Trasse mit soliden Stahlseiten auf Betonpfeilern ungefähr 17 Meter über dem Fluß. Am westlichen Ufer führte sie in steilem Winkel zu ihm hinab, während sie am östlichen etwa 200 Meter hoch anstieg. Beide Ufer waren bei der Brücke mit einer dichten, dunklen Masse aus Büschen und Unkraut bedeckt. Unter sowie jenseits von ihr konnte er einige große weiße Felsen erkennen, flußabwärts, am Westufer, einen weißen Fleck von Beton, der auf einen Park- und Angelbereich hinwies.

Er legte mit dem Boot ungefähr 100 Meter flußabwärts der Brücke an. Der Bug bohrte sich in den Schlamm, und Weidenzweige strichen an den Metallseilen entlang. Von Osten näherte sich ein Güterzug viel schneller, als er in dieser Nacht gehofft hatte. Seine Scheinwerfer erhellten die Brücke, das Rattern der Waggons hallte an den Ufern des Flusses entlang und übertönte alle nächtlichen Geräusche, bis er vorüber war. Keeler stieg aus dem Boot, wobei seine Stiefel im faulig stinkenden Schlamm einsanken, und zog es aufs Ufer. Er kauerte sich unter die Zweige der Weiden und erkundete das Angelgebiet unter dem westlichen Stützpfeiler der Brücke. Er wollte sich vergewissern, daß keine späten Angler unterwegs waren oder sexverrückte Teenager dort in den Schatten parkten.

Das Summen von Mücken veranlaßte ihn, schnell eine Zigarette hervorzuholen. Er wandte sich von der Brücke ab, neigte sich vor, schirmte sie mit den Händen ab und zündete sie an. Dann hockte er sich ans Ufer und musterte abermals das Bahnviadukt im schwachen Mondschein. Er stieß eine Wolke von Tabakrauch aus, dankbar für das Nikotin, das ihm half, die Augen offenzuhalten. Er war übermüdet, und es war ihm auf den letzten paar Kilometern seiner Flußfahrt schwergefallen, wach zu bleiben. Trotz seiner Erschöpfung empfand er eine starke Bereitschaft, eine Art Vorfreude, es zu Ende zu bringen. Diese war vielleicht die letzte Brücke, die er schaffen konnte. Vielleicht? Bestimmt. Sie wußten, wer er war, und die Gegend wimmelte von Bullen. Er wußte, daß die Cops ihn bei der Brücke von Vicksburg erwarteten, aber er zählte darauf, daß er dank seiner unorthodoxen Annäherung auf die Brücke gelangen konnte. Danach mußte er sich auf sein Gespür verlassen. Du brauchst sie nicht zum Einsturz zu bringen, um sie zu zerstören, sagte er sich von neuem. Aber du mußt dorthin.

Ein weißes Licht blinkte im Osten, gefolgt vom schrillen, langgezogenen Pfeifton einer Diesellok. Er blickte auf seine Armbanduhr. Der letzte Zug nach Osten war vor fünf Minuten vorbeigekommen, was bedeutete, daß es östlich von hier ein Nebengleis geben mußte. Er wußte, das dies bei den meisten Brücken Standard war, um einen Zug von der Hauptstrecke zu entfernen, damit im Fall eines Problems ein Reparaturzug auf die Brücke fahren konnte. Die Geschwindigkeit des jetzt nahenden Zugs dürfte gerade mal 30 Stundenkilometer betragen. Das war gut. Vielleicht beschleunigte er noch, sobald er sich auf der Hauptstrecke befand. Keeler hätte gewettet, daß zwischen hier und Jackson auf jedem Nebengleis Züge standen und warteten, und das gleiche galt für die andere Seite des Flusses.

Irgendein Nachttier raschelte durch das Gestrüpp und Unkraut am Ufer, und Keeler lauschte, um seinen Weg zu verfolgen. Aber dann war der Zug auf der Brücke, und sein Lärm übertönte alle anderen Geräusche. Die drei riesigen Dieselloks stießen dichte, heiße Abgaswolken aus; die rot erleuchteten Fenster ihrer Führerstände wirkten unheilvoll und böse, wie die Augen einer mächtigen Bestie. Keeler nutzte den starken Lichtschein der Scheinwerfer, um den oberen Teil der Brücke nach Sicherheitskräften abzusuchen, aber er konnte keinen Schatten entdecken. Er mußte auf Cops achten, die irgendwelche Bahnübergänge in der Nähe bewachten, und dann zur Bahntrasse hinaufgelangen, um die Gleise zu untersuchen. Das Bahnviadukt war perfekt für sein Vorhaben, das Problem würde das Tempo des Zuges sein. Er brauchte einen Zug, der nur dahinkroch. Als die lange Kolonne der geschlossenen Güterwaggons über den Fluß ratterte, drückte Keeler seine Zigarettenkippe aus, überprüfte, ob das Boot sicher vertäut war, und begann dann, vorsichtig durch das Gestrüpp zu den Stützpfeilern des Bahnviadukts hochzuklettern.

Hush und Carolyn waren für den Außendienst gekleidet, als Powers im Halbdunkel die Treppe heraufkam. Hush hatte das

Licht auf der Veranda auf Carolyns Seite eingeschaltet, um die Insekten dorthin zu locken, das auf seiner jedoch ausgelassen, um nicht von der Straße unten gesehen zu werden. Wieder ratterte ein Zug hügelabwärts, angekündigt von einem langgezogenen Pfeifton und dem Scheinwerferlicht, das die Bäume rechts und links von ihm aus der Dunkelheit riß. Powers hatte fettige Hamburger in einer Tragetasche dabei. Eine Unterhaltung war bei all dem Lärm unmöglich, und so begannen sie das Gespräch erst, als der Güterzug mit seiner schrillen Pfeife weiter entfernt war.

»Was macht Ihr Bein?« fragte Powers. Er trug Uniform, und eine große Pistole baumelte an seiner Hüfte. Gegen einen kleinen Schuß Scotch in seinen Kaffee hatte er nichts einzuwenden.

»Es wünscht, daß Keeler ihm nichts getan hätte«, erwiderte Hush. »Irgendwas Neues?«

»Allerdings«, sagte Powers und zerknüllte die Tragetasche. »Das nehmen wir jedenfalls an. »Ein Motorradcop der County meldete einen Van mit einem Bootsanhänger in einem Waldstück auf irgendeinem Campingplatz westlich von Jackson. Er hat Zugang zum Big Black River. Ungefähr 30 Kilometer östlich von hier.«

»Und?«

»Nun, den Staatscops von Mississippi zufolge, tauchte ein komischer alter Kauz mit einem Van und dem Bootsanhänger dort auf und fragte nach einem Stellplatz für die Nacht. Die Lady trug ihn in die Liste ein, er bezahlte in bar und erkundigte sich dann nach dem Weg zum Big Black.«

»Wo war das?«

»Der Platz heißt Askew Landing Campground; er liegt gleich nördlich der I-20. Die Frau vom Campingplatz fand es ein wenig sonderbar, daß er so spät zum Fluß fahren wollte, aber manche Fischer sind eben bescheuert und haben ihre

Marotten. Jedenfalls kam ungefähr eine Stunde später ein Deputy mit dem Motorrad vorbei, um Fahrzeuge zu überprüfen, die nicht aus diesem Staat sind. Dies ist ein ziemlich gut geführter Campingplatz, und die Lady erwähnte den alten Kauz. Sie meinte anscheinend, daß mit ihm irgendwas nicht stimmte. Sein Aussehen und sein Verhalten. Das reichte dem Deputy.«

»Er schaute nach.«

»Richtig. Er fand den Van und den Anhänger, aber kein Boot. Nummernschilder von Missouri. Er geht der Sache auf den Grund. Seine Anfrage läuft über das Computernetz in Missouri, unsere Zentrale fängt sie auf, weil sie aus Mississippi kommt und wir alle Kfz-Anfragen von dort überprüfen. Van und Anhänger sind auf den Farmer zugelassen, der Morgan Keeler die Hütte vermietet hat. Unsere Jungs rufen den Farmer an, aber er weiß nicht das geringste von irgendeinem Van oder Bootsanhänger.«

»Das muß Keeler sein«, sagte Carolyn.

»Er *muß* es nicht sein, aber ich neige zu dieser Annahme. Und jetzt ist er auf dem Big Black, der aus Mittel-Mississippi kommt und hinter Vicksburg in den großen Fluß mündet. Das ist eine mögliche Route zur Brücke. Der Typ hört einfach nicht auf, wie?«

»Sie haben nicht diese schrecklichen Fotos gesehen«, sagte Carolyn. »Sein Haß muß grenzenlos sein.«

Powers nickte nachdenklich. »Er hat auch etwas bei sich, wie es aussieht«, sagte er und trank einen Schluck Kaffee. »Auf dem Gelände des Campingplatzes fand man den Reservereifen des Vans. Von der Felge abmontiert, als wäre etwas darin versteckt gewesen. Das Ding ist auf dem Weg ins nächste Labor der Staatspolizei und wird auf Rückstände überprüft.«

»Oder er fährt nach New Orleans«, überlegte Hush.

Powers schüttelte den Kopf. »Warum soll er bis auf 30 Kilometer an Vicksburg ranfahren, um sich dann nach New Orleans aufzumachen, das noch dazu über 320 Kilometer stromabwärts liegt? Nein, ich glaube, er wird es bei uns hier oben versuchen.«

»Was geschieht also als nächstes?« fragte Carolyn.

»Wir haben das Sicherheitspersonal auf der Brücke und ringsum alarmiert, vor allem die Küstenwachen und die Patrouillenboote. Die Navy läßt den Mississippi und die Küste vom Steilufer auf der Stadtseite aus mit Radar überwachen. Die Küstenwache und die örtlichen Cops haben höchste Alarmstufe, und auf beiden Seiten wird kein Fahrzeug in die Nähe der Brücke gelassen. Ich nehme an, jetzt können wir nur noch abwarten.«

»Und wieviel davon ist zum FBI oder nach Washington durchgesickert?« erkundigte sich Hush.

»Nun, die Leute in Jackson wissen, daß etwas im Gange ist«, sagte Powers. »Übrigens lustig, daß Sie fragen.« Er zog ein Papier aus der Tasche seines Uniformrockes und überreichte es Hush, der es auseinanderfaltete, als wäre es mit einer ansteckenden Krankheit infiziert. Es war die Ablichtung eines Fernschreibens von Herlihy in St. Louis an den Deputy Director des FBI in Washington, in dem er sich nach dem Aufenthaltsort und dem offiziellen Status von Senior Agent Carolyn Lang erkundigte. Hush gab sie ihr, und Carolyn verzog beim Lesen das Gesicht.

»Es zeigt, daß man sich auf nichts mehr verlassen kann«, sagte Hush. »Sieht aus, als hätte Seine Herrlichkeit tatsächlich seine Post gelesen und sofort reagiert.«

»Verdammt«, fluchte Carolyn und zerknüllte das Papier. »Okay, aber er hat immer noch ein Problem. Was soll er Washington in einer Sonntagnacht sagen?«

»Ich an seiner Stelle würde ihnen eine Rakete schicken.«

Carolyn lächelte ihn an. »Nicht Herlihy. Ich habe den Bericht so abgefaßt, daß alles eine unbestätigte Information ist. Ich habe noch nicht einmal den Namen des Agenten genannt, der mit mir zu Keelers Hütte fuhr. Herlihy ist sich völlig darüber im klaren, wie die ›richtige‹ Antwort lautet.«

»Und?« sagte Powers.

»Nun, er will der Zentrale auf keinen Fall sagen, daß sie alle sich irren – ›sie‹ sind der Direktor, sein Stellvertreter und besonders unser AD von der Abteilung Nationale Sicherheit, Mr. Carswell.«

»Der keinen Widerspruch hinnimmt, wie ich verstanden habe«, sagte Powers. Er schüttelte den Kopf. Hush erkannte, daß der große Staatspolizist sich köstlich über die kleine Nebenvorstellung der Bundespolizei amüsierte.

»Und unterdessen wird das FBI-Büro Jackson gemeldet haben, was sich bei euch Staatspolizisten tut, und das wird über das Netz an alle Beteiligten gehen, einschließlich an Herlihys Computer in St. Louis.«

»Was Herlihy in die Bredouille bringt«, folgerte Hush. »Er hat nicht nur Angst, mit einer Hiobsbotschaft an den Thron heranzutreten, sondern auch davor, daß die Einsatzgruppe der Staatspolizei diesen Fall übernehmen und – vielleicht noch schlimmer für ihn – sogar den Trainman schnappen wird.«

Powers schüttelte von neuem den Kopf und grinste. »Ihr seid mir welche ...«

»Wir sind für den Schutz der Brücke verantwortlich«, erinnerte ihn Hush. »Keeler zu fassen ist zwar wichtig, aber nicht so wichtig, wie ihn zu stoppen.«

Powers Grinsen verschwand. »Niemand hat das schriftlich festgehalten«, sagte er ruhig. »Aber Sie glauben besser daran, daß die Jungs von Mississippi einige Scharfschützen auf den Steilufern postiert haben. Wenn Keeler auftaucht, sollte er mit einem verdammten U-Boot kommen, um zu überleben.«

Hush warf einen Blick auf seine Armbanduhr. 21 Uhr 30. »Wie lange würde er bis zum Mississippi brauchen?«

»Das haben wir ausgerechnet«, sagte Powers. »Vom Campingplatz aus sind es rund 35 Kilometer runter bis zum Mississippi, dann ungefähr 30 zurück rauf nach Vicksburg, je nachdem, ob er über die Hauptfahrrinne oder durch die Bayous kommt.«

»Und wann hat er diesen Campingplatz verlassen?«

»Gegen 19 Uhr, 19 Uhr 30. Die örtlichen Cops sagen, er kann den Großteil der Stecke bei Dunkelheit mit ungefähr 30 Stundenkilometern fahren, solange er nicht gegen einen Baumstumpf donnert. Insofern dürfte er es bis zum Mississippi in 60 bis 90 Minuten schaffen.«

Der Pfeifton eines sich nähernden Zuges zerriß die Stille des Abends. »Wenn er das schafft, könnte er im Augenblick auf dem Weg nach Norden sein«, sagte Hush.

»Ja. Deshalb habe ich Feldausrüstung.«

»Und es fahren offenbar immer noch Züge über diese Brücke.«

»Alle fünf, zehn Minuten. Auf der Strecke Jackson-Vicksburg rollt Zug um Zug. Es gibt hier keinen Rangierbahnhof; und so werden sie alle in Jackson auf den Weg geschickt.«

Hush nickte. Dann mußten sie die Unterhaltung abbrechen, bis der Zug mit acht Stundenkilometern über die Bahnübergänge gekrochen war.

»Die Frage ist«, sagte Powers, als der Lärm nachließ, »was machen wir mit euch beiden? Wenn ihr euch beim Befehlsstand sehen laßt, haben eure Eltern bereits Anweisungen gegeben, daß man die verirrten Kinder in Gewahrsam nimmt.«

»Also lassen wir uns dort nicht blicken«, sagte Hush. In

ihm begann eine Idee zu reifen, aber zuerst wollte er mit Carolyn reden – allein.

Carolyn schaute ihn überrascht an. »Was? Natürlich fahren wir zur Brücke. Auf jeden Fall. Ich will dort sein, wenn Keeler auftaucht.«

Hush schüttelte den Kopf. »Nein. Sobald uns jemand vom Büro Jackson dort entdeckt, werden wir alle kaltgestellt. Wir warten hier.«

Sie starrte ihn bestürzt an.

»Du hast den wichtigen Teil erledigt, Carolyn«, sagte Hush. »Jetzt ist die Staatspolizei mit den geeigneten Mitteln vor Ort. Das Militär kontrolliert die Brücke, und allen ist klar, wen und wonach sie suchen. Sie wissen, daß er vielleicht mit einem Boot kommt. Wir können keinen Beitrag mehr leisten, und deshalb sollten wir einfach aus dem Weg bleiben.« Er schaute ihr in die Augen, zwang sie mit seinem Blick, einzuwilligen und darauf zu warten, daß Powers ging.

Powers schaute auf seine Armbanduhr. »Ich fahre jetzt zum Befehlsstand. Die Mississippi-Cops ziehen um seine mutmaßliche Position in den Bayous ein Netz zusammen. Sie werden mit Spürhunden vom Staatsgefängnis das Gebiet durchkämen. Wenn er auf dem Fluß ist, werden sie ihn vielleicht verlangsamen, besonders wenn er durch das Sumpfland kriecht.«

»Wir haben kein Fahrzeug«, sagte Hush. »Können die Mississippi-Jungs eins für uns auftreiben? Wenn Sie ihn in der Falle haben, bin ich vielleicht in der Lage, ihn zur Aufgabe zu überreden.«

Powers nickte. »Solange er keine Schießerei anfängt. Diese Jungs von der Staatspolizei Mississippi fackeln nicht lange. Sie knallen ihn ab und lassen ihn von ihren Hunden fressen. Ich besorge Ihnen einen Wagen. Ich werde anordnen, daß er vor der Pension abgestellt wird und die Schlüssel an der Rezeption hinterlegt werden. Und unterdessen tun Sie das, was ich für das Richtige halte. Rühren Sie sich nicht vom Fleck. Lassen Sie Ihr Mobiltelefon eingeschaltet. Ich werde anrufen, sobald wir etwas Neues erfahren.«

Carolyn wandte ihr Gesicht ab und blickte ärgerlich von der Veranda. Powers zwinkerte Hush zu, als Hush ihm dafür dankte, daß er das Abendessen mitgebracht hatte. Als Powers außer Hörweite war, wandte sich Carolyn Hush zu. »Warum?« fragte sie.

Hush grinste. »Wer verteidigt denn so engstirnig sein Territorium? Du willst dabeisein, wenn er zur Strecke gebracht wird, richtig?«

»Da hast du verdammt recht. Dieser Hurensohn hat auf mich geschossen und mich in den Kofferraum seines Wagens gesperrt. Ich will dort sein.«

»Aber wo ist ›dort‹? Draußen auf dem Fluß? In irgendeinem Bayou mit den Spürhunden? Auf den Brustwehren von Vicksburg? Na na, Carolyn, wir würden *im Weg* sein. Und du weißt, daß wir nicht im Befehlsstand antanzen können. Unsere Leute würden vermutlich *uns* festnehmen.«

»Das ist mir egal«, sagte sie, aber er spürte, daß sie nachgab.

»Weißt du was?« sagte er. »Vielleicht ist ihre Vermutung hinsichtlich Keelers Plan falsch. Zieh deine Jacke an. Laß uns einen Spaziergang machen.«

Sie seufzte und ging ins Zimmer, um ihr FBI-Jackett zu holen.

Matthews stand auf dem offenen Güterwaggon mit der Kühlanlage und hatte die Zeigefinger in die Ohren gesteckt, um den Lärm des Generators zu dämpfen, als er zu hören glaubte, daß die zweite und dritte Lokomotive vor dem Zug angelassen wurden. Es war jetzt völlig dunkel, und er hatte dem Sergeanten geholfen, die Anzeigen der Meßgeräte im Schein einer Taschenlampe abzulesen. Die Temperaturen waren im Laufe der vergangenen Stunde gleich geblieben. Die Intervalle, in denen Züge an ihrem Nebengleis vorbeifuhren, waren merklich kürzer geworden. Matthews und der Sergeant machten sich auf den Weg zum Kommandowaggon.

»Soll ich die Soldaten wieder in den Zug befehlen?« fragte der Sergeant.

»Ich vergewissere mich«, sagte Matthews. Es war eine bewölkte Nacht, und nur gelegentlich drang Mondschein durch die Wolken. Südöstlich des Nebengleises waren die Lichter von Meridian zu sehen. Im Vorbeigehen hörte Matthews den Ton eines Fernsehers im Mannschaftsraum der Militärpolizisten. Als er den Kommandowaggon betrat, überreicht ihm der Operator der Kommunikationsanlage ein Fernschreiben der Streckensicherung.

»Wir haben die Genehmigung zur Weiterfahrt«, sagte er. »Ich habe den Colonel vor ein paar Minuten angerufen, als es eintraf.«

»Ist er immer noch vorne auf der Lok?« fragte Matthews und überflog das Fernschreiben. Es erteilte ihnen Freigabe der Strecke bis Newton. »Jawohl, Sir«, sagte der Operator.

Matthews sah auf seine Armbanduhr. Sie hatten noch gut sechs Minuten Zeit. Er trat auf die Plattform hinaus und rief dem Sergeant zu, die MPs wieder einsteigen zu lassen. Die Wachen, die das Starten der Dieselmotoren gehört hatten, kamen bereits im Laufschritt über den Schotter zu ihrem Mannschaftswaggon. Matthews beobachtete, während der Sergeant abzählte und dann Matthews mit emporgerecktem Daumen signalisierte, daß alle im Zug waren. Er ging in den Waggon und befahl dem Operator, den Colonel darüber zu informieren. Newton, dachte er. Er betrachtete die Streckenkarte. Newton war knapp 50 Kilometer von Meridian entfernt. Ein Zug donnerte auf der Hauptstrecke in der Gegenrichtung vorbei, und Matthews dachte flüchtig an das, was Taggart über das Scheinwerferlicht entgegenkommender und das Kollidieren hintereinanderfahrender Züge gesagt hatte. Er schaute wieder auf seine Armbanduhr. Noch zwei Minuten.

Sie verließen die Pension um 21 Uhr 45. Die Hitze des Tages strahlte noch von den Backsteingebäuden ab, aber Hush hatte sein Jackett angezogen, um das Schulterholster zu verdecken. Carolyn hielt ihr Jackett an der Hüfte und verdeckte ihre eigene Waffe. Wetterleuchten erhellte die Gewitterwolken, die sich über Louisiana zusammenballten. Die Lichter des Hafengebäudes unter ihnen schickten bernsteinfarbenen Widerschein über den großen Fluß. Hush sah Leute im Restaurant des Cedar Grove Mansion Inn zu Abend essen, aber es herrschte kein Verkehr. Die Umgebung zeigte eine sonderbare Mischung aus kleinen Landhäusern, Backsteingebäuden mit Terrassen, die von alten Bäumen gesäumt waren, und einigen wenigen abseits stehenden Herrenhäusern. In manchen der Häuser brannte Licht, auf den Straßen hielt sich allerdings niemand auf.

»Ich erinnere mich an ein Buch über die Belagerung der ›Festung Vicksburg‹ während des Bürgerkrieges«, sagte Carolyn. »Es klang, als wäre es eine große Stadt, aber dies kann man kaum als kleine bezeichnen.«

»Ich nehme an, daß sich Vicksburg nie von dem Krieg erholt hat. Die Leute wirken jedoch sehr gastfreundlich.«

Sie erreichten den Bahnübergang an der Klein Street und sahen das Heck eines nach Osten fahrenden Güterzuges auf die mit roten Ampeln gesicherte Kreuzung zurollen. Ein Streifenwagen der City Police parkte schräg gegenüber auf der Straße, und die Tür auf der Fahrerseite stand offen. Ein rundlicher Polizist saß halb auf dem Sitz und musterte Hushs FBI-Jackett, als sie näher kamen. Der Zug passierte mit einem langgezogenen Kreischen von Stahl auf Stahl den unbeschrankten Bahnübergang. Ein einzelner Bremser hing am letzten Waggon und spähte angestrengt auf die Gleise. Hush zeigte seinen Ausweis.

»Warum ist die Straße blockiert?« fragte er den Streifencop.

Der rundliche Polizist spuckte gleichgültig auf die Straße. »Befehl der Highway Patrol«, sagte er mit starkem Mississippi-Akzent. »Die Züge fahren die ganze Nacht. Sie können hier rüber, wenn Sie wollen, aber ich habe Anweisung, keine Fahrzeuge durchzulassen.«

Hush starrte auf den Bremser, bevor der Zug klirrend und ratternd um eine Kurve verschwand. Seine Ahnung nahm Gestalt an.

»Ist dies die einzige Eisenbahnlinie in der Stadt?« fragte er. »Diejenige, die über die große Mississippi-Brücke führt?«

Der Cop nickte mitleidig, als wären dies dumme Fragen.

»Woher kommt der Zug?« fragte Hush.

»Jackson«, sagte der Cop und spuckte wieder Kautabaksaft aus. »Ein Gleis führt von der Düngemittelfabrik oben am Yazoo River runter und ein anderes von den Docks dort unten, aber dies hier ist die Hauptstrecke. Kommt von Jackson, östlich von hier. Verläuft quer durch die Stadt.«

»Hören Sie mal«, sagte Hush so leichthin wie möglich, »verläuft diese Bahnlinie ab Jackson parallel zur I-20?«

Der Cop überlegte und nickte. »Ja, das stimmt.«

»Überquert sie den Big Black River?«

Der Cop nickte abermals. »Die I-20 überquert ihn, ja, und die Eisenbahn muß auch über den Big Black«, sagte er. »Der verläuft in Nord-Süd-Richtung.«

Ein weiterer Zug tauchte in der Ferne zu ihrer Linken auf, und sein helles Scheinwerferlicht tastete durch die Bäume längs der Ufer und erhellte die Kais und Lagerhäuser unten am Fluß. Die Lok stieß einen langen, schrillen Pfiff aus, als sie sich dem ersten Bahnübergang näherte, der ein paar Blocks von ihnen entfernt war. Hush bedankte sich bei dem Polizisten für die Auskünfte, nahm Carolyn am Arm und führte sie zurück in Richtung Pension und außer dessen Hörweite.

»Was ist?« fragte sie und schaute ihn verwirrt an.

»Keeler hat ein Boot, richtig?« sagte Hush. Er mußte die Stimme wegen des Lärms der Loks heben, die auf den Bahnübergang hinter ihnen zuhielten.

Carolyn nickte.

»Okay. Er bringt das Boot nördlich der Interstate in den Big Black River und fährt auf diesem Nebenfluß nach Süden. Jeder nimmt an, er versucht, zum Mississippi und dann zur Brücke zu gelangen.«

Sie nickte von neuem.

»Aber macht das Sinn? Er müßte sich ihr auf dem einen Fluß nähern, auf dem ständig Boote patrouillieren. Er muß wissen, welches Risiko er eingehen würde. Er hat bestimmt all die Sicherheitsmaßnahmen rings um die Brücke bemerkt.«

»Worauf willst du hinaus?«

»Auf diese Bahnlinie. Sie führt von Jackson nach Vicksburg. Jackson liegt östlich von hier. Der Cop sagte, sie überquert irgendwo den Big Black River.«

»Ich verstehe immer noch nicht, was …«

»Er kommt nicht über den Mississippi«, unterbrach Hush. »Er springt auf einen Zug und fährt *damit* auf die Brücke. Das Sicherheitspersonal dort achtet auf alles, nur nicht auf die Züge.«

»Zum Beispiel nicht auf den Bremser, den wir soeben gesehen haben?«

»Zum Beispiel. Ich wette, er ist mit dem Boot den Big Black runtergefahren bis zu dieser Bahnlinie bei einer Überführung oder einer Brücke. Dann kann er auf die Brücke von Vicksburg gelangen, wann immer er es will. Nicht mit einem Boot. Mit einem verdammten *Zug*!«

Carolyn nickte nachdenklich. »Und alle beobachten den Fluß«, sagte sie. »Wir müssen Powers anrufen.«

»Richtig. Er soll alle nach Westen fahrenden Züge stoppen, bis sie inspiziert werden können. Oder bis sie Keeler festnageln, falls wir uns irren. Wo ist dieses Handy?«

»Natürlich in der Pension«, sagte Carolyn. »Benutz den Funk des Cops.«

Hush eilte zu dem städtischen Polizisten und erklärte ihm, was er wünschte. Der rundliche Beamte rief sofort die Zentrale der City Police an, die eine Frequenz zum Befehlsstand unten bei der Brücke hatte. Schließlich wurde er verbunden und reichte Hush das Mikrofon. Hush nannte nur seinen Namen und verlangte Powers. Der Kommunikationsoperator im Befehlsstand bat ihn, zu warten. Er meldete sich eine Minute später wieder und berichtete, daß Powers sich flußabwärts in der Nähe des Henessy Bayou aufhalte, wo das Team mit Spürhunden eine Fährte von Keeler gefunden zu haben glaubte. Hush fragte, ob er wegen einer dringenden Nachricht Funkkontakt mit Powers aufnehmen könne, und der Operator versprach, es zu versuchen.

Hush wollte zu Carolyn gehen, um ihr zu erzählen, was er erfahren hatte, doch der Streifenpolizist winkte ihn zurück. Jemand verlangte Mr. Hanson zu sprechen. Hush zögerte. Im Befehlsstand waren auch Agenten des FBI-Büros Jackson. Er nahm das Mikrofon.

»Hier Hanson«, sagte er.

»Hey, Hush. Hier ist Rafe LeBourgoise.«

Scheiße! dachte Hush. »Ja, Rafe?«

»Der Operator hier sagte, Sie hätten über eine Frequenz der Vicksburger angerufen. Sind Sie hier in der Gegend?«

Hush fiel nicht ein, wie er sich um eine Antwort drücken konnte. »Richtig«, sagte er.

»Nun, das ist gut. Das ist sogar sehr gut. Die Zentrale sucht Sie. Genauer gesagt, das Büro des Direktors. Man behauptet steif und fest, Sie seien in Baton Rouge auf Genesungsurlaub. Ich habe ihnen mehrmals gesagt, daß das nicht stimmt.«

»Das war ich auch – bis vor kurzem. Einen Moment schwiegen sie, und aus dem Funkgerät zischten atmosphärische Störungen. Der Beamte der City Police lauschte interessiert. Carolyn kam zum Wagen.

»Ist Senior Agent Lang bei Ihnen? Sie beide müssen sich *unbedingt* melden, Hush.«

»Okay, das werde ich tun«, sagte Hush und vermied es, LeBourgoises Frage nach Carolyn zu beantworten. »Aber wieso sind Sie hier, statt in Baton Rouge?« Carolyn hatte sich gerade noch rechtzeitig zu ihm gesellt, um Hushs Frage zu hören. Sie fragte mit Lippensprache: »Wer ist das?« Hush formte mit den Lippen LeBourgoises Namen.

»Wegen eines Berichtes, den Senior Agent Lang ans Büro St. Louis geschickt hat. Darin schreibt sie, daß der Trainman vielleicht Colonel Keeler vom Pionierkorps ist. AD Carswell hielt das für Blödsinn, aber dann fand man heraus, daß eine Einsatzgruppe der Staatspolizei eine Operation gegen Keeler aufzieht, und man hat mich und einige meiner Leute nach Vicksburg beordert, um die Mordkommission Jackson zu verstärken. Wo genau sind Sie jetzt, Hush?«

»Eigentlich bin ich soeben auf dem Weg nach Vicksburg. Wir kommen von Jackson aus in die Stadt.« Bei diesen Worten hob der städtische Polizist die Augenbrauen.

»Mit ›wir‹ meinen Sie sich und Senior Agent Lang?«

Hush hörte LeBourgoise jemandem etwas zuflüstern. »Stimmt«, sagte Hush. »Schauen Sie, ich möchte die Frequenz nach Möglichkeit freihalten. Ich erwarte einen Anruf von Captain Powers.

»Aber, Hush …«

Hush beugte sich in den Streifenwagen und klinkte das Mikro in die Halterung. Er machte Carolyn mit einer Geste verständlich, daß sie verschwinden mußten. LeBourgoises Stimme drang noch aus dem Lautsprecher, und so schaltete Hush das Funkgerät aus.

»Hey!« protestierte der Streifenpolizist.

Hush neigte sich durch das Fenster. »Dieser Knabe ist nicht das, was er vorgibt, Officer«, sagte er hastig. »Ich glaube sogar, daß er der Kerl ist, den alle suchen. Können Sie dieses Funkgerät für fünf Minuten ausgeschaltet lassen? Dann können Sie alle Fragen beantworten. Aber wir brauchen fünf Minuten, um dort runter zu kommen und den Bastard festzunageln.«

Die Augen des Cops wurden groß. »Ja, äh, ja. Ist das der Bastard, der die Brücken …?«

»Wir nehmen es an«, fiel Hush ihm ins Wort. »Geben Sie uns nur fünf Minuten, okay?«

Der Cop nickte, stieg aus dem Wagen und hielt nach Verdächtigen Ausschau. Hush humpelte mit Carolyn die Straße hinauf und versuchte, die Schmerzen in seinem Bein zu ignorieren. Er informierte Carolyn über sein Gespräch mit LeBourgoise und wie er es beendet hatte.

»O Gott!« stieß sie hervor. »Du meinst, man hat LeBourgoise angewiesen, uns abzuholen?«

»Wenn nicht, dann wird das bald geschehen«, sagte Hush. Er blickte zurück zum Zug, dessen Loks jetzt den Bahnübergang Oak Street unter der Pension erreicht hatten, um die lange Rechtskurve auf dem Weg ostwärts nach Jackson zu nehmen. Ostwärts, dachte Hush. Der nächste Zug sollte wieder nach Westen fahren. Keeler konnte jederzeit eintreffen. Und dann fiel ihm ein, daß er seine Botschaft an Powers nicht hatte weiterleiten können.

»Komm schnell«, sagte er. »Zur Pension. Wir brauchen das verdammte Handy.«

Keeler fand, was er suchte, nach 40 Minuten Erkundung des Geländes rings um das Bahnviadukt. Zuerst war er den Schienenstrang nach Westen abgegangen und anschließend durch das Dickicht längs der Bahntrasse geschlichen, aber er hatte nur einen Trampelpfad entdeckt, der ungefähr 200 Meter westlich der Brücke über die Gleise führte. Dann hatte er sich den schmalen, unbefestigten Weg, der auf dem Westufer für Fischer oder Fahrzeuge unter der Brücke verlief, ein zweites Mal vorgenommen. Dort stank es nach Urin, altem Bier und Fischabfällen. Die Betonpfeiler waren mit Graffitis beschmiert. Im Mondschein konnte er am Ufer zerrissene Müllsäcke mit Abfall, einige rostige alte Gartenstühle und weggeworfene Motorölkanister aus Plastik sehen. Der Boden war uneben und rauh, als hätten Lastwagen ihre Betonladungen dort abgekippt. Die weißen Objekte im Fluß, die er für Felsen gehalten hatte, erwiesen sich als Reste der Betonsäulen, die ursprünglich die Eisenbahnüberführung gestützt hatten. Offensichtlich waren sie vor langer Zeit bei irgendeiner Katastrophe abgebrochen. Keeler war froh, daß er nicht versucht hatte, mit dem Boot weiter nach Süden zu fahren. Unterhalb der Brücke verbreiterte sich der Fluß etwas und verschwand dann um eine Biegung nach rechts.

Ein weiterer Zug fuhr gen Westen, als Keeler unter der Brücke war. Sein Scheinwerferlicht fiel durch die Bahnschwellen auf der Brücke und riß das Versteck, nach dem er gesucht hatte, aus der Dunkelheit. Am Ende des westlichen Brückenpfeilers, wo die Längsträger zu beiden Seiten der Bahntrasse in Lagern ruhten, gab es einen Sims im Beton direkt unter dem Schienenstrang. Er wollte mit der Taschenlampe dort hinaufleuchten, doch er befürchtete, daß der Lichtstrahl gesehen werden konnte. Während der Zug vorbeiratterte, kehrte er über den schmalen, unbefestigten Weg und durch das dichte Dickicht zum Boot zurück. Er nahm die Rolle Detacord, eine kleine schwarze Segeltuchplane und einen flachen Rucksack aus dem Boot. Er überlegte, ob er es versenken sollte, entschied sich aber dagegen. Er wußte nicht genau, wie es heute nacht laufen würde. Er wußte nur, daß er es mit dem Detacord zum Zug schaffen mußte. Danach war noch alles unklar. Die Jagd nach mir ist im Gange, sagte er sich. Da hat es keinen Sinn, zu weit vorauszuplanen.

KAPITEL 16

Matthews hatte nach Schildern von Newton Ausschau gehalten, wo der Zug auf ein Nebengleis geleitet werden würde. Während dieser mit 90 Stundenkilometern durch die Stadt raste, verstand Matthews, warum Mehle es vorgezogen hatte, in der Lok zu fahren. Ungefähr zwei Sekunden nachdem 2713 über die Weichen der Strecke gedonnert war, die von Norden herabführte, begann das Streckentelefon zu schrillen. Der Operator in der Kommunikationszentrale ging an den Apparat, lauschte einen Moment, zuckte zusammen und übergab Matthews wortlos den Hörer. Matthews meldete sich mit Namen und Dienstgrad und hörte dann dem äußerst wütenden Mann von der Verkehrskontrolle zu, der ihn anbrüllte, sofort zu stoppen. Matthews bestätigte und sagte, er werde es dem Lokführer mitteilen.

»Den habe ich bereits angerufen«, protestierte der Mann von der Verkehrskontrolle. »Was, verdammt noch mal, ist mit diesem Zug los?«

»Ich hab' keine Ahnung«, sagte Matthews. »Ich bin in einem der letzten Waggons. Ich versuche es über die Bordverständigungsanlage.«

»Sie sollten mehr als das tun, Mister. Zwei schwere Güterzüge fahren direkt auf Sie zu; einer ist gerade westlich von Forest. Halten Sie sofort an und setzen Sie zurück auf das Nebengleis von Newton, verstanden?«

»Verstanden«, sagte Matthews, und es war ihm nur zu klar, daß der Zug nicht stoppen würde. Der Operator wollte wissen, was los war, aber Matthews ignorierte ihn und rief über die Bordverständigungsanlage in der Lok an. Wie erwartet, war es Mehle, der sich meldete.

»Haben wir Probleme?« fragte er mit trügerisch ruhiger Stimme. Matthews hatte das Gefühl, daß der Zug jetzt schneller fuhr, durch die dunkle Landschaft von Mississippi raste.

»Jawohl, Sir. Wir sollen halten und bei Newton aufs Nebengleis fahren. Die Verkehrskontrolle dreht durch. Zwei nach Osten fahrende Züge kommen uns entgegen; einer ist nur ungefähr 10 Kilometer entfernt.«

»Sehr gut. Rufen Sie zurück; sagen Sie der Verkehrskontrolle, daß sie besser diesen Scheißzug stoppt. Wir fahren weiter.«

»Colonel, was, zum Teufel, haben Sie vor?«

»Passen Sie auf, was Sie sagen, Major. »Wir stoppen nicht mehr, bis wir über diese gottverdammte Brücke sind. Sagen Sie ihnen, was Sie wollen, sagen Sie, wir transportieren 8000 Tonnen Nervengas und bringen ihn durch. Das ist alles.«

Mehle hängte ein. Matthews starrte ungläubig auf den Hörer. »Holen Sie die Verkehrskontrolle wieder an die Strippe.«

Der Operator verwählte sich und probierte es von neuem. Es gab keine Zweifel: Der Zug beschleunigte. Matthews stellte eine schnelle Schätzung an, während er auf die Verbindung wartete. Es blieben zehn Minuten, vielleicht weniger. Der Operator reichte ihm den Hörer.

»Kontrolle?« sagte Matthews. »Wir können nicht halten.«

»Dann zieht verdammt noch mal die Notbremse! Ich habe den ersten Güterzug stoppen lassen, aber es ist noch einer hinter ihm.«

»Sir, ich sage es Ihnen ein letztes Mal. Wir können nicht halten. Dies ist ein Zug der U. S. Army. Wir transportieren

8000 Tonnen giftiger Munition und fahren weiter, bis wir die Brücke von Vicksburg überquert haben. Ich kann diesen Zug nicht stoppen. Haben Sie gehört? Ich kann diesen Zug nicht stoppen!«

»*Verdammt noch mal, das geht zu weit!* Sie …«

»Hören Sie zu«, schrie Matthews. »Sie müssen die Hauptstrecke räumen, Kontrolle. Und denken Sie nur ja nicht daran, uns auf ein Nebengleis zu leiten – wir fahren mit mindestens 90 Sachen. Verstanden? Ich *kann* diesen Zug nicht stoppen!«

Er hängte ein, und die Proteste des Mannes im Kontrollzentrum verstummten. Dann griff Matthews zum Hörer der Bordverständigungsanlage, besann sich anders, legte wieder auf und eilte durch den Schlafbereich des Kommandowaggons zur vorderen Tür. Ein Schwall von Luft schlug ihm ins Gesicht. Die hintere Plattform des Waggons mit den Militärpolizisten war nur durch die Kupplung von ihm getrennt. Er wartete, bis die schwankenden Waggons auf einer Linie waren und sprang dann auf die Plattform, wobei er versuchte, den Höllenlärm der Räder unter ihm zu ignorieren. Verschwommen nahm er einige weiße Gebäude wahr, die im Mondschein vorüberzufliegen schienen, während er über das Geländer kletterte und den Mannschaftsraum der MPs betrat.

Der Sergeant, nur in Uniformhose und Unterhemd, spielte mit drei Militärpolizisten Karten. Am anderen Ende des Waggons dröhnte ein Fernseher. Die meisten der Soldaten lagen auf ihren Feldbetten. Der Geruch von Popcorn und Zigarettenrauch erfüllte den Waggon. Der Sergeant stand auf, als er Matthews' Miene sah.

»Wecken Sie Ihre Leute, und lassen Sie volle Ausrüstung anlegen!« befahl Matthews. »Mehle beabsichtigt, bis Louisiana durchzufahren, und im Augenblick kommen uns mindestens zwei Züge entgegen.«

Der Sergeant verlor keine Zeit mit Fragen. Er brüllte Befehle, und sofort entstand nervöse Aktivität im Waggon. Während Matthews darauf wartete, daß der Sergeant einige Ordnung in das Durcheinander brachte, überlegte er fieberhaft, was er tun konnte. Mehle hatte die beiden Warrant Officers vermutlich vor der Waffenmündung. Er war einfach irre genug, um mit dem verdammten Zug westwärts zu rasen, bis er etwas rammte oder die Brücke überquert hatte. Das Rauschen des Fahrtwindes war trotz der Hektik im Mannschaftswaggon deutlich durch die offene Tür zu hören. Matthews sah den Anschluß der Bordverständigungsanlage an der hinteren Wand des Waggons. Er lief hin, nahm den Hörer ab und wählte die Nummer der Lok.

»Was ist denn jetzt schon wieder?« meldete sich Mehle.

»Colonel, ich nehme an, man wird versuchen, die Strecke zu räumen. Ich habe ihnen gesagt, daß wir nicht stoppen können, bis wir über die Brücke von Vicksburg rüber sind. Wenn Sie die Geschwindigkeit etwas drosseln, werden sie mehr Zeit haben, um die anderen Züge vom Gleis zu leiten.«

»Netter Versuch, Major, aber da läuft nichts! Wenn ich langsamer fahren, legt man irgendeine Weiche um, und wir landen auf einem Nebengleis. Haben Sie den Leuten mitgeteilt, was ich Ihnen gesagt habe?«

»Ich habe gesagt, daß wir giftige Munition transportieren. Von Nervengas habe ich nichts erwähnt. Sie wissen, daß wir aus Anniston kommen.«

»Sie hätten meinen Befehl befolgen sollen, Major Matthews. Aber wie auch immer, ich fahre nicht langsamer. Sie sollten unsere Wachmannschaft alarmieren.«

»Das ist bereits geschehen«, sagte Matthews, als sich der Sergeant und sein Gruppenführer zu ihm gesellten. »Ich habe sie angewiesen, sich auf einen Zusammenstoß vorzubereiten.«

»Gut mitgedacht. Falls es keinen Zusammenstoß gibt, lassen Sie den gesamten Trupp in Bereitschaft und auf mein Kommando hin aufmarschieren. Verstanden?«

»Jawohl, Sir«, erwiderte Matthews. »Aber, Colonel …«

Mehle hatte bereits eingehängt. Matthews tat das gleiche. Der Sergeant blickte ihn fragend an.

»Wir sind erledigt, nehme ich an«, sagte Matthews. »Ich bin nur froh, daß wir hier hinten im Zug sind.«

»Ja«, stimmte der Sergeant zu. »Neben 160 Tonnen leckenden Behältern mit Senfgas. Scheiße! Sie haben zum ersten Mal recht, Major.«

Keeler duckte sich auf den Sims und legte das schwarze Segeltuch halb unter und halb auf seinen Körper, die offene Seite auf die Rückseite der Aushöhlung des Simses gerichtet wie ein schwarzer Plastikflicken. Zwischen seinem Kopf und den Eisenbahnschwellen darüber gab es ungefähr 30 Zentimeter Platz, wenn er saß, aber für jemanden, der vom Fischerbereich unten zum Sims blickte, würde er nur ein schwarzer Fleck in einem schwarzen Loch am Widerlager der Brücke sein. Das hoffte er jedenfalls. Noch wichtiger – zwischen den Schwellen, die ohne den normalen Schotterbelag offen in der Luft lagen, war ein Zwischenraum von 60 Zentimetern. Wenn er sich auf dem Sims aufrichtete, würde er mit Kopf, Armen und Schultern direkt neben oder sogar unter den Schienen aufragen und genügend Platz haben, um sich durch die Schwellen hochzustemmen und auf einen Waggon zu klettern. Er hatte bereits überprüft, daß genug Platz zwischen den Wänden des Viaduktes und dem Schienenstrang war, um einem Mann zu ermöglichen, neben einem vorbeifahrenden Zug zu kriechen. Nicht viel Platz, rief er sich in Erinnerung, aber genügend, um nicht von einem Waggon erfaßt zu werden. Sein Plan sah vor, auf einen Zug zu warten, der langsam genug fuhr, dann den Rucksack mit dem Detacord durch die Schwellen zu schieben, sich neben dem Gleis hochzustemmen und auf einen Waggon zu klettern. Sobald er das geschafft hätte, müßte er sich ein Versteck suchen für den Fall, daß die Züge inspiziert wurden, bevor man sie auf die Brücke über den Mississippi fahren ließ.

Während er wartete, versuchte er, sich zu entspannen. Der Beton rings um ihn stank nach Taubenkot und Schmierfett. Er war dankbar für sein Versteck. Er konnte ziemlich gut am Rand der Plane vorbeisehen, jetzt nachdem sich seine Augen völlig an die Dunkelheit gewöhnt hatten. Das Wasser des Big Black im Norden war spiegelglatt, obwohl er einige gurgelnde Geräusche hören konnte, wenn die Strömung um die aus dem Fluß ragenden Pfeilerstücke direkt unter der Brücke spülte. Kein Lüftchen regte sich; irgendwo in der Ferne störte Hundegebell die Stille der Nacht. Er betastete den Rucksack, um sich zu vergewissern, daß er ihn nicht zurückgelassen hatte.

Endspiel, dachte er wieder. Wenn er heute nacht entkommen konnte, würde er auf der Louisiana-Seite zu Fuß sein – ohne Fahrzeug, ohne Boot. Hölle, wenn alles klappte, konnte er vielleicht sogar mit dem Zug gen Westen fahren wie irgendein heimatloser Landstreicher. Oder er stieg einfach aus, wanderte über das Gleis zurück und stellte sich den Bullen vor. Ein Prozeß dürfte interessant werden und ihm eine Chance bieten, seine Version der Dinge zu erzählen und die Herzlosigkeit der Eisenbahngesellschaft aufzudecken, nachdem sie seine Familie an diesem Bahnübergang ausgelöscht hatte. Das heißt, falls es jemals zu einem Prozeß kommen sollte. Er rief sich in Erinnerung, was der Sicherheitsmann der Eisenbahn, dieser Dreckskerl, in St. Louis gesagt hatte: Wenn wir die Täter finden, bevor ihr sie schnappt, machen wir sie kalt.

Dann begannen die Schwellen über seinem Kopf zu vibrieren.

Hush erreichte Powers schließlich über die Einsatzzentrale der Staatspolizei in Jefferson City, die er gebeten hatte, Kontakt mit Little Hill aufzunehmen. Carolyn saß nervös auf dem Bett, während Hush Powers seine Theorie erklärte, daß Keeler nicht direkt zum Fluß fahren würde.

»Und wenn doch?« fragte Powers.

»Lassen Sie Ihre Leute suchen«, sagte Hush. »Aber ich empfehle sehr, jeden nach Westen fahrenden Zug zu stoppen und sorgfältig zu durchsuchen, bevor er auf diese Brücke gelassen wird.«

»Ich bezweifle, daß dies durchführbar ist«, sagte Powers. »Genau das haben wir gemacht, nachdem wir diesen Van gefunden hatten. Keine fünf Minuten später wurden wir vom verdammten Transportminister in Ihrer Heimatstadt zurückgepfiffen. Es herrscht wirklich Panik, Hush.«

Hush blickte zu Carolyn und überlegte. »Okay, versuchen Sie folgendes: Sagen Sie den Eisenbahnern, daß sie alle Züge nach Westen auf Nebengleise leiten müssen, wo auch immer es welche gibt, damit sie inspiziert werden können. Unterdessen können die nach *Osten* rollenden Züge fahren, und der Stau löst sich auf. So verlieren die Bahngesellschaften nichts.«

»Ich kann es probieren, aber ich weiß nicht, ob das was bringt. Diese Eisenbahner haben starken politischen Einfluß.«

»Ich kenne das Terrain zwischen hier und Jackson nicht«, sagte Hush. »Würde es sich lohnen, einige Leute zu Fuß oder mit Arbeitsfahrzeugen über die Bahnstrecke zu schicken? Um Keeler vielleicht zu überraschen, bevor er auf einen Zug springen kann?«

»Ja, vielleicht hilft uns die Bahnpolizei, obwohl im

Augenblick die meisten unserer Leute hier unten in den Bayous sind. Die Jungs von diesem Staat sagen, dort draußen sei viel Wildnis.«

»Nun, dann konzentrieren Sie die Suche. Schicken Sie einige Teams an Knotenpunkte und vielleicht eines auf diese Brücke über den Big Black. Arbeiten Sie sich zurück gen Vicksburg.«

»Wie wäre es mit Unterstützung des FBI?« fragte Powers.

»Wenn *wir* noch im Spiel wären, könnten wir Ihnen jede Menge Leute zur Verfügung stellen«, erwiderte Hush. Dann erinnerte er sich an das Gespräch mit LeBourgoise. Er erzählte Powers davon, und der Captain beschloß, ihn anzurufen. Das paßte Hush. Auf diese Weise würde Powers mehr Personal bekommen, und LeBourgoise hatte etwas anderes zu tun, als nach ihnen zu fahnden.

»Und was werdet ihr beiden machen?« fragte Powers.

»Wir werden die Bahnlinie hier in Vicksburg erkunden. Ich habe das üble Gefühl, daß er uns wieder voraus ist.«

Der Zug war viel zu schnell, kündigte sein Nahen zuerst mit unglaublich grellem Scheinwerferlicht an und dann mit Vibrationen, die das Viadukt erbeben ließen, bevor die riesigen Dieselloks nur etwas mehr als einen Meter über Keelers Kopf hinwegrasten. Als sie vorbei waren, setzte er sich auf, schob die Plane zur Seite und blickte hoch. Er mußte sofort die Augen schließen, um sie vor dem herabfallenden Staub und Sand zu schützen. Heftig blinzelnd kroch er über den Sims und erhob sich dann, wobei er sich an dessen Kante festhielt. Er schob vorsichtig den Kopf und die Schultern durch die Schwellen. Die Räder donnerten in Augenhöhe, ungefähr 60 Zentimeter entfernt, an ihm vorbei. Er wurde sich des Sogs bewußt, einer tödlichen Einladung, den Kopf unter die Räder zu neigen. Die schweren, mit Kreosot besprühten Schwellen drückten jedesmal, wenn ein Räderpaar darüberfuhr, gegen seine Schultern, sackten etwas ab und federten im Rhythmus der Belastung durch die Fünf-Tonnen-Radgestelle zurück. Gelegentlich zischte Druckluft aus nicht ganz dichten Kupplungsschläuchen über sein Gesicht. Es kostete Keeler alle Nervenkraft, dort zu stehen, während die 80 Tonnen schweren Waggons nur Zentimeter von seinem Gesicht entfernt vorbeirollten. Er wich etwas weiter zurück, und dann versuchte er es: die Schultern hochziehen, die rauhen Schwellen mit behandschuhten Händen packen, sich vom Sims durch die Lücke zwischen den Schwellen hochstemmen, sich darauf legen. Einen Augenblick schwankte er im Luftzug, und dann preßte er sich flach gegen die Seitenwand des Viadukts, und die Räder des Zuges waren mittlerweile einen Meter zwanzig von ihm entfernt. Die Sogwirkung war hier oben sogar noch stärker, und er mußte sich am Ende einer Bahnschwelle festklammern, um nicht vorwärts gezogen zu werden. Der Zug schien jetzt, nach der Überquerung des Viaduktes, zu beschleunigen.

Er fuhr viel zu schnell und natürlich in die falsche Richtung – nach Osten, gen Jackson. Hier gab es kein Rattern über die Schienenstöße, denn dieser Gleisabschnitt war ganz verschweißt. Nur das Ächzen alternder Schwellen und starkes Rütteln waren wahrzunehmen, als ein Waggon nach dem anderen auf die Überführung rollte und die riesigen Träger belastete, die den Schienenstrang stützten. Keeler stellte fest, daß die Trägerbolzen das Ächzen verursachten, nicht der Zug. Er stellte auch fest, daß er den Rucksack mit dem Detacord vergessen hatte. Er blickte nach links, aber der Rand der Überführung blockierte seine Sicht, und er konnte nicht erkennen, wie nahe das Ende des Zuges war. Bei dem Luftzug, der an seinem Gesicht vorbeistrich, begannen seine Augen zu tränen.

Okay, dachte er, das muß ich noch üben. Hätte eine Schutzbrille mitnehmen sollen. Er überwand seine Angst, neigte sich vor, wobei sein Gesicht beunruhigend nahe an die Räder herankam, und dann zwängte er seinen Unterkörper zwischen den Schwellen zurück nach unten. Er hing dort einen Moment wie ein ermüdeter Turner, ehe er sich auf seine Plane hinabließ. Als er sich unter diese rollte und wartete, rieselten erneut Staub und Sand auf ihn herab. Zwei Minuten später entfernten sich das Grollen und Rattern ostwärts über die Brücke, und schließlich herrschte Stille. Die Schienen über seinem Kopf vibrierten und summten noch eine halbe Sekunde, nachdem der letzte Waggon vorbeigefahren war.

Keeler schob langsam die Plane von sich und schaute auf seine Armbanduhr. Er mußte bald etwas unternehmen. Sobald jemand seinen Van und den Bootsanhänger auf dem Campingplatz fand, würde die Polizei wissen, daß er sich zum Big Black River aufgemacht hatte, was wiederum jemanden auf den Gedanken bringen konnte, daß er versuchen würde, einen Zug zu nehmen. Er würde die nächsten paar Züge nach *Westen* beobachten, und wenn sie nicht langsam genug fuhren, konnte er einen dazu zwingen. Notfalls würde er auf den Signalturm klettern, dessen gelbe Lampen er am anderen Ende der Überführung gesehen hatte, und das Signal in eine diagonale Position bringen, die weiterfahren, jedoch verlangsamen und auf einen Halt vorbereitet sein bedeutete. Er warf abermals einen Blick auf seine Uhr und überlegte, was das FBI im Augenblick tun mochte. Er hatte sein batteriebetriebenes Gerät mitnehmen wollen, um den Funk der Polizei und der Eisenbahn-Verkehrskontrolle abzuhören, doch die übereilte Abfahrt von der Hütte am Fluß hatte dieses Vorhaben vereitelt. Er seufzte und setzte sich zurück, um noch etwas zu warten.

Matthews hatte die gesamte Wachmannschaft in den hinteren Waggon befohlen. Jeder Mann hatte über die Kupplung springen müssen, während der nächste seine chemische Schutzausrüstung und das M16 Gewehr hatte halten müssen. Als sich die Männer in dem Waggon drängten, ließ er sie wegtreten. Sie durften sich im Schlafbereich hinlegen, mußten jedoch ihre Ausrüstung griffbereit haben. Dem Sergeanten erzählte er unter vier Augen von seiner Vermutung, daß die Verkehrskontrolle die Hauptstrecke räumen lasse, bis alle Nebengleise von Zügen aus dem Osten blockiert seien. Erst dann werde sie bekanntgeben, in welcher Entfernung das nächste unbewegliche Objekt wartete. Hoffentlich nahm Mehle nicht an, daß man nur bluffte.

Matthews und der Sergeant studierten die Streckenkarte. Sie waren fast eine halbe Stunde lang ziemlich schnell gefahren und sollten demnächst den Knotenpunkt Jackson erreichen. Der Karte zufolge verlief eine Gruppe von Gleisen der Illinois Central in Nord-Süd-Richtung durch Jackson, und fünf IC-Linien kamen von Hattiesburg im Südosten. Das Schlechte war, daß dies viele Züge bedeutete; das Gute war, daß es dort viele Nebengleise geben mußte. Der Sergeant hoffte, daß Matthews' Vermutung stimmte. Matthews selbst hoffte es ebenfalls.

Er spielte mit dem Gedanken, über die gesicherte Funkleitung das Army Operation Center im Pentagon anzurufen, um Mehles Vorhaben zu melden; daß ein Zug voll gefährlicher Fracht durch die Nacht raste und mit jedem aus der Gegenrichtung kollidieren könne. Aber mit wem sollte er in einer Sonntagnacht sprechen? Und vielleicht handelte Mehle sogar aufgrund geheimer Anweisung vom Pentagon. Mehle ging ein schreckliches Risiko ein, was bedeuten konnte, daß ihm tatsächlich befohlen worden war, den Zug um jeden Preis über den Mississippi zu bringen. Es war das uralte Problem, wenn ein militärischer Untergebener die Order seines Vorgesetzten in Frage stellte. Dieser wußte möglicherweise etwas, das ihm unbekannt war. Die Bordverständigungsanlage summte. Matthews nahm den Hörer ab.

»Ja, Sir?«

»Rufen Sie die Verkehrskontrolle an. Sagen Sie ihnen, daß ich auf unter 50 Stundenkilometer verlangsame. Ich will freie Fahrt durch Jackson bis Vicksburg.«

»Jawohl, Sir. Ich werde es versuchen.«

»Nein, nein, Sie rufen an und richten aus, was ich gesagt habe. Sagen Sie ihnen, daß ich wieder auf 80 beschleunige, sobald ich aus Jackson heraus bin.«

»Und wenn sie nirgendwo ein freies Nebengleis haben, um den Verkehr warten zu lassen?«

»Dann sagen Sie ihnen, daß sie unser Leben auf dem Gewissen haben.« Mehle hängte ein.

Matthews berichtete dem Sergeanten, was der Colonel gesagt hatte. Mehrere Soldaten, die im Kommandobereich warteten, schüttelten den Kopf. Einer schlug vor, die beiden letzten Waggons abzukoppeln und Colonel Gottverdammt allein zur Hölle fahren zu lassen. Der Sergeant befahl dem Mann, die Klappe zu halten, während Matthews im Kontrollzentrum der Kansas City Southern anrief. Dessen Reaktion war voraussehbar. Erstens betrug die sichere maximale Höchstgeschwindigkeit durch den Knotenpunkt Jackson 30 Stundenkilometer, und zweitens waren sechs Züge von Vicksburg nach Jackson unterwegs.

»Wie viele können Sie aufs Nebengleis leiten?« fragte Matthews und spähte durch das hintere Fenster auf die zunehmende Zahl von Straßenlampen. »Ich glaube, wir treffen gerade in Jackson ein.«

»Wir wissen, wo Sie sind, Mister«, sagte der Mann der

Verkehrskontrolle. »Und wenn Sie nicht sofort abbremsen, werden Sie in spätestens vier Minuten gerammt.«

»Der Colonel wird nicht langsamer fahren, weil er befürchtet, Sie legen dann eine Weiche um und schicken ihn von der Hauptstrecke«, sagte Matthews. »Hören Sie, ich bin nicht an dieser Sache beteiligt, okay? Ich habe keinen Einfluß darauf. Ich bin 80 Waggons von den Loks entfernt. Ich kenne den Mann, der das Kommando hat, und ich versichere Ihnen, er wird die Geschwindigkeit beibehalten. Das ist alles, was ich Ihnen sagen kann, okay? Lassen Sie diese Züge meinetwegen rückwärts fahren, wenn es sein muß, aber unternehmen Sie verdammt noch mal etwas!«

Er legte den Hörer auf, bevor der Mann weiter protestieren konnte. Was sollte er als nächstes tun? Matthews war fast überzeugt, daß Mehle bremsen würde, sobald er einen Zug auf sich zukommen sah. Er versuchte es noch einmal und rief über die Bordverständigungsanlage in der vorderen Lok an.

»Was ist?«

»Laut Kontrolle fahren sechs Züge von Osten auf Jackson zu.«

Mehle lache. »Die bluffen nur, damit ich halte. Aber das werde ich *nicht* tun. Kapiert?«

»Jawohl, Sir, genau das habe ich ihnen gesagt. Aber woher wissen Sie, daß sie nur bluffen?«

»Schauen Sie aus dem Fenster, Major. Linke Seite. Sagen Sie mir, was Sie sehen.«

»Lichter – viel mehr Lichter.«

»Blicken Sie nach unten, Major«, sagte Mehle und hängte ein.

Matthews ging zum Fenster und schaute nach unten. Er sah Gleise. Zwei Schienenstränge, nicht nur einen. Hurensohn! dachte er. Und dann spürte er, daß der Zug erneut beschleunigte.

Sie fuhren mit dem neutralen Polizeiwagen, den Powers von der Mississippi Highway Patrol organisiert hatte, im Schritttempo durch eine abgelegene Seitenstraße von Vicksburg. Carolyn saß am Steuer, während Hush einen Stadtplan zu Rate zog, den er in der Pension aus einer Broschüre der Handelskammer gerissen hatte. Die Eisenbahnlinie war nicht eingezeichnet, und so mußten sie diese suchen. Entlang der Bahnstrecke standen hauptsächlich kleine Landhäuser und baufällige Gebäude, und die Leute starrten mißtrauisch hinter dem Wagen her, bis er außer Sicht war. Sie fanden einen Bahnübergang an der Oak Street, nur wenige Blocks von ihrer Pension entfernt, eine Unterführung an der Washington, eine an der Mulberry und eine weitere an der Confederate. Die meisten Nord-Süd-Straßen der Stadt endeten jedoch als Sackgasse an einem mit Leitplanken gesicherten und von Unkraut überwucherten Graben.

Fast jedesmal, wenn sie eine dieser Straßen entlangkamen, fuhr ein Zug durch. Nur einer, der offenbar freie Fahrt bekommen hatte, bevor Powers Jackson hatte informieren können, war nach Westen unterwegs.

»Die Eisenbahngesellschaften spielen anscheinend mit«, sagte Hush, als sie den dritten ostwärts fahrenden Zug sahen.

»Das werden sie, bis ihnen die Züge nach Osten ausgehen«, sagte Carolyn. »Dann werden sie den Stau bei Jackson auflösen wollen.«

Sie fuhren zurück zur Flußseite der Stadt und näherten sich ihrer Pension vom Kasino-Distrikt an der Oak Street. Wegen eines weiteren nach Osten fahrenden Zuges, der fast nur aus Tankwaggons bestand, mußten sie warten, ehe sie die Gleise überqueren konnten. Die Pension tauchte gerade links vor ihnen auf, als Carolyn den Wagen auf den Zufahrtsweg eines dunklen Hauses lenkte und die Scheinwerfer ausschaltete.

»Was ist los?« fragte Hush.
»FBI-Wagen«, sagte sie. »Bei der Pension.«

Vier Güterzüge waren über Keelers Kopf vorbeigefahren, bis er sich endlich entschloß, es zu wagen. Er hatte die mittlerweile vertrauten Vibrationen eines Zuges in der Brückenkonstruktion gespürt, doch dann hatten sie sich verändert. Als er die nahende Lok hören konnte, spähte er unter der Plane hervor. Das Scheinwerferlicht erhellte das ferne Ufer und die verkrüppelten Bäume, die längs der Schienen wuchsen. Zweifellos anders – der Zug verlangsamte. Prima, dachte er, nur daß dieses Scheißding in die falsche Richtung fährt. Dann vernahm er die unverkennbaren Geräusche von Bremsen, das Kreischen von Stahl auf Stahl, und plötzlich dröhnten die Dieselmotoren der Loks auf. Der Boden der Überführung erbebte, und das Gleis über seinem Kopf vibrierte. Einen Moment überlegte Keeler, ob er aus seinem Versteck unter dem Schienenstrang verschwinden sollte, doch dann ließ das furchteinflößende Vibrieren nach. Die Loks waren jetzt nahe. Das Zischen von Druckluft klang, als würde der Zug ungefähr 30 Meter hinter ihm zum Stehen kommen. Das Scheinwerferlicht war genau über ihm und bohrte eine bläulich-weiße Lichtlanze durch eine Wolke von Staub, die über das Viadukt quoll.

Keeler zog die Plane von sich, als die Gleise von neuem zu vibrieren begannen. Er erstarrte und überlegte angestrengt, was das zu bedeuten hatte, und dann stockte ihm der Atem. Ein anderer Zug nahte. Aus der Gegenrichtung. Auf dem einzigen Gleis.

Die Durchfahrt durch Jackson war ein Alptraum von hektischem Funkverkehr von den Verkehrskontroll-Zentralen der Illinois Central (IC) und der Kansas City Southern (KCS) gewesen, und Matthews hatte verzweifelt zwischen den zornigen Kontrollbeamten und dem unnachgiebigen Colonel Mehle zu vermitteln versucht. Der Zug hatte auf der Durchfahrt kein einziges Mal angehalten, nicht einmal an dem kritischen Knotenpunkt zwischen den Ost-West- und Nord-Süd-Hauptstrecken, wo Scheinwerferlicht Züge aus beiden Richtungen angekündigt hatte, Polizeifahrzeuge an Bahnübergängen gestanden hatten und sich erstaunte Eisenbahner in den Stellwerken der Rangierbahnhöfe von Jackson die Augen gerieben hatten. Als sie durch die Stadt hindurch gewesen waren, hatte Mehle den Lokführern mit Waffengewalt befohlen, Zug 2713 wieder zu beschleunigen. Sie waren mit gellender Pfeife durch den westlichen Teil der Stadt gefahren und hatten die normalerweise ruhige Sonntagnacht aus der Stille gerissen. Hinter Jackson waren sie an vier Zügen vorbeigefahren, die auf Nebengleisen gestanden hatten. Blieben also noch zwei Züge aus der Gegenrichtung, wie sich Matthews erinnerte. Zehn Minuten später donnerten sie durch Clinton, wo der fünfte Zug aufs Nebengleis geleitet worden war. Sein letzter Waggon, gerade noch vom Hauptgleis gefahren, reichte bis auf Armlänge an die Seite von Zug 2713 heran.

Dann wurde die Nacht wieder dunkel, und sie näherten sich Vicksburg; die Stadt war jetzt nur noch etwas über 50 Kilometer entfernt. Der Mann im Kontrollzentrum hatte Matthews gewarnt, daß die Höchstgeschwindigkeit für Züge durch Vicksburg acht Stundenkilometer war, nicht nur wegen einer maximal zulässigen Belastung der Gleise, sondern auch wegen einer sehr starken West-Süd-Kurve unten beim Fluß, Matthews gab das an Mehle weiter, der sagte, er werde sich darum kümmern. Eine Viertelstunde später kam vom Kontrollzentrum die dringende Anweisung, eine Notbremsung einzuleiten. Bevor Matthews das nach vorne weitergeben konnte, ruckten die Waggons, als die Lokführer hart bremsten. Eine Kakophonie von kreischendem Metall ertönte, und aus den Lüftungsanlagen drang der Gestank von rauchenden Bremsbacken.

Matthews rannte nach draußen auf die hintere Plattform und spähte nach vorne, doch der Zug fuhr um eine Kurve, und er konnte nur den Strahl des Scheinwerfers durch die fernen Bäume tasten sehen, bis ihm klar wurde, daß er *zwei* Scheinwerfer sah. Drinnen meldete sich die Bordsprechanlage, und Mehle brüllte, daß sie sich auf etwas gefaßt machen mußten. Der Sergeant und seine Soldaten mußten sich an Wänden und Konsolen festhalten, doch der Zug stoppte so hart, daß sie allesamt hinstürzten. Matthews spähte wieder hin und konnte jetzt zweifellos zwei Scheinwerfer sehen, das Licht ihres eigenen und das eines anderen, als das Ende des Zuges aus der Kurve heraus und wieder gerade war und schließlich quietschend und kreischend zum Stehen kam.

»Die Wachmannschaft aufmarschieren lassen, im Laufschritt!« schrie Mehle über die Bordverständigungsanlage. Das Kontrollzentrum wollte ebenfalls hektisch Anweisungen geben, doch Matthews konnte sie bei dem Hämmern von Schritten nicht hören, als der Sergeant und alle Militärpolizisten aus dem Waggon sprangen und am Zug entlangliefen, das Gewehr in Schräghalte nach links. Matthews meldete dem Kontrollzentrum über Funk, daß sie angehalten hatten und es keine Kollision gegeben hatte. Dann überprüfte er schnell noch einmal seine Pistole, sprang von der Plattform und lief am Zug entlang nach vorne.

Die Nacht war feucht und bewölkt, und unzählige Insekten summten zwischen den Bäumen und Büschen längs der Bahntrasse. Der Gestank von verbranntem Bremsbelag lag in der Luft. Matthews kletterte auf den offenen Güterwaggon mit der Kühlanlage, um die Temperaturen in den Waggons mit den Kernwaffen zu überprüfen, doch dann fiel ihm ein, daß er seine Taschenlampe vergessen hatte. Er fluchte, sprang vom Güterwaggon und lief am Zug entlang nach vorne. Die Militärpolizisten waren jetzt in Position, suchten mit angeschlagenen Waffen die dunkle Umgebung ab. Sie wußten nicht, was los war, und ihre jungen Gesichter spiegelten eine Mischung aus Furcht und Aufregung wider, und Matthews sagte zu jedem etwas Aufmunterndes, als er am über anderthalbtausend Meter langen Zug entlanglief.

Die Dieselmotoren der Loks liefen im Leerlauf, und dann stoppte Matthews abrupt, als er erkannte, daß er beinahe auf eine Überführung gelaufen wäre. Die vordere Lok von Zug 2713 war anscheinend kaum 30 Meter vor einem anderen Zug zum Stehen gekommen, und die hinteren Räder des zweiten Zug ragten gerade über das andere Ende des Viadukts hinaus. Als sich Matthews näherte, sah er eine Gruppe angespannter Gestalten zwischen den Lokomotiven stehen. Er verharrte im Dunkel ungefähr fünf Waggons von der Spitze des Zugs entfernt. Mehle, mit der Waffe in der Hand, stand mit beiden Warrant Officers auf dem Gleis. Der Sergeant und zwei MPs hielten Gewehre auf Männer gerichtet, die anscheinend die Lokführer des anderen Zugs waren. Ein in der Nähe stehender MP schaute zu, und als er Matthews sah, ging er zu ihm. Der Schotter knirschte unter seinen Stiefeln.

»Diese Scheiße ist ziemlich unheimlich, Major«, sagte er.

»Was Sie nicht sagen!« erwiderte Matthews. Mehle gestikulierte ärgerlich mit seiner Pistole. Die beiden Warrant Officers standen mit dem Rücken zur Lok, und ihre Mienen paßten zu Männern, die vor einem Hinrichtungskommando standen. Die Lokführer des anderen Zuges starrten erstaunt auf die riesigen, schwarzen, gepanzerten Loks und den Colonel, der mit zornrotem Gesicht mit einer Waffe vor ihnen herumfuchtelte. Matthews wollte nicht dorthin gehen. Er befürchtete, Mehle würde sich erschrecken und jemand erschießen. Er konnte wegen des Lärms der Dieselmotoren der Loks nicht hören, was gesagt wurde. Dann hoben die Lokführer des anderen Zugs wie abwehrend die Hände und wichen von Mehle zurück, gingen rückwärts zu ihrer Lok und versuchten, nicht auf den Eisenbahnschwellen zu stolpern. Mehle nickte dem Sergeant zu, der den anderen beiden Lokführern mit zweien seiner MPs zur vorderen Lok folgten. Dann befahl Mehle die Warrant Officers auf die vordere Lok von Zug 2713 und kletterte hinter ihnen die Stufen hinauf.

Matthews wartete einen Moment auf seiner Seite des Viadukts, das anscheinend einen nicht sehr breiten Fluß überspannte, der in der dunklen Tiefe floß. Als er dann hörte, daß die Diesel des anderen Zuges lauter wurden, wandte er sich um und lief am Zug entlang nach hinten und rief der Wachmannschaft zu, wieder in den Zug zu steigen. Mehle, dieser verrückte Bastard, hat ihnen die Stirn geboten, dachte Matthews. Er wird sie auf dem ganzen Weg über diese verdammte Brücke zwingen, sich zurückzuziehen, genau wie er gesagt hat. Die Soldaten sammelten sich gerade rechtzeitig im hinteren Waggon, als Matthews das Knallen und Klingen von Puffern hörte und sich Zug 2713 in Bewegung setzte und dem sich unterwerfenden Gegenzug folgte, der rückwärts und mit acht Stundenkilometern in Richtung Vicksburg fuhr. Matthews blieb schließlich stehen und wartete, bis der Mannschaftswaggon auf seiner Höhe war. Er schwang sich wie ein alter Eisenbahner auf den Waggon und drehte sich dann, um den Sergeant und seine beiden Soldaten heraufzuziehen, wenn sie vom anderen Ende des Viadukts kamen. Zu seiner Überraschung waren sie nicht mehr da, und dann fiel ihm ein, daß Mehle sie in den anderen Zug befohlen hatte, als wären sie dort nach dem Sieg seine Statthalter.

Matthews ging nach hinten in den Kommandowaggon und sah, daß der Operator ihm mit dem Telefonhörer winkte. Matthews setzte sich widerstrebend an die Konsole, um mit dem KCS-Kontrollzentrum zu reden, das anscheinend pausenlos angerufen hatte, seit man festgestellt hatte, daß ein Frontalzusammenstoß zweier Züge drohte. Ein ranghoher Mann der Streckenaufsicht meldete sich über das Funktelefon und erklärte Matthews, daß die Polizeibehörden informiert worden waren und man den anderen Zug angewiesen hatte, sofort anzuhalten, um eine Weiterfahrt von Zug 2713 zu verhindern. Matthews, der ahnte, daß der andere Zug vermutlich *nicht* so bald halten würde, bestätigte einfach die ärgerliche Botschaft des Mannes. Dann erinnerte er das Kontrollzentrum an die Fracht von Zug 2713 und wiederholte seine frühere Bemerkung, daß es das beste für jedermann wäre, diesen Zug jetzt über den Fluß gelangen zu lassen; danach würde er sich an die normalen Verkehrsvorschriften halten. Der Mann von der Streckenaufsicht wetterte von neuem über die unzähligen Verstöße gegen die Verkehrssicherheit, die Zug 2713 bereits angelastet wurden. Matthews unterbrach ihn, forderte ihn auf, den Mund zu halten und zuzuhören.

»Wir müssen noch knapp fünfundzwanzig Kilometer fahren, und dann gibt es mit uns kein Problem mehr, okay? Denken Sie daran, und halten Sie einfach die gottverdammte Strecke frei. Das ist das beste, was Sie im Augenblick tun können. Wollen Sie persönlich dafür verantwortlich sein, wenn mitten in Vicksburg ein Unglück mit chemischen Waffen passiert? Können Sie das verantworten? Nein. Also hören Sie mit dem Gelaber auf, denken Sie nach, und tun Sie, was Sie tun müssen.«

Er legte den Telefonhörer auf und befahl dem Operator, sich an dem gottverdammten Ding nicht mehr zu melden.

Dann ging er ins Badeabteil und wusch sich das Gesicht. Er starrte sein hohläugiges Spiegelbild an. Mehles Verhalten steckte ihn regelrecht an und beeinflußte sein Urteilsvermögen. Sie würden höllisch an den Konsequenzen tragen und einen hohen Preis für die Ereignisse dieser Nacht zahlen müssen, aber im Augenblick war es seine Mission, diesen Zug sicher über die Brücke zu bekommen und zu verhindern, daß Mehle völlig durchdrehte – sofern dies noch möglich war. Er konnte sich lebhaft die Szene auf dem anderen Zug vorstellen, wenn bewaffnete Soldaten hinter den Lokführern standen und sie zwangen, rückwärts zu fahren, während ihnen ein gepanzertes Monster auf den Schienen folgte, dessen Scheinwerferlicht direkt in ihre verängstigten Gesichter leuchtete. Richtig lustig wird es erst, wenn wir jenseits der Brücke sind, dachte er.

Keeler klammerte sich unter dem sechsten Waggon vom Ende des Zugs fest. Es war ein offener Güterwagen mit Plane, mit zwei Wölbungen auf der Ladefläche, in der Mitte getrennt durch einen Zwischenraum mit der Form eines umgekehrten V. In dem Zwischenraum gab es ein dickes Gitterwerk aus stählernen Stützstreben, und er hing mit dem Rucksack in dem Gitter fest. Als er erkannt hatte, daß der Zug tatsächlich gleich bei seinem Versteck anhielt, hatte er sich direkt unter dem Waggon aufgerichtet und erschrocken auf ein Stiefelpaar gestarrt, das aussah wie Kampfstiefel der Army. Im Schein des Scheinwerferlichts vom anderen Zug hatte er die Beine anderer Gestalten längs der Bahntrasse erkennen können. Army? Vielleicht Soldaten der Nationalgarde? Offenbar war etwas mit der Verkehrskontrolle auf dieser Strecke schiefgegangen, und es wäre beinahe zu einem Frontalzusammenstoß gekommen. Es waren also militärische Sicherheitskräfte im Zug – warum?«

Er hatte sich zurückgeduckt, gewartet und nicht gewußt, wie es weitergehen sollte. Zu seiner Überraschung hatte er dann das Anfahren mehrerer Loks und Rufe und Schritte gehört. Männer waren am Zug entlang zurückgelaufen. Eine befehlsgewohnte Stimme befahl jedem dort draußen, wieder in den Zug zu steigen. Er richtete sich wieder auf, so daß er sehen konnte, was dort los war. Er erhaschte einen Blick auf eine weiße MP-Armbinde, als ein Soldat vorbeilief. Militärpolizei? O Gott, war das ein Zug der *Army*? In diesem Moment hörte er die Dieselmotoren eines Lokgespanns lauter werden, und ihm blieb kaum Zeit, sich unterhalb der Schienen fallen zu lassen, als sich der Zug über ihm in Bewegung setzte.

Er hatte gewartet, bis fast anderthalb Kilometer Waggons oberhalb von ihm hinweggerollt waren. Dann war er nach oben gesprungen, um auf den ersten Waggon zu gelangen, den er für ein geeignetes Versteck hielt. Es war ihm gerade noch rechtzeitig gelungen, als schon das Ende des Zuges zu sehen gewesen war. Der pyramidenförmige Zwischenraum, in dem er sich jetzt festklammerte, war ungefähr anderthalb Meter hoch und so breit wie der Waggon. Zwei Stahlplatten zu beiden Seiten verhinderten, daß ihn jemand auf gleicher Höhe mit der Bahntrasse sehen konnte. Er zog den Rucksack näher an sein Versteck heran und entnahm ihm ein Nylonseil. Er schlang es um eine Strebe des Stahlgitters und band sich fest, daß er wie in einem Gurt hing. Dann überprüfte er das Detacord und die Zünddose, verschloß den Rucksack und band ihn mit den Riemen an eine andere Stange des Gitters.

Irgend etwas ergab keinen Sinn. Er wollte hinüberklettern, um zu sehen, auf welchen Zug er gesprungen war, aber nicht, wenn dort draußen Soldaten waren. Es zählte nur, daß dieser Zug nach Westen fuhr. Er würde ihn zu seinem Ziel bringen. Die Brücke von Vicksburg hatte nur ein Gleis. Er brauchte nur dorthin und auf die Brücke selbst zu gelangen, abzuspringen – die Züge fuhren dort nie schnell, weil die Brücke alt war und nicht mit zu starken Vibrationen belastet werden durfte – und sich unter den Schienenstrang zu ducken. Wenn er erst einmal dort oben war, konnte er den Anschlag problemlos vorbereiten.

Der Unterboden des Waggons war mit einer Staub- und Fettschicht bedeckt. Er überprüfte den Sitz seines Gurts und fischte eine kleine Flasche Wasser aus dem Rucksack. Was machte die Army hier draußen? Er wünschte, er hätte eine Jacke oder wenigstens etwas, um sein Gesicht zu bedecken. Aber dann zwang er sich, in seinem stählernen Versteck Entspannung zu finden. Die Nacht war noch jung. Vielleicht würde sein riskantes Vorhaben tatsächlich klappen. Er hob die Wasserflasche zu einem spöttischen Toast in der Erinnerung an seine Familie an. Die Army brachte ihn zu seinem Ziel. Perfekt. Und dann kam ihm ein anderer Gedanke. Es gab nur eine Ware, die in einem speziell gesicherten Zug der Army transportiert wurde: Munition. Er klopfte mit der Faust auf den Stahl. Perfekt. Diesmal würde er nicht die Brücke sprengen. Diesmal würde er den verdammten Zug in die Luft jagen.

Hush lehnte sich zurück und versuchte aus dem linken hinteren Fenster zu spähen, aber Büsche nahmen ihm die Sicht. »Verdammt«, sagte er. »Sie suchen uns.«

Carolyn telefonierte mit Jefferson City. Little Hill rief eine Minute später zurück.

»Wo ist Captain Powers?« fragte Carolyn.

»Wir sind wieder bei der Brücke«, sagte der Staatspolizist. »Er ist in der Einsatzzentrale. Es gibt irgendein Problem mit einem Zug östlich von hier, der sich selbständig gemacht hat.«

»Na toll«, sagte Carolyn. »Wissen Sie, ob er das FBI um Unterstützung bei der Überwachung der Bahnlinie von Jackson gebeten hat?«

»Ich werde es herausfinden; müssen Sie mit ihm reden?«

»Nein. Es wäre nett, wenn Sie das nur an ihn weitergeben.«

Little Hill versprach, es Powers auszurichten, und Carolyn beendete das Gespräch. Sie blickte zur Pension hinüber. Eine Gestalt kam die Straße herauf in ihre Richtung und spähte in die Zufahrten.

»Was für ein Nummernschild hat dieser Wagen?« fragte Carolyn.

»Eines der Regierung von Mississippi, nehme ich an. Warum?«

»Einer der Agenten kommt in unsere Richtung. Überprüft Zufahrtswege. Was soll ich machen?«

»Wie weit weg?«

»Vier Häuser. Nein, drei. Ich glaube, es ist eine Frau. Sie verhält sich lässig, aber sie überprüft.«

»Dann bleibt uns keine Zeit, um zu verschwinden?«

»Wir könnten es versuchen, aber sie würde uns sehen und das über ihr Walkie-talkie melden.«

»Nun, wir sind ein Pärchen auf dem Vordersitz eines Wagens«, sagte Hush mit einem Grinsen und schob sich näher an sie heran. »Mal sehen, wie neugierig sie ist.«

Er umfaßte Carolyns Gesicht mit beiden Händen und küßte sie einmal, dann noch einmal. Sie zog sich einen Moment zurück, und dann küßte sie ihn, und er vergaß alles über die neugierige Agentin. Als sie sich um Atem ringend voneinander lösten, war die Agentin nirgendwo zu sehen, und auch die FBI-Wagen waren verschwunden.

»Überall Zauberei«, murmelte Hush. Carolyn lächelte, und er verlor für einen Augenblick das Interesse an Zügen und Keeler. Dann veränderte sich ihre Miene. Sie blickte über seine Schulter in Richtung der Gleise, die sie vor kurzem überquert hatten. Hush wandte sich um. Der letzte nach Osten fahrende Zug, der durchgekommen war, befand sich wieder auf dem Bahnübergang – und fuhr rückwärts.

Carolyn startete und setzte den Wagen zurück auf die Straße, immer noch mit ausgeschalteten Scheinwerfern. Sie bestätigte, daß die FBI-Wagen nicht mehr vor der Pension standen, und fuhr dann den Block entlang zum Bahnübergang Oak Street. Die Schranken waren heruntergelassen, und die Ampeln blinkten. Es gab keinen Zweifel daran: der Zug, den sie gesehen hatten, fuhr rückwärts. Zwischen den Bäumen zu ihrer Linken konnten sie einen Bremser mit einer roten Signallampe auf der hinteren Kupplung des letzten Tankwaggons sehen, der besorgt auf die Gleise schaute.

»Was, zum Teufel, soll das?« murmelte Hush.

»Es muß ein Verkehrsproblem sein«, sagte Carolyn. »Dort draußen muß ein nach Westen fahrender Zug sein, dem man Vorrang gegeben hast, und dieser Zug hier fährt rückwärts über die Brücke zurück.«

»Ich hoffe, jemand inspiziert diese Züge, bevor man sie auf die Brücke läßt«, sagte Hush. »Vielleicht sollten wir Kontakt mit Powers aufnehmen.«

Carolyn lenkte den Wagen an den Rand der abgelegenen Straße, parkte und nahm das Mobiltelefon. Das blinkende Rot der Ampeln am Bahnübergang färbte ihre Gesichter abwechselnd mit roten Streifen und Schatten. Die großen Tankwaggons rollten über den Bahnübergang, und ihre Räder ratterten über Schienenstöße an der Flußseite des Straßenasphalts. Carolyn erreichte Little Hill, der sich auf die Suche nach Powers machte.

»Wo seid ihr?« meldete sich Powers.

Carolyn sagte es ihm und erwähnte, daß FBI-Wagen an der Pension gewesen waren. Sie hielt das Handy zu Hush hin, damit er Powers hören konnte.

»Ja, nun, die sind im Moment sinnvoll beschäftigt«, sagte Powers. »Wir lassen von den FBI-Agenten die gesamte Bahnlinie zwischen hier und Jackson überprüfen. Eigentlich sollte ein Wagen an dieser Kreuzung stehen.«

Hush blickte durch die Windschutzscheibe, konnte jedoch keinerlei Wagen sehen. Vielleicht stehen sie auf der anderen Seite des Zuges, dachte er. Er nahm das Handy.

»Mike, werden alle nach Westen fahrenden Züge durchsucht?«

»Nun, wir haben im Augenblick ein Problem. Anscheinend fährt eine Art Munitionszug der Army auf der KCS-Linie aus Richtung Jackson. Die Leute von der Verkehrskontrolle sagen, es hätte fast einen Frontalzusammenstoß mit ihm draußen beim Viadukt über den Big Black River gegeben. Sie sagen, irgendein Colonel der Army auf dem Zug bedroht die Leute mit Waffengewalt und zwingt eine Zugbesatzung, den ganzen Weg nach Louisiana rückwärts zu fahren, um seinem Zug Platz zu machen. Es ist ziemlich verrückt dort draußen.«

»Ist das der Zug, der einen Zug mit Tankwaggons rückwärts vor sich herfahren läßt? Wir haben einen direkt vor uns.«

»Keine Ahnung. Aber vermutlich ist er das nicht. Der Zug mit den Tankwaggons macht möglicherweise Platz für einen anderen. Im Kontrollzentrum der KCS drehen die Leute durch und wollen, daß wir jeden auf dem Zug der Army verhaften. Das Problem ist, daß ein Zug Militärpolizei mitfährt.«

»Wie, zum Teufel, kommt ein Munitionszug zu einer solchen Zeit auf die Hauptstrecke?«

»Der Irre in dem Zug fuhr einfach von einem Nebengleis

los aufs Hauptgleis. Sagt, er wird brav sein, wenn der Zug über den Fluß rüber ist. Sie fahren irgendwo nach Utah oder Idaho. Ich habe noch ein paar Fragen gestellt, und einer von der Nationalgarde sagte, der Zug käme aus Anniston. Er deutete an, daß Dinge damit transportiert werden, von denen ich nichts wissen möchte.«

»Anniston. Alabama?«

»Nehme ich an. Warum?«

»Die Army hat ein großes Depot für chemische Waffen in Anniston. Ihr Freund von der Nationalgarde könnte recht haben.«

»Ja, nun, wir werden versuchen, ihn kurz vor Vicksburg zu stoppen und dann schnell zu durchsuchen. Übrigens will LeBourgoise dringend wissen, wo ihr seid: er sagte, es seien Fahnder von der Zentrale hier.«

»Na wunderbar. Okay, wir halten uns eine Weile bedeckt. Rufen Sie uns an, wenn es was Neues gibt.«

»Man hat Fahnder auf uns angesetzt«, sagte Hush, als er Carolyn das Handy gab. »Carswell und der Direktor müssen wirklich spinnen.«

Das Lokgespann des Zuges mit den Tankwaggons rollte rückwärts über den Bahnübergang und verlangsamte merklich. Als der Bahnübergang frei war, sah Hush plötzlich zwei Limousinen auf der anderen Seite, die neben einem Wagen der City Police parkten. Bei den Wagen standen FBI-Agenten, und einer davon wies über die geschlossenen Schranken hinweg zu ihrem neutralen Wagen.

»Nichts wie weg«, sagte Hush, und Carolyn startete und gab Gas. Weil die großen Dieselloks direkt neben dem Bahnübergang gestoppt hatten, blieben die Schranken geschlossen. Carolyn wendete und fuhr südwärts die Oak Street hinab. Hush sah, daß hinter ihnen Scheinwerfer aufflammten, aber die Schranken blieben gnädig unten. Der Zug stieß einen langgezogenen Pfiff aus, fuhr an und verschwand in Richtung Brücke aus ihrem Sichtfeld.

»Jetzt gib Stoff«, sagte Hush.

Carolyn beschleunigte sofort, und beide schnallten sich an. Sie bogen nach links auf die Klein Street, die an der anderen Seite der Pension entlangführte, fuhren dann den steilen Hügel hinauf und auf die Washington Street. Während Hush im Innenspiegel nach Verfolgern Ausschau hielt, bog Carolyn zweimal links ab und fuhr durch den älteren Teil von Vicksburg nach Norden zurück. Sie überquerten den Einschnitt mit der Bahntrasse, und Hush blickte automatisch nach unten, um zu sehen, ob irgendein Zug kam.

»Kannst du den Weg zurück zu diesem Bahnübergang finden?« fragte er. »Sie werden niemals damit rechnen, daß wir dorthin zurückfahren.«

»Ich kann es versuchen; wir sind über die Gleise hinweg.«

Hush nahm die Straßenkarte aus dem Handschuhfach und hielt Ausschau nach einem Straßenschild. Sie gelangten auf die Clay Street, und er ließ Carolyn links abbiegen, zurück zum Fluß. Als sie an einen Hügel in der Nähe des Kasino- und Messebereichs kamen, überquerten sie die Oak Mulberry Street.

»Das sollte uns zum Bahnübergang zurückbringen«, sagte Hush. »Aber laß uns jetzt erst mal auf dem Parkplatz des Kasinos halten und sehen, ob wir verfolgt werden.«

Carolyn fuhr auf den überfüllten Parkplatz. Selbst am Sonntag wird gezockt wie verrückt, dachte Hush. Carolyn parkte zwischen den Pickup-Trucks, die mit der Schnauze zum Hügel hin standen, so daß sie und Hush die Hauptstraßen beobachten konnten. Sie warteten. Es gab wenig Verkehr auf den Straßen in der Innenstadt von Vicksburg, die anscheinend aus einer Ansammlung von drei- und viergeschossigen Gebäuden mit falschen Fassaden bestand.

»Wir können unsere eigenen Leute nicht ewig abhängen«, sagte Hush nervös in dem dunklen Wagen. Carolyns Gesicht war nur ein weißer verschwommener Fleck im Dunkel.

»Was ist mit Keeler?« sagte Carolyn und kurbelte die Fensterscheibe an der Fahrerseite hinunter. Auf dem Parkplatz roch es nach Popcorn.

»Gute Frage. Wir sind sozusagen auf dem Abstellgleis. Powers läßt die nach Westen fahrenden Züge durchsuchen. Das sollte den Kordon vervollständigen. Ich glaube, wir werden nicht mehr gebraucht.«

»Was schlägst du vor?«

»Ich finde, wir sollten mit dem Katz-und-Maus-Spiel aufhören, zur Einsatzzentrale fahren und LeBourgoise oder die Kollegen aus Jackson suchen. Das müssen wir früher oder später ohnehin tun.«

Sie sahen sehr wenig Verkehr auf den Straßen oberhalb von ihnen. Gelegentlich fuhr ein Kombi oder Pickup-Truck auf den Parkplatz des Kasinos oder verließ ihn, doch die Straßen blieben leer. Hush glaubte, das ferne Grollen von Donner draußen auf dem Fluß hinter ihnen zu hören. Eine leichte Brise wirbelte Einwickelpapier von Hamburgern über den Parkplatz.

»Das wäre ein sicherer Weg, um Vicksburg zu verlassen«, sagte Carolyn. »Ich persönlich würde lieber warten, um zu sehen, was passiert. Ich glaube immer noch, daß Keeler seinen Racheplan fortsetzen will. Heute nacht. Dies ist der Süden. Bei Tageslicht werden ihn all diese Cops finden.«

Hush nickte in der Dunkelheit. »Ja, du hast vermutlich recht«, sagte er. »Aber je länger wir uns verstecken, desto mehr werden wir selbst zu Gejagten, im Gegensatz zu zwei Agenten, die ein Problem von einem anderen Blickwinkel aus anpacken.«

»Wenn ich das FBI verlassen muß, dann okay«, erwiderte

sie. »Aber im Augenblick will ich sehen, wie dies heute nacht ausgeht, und das wird nicht geschehen, wenn wir nach Jackson zurückfahren.«

»Jetzt weiß ich, warum du nie geheiratet hast«, sagte er mit einem Lächeln.

»*Was?*«

»Weil dir der Job zuviel Spaß macht, nicht wahr?«

Sie lachte, doch dann hörten sie beide einen Laut, mit dem sie nicht gerechnet hatten; das schrille und dringend klingende Pfeifen eines nach Westen fahrenden Zugs, das von der Ostseite der Stadt herübertönte. Carolyn startete den Wagen.

Als der Zug der Army den Stadtrand von Vicksburg erreichte, verlangsamte er zum Kriechtempo, um dem nach Osten fahrenden Zug zu ermöglichen, rückwärts auf ein Nebengleis zu fahren. Matthews trat auf die hintere Plattform hinaus und sah den Sergeant und seine beiden Militärpolizisten über die Schienen zum Kommandowaggon kommen. Sie sprangen auf den Waggon und grinsten wie Teenager, die soeben die örtlichen Cops ausgetrickst hatten. Bevor Matthews dem Sergeant Fragen stellen konnte, rief ihn der Operator in den Waggon.

»Der Colonel will, daß die Wachmannschaft aufmarschiert«, kündigte er an. »Draußen *auf* den Waggons. Er ist entschlossen, nicht anzuhalten. Sagt, die MPs sollen sich draußen auf dem Zug verteilen und jeden erschießen, der uns aufhalten will.«

Matthews blickte zu dem Sergeant, der laut lachte. »Ach du Scheiße, das wird interessant«, sagte er.

»Sie klären das mit mir, bevor jemand auf Zivilisten oder Cops schießt, kapiert?« Matthews gab ihm ein Funksprechgerät.

»Klar, das weiß ich, Major. Wir postieren die Jungs auf

den Waggons, damit es toll aussieht. Mann! Welch eine Fahrt!«

Er steckte den Kopf in den Kommandowaggon und befahl den Soldaten, sich zum Aussteigen bereitzuhalten. Er kündigte an, daß sie danach wieder auf jeden fünften Waggon des Zuges steigen würden. Er befahl, die Waffen griffbereit zu halten und niemand auf den Zug zu lassen. »Warnschüsse sind erlaubt, aber scharf geschossen wird nur nach meinem ausdrücklichen Befehl, ist das klar?« Es gab einige Fragen, aber der Sergeant ignorierte sie, bellte Kommandos und trieb die Männer zur Eile an. Und schon rannten die MPs aus dem Waggon und flogen förmlich die Leitersprossen am Waggon hinab, bevor den meisten klar wurde, daß der Zug noch fuhr. Matthews beobachtete, als die Männer am Zug entlang durch das Halbdunkel liefen, ihr Gewehr in Schräghalte links. Der Sergeant, mit einer Straßenkampfwaffe und dem Funksprechgerät, folgte am Schluß und beaufsichtigte, daß jeder der Männer seine Position einnahm. Matthews wartete, bis er annahm, daß auch die vorderen Waggons besetzt waren, und rief dann den Sergeant über Sprechfunk. Der Sergeant bestä tigte, daß jeder in Position war, und Matthews meldete es zur Lok weiter. Zu seiner Überraschung ertönte Colonel Mehles Stimme auf der Sprechfunkfrequenz. Er erklärte, daß er das Kommando über die Wachmannschaft übernehme. Sofort beschleunigte der Zug zu stetigen acht Stundenkilometern, und Matthews holte sich Kaffee und wartete die weitere Entwicklung der Dinge ab. Er hoffte und betete, daß die Leute der Verkehrskontrolle keine Späßchen und Spielchen planten – er war ziemlich überzeugt, daß Mehle keine Skrupel haben würde, den Militärpolizisten Schießbefehl zu erteilen.

Carolyn gab Gas und kurvte über den Parkplatz. Einige Fahrer, die sie schnitt oder denen sie die Vorfahrt nahm, hupten wütend. Als sie die Oak Street erreichte, bog sie mit quietschenden Reifen nach rechts und raste mit Vollgas zum schienengleichen Bahnübergang, der nur sechs Blocks entfernt war. Sie stoppte neben einem Streifenwagen der City Police, als die Ampeln am Bahnübergang zu blinken begannen und sich die Schranken senkten. Von den FBI-Wagen war nichts zu sehen. Sie hörten das Pfeifen des Zuges, als sie ausstiegen. Der Zug kam zweifellos von der Ostseite der Stadt, aber sie konnten ihn noch nicht sehen.

»Ruf Powers an«, sagte Hush. »Stell fest, ob das dieser Zug der Army ist.«

Während Carolyn versuchte, Powers über das Handy zu erreichen, ging Hush zu dem Streifenwagen und zeigte dem älteren Polizisten darin seinen FBI-Ausweis.

»Wir arbeiten an der Operation zum Schutz der Brücke«, sagte er. »Man hat uns gesagt, daß alle nach Westen fahrenden Züge gestoppt und untersucht werden. Wissen Sie, warum dieser Zug durchfährt?«

Der Streifenpolizist schüttelte den Kopf. »Man erzählt mir nichts. Ich weiß nur, daß ich meine Schicht über hierbleiben und mir jedes Fahrzeug ansehen muß, um diesen Typen zu finden.« Er zeigte ein Fax mit dem Konterfei von Keeler.

Der Zug stieß wieder einen langgezogenen Pfiff aus, diesmal näher. Hush beobachtete angespannt, begierig darauf, zu wissen, ob dies ein weiterer Zug war, der rückwärts fuhr, oder tatsächlich ein nach Westen fahrender. Carolyn kam zu ihm. Sie hielt das Handy am Ohr. Dann schaltete sie es aus.

»Little Hill sagte, Powers ist südlich der Stadt gewesen, weil Keeler dort gesehen worden sein soll, aber er ist jetzt auf dem Rückweg. Dieser Zug ist der von der Army, über den wir gesprochen haben. Er hat offenbar die Genehmigung für die Durchquerung der Stadt und die Fahrt über die Brücke.«

»Ist er durchsucht worden?«

»Hill bezweifelt das. Er sagte, es befindet sich Militärpolizei auf dem Zug, der offenbar nicht anhalten wird. Er sagte, es gab irgendein Problem mit den Lokführern, aber die Einsatzzentrale hat jetzt die Anweisung, ihn über den Fluß fahren zu lassen. Wußte gar nicht, daß die Army Züge hat.«

Hush konnte jetzt den Scheinwerfer des Zuges sehen, der immer noch ungefähr einen halben Kilometer entfernt war, aber zweifellos westwärts fuhr. Der Lokführer betätigte wieder die schrille Pfeife.

»Hast du eine direkte Telefonnummer zur Einsatzzentrale?«

Carolyn schüttelte den Kopf. Hush fragte den Streifenpolizisten, ob er seinen Funk benutzen durfte. Kurz darauf hatte er eine Verbindung zur Einsatzzentrale. Er nannte seinen Namen und Titel und bat, jemand von der KCS-Verkehrskontrolle zu sprechen. Eine Stimme ertönte aus dem Lautsprecher des Funkgeräts. Hush nannte abermals seinen Namen und fragte, ob der Zug, der jetzt in Vicksburg einlief, gestoppt und durchsucht worden war. Der Mann verneinte das und erklärte, die Nationalgarde habe Befehle vom Pentagon, ihn entgegen der Einwände der KCS-Verkehrskontrolle durchzulassen.

»Hat dieser Zug den Big Black River überquert?« fragte Hush. Das Pfeifen des Zuges war jetzt lauter, das Scheinwerferlicht stärker.

»Diese Idioten haben fast einen Frontalzusammenstoß genau auf dieser Brücke verursacht. Irgendein wahnsinniger Bastard von der Army hat das Kommando bei diesem Zug, aber die Militärtypen hier lassen ihn durch. Im Augenblick gehört die Brücke der Army, nicht uns.«

Hush dankte für die Auskünfte und gab dem Streifenpolizisten das Mikrofon. »Wir müssen diesen Zug stoppen«, sagte er zu Carolyn. »Er hat auf der Brücke über den Big

Black River angehalten. Ich wette, daß Keeler in diesem Zug ist.«

»Hush …«, begann sie, doch er ließ sie nicht aussprechen.

»Gib mir die Wagenschlüssel«, verlangte er. Sie überreichte sie ihm, und er rannte zum Wagen. Die Lok des Zuges pfiff von neuem; er war jetzt noch ungefähr zwei Blocks von dem Bahnübergang entfernt, aber sein Scheinwerfer strahlte immer noch zur Seite, als er in die West-Süd-Kurve fuhr. Das Gellen der Pfeife war so laut, daß es das Bimmeln der Signalanlage am Bahnübergang übertönte. Der Cop war aus seinem Streifenwagen gestiegen und fragte sich offenbar, was Hush vorhatte.

Hush sprang in den Wagen, startete und fuhr an dem Streifenwagen und zwischen den Halbschranken hindurch, rasierte die Spitze von einem der Schlagbäume ab. Er stoppte jenseits des einzelnen Gleises, ließ die Scheinwerfer an und stieg aus. Er ließ den Schlüssel im Zündschloß und warf die Tür zu. Dann eilte er zurück durch die Schranken. Der starke Scheinwerfer des Zuges schwang jetzt langsam auf den Bahnübergang zu, dem er sich näherte. Der Polizist schrie Hush an, daß er das nicht tun konnte, doch Hush schob sich an ihm vorbei und stieg in den Streifenwagen. Er startete, setzte zurück und fuhr mitten auf den Bahnübergang. Er schaltete die Scheinwerfer auf Fernlicht, richtete den großen starken Suchscheinwerfer voll auf den Bereich des Bahnübergangs und schaltete ihn ebenfalls ein. Der Cop war am Rande eines Tobsuchtsanfalls, doch Hush ignorierte ihn, stieg aus dem Streifenwagen und schloß die Tür.

Als Hush zu Carolyn ging, faßte sie ihn am Arm und wies über den Bahnübergang. Drei Wagen nahten schnell auf der anderen Seite. Die erste Lok stieß wieder einen schrillen Pfiff aus. Der Lärm der Loks erfüllte den Bereich des Bahnübergangs und machte ein Gespräch unmöglich. Der Streifenpolizist raste vor Zorn und brüllte etwas in sein Sprechfunkgerät, doch der Lärm des Zuges übertönte alles. Die schwarzen gepanzerten Loks waren jetzt nur noch ungefähr 50 Meter vom Bahnübergang entfernt, und der Lokführer betätigte pausenlos die Pfeife, als könnte er damit den Wagen entfernen, der auf dem Gleis stand. Hush erkannte, daß die Loks nicht verlangsamten.

»Er wird nicht halten!« schrie Hush Carolyn ins Ohr. »Ich *weiß,* daß Keeler auf diesem Zug ist. Wir müssen neben die Waggons, um zu sehen, ob wir ihn entdecken können!«

Die drei Wagen auf der anderen Seite des Bahnübergangs stoppten mit quietschenden Reifen an der Schranke, und die Türen wurden aufgestoßen. Ungefähr ein Dutzend FBI-Agenten sprangen heraus und schirmten die Augen gegen das grelle Licht der beiden Wagen und des Suchscheinwerfers ab. Fast gleichzeitig stießen die riesigen schwarzen Loks mit ohrenbetäubend schrillem Pfeifen auf den Bahnübergang und rammten wie in Zeitlupe den Wagen, warfen ihn um und rollten ihn in einer Wolke von Staub und berstendem Glas über den Bahnübergang.

Hush hetzte durch die Schranken, zog seine Pistole und ging in die Hocke, um zu sehen, ob sich jemand unter dem Zug versteckte. Carolyn war direkt hinter ihm. Er erhaschte einen Blick auf bleiche Gesichter in den Fenstern der vorderen Lok, doch dann konzentrierte er sich auf den ersten der Güterwaggons, dessen Fahrgestell vom Scheinwerferlicht des Streifenwagens angestrahlt wurde. Hush sah nicht die Militärpolizisten hinten auf den Waggons, als der Zug durch die Kurve fuhr, wobei er den demolierten Wagen, der auf dem Dach lag und dessen Scheinwerfer immer noch brannten, zur Seite schob. Blech kreischte entsetzlich, das Autowrack drehte sich, und plötzlich stach das Scheinwerferlicht wie eine Lanze in die Bäume bei der Bahntrasse. Nachdem Hush ein paar Minuten lang unter den Zug gespäht hatte, wurde ihm klar, daß er zwar nichts an der Unterseite entdecken konnte, daß sich jedoch durchaus jemand dort verstecken konnte. Dann bemerkte er eine kleine Mulde auf der rechten Seite des Bahnübergangs, wo der Asphaltrand der Straße endete und das mit Schotter belegte Gleisbett weiterführte. Er brüllte Carolyn zu, ihm Feuerschutz zu geben, rannte zur Seite des Güterwaggons, klammerte sich an einen Eisengriff in der Mitte des Waggons fest und warf sich unter den Waggon in die Mulde, ohne Carolyns protestierenden Aufschrei wahrzunehmen.

Er landete auf dem Rücken, mit den Füßen zum Ende des Zugs. Scharfe Schotterspitzen bohrten sich in seinen Hinterkopf. Es gab kaum einen halben Meter Abstand zwischen dem Boden und dem Zug, der über die Schienenstöße bei der Kreuzung rollte und Dreck und Staub aufwirbelte. Das grelle Licht zu seiner Linken blendete Hush, aber jetzt konnte er zu den stählernen Hohlräumen unter dem Waggon hinaufsehen. Carolyn hockte jetzt neben dem Gleis und schrie ihn durch das Rattern der Räder an, sich in Sicherheit zu bringen. Auf der anderen Seite des Bahnübergangs brüllten ihn andere Leute an. Er ignorierte sie alle und wartete, die Pistole nach oben gerichtet und sich zwingend, nicht an diese schreckliche Masse von Stahl zu denken, die über ihn hinwegrollte. Er veränderte seine Lage etwas mehr zur Mitte des Gleises hin, als ein Schwall von Luftdruck auf ihn herabzischte, daß er das Gefühl hatte, das Gesicht würde ihm weggerissen werden. Carolyn war jetzt auf Händen und Füßen neben dem Gleis. Sie hielt ihre Pistole in der Hand, und ihr Gesicht war eine Maske der Furcht und Besorgnis um ihn.

Nach fünf weiteren qualvollen Minuten, in denen glänzende Räder über den Schienenstoß rollten und immer wieder Staub und Dreck auf Hushs Gesicht rieselten, näherte sich das Ende des Zuges. Hush versuchte, sich tiefer in den Schotter zu drücken, doch die Steine hatten die Größe von Pflaumen, waren scharfkantig und unnachgiebig. Plötzlich zischte Druckluft durch ein großes Ablaßventil, nur Zentimeter von seinem Gesicht entfernt, und es folgte ein entsetzliches Quietschen und Kreischen von Bremsen. Der Zug wurde merklich langsamer, als die Hinterräder eines Waggons auf seine Höhe kamen, gefolgt von den Vorderrädern des nächsten Waggons. Scheiße! dachte Hush. Jemand hatte den Lokführer informiert, daß ein Mann unter dem Zug lag. Nun, er war wenigstens gestoppt, und dann würde er ihn sorgfältig von den FBI-Agenten des Büros Jackson durchsuchen lassen.

Und dann, als der Zug gerade zum Stehen kam, sah Hush in das entgeisterte Gesicht von Morgan Keeler.

Als Matthews erfuhr, daß ein Mann unter dem Zug lag, dachte er sofort, daß es einer der Militärpolizisten sein mußte. Er befahl dem Sergeant, vom Zug zu springen und nachzusehen. Dann sprang er selbst ab und rannte nach vorne. Jedem MP, den er passierte, befahl er, auf seinem Posten zu bleiben. Das Laufen auf dem Schotter des Gleisbetts fiel ihm schwer, doch die Unruhe trieb ihn über jedes Hindernis weiter. Je weiter er nach vorne am Zug entlanglief, desto verwirrter wurde er, denn alle Militärpolizisten waren anscheinend dort, wo sie sein sollten. Wegen der Kurve konnte er nicht bis zur Spitze des Zugs sehen. Dann kam das plötzliche Kreischen von Bremsen, und dann meldete der Sergeant, daß all seine Männer auf Position waren, der Zug jedoch einen Wagen gerammt hatte.

O Gott! dachte Matthews und rannte schneller.

Keeler überwand sein Erschrecken einen Sekundenbruchteil vor dem FBI-Mann, der dort unter dem Zug lag. Er zuckte zur Seite, um die Stahlwand zwischen Hansons nach oben gerichteter Waffe und dem größten Teil seines Körpers zu haben, und stieß seinen .45er hinab, um sie auf Hansons Kopf zu richten. In diesem Augenblick stieß die Lok einen Pfiff aus, und sowohl Carolyn als auch die Agenten auf der anderen Seite des Zugs, die Keeler nicht sehen konnten, forderten Hanson mit Schreien auf, sich in Sicherheit zu bringen,weil der Zug wieder anfuhr. Carolyn steckte den Kopf unter den Waggon, wollte nach Hanson greifen, doch er brüllte sie an, daß Keeler dort war und sie verschwinden mußte.

Den Bruchteil einer Sekunde starrte Keeler auf Hanson, und dann schwang er die Pistole herum und richtete sie auf den Oberkörper der Frau. Carolyn sah, wohin Hush blickte, schaute hinauf und erstarrte.

»Patt, Hanson«, schrie Keeler. »Zurückziehen, oder ich knalle Sie ab!«

Der FBI-Mann zielte mit einer Waffe auf Keelers Gesicht. Keeler sah etwas in den Augen des Agenten aufblitzen, irgendeine Entscheidung, ein sicheres Wissen, daß er feuern und ihn treffen konnte. Sein Blick zuckte wieder zu der Frau. Zu seiner Verwunderung hob sie ihre Waffe. Er drückte ab. Der Rückstoß der .45er schlug seinen Handrücken gegen den Stahlboden des Waggons, betäubte ihn, und gleichzeitig setzte sich der Zug mit einem Ruck wieder in Bewegung. Keeler verlor fast den Revolver, spürte mehr den Schuß als ihn zu hören, als Hanson auf ihn feuerte, und zuckte zusammen, als die Kugel vom Stahl abprallte und Eisenpartikel in sein Gesicht spritzten. Doch dann rollte der Waggon jenseits von Hanson, der Zug fuhr wieder, schneller als zuvor, und Keeler wußte, daß er bald auf der Brücke sein würde.

Hush rollte sich aus der Mulde, sobald er das konnte, entging nur knapp den Rädern, als der Zug an Fahrt gewann und die Waggons sich gefährlich in die Kurve neigten, die zur Brücke führte. Carolyn lag auf dem Rücken auf dem Schotter. Die Pistole war ihr aus der Hand gefallen, ihre Finger waren gespreizt, und ihre weit aufgerissenen Augen spiegelten Schock wider. Ein roter Fleck breitete sich vorne auf ihrer Bluse und dem Jackett aus. Als Hush neben ihr auf die Knie fiel, sah er, daß sie die Augen schloß, krampfhaft hustete und dann nicht mehr atmete. Der Streifenpolizist war unterdessen herbeigelaufen, und Hush schrie ihn an, einen Notarzt zu rufen.

Er zog Carolyns reglose Gestalt weiter vom Gleis fort und drehte sie auf die Seite. Mit Tränen in den Augen fühlte er nach ihrem Puls und begann dann mit Mund-zu-Mund-Beatmung, schmeckte Blut auf ihren Lippen und hörte die schrecklichen Laute, mit denen sein Atem aus dem Loch in ihrem Oberkörper entwich, sobald er Luft in ihre Lunge pumpte. Er bemerkte zwar, daß jemand vorbeirannte, blickte jedoch nicht auf, um zu sehen, wer es war. Er beatmete Carolyn verzweifelt, während die Räder der letzten Waggons in der Kurve voraus quietschten. Er wollte ihr einen Druckverband anlegen, doch er brachte es nicht über sich, die blutgetränkte Bluse zu berühren, weil er befürchtete, noch größeren Schaden anzurichten. Dann kehrte der Polizist zurück und hielt etwas Grünes in den Händen. Er schob Hush zur Seite und bemühte sich um Carolyn. Hush fühlte sich hilflos wie nie zuvor in seinem Leben.

Matthews war entsetzt, als er die Frau neben dem Gleis liegen sah. Ihre FBI-Jacke war blutgetränkt. Hatte Mehle sie erschossen? Oder, schlimmer noch, einer seiner MPs? Er zögerte nur kurz, dann hetzte er weiter, entschlossen, auf die Lok zu steigen und diesen Wahnsinn zu beenden. Schließlich erreichte er die hintere Lok. Ein einzelner Militärpolizist, der ihn an der Bahntrasse entlanglaufen gesehen hatte, rannte hinter ihm her und versuchte, seinen Posten auf dem Zug wieder einzunehmen. Matthews kletterte auf die dritte Lok, rang um Atem und überquerte den Laufsteg zur zweiten. Der Motorenlärm war ohrenbetäubend, peinigte seine Trommelfelle und verursachte ihm Kopfschmerzen, doch er sprang über die Kupplungen, kletterte an der rechten Seite der mittleren Lok hinab und hastete weiter. In Höhe der ersten Lok wurde der Lärm der gewaltigen Dieselmotoren ein wenig erträglicher. Als er in den Führerstand blicken konnte, verharrte er und wurde sofort vom Luftzug erfaßt. Die Lok neigte sich in die Kurve und schwankte etwas. Nachdem er das Gleichgewicht wiedergefunden hatte, stand Mehle in der hinteren Tür des Führerstandes und richtete eine 9-mm-Pistole auf ihn.

»Was, gottverdammt, treiben Sie hier?« schrie der Colonel, dessen Gesicht hochrot war. »Zurück auf Ihren Posten! Im Laufschritt, gottverdammt!«

Matthews streckte seine rechte Hand dem Colonel entgegen, während er sich mit der linken an den Haltegriff klammerte und langsam vorschob. Er mußte näher an ihn herankommen.

»Colonel, Sie müssen dies stoppen«, rief er. »Eine FBI-Agentin wurde erschossen. Hier ist etwas im Gange, über das wir nichts wissen.«

»Mich juckt gottverdammt nichts, außer diesen gottverdammten Zug über diese gottverdammte Brücke zu bringen, verstanden?« brüllte Mehle und wirbelte herum, als einer der Warrant Officers hinter ihm aufstand. Der Mann setzte sich schnell wieder. Matthews nutzte den Moment, um einige Schritte auf die Stahltür zuzumachen. Mehle fuhr wieder herum und richtete die Pistole auf sein Gesicht. Jetzt trennten sie nur noch zwei Meter.

»Die Temperaturen in den Spezialwaggons sind stabil«, log Matthews. »Es fahren keine anderen Züge vor uns.« Er schob sich zentimeterweise an Mehle ran, doch dann feuerte der Colonel zwei Warnschüsse ab. Matthews spürte die beiden Kugeln heiß an seinem Gesicht vorbeizischen und hörte sie an der Stahlummantelung der Lok abprallen. In diesem Augenblick stürzte sich einer der Warrant Officers von hinten auf Mehle. Sie rangen auf dem Laufsteg miteinander. Sekunden später hechtete der andere Warrant Officer durch die Tür und packte Mehle am Nacken. Matthews drängte sich an den kämpfenden Männern vorbei, um Platz zu machen. Plötzlich peitschte ein Schuß, gefolgt von einem zweiten, und alle drei rollten vom Laufsteg, fielen auf den Bahndamm und verschwanden im hohen Dickicht längs der Gleise. Matthews starrte auf die Kontrollen und Anzeigen im Führerstand, während der Zug sich weiterhin der großen schwarzen Brücke über den Mississippi näherte. Es wurde ihm klar, daß er nicht die geringste Ahnung hatte, wie er Mehles gottverdammten Zug stoppen konnte.

Hush richtete sich auf. Seine Knie zitterten, und er brachte es nicht fertig, auf Carolyn hinabzublicken. Eine boshafte innere Stimme formulierte es anders: auf Carolyns *Leiche.* Er tastete nach seinem Holster; seine Waffe war verschwunden. Aber ihre lag dort. Er hob sie auf und stellte fest, daß der Zug auf die Brücke zurollte. Als er sah, daß mehrere FBI-Agenten das Gleis überquerten und in seine Richtung kamen, rannte er, den Blick starr auf die Rücklichter voraus gerichtet, hinter dem Zug her. Keeler befand sich etwa sechs oder sieben Waggons von dessen Ende entfernt. Er rannte schneller, stolperte und schwankte über den Schotter und versuchte, auf den Schwellen zu bleiben. Verschwommen nahm er wahr, daß Leute hinter ihm etwas riefen, aber es war ihm gleichgültig. Der Zug hatte beschleunigt, doch er würde ihn einholen. Er bekam Seitenstiche, sein Puls raste, und Schmerzen durchfuhren sein verletztes rechtes Bein, doch er biß die Zähne zusammen und lief weiter, völlig konzentriert auf die großen schwarzen Waggons. Plötzlich wurde ihm klar, was all die militärischen Kürzel darauf zu bedeuten hatten: Dieser Zug kam aus dem Depot für chemische Waffen in Anniston. O Gott, dachte er, Keeler wird eine Ladung chemischer Waffen in den Mississippi stürzen lassen!

Er rannte noch schneller, überholte schließlich den Kommandowaggon, den Mannschaftswaggon und dann den übergroßen offenen Güterwaggon. Die großen Räder krochen vorbei wie in einem Alptraum. Seine Füße und Beine waren mittlerweile gefühllos. Bei jedem Schritt drang ein wimmernder Laut aus seiner Kehle, doch er lief weiter, kam dem sechsten und siebtletzten Waggon immer näher.

Während er die Sig Sauer umklammerte, tauchten, wie ein geisterhaftes Hologramm, Keelers Gesichtszüge und Carolyns blutüberströmter Oberkörper vor seinem inneren Auge auf, und dann war er am Ziel. Nein! In seinem Zorn war er zu weit gerannt. Er wurde langsamer und fiel zurück, strauchelte und rang um Atem. Ohne das Licht der Scheinwerfer war es hier viel dunkler, und es hatte zu regnen begonnen.

Er brauchte einen Moment, um zu begreifen, daß ein junger Soldat in Kampfausrüstung, ein M16 vor der Brust, auf der hinteren Plattform des siebtletzten Waggons stand und ihn anstarrte. Der Soldat rief etwas und wies zum Ende des Zuges, doch Hush ignorierte ihn. Er klammerte sich an einen Haltegriff, schwang sich auf den Waggon, ließ sich sofort bis fast auf Höhe der Räder sinken und spähte darunter. Der Soldat schrie jetzt etwas und richtete das Gewehr auf ihn. Hush zeigte auf die FBI-Lettern seiner Windbluse, und der Soldat ließ das Gewehr verunsichert sinken. Der Zug befuhr mittlerweile den letzten geraden Streckenabschnitt vor der großen Rechtskurve zur Brücke und beschleunigte.

Dann hatte Hush eine Idee. Er kletterte am Waggon entlang zur vorderen Plattform des sechstletzten Waggons und winkte dem Soldaten, nahe genug heranzukommen, damit er ihm etwas sagen konnte. Der Junge tat es, neigte sich zu ihm, und Hush konnte ihm das M16 aus der Hand reißen. Der Soldat griff danach, geriet jedoch ins Schwanken und ruderte mit den Armen, um nicht von der Plattform zu stürzen. Noch bevor er die Balance wiedergefunden hatte, zielte Hush auf ihn und verlangte mit einer Geste, daß er wieder zum anderen Ende des Waggons ging. Der Soldat gehorchte. Seine ängstliche Miene spiegelte nacktes Entsetzen wider, als er begriff, was Hush tat. Dieser klemmte seine Beine unter die letzte Sprosse, lehnte sich weit zur Seite und feuerte auf die Bahnschwellen unter dem sechst- und siebtletzten Waggon. Das Hämmern des Automatikgewehrs, das Hush in seiner Position kaum festhalten konnte, und das Jaulen der Querschläger, von denen die meisten gegen die Unterseite der Güterwaggons knallten, waren ohrenbetäubend. Als er das Magazin leergeschossen hatte, ließ er das Gewehr einfach unter die Räder fallen, die es prompt in zwei Hälften schnitten. Dann war Hush wieder in Bewegung. Er sprang auf die Kupplung und zog sich am sechstletzten Waggon entlang, bis er zum Beginn der Stahlplatten in Form eines umgekehrten V in dessen Mitte gelangte. Er vergewisserte sich, daß die Sig schußbereit war, stieß sie in sein Schulterholster zurück, schwang sich unter den Waggon und kroch über die Stahlplatte, wobei er sich an die Stützstreben an der Unterseite klammerte. Als er nach Keeler Ausschau hielt, glaubte er, einen Blick auf das Licht der großen Scheinwerfer beim Welcome Center zu erhaschen.

Matthews setzte sich auf den Platz, den er für jenen des Lokführers hielt, und starrte auf die Instrumentenkonsole. Der starke Scheinwerfer der Lok bohrte ein kegelförmiges weißes Loch in den Regenschleier, aber die Fenster waren dunkel. Er fühlte sich völlig hilflos, unfähig, die Scheibenwischer anzustellen. Es gab keine Hebel wie in den Filmen, und gewiß kein Bremspedal. Als sein Blick den Sitz auf einem Sockel links neben sich streifte, begriff er, daß er auf der falschen Seite saß. Er wechselte den Platz, wandte sich um und konnte durch ein schräges Fenster den Zug hinter sich sehen. Er schaute wieder auf die Instrumentenkonsole. Einer der verblockten Hebel hatte Kerben im Griff, die acht Positionen markierten. Skalen zeigten die Stromstärken der Hauptmotoren an, den Druck des Bremssystems, die Geschwindigkeit, und es gab mehrere Warnlampen. Auf der rechten Seite befand sich eine Schalttafel, auf der er schließlich die Tasten für die Scheibenwischer fand. Er stellte sie an und konnte jetzt durch die Windschutzscheibe sehen, daß der Zug sich einer Kurve näherte. Jenseits davon erhob sich die große Brücke. Er suchte verzweifelt nach einem Hebel oder Schalter für die Bremse.

Keeler erschrak bei den plötzlichen Feuerstößen und all den Querschlägern, aber er wurde nicht getroffen. Sein rechtes Lid blutete, weil ihn ein Steinsplitter gestreift hatte, und er war ziemlich sicher, daß sein Rucksack ein paar Löcher hatte, aber sonst war er glimpflich davongekommen. Der einzige Lichtschimmer, der jetzt unter den Waggon fiel, kam von der Straßenbeleuchtung und dem Scheinwerferlicht eines gelegentlich vorbeifahrenden Wagens, aber an seinem Platz war es völlig dunkel. Er konnte sich nicht vorstellen, wer mit dem Automatikgewehr geschossen hatte, und er hatte im Reflex den .45er gezogen, doch dann wieder in den Hosenbund gesteckt.

Es blieb keine Zeit mehr. Die Brücke war nahe. Er stemmte die Füße und den Rücken gegen die Verkleidung an der Unterseite des Waggons, um die Hände frei zu haben, und griff nach dem Rucksack. Es roch nach Regen. Windstöße bliesen jetzt unter den Waggon und ließen das Ende der Detacord-Rolle, die er aus dem Rucksack gezogen hatte, hin und her zucken wie eine unruhige Schlange. Er wühlte erneut darin und ertastete die Zünddose. In dem Moment, in dem er den Stöpsel an ihrer Unterseite entfernte, löste sich der Rucksack vom Gitterwerk. Er schnappte danach und bekam ihn gerade noch zu fassen. Dabei rutschte er von der Stahlplatte ab, doch es gelang ihm, sich festzuklammern. Er atmete tief durch und versuchte es von neuem, kramte abermals im Rucksack. Vorsichtig, ermahnte er sich, ich darf das nicht fallen lassen. Er fischte die Zünddose heraus, zwinkerte, weil ihm das Blut am verletzten Lid die Sicht trübte, und führte das Ende des Detacord behutsam in das Loch an der Unterseite der Zünddose ein, bis es fest saß.

Der Zug schien ein wenig schneller zu fahren, und der Wind begann schmutzigen Sprühregen unter den Waggon zu peitschen. Er würde die Brücke erst sehen können, wenn sein Waggon sie befuhr, was er in Anbetracht der Dunkelheit erst sicher wissen würde, sobald er den Fluß durch die Schwellen ausmachen konnte. Sein Plan war einfach. Dies war ein Munitionszug der Army; davon war er mittlerweile fest überzeugt: Soldaten an Bord, Feuerstöße mit einem M16 Automatikgewehr – die unverkennbaren Geräusche waren ihm aus seiner Militärzeit vertraut –, wahrscheinlich versehentlich, weil sich irgendein Rekrut erschreckt hatte und in Panik geraten war. Auf der Brücke würde er die 100 Meter Detacord längs des Gleises entrollen und die Zünddose in der Hand halten. Anschließend mußte er nur noch den Zeitzünder auf 10 Sekunden einstellen, an der Seite des stählernen Hohlraumes hinabrutschen und die Zünddose so vorsichtig wir möglich auf das hintere Rädergestell legen. Das Detacord würde unter den Waggons explodieren – unter den *Munitionswaggons.* Die durchschnittliche Länge eines Waggons betrug ungefähr 23 Meter; er würde also – die Kupplungen mitgerechnet – die letzten drei, vielleicht sogar vier in die Luft jagen. Es brauchte nur ein Waggon zu explodieren, und er würde eine Kettenreaktion auslösen und die Brücke beschädigen. Der Waggon, unter dem er versteckt war, sollte intakt bleiben, da die Sprengladung die Kupplung wegblasen dürfte. Er würde mit dem Rest des Zuges die Brücke überqueren und danach improvisieren müssen.

Die Fahrgeräusche veränderten sich. Er rutschte ein Stück an der Stahlplatte herunter, neigte den Kopf nach unten und verrenkte sich fast den Hals, um nach vorne zu spähen. Er erkannte, daß der Zug jetzt in eine Rechtskurve fuhr. Feiner Nebel stieg von den Rädern auf. Es mußte tatsächlich regnen. Gut. Das Gelände zu beiden Seiten des Gleises stieg an, was hoffentlich bedeutete, daß sich der Zug in Höhe der Unterführung an der Washington Street befand und am Befehlsstand der Nationalgarde vorbei auf die Brücke zuhielt. Keeler kroch wider hoch und begann, die Plastikstreifen zu lösen, mit denen das Detacord zu einer Rolle zusammengehalten wurde.

Nach dem langen Lauf schwanden Hushs Kräfte. Er spannte die Bauchmuskeln an, um seinen Körper hoch und von den Bahnschwellen fernzuhalten. Er hing unter dem Fahrgestell, klammerte sich am mittleren Längsträger fest und hatte die Füße zwischen die Stützstreben geklemmt, die parallel zum mittleren Träger verliefen. Sein Bauch drückte gegen die Unterseite des Waggons, und Hush spürte das Holster mit Carolyns Sig Sauer. Er versuchte, längs der Unterseite zurück zu diesem dunklen Hohlraum in der Mitte zu kriechen. Er wußte, daß dort Keeler versteckt war. Der Längsträger war breit genug, jedoch glitschig vom Schmierfett, und seine Hände rutschten immer wieder ab.

Als er zentimeterweise zur Mitte hin kroch, sah er vor seinem geistigen Auge Carolyn auf dem Boden liegen, die anmutige Art, wie sie entspannt, fast lässig die Waffe losließ und die Augen schloß, während das Blut ihre Bluse tränkte. Ich werde ihn umbringen, dachte er. Sobald ich ihn sehe, knalle ich ihn ab. Ich werde nicht ›FBI!‹ rufen und auch nicht ›Keine Bewegung!‹ oder ›Waffe fallen lassen!‹ oder ›Hände hoch!‹. Ich werde ihm die verdammten Augen ausschießen. Ich kann das. Ich habe es schon bei Verbrechern getan. Ich *werde* es tun.

Er gelangte bis auf etwa zwei Meter zur Mitte des Waggons, als der Zug in eine Rechtskurve fuhr, und er mußte die Haltung verändern, um sich besser festklammern zu können. Ein Blitz im Dunkel jenseits des Zuges erschreckte ihn, aber er konzentrierte sich darauf, in eine Aushöhlung neben dem mittleren Längsträger zu gelangen. Er drehte sich zur Seite und zwängte sich rückwärts hinein, spreizte die Beine weit, um Halt an den stählernen Streben zu haben und schob sich mit dem Rücken an dem Stahl hoch. Diese Position war viel sicherer, und er verharrte einen Moment, um zu Atem zu kommen. Die Bahnschwellen unter ihm begannen zu verschwimmen. Regnete es? Anscheinend entwickelte sich ein Dunstschleier unter dem Waggon. Es war jetzt wirklich dunkel, als wäre der Zug in einen Tunnel eingefahren. Nein, kein Tunnel, sondern die Unterführung an der Washington Street. Bei der Mautstelle; also war die Brücke ganz nahe. Was plante Keeler? Vielleicht ein Selbstmordattentat? Abspringen konnte er nicht. Dafür fuhr der Zug zu schnell. Und wenn er zur Seite des Waggons kroch, würden ihn diese Soldaten sehen. Er, Hush, dürfte nicht mehr als drei Meter von Keeler entfernt sein. Nur dieser enorme Zwischenraum aus Stahl trennte sie. Womit war er gefüllt? Mit chemischen Waffen?

Auf der linken Seite des Waggons schimmerte jetzt orangefarbenes Licht. Die Beleuchtung des Befehlsstandes, dachte Hush. In ein paar Sekunden würde der Zug auf der Brücke sein. Was auch immer Keeler vorhatte, er würde es jetzt in die Tat umsetzen. Hush griff nach seiner Strebe und zog die Hand zurück. Das Metall war sehr glitschig geworden. Das Rattern der Räder unter ihm veränderte sich, als der Waggon auf die Bahntrasse der Brücke rollte. Ein Schwall kalter, feuchter Luft drang vom Fluß durch die Bahnschwellen, und Hush, der gegen Schwindelgefühl ankämpfte, war plötzlich froh, daß es dunkel war und er in der schwarzen Tiefe nichts sehen konnte. Er atmete noch einmal kräftig durch und zwang sich, im Hohlraum nach einem Halt für eine Hand und die Füße zu suchen, so daß er den rechten Arm frei haben würde. Die orangefarbenen Lichter waren verschwunden. Er erreichte den Boden des Hohlraumes und spähte unter dem Zug nach hinten. Dort war etwas. Eine Schnur? Ein Draht? Etwas, das aus dem Hohlraum neben seinem führte und über diesen befestigt war.

Das mußte Detacord sein! Der Wind spielte damit und blies es gefährlich nahe an die Räder. Eine Windung würde von einer Böe zu Hush zurückgetrieben, und er griff nach ihr, bekam sie jedoch nicht zu fassen. Seine linke Hand rutschte ab, und er wäre fast gefallen. Im letzten Augenblick konnte er sich an der Bremsleitung festklammern.

Matthews beobachtete hilflos, wie der Zug auf die Brücke zuhielt. Sie war Mehles Ziel während der ganzen Fahrt gewesen, und plötzlich fragte sich Matthews, ob er Mehles gottverdammten Zug nicht einfach den gottverdammten Fluß überqueren lassen sollte. Aber das war absolut unmöglich. In den hinteren Waggons hatte es eine Schießerei gegeben. Mehle und die beiden Warrant Officers waren in der Stadt neben das Gleis gestürzt, und jemand hatte diese FBI-Agentin am Bahnübergang erschossen. In diesem Augenblick platzte der Militärpolizist, der sein Gewehr verloren hatte, in den Führerstand und schrie etwas von einem FBI-Mann *unter* dem Zug. Matthews starrte ihn entgeistert an, und ihm wurde klar, daß er keine Wahl hatte: Er mußte den Zug stoppen.

Dann sah er den kleinen roten T-förmigen Griff unter der Instrumentenkonsole. Ein Messingschild wies ihn eindeutig als Notbremse aus. An den Fenstern zogen Stahlstreben vorbei; der Zug war jetzt zweifellos auf der Brücke. Matthews blickte wieder zum Griff und sah, daß er auf die vorletzte Markierung eingestellt war. Er packte ihn und zog ihn zurück in die Leerlaufposition, und die großen Loks wurden sofort langsamer. »Bedaure, Colonel«, sagte er und griff nach der roten Notbremse.

Der Sprühregen war jetzt stärker, und Hush konnte kaum etwas erkennen, aber dann wurde ihm ein Stück Schnur praktisch ins Gesicht geweht, und diesmal bekam er es zu fassen. Detacord. Er hielt es sekundenlang fest und spürte, daß es sich straffte und keinen Nachschub erhielt. Er riß mit aller Kraft daran und glaubte einen Schrei über sich zu hören, ehe der Rest einer ganzen Rolle Detacord aus dem angrenzenden Hohlraum fiel. Die kleine Dose, die daran befestigt war, prallte von einer Schwelle ab und rollte unter eines der Räder. Einen Sekundenbruchteil später erfüllten ein roter Blitz und Donner die Nacht, eine Explosion, die sich von Hushs Position aus fortzupflanzen schien. Gleich darauf kreischten die Räder, und Druckluft zischte durch die Bremsleitung, an der

Hush sich festhielt. Plötzlich wurde diese sehr kalt. Im Reflex zog Hush die Hand zurück. Er griff nach Kabeln, Winkeleisen, sogar nach Nieten, doch alles war naß und mit einem Schmierfilm bedeckt, und er merkte, daß er abrutschte. Seine Bemühungen, Halt zu finden, scheiterten endgültig, als die Räder des bebenden Waggons funkensprühend blockierten. Er konnte sich gerade noch an eine Spurstange klammern, doch seine Füße und Unterschenkel schlugen bereits auf die Schwellen. Seine Absätze wurden bei dem mehrmaligen Aufprall abgerissen, und er verlor einen seiner Schuhe. In dem Moment, in dem er spürte, daß er sich nicht mehr festhalten konnte, kam der Zug mit einem letzten Ruck zum Stehen, und der Waggon machte einen regelrechten Satz nach vorn, als die Puffer aufeinanderknallten. Hush ließ sich rücklings auf die Schwellen fallen und schaute hoch. Morgan Keeler kauerte wie eine riesige Spinne über ihm. Sein Gesicht war vor Wut verzerrt, und er riß eine große Waffe aus dem Hosenbund.

Die Zeit schien langsamer abzulaufen, doch Hush entging kein Sekundenbruchteil. Sein Blick nahm Keelers Gesicht ins Visier. Es war wie auf dem Schießstand. Glatte, fast gemächlich wirkende Bewegungen: zur Pistole greifen, sie packen, ziehen, hochschwenken, zielen, abdrücken. Diesmal sechs Patronen. Wie schon Hunderte Male. Tausend Male. Er war berühmt dafür. Eins. Zwei. Drei. Vier. Fünf. Sechs. Das Krachen der Sig hallte schmerzhaft in seinen Ohren, doch seine Konzentration ließ bei keinem Schuß nach.

Stop.

Ziel neu erfassen und …

Er rollte sich zur Seite, bevor Keeler mit einem dumpfen Laut auf den Schwellen aufschlug. Der gespannte .45er, den er nicht gezogen hatte, landete einen Sekundenbruchteil später. Hush zuckte zusammen, weil er befürchtete, ein Schuß könnte sich lösen, aber das geschah nicht. Er widerstand dem Impuls, den Revolver zu nehmen und auf Keelers Leiche zu feuern. Statt dessen ließ er sich zurücksinken und schloß die Augen. Er versuchte, tief Luft zu holen. Er hörte das Prasseln neben dem Waggon. Er begann zu lachen, als wäre er in irgendeinem warmen, trockenen Haus und nicht unter einem verdammten Munitionszug, 30 Meter über dem Mississippi. Er öffnete die Augen, und eine Böe blies ihm verräucherte, feuchte Luft ins Gesicht. Er schüttelte sich fröstelnd und blickte zum Trainman, der verkrümmt über dem Gleis hing. Schnelle Schritte näherten sich am Zug entlang, und Rufe ertönten. Hush überlegte, ob er sich zeigen sollte. In gewisser Hinsicht war es bequemer, zu bleiben, wo er war, obwohl ihm plötzlich bewußt wurde, daß seine rechte Ferse unerträglich schmerzte.

»Schmore in der Hölle, Keeler«, sagte er zu dem Rücken der Leiche. »Schmore in der Hölle, weil du Carolyn Lang getötet hast.«

Dann steckte er die Sig zurück ins Holster, kroch aus seinem Versteck und tauchte direkt vor einem Militärpolizisten auf. Als dieser erschrak und sein Gewehr hochreißen wollte, bat Hush ihn mit ruhiger Stimme, ihm auf die Beine zu helfen.

Hush wurde von nicht weniger als sechs Militärpolizisten am Ende des gestoppten Zuges vorbei von der Brücke eskortiert, wobei ihn einer stützte. Sie passierten eine kleine Gruppe von Soldaten der Army, die sich um den drittletzten Waggon versammelt hatten und die grauen Spuren der Detonation am Boden des großen offenen Güterwaggons untersuchten. Powers und einige Cops der Highway Patrol kamen auf der Vicksburg-Seite angerannt. Es regnete jetzt stark. Die Tropfen prallten von den Trägern der hohen Brücke ab und spritzten auf die Waggons, doch sie konnten nicht den ätzenden chemischen Geruch nach einer Sprengstoffexplosion vertreiben. Powers übernahm das Kommando über die Eskorte und stützte Hush auf dem restlichen Weg zu ihrer Lieblings-Mautstelle, die zuckende Blaulichter mehrerer Fahrzeuge der Rettungsdienste wie eine Disko erhellten. Schließlich verließen Hush die Kräfte, und er mußte sich ausruhen. Sie setzten ihn an die Betonwand des Brücken-Häuschens. Die schwarzen Krater, wo die Münzfernsprecher gewesen waren, befanden sich gleich oberhalb seines Kopfes. Powers übergab ihn einigen Sanitätern der Nationalgarde.

Minuten später kehrte er zurück. »Beschossen und verfehlt, beschissen und getroffen«, bemerkte er und ging neben Hush in die Hocke.

»War es Detacord?« fragte Hush und wischte sich Regentropfen vom Gesicht. Powers nickte, nahm seinen Hut ab und setzte ihn Hush auf.

»Ja, aber es hing einfach nur in der Luft. Der Knall erschreckte jeden zu Tode, aber es wurden nur die Unterseiten einiger Waggons verätzt. Offenbar sind die gepanzert. Die Army-Typen tun reichlich geheimnisvoll.«

»Wissen Sie, was in diesen Waggons transportiert wird?«

»Der Major dort sprach von chemischen Waffen, die entsorgt werden sollen. Er behauptet, sie sind nicht explosiv. Aber wirklich besorgt waren die Militärs wegen dieser beiden großen Waggons am Ende. Der Major sagte, ein wahnsinniger Colonel und zwei andere Soldaten liegen irgendwo an der Bahnstrecke vor der Brücke. Der Mann ist ziemlich aufgeregt.«

In diesem Moment ertönte ein Pfeifton.

»Das ist der Zug der Army, der sich selbständig gemacht hat«, sagte Powers. »KCS-Lokomotivführer bringen ihn von der Brücke, damit sie ihn und die Brücke inspizieren und sich vergewissern können, daß der Trainman keine größeren Schäden angerichtet hat.«

»Ich habe den Dreckskerl erwischt«, sagte Hush.

»Ich weiß. Man wird eine DNA-Analyse brauchen, um ihn identifizieren zu können.«

»Er hat Carolyn erwischt.«

Powers nickte ernst.

»Sie wollte ihn erschießen«, sagte Hush. »Er hatte einen .45er auf sie gerichtet, und sie zog trotzdem.«

Hush wurde plötzlich von einem Gefühl übermannt, das er nicht erklären konnte, aber seine Augen wurden feucht bei dem Gedanken, sie verloren zu haben. Er wollte etwas sagen, brachte jedoch nur einen erstickten Laut zustande und leckte sich über die trockenen Lippen.

»Hey, hey«, sagte Powers, neigte sich vor und schirmte ihn von den anderen ab. »Sie ist nicht tot. Man hat sie in ein Krankenhaus gebracht. Ihre Lunge ist zwar schwer verletzt, aber die Ärzte sagen, sie hat eine Chance.«

Hush blickte verwirrt auf. »Es war ein .45er. Ich sah, daß sie nicht mehr atmete.«

»Ja, aber da war dieser Cop der City Police, erinnern Sie sich? Der alte Knabe? Seine Mutter leidet an Luftansammlung im Gewebe. Er hat stets ein Sauerstoffgerät in seinem Streifenwagen, an das er die Lang anschloß. Kommen Sie, wir fahren Sie ins Hospital.«

Hush fand keine Worte. Er wollte aufstehen. Doch dann bemerkte er die Gruppe von FBI-Leuten, die, nur fünf Schritte entfernt, offenbar auf ihn warteten. Eine lockere Kette von Staatspolizisten stand zwischen den Agenten und ihm. Powers sah, was sich anbahnte, sprach etwas in das kleine Funkgerät, das er in der Hand hielt, und nahm seinen Hut von Hushs Kopf. Einen Augenblick später, nachdem sich Hush tatsächlich erhoben hatte, stürmte ungefähr ein Dutzend Reporter auf die Mautstelle, und Scheinwerfer von Fernseh-Kameras verbreiteten gleißendes Licht. Hush schirmte seine Augen ab, als Fragen der Reporter auf ihn einprasselten, doch Powers brüllte alle an, die Klappe zu halten.

»Laßt das Band laufen, wenn ich es sage«, rief er im Befehlston und wartete, bis jeder sich vorbereitet hatte. »In Ordnung? Ihr könnt aufnehmen.« Dann wandte er sich an Hush, um ihn in das Interview einzubeziehen. »Dies ist Assistant Director William Hanson vom Federal Bureau of Investigation, der ganz allein heute nacht den mörderischen Bastard, der Attentate auf Mississippi-Brücken verübt hatte, stellte und in Notwehr erschoß. Mr. Hansons Erfolg krönt eine intensive Kooperation der Polizei von fünf Staaten, dem FBI und örtlichen gesetzgebenden Behörden. Wie Sie bemerkt haben, ist Mr. Hanson verletzt worden. Wir bringen ihn ins Krankenhaus. Ich sehe Special Agent LeBourgoise vom FBI-Büro Baton Rouge dort drüben stehen. Da er der ranghöchste, zur Zeit hier anwesende FBI-Mann ist, werden er und ich Ihnen für die Beantwortung von Fragen bezüglich dieses Falles in einer Viertelstunde oben im Welcome Center zur Verfügung stehen. Unterdessen müssen wir Mr. Hanson aus dem Regen herausbekommen. Das ist alles.«

Fünf Minuten später, in Powers' Wagen, lehnte sich Hush auf dem Sitz zurück und versuchte, klar zu denken. Die Meute der Reporter hatte Powers und LeBourgoise auf ihrem Weg zum Welcome Center umzingelt. Little Hill hatte Hush zum Streifenwagen gebracht und andere Presseleute in Schach gehalten, indem er sie einfach nur finster angestarrt hatte.

»Powers hat all dies geplant, nicht wahr?« fragte Hush, als Little Hill ungeduldig die Sirene einschaltete, um dafür zu sorgen, daß einige militärische Lastwagen Platz machten.

»Der Captain sagte, wenn Sie lebend unter diesem Zug

rauskommen, werden Sie von den hohen Tieren des FBI plattgemacht, aber das können Sie nicht, wenn Sie hier im Fernsehen als Held gefeiert werden.«

Hush lächelte in der Dunkelheit auf dem Rücksitz. Powers kannte das FBI, und er hatte einen Präventivschlag durchgeführt, indem er ihm mit dieser PR-Aktion den Wind aus den Segeln genommen hatte. Für die besorgte Öffentlichkeit hatte das FBI wieder einmal einen gesuchten Verbrecher zur Strecke gebracht. Was der Direktor und sein Pitbull von Stellvertreter ihm, Hush, privat sagen würden, mochte äußerst farbig sein, aber für die Öffentlichkeit war er jetzt ein Held im Fernsehen. Der letzte der Unberührbaren. Mike Powers war ein raffinierter Mann.

Im Krankenhaus behandelte man seine verletzte Ferse und gab ihm Gelegenheit, all den Dreck abzuwaschen, der unter dem Fahrgestell des Waggons an ihm haftengeblieben war. Einige Mitglieder des Krankenhauspersonals, die im Fernsehen die Nachrichten gesehen hatte, gratulierten ihm, weil es ihm gelungen war, dem Trainman das Handwerk zu legen. Dann gab man ihm einen Rollstuhl, und einer der Staatscops schob ihn in einen Aufzug, damit er in die chirurgische Abteilung hinauffahren konnte, um Carolyn zu besuchen. Der diensthabende Arzt der Intensivstation erklärte ihm, daß er sie nicht besuchen dürfe, doch er besann sich anders, als sich der Mann mit dem hageren und verschrammten Gesicht aus dem Rollstuhl erhob und auf eine Art und Weise auf ihn herabblickte, die jeden am Empfangspult verstummen ließ.

Vier FBI-Agenten hielten sich vor dem Eingang zur Intensivstation auf, zwei saßen und zwei standen. Die beiden sitzenden Männer erhoben sich sofort, als sie Hush und den Staatscop nahen sahen. Einer der beiden öffnete für ihn die Tür. Keiner sagte ein Wort, als er hindurchrollte und die Tür hinter sich zuschob, bis sie fast geschlossen war.

Carolyn wirkte fast verloren im Krankenhausbett. Ihr Haar war mit einer Art Operationshaube bedeckt. Dunkle Ringe lagen unter ihren geschlossenen Augen. Ihre blutleeren Lippen glänzten von Vaseline, und ein Sauerstoffschlauch war unter ihrer Nase befestigt. Infusionsschläuche führten in beide Handgelenke, und ein anderer Schlauch verschwand unter dem Laken in Höhe ihres Brustbeins. Die Haut oben auf ihrem Oberkörper war schwarz und blau. Sie atmete langsam und angestrengt. Ein Überwachungssystem über ihrem Bett zeigte ihren Herzschlag und andere Lebenszeichen mit Pieptönen an. Er konnte den Rand von Verbänden sehen, die bis über ihre rechte Schulter hinwegführten. Ihr Gesicht hatte die Farbe von altem Elfenbein.

Er rollte mit seinem Rollstuhl so nahe wie möglich neben ihr Bett und neigte sich vor. Er konnte die FBI-Agenten vor der Tür leise miteinander reden hören; er glaubte das Wort *Augen* zu verstehen. Er verbannte die Erinnerung an das, was er mit Keeler gemacht hatte, saß einfach da, schaute Carolyn an, wollte sie berühren, war jedoch mit seinen feuchten Augen nicht in der Lage, sie deutlich wahrzunehmen. Dann öffnete sie die Augen. Sie blinzelte heftig, ihr Blick wurde klarer, und sie erkannte ihn. Sie murmelte eine Frage; er verstand davon nur: »… ihn erwischt?«

»Ja. Auf der Brücke.« Er erzählte ihr von dem Detacord und was Powers den Reportern gesagt hatte. Die Andeutung eines Lächelns spielte um ihre Lippen, und dann schloß sie wieder die Augen. Er sehnte sich danach, ihre Hand zu halten, aber er befürchtete, all diese Schläuche durcheinanderzubringen. Plötzlich fühlte er sich unsagbar müde. Er schloß für einen Moment die Augen und dachte an alles, was für sie beide kommen würde: scheinbar endlose Besprechungen nach dem Einsatz, die obligatorische interne Ermittlung nach Schußwaffengebrauch, die Schadensersatzforderungen der

Bahngesellschaft, die politische Maschinerie, die mit Sicherheit folgen würde, während sich der Direktor klammheimlich von seinem gescheiterten Plan distanzieren würde. Powers, der Gute, hatte das Richtige getan, um sie sicher aus der Schußlinie zu nehmen, bis sie sich entscheiden konnten, wie es weitergehen sollte. Hush legte den Kopf auf die Bettkante.

Das Laken bewegte sich, und er spürte Carolyns Fingerspitzen an seiner linken Schläfe.

»Ich habe ihn regelrecht abgeschlachtet«, sagte er. »Ich habe ihn nicht gewarnt. Ihn nicht festgenommen. Ich habe ihm überhaupt keine Chance gegeben. Ich habe ihm sechsmal ins Gesicht geschossen.«

Er holte tief Luft. »Ich wollte es tun«, flüsterte er. »Ich habe es *gern* getan. Ich würde es wieder tun.«

Sie berührte sanft seine Hand. »Es ist okay, Hush. Es ist okay. Es wird nicht noch einmal passieren.«

Er ergriff ihre Hand und hielt sie, während sie es wieder und wieder sagte.

In mehreren Städten der Vereinigten Staaten sterben Menschen, denen erst vor kurzem ein Herzschrittmacher implantiert wurde. Joe Duval, ein Kriminalbeamter aus Chicago, wird mit der schwierigen Aufgabe betraut, den offenbar wahnsinnigen Täter zu stellen. Als professioneller Polizeibeamter hat er es sich zur Pflicht gemacht, Dienst und Privatleben auseinanderzuhalten. Doch in diesem Fall muß er von seinen Prinzipien abweichen. Denn Lally Duval, Joes Schwester, verbirgt vor ihrem Bruder ein Geheimnis: Auch der jungen Ballett-Lehrerin aus Neuengland wurde ein Herzschrittmacher implantiert, der sich jederzeit in eine tödliche Waffe verwandeln kann. Die Suche nach dem Wahnsinnigen wird für Joe Duval zu einem Spiel um Leben und Tod, denn niemand weiß, wann und wie der Täter wieder zuschlagen wird ...

ISBN 3-404-14447-3

BASTEI
LÜBBE

Als die Tochter seines alten Universitäts-Mentors auf brutale Weise ermordet wird, setzt Rechtsanwalt Victor Saberdene alles daran, den Mörder zur Strecke zu bringen. Doch dies gelingt erst, nachdem Caro Thorne, die Schwester der Ermordeten, den potentionellen Täter schwer belastet. Acht Jahre später bekennt sich ein Unbekannter zu dem Verbrechen und begeht Selbstmord. Der zu Unrecht des Mordes Verurteilte, Carl Varada, schwört blutige Rache und wird Victor Saberdene, der inzwischen mit Caro verheiratet ist, das Leben zur Hölle machen. Victor Saberdene sieht nur einen Ausweg: Er wendet sich an seinen alten Jugendfreund Charlie Nichols. Gemeinsam wollen sie den sardonischen Varada zur Strecke bringen. Doch je länger sich Charlie Nichols mit der Vergangenheit seines Freundes und dessen Frau beschäftigt, um so größer werden seine Zweifel an der Rechtmäßigkeit ihres Vorhabens ...

ISBN 3-404-14432-5

BASTEI LÜBBE